gek. 25-VI-2007

Über dieses Buch

«Polgar läßt die Dinge laufen, wie sie behaupten, es zu können; er sieht ihnen bloß zu und beschreibt sie. Aber seit Wilhelm Busch hat niemand ihre Misere so boshaft freundlich beschrieben wie er.» (Robert Musil)

Alfred Polgar wurde als Sohn eines Musikers am 17. Oktober 1873 in Wien geboren. Dort war er viele Jahre publizistisch tätig. 1925 übersiedelte er nach Berlin, wo er für die Wochenschriften «Weltbühne» und «Tagebuch» das Theater-Referat übernahm. Seine in einer ganz persönlichen Art geschriebenen, von Geist blitzenden Kritiken füllen vier in den Jahren 1928 bis 1932 erschienene Bände: «Kritisches Lesebuch», «Stücke und Spieler», «Noch allerlei Theater» und «Stichproben». Sein eigenes, von Valentin Katajew angeregtes Stück «Die Defraudanten» wurde 1932 von der Berliner Volksbühne uraufgeführt. Für das Theater schrieb er ferner den witzigen Einakter «Talmas Ende» und, mit Egon Friedell, viele satirische Szenen («Soldatenleben im Frieden», «Der Freimann», «Goethe» u. a.). Vor allem aber entstand allmählich in Polgars hintergründigen Glossen, Skizzen und short stories in den Bänden «An den Rand geschrieben» (1925), «Orchester von oben» (1926), «Ich bin Zeuge» (1928), «Schwarz auf Weiß» (1929), «Bei dieser Gelegenheit» (1930), «Hinterland» (1931), «Ansichten» (1932) und «Standpunkte» (1953) eine Art von Enzyklopädie des Zeitgeistes. Diese «kurzen Dichtungen in Prosa ... menschlich, geistig, schriftstellerisch vom ersten Rang» (Oskar Loerke) entzücken immer wieder durch ihre sprachliche Meisterschaft und das Funkenspiel ihres Witzes.

Auch die Auswahl «Im Lauf der Zeit» (rororo Nr. 107) bestätigt Josef Hofmillers Meinung, daß man diese Prosa «in kommenden Zeiten als klassisch empfinden werde». Aus dem nationalsozialistischen Deutschland emigrierte Polgar nach Österreich und 1940 aus Frankreich über die Pyrenäenpfade nach Amerika. Alfred Polgar starb am 24. April 1955 in Zürich.

Von Alfred Polgar liegen ferner im Rowohlt Verlag vor: «Kleine Schriften Band 2: Kreislauf», «Kleine Schriften Band 3: Irrlicht», «Kleine Schriften Band 4: Literatur», «Kleine Schriften Band 5: Theater I» und «Kleine Schriften Band 6: Theater II».

Alfred Polgar
Kleine Schriften

Band 1
Musterung

Herausgegeben
von Marcel Reich-Ranicki
in Zusammenarbeit mit
Ulrich Weinzierl

rororo

Rowohlt

Umschlaggestaltung Walter Hellmann
unter Verwendung einer Zeichnung
von Benedikt F. Dolbin
(Institut für Zeitungsforschung, Dortmund)

2. Auflage Dezember 2003

Veröffentlicht im Rowohlt Taschenbuch Verlag,
Reinbek bei Hamburg, September 1994

Texte aus «Taschenspiegel» und «Sperrsitz»
mit freundlicher Genehmigung des Löcker Verlags, Wien

Satz aus Baskerville bei LibroSatz, Kriftel
Gesamtherstellung Clausen & Bosse, Leck
Printed in Germany
ISBN 3 499 13506 x

Musterung

Inhalt

II.

Vorwort

Alfred Polgar,
der Klassiker des kleinen Lebens

Er wird oft zusammen mit einigen Schriftstellern genannt, die wie er ihre große Zeit im ersten Drittel unseres Jahrhunderts hatten, die gleich ihm vor allem für Zeitungen und Zeitschriften schrieben und Meister der deutschen Sprache waren und die ebenfalls im «Dritten Reich» geschmäht und bekämpft wurden: Man sieht Alfred Polgar gern in der unmittelbaren Nachbarschaft von Kurt Tucholsky, Karl Kraus und Alfred Kerr. Das ist schon gerechtfertigt; und auf jeden Fall haben wir es mit einer erlesenen Gesellschaft zu tun. Nur machen derartige Parallelen neben vielen Ähnlichkeiten und Gemeinsamkeiten zugleich die Unterschiede deutlich: So gewiß die Nähe, so aufschlußreich andererseits der Abstand. Dabei geht es nicht um das Format, sondern um die Mentalität, nicht um die Skala des Talents, sondern um seine Eigenart.

Indes erweist es sich als schwierig, Polgars Kunst zu charakterisieren. Sie hat bestimmt nicht weniger deutliche Konturen als jene seiner gestern wie heute berühmten und wohl immer noch berühmteren Kollegen. Aber die Reize und Vorzüge seiner Prosa sind in der Regel so unauffällig und still, daß sie sich kaum darstellen lassen und häufig der Analyse spotten: Im Grund müßte man wie Polgar schreiben können, um zu zeigen, wie er schreiben konnte.

Tucholsky, Kraus und Kerr waren hochdramatische Figuren des literarischen Lebens und der Zeitgeschichte. In Polgars Porträt wird man Dramatisches vergebens suchen. Sie standen jeweils im Mittelpunkt, er hatte seinen Platz am Rande. Sie gehörten zu den Streitern und Kämpfern und – früher oder später – zu den Scheiternden. Polgars Element hingegen war die Beobachtung, das Kontemplative. Bei Tucholsky, Kraus und Kerr fallen zunächst das außerordentliche literarische Temperament und die polemische Leidenschaft auf, bei ihm eher die Zurückhaltung und die künstlerische Ausgeglichenheit: Und so begreiflich deren innere Unrast, so bemerkenswert seine Gelassenheit. Ihre Intensität und Aggressivität sollten brüskieren und mußten verletzen. Er jedoch verließ sich auf die Kraft, die von der Sanftmut und der Herzlichkeit ausgehen kann.

Sie waren bei allen individuellen und erheblichen Unterschieden militante Schriftsteller, radikal und extrem. Er mißtraute jeglichem Radikalismus, und fast immer war ihm das Extreme zumindest verdächtig. Sie fungierten als Ankläger, Verteidiger und Richter. Auch er hat nicht selten angeklagt, verteidigt und Urteile gefällt; doch hielt er es für seine wichtigste Aufgabe, Zeuge zu sein. Tucholsky und Kraus, auch Kerr wollten die Welt verändern. Polgar wollte sie nur beschreiben.

Sein Werk ist umfangreich und einheitlich zugleich. Denn abgesehen von kabarettistischen Texten, die er zusammen mit Egon Friedell verfaßte, und von gelegentlichen Versuchen, die aus der Zeit vor 1914 stammen und nachher von ihm selber verworfen wurden, und abgesehen von späteren Auftragsarbeiten (meist Übersetzungen und Film-Drehbüchern), schrieb er lediglich kurze Prosastücke, für die er nur in Ausnahmefällen mehr als vier oder fünf Druckseiten benötigte. Sofern die Gegenstände dieser Prosastücke Theateraufführungen sind, mag man von «Kritiken» oder «Rezensionen» sprechen; alle übrigen kann man als «Feuilletons» oder «Skizzen» bezeichnen oder auch als «Betrachtungen», bisweilen als «Geschichten». Daraus ergibt sich eine Zweiteilung der Schriften Polgars, die ebenso übersichtlich wie irreführend ist. Vielleicht ist dies sogar einer der Gründe für die Anziehungskraft und den Reiz seines Werks: daß es sich einer solchen Zweiteilung hartnäckig widersetzt.

Die ganze Welt gleicht einer Bühne, und die Bühne ist die ganze Welt. So ungefähr heißt es bei Shakespeare. Aus dieser alten Einsicht wußte Polgar die natürlichsten Konsequenzen zu ziehen: Im Drama suchte er das Leben, und im Leben fand er das Dramatische. Über die Figuren im Rampenlicht berichtete er oft wie über reale Menschen – und über die Menschen, die er auf der Straße sah, wie über Geschöpfe großer Dichter. Er erzählte vom Theater, und er rezensierte den Alltag. Die Szene wurde ihm zum Tribunal und das Tribunal zur Szene. Der Kritiker war ein poetischer Feuilletonist, und der poetische Feuilletonist hörte nicht auf, ein Kritiker zu sein.

Worüber er sich auch äußerte – er war eher ein Mann der besonnenen Reflexion als der lautstarken Entrüstung. Gewiß, auch er sah sich immer wieder genötigt, zu protestieren. Aber noch häufiger wunderte er sich. Genauer: Er protestierte, indem er sich wunderte. «Von dem, was Aug' und Ohr und unmittelbarstes Empfinden ihm zutragen, erzählt er wie einer, der aus dem Staunen über die Seltsamkeit auch des Gleichgültigsten, über das Merkwürdige des kaum Bemerkenswerten nicht herauskommt. Das Weinen ist ihm nahe und das Lachen ob des Wunderlichen der alltäglichen Gestalten und Geschehnisse.» Polgar schrieb dies 1937 über Robert Walser und charakterisierte damit insgeheim auch sich selber. Den Mittelpunkt seines Wappens bildet ein großes Fragezeichen.

Mit ebenso stiller Leidenschaft wie unstillbarer Neugier musterte Polgar seine Umwelt. Was immer der unmittelbare Gegenstand seiner Darstellung auch sein mochte, im Grunde faszinierte ihn nur eine einzige Epoche: die Gegenwart. Und worüber er auch schrieb, eigentlich interessierte ihn nur ein einziges Thema: die leidende Kreatur, ihre Lächerlichkeit und ihr Elend.

Walter Benjamin meinte 1928, der Ursprung von Polgars Kunst liege in seiner Gerechtigkeit. Das ist gewiß richtig, und doch darf man fragen, ob der Poet Polgar mit einem solchen Diktum nicht ein wenig überfordert wird. Kein Zweifel, ein ausgeprägtes Gerechtigkeitsgefühl gehörte zu den hervorstechendsten Eigenschaften dieses Schriftstellers, der freilich nie ein Gerechtigkeitsfanatiker war, ein Kämpfer oder ein Eiferer. Er selber schrieb: «Meine Arbeit . . . ist der natürliche

Ausdruck meines Vergnügens am Geschenk des Daseins sowie meiner gelegentlichen Zweifel am Wert dieses Geschenks. Sie ist meine Reflexbewegung gegen das Bedrängende, Lächerliche, unentwirrbar Dunkle innerer und äußerer Welt.»

So verdanken diese Feuilletons ihre Entstehung weniger dem Bedürfnis Polgars, zur Gerechtigkeit beizutragen, als vor allem einem viel schlichteren: jenem, die Welt zu betrachten und sichtbar zu machen. Nicht zufällig wählte er für seine Bücher gern Titel, die unmißverständlich, wenn auch ein wenig kokett andeuten sollten, daß es nur ein Zeuge und Beobachter ist, der sich hier an das Publikum wendet: «An den Rand geschrieben», «Bei dieser Gelegenheit», «Im Vorübergehen», «Orchester von oben» oder «Ich bin Zeuge».

Skepsis ist das Grundelement seiner Schriften. Immer wieder spüren wir in ihnen eine schon seit Raimund für so viele österreichische Schriftsteller typische Mischung aus Bitterkeit und freundlicher Daseinsbejahung, aus Schwermut und charmanter Liebenswürdigkeit. Im Komischen sah er zugleich das Tragische, im Tragischen entdeckte Polgar stets das Komische. «Alle Heiterkeit der Welt» – schrieb er – «rührt her von ihrer Traurigkeit.» Daher war in seinem Spott immer auch Mitleid, aber in seinem Mitleid war niemals Sentimentalität. Dies ist um so bewundernswerter, als er etwas wehmütige oder doch von der Wehmut bedrohte Motive häufig behandelte.

«Die kleinen Leute» betitelte er eines seiner Feuilletons, ein anderes «Denkmal des unbekannten Menschen». Hunderte von Prosastücken Polgars könnten diese Titel tragen. Oft hat er sie gerühmt und besungen: die Putzfrauen und Gepäckträger, Kellner und Dienstmädchen, Liftboys und Hotelportiers, Schneider und Friseure, die Bescheidenen, die Unansehnlichen und die Benachteiligten: «Ohne sie stürzte die Welt in Nacht und Kälte. Ich will lieber die Büste meines Briefträgers auf den Schreibtisch stellen als die des großen Napoleon.»

Nüchterne und alltägliche Situationen und Vorgänge – eine Grenzkontrolle, der Abschied auf dem Bahnsteig, eine schlaflose Nacht im Schlafwagen – vergegenwärtigt Polgar mit solcher Exaktheit und Eindringlichkeit, daß er geradezu eine Art Komplicenschaft der Leser erwirkt: Sie fühlen sich ertappt und durchschaut, weil sie ausgedrückt und bestätigt finden, was sie oft gespürt haben, ohne daß es ihnen bewußt geworden wäre. «Wir empfanden ihn» – schrieb Arnold Zweig – «als Klassiker des kleinen Lebens.»

Dem literarischen Porträt und der psychologischen Miniatur, dem alten Genrebild und der feuilletonistischen Skizze konnte Polgar auch deshalb zu neuem Glanz verhelfen, weil er – und das muß einmal deutlich gesagt werden – ein kluger Mann war. Was bedeutet das? Er hat es selber erklärt: «Klug heißt: aufgetan der Welt, daß sie von vielen Seiten herein kann. Der Kluge hat Witterung für Fernes, Verstecktes, Blick für nicht offenkundige Zusammenhänge, Tastgefühl, das die Einzelfäden auch im dichten Gewebe spürt und unterscheidet.»

Skepsis und Klugheit haben ihn vor Enttäuschungen mancher seiner Generationsgenossen bewahrt. Er bekannte freimütig: «Ich glaube an das Gute im Menschen, rate aber, sich auf das Schlechte in ihm zu verlassen.» Anders als Tucholsky, der darunter litt, daß seine Arbeiten zwar erfolgreich waren, doch wirkungslos blieben, bildete sich Polgar niemals ein, es werde ihm gelingen, Einfluß auf die Leser auszuüben oder sie gar zu erziehen. Sein Werk ist vom Bewußtsein der großen Vergeblichkeit gezeichnet. Was er 1927 im Vorwort zu seinem Buch «Ich bin Zeuge» feststellte, war ernst gemeint: «Mir ward eine Vision von der rührenden Gloriole der Lächerlichkeit, die über Dingen und Menschen, also auch überm eigenen Haupte schwebt. Nie verläßt sie mich.»

So hat uns Polgar zu bieten, was in unserer Literatur Seltenheitswert besitzt: geistreiche Idyllen und scharfsinnige Stimmungsbilder, weise Glossen und subtile Generalattakken, zarte Satiren und behutsame Pamphlete. Die Behutsamkeit sei für ihn – meinte sein (erheblich jüngerer) Kollege Joseph Roth – «geradezu ein literarisches Mittel» und «eines seiner schriftstellerischen Elemente».

Das Grelle war ihm zuwider, publizistisches Trommeln verpönte er ebenso wie den rauschhaften und verzückten Ton mancher Dichter und auch Journalisten seiner Epoche. Denn er wußte genau, was sich meist dahinter verbarg: «Ekstase ist ein gutes Mittel, die Gespenster der Urteils-Unsicherheit zu verscheuchen. (Im Dunkeln redet man lauter, um sich Mut zu machen).» Er hingegen war ein leiser Schreiber. Wie Hans Karl Bühl, Hofmannsthals schwieriger Graf, das simple Faktum, daß man etwas ausspricht, schon für indezent hielt, so meinte Polgar, es sei taktlos und aufdringlich, ein Wort oder eine Wendung besonders zu unterstreichen. Die treffendsten Pointen und Nuancen und die stärksten Effekte offerierte er mit vollendeter Beiläufigkeit. Er war ein Virtuose des aufschreckenden Pianissimo, ein Dichter des verhaltenen Schreis, ein Meister des Understatements, das alarmiert.

Das hatte freilich zur Folge, daß er bisweilen unterschätzt oder mißverstanden wurde. Schon Anfang der zwanziger Jahre warnte Franz Kafka davor, Polgars Prosa «als eine Art unverbindlicher gesellschaftlicher Unterhaltung» hinzunehmen, denn: «Unter dem Glacéhandschuh der Form verbirgt sich ein fester, unerschrockener Wille als Inhalt.» Und etwa gleichzeitig äußerte sich Franz Blei in seinem «Großen Bestiarium der Literatur» über die «das Polgar» genannte, «feine, stille, silbergraue Maus»: «Die große Menge hält das Polgar für harmlos, doch hat unsere Untersuchung ergeben, daß jenes zarte Mehl aus den von unserm Tiere angenagten Fundamenten Ekrasit, wenn auch in sehr fein verteiltem Zustande, enthält.» Das «Polgar Viennensis» baue «aparte Gedankennester, die man wegen ihrer seltsamen Zusammensetzung aus Fragilität und Dauer Filigranitkunstwerke nennt».

Friedells Sprache sei – meinte Polgar – «von lateinischer Prägnanz, luft- und lichtdurchlässig, biegsam, ungemein bildkräftig . . .» Das trifft auch auf seinen eigenen Stil zu: Er ist weltenweit von dem (überaus originellen) Manierismus und der (oft unerträglichen) Manieriertheit Alfred Kerrs entfernt, von dessen artistischer Bravour und verwegener

Sprachakrobatik, hat aber manche Berührungspunkte mit der Ausdrucksweise von Kraus und, vor allem, von Tucholsky. Wie dieser bemühte sich auch Polgar oft und mit Erfolg, seine Diktion der gesprochenen Sprache (doch nicht etwa dem Slang) nachzubilden.

Er dachte nicht daran, dem Leser zu schmeicheln, aber er hielt es für seine Pflicht, ihm menschenfreundlich entgegenzukommen: Polgar war zu höflich, um sich undeutlich oder unklar zu äußern. Und immer bemühte er sich um spielerische Leichtigkeit oder, richtiger gesagt, um den Anschein einer solchen Leichtigkeit. Während andere Feuilletonisten ihre Ansichten auf der Suche nach knappen Formeln nicht nur überspitzten, sondern zugleich vergröberten, brachte er es fertig, zusammen mit der Überspitzung auch noch die Verfeinerung zu erreichen.

Aber es mag sein, daß er die Kunst, genau das auszudrükken, was er sagen wollte, so vollkommen beherrschte, weil er nie etwas schreiben wollte, was er nicht schreiben konnte. Das hochherzige Goethe-Wort «Den lieb ich, der Unmögliches begehrt» gilt für Polgar nicht: Dieser Schriftsteller begehrte stets, was immer man darüber denken mag, nur das für ihn Mögliche.

Niemals hat Polgar ein ideologisches Programm unterstützt, nie hat er sich einer politischen Partei auch nur genähert. Die verzweifelten Hoffnungen und die ehrenwerten Illusionen Tucholskys waren ihm fremd, seine Krisen und Fehlschläge blieben ihm erspart. Mit dem schonungslosen Kampf, der pädagogischen Passion und der prophetischen Attitüde des Karl Kraus und dessen Streben nach dem Absoluten, hatte Polgar nichts gemein. Sein Glaubensbekenntnis, das er bei verschiedenen Gelegenheiten wiederholte, lautete: «Was ist Erkenntnis? Doch zumeist nur der Trugschluß, dem man's nicht anmerkt. Wahrheit? Der Irrtum, auf den noch keiner gekommen ist. Und welcher Beweis gilt? Jener, der schlauer geführt wird als sein Gegenbeweis.»

Indes war sein zeitkritisches Engagement unverkennbar

und auch konsequent; und es ging oft in die gleiche Richtung wie dasjenige der Kraus und Tucholsky: gegen den Krieg und den Militarismus, die Justiz und den Untertanengeist, gegen jegliche Heuchelei und Ungerechtigkeit und, versteht sich, gegen den Nationalsozialismus. Doch was Polgar 1926 im Vorwort zum ersten Band seiner gesammelten Theaterkritiken schrieb – «Ich bin durchaus nicht Kenner der Bühne, sondern ihr gegenüber chronischer Laie» –, darf wohl auch auf seine politischen und gesellschaftskritischen Arbeiten bezogen werden: Hier mag er ebenfalls ein «chronischer Laie» gewesen sein.

Wenn Berthold Viertel 1925 Polgar, den er bewunderte, gleichwohl vorwarf, ihm fehle «die richtige Idee und Absicht» (ähnliches bekam er von radikalen linken Autoren nicht selten zu hören), wenn man heute in der DDR (im Nachwort zu einem dort 1975 erschienenen Auswahlband) Polgars «Relativismus» beanstandet und ihn als «Ausdruck des Lavierens» wertet und der Unfähigkeit, «das Wechselspiel von Recht und Unrecht ... in der bürgerlichen Gesellschaft bis in letzte Ursachen hin aufzudecken» – so wird damit auf jenen Umstand hingedeutet, der dazu beigetragen hat, daß viele Feuilletons und Glossen Polgars ihre Epoche überdauert haben.

Eben weil Polgar von Ideologien und Programmen, von Dogmen und Doktrinen nichts wissen wollte, weil er unbeirrt der Vernunft vertraute und sich von dem (in deutschen Ländern meist wenig geschätzten) gesunden Menschenverstand leiten ließ, hat er häufiger als die meisten seiner damals bekannten und einflußreichen Kollegen ins Schwarze getroffen. Eben weil er auch in Sachen Politik ein «chronischer Laie» war, konnte er, einer Formulierung von Benjamin zufolge, «zum Wortführer aller Streitkräfte der passiven Resistenz» avancieren, zum «Obersten der Saboteure.»

Auf die Eigenart der zeitkritischen Glossen und Betrachtungen Polgars hatten die Verhältnisse in Österreich während des Ersten Weltkriegs einen deutlich erkennbaren Einfluß ausgeübt. Das soll heißen: Um die Zensur, die allerdings durch die Beschränktheit der Zensoren gemildert war, zu passieren, mußten sich seine Artikel – wie er 1919 berichtete – «einer sozusagen maskierten Tonart befleißigen . . .» Anders als «fast bis zur Lautlosigkeit gedämpft«, habe sich «die Empörung gegen den blutigen Kretinismus» nicht vernehmbar machen können.

Damit mag auch das Thema nahezu aller pazifistischer Arbeiten Polgars aus jenen Jahren zusammenhängen. Denn sie malen – wie er selber schrieb – «das kleine Elend des Kriegs, gewissermaßen nur Spreu und Abfall seines Entsetzens, nicht dieses, das gewaltige und dämonische selbst . . . Aber das Dämonische und das Gewaltige verführen, und auch der Schrekken, ins Großartige gesteigert, hat seine Anziehungskraft.»

So sind Polgars Helden die Erniedrigten und die Beleidigten, die Opfer der Geschichte. «Der Mensch» – heißt es in der Glosse «Die Uniform» – «ist die Fortsetzung der Uniform nach innen.» In der Skizze «Bahnhof» lesen wir: «Die Lokomotive pustet, als wollte sie das Himmelslicht ausblasen. Hochofenglut zittert in der schwärzlichen Luft. Ich denke daran, daß diese schmale Tür, durch die ‹Militärpersonen› auf den Bahnsteig gelangen, seit vier Jahren ein Ofenloch ist, in das immer wieder, immer wieder Lebendes als Heizmaterial hineingeschaufelt wird: das Feuer zu nähren, an dem der Friede kocht und nicht gar werden will. Kranke und Krüppel ordnen sich zum Marsch ins Spital. Das ist die Schlacke, hinausgekehrt aus dem Ofen, damit sie frischem Heizstoff nicht die Luft verlege.»

Als der Krieg zu Ende war, rief Polgar seinen gequälten Landsleuten zu «Es geht uns gut», denn: «Du hast vielleicht nicht mal eine Stube, aber besser keine Stube, als ein Käfig . . . Er ist arm heute, der Mensch. Aber vier Jahre, die Jahrhunderte dauerten, war er ein Vieh, der Mensch!» Als der habsburgische Doppeladler von den Hausfassaden und Firmenschildern entfernt wurde, meinte Polgar: «Heute gilt: gar kein Vogel in der Hand ist noch immer besser als ein Doppeladler auf dem Dach.» In einem Feuilleton über «Plakate» schrieb er: «Die Republik hat die Straße zur vertikal ausgespannten Zeitung gewandelt. Wer täglich etwa die Herrengasse liest, bekommt kalte Füße, ist aber auf dem laufenden.» In einer Glosse über den Arc de Triomphe fragte er, ob die Inschrift «Mort pour la patrie» nicht richtiger heißen sollte «Mort par la patrie».

Die geschichtlichen Ereignisse haben Polgar gezwungen, fast sein ganzes Leben lang dem Thema Krieg und Frieden treu zu bleiben: Er kommentierte allerlei (meist scheinbar geringfügige) Vorfälle aus dem italienisch-abessinischen Krieg und dem spanischen Bürgerkrieg ebenso wie aus dem Zweiten Weltkrieg. Diese Arbeiten und auch jene, in denen er (oft mit Hilfe anekdotischer Elemente) im «Spreu und Abfall seines Entsetzens» das Wesen des totalitären Staates veranschaulichte, haben in der Regel nichts von ihrer Aktualität eingebüßt.

Unvergeßlich Polgars Protest gegen alle, die die Menschen aufrufen, sich für eine Idee oder für eine spätere Generation zu opfern: «Noch nie hat ein Märtyrer-Werber die Kandidaten aufgefordert, bildlich zu sterben, um faktisch zu leben. Stets nur umgekehrt. Die Spesen sind in barem Blut zu erlegen, die Verzinsung erfolgt in Phrasenvaluta mit Luftdekkung. Das Kreuz ist immer Wahrheit, die Auferstehung immer Legende. Die Marter immer real, die Seligkeit immer metaphorisch.»

Das Unrecht, das dem kleinen Mann geschieht, ist auch das Leitmotiv der über die Jahrzehnte verstreuten justizkritischen Glossen Polgars. Die Porträts der Richter und Staatsanwälte sind nicht weniger scharf und deutlich als jene der hochmütigen Generale oder der herzlosen Militärärzte. Im Mittelpunkt jedoch steht meist der Angeklagte, dem, ob er schuldig ist oder nicht, Polgar sein Mitleid nie verweigern kann.

Sein prinzipielles Mißtrauen gegen Ideologien und Programme hat auch seine Theaterkritik geprägt, von der im Vorwort zum sechsten Band dieser Ausgabe ausführlicher die Rede sein soll. Hier nur soviel:

Im Unterschied etwa zu Kerr trieb Polgar keinerlei Literatur- oder Theaterpolitik. Ein Taktiker war er nicht und wollte er nicht sein. Um die Schulen und Richtungen, Tendenzen und Strömungen kümmerte er sich wenig, die Theorien waren ihm offenbar gleichgültig, wenn nicht suspekt. Er zog es vor, über Konkretes zu berichten, seine Sache war die Einzelanalyse, die bestimmten Stücken und Inszenierungen, Schauspielern und Regisseuren galt. Er blieb ganz dicht am unmittelbaren Gegenstand der Betrachtung – und wußte dennoch stets die Distanz zu wahren. Auch auf seine Theaterkritik trifft zu, was Robert Musil 1926 festgestellt hat: «Polgar läßt die Dinge laufen, wie sie behaupten, es zu können; er sieht ihnen bloß zu und beschreibt sie.»

Ob er sich mit dem Theater oder mit der Justiz befaßte, ob er den Krieg kommentierte oder den totalitären Staat – er ließ die Welt auf sich wirken, er setzte sich ihr aus. Mit anderen Worten: Dieser Schriftsteller agierte nicht, er reagierte. Immer schrieb er – und auch das ist erwähnenswert – für das Publikum und nicht für die Zunft, für die Leser, niemals für die Kollegen. Die indes bewunderten und beneideten ihn – und gaben es öffentlich zu, so Tucholsky im Jahre 1929: «Schneider Polgar, wir arbeiten in derselben Innung – ich habe es nicht leicht, Ihnen eine Liebeserklärung zu machen. Nicht nur, weil Sie mir überlegen sind – wackeln Sie nicht mit der Schere – Sie sind es ...»

Was wir Polgar zu verdanken haben, ist Weisheit ohne Gewichtigkeit, Charme ohne Koketterie, Esprit ohne Eitelkeit, Ironie ohne Hohn, Witz ohne Schnoddrigkeit, Liebe ohne Sentimentalität. Er war ein Grandseigneur der deutschen Prosa – immer gelassen, bisweilen lässig, nie nachlässig. Er war ein Kritiker – und dennoch ein Gentleman. Er sah sich gezwungen, ein Moralist zu sein; aber er hütete sich, den Finger zu heben: Er wurde ein Praeceptor und blieb ein Causeur.

Seine Bagatellen haben Format, seine Miniaturen haben Größe; doch ihrer Größe fehlt nie die Anmut. In diesem Werk, das sich so unauffällig darbietet, finden Intellekt und Takt, Gewissen und Geschmack zu einer makellosen Einheit. Ruhig und gedämpft ist das Licht, das von der Prosa Alfred Polgars ausgeht: Es erhellt, ohne je zu blenden.

Marcel Reich-Ranicki

I

Theaterabend 1915

Um halb acht ist Beginn. Die gelblich beleuchtete Uhr auf dem Rathausturm, dem Theater gegenüber, scheint frei in der Luft zu schweben, so dicht hüllt der wässerige Nebel alles ringsum in graue Nichtsfarbe. Wie ein kranker Mond steht das Zifferblatt hoch oben.

Der Portier an der großen Freitreppe zieht seine Kappe vor den Theaterbesuchern. Sie gehen mit übertriebener Hast an ihm vorüber, als schämten sie sich, dazusein. Die Frauen tragen Schmuck – man hat die Empfindung: Beute – und vor den Spiegeln im Garderobenraum zupfen sie sich ihr Haar zurecht, überpudern eilig das Gesicht, drehen den Oberkörper in sanften Schraubenwindungen. Sie sind sehr lieblich anzusehen, bunt, wirr und kunstvoll, lebende Attrappen, feine Dinge. Sie können die Augen rollen und lächeln und mit dem Kopf wippen und stecken in schönen, zärtlich angeschmiegten Schuhen und sehen überhaupt aus, als trügen sie ein feines Musikwerk im Innersten. Man spürt die Werkstatt, nach guter Seife und mildem Fett und warmem Wasser und süßem Tabakrauch duftend, von gläsernen und metallenen Kleinigkeiten blinkend, aus der sie hergekommen sind, die holden Spielereien. Wo sind ihre Besitzer? In einem Erdloch vielleicht, riechen nach Schweiß und Unrat, haben Läuse im Haar, der Regen klatscht ihnen ins Gesicht, und ihr Herz leidet unendliche Sehnsucht nach Gewesenem.

Das Parterre sitzt wohlgeordnet, in den ersten Reihen der Ränge liegt es wie Linien abgeschlagener Köpfe hinter der samtenen Brüstung. Der Vorhang schwebt hoch, und auf der Bühne entfaltet sich unheimliche Geschäftigkeit. Es riecht kalt und übel nach Staub, Stickluft, zersetzter Farbe. Weltenfern ist alles, gespenstisch überflüssig, gering, blaß, tonlos. Eine Leiche, in der Maskenleihanstalt als Leben herausgeputzt und beflittert, katzbuckelt um freundliche Ästimierung.

Die Zuhörer hocken eng beieinander in dem geräumigen Unterschlupf. Sie sind hinter ihr Interesse für das Theaterspiel geduckt, wie Schutz suchend vor irgend einem fern wetternden Bösen. Sie blicken starr auf die Bühne, aber es ist, als ob dies nicht der Bühne wegen geschähe, sondern weil sie einander nicht in die Augen sehen wollen. Eine Tür auf der Szene fällt krachend ins Schloß. Das klang wie ein Schuß, Herr Nachbar! Etwas Lustiges wird gesagt. Da läuft eine Welle von Gelächter durch den Saal, brandet in den Gesichtern und macht sie für ein paar Augenblicke in einer schiefen Grimasse erstarren. Bei einigen liegt das Zahnfleisch ganz bloß, und die Augen werden so klein wie Durchschlagsöffnungen eines Gewehrprojektils.

In der Theaterloge sitzt ein alter Schauspieler; unbeweglich, mit der starren Hoffnungslosigkeit des Verdammten sieht er auf die Bühne. In diesem Zimmer ging er einst herrlich auf und ab, seine Lippen formten diese Worte, seine Hand lag auf dieser Stuhllehne, um seine Beine klirrte fürstlich dieses Schwert, sein Lächeln durchsonnte den Raum. Das ganze Schicksal, das ihm gehörte, hat jetzt ein anderer angezogen wie einen hinterlassenen Rock. Der alte Schauspieler denkt, daß noch die Wärme und der Geruch seines Leibes in allen Falten dieses Schicksals hängen müssen. Unbeweglich blickt er. Ein Gestorbener, der von oben seinem eigenen Erdenleben zusieht.

Hundert Milliarden Meilen von ihm ist Krieg.

Auf die dunkle Szene kommt die Liebhaberin mit einem Licht in der Rechten. Sorglich hält sie die Hand vor. Eine seelenvolle Hand, von der Kerzenflamme rosig durchschimmert. Mit einem feinen Blutstift scheint die zarte Kontur der Finger nachgezogen. Diese Hände müßten gut dazu taugen, Toten die Lider zuzudrücken.

«Lustspiel», sagt der Zettel. Das Gespräch auf der Bühne schlängelt sich in muntern Windungen um vielerlei: um Heirat, Liebe, Schüchternheit, Geld, Karriere, Frauenlaunen, Reisen und Lebensglück. Alle tun so, als wüßten sie ganz bestimmt, daß sie morgen noch dasein werden und nächstes

Jahr auch noch. Der Bonvivant, dessen zwei zankende Freundinnen jetzt außer Atem dasitzen, sagt fröhlich zu dem eintretenden Herrn: «Hier hat soeben ein Scharmützel stattgefunden, dort liegen die Verwundeten . . .» So sagt er.

Wie abenteuerlich ist das alles! Und gespenstisch! Wie wenn Wandelnden der Boden unter den Füßen weggezogen wäre, und sie spazierten in der Luft weiter. Von draußen tönen schwach die Schläge einer Turmuhr herein, das Geratter der Straßenbahn, der spitze Pfiff eines Rettungswagens. Ganz fein und fern nur hören ihn die Leute im Theater. Sie sitzen unter einer Glocke aus dickem Glas.

Ende. Die Glocke hebt sich. Auf der Straße ist Nebel und Nacht, von schmutziggelben Lichtpünktchen und -fäden durchwirkt.

«Süß war die M.!» sagt eine lange, spitznasige Puppe, ganz in braunen Pelz gewickelt.

«Sprich jetzt nicht, mein Kind, halte dir lieber das Taschentuch vor den Mund. Auf Ja und Nein ist man verkühlt.»

d'Annunzio

MAN erzählt von einer halben Million, die der Dichter der «Gioconda» von der französischen Regierung erhalten habe, um das Seine zur Entfachung kriegerischer Stimmung in Italien beizutragen. Das wäre nicht einmal viel für den Dienst, den d'Annunzio der Entente geleistet. Seine unermüdliche, schwungvolle und hitzige Schönrednerei brachte Italiens Volk, zumindest das Volk der norditalienischen Städte, in den nötigen Rauschzustand, der Wünsche mit Wirklichkeiten verwechselt und über Hoffnungen so beglückt ist, als wären sie bereits erfüllte Tatsachen. Je dicker er seinen Hörern den martialisch-patriotischen Sirup um den Mund schmierte, desto gieriger leckten sie die Lippen und schrien nach mehr.

Das Erstaunliche an der Sache ist, daß hier ein Luxusliterat übertriebenster Fasson Leute aus dem Volk, Arbeiter, hart

Fronende zu verzückten Hörern gewann. Obzwar er zu ihnen in seiner verstiegenen Mundart redete. Dies muß gesagt werden: d'Annunzio hat sich in der ganzen Kampagne nicht verleugnet. Er unternahm keinen Versuch, zum Volk in des Volkes simpler Weise zu sprechen, sondern redete den gleichen prunkvollen Schwall, der seine Bücher ungenießbar macht. Er wurde nur in der Geste Demagog, nicht in seinen Worten, die so verwickelt ornamental, köstlich überladen, bilder- und farbenprotzig blieben, wie man es eben von d'Annunzios Worten gewohnt. Und doch die Massenwirkung! Und doch die begeisterte Gefolgschaft eines Publikums, das ihn, der ein Künster ist trotz alledem, bei besseren Anlässen ausgepfiffen und verhöhnt hat.

Von den Zeitungen war allerdings die gemeine Arbeit an der Publikumsseele, die Roharbeit schon vorher besorgt worden; der Dichter hatte nur die Politur daraufzutun. Aber mit welcher Inbrunst politierte er! Mit welcher maniakalischen Wut und Verbissenheit warb dieser eingefleischte Pretiöse um das profanum vulgus! Geldes willen? Mag sein, aber Quittungen liegen schließlich nicht vor, und als Gewißheit ausgeben, was nur Meinung, hieße verleumden. Warum also? Um das Eigenschicksal, vor dem Vergessenwerden bange, an ein großes Gesamtschicksal zu knüpfen? Um aus der Literaturgeschichte in die Weltgeschichte zu desertieren? Um sich, des fahlen, lautlosen, unwirklichen Geisterreiches der Bücher satt, der wonnig-rohen, gellenden, blutigen Gemeinheit des Lebens zu vermischen? Aus Lust an der Farbe, an Lärm, an Brunst und Gier gewaltiger Menschenmassen? Der d'Annunzio-Forschung in italienischen Seminaren erwachsen da reizvolle Probleme.

Eines ist sicher: die innere Unwahrheit der d'Annunzioschen Kriegsreden. Ihre vielgepriesene «formvollendete Schönheit» verrät sie. Daß d'Annunzio sich nicht verleugnen konnte, beweist seine Lüge. In einer Wolke von Schreibtischdunst wandelte er über den Marktplatz. Sie wäre augenblicks in Luft zerflossen, hätte durch sie hindurch ein Strahl echter

Wärme, ein Funke echter Leidenschaft aus des Dichters Herzen das Herz der Masse gesucht. Dann hätte der antiquarische Poet, so sehr ihm dies wider Art und Gewohnheit sein mag, den natürlichen Ton gefunden, der der Wahrheit Zeichen ist. Er hätte wie ein Mann zu Männern geredet, nicht wie ein rasend gewordener Ästhet zu hysterischen Weibern. Die Einfachheit wäre über ihn gekommen, als Wunder und Gnade des großen Augenblicks. Er hätte Leben gesprochen, nicht Literatur.

Was in seinen Büchern Marotte, übertriebene Sucht nach Dingen und Distanz zum Gemeinen sein mag, hier, im kalten Licht der Wirklichkeit, schien es Schminke und Charlatanerie. Bedauernswertes Volk, das in seinen ernstesten, in seinen Schicksalaugenblicken einen ausgepichten, geschmeidigen Phraseur als geistigen Führer fand. Wenn es in Tagen der Trauer und Not nach den goldenen Worten seines Dichters greifen wird, wird ihm Stroh und Häcksel in den Händen bleiben. Und dies wird keine Verzauberung, sondern vielmehr die Entzauberung jener Worte sein.

Was in der Seele eines Mannes vorgehen mag, der, felsenfest dess' gewiß, daß er selbst fern vom Schuß bleiben werde, kindlich vertrauensselige, urteilslose Menschen zum Kriege lockt, fort vom bescheidenen Glück ihres Friedens, von der Stetigkeit ihrer Arbeit, von der Ruhe eines gesicherten Heims? Ein Dichter, ein Kulturmensch, ein verfeinerter Geistesaristokrat, der den Krieg predigt! Ist es verständlich? Ja, es ist verständlich, daß Dichter preisende Worte auch für den Krieg finden, wenn er als Heimsuchung über ihr Volk gekommen ist. Daß sie jenem dann mit philosophischen und poetischen Tröstungen über seine Not hinweghelfen, seine Seele aufrichten, seinen Kummer mildern, sein Herz stärken wollen. Aber ein Dichter, der die Nation für den Krieg zu begeistern sucht, wenn der Krieg nicht sein muß, ein Dichter in der Rolle des Rattenfängers, der die Kindlichen und Vertrauensvollen und Neugierigen ins Grab flötet, der ist neu in der Geschichte menschlicher Kultur.

Krieg – was ist das heute dem italienischen Volke? Fahnen und Jubel, herrliches Gefühl der Bereitschaft zu Heldentaten, Lorbeer und Hymnen, Rausch und Ekstase, Glockenton und Kränze und gerührtes Schluchzen ob der Seligkeit eines, vorerst geistig eskomptierten, heldenhaften Sterbens für das Vaterland. Aber morgen wird es schon anders sein. Leiblicher Tod, Verwüstung und Schmerz, Brand und Trümmer und Elend, Verstümmelte und Sieche. Besitz zerfällt, Armut drückt tausendfach schwerer als zuvor, das Lachen stirbt, nur zum Friedhofschmuck blühen Blumen, Kunst wird ein schales, überflüssiges Wort, Liebe ein ausgeträumter Traum, der kostbare, herrliche freie Menschenwille ein mißachtetes, zertretenes Nichts, und in die Erde sickert, ungenützt, was viele Tausende Hirne an Kenntnis, Weisheit, Erfahrung gespart. Evviva la guerra! Nach drei Monaten wollen wir den großen d'Annunzio wieder zu seinen Römern sprechen hören – und dem Echo lauschen.

Die Dichter! Wie haben sie enttäuscht und unseren guten Glauben an sie beschämt. Temperamentssache, daß einer von ihnen, d'Annunzio, so besonders abscheulich laut wurde. Aber die papierenen Blumen seiner Rhetorik, mit denen er der Welt ins Ohr raschelte, sind nicht schlechter, als der patriotisch-pathetische Kriegsunflat, den die confrères in den Zeitungen ablagern. Der Unterschied zwischen d'Annunzio und seinen Brüdern im Ungeiste ist schließlich nur der, daß er redet, indes jene schreiben; und daß er schon vor dem Krieg so gellend wurde, wie jene erst in ihm. Ach, diese führenden Geister im Hinterland! Diese furchtbar ingrimmigen Attakken, auf dem Federstiel geritten von Herren, denen in längst vergangenen Zeiten, 10 Monate ist es her, die kosmopolitische Abgeklärtheit, das Allmenschentum von der Stirne glänzte! Wie dumm, wie arm, wie häßlich sahen sie mit einem Male aus, als Europas Not sie aus ihren Schreibstuben auf die Gasse lockte. Nicht um die Not zu teilen oder ihr zu steuern, sondern um in dem tobenden Wirrwarr nicht unbemerkt zu bleiben. Der Gottheit leer standen sie plötzlich da, auf einer um etliches niedrigeren Zinne, als jene der Partei, rot vor Eifer, im Wutchor der Massen als schrillste Oberstimme hörbar zu werden . . .

Die Menschen mußten in diesem Krieg so vieles begraben, daß es nicht mehr ankommt auf das bißchen Reputation der Dichterei, das mit in die Grube sinkt. Fahr' hin! Und d'Annunzio mag dir einen Vers in den Grabstein meißeln.

Perspektiven

WAS schert der Tod des einzelnen!» sagte der Hauptmann, «wenn nur die Truppe der Fahne Ehre macht!»

«Was liegt am Schicksal eines Regiments, wenn nur die Stadt genommen und der Feind verjagt wird», sagte der General.

Der Pariot sagte: «Und ob wir alle bis auf den letzten Mann sterben müssen, wenn es nur dem Vaterland zunutze kommt.»

Der weitblickende Kulturhistoriker blickte weit und sagte: «Selbst wenn ein paar Staaten zugrunde gingen . . . sie wären nicht vergeblich zugrunde gegangen. Europa würde sich auf sich selbst besinnen, und aus dem Blutbad gereinigt, neugeboren, emporsteigen.»

Der Weise strich mit kühlen Fingern den langen Bart: «Nehmen wir an, das alte Europa verfiele dem Chaos, wie wohl täte das in weiterer Folge . . . der Welt! Der Untergang Europas – jedem, der tiefe Zusammenhänge ahnt, wird das klar sein – brächte unserem Planeten reichsten Segen. Als Dünger auf dem Acker der Menschheit geopfert, verhülfe der tote Erdteil diesem Acker zu ungeahnt üppigem Gedeihen.»

Gott sprach: «Für mein Sonnensystem XXVII, arabisch 12, litera F, wird das Verschwinden des Planeten Erde einen großen Vorteil bedeuten. Vielleicht sogar wäre es gut, wenn ich die ganze Sonnensystemgruppe im Interesse höherer kosmischer Zweckmäßigkeit . . .»

«Mag alles hin werden, wenn nur mein Bub mit geraden

Gliedern nach Hause kommt!» sagte Frau Müller und legte die Zeitung mit den Siegesnachrichten ungelesen neben die ungetrunkene Tasse Kaffee-Ersatz.

Gewalt der Musik

Aus der Bauernhütte kam der Klang einer Mundharmonika. Ein trauriges, sehnsüchtiges Lied.

Die beiden russischen Soldaten auf Wache wickelten sich tiefer in ihre Mäntel, horchten stumm, den Blick zum Abendhimmel gerichtet. Heimat, Frau und Kind sahen sie, der vertraute Duft von Wald und Wiese schwang mit den Klängen der Mundharmonika herüber. Sehnsucht bohrte sich ins Herz der Lauschenden, und Wut stieg auf gegen den Feind, der sie fernhielt vom Glück des Friedens. Jetzt glitt die Melodie in ein marschähnliches Motiv über, so wie «Auf, auf, Kameraden!» etwa. Die beiden Soldaten packten ihre Gewehre fester. Der Klang riß alle Wildheit los, die in ihrem Blut verankert war. Der Rhythmus hämmerte ihre Herzen hart. «Du sollst uns noch kennenlernen, Feind . . .!» dachten sie, und daß es doch schön und herrlich sei, für Rußlands Ehre zu fechten, und an die blinkende Medaille mit des Zaren Bildnis und an die Heimkehr, blumengeschmückt. Ihre Augen glänzten, ihr Puls schlug fest, und sie lächelten.

«Spielt da einer von unserer Kompanie?»

«Nein, die ungarischen Gefangenen singen. Den ganzen Abend singen sie. Es ist ein Husarenlied, uralt. Wie ich in Debreczin beim Varieté war, hab' ich es jede Nacht fünfzigmal gehört. So geht es: ‹O du süße, heilige ungarische Erde! Eine Handvoll deiner goldenen Krume sollen sie mir aufs Herz legen, eh' sie den Sarg zunageln . . .›, und dann heißt es weiter: ‹hei Schwert und Lanze, bald glänzt eure Spitze rot wie der Liebsten Seidentüchlein. Türkenköpfe rollen über den Acker wie Kürbisse. Brav, mein Sohn! sagt der Rittmeister, und bei jedem Sprung des Pferdchens schlägt der Säbel lustig den Takt an dem Stiefelschaft . . .› . . . So beiläufig geht es. Die Ungarn werden ganz wild, wenn sie's hören . . .»

Da ging das Lied drüben wieder an. Das Lied von der heiligen ungarischen Erde. Und die russischen Soldaten weinten vor Sehnsucht nach ihrer Heimat. Dann sangen sie drüben ein Treuelied für ihren König. Und das Lied rührte die Russen so, daß sie ihr Gebetbuch aus dem Rucksack nahmen und das eingeklebte Zarenbild küßten.

Obschon der Komponist ausdrücklich den König von Ungarn gemeint hatte.

Übergang

JEDE Zeit ist Ende, Übergang, Anfang.

Die unsere besonders: Ende.

Der blutige Unflat, der seit dreieinhalb Jahren über den Planeten spült, hat viel Urväterhausrat weggeschwemmt, viele Schlösser und Luftschlösser einstürzen gemacht, viele Löcher in Erde und Himmel gerissen.

Freyas goldene Äpfel, Recht, Ehre, Freiheit, dem Antlitz der Welt ewige Jugend spendend, sind in einem schändlichen Pflichten-Kettenhandel verschwunden.

Den seligen Göttern, wie geht's?

Hundsmiserabel.

Zumal Wotan leidet hart an seinem alten Übel, der Arterienverkalkung.

Alle Zeiten sind jammervoll. Aber diese ist ganz besonders jämmerlich jammervoll.

Die Zukunft jedoch, so hören wir's, wird um so schöner sein.

Muß schöner sein; «damit die furchtbaren Opfer nicht umsonst gebracht worden sind».

Die Kultur wird blühen. Daß sie blühe, wurden ein paar Millionen zum Ackerdünger einrückend gemacht.

Sie starben, auf daß kommende Geschlechter schön und gut leben.

Aber das ist eine verfluchte Lüge.

Sie starben überhaupt nicht, «auf daß».

Sie starben, weil man sie nicht leben ließ.

Und wenn die Ethiker des Tages auf die Dereinst-Früchte verweisen, die rund und saftig dem also gedüngten Feld entreifen werden; und uns die sittliche Rentabilität des à-la-longue-Geschäftes darlegen, in das ein paar Millionen Tote investiert wurden, dann möchte mancher wohl Amok laufen.

Oder, als beschaulicheres Temperament, auf dem Bisamberg ein Höhle beziehen und sich von Regenwürmern nähren.

Aber das hätte bald seine Schwierigkeiten. Denn über kurz oder lang sind ja wohl auch die Regenwürmer rayoniert.

Und so bleibt doch kein anderes als: den Blick ins Kommende, Werdende zu richten.

Dazu verhilft nicht der Politiker, sondern der Künstler, der Dichter.

Er sieht, freien Auges, das Ferne. Er riecht den Duft von Blüten, deren Same noch kaum ein paar Wurzelfäserchen ausgestreckt hat. Er hört Musik, die zu machen die Instrumente noch nicht erfunden sind.

Spiegel der Zukunft ist die neue Kunst.

Und viele sind beflissen, ihn uns vorzuhalten. Und viele behaupten, daß sie etwas in dem Spiegel sehen.

Aber das ist so eine Sache ...

Zum Beispiel: die neue Literatur. Die ist ein kurios geschliffener Spiegel.

Was die neuen Dichter dichten, ist noch nicht Anfang, ist Übergang zu einem Anfang, Geschrei des Kreißens und prall geschwollener Leib.

Aber, immerhin, kommt das beglückende Kind, soll ihm die Krippe bereit sein.

Vierter Kriegsherbst

DREI Winter, drei Frühjahre, drei Sommer gab es bisher im Kalender des Krieges. Der diesmalige Herbst aber trägt die Nummer Vier. Zum vierten Male, seit die Welt aus den Fugen ging, prangen Wald und Wiese im gelbbraunen Übergangskleid, nehmen die Zugvögel Abschied – fliegt das unvernünftige Tier noch, trotz Krieg, italienwärts? – fällt Baum und Strauch vom Laube. Die Natur wird magerer von Tag zu Tag. Den Bergen treten die Knochen hervor, unterm schütteren Blätterwerk sieht man das Skelett der Bäume.

Es ist wieder Herbst. Zumal seit wir die Zeit um ein Stündchen vorgerückt haben (wie wir mit ihr umspringen, das ist charakteristisch für die Lockerung und Labilität aller Lebensdinge!), merken wir, daß der Sommer um die letzte Ecke biegt. Es ist mit einemmal Abend an den Abenden, die vor ein paar Tagen noch voll Sonne waren. Und die Flut der Nacht steigt langsam, langsam höher.

In meinem Kalender sind Bildchen über jedem Monatsnamen. Oktober: da sieht man Mädchen und Burschen, das Gesicht von Lachen schimmernd, um die vollen Traubenkörbe tanzen. Farbige Bänder flattern von ihren Kleidern. Auf einer Bank, die Hände überm Krückstock, sitzt ein Alter und sein Weib, und ihre Augen tanzen mit.

Ja, nun ist der Herbst wohl anders. Farbige Bänder und tanzende Jugend und vergnügte Alte, das sind süßliche Kalender-Fiktionen.

Und erst in der großen Stadt! Herbst, da kam sonst (erinnern wir uns noch?) das Rad der Arbeit donnernd in Schwung. Da begann das Sprühen und Sausen und Lärmen von ungezählten sinnvollen und törichten Tätigkeiten, das den Großstädter Musik dünkt und seine Majestät hat wie Meeresrauschen. Da fiel die sommerliche Müdigkeit von der Stadt, da kam das herrlich mitreißende Tempo in ihre Bewegungen. Wenn es dunkelte, schlug sie hunderttausend Augen auf, spottend der Nacht, und klirrte vor Übermut und Lebensfreude. Jetzt hat sich's ausgespottet und ausgeklirrt.

Vierter Kriegsherbst. Wie selbstverständlich uns schon die Misère geworden ist!

Und wie notwendig! Weil ringsum alles so schwer geworden ist, bleiben wir im relativen Gleichgewicht – das ist die eigentliche Formel, nach der das «Durchhalten» vor sich geht. Was rettet die Mutter davor, unter dem Kummer über ihre verlorenen Kinder zusammenzubrechen? Die Sorge, jene, die ihr geblieben sind, zu nähren. Es ist eine satanisch-segenvolle Wechselwirkung. Die Kohlennot läßt uns für ein Weilchen den Hunger vergessen, der Mangel an Schuhen und Kleidern die Kohlennot, der Mangel an tausenderlei anderen Dingen den an Schuhen und Kleidern. Und die Mühe, sich dem Dasein anzupassen, wie es heute ist, gibt wehmütigem Erinnern an das Dasein, wie es einstens war, keinen Raum.

Zum viertenmal wird es Herbst, seit der Krieg begann. Viermal reiften die Früchte, auch am Baum der Menschheit, und wurden geerntet, den Krieg zu nähren. Zum viertenmal sagen die Leute: «Winterfeldzug? Ausgeschlossen!»

Wenn sie recht behielten! Wenn dieser Herbst 1917 wirklich dem Satansgebet, das sein Bruder von 1914 begonnen hat, das Amen spräche – dann sollte, glaube ich, ein Winter sein, in dem die Veilchen blühen, und den Menschen trotz Kohlennot hochsommerlich warm ums Herz ist.

Interview

Es gibt etwas, das noch nicht teurer geworden ist. Die Preise sind dieselben wie vor drei Jahren. Ein Unikum also. Höchstwahrscheinlich ein Unikum.

Was es ist, kann ich aus Delikatesse nicht sagen; aber Sie werden es mühelos erraten, wenn ich die Tarifsätze nenne: sechs Heller und zehn Heller.

Die Stabilität dieser Preise ist erstaunlich, denn die Geschäftsspesen haben sich, wie überall, auch hier erhöht. Seife zum Beispiel; und Bürsten; und andres Material. Ich habe die Verwalterin eines der stattlichsten, im Mittelpunkt der Stadt gelegenen Etablissements um Auskunft gebeten. Sie antwortete sehr freimütig.

Ja, sagte sie, im Frieden sei es entschieden besser gegangen. Schon weil es da auch ein Nachtgeschäft gegeben habe. Jetzt sei von elf Uhr abends bis morgens gar nichts zu tun.

Hingegen wäre das Trinkgeld derzeit häufiger und reichlicher. Kaum ein Gast, der sich an die Tarife halte. Niemand lasse sich auf die Münze von zehn oder zwanzig Heller etwas «herausgeben».

Ich werfe ein, daß das wohl mit der guten Börsenkonjunktur zusammenhänge, die bis in diese kleinsten Kapillaren der Volkswirtschaft ausstrahle. Meine Gewährsfrau stimmt zu. Und erwähnt noch, daß die erste Klasse weit mehr als in Friedenszeiten frequentiert werde. Ein neuer Beweis für den flüssigen Geldstand.

Ob das Unternehmen sonst irgendwie die gespenstischen und schrecklichen Züge der Zeit widerspiegle? Nein, höchstens insofern, als die Graphiken und Schriften an den Innenwänden des Hauses jetzt mehr politischer als erotischer Natur seien, und hier wiederum mehr außen- als innenpolitischen Themen gälten. In den Tagen des ersten Englandhasses mußte man die Wände zweimal im Monat frisch anstreichen.

Auf die Frage, wann ihres Erachtens der Krieg aus sein werde, antwortet die Interviewte lächend: «Bis alle hin san.»

Überhaupt zeigt diese verständige Frau eine staunenswerte innere Ausgeglichenheit und Ruhe. Von den Menschen scheint sie – aus der Perspektive ihres Berufs erklärlich – keine übermäßig hohe Meinung zu haben. Aber ihr Seelenfrieden und ihre Gelassenheit stechen ganz sonderbar von der Unrast und Niedergeschlagenheit der Zeitgenossen ab.

Ich frage sie noch, was sie von den Vorgängen in Rußland halte. Sie meint: «Das G'scheidt'ste wär', wann's den Tscharn absetz'n tät'n.»

Die Antwort macht mich einen Moment stutzig: denn seit einem Jahre ist Rußland Republik.

Aber dann begreife ich alles.

Nämlich: das Amt der guten Frau bringt es mit sich, daß sie nur mit alten Zeitungen zu tun hat. Das neueste Quartal, das sie erworben hat – und auch das nicht zur Lektüre – ist vom Sommer 1916 datiert.

Eine kluge, eine verständige Frau!

Musterung

DER Chef der Musterungskommission saß im Musterungslokal und kämpfte gegen den Schlaf. Es war sehr warm in dem niedrigen Raum, roch nach Schweiß und Tabak, und der Regimentsarzt hatte eine Art, die Hände hinterm Rücken gekreuzt, unablässig von den Fersen auf die Zehen und zurück zu schaukeln, die einschläfernd wirkte wie das immer gleiche Ticktack einer Uhr.

Im Kreidekreis vor dem Arzt stand ein nackter Mensch mit hochgezogenen spitzigen Schultern.

«Fehlt Ihnen was?» fragte der Oberst automatisch. Dann schlief er ein. Und träumte.

Er träumte, es sei ihm, da alle Lebenden schon gemustert waren, die Aufgabe zuteil geworden, sich auf den Friedhof zu begeben und dort die Drückeberger in den Gräbern zu assentieren. Da saß er also jetzt in der Friedhofskanzlei, ein Totengräber, mit dem Unteroffizierskäppchen auf dem Schädel, rief die Assentpflichtigen beim Namen auf, und der Regimentsarzt schaukelte hin und her wie der Federbusch eines Trauerpferdes.

Eine schlottrige Gestalt nach der andern kam ins Zimmer, das Leichenhemd unterm Arm, käseweiß im Antlitz, teils aus Furcht, teils infolge längeren Begrabenseins.

«Was ist mit Ihnen?» fragte der Oberst den dürren Kadaver, der jetzt im Kreidekreis stand.

«Herzschlag, bitte», antwortete der Assentpflichtige. «Das könnt' ein jeder sagen . . . Tauglich . . . Der Nächste.»

Der Nächste gab Knochentuberkulose an. In Berücksichtigung dieses Leidens assentierte ihn der Oberst zu den Fliegern.

Dann erschien einer, der nahm respektvollst seine Schädeldecke ab. Und auf den Verweis, daß er hier nicht zu grüßen habe, sagte er, er wolle bloß zeigen, wie wenig Gehirn ihm sein Tumor gelassen habe. Der Oberst murmelte vor sich hin: «Den nehmen wir zum Generalstab» und schrieb etwas in sein Protokoll. Er zeigte dann schmunzelnd das Protokoll dem Regimentsarzt, und der lachte, daß er fast aus seiner Schaukel flog.

Einer trat in den Kreidekreis, der behauptete, Würmer in den Eingeweiden zu haben.

«Eine Kinderkrankheit», sagte der Regimentsarzt. Der Oberst steckte ihn zu den Sappeuren.

So assentierten sie drauflos. Immer wieder öffnete der Totengräber-Unteroffizier die Tür und ließ aus dem unübersehbaren weißlichen Gewimmel von Figuren draußen eine ins Zimmer schlüpfen.

«Es nimmt kein Ende», stöhnte der Oberst. Die Angst vor der unermeßlichen Arbeit trieb ihm den Schweiß auf die Stirne, das Zimmer drehte sich, die Möbel tanzten, und der Arzt schwang wie ein rasend gewordenes, unten fixiertes Pendel hin und her.

Einer im Kreidekreis sagte jetzt: «Magenkrebs.» Er trug das soldatische Ehrenkreuz auf dem Totenhemd.

Der Oberst deutete auf das Kreuz. «Waren Sie schon einmal im Feld?»

«Jawohl.» Pause. Dann schüchtern: «Magenkrebs, bitte.»

«Stimmt», sagte der Arzt. «Kenne den Mann. Magenkrebs, jawohl, entschieden Magenkrebs, erinnere mich . . . habe ihn selbst assentiert.»

«Erstatte Meldung», sagte der Mann, und sein Ehrenkreuz wuchs und wurde groß wie das Kreuz auf einem Kirchturm, «erstatte Meldung, daß ich tot bin.»

«Sagen Sie das bei der Präsentierung!» rief der Oberst ärgerlich.

Und erwachte. Die letzten Worte hatte er ganz laut gesprochen, der Unteroffizier notierte etwas auf einem Zettel, und ein nackter Mensch mit hochgezogenen spitzigen Schultern schlotterte zur Tür hinaus.

«Wir sind fertig, Herr Oberst», meldete der Arzt, stieg aus der Schaukel und strich sich mit einer kleinen schmutzigen Taschenbürste die Haare an den Schläfen zurecht. «Nr. 30904. Wollen Herr Oberst gefälligst das Protokoll unterschreiben?»

Der Oberst unterschrieb. Es war ihm übel. «Die Ausdünstung der Volkskraft ist erheblich», sagte er.

Beide Herren fuhren dann ein wenig in die ländliche Umgebung der Stadt, sich auszulüften. «Soll ich durch die Hauptstraße fahren», fragte der Kutscher, «oder über den Feldweg am Friedhof vorbei?»

«Durch die Straße», antworteten gleichzeitig der Arzt und der Oberst.

Bilder

Es ist ganz außerordentlich, wie sehr sich die Russen in letzter Zeit verschönt haben. Ihr Antlitz, ihre Haltung, ihre Insignien haben sich zum Bessern und Edlern gewandelt.

Spiegel der Zeit und ihrer Menschen ist das illustrierte Blatt. Aus ihm kann man, ohne irgendwelchen Text zur Kenntnis zu nehmen, erfahren, was die Weltuhr geschlagen hat.

Vor einem Jahr noch sah der Russe in den Originalzeichnungen des illustrierten Blattes so aus: er stak in ungeheuern Röhrenstiefeln, hatte ein Gesicht wie ein finsterer Affe, die Backenknochen standen ihm so weit heraus, daß man den Hut dran hätte aufhängen können, aus einer Tasche guckte die Knute, aus der anderen die Wutkiflasche.

In der vor zwei Monaten gedruckten Nummer des illustrierten Blattes erschien der Russe bereits ohne Wutki und Knute. Er hatte einen schönen schwarzen Vollbart, die Stiefel saßen wie angegossen, die Backenknochen unterbrachen kaum das schwermütige Gesichtsoval.

Vor zwei Wochen – in Brest-Litowsk ging es glänzend – bot der Russe des illustrierten Blattes ein Bild ernster menschlicher Schönheit. Er trug keine Röhrenstiefel mehr, sondern Knöpfelschuhe. Aus der Tasche sah ihm ein Buch. Sein Antlitz strahlte in tiefem, reinem Feuer. Das Antlitz war slawisch, aber in edelstem physiognomischen Moll.

Gestern erschien das illustrierte Blatt wieder. Bild: «Die Russen begeben sich zur Verhandlung.» Der Vollbart – o Schreck! – struppig! Keine Knöpfelschuhe, sondern breite, verhatschte Schnürstiefel! Die Augen klein, mit einem Stich ins Tückische! Und rechts und links im Antlitz eine deutliche Tendenz zur Hutnagelbildung.

Da zog Trauer in mein Herz ob der offenbar schlechten Nachrichten aus Brest-Litowsk.

Ach, wann kommst du, holder Tag, da im illustrierten Blatt der Amerikaner nicht mehr ein Orang-Gebiß hat und einen Geierkropf, sondern ein Bild schöner männlicher Energie ist, im viereckigen Rock und stumpfbreiten Schuh den Typus gedrungener Kraft verkörpernd?,

da des Italieners Feuerauge unter dunklen Locken blitzt; da er nicht schmutzstarrend, ein verlauster schwarzer Gnom, den Dolch im löcherigen Rock birgt, sondern den faltigen Radmantel musikalisch um die Schulter geworfen hat?,

da der Franzose des illustrierten Blatts wieder, ein duftendes Spitzbärtchen am Kinn, federnd vor Anmut und Eleganz, im Macpharlan dahinschwebt?,

da der Engländer, hochstirnig und edelnasig, wieder Lord und Gentleman, der goldgelockten Lady ins Auto hilft und nicht, ein fletschendes Untier mit furchtbar langen Beinen und gigantischen Plattfüßen, das Antlitz der Erde, wie es im illustrierten Blatt abkonterfeit ist, schändet?, wann kommst du, holder Tag, da der deutsche Professor mit wallendem Vollbart, Röllchen, Vorhemd und gewölbter Heldenbrust aus feindlichen Zeitungen rückkehrt in seine Friedensheimstätte, in das deutsche Witzblatt?

Im Auslagefenster des Zeitungsladens zeigt ein illustriertes Journal sein Titelbild: «Serben in Monastir.» Sie haben noch das Brigantengesicht, und aus der Hakennase quillt ein Tröpfchen.

Aber von Wanzen ist nichts zu sehen!

Sollte es wahr sein, daß ein serbischer Kronrat beschlossen hat, in Friedensverhandlungen einzutreten?

Nummer 28

DER Lehrer, der Kaufmann, der Schriftsteller saßen um den Tisch ihres Spitalzimmers, tranken elenden «Hopfen-Trank» und erzählten einander das Grauenvollste, das sie im Krieg mitgemacht hatten.

«Das Fürchterlichste, was ich erlebt habe», sagte der Lehrer, «war in N. im Belgischen. Dort hatten sich etwa fünfzehn Bewohner vor dem Bombardement in einen Weinkeller geflüchtet. Als wir dann in den Ort einzogen, suchten wir die Häuser nach versteckten Freischärlern ab. Dabei kamen wir auch in jenen Keller. Nun – stellen Sie sich das vor –, eine Granate hatte dort hineingefunden, die Menschen getötet und die vollen Fässer in Splitter geschlagen. Fünfzehn angekleidete Leichen schwammen in einem See von rotem Wein . . . Ich werde mein Lebtag keinen Rotwein mehr trinken können.»

Der Kaufmann berichtete: «Mein grauenvollstes Erlebnis spielt auch in einem Keller. Im Keller eines galizischen Häuschens, das durch viele Wochen von Russen besetzt gewesen war. Die Bewohner, ein altes Ehepaar, hatten sich in den Keller geflüchtet und dort, wer weiß wie lange, verborgen gehalten. Als wir sie fanden, waren sie tot. Verhungert, glatt verhungert. In einer Ecke lag ein leerer Vogelkäfig, und ein paar graue Federn lagen auf dem Boden verstreut. Eine solche Feder klebte auch dem toten Mann im Mundwinkel. Ortsbewohner erzählten uns dann, daß die beiden Alten zwei große Stare gehabt hätten. Der Vogelkäfig mit seinen Insassen war offenbar das einzige, das sie auf der raschen Flucht in ihren unterirdischen Zufluchtsort mitgenommen hatten. Dort mögen die Tiere – es gab ja weder Nahrung noch Wasser – gestorben und von den zwei Leuten verspeist worden sein. Oder vielleicht auch mußten sie die Vögel erst töten ...»

«Ja, ja ...» Der Lehrer schüttelte gedankenvoll den Kopf ... «Das Martyrium des Viehs ... das ist auch ein Kapitel ... der Mensch hat doch, geht's ihm noch so bitter, seine Philosophie. Und das Bewußtsein seiner Menschenwürde. Aber das arme Vieh ...»

Der Schriftsteller erzählte: «Ich stand vor einer Musterungskommission, bei der wurde folgender Vorgang eingehalten: Die Leute traten nackt in einen Kreidekreis, der auf dem Boden gezogen war. Dort untersuchte sie der Arzt. Die Tauglichen übernahm dann, im Hintergrund des Zimmers, ein Unteroffizier. Er hatte eine blaue Kreide in der Hand und mit der schrieb er jedem eine große Nummer auf die nackte Brust. Ich bekam die Nummer 28.»

Pause.

«Nun, und?» fragte der Kaufmann.

Der Lehrer meinte: «Sie wollten doch von Kriegsgreueln erzählen?»

Der Schriftsteller schwieg. Vermutlich schämte er sich, daß er nur so Geringes zum Thema beitragen konnte.

Angst

ALSO ich fürchte mich gar nicht. Gar nicht ein bißchen. Nur vor dem Lärm habe ich Angst. Im Theater, wenn geschossen wird, halte ich mir immer die Ohren zu. Wenn die Kanonen keinen Lärm machten, wissen Sie, hätte der Krieg für mich nicht soviel Schreckliches. Wie gesagt: Angst habe ich nur vor dem Lärm. Und Sie? Wovor haben Sie am meisten Furcht?»

«Vor allem. Ich habe Angst vor der Kälte und der Hitze, vor Durst und Hunger und Nichtschlafendürfen, vor Lärm und üblem Geruch, vor geschwollenen Füßen und Kolik und Magenkatarrh, vor Schmutz und Ungeziefer, vor dem Niealleinseinkönnen, vor Wunden und Schmerzen, vor eigenem Elend und dem Elend der anderen. Ich habe Angst vor Spital und Jodoformgestank und Operation, Angst vor dem Anblick greulicher Dinge und Angst, es könnte dahin kommen, daß ich vor solchem Anblick keine Angst mehr hätte. Ich habe Angst vor Nervenqual und vor dem Zischen der Kugeln und vor der Explosion der Granaten, Angst vor dem Sturm und den Stunden vor dem Sturm, Angst vor der schrecklichen Monotonie des Tages und vor den schrecklichen Unterbrechungen dieser Monotonie. Kurz, ich habe Angst vor allem und jedem – nur vor einem einzigen habe ich wenig Angst.»

«Und zwar . . .?»

«Vor dem Tode . . . vor dem habe ich die geringste Angst.»

«Und die größte?»

«Die größte, die allergrößte Angst habe ich vor der Angst! Ich kann Ihnen gar nicht schildern, wie ich mich vor der Furcht fürchte . . .!»

Geräusche

Als Pierre auf Urlaub nach Hause kam, erzählte er: «Das Stöhnen der Verwundeten und Sterbenden folgt dir Tag und Nacht. Man bringt es nicht aus dem Ohr, wenn man's einmal auf dem Schlachtfeld gehört hat.»

Er ging dann wieder ins Feld, und als er neuerdings nach Hause kam, erzählte er: «Man unterscheidet sie ganz genau. Die Gewehrkugeln machen ‹Pffft, Pffft›. Wenn sie auf Blätter treffen, klatscht es; wie eine kräftige Ohrfeige. Die 15-cm-Granaten heulen. Wenn die Granate aber sehr hoch fliegt, ist es wie das Greinen einer Katze oder wie das Wimmern eines kleinen Kindes.»

Er ging dann wiederum ins Feld, und als er, neuerdings heimgekehrt, vom Kriege erzählte, sagte er: «Ruhe gibt's keine. Die Kameraden fluchen oder singen oder geben noch üblere Geräusche von sich. Die Räder der schweren Wagen kreischen, daß man die schlimmsten Rückenmarkschmerzen bekommt. Das Peitschenknallen hört nie auf. Der Magen knurrt und die Vorgesetzten tun desgleichen. Bei Nacht sägt es und grölt es von allen Seiten: Wie ein müder Feldsoldat schnarchen kann, davon macht sich der, der's nicht erlebt hat, gar keine Vorstellung.»

Er zog dann zum vierten Male ins Feld, und als er nach langen Monaten wieder daheim war, erzählte er vom Morgen-Pieps-Konzert der flandrischen Sperlinge und vom Trommelwasser der unablässig herabrauschenden Regengüsse, vom Wiehern der Pferde im Schlafe, wenn böse Träume ihren Schlummer stören, vom Knacken der Eisdecke, wenn das Tauen beginnt, von den unendlichen chromatischen Skalen, die der Sturm im Schilfe pfeift, und von den geheimnisvollen Lauten, die über den nächtlichen Sumpf geistern.

Und noch einmal zog er ins Feld – der Krieg ist lang – und noch einmal kam er heim – der Zufall schaltet wunderlich. «Das Jammern der Verwundeten» – erzählte er – «das fließt spurlos an den Nerven vorbei. Man ist stumpf dem gegenüber wie ein Chirurg. Die Kanonen, die hört man gar nicht mehr. Ihr obstinater Baß würde dem Ohr fehlen, setzte er längere Zeit aus. Über die Lebensgeräusche der Kameraden, wie über den ganzen Lärm der Kriegsmaschinerie hört man so hinweg wie daheim über das Rattern der Straßenbahn. Die Stimmen der Natur? – Ach, sie haben so was Dünnes, Machtloses! So was sachlich Gleichmütiges! Sie sagen dir nichts mehr. Ein Gewitter während Trommelfeuer wirkt geradezu lächerlich . . . Am geräuschvollsten sind die Viertelstündchen der

Stille und Einsamkeit, die sich der geschickte Frontsoldat doch hie und da zu ergattern weiß. Da wachen innere Stimmen auf. Alles, was du nicht sagen, nicht denken darfst, ballt sich im Schädel zu einer schweren, beweglichen Kugel, die mit Tosen und Dröhnen durch das Hirn rollt. Es ist zum Verrücktwerden.»

Wiederum im Felde, geriet er in deutsche Gefangenschaft. Dort wurde er nervenkrank und beklagte sich sehr, daß er keine Ruhe finden könne. Immer läge ihm das Stöhnen der Verwundeten, das «Pffft, Pffft» der Gewehrkugeln, das Miauen der hochfliegenden Granaten, das Schnarchen der Kameraden und das Niederprasseln des unendlichen Regens im Ohr. Und dazwischen höre er die Stimme Gottes, die, alles überdonnernd, riefe: «Kaïn, où est ton frère? Où est . . .»

Der Arzt unterbrach ihn: «Wenn Sie ein besseres Zimmer haben wollen, so sagen Sie's, aber lassen Sie Gott aus dem Spiele. Übrigens spricht der liebe Gott deutsch! Verstanden?»

Der Friede von Brest-Litowsk

Nun ist er da, der Friede.

Aber ich habe mir das ganz anders vorgestellt, wie es sein würde, wenn einmal . . .

Ich dachte, die Stadt würde eines Tages voll sein von toten Extraausgabenverkäufern. In jeder größeren Stadt würde mindestens einer liegen, hingestreckt wie jener Läufer von Marathon, nachdem er, mit letztem Atemrest, die Heilsbotschaft hinausgeschrien hatte.

Aber auch die überlebenden Extraausgabenverkäufer – dachte ich – würden nicht lange überleben. Die Zärtlichkeit der Passanten, die Inbrunst der allgemeinen Freude müßte sie erdrücken, totquetschen. Und dann würden die Glocken läuten. Alle Glocken. Unermüdlich. Nicht schlechtweg bimbam, sondern eine festliche Musik, stürmisch, jubelnd, daß die ganze Stadt, von solch metallischem Jauchze-Chor erschüttert, ins Taumeln käme. Und die Menschen würden singen, Purzelbäume schlagen, sich die Röcke aufreißen, um voller, tiefer atmen zu können.

In den Gasthäusern würden die Türen aufspringen und die Wirte auf die Gasse stürzen und die Armen hineinziehen in die gute Stube. «Eßt, trinkt, seid froh.» Und die Reichen würden rufen: «Wer will Geld? Wer nimmt meine Uhr, meinen Hut, meine Brieftasche? Da, da, da!»

Ja, und was die Beflaggung der Straße anbelangt, das würde nicht so eine simple Fahnenhinaussteckerei sein, sondern ein Wirbel von buntem Zeug, wie es keiner noch je gesehen hätte, so nach dem Motto: Aber die Freude duldet nichts Graues.

Und überall in der Stadt wäre improvisierter Blumenkorso. Und die Pferde tänzelten wie Zirkuspferde . . . auch das dumme Tier spürte Musik im Leibe, die Musik der großen, frohen Stunde. Und jeder küßte seinen Feind, wenn er ihm gerade begegnete. Und der Ehemann küßte seine Frau. Und die anderen küßten sie auch. Und es wäre, ohne Alkohol, ein Rausch, daß man am lichten Tag die Sterne tanzen sähe.

Und zwei Monate Schulschluß. Und ebensolange Volksfest. Musikkapellen durch die Stadt von früh bis abends und von abends bis früh. Wer wollte schlafen? Und Freibier. Und Freudenfeuer. Und Stegreiffestredner an allen Straßenecken. Und die Zeitungen alle mit lichtrotem Rand, und hinter jedem Satz zumindest ein Ausrufungszeichen.

Das Schönste aber, dachte ich, würden die Tribünen sein und der festliche Einzug. Ja, so was von Preistreiberei wie mit den guten Tribünensitzen hätte die Welt noch nicht gesehen. Die Kriegsgewinner zahlten glatt und gern eine Million, um die Kriegsgewinner einreiten zu sehen. Die Generale alle auf Schimmeln! Schimmel müßten es sein, selbstverständlich. Und die Generale hätten Veilchensträuße an der Heldenbrust. Und ein ungeheures Trommelfeuer von Blumen ginge auf sie und die Truppen nieder. Und es stiege ein Jubel aus aller Leute Kehlen, daß in der entlegensten Vorstadt die Fenster klirren müßten, wie sonst nur bei Explosionen in der Munitionsfabrik. Und aller Mienen strahlten in einem Glanz, daß die Sonne ganz armselig, ein milchiger Fleck, am Himmel blaßte.

Ja, die Truppen! Da kämen sie heim, die wir im Juli und Augustbeginn 1914 zur Bahn geleitet haben. Ganz braun und hautverwittert kämen die glatten Jünglinge heim und mit Vollbärten. Und um sie, so weit das Auge nur reichte, offene Arme, glückstränenüberströmte Antlitze und so viel Liebe, so schrecklich viel Liebe, daß selbst der Gekreuzigte auf den Altären rechts und links der Straße würde lächeln müssen.

So beiläufig habe ich mir's vorgestellt, daß es wäre, wenn einmal . . .

Es war aber anders.

Um die Truppen abzuholen, die im Juli 1914 hinausgefahren waren und jetzt heimkehren, würde eine Droschke genügen. Wenn eine aufzutreiben wäre.

Um sechs Uhr nachmittags wurde der Chef zum Telephon gerufen. Er legte das Hörrohr verdrießlich nieder und brummte: «Das hätt' auch bis morgen früh Zeit gehabt.» Der Prokurist sagte: «Was ist denn los?» Der Chef erwiderte: «Nichts ist los, der Friede mit Rußland ist unterzeichnet.» Der Prokurist sagte: «Ach so» und gähnte, daß ihm die Kiefer knackten.

Keine Fahne, kein Schulschluß, kein Volksfest, keine Armenbewirtung, kein Glockenläuten, keine Festredner, keine Extraausgabe, keine Preistreiberei in Tribünensitzen.

Das Rad des Geschehens ging über den Friedensvertrag, nahm ihn mit, wie das Wagenrad ein Stück Papier mitnimmt, das auf dem Fahrweg liegt.

Nach ein paar Umdrehungen verschwindet es im Schmutz der Straße.

Lyrische Betrachter

Von Kriegsdichtern gibt es vier Spielarten:
die Sänger und Besinger des Kriegs,
die lyrischen Betrachter,
die Protestler,
die Schweigenden.

Ehre den Schweigenden! Ihr Stummsein durchklingt den Lärm der Zeit. Ihr Schweigen macht den Mördern den Prozeß. Es ist Anklage und Urteil.

Ehre auch den Mutigen, die Widerspruch erheben. Kriegerische Musik gegen den Krieg: die kann man sich, wenn schon durchaus musiziert werden muß, gefallen lassen.

Der sich auf den Kadaverberg stellt und singt: «Kein schön'res Los, als wer vorm Feind erschlagen», der mag noch Dichter sein.

Aber wer die «Stimmung» des Totenhaufens in schöne Worte und edle Rhythmen einfängt, ist ein Leichenschänder.

Die lyrischen Betrachter – das ist die schlimmste Spezies.

Ihre Wehmut begeilt sich am Jammer der Welt. Aus dem Unflat des Geschehens destillieren sie Süßigkeit für ihr naschhaftes Herz.

Am Rande des Blutmeers trauerlustwandelnd, sehen sie nicht das Blut, sondern das Meer. Die Majestät des Meeres. Und beginnen, ob seiner Größe und Bewegung, in Ergriffenheit zu zwitschern.

Sie sehen nicht die Toten im Würmerbezirk, sondern das schwermütige Kreuzearrangement auf den Gräbern.

Sie riechen nicht die Verwesung, sondern den Duft der Blümchen, sprießend aus aasgedüngtem Boden.

Ihre Ohren zerreißt nicht der Schrei der Gemarterten: aber die Stille nach verklungenem Schrei träufelt Mollmelodie in ihr Gemüt.

Die Gebeine der Hingeschlachteten beschwört ihr lyrischer Ruf zu taktmäßigen, taktvollen Totentänzen. Am Feuer, darin Lebende geröstet werden, kochen sie schmackhafte Melancholien.

Wen die Mordorgie gar nicht erschüttert, der ist ein harter Kerl. Über den läßt sich reden, obzwar er ein Metallherz im Leibe hat. Wen sie aber so sanft erschüttert, daß seine Seele in metrische Schwingungen gerät, der hat gar kein Herz im Leibe, sondern einen Schwamm.

Ganz vollgesogen ist er von wonniger Rührung.

Viel ärger als die wilden Barden sind die milden Elegiker.

Viel ärger als die Fahnenschwinger sind die Florschwinger.

Viel ärger als die Trompeter sind die Harfenisten.

Äußerstes Mißtrauen gegen die Dichter, die der Krieg zum Dichten «anregt»!

Ist geistiger, literarischer Profit vom Kriege, gefühlzinsend in Poesie angelegt, weniger schmählich als materieller?

Er ist hundertmal schmählicher.

Illustrierte

Das letztemal sah ich «La Vie Parisienne» im Juli 1914. Sie war tags zuvor gekommen, und ihr satiniertes Papier glänzte noch unbefleckt von Leserfingern. Auf den zwei Seiten in der Mitte des Heftes gab es farbige Zeichnungen von Préjélan (ich glaube, so hieß der Zeichner): zwölf junge Mädchen, die Sommerspiele spielten. Sie hatten ganz zarte, hauchdünne Kleidchen an und zeigten im Lauf und Sprung und fröhlichen Sturz ihre langen, feinen Beine. Und hier und da noch ein Stückchen mehr. Unter dem Bild stand: «Comment elles s'amusent.»

An jenem Tag sah ich auch, und gleichfalls zum letztenmal «Le Rire». Das Titelblatt war folgendes: Ein alter Invalide mit Stelzbein blickte sich auf der Straße, verliebt und zärtlich grinsend, nach einem hübschen Mädchen um, das, eine riesige Hutschachtel am Arm, vorübertrippelte. Und siehe, aus dem hölzernen Fuß des Invaliden sproß, wie aus Tannhäusers

Stab, ein kleines grünes Blatt. Unter dem Bild stand: «Le Printemps.»

Es waren ja lasterhafte und freche Zeichnungen, die vom Ernst des Lebens nicht viel Kenntnis nahmen und die Tränen der Welt nicht fließen hörten. Aber man sah sie gleichwohl gern, diese graziösen Blätter voll Bosheit, Drolerie, Leichtsinn und pfiffiger Frivolität.

Es war Schaum, abgeschöpft aus des Lebens vollem Glase. Schwerlos, flüchtig, eine Sonne guter Laune in unwahrscheinlichstem Geglitzer widerspiegelnd. Schade, daß sie seit langer Zeit nicht mehr zu uns kommen, die illustrierten Zeitungen aus der Fremde. Es hatte seinen Reiz, so Duft und Klang anderer Städt' und Länder zu ahnen, die Wärme und den Wind anderer Klimate sich ums Herz streichen zu lassen.

Es waren die Reisen des armen Mannes. Weihnachten, zum Beispiel, fuhr man gern nach London. Da kamen «London News» und «The Sketch» und «Daily Graphic», festtäglich bunt und blätter-üppig. Schauspielerinnen mit Engelsgesichtern und Ringellocken bis zu den polierten Schultern lächelten süß. Fußballhelden und Regattensieger, den Hochmut des Weltrekords im Blick, zeigten, armverschränkt, herrlich strotzende Brustkasten und Beinmuskulaturen. Die Feiertagsnovelle aber führte in ein verflossenes romantisches Jahrhundert. Da knallten Postkutscher unsagbar frohgemut durch eine zärtlich schmeichelnde Landschaft, Gentlemen in schwarzen Stiefeln mit breitem, braunem Lackbesatz am Schaft-Ende standen an Kamine gelehnt, Ladies in Allongeperücken saßen träumerisch, Hand mit offenem Brief in den Schoß gelegt, im Wäldchen kreuzten zwei Edeljünglinge in Escarpins und weißen plodernden Seidenhemden das Fleurett, inmitten einer Koppel langbeiniger Windhunde blies ein Meutechef das geringelte Horn, und wie Sturm in Rot brauste die Parforcejagd über sattgrüne Wiesen.

Alles blinkte ganz unmöglich, ganz lächerlich sauber, fein und glatt.

Was für süßer Kitsch! Was für verlogener Kitsch!

Aber war der süße Kitsch nicht immer noch schöner als jetzt der blutige?

War der verlogene nicht immer noch wahrer als jetzt der wahre?

Was ist unwahrscheinlicher: Postkutschen, oder «Flammenwerfer in Tätigkeit»?

Landschaften in Lichtrosa und Himmelblau, oder «Granatentrichterfeld»?

Was ist schöner: Schauspielerinnen mit Puppengesichtern, oder: Generale, unbeschreiblich strategisch über Landkarten gebeugt?

Was ist dümmer-phantastisch: ein Invalide, dessen Stelzbein Blätter treibt, oder: «Wirkung der Fliegerbomben»?

Und was erhebt die Seele mehr: junge Französinnen, Sommerspiele spielend, oder: «Franzosen, im Stacheldraht verzappelnd»?

«Comment elles s'amusent» oder «Comment ils meurent»?

Gibt es noch «La Vie Parisienne»? Vielleicht.

Aber «Le Rire»? Nein. Das gibt es bestimmt nirgends mehr.

Jedenfalls kommt es nicht mehr zu uns. Seit dreiundeinhalb Jahren schon.

Dafür aber, etsch, kommen auch ebensolange schon die «Fliegenden Blätter» nicht nach Paris.

Und so gleicht es sich gewissermaßen aus.

Hiob-Rekord

Zwischen «Aus dem Reich des Humors» und Schachturniernotizen gemütlich eingebettet findet sich folgende Mitteilung:

«Eine Familie in Tanna hatte, wie uns aus Zittau berichtet wird, sechs Söhne im Felde stehen. Innerhalb eines Jahres erlitten vier den Tod auf dem Schlachtfelde. An der Somme erlitt kürzlich der fünfte Sohn den Heldentod. Die Mutter bereitete man schonend auf die Trauernachricht vor. Als ihr aber die schreckliche Wahrheit klar wurde, fiel sie mit einem Schmerzensschrei tot zu Boden. Nun ward der Vater bittlich, daß der letzte und jüngste Sohn enthoben werde. Das Bittgesuch aber kreuzte sich mit der Nachricht, daß auch der letzte Sohn an der Lys gefallen ist.»

Angenommen, daß der Vater nicht eingerückt, also nicht in der Lage ist, in der Erfüllung hehrer Pflicht Trost für das Erlittene zu finden:

Welchen andern Trost dann könnten mitfühlende Menschenbrüder diesem unseligsten Mann spenden? Welche Hoffnung soll er an den sieben Gräbern der Seinen aufpflanzen?

Es muß doch aus den Bezirken der Religion oder Philosophie ein Etwas geben, das auch diesem Schmerz Linderung brächte! Aber was?

Wen Gott liebt, den züchtigt er. Es ist kein Beispiel bekannt, daß Gott einem Sterblichen mehr Liebe bezeigt hätte, als diesem Mann aus Tanna. Aber, das ist die bange Frage, wird der so Geliebte das einsehen? Und zu würdigen wissen?

Auch für den Zuspruch: «Kein schön'res Los, als wer vorm Feind erschlagen» dürfte er, angesichts der verwirrenden Fülle schönster Lose, die seinem Hause zugefallen ist, nicht empfänglich sein.

Hier hätten Lobredner, Verteidiger, Heldenreizer des Krieges Gelegenheit, sich hervorzutun.

Wer wagt es, dem Mann aus Tanna in die Augen zu blikken? Und ihm eine Trostesformel für seinen Schmerz zu reichen?

Waffensegnende Pfarrer, Rabbiner, Pastoren: heraus jetzt mit den Seelenheilmitteln aus euren Feldapotheken.

Ihr solltet jedenfalls die Geschichte von dem Mann aus Tanna im Gebet vor des Schöpfers Thron bringen. Vielleicht geschähe dann das heißersehnte Mirakel: daß sich die Erde spaltete und das ganze Geschlecht der Stahlbadediener verschlänge wie einst die weit harmlosere Rotte Korah.

Gespenster

FIRMENTAFELN, Geschäftsaufschriften, deren Texte noch die Tatsachen der Friedenszeit zur Voraussetzung haben, füllen das Herz mit Wehmut.

Sie stehen da wie das Blümchen zwischen Eisenbahnschienen: arglos wiegt es das Haupt im Winde, harrt seiner Bestimmung, von einem Kuhmaul abgerupft, von Kinderfingern gepflückt zu werden. Aber hier ist nicht Weide und nicht Wiesenspielplatz, lächerliches Blümchen!

Diese Firmenschildertexte sind so rührend wie Großmutters Ballkleid. Oder wie das musterhafte Schulzeugnis eines gestorbenen Kindes. Oder wie die Manikürschatulle einer süßen Frau, der die Elektrische gestern beide Hände abgefahren hat.

An einer Straßenecke der Vorstadt sind leere Geschäftsräume, ebenerdig, zum Unterstand für ganz arme Flüchtlinge geworden. Früher war dort ein Reisebureau. Durch ein paar zerbrochene Milchglasscheiben sieht man ins Innere, hört den Trab der Wanzen und Läuse. Das Ungeziefer hat Menschen. Auf dreckigen Stroh- und Matratzenfragmenten kauern, in zerlumpten Lumpen, Kinder, Weiber, alte polnische Juden. Urtrauriges Volk, Schatten der fürchterlichsten Enge und Unfreiheit sind um die stumm hockende, verlauste Schar.

Auf den zerbrochenen Milchglasscheiben steht in großen schwarzen Antiqualettern: «Cunard Line. Die schnellsten und schönsten Schiffe der Welt: Lusitania und Mauretania.»

Der Menschheit ganzer Jammer . . . nein, aber ein Hauch von dieser Zeiten majestätischem Gestank weht dich an.

Es wandeln Leute, die haben noch Blick und Schritt, Lächeln und Stimme von Anno dreizehn. Sie sehen unheimlich verwittert frisch aus. Wie Präparate in Spiritus. Wie Entsprungene aus einem Museum ehemaligen Lebens. Sie sind rührend. Auf ihren Stirnen stehen, unsichtbar, Texte wie auf jenen Firmenschildern. Etwa: frische Butter, Eier, Milch,

Schinken und Obst. Oder: die schnellsten und schönsten Schiffe der Welt Lusitania und Mauretania.

Sie sagen ohne Beben in der Stimme: «Mein Sohn geht ins Gymnasium.» Als wenn auf dem Wege dorthin der Sohn nicht einen Tritt empfangen könnte, der ihn, marsch eins, zwei, hast du nicht gesehen, ins Massengrab spediert.

Sie sagen: «Meine Weltanschauung . . .», als wenn es noch eine Welt zum Anschauen gäbe.

Sie sagen: «Üb' immer Treu und Redlichkeit», «Bildung ist Macht», «Ein guter Mensch in seinem dunklen Drange . . .» Es ist, wie wenn einer käme und gebratenes Huhn, Kompott und gute Medizinen an ein Totenbett brächte.

Sie sagen: «Unser Leben ist in Gottes Hand.» Als wüßten sie nicht, daß Gott längst einrückend gemacht und der Militärjudikatur unterstellt wurde. Lesen sie denn keine Zeitung?

Sie reden Moder. Ihr Geist und ihre Sprache wohnen in Voraussetzungen, die längst niedergerissen sind. So ein Gespenst von 1913 ruft etwa, bitter, aus: «Menschenleben sind billig wie Brombeeren.» Peinlicher Unsinn! Heute könnte man vielleicht von einer guten Obstkonjunktur sagen: «Brombeeren sind billig wie Menschenleben.»

Eine Begegnung mit diesen Leuten füllt die Seele mit spaßigem Grauen. Als wenn dir im ausgegrabenen toten Pompeji ein ausgegrabener lebendiger Pompejaner begegnete. Und der sagte, lateinisch: «Bitte, um wieviel Uhr findet eigentlich die Feier anläßlich des Regierungsantritts von Titus Flavius Vespasianus statt?»

So ganz und gar gespenstisch ist eine Begegnung mit diesen Leuten, diesen geruhigen Nachtwandlern im vollen Blutlicht des Tages.

Wie irrsinnig gewordene Mütter sind sie, die dem gefallenen Sohn noch immer Strümpfe stricken und Mehl beiseite legen, den heimkehrenden mit Gebackenem zu grüßen.

Freundlich geblendet blinzeln sie in das schwarze Himmelsloch, wo früher die längst zu Kriegszwecken requirierte Sonne stand.

Sie machen Zukunftspläne und bauen an ihrem Schicksal und erziehen Kinder und leben ökonomisch und tun logisch, als ob das Morgen dem Heute wie der Blüte die Frucht entsprösse und nicht vielmehr wie der unreinen Haut ein Geschwür.

Sie gehen auf einer Brücke, ahnungslos und immerzu, die nur an einem Ufer fixiert ist und am andern ins Leere wippt.

Titus Flavius Vespasianus, amor et deliciae generis humani, regiert nicht mehr. Pompejaner, du bist um 2000 Jahre zurück!

Wer redet von Menschenrecht? Von Menschenwürde?

Apage domine!

Bahnhof

Der würdige Bahnbeamte sah ihr süßes, schmales, blasses Gesicht. Es war Krankheitszeugnis und Bestechung zugleich. So bekam sie Erlaubnis, eine Stunde vor Abgang des Zuges den Bahnsteig zu betreten.

Zwei Stunden vor Abgang des Zuges, sechs Uhr morgens: reisefertig. Adieu dem Hündchen, das mit dem Schwanz lebhaft und wehmütig Abschied wedelt. Ein Taschentuch hat es ja nicht. Die Zimmertür steht offen. Papier, Fragmente von Tuch und Bändern und Schnüren, leere Schachteln, Briefmakulatur auf dem Fußboden: die abgestreifte Haut einer erledigten Daseinsphase.

Wunderliche Früheinsamkeit der Straße. Sie ist vom lieblichsten Morgen-blau-rosa übergossen, lächelt wie ein eben erwachtes, gut ausgeschlafenes Kindchen. Ein kühler Hauch spielt die Mauer entlang und übers Pflaster hin. Aber von ferne hört man schon, ganz leise, das hohle Fauchen des Werwolfs: Hitze.

Am Markt vorbei. Aus ist's mit dem alten Morgenzauber. Friedhofstimmung. Melancholie gewesener Sommerherrlichkeiten. In solcher Julifrühstunde wogte sonst hier ein üppiges

Meer von Grün und Bunt, aus tausend übervollen Körben stieg Freude für Aug' und Nase und Gaumen, in Riesenfässern quoll unversiegbar das Obst wie die Blümchen in Magiers Zylinderhut, und über all dem duftenden Segen schwebte, das Hirn reinigend, ein Geruch scharfen ätherischen Öls.

Jetzt stinkt es nach Dürftigkeit, Unreife und Fäulnis. Ein paar bissige Marktweiber sitzen da, ganz müde und abgehetzt vom Preistreiben, und fischen aus einem Kompost verfaulter Zwergmarillen geizig die noch nicht ganz verfaulten heraus. Hinter der Bretterbude, wo Erdäpfel verkauft werden sollen, windet sich in Fragezeichenkrümmung eine Menschendoppelreihe. Der Schutzmann ist der Punkt unterm Fragezeichen.

Die Not hat wie Kyselak überall ins Straßenbild ihre Signatur eingekratzt; diese hingeschlängelten Linien von Wartenden sind die Schnörkel hinter der Unterschrift.

Den Bahnhof aber hat sie ganz und gar, von oben bis unten, verschmiert und beklext.

Er war, früher einmal, die Pforte zur Freiheit. In seiner Halle brauste, wie in der Muschel das Meer, die weite Erde. Zauberische Ungeduld füllte ihn ganz. In dem Stangenwerk seiner Decke zwitscherten tausend Spatzen: es klang, als schwänge ein riesiges Netz feinster, straff gespannter metallner Drähte. Herzdurchschütterndes Zischen der Lokomotive, Kreischen der Räder, kurze Rufe, Pfiffe und hartes Glöckchengebimmel mengten sich zu einer Symphonie der leidenschaftlichen Sehnsucht, Symphonia appassionata. Es roch wonnig-übel. Trübweißer Dampf, von Sonnenpfeilen durchrissen und zerschnitten, rollte abwärts, wie Wolken- und Himmelsfetzen, die der Bahnhof in sich hineingezogen.

Noch hat er seinen romantischen Gestank; und die Sonne schneidet mit Messerschärfe den tief kriechenden Rauch; und die Räder wimmern gräßlich schrill; und die Glöckchen bimmeln hart und kurz ihre geheimnisvollen Chiffrensprüche: aber all das klingt jetzt – wer weiß warum – wie eine Symphonie der Verzweiflung, Symphonia desperata.

Eigentlich weiß ich ja ganz gut, warum . . .

Die Soldaten warten in langen, langen Reihen vor den Schaltern. Sie hocken auf dem Fußboden. Sie stehen dicht aneinandergepreßt. Sie haben die Kragen und obersten Blusenknöpfe offen und die Kappe abgenommen und in zähen Tropfen kriecht es von den Stirnen und berieselt die Bartstoppelwäldchen. Eine dicke Wolke von Zwang, Erschöpfung, Schweiß dampft um die erdfarbene Schar.

Einige schleppen schwarze Kofferchen; auf denen steht ihr Name. Wie sonderbar, daß sie Namen haben! Wie wenn Heringe Namen hätten, jeder den seinen. Oder Ackerhalme, die gedrängt beisammen stehen und auf die Sense warten.

Die Lokomotive pustet, als wollte sie das Himmelslicht ausblasen. Hochofenglut zittert in der schwärzlichen Luft.

Ich denke daran, daß diese schmale Tür, durch die «Militärpersonen» auf den Bahnsteig gelangen, seit vier Jahren ein Ofenloch ist, in das immer wieder, immer wieder Lebendes als Heizmaterial hineingeschaufelt wird: das Feuer zu nähren, an dem der Friede kocht und nicht gar werden will.

Kranke und Krüppel ordnen sich zum Marsch ins Spital. Das ist die Schlacke, hinausgekehrt aus dem Ofen, damit sie frischem Heizstoff nicht die Luft verlege.

Die Dame hat ein Permis.

Wir kommen mit hundert anderen in das enge Wartezimmer, werden eine halbe Stunde lang schlaff gedünstet. Dann springen, als wären sie der Spannung des Menschenknäuels nicht mehr gewachsen, Türen auf und mit einem wilden Schrei quetschen sich toll erregte Leiber durch, stürmen, stürzen, wimmern, wehklagen, rufen Gott an.

Bravo: sie sitzt! Nur eine kleine Handtasche fehlt und der Schirm ist zerknickt.

Ich will ihr Obst kaufen; ich will ihr Wurst kaufen; ich will ihr Süßes kaufen; ich will ihr sogar, weiß der Himmel, Blumen kaufen; ich will ihr irgend etwas kaufen.

Aber nichts gibt es, gar nichts.

Nur Zeitungen, Zeitungen.

Das ist der ausgemergelten, zerfetzten, blutverschmierten Welt noch geblieben, ihre Blöße zu decken und ihre Schwären zu verhüllen: ein Leichentuch aus Zeitungspapier.

Leb wohl, süße Freundin!

Lebt wohl, Soldaten!

Oder zumindest: Lebt!

Über die dreckige Bahnhofsfassade rieselt Sonnenglut. Wie hat sich die Inschrift verwandelt, die einmal solchem Haus auf der Stirne stand, unsichtbar und doch strahlend: «Ins Glück der Weite!»

Jetzt liest sie sich mehr wie: lasciate ogni speranza!

Rückkehr

Der Gefangene, schon lange Zeit ohne Nachricht aus der Heimat, wurde von Angstvorstellungen gepeinigt, wie es wohl zu Hause aussehen möge. Die Wächter quälten ihn: «Bei euch geht alles drunter und drüber.» Und wen könnte es wundern, sagte sich der Gefangene, wenn es so wäre? Die Männer alle fort, im Feld, in Gefangenschaft, in der Kaserne, unter der Erde . . .

Der Gefangene war daheim Straßenbahnschaffner. In gewisser Hinsicht also ruhte er sich jetzt nicht nur vom Krieg, sondern auch vom Frieden aus. Der war Müh' und Plage gewesen. Zwölf, auch mehr Stunden des Tags im Straßenbahnwagen, immer auf den Beinen, zwischen schwitzendem Gesindel und hochmütigem Bürgerpack sich durchzwängen, jedem Lumpen «Danke» murmeln für die zwei Heller übers Fahrgeld, die Verantwortung tragen, daß die Besoffenen nicht vom Wagen fallen, die Weiber nicht gegen die Fahrtrichtung abspringen und die Kinder, auf Bänke geklettert, nicht das Fensterglas einstoßen.

Ja, wenn ihm abends das Weib die Stiefel ausgezogen, den halben Liter Bier und die gestopfte Pfeife gebracht hatte, war es wohl sein gutes Recht, einen vollen, langen Seufzer der

Müdigkeit aus dem Schlund zu lassen. Es war wohl sein gutes Recht, wenn die Frau über die harten Zeiten murrte oder eine schlecht gestopfte Pfeife brachte, ihr ein böses Gesicht zu zeigen und beiläufig zu sagen: «Weißt denn du, was Plage heißt? Und Verantwortung? Und Erwerbslast auf Männerschultern?»

Es war Müh' und Plage, freilich. Aber der Abendfrieden im Lehnstuhl hatte dafür seinen Wohlgeschmack. Man war zwölf Stunden Sklave draußen, aber dann zwölf Stunden Herr daheim. Man hatte für die erduldete Knechtschaft doch auch seinen moralischen Taglohn: er lag in dem Blick, mit dem Weib und Kind zu ihm aufsahen. Und wie sie zuhörten, wenn er die Dienststrapazen beseufzte, umwittert von Abenteuern mit Kontrolloren und Passagieren.

Dann sagte der Kleine: «Ich will auch Schaffner werden.»

Der Gefangene fühlte: es war doch schön zu Hause. Und oftmals wurde ihm ganz übel vor Bangigkeit und Heimweh.

Dann erlebte er's, wie die russische Erde barst, die Jahrhunderte einstürzten und ein ungeheurer Wirbel die Menschen durcheinanderschleuderte. Er war unter denen, die es über die Grenze warf.

Nun hatte er wieder Weib und Kind umarmt. Und erzählte von den Erlebnissen seines dreijährigen Exils. Und wie alle heimgekehrten Gefangenen war er mit dieser Erzählung bald fertig. Die drei Jahre schienen ihm nur eine riesenhaft aufgequollene Stunde. Was ginge denn in eine Stunde Großes hinein? In zehn Minuten hat man das Wesentliche mitgeteilt. Wenn er so abends von seiner Straßenbahntour nach Hause gekommen war, hatte er gewöhnlich mehr zu erzählen gewußt als jetzt aus drei Jahren Gefangenschaft.

Hernach kam die Reihe zu berichten an die Frau. Oh, es war schwer gewesen seit seiner Abwesenheit! Und jetzt sei sie selbst Schaffnerin und fahre zehn Stunden des Tags Straßenbahn, mit der Dienstmütze auf dem Haar und der Zwickzange in den kälteblauen Fingern. Und schlimm sehe es mit dem Essen aus. Bier gäb' es nur eine Stunde jeden Sonntagabend. Aber das sei gar kein Bier, sondern bitteres, gelbes Wasser.

«So? Schaffnerinnen auf der Straßenbahn? Viele?»

«Ein paar hundert werden's schon sein.»

Nun ja, der Krieg! Die Männer fort. Da müssen es die Weiber schaffen. Er verstand ganz gut.

Aber was er nicht verstand, war, daß ihm plötzlich so schien, als wäre der Fußboden wie Teig, und er könne keinen Schritt auf ihm gehen, ohne einzusinken.

Vor dem Bett standen die Pantoffel: Zeichen seiner Hausvaterwürde und seines heiligen Ruherechtes.

Die Frau ging hin und zog sie an. Sie setzte sich an den Tisch, seufzte und erzählte von einem Herrn, der mit einer abgelaufenen Karte fahren und nicht eher habe aussteigen wollen, als bis sie einen Schutzmann geholt hätte. Und von einem aufsässigen Kontrollor. Und von einer Stockung auf der Straße, die drei Viertelstunden gedauert habe. Und was der Schaffner-Aventüren, -Mühen und -Kämpfe mehr.

«Einmal war's 45 Grad unter Null in Sibirien», sagte er zaghaft. «Der russische Wachtposten hat einen blinden Hund gehabt, der hat Deutsche von Österreichern unterscheiden können. Nach den Deutschen hat er geschnappt. In Petersburg haben die Straßenbahnschaffner ganz dicke Pelze. Nur das Nasenspitzel schaut heraus.»

Die Frau hatte den Kopf auf die Brust sinken lassen und war eingeschlafen.

Vor Müdigkeit. Freilich.

Er sah sie an, und eine schwere Welle von Unbehagen ging durch sein Herz. Er wußte jetzt auch, warum ihm der Boden so teigig schien, daß er gar nicht den Fuß recht aufzusetzen getraute.

Man hatte ihn bestohlen, während er in Gefangenschaft war. Man hatte ihm seine Würde gestohlen. Seine Manns-Besonderheit. Seine Arbeits-Krone. Eine Dornenkrone zwar, aber immerhin eine Krone. Sein Königtum war abgeschafft. Wie das russische. Er hatte kein Recht mehr, Unterwürfigkeit, Pantoffel, andächtige Blicke, eine wohlgestopfte Pfeife, Achtung, einen Krug Bier zu fordern. Sein Kapital an Geltung war abhanden gekommen. Es zinste nicht mehr Respekt und Ehrfurcht. Sein Herrentum, ihm wie ein unsichtbares, Dienste forderndes Priesterkleid umgehangen, hing jetzt um die Schultern der Frau.

Es war ihm, als hätte er sie mit seinem besten Freunde erwischt. Mit dem Freund, dem er verbunden gewesen wie seinem eigenen Ich.

So, von Zorn gepackt, rüttelte er die Schlummernde, daß ihr Kopf vom linken Arm, wo er ruhte, auf den rechten flog.

«Bring' mir meine Pfeife! Du!»

Sie stöhnte nur ein wenig im Schlaf, murmelte: «Erst aussteigen lassen!»

Fast hätte er geweint, so unvernünftges Mitleid überkam ihn mit sich selbst.

Und es ward ihm, wie oft in Sibirien, übel vor Bangigkeit und Heimweh.

Unsterblichkeit

Die großen Ereignisse konservieren die kleinen Menschen. Diese kommen mit jenen auf die Nachwelt, in die Geschichte, zur Unsterblichkeit.

Es ist so wie mit den Operettenmelodien und den Texten. Hier dauert die Unsterblichkeit allerdings nur ein paar Jahre, aber immerhin: in der sangbaren Melodie hält sich der vertrottelte Text wie ein Präparat im Spiritus. Li, die ein fabelhaftes Gedächtnis für Operettenmelodien hat, hegt solcherart – ohne ihr Verschulden und so kränkend das für sie ist – einen Großteil der Dichtungen heimischer Librettisten in unauslöschlicher Erinnerung.

Mit den welthistorischen Ereignissen kommen auch, zufällig in sie eingeschlossen wie die Fliege im Bernstein, Menschennamen auf die Nachwelt.

Das Ultimatum an Serbien, die Einberufungskundmachung des Weltkriegs, ist vom Grafen Berchtold als österreichisch-ungarischem Minister des Äußern unterzeichnet.

Ein Jahrhundert später: «Kohn, wie hieß der österreichische Minister, der das Ultimatum an Serbien im Jahre 1914 unterzeichnet hat?»

Kohn weiß es nicht.

«Setzen Sie sich, Sie Ignorant.»

Man wird ein Ignorant sein, wenn man nicht wissen wird, daß Graf Berchtold österreichisch-ungarischer Minister des Äußern im Jahre 1914 gewesen ist.

Ich sah ihn kürzlich. Lang, schmal, elegant, im schwarzen Schoßrock, das Trieder für den Rennbesuch zur Seite. Er hat das österreichische Aristokratenlächeln: aus Gemütlichkeit und Suffisance gemischt. Er sieht jung aus. Kein weißes Haar. Ich denke, ein Mann, der der Wagentürlaufmacher des Weltkrieges gewesen ist, müßte ein Haupt haben wie der Montblanc: von ewigem Schnee bedeckt. Aber der Graf Berchtold hat die kleine Episode offenbar seelisch gut verdaut.

Vielleicht wird er noch einmal Minister des Äußern. Die politische Entwicklung läuft ja gern rückwärts. Wenn man die astronomische Zeit, bestimmt durch die ewigen Gestirne, nach Gutdünken vor- und zurückstellen kann, wird es auch bei der politischen Zeit, bestimmt durch vergängliche Menschen, keine Schwierigkeiten machen. Und am Ende schließt der Weltkrieg, unter der Ministerschaft des Grafen Berchtold, mit Serbiens Annahme des österreichischen Ultimatums vom Juli 1914.

Der Staat wird dann dastehen wie Michael Kohlhaas auf dem Schafott. Als einer, der's durchgesetzt und recht behalten hat. Weib, Kind, Freiheit, Besitz, Gegenwart und Zukunft dahin – aber die Pferde sind aufgepäppelt. Und Serbien hat uns kennengelernt.

Jedenfalls, wie immer es sein wird, der Graf Berchtold ist schon unsterblich. Er war dabei, als es anfing, das nie zu vergessende Vergessenswerteste. Er stand an der Ecke, an der die Geschichte der Menschheit die fluchwürdige Wendung machte, umbog und rückwärts ging. Alle, die damals dort standen, sind unsterblich.

Sie kommen in die Historie, nicht weil sie *waren*, sondern weil sie *dort* waren, an der Ecke. Ein Zufall ihres Passantendaseins rettet ihre Namen in die Ewigkeit hinüber.

Diese Unsterblichkeit fällt dem Sterblichen so zu, wie die gewisse goldene Uhr dem gewissen millionsten Besucher. Eine Art Haupttreffer.

Einen solchen Haupttreffer machten zum Beispiel im Jahre 1618 die Herren Slawata und Martinitz, als sie auf den Misthaufen fielen, aus dem jener lächerliche, armselige, humane, kurze und kleine Krieg aufblühte, der «der Dreißigjährige Krieg» heißt.

Unser Krieg dauert schon viel, viel länger. Auch er hat, wie vermutlich alle Kriege, in einem Misthaufen seinen Ursprung.

Krieg als Erzieher

Von der reinigenden Wirkung des Krieges haben wir, besonders in den Tagen des Kriegsbeginns, ergreifende Geschichten vernommen. Erhabnes, hieß es, hole er aus der Menschenseele heraus und Gemeines tilge er fort.

Jetzt, nach vier Jahren Hieb und Stich und Schuß, können wir für die moralische Bilanz des Krieges schon so ziemlich feste Posten aufstellen.

Es ergibt sich ein schauerliches Minus.

Es ergibt sich, daß der Krieg die Tugend bestraft und das Laster belohnt. Daß er ein Segen ist für die Schlimmen und ein Fluch für die Braven. Daß es unter seinem Regime den Guten schlecht und den Schlechten gut geht. Daß er die schönsten Regungen des menschlichen Herzens ins Absurde und die schäbigsten zum Erfolg führt.

Wer, von Sünden und Lastern zermürbt, schwächliche

Kinder in die Welt setzte, der hat sie noch. Die wohlgeratenen düngen längst des Krieges Acker.

Wer seine Jugend radikal verlumpte, wer sich vorzeitig alt und müde soff und liebte, der sitzt in der Kanzlei. Wer mit den Kräften seines Körpers und seiner Seele gute Wirtschaft trieb, der sitzt im Trommelfeuer.

Wer, als es zu Kriegsbeginn hieß: Vergrabt euer Geld nicht!, sein Geld vergrub, der ist jetzt etwa doppelt so reich, als er in Friedenszeiten war.

Wer, als es hieß: Hamstert nicht!, hamsterte, der hatte für sich und die Seinen noch Nahrung, als die andern schon längst hungerten.

Wer in Friedenszeiten ein eitler Verschwender war, mit Kleidern, Schuhen, Wäsche in sinnloser Menge seinen Schrank füllte, der hat jetzt Kleider, Schuhe, Wäsche. Die andern gehen barfuß, schmutzig und zerrissen.

Wer roh, brutal und stumpfsinnig ist, erträgt die Greuel des Krieges: jene, die ihm selbst, wie gewiß jene, die nicht ihm selbst widerfahren. Die andern schwanken zwischen Irrsinn und Verzweiflung.

Wer rechtzeitig zu einem harten Herzen kam und des Elends der Mitmenschen nicht achtet, der folgt dem Krieg wie einem interessanten, aufregenden, spannenden Schauspiel. Die andern sterben täglich alle Tode, die auf den Schlachtfeldern gestorben werden, mit.

Wer einen Schweinemagen und ein Elefanten-Nervensystem hat, dem bekommt die physische und geistige Kost, auf die uns der Krieg gesetzt hat. Die andern, die zu Friedenszeiten Verfeinerung ihres körperlichen und seelischen Organismus angestrebt haben, gehen an jener Kost stückchenweise zugrunde.

Wer ein Dummkopf ist, dem schadet die internationale Kriegsberedsamkeit nichts. Wer ein halbwegs normal arbeitendes Gehirn hat, krümmt sich unter ihr in Schmerzen.

Wer ein Feigling ohne Unterbrechungen ist, findet sich mit den Tatsachen des Krieges gleichmütig ab. Wer ein Herz oder zumindest gelegentlich ein Herz im Leibe hat, platzt vor unterdrücktem Protest.

Kriegsgewinner ist die Hölle.

Die Erde zahlt mächtig drauf.

Der Himmel hat, wie andere Etablissements auch, zugesperrt. Man munkelt von seinem Bankerott.

Wo bleibt die moderne Eroica?

Im Sonntags-Feuilleton der «Neuen Freien Presse» fragt Herr Felix Weingartner: «Wo bleibt die moderne Eroica?» Er wundert sich, daß «alle diese unerhörten Wellen noch nie in ähnlichem Maße dagewesener Ereignisse nicht imstande gewesen, in der Seele eines Musikers fruchtbare Wurzel zu schlagen und eine Eroica unserer Tage erstehen zu lassen». Mich würde es im Gegenteil wundern, wenn irgendwelche Wellen, erhörte oder unerhörte – irgendwo Wurzel schlügen. Aber daß die Zeit keine Eroica gebiert, ist nicht weiter erstaunlich. Von dem Schlachthausgestank, der seit mehr als vier Jahren die Welt verpestet, dürfte gerade ein künstlerisches Ingenium kaum zu schöpferischer Ekstase aufgereizt werden. Vielleicht aber stellt sich der schätzbare Dirigent der Philharmoniker die Umsetzung von Erleben in Kunst überhaupt um etliches zu einfach vor. Er vergißt das mystische tertium medium: die Idee. Auch die vorzüglichsten heldischen Taten werden keinen Beethoven zu einer Eroica inspirieren: das vermöchte erst die Idee, die als Sublimation jener Taten, ein geheimnisvoller Äther, durch seiner Seele Poren dränge. Die Idee des heroischen Geschehens unserer Tage ist aber: der Ersatz jeder Idee durch das Kommando. Die Menschen verströmen gehorsam ihr Blut – das mag begeisternd sein –, doch diese Ströme münden in ein Meer von Absurdität. Und an dessen Ufern wächst keine absolute Musik, sondern die absolute Verzweiflung; mit den Klangeffekten: Heulen und Zähneklappern. Gottes Zorn mag aus der Menschenseele Schönes, Großes herausbeuteln: mit Gottes Selbstironie weiß der Sterbliche, auch das Genie, nichts anzufangen.

Daß uns heute kein Beethoven eine Eroica schreibt, ist verständlich. Vielleicht aber schreibt uns der Lehár einen Militärmarsch. Da hätte die Zeit ihr repräsentatives musikalisches Kunstwerk.

Was macht er jetzt?

WAS macht er jetzt, der Professor für Geschichte im Gymnasium, zumal jener, der «Vaterlandskunde» zu lehren hatte?

Meiner trug einen feuerroten, geteilten Vollbart – gewissermaßen für jede Reichshälfte einen Haarbusch – und ganz dicke, scharfe Brillengläser. Durch sie sprühten winzige Augen Feuergarben von Bosheit. Sein Steckenpferd waren: Eisenbahnverbindungen. «Wie kommt man auf dem kürzesten Weg von Brüx nach Agram?» – «Sagen Sie mir die wichtigsten Zweigbahnen der Nordbahn!»

Was fängt er jetzt an mit diesen Wissenschaften? Wie kommt man von Wien nach Prag? Gar nicht. Und von Prag nach Wien? Am besten über Paris.

Prüft er noch die Reihenfolge der Habsburger? Und die österreichische Verfassung? Und die namhaften Kohlenbergwerke der Monarchie?

Oder was treibt er in der Geschichtsstunde? Es muß ihm zumute sein wie der Spinne, der man ihr uraltes, Heim gewordenes, staubbekrustetes Netz zerstört hat.

Das, womit er verwachsen, womit er eins war, seines Geistes Netz und Haus, Arbeits- und Spielplatz liegt zerstört.

Schrecklich verarmt ist er. Ein jäher Bankerott der Gültigkeiten, mit denen er dreißig Jahre lang wirtschaftete, hat seine Seele an den Bettelstab gebracht. Sein Wissen taugt zu nichts mehr. Seine Lehre ist worden zur Leere.

Er war ein Herrscher in einem Tatsachen-, Namen-, Jahreszahlenreich, das mit einemmal gespenstische Mumienstätte wurde. Da steht er nun mit seinem ledergebundenen, zum Museumsführer verwandelten «Lehrbuch der österreichischen Vaterlandskunde für Mittelschulen und gleichgestellte Unterrichtsanstalten».

Die schönsten, festesten Tatsachen sind lächerliche, unhaltbare Fiktionen geworden.

Von ewigem Leben durchrötete Namen blichen plötzlich fahl dahin: galoppierende Verwesung kam über sie.

Die wichtigsten Jahreszahlen schrumpfen ein, fallen ab vom Baum der Historie. Wer wird künftig unsere Kleinen lehren, wann Kaiser Ferdinand der Gütige geboren wurde? Und wann er zur glorreichen Regierung kam? Und wann er, von trostlosen Völkern beschluchzt, dahinging?

Was der Professor als Schicksal dozierte, wurde zur Episode. Drei Viertel seines großlettrigen Lehrstoffs gerieten ins Gleiten, sanken ins Kleingedruckte.

Das Schauerlichste aber sind die Verschiebungen der Perspektiven. Wie? Bismarck ein schlechter Rechner? Die Niederlage des Przemysliden Ottokar auf dem Marchfeld kein Glück, sondern ein Verhängnis? Und wie steht Rudolf von Habsburg da? Als der Gründer einer eigentlich im Kern faulen historischen Unternehmung.

Armer Lehrer der Vaterlandskunde! Was macht er jetzt? Wie wird ihm beim Lärm des Grabschaufelns für Unsterbliche? Beim Anblick solchen Massensterbens der Toten?

Sein Bart ist gewiß schon eisgrau. Seine Brillengläser dick wie Unterseeboot-Fensterscheiben. Seine Augen Stecknadelköpfe, in einem letzten Flackerscheinchen von Bosheit verschimmernd.

Wie weit ist's von Wien nach Berlin? Kein Mensch weiß das.

Aber wie weit ist es denn vom Himmel in die Hölle, Herr Professor?

«So weit wie vom Oktober zum November 1918, Sie arger Bube!»

Plakate

ALLE den Krieg angehenden Plakate, mit denen in den letzten vierundeinviertel Jahren die Straßen Wiens austapeziert waren, beisammen: das gäbe eine schöne Chronik der Zeit.

Alle acht Wochen gab es «Musterungskundmachungen», denen, wie dem Scharlach die Nierenentzündung, «Einberufungskundmachungen» folgten. Bei jeder frischen Kriegserklärung aber träufelte etwas «an mein Volk» herzstärkend von den Straßenmauern.

In neun Anläufen flatterten neun Schwärme illustrierter Aufreizungen zu Kriegsanleihe durch die Stadt:

Eiserne Ritter und trutzige Frauenköpfe und pfeilbespickte Ringel-Drachen und Sämänner, die mit väterlicher Gebärde Gold in Ackerfurchen streuten, und Zweihänder, auf die sich Geharnischte stützten.

Die Allegorien waren nicht ganz eindeutig.

So beteiligte sich an der Harangue zur neunten Kriegsanleihe eine junge Dame, die mit Duse-Gebärde ein Töpfchen voll Münzen himmelwärts hob. Bild von des Weibes Habgier? Oder eine Quadriga, gegen eine vielköpfige Hydra losgaloppierend. Zielte das auf die törichte Lenkung des Staatswagens oder auf die Not des Lohnfuhrwerks?

Ästhetisch wirkungsvoll war das Plakat der allgemeinen Mobilisierung, Ende Juli 1914. Es erhob sich wie ein gespenstischer Damm gegen die heiße Flut patriotischen Gesanges, die eine Woche lang durch alle Straßen gegurgelt, in alle Lokale gedrungen war, Feuriges unter die Gesäße sprühend, daß Nachtmahler und Kaffeetrinker immer wieder von ihren Sitzen hochschnellten.

Jetzt war cantus ex. O du mein Österreich verlor den melodischen Faden, und angesichts der immerhin denkbaren Variante: «mich hat es fortgerissen» klang das laute Gefühl für den guten Kameraden wesentlich ab.

Die Republik brachte einen gewaltigen Aufschwung des

politischen Plakats. Es wuchert, seit November, als bunte Flechte um den Fuß der Häuser.

Von den Bedürfnissen der Republik scheint das Mitteilungsbedürfnis am heftigsten. Die Säulen des neuen Regimes sind Litfaßsäulen.

Ein gefrorener Wasserfall politischer Rhetorik hängt über allen Mauern, regenbogenfarbig schillernd. Von Häuserwänden und Planken schreit es, droht, ermuntert, fordert, warnt, teilt mit, beschwört. Wellen dringlicher Druckerschwärze schlagen nach dem Straßenwandler. «Bürger!» ruft es rechts, «Arbeiter!» links, «Soldaten!» oben, «Arbeitslose!» unten, «Juden!» zwischendurch, «Gagisten!», «Heimkehrer!», «Frauen!».

Es gibt da Plakate, die sind wie angeklebte Trompetenstöße: kurz, signalhaft. Andere haben Leitartikel-Ausdehnung. Eines hängt da: «An die Soldaten!», das ist ein ganzes eng gesetztes Buch auf einer Seite. Niemand hat es noch ausgelesen. Ein Plakat wendet sich mit gotischen Lettern an die Plünderer. Freundlich wird ihnen mit der Todesstrafe gewunken. Von den Soldaten verlangen die durcheinander sprechenden Affichen vieles. Sie sollen trauen und sollen mißtrauen, sie sollen dies tun und dies nicht tun, sie sollen dahin gehen und sollen dorthin gehen. Es ist ein rechtes papierenes Gedränge um die Armen.

Die Republik hat die Straße zur vertikal ausgespannten Zeitung gewandelt. Wer täglich etwa die Herrengasse liest, bekommt kalte Füße, ist aber auf dem laufenden.

Wichtiger wäre ihm, zu wissen: Wie decke ich meinen Bedarf an Kalorien?

Aber solcher Frage bleiben die Plakate stumm, die kleinen wie die großen, die weißen wie die ockergelben, wie die rosaroten.

Die Leute vor ihnen machen schiefe Gesichter. In den stumpfen, von hoffnungsloser Neugier beunruhigten Mienen der Lesenden liest man: Hunger, Apathie, Schwermut, Schwerunmut.

Sie sind selbst Plakate, die vor den Plakaten.

Sie sind selbst Aufruf, Warnung, Bitte, Todes-Drohung, die Aufgerufenen, Gewarnten, Gebetenen, Tod-Bedrohten.

Es geht uns gut

WER das Heute nicht ehrt, ist das Gestern wert. Du hungerst, du frierst, Sorge beknabbert dein wehrloses Herz? Aber du bist frei! Vergiß das nicht so leicht. Du kannst sitzen, wenn du einen Stuhl hast, gehen, wenn dich die Füße tragen, heulen, wenn dir zu heulen ist. Du bist kein Leibeigener mehr, kein Seeleneigener mehr. Du hast vielleicht nicht mal eine Stube, aber besser keine Stube, als ein Käfig.

Keine Menschen-Ställe mehr, Kasernen geheißen, in besondere Pferche zusammengedrängt: Schlacht-Menschen und schwächere Zug-Menschen, von Hunde-Menschen bewacht, angebellt, gebissen.

Keine Nötigung mehr, in schmierigen, verwanzten Spitälern den Herz- oder Lungenfehler zu verteidigen gegen einen Zuhälter des Todes, der sich Arzt nannte. Wie höhnisch wahr wurde das: der Arzt ist der Krankheit Feind!

Nicht mehr rädern endlose Lastzüge, mit lebendem Menschenfleisch vollgestopft, daß Köpfe und Gliedmaßen aus allen Wagenlöchern quellen, durch dein Herz (obschon du auf der Bahnbrücke stehst), nicht mehr übertönt todwärts trottender Marschbataillone Gesang – dieses muntere Kindlein vom Fatalismus genotzüchtigter Verzweiflung – nicht mehr übertönt er dir alle Stimmen der Welt.

Er ist arm heute, der Mensch. Aber vier Jahre, die Jahrhunderte dauerten, war er ein Vieh, der Mensch!

Nichts besitzt er heute, aber sich besitzt er wieder. Es kommt auf den individuellen Fall an, ob das viel oder wenig ist.

Und wenn dich dein Auge beißt, darfst du es ausreißen. Entsinnt euch, Glückliche, daß es etwas Verbotenes gab und nicht mehr gibt, das «Selbstverstümmelung» hieß! Schauderhaftestes Symbol gewesener Schauderhaftigkeiten! Das Schwein durfte sich nicht eine Haxe abbeißen, weil der Metzger ein Servitut auf jeden Schinken hatte.

O schönes häßliches Heute am Fuß wolkig verschleierten Morgens. Der Mensch darf wieder Pläne sinnen, Zukunft träumen. Ferne dämmert in seine Enge. Nichts gehört ihm, alles gehört ihm.

Kahl steht der Baum der Zeit: aber seht auf dem Boden die faulenden Haufen von Lüge, Zwang, verfluchtem Dogma, die das Sturmwetter heruntergeblasen hat.

Und eure Seele wird tanzen um seine Kahlheit.

Der Kriegsberichterstatter

DER Kriegsberichterstatter kam auf Urlaub nach Hause. Er trug einen fabelhaften, bis zu den Fußknöcheln reichenden Pelz. Zwei Revolver lasteten in zwei lichtgelben, ledernen, knirschenden Revolvertaschen, ein Dolchmesser mit Emailgriff und eingeschnittenem Monogramm stak im Gürtel, an den hohen juchtenen Stiefeln sangen Silbersporen martialische Lieder.

Der Kriegsberichterstatter fühlte sich nicht wohl daheim.

Die beständige Lebensgefahr durch vorbeisausende Autos, scheu gewordene Pferde und etwa herabfallende Ziegelsteine machte ihn nervös.

Auch der Lärm in der Stadt war ihm zuwider. Die Leute in den Gasthäusern hatten eine Manier, die Tür ins Schloß zu werfen, daß es förmlich knallte. Wie ein Pistolenschuß . . . alle Augenblicke schreckte man zusammen.

Auch redeten die Menschen immerfort vom Krieg. Und die Speisekarte des Restaurants und der Spielplan der Theater und die Texte der Gassenhauer und überhaupt das ganze städtische Leben war wie verseucht vom Kriege. Alles erinnerte an ihn. Das war peinlich.

Sympathisch berührten den Kriegsberichterstatter nur die Kinos. Er besuchte sie gern. Ihre Filme aus den Kampfgebieten verhalfen doch zu einiger Anschauung vom Kriege. Man bekam immerhin ein beiläufiges Bild der Sache und konnte sich vorstellen, wie solch ein Feldzug in Wirklichkeit aussehen möge. Der Kriegsberichterstatter fühlte sich belehrt und angeregt.

Hingegen verwirrte ihn der ungewohnte Anblick des Militärs, das, mit todbringenden Waffen bewehrt, durch die Straßen zog. So kriegerische Bilder hatten etwas Beunruhigendes für ihn. Auch der Anblick der Drahtverhaue an der Stadtperipherie verhalf dem Kriegsberichterstatter zu einem stärkeren Eindruck von der Wildheit dieser Tage, als seinem Gemüt lieb war.

Deshalb ginge er lieber heute als morgen ins Pressequartier zurück, hielte ihn hievon nicht die Angst vor der heißhungrigen Gier der Kollegen ab, die dort allsogleich auf den aus der Heimat Kommenden, Bleistift gespitzt, mit der Frage losstürmen würden: «Was gibt es Neues auf dem Kriegsschauplatz??»

Verantwortung

Die leitenden Staatsmänner und Generale übernehmen «die Verantwortung» für das Schicksal, das sie den Völkern auferlegen.

Aber was heißt in dem Fall: Verantwortung?

Einer ungeheueren Verantwortung müßte doch ein ungeheueres Risiko dessen entsprechen, der sie übernimmt.

Ein unterernährter, müdgearbeiteter Motorführer, der durch ungeschicktes Lenken seines Wagens ein Malheur anrichtet, wird eingesperrt.

Was geschieht dem Staatsmann, der durch ungeschicktes Lenken des Staatswagens ein Malheur anrichtet?

Er geht in Pension.

Wenn durch des Motorführers Verschulden ein Mensch getötet wird, wandert der Motorführer auf Jahre ins Gefängnis.

Wenn der Feldherr nutzlos, erfolglos Zehntausende seiner Soldaten in den Tod geschickt hat, was erwartet ihn?

Ein Häuschen im Cottage. Dort pflanzt er, in einem verschnürten Samtrock und das Käppi auf dem Haupt, Rosen. Seine Lieblingssorten. Und schreibt Memoiren.

«Ich übernehme die Verantwortung», sagt der Minister so und so. Vor der Größe und dem kühnen Stolz dieses Wortes erbleichen die Zeitgenossen.

Aber es steckt gar nicht das geringste dahinter.

Verantwortung ohne Sühne, deren Ungeheuerlichkeit der Ungeheuerlichkeit jener entspräche, ist ein leeres Wort.

Den Motorführer richten die Gerichte.

Den Staatsmann und den General richtet die Geschichte.

Sie überlassen ihr – so sagen sie im kritischen Fall – «ruhigen Herzens das Urteil»!

Großartig, was? Erschütternd, wie?

Der Herr Minister übernahm die Verantwortung? Halt, einen Augenblick! Wieviel Jahre Zuchthaus also, falls die Sache schiefgeht? Oder wie oft wünschen gehängt zu werden?

Was würde Exzellenz darauf antworten? «Ich überlasse das Urteil ruhig der Geschichte.»

Und in der Tat haben jederzeit die Verantwortlichen auch nur dann die Konsequenz aus ihrer Übernahme der Verantwortung ziehen müssen, wenn das Volk Geschichte gespielt hat.

Park

Der große Park ist hochsommerlich aufgetan. Im Teich plätschert besseres Geflügel. Kleine Familien von Schwänen gleiten vornehm und in großer Schweigsamkeit spazieren. Der Storch steht auf zwei Beinen und schlägt aus Langeweile mit den Flügeln.

Beim Wetterhäuschen, wo auf vielen Zifferblättern abzulesen, wieviel Uhr es augenblicklich in den verschiedenen Großstädten Europas ist, sieht ein kurzsichtiger alter Mann nach, wie spät es jetzt in Paris und in London sein mag. Das genau zu wissen, wäre immerhin gut.

Der Kies der Parkwege glüht und leuchtet. Auf den Bänken bieten Frauen und Mädchen, das Haupt tief zurückgelehnt, mit geschlossenen Augen, in Duldsamkeit ihr Antlitz dem Feuer dar. Ihre Männer und Brüder tun derzeit etwas Ähnliches. Zu den Füßen einer jungen Dame, die verdrossen dreinsieht und einen grünen Schirm zwischen sich und die Sonne hält, liegt ein schneeweißer Pinscher. Den Kopf unbeweglich auf gekreuzten Pfoten, begleitet er jeden Vorübergehenden mit Blicken, so weit er kann. Wie ein wohlerzogener Soldat, wenn der Vorgesetzte die Front abschreitet. Andere Hunde im Park suchen seine Bekanntschaft, stumm lehnt er ab. Nur wie ein zartbeiniger Airedaleterrier vorbeikommt, ein Rassehund, salutiert der Pinscher mit den Ohren.

Der Rassehund führt einen O-beinigen Offiziersdiener an der Leine.

Die Dame mit dem grünen Schirm blickt leer ins Leere. Auch sie sieht die Vorübergehenden nicht an, mitinbegriffen die Edelrassigen, sofern jetzt überhaupt Edelrassige in gepflegten Gärten spazierengehen. Ein Herr im Leinenanzug, das Einglas fest und doch lässig im Auge, setzt sich der Schlechtgelaunten zur Seite, wirft Feuerblicke. Die Dame senkt den grünen Schirm zwischen sich und den Bewunderer; da fällt die Sonne brennend über ihr Antlitz her. Und nun schwankt sie eine Weile zwischen dem irdischen und dem himmlischen Feuer und duldet am Ende doch lieber das irdische.

«Da verfluchte die Hexe den Ritter, und sein Schwert wurde stumpf, und sein Schild zerbrach in tausend Stücke . . .» Eine Gouvernante mit zwei Buben in Matrosenkleidern geht vorbei. An jeder Hand hängt ihr einer. Sie erzählt Märchen. Die Buben stoßen mit den Fußspitzen Steine vor sich her. Sie sind fett und rosig und hören nicht zu. Die Gouvernante ist hager und blaß, und das Märchen scheint sie sehr anzugreifen. Oder vielleicht ist es nur die Plage des Erfindens. Sie schleppt die beiden Zöglinge wie ein Hund das Wägelchen und geht immer rascher, als spule sich so der Faden der Erzählung leichter ab von ihrem armen Gehirn.

Ein Major mit Spazierstock stochert leutselig durch den Park. Er winkt den beiden Soldaten auf der Bank schon von weitem zu, sitzenzubleiben. Da sie miteinander nur ein Bein haben, machen sie von der Erlaubnis Gebrauch.

Dann steht der Major plötzlich still, die Märchenerzählerin bremst auch, die Dame mit dem grünen Schirm lächelt, das Gesicht des leinenüberzogenen Herrn leuchtet vor Schelmerei, und was an dieser Stelle des Parkes lustwandelt, macht halt und bildet Spalier: aus dem Wiesensaum, der den Teich umrandet, kommt der Storch herangestelzt, quer über die Promenade, auf eine alte Dame los. Dort nimmt er aus einer Papiertüte Brotstückchen in Empfang. Alles steht gerührt. Nur zwei graue Enten, die im Grase hocken, sehen mißgünstig zu. Ihnen gibt niemand etwas.

Wer fressen will, muß ungeniert zum Futter hin. Quer über die Promenade. Mittendurch zwischen Stiefeln und Schuhen.

«Dem geht's gut!» sagt der Herr in Leinen. «Nun ja, der Storch . . . ein Armeelieferant!»

Der grüne Schirm bebt taktvoll vor unterdrückter Heiterkeit.

Ein Lüftchen fegt den Parkweg entlang. Vor ihm her rollen Fetzen Zeitungspapiers zum Stamm der alten Fichte hin. Ein emailliertes Täfelchen sagt aus: Picea Alcockiana, Japan. Trotzdem ist der Baum sehr schön im bläulichen Schimmer seines Nadelwerks. Auf dem Zeitungsfetzen steht: «. . . immergrün leuchtet . . .» Wovon mag die Rede gewesen sein? Gewiß nicht von Nadelhölzern. Eine Kröte, neben der sich das Stück Papier angesiedelt hat, hüpft rasch in den Teich.

Der kurzsichtige Herr beim Wetterhäuschen stellt seine

Uhr auf drei. Genau soviel ist es. Jetzt müssen gleich die Kriegsberichte erscheinen.

«Da ging ein Feuerregen nieder, und alle bösen Menschen mußten sterben. Die guten aber lebten herrlich und . . .» Die Gouvernante schwitzt von der Anstrengung des Märchenerfindens; je weniger ihr einfällt, desto geheimnisvoller klingt ihre Stimme.

Die Damen auf den Bänken sind schon ziemlich knusprig gebraten. Der Leinenanzug und der grüne Schirm gehen stadtwärts.

«10000 Gefangene!» ruft es von der Straße her. Der Soldat mit dem einen Bein sagt zu seinem Nachbarn: «Die Blade da g'fallet mir!»

Der ohne Bein zieht kräftig an seiner Pfeife, spuckt aus und äußert sich abfällig über Frauen sowie über Welt und Menschen im allgemeinen.

Zahnarzt

MEIN Zahnarzt ist, wie die meisten seiner Kollegen, im Kriege recht zum Doctor medicinae universae geworden. Er ist jetzt Internist und Chirurg, Nervenarzt und Dermatolog und alles andere. Der ganze menschliche Organismus ist ihm ausgeliefert. Er hat einen Säbel an der linken Seite und eine Uniform mit samtenem Kragen. Er trägt auch Sporen. Das Spital zittert, wenn sein Schritt auf den Gängen klirrt. «Das Spital» metaphorisch genommen, d.h. die Spitalinsassen.

Aber nachmittags von drei bis fünf ist er wieder Zahnarzt. Ein anderer Mensch! Er beschränkt sich auf das Gebiß. Er spricht den Patienten mit «Herr» an. Er ist teilnahmsvoll und geduldig und hört den Lamentationen der Kranken freundlich zu, ohne die Zaghaften anzuschnauzen.

Um fünf gürtet er wieder das Schwert um und geht ins Spital. Den Gruß der Patienten beantwortet er mit einem Heben des rechten Zeigefingers bis zur Kinnhöhe. Bei sich daheim öffnete er den Kranken zuvorkommend die Tür, sagt «Habe die Ehre» und macht eine kleine Verbeugung.

Für Schmerzäußerungen der seiner ärztlichen Behandlung Überlieferten hat er im Spital nur ein unwilliges Knurren oder völlige Gleichgültigkeit. Zu Hause sagt er in solchem Fall: «Tut das weh? Dann können wir ein Weilchen aussetzen», oder freundlich: «Gleich ist's vorbei.»

Ich dachte: jetzt heiße es besonders tapfer sein bei meinem Zahnarzt! Was sollten ihm, der seit Jahren die schrecklichsten Wunden sieht, der, sporenklirrend, Tag für Tag durch Höllen physischen Elends schreitet, was sollten ihm die Ängstlichkeiten und Schmerzen bedeuten, die ein Neurastheniker beim Zahnplombieren aussteht? Aber mein Zahnarzt hat für das leise Stöhnen, das die Arbeit seines elektrischen Bohrers am hohlen Zahn begleitet, ein subtiles Gehör. Er sagt mit der gütigsten Stimme: «Gleich werden wir's haben.» Und macht, wenn man will, ein richtiges Wesen aus den Miniaturmartern, die er einem angedeihen läßt.

Kürzlich wäre er fast aus der Rolle des milden Arztes gefallen. Da bat jemand, in dessen Munde gerade die Spitze des elektrischen Bohrers ihr aufreizendes Lied schnarrte, soweit er mit offenem Munde bitten konnte: «Herr Doktor . . . aufhören . . bitte gehorsamst!»

Das «gehorsamst» änderte augenblicklich die Maske des Zahnarztes. Er bekam einen finstern, groben, harten Zug im Antlitz. Er sah plötzlich keinen Patienten, das heißt Leidenden, auf dem Stuhl sitzen, sondern ein untergeordnetes Lebewesen, eine menschenähnliche Sache gewissermaßen. Zum Glück war der Patient eine Patientin. Also fand der Zahnarzt nach der sekundenlangen, durch das Wort «gehorsamst» hervorgerufenen Trübung seines Zivilsensoriums bald wieder in die Wirklichkeit und zu seiner schonungsvollen Art zurück.

Mein Zahnarzt hat medizinische Instrumente zu Hause und medizinische Instrumente im Spital. Aber dieselben Instrumente sehen im Spital ganz anders aus wie daheim. Hier schimmert Hoffnungsstrahl von ihrer glatten Fläche, dort blinken sie böse wie Folterwerkzeuge.

Mein Zahnarzt hat zwei Menschen in seiner Haut. Er hat allerdings auch zwei Häute. Die eine ist ihm im Krieg zugewachsen, und mit ihr scheint er auch den neuen, den andern, den klirrenden Menschen angezogen zu haben.

Oder stak der immer in ihm und wurde nur durch die Gelegenheit herauspräpariert?

Wien, Dezember 1918

ÜBER der Stadt hängt eine schwere Wolke. Schwefliges Licht zuckt in ihrem Grau, die Ränder sind rotgesäumt.

Es endet, wie's enden mußte.

Oder hatte irgendwer geglaubt, der himmelhoch gehäufte Unflat des Krieges würde in ruhiger Arbeit wieder abgetragen und, mit Beobachtung hygienischer Vorsichten, in die Senkgrube des Vergessens geschüttet werden?

Fäulnis und Zerstörung liquidieren die große Zeit. Die lustige Kriegslegende ging, daß die Millionen Hingeschlachteter höchst zufrieden wären, als Dünger für eine bessere Zukunft der Übrigbleibenden faulen zu dürfen.

Aber die Toten sind nicht so gemütlich. Die Toten rächen sich.

Sie kreisen ein, sie belagern, sie schneiden die Hoffnungszufuhr ab.

Die Lebenden fühlen das Walten der Geisterfeme, ihr schuldbeladenes Herz friert vor Angst und Grauen. Eng beieinander hocken sie, suchen Schutz in der Gemeinsamkeit ihrer Furcht, kriechen unter das wenig wetterdichte Schutzdach eines Fatalismus, den die Not erfunden hat.

*

Das will heißen: die Wiener Kaffeehäuser sind voll wie niemals zuvor. Sie waren immer die Zentren des Wiener Lebens, jetzt sind sie die Zentren der Wiener Todesangst.

In Zeiten wie diesen ist die Ausdünstung des Nebenmenschen ein nervenstärkendes Fluid; und wenn zwei oder mehrere miteinander schlottern, gibt das doch ein beruhigendes Geräusch.

Die Zeitungen sind sehr tapfer. Von dem Licht der neuen Freiheit entzündet, sieht das Auge der öffentlichen Meinung blutunterlaufen drein. Die servilsten Mistblätter, die vierundeinviertel Jahre dem Hof und der Generalität den Krieg apportiert haben, schnappen jetzt republikanisch nach ihren Herren von gestern.

Endlich darf die Canaille jene, von denen sie canailliert wurde, en canaille behandeln.

*

Auch die Wiener Literaten sind durch die Ereignisse aus dem Gleichgewicht geraten.

Einige von ihnen helfen rote Garden bilden.

Neidische Ohnmacht-Menschen sagen: Angst vor dem Leise-Werden ihres Ichs und Namens sei es, was die Schriftsteller in die Lautheit der Straße stürzen heiße.

Da ist Peter Altenberg ein anderer. Indes die Welt zugrunde geht, schreibt er ruhig seine kleinen Dichtungen über ideale Hautcreme, über Hotelstubenmädchen, Schlaf und Abführmittel.

Redlicher Peter! Weiser Peter!

*

Allenthalben verschwindet nun aus dem Bild der Stadt das K. k. und K. u. k. Die Hoflieferanten verkleben mit schamvollem Papier ihre sonst in Goldlettern prunkende Würde. Und wie ins Herz geschossen stürzen die bronzenen, hölzernen, gipsenen Doppeladler von Hausfassaden und Firmenschildern pflasterwärts oder verstecken sich hinter Tuchkapuzen. Welch ein Massensterben unter dem königlichen Geflügel, das in Klauen die gekräuselten Spruchbänder hält mit der Inschrift: Indivisibiliter ac inseparabiliter!

Heute gilt: gar kein Vogel in der Hand ist noch immer besser als ein Doppeladler auf dem Dach.

*

Bei Kriegsausbruch fielen im ersten Schreck die französischen Texte von den Geschäftslokalen Wiens, die «maisons», die «modes et robes» und dergleichen. Dann wurde das Englische fortgekratzt, die «tailors and outfitters», die «english spoken» und «english songs». Es kam auch der Tag, an dem die italienischen Geschäfte sich schleunigst in «posadas espagnolas» verwandelten. Und schließlich geschah ein großes Unsichtbarmachen der «american bars» und «american shoes». Die Streifen und Sterne verkrochen sich hinter graues Packpapier.

Und jetzt, als Schlußeffekt, wird, soweit nur möglich, das Österreichische gestrichen, abgekratzt, überklebt.

So sind wir, auf dem Wege der Verneinung, kosmopolitisch geworden.

*

In den ersten Tagen des neuen Deutsch-Österreichs gab es bekanntlich einen mächtigen Kokardenrummel. Aufgeregte Zivilisten verlangten von Soldaten und Offizieren, daß sie die Kokarde mit den kaiserlichen Initialen von der Kappe nähmen.

Die Militärs taten ihnen den Gefallen. Auch die hohen. Auch die höchsten.

Und dies war nun gewiß das Vernünftigste, was sie tun konnten.

Aber wenn man sich entsinnt, wie diese einsichtigen und konzilianten Generale hart und unnachgiebig darauf achteten, daß die anderen die beschworene bedingungslose «Treue bis in den Tod» hielten, zu Lande, zu Wasser und in den Lüften, wie pflichtbewußt und großzügig sie einsperren, hängen und füsilieren ließen, wo jene Treue schwanken wollte, wie fest und mutig sie auf den obligatorischen Heroismus der Untergebenen bestanden!

Es hat kein österreichischer General den Heldentod auf der Ringstraße erlitten.

Sondern als es hieß: herunter mit der Kokarde!

Da griff er erst nach der Kokarde
Und dann nach seinem Kopf.

Nach der Kokarde, um sie herunterzunehmen. Nach dem Kopf, um ihn oben zu behalten.

Die Uniform

Es ist Tag geworden, ein verzweifelt trüber Tag, aber immerhin Tag: also haben die goldenen und silbernen und seidenen und Zelluloid-Sterne rechtens zu verlöschen. O endlose Nacht des endlosen Schreckens, da sie schicksalbestimmend leuchteten.

Die Uniform ist von uns genommen. Der Krieg war ihre, nur ihre, große Zeit. Eine Zeit, in der auch die Zivilisten nicht wie Zivilisten aussahen, sondern wie militärisches Rohmaterial oder wie militärische Schlacke. Entweder griff sie demnächst der Mechanismus, der aus Bürgern Krieger formte, oder er hatte sie, Rückstände eines verarbeiteten Stoffquantums, schon wieder ausgeworfen.

Die Uniform war stärker als der, der sie trug. In friedlichen Tagen gab sie der Mann zum Schneider, wenn sie ihm nicht paßte; zur Kriegszeit ließ sich die Uniform den Mann nach ihren Bedürfnissen richten. Sie zog ihn ein, nicht er sie an. Sie war der Inhalt; der Mensch, der sie trug, nur dieses Inhalts zufällige Form.

Für gewöhnlich gilt: Das Kleid ist eine Fortsetzung der Epidermis. Aber für das Soldatenkleid galt dies nicht. Hier mußte es heißen: Der Mensch ist eine Fortsetzung der Uniform nach innen.

Für Antlitze war die Uniform ein Prüfstein. Die reichen physiognomischen Hilfen der bürgerlichen Kleidung fielen fort. Die Gesichter schienen wie aus Glas und Rahmen genommene Bilder. Sehr nackt; und fatal deutlich in all ihren seelischen Chiffren. Das Besondere duckte sich lautlos, und das Typische stellte sich gehorsamst vor. Der Blick, war er noch so stolz und offen, ging wie durch einen Filter von Demut. Der Mund schloß um eine Nuance fester als sonst, sehr viel gewohnheitsmäßiges Schweigen war um ihn. Das Mienenspiel schien vereinfacht (Ungebundenheit der Mimik: ein Vorrecht der Höheren). Der krempenlose Kappenrand ließ die Ohren demonstrativ frei: das ganze Gesicht war auf die Funktion «Hören» eingestellt.

Wie unter einer Tarnkappe verschwand «das Individuum» in der Uniform. In Erscheinung trat: das Gattungsexemplar. Der Mensch hörte auf, ein Selbständiges, Abgeschlossenes zu sein. Er war jetzt Teil, Splitter, Bruchstück, das erst durch Einfügung in das Ganze ein Etwas wurde.

Uniform: das Kleid ohne Geheimnisse. Ein phanerogames Kleid. Die militärische Tracht verriet unzweideutig, was in ihr steckte. Freilich nicht, wer in ihr steckte. Aber das war ja Witz und Tücke der Uniform, daß sie den «Wer» verschluckte und nur das «Was» gelten ließ.

Sie bedeutete eine wesentliche Lebensvereinfachung. Zwei Uniformierte hatten es nicht nötig, mit Fühlern des Gesprächs einander abzutasten, um zu wissen, welcher Raum oder welche Unendlichkeit zwischen ihnen liege. Sie wußten es alsogleich auf den Millimeter genau.

Das war ja überhaupt das Schöne beim Militär: die Versachlichung aller menschlichen Relationen. Welche Ersparnis an Kraft und Aufwand gab das! Literweise vergeudet der Bürger Nervensäfte an die Sorge des Rechtbehaltens. Der Soldat war von solcher Verschwendung befreit. Denn mit dem Untertauchen des Individuums in die Gattung schwand ihm höchste Qual der Erdenkinder: Persönlichkeit wahren zu müssen. Unrecht, das ihm widerfuhr, Unvernünftiges, das ihm zu tun geheißen ward, traf wie Elementarereignis, Widerstand, Klage, Motivensuche, Vergeltungswünsche und all den hiermit verbundenen Energieverbrauch ausschließend. Bosheit kam wie Schicksal, von Mühen der Abwehr und Rache lossprechend, wie fallender Ziegelstein, wie hutentführender Windstoß, wie abspringender Funke von der ewig brennenden Riesenlohe der Widrigkeiten.

Die Uniform versinnbildlichte das. Ihre bündig ausgesprochene Idee: Du hast aufgehört, Zweck zu sein, und bist Mittel! Die Pflichten gegen das eigene Ich, mit ihrem ganzen Komplex sittlicher und ästhetischer Martern, endeten, ersetzt durch die einfachere Pflicht, dieses Ich dem Verdrecken und Verrecken preiszugeben.

Mit der Uniform zog man «einen andern Menschen an»: den Un-Menschen, den Anti-Menschen.

Und so wurde es eine große Zeit.

Budapest

In Budapest ist die Regierung gestürzt worden, und die Feueranbeter haben das Heft in die Hand genommen.

Die Bürgerschaft ist sehr verängstigt und hofft auf ein baldiges Zusammenbrechen des neuen Regimes.

Im Kulturklub «Wir» wurde ein kupfernes Becken aufgestellt, in dem, von Essenzen beträufelt, eine Dauerflamme brennt. Vor dieser Flamme verrichten die Mitglieder ihre Andacht, ehe sie sich zum Kartenspiel setzen. Die beliebte Diva fährt auf einem mit Flammen bemalten Wagen durch die Stadt und fordert in hinreißender Rede die Bewohner auf, sich dem Kultus der heiligen Glut zu widmen.

Die Zigeuner begleiten sie auf diesem Umzug, ihren Instrumenten leidenschaftliche Weisen entlockend.

An die Spitze einer Vereinigung der «Entflammten» hat sich der berühmte Autor gestellt. Sein neues Stück ist der Sonne gewidmet. Sein Gedicht an die Nation: «Endlich erfüllter Traum» wird in einer Million von Exemplaren unter das Volk verteilt. Es kursiert ein giftiges Bonmot des berühmten Autors über die Feueranbeter.

Der hervorragende Tondichter Ungarns hat eine Hymne: «O Flamme!» komponiert. Die Presse ist einmütig im Lob dieses kühnen Werkes.

Das Volk ist glücklich und entschlossen, bis zum Äußersten für das neue Regime einzutreten.

Autos mit Bewaffneten durchrasen die Stadt.

Die Intellektuellen haben sich vollzählig und begeistert der Feuerregierung angeschlossen. Es erscheinen fünf neue Blätter: «Der Funke», «Die feurige Zunge», «Prasseln und Lodern», «Der Scheiterhaufen», «Neue Gluten».

Doktor Kovacs hat mit den leitenden Männern – er kennt sie vom Rennplatz her – Fühlung genommen.

*

In Budapest sind die Feueranbeter gestürzt worden, und die Verehrer des heiligen Pferdes haben das Heft in der Hand.

Die Bürgerschaft ist sehr verängstigt und hofft auf ein baldiges Zusammenbrechen des neuen Regimes.

Im Kulturklub «Wir» wurde ein kupfernes Pferd aufgestellt, vor dem die Mitglieder ihre Andacht verrichten, ehe sie sich zum Kartenspiel setzen. Die beliebte Diva fährt auf einem mit hippischen Emblemen bemalten Wagen durch die Stadt und fordert in hinreißender Rede die Bewohner auf, sich dem Kultus des heiligen Pferdes zu widmen.

Die Zigeuner begleiten sie auf diesem Umzug, ihren Instrumenten leidenschaftliche Weisen entlockend.

An die Spitze einer Vereinigung der «Quadrupedisten» hat sich der berühmte Autor gestellt. Sein neues Stück ist einer weißen Stute gewidmet. Sein Gedicht an die Nation «Endlich erfüllter Traum» wird in einer Million von Exemplaren unter das Volk verteilt.

Es kursiert ein giftiges Bonmot des berühmten Autors über die Pferdeverehrer.

Der hervorragende Tondichter Ungarns hat eine Hymne

«O Roß!» komponiert. Die Presse ist einmütig im Lobe dieses kühnen Werkes.

Das Volk ist glücklich und entschlossen, bis zum Äußersten für das neue Regime einzutreten.

Autos mit Bewaffneten durchrasen die Stadt.

Die Intellektuellen haben sich vollzählig und begeistert der Pferderegierung angeschlossen. Es erscheinen fünf neue Blätter: «Der Huf», «Neues Wiehern», «Bukephalos», «Das heilige Pferd», «Die Zügellosen».

Doktor Kovacs hat mit den leitenden Männern – er kennt sie vom Rennplatz her – Fühlung genommen.

*

In Budapest ist die Regierung der Pferdeverehrer gestürzt worden, und Doktor Kovacs hat sich zum Selbstherrscher ausrufen lassen.

Es ist ihm eine Adresse zugekommen, unterzeichnet von der beliebten Diva, dem berühmten Autor, den Zigeunern, den großen Schauspielern, Literaten und Journalisten des Landes, in der es heißt: «Was geht uns die Politik an? Wir sind Künstler!» Der berühmte Tondichter hat eine Hymne komponiert: «Odi profanum vulgus». Sie ist nur in hundert handsignierten Exemplaren auf Bütten gedruckt worden.

*

Budapest ist ohne Regierung. Doktor Kovacs, gelangweilt, hat die Regierung stehen lassen und ist weggegangen. Wie man vermutet, zu den Rennen nach Wien. Niemand weiß, wer oder was jetzt kommen soll.

Die Bürgerschaft ist verängstigt, Autos mit Bewaffneten durchrasen die Stadt, der Wagen der Diva ist eingespannt und der Anstreicher bestellt, die Zigeuner sind entschlossen, ihren Instrumenten unter allen Umständen leidenschaftliche Weisen zu entlocken.

Vom Giebel des Kulturklubs «Wir» weht die Wetterfahne. In begeisterten Scharen strömen ihr die Intellektuellen zu.

Der berühmte Autor behauptet, Budapest sei ein Bonmot von ihm.

Nur erschossen

Hier hing wohl einmal, zu Häupten der Richter, das Bild eines militärischen Herrn, strenge, gebieterisch, Schwert-Strahl aus der Pupille sendend.

Der öffentliche Ankläger ist ein glattrasierter, feiner Mann. Taille, Monokel. Er spricht mit hoher, höflicher Stimme. Der Vorsitzende des Gerichts lugt durch kühl funkelnde, amtlich karge, streng objektive Brillengläser. Es ist um sein neutralgraues, kreisrundes Gesicht etwas Unpersönliches, das die scharfe Mundlinie noch kräftig unterstreicht.

Der Angeklagte, Herr Oberleutnant Marloh, hat ein subalternes Antlitz. Er blickt trotzig und doch bescheiden, wie ein sattelfester Kandidat dem gefürchteten Professor, seinem Richter ins Auge. Hier sitzt er, er konnte nicht anders.

Der Oberst Reinhard, von dem die Blutgeschichten und die Energie-Lesestücke gehen, ist ein sogenannter schöner Mann. Weiche Züge, ein weicher Mund, sanfte, rundliche Nase. Er sitzt in einer Türnische, die Hände auf den Degenknauf gestützt, das gescheitelte Haupt trauervoll sinnend hinabgebeugt. Seine Rede vor dem Gerichtshof setzt minutenlang aus. Schweigen. Der Saal weiß, daß den Obersten Reinhard jetzt Ergriffenheit übermannt. Ernst sieht der militärische Gerichtshof auf den Kameraden. Es ist wie geblickter Händedruck. Der öffentliche Ankläger putzt verlegen sein Einglas.

Wie ein italienischer Beau sieht der Hauptmann Kessel aus. Schwarzes Haar, schwarzer Schnurrbart, schwarze Augen. Er hat ein windiges, ertapptes Gesicht.

Der Zeuge Klawunde mit dem drahtig aufgewichsten Schnurrbart war in den kritischen Tagen Oberkommandant von Berlin. Wenn man das nicht wüßte, möchte man nicht «Herr Kommandant» zu ihm sagen. Eher: «Herr Ober.»

Der Zeuge Leutnant Penther ist die wunderlichste Figur im Saale. Das Biederste vom Biederen, von Rechtschaffenheit und Redlichkeit umatmet, männlich-herb und doch weich gekernt, vernehmbar herzdurchströmt wie der Wachtmeister in «Minna von Barnhelm». Er steckt in hohen Schaftstiefeln, an denen riesige Sporen martialisch klirren. Ein gewaltiger Pallasch dräut zu seiner Linken. Treuherzig blickt sein Kriegerauge, fest und schlicht tönt die markige Rede. So sehen die Militärpersonen aus, die, ehe sie sterben, das brave Roß noch auf die Schnauze küssen, indes von ferne des Zapfenstreichs schwermütige Melodei herüberschwingt. Und im Hintergrunde geht die Sonne, abendlich glühend, zur Ruhe; nein, zur Rüste.

Dieser brave Mann ist derjenige, der in der Französischen Straße die neunundzwanzig Matrosen aus Lebewesen zu einem Brei von Blut, Knochen, Hirn und Fleischfetzen zermanschen ließ. Er hat das, wie er vor Gericht karg und bescheiden erzählt, «herzlich gern» getan. Es war ihm ein Vergnügen. Bitte sehr, bitte gleich.

«Der Mensch ist gut», singt Leonhard Frank, der, wie man schon hieraus ersieht, ein Dichter ist.

In der Zwischenpause sehe ich den Leutnant Penther auf dem Gang des Kriminalgerichts eine Butterstulle speisen. Sie schmeckt ihm vorzüglich. Jemand bietet ihm eine Zigarette an. Er nimmt sie mit ein paar höflichen Lippenbewegungen. Offenbar sagt er: «Herzlich gern.»

Im Prozeß steht gerade die Frage zur Diskussion, ob die Matrosen in der Französischen Straße umständlich gemartert, massakriert und, post festum, wie Leutnant Penther sagen würde, leichengeschändet wurden.

Bei dieser ganzen schauerlichen Debatte, bei dieser exakten Schilderung des Tötungsvorgangs von seiten der Töter arbeitet das Herz des Zuhörers wie ein Gespensterhammer; und seine Kehle würgt an der Atemluft. Wie wunderbar hingegen der Gleichmut, die heroische Gelassenheit der preußischen Militärs! Und ihrer verständigen, sachlich prüfenden Richter!

Nein, die Matrosen sind nicht kompliziert, sondern schlicht getötet worden. Und es ist ihnen keine postmortale Unbill widerfahren.

Ein kleiner, warmer Hauch von Zufriedenheit läuft über die Mienen aller Beteiligten, als der Vorsitzende feststellt, daß die Matrosen nur erschossen wurden. Absolut nichts weiter. Nur erschossen. Wer mehr behauptet, ist glattweg ein Verleumder.

Ja, das mit dem herumgespritzten Hirn und den abgesprungenen halben Schädelkapseln, fügt der Vorsitzende hinzu, erklärt sich technisch ungemein leicht. Es kommt von der Nahschußwirkung, von den sogenannten «Fangschüssen». Also auch dieses Indiz löst sich. In Wohlgefallen.

Nur erschossen. Der Gerichtshof nickt oder blickt milde. Über die Gesichter Marlohs und der Seinen breitet sich ein Schimmer zutage gekommener Unschuld. Gewissermaßen: Wie sitzen wir jetzt da? Die allgemeine Stimmung ist um eine merkbare Nuance erleichtert. Ein gutes, friedevolles, versöhnliches Gefühl durchwärmt den Kreis des Tribunals.

Und das Bild des militärischen, strengen, gebieterischen, Schwert-Strahl aus der Pupille sendenden Herrn, das nicht da hängt, lächelt.

Wahlen

Gesetze sind heute, da nur durch ihre Umgehung und Überlistung das individuelle Leben behauptet werden kann, nötiger als je. Sie markieren die sogenannten gesetzlichen Wege, die der Tourist, um zum Ziel zu kommen, ja nicht beschreiten darf. Zwischen ihnen durch führen die richtigen Pfade. Kein Mensch würde ohne die Wegweiser der Gesetze im Dickicht des Heute sich auskennen, wo er durchzuschlüpfen, herumzukriechen, hinüberzuvoltigieren habe, um seines Wandels froh zu werden.

Unkompliziertere Zeiten fanden mit der Übertretung der

wenigen Gesetze, die sie hatten, ihr Auslangen. Es reichte hin, die Entwicklung der Welt in Schwung zu halten. Zehn Gebote, promulgiert auf dem Berge Sinai, haben genügt, der Menschheit die lohnenden Abwege zu weisen, deren sinnvolle Verschlingung dann zum Grundriß wurde für den ganzen, wunderbar schiefen, bunten und amüsanten Bau der Geschichte und Kulturgeschichte.

In Österreich – wie lieblich liegt es zwischen dem Manne Znaim und dem Kinde Preßburg da! – haben die Gesetze noch eine spezielle Bedeutung. Sie sind nämlich das einzige, das dieser arme Staat aus eigener Kraft und in beliebiger Menge herzustellen vermag. Kein Wunder, daß jede Partei sich müht, solchen blühenden Produktionszweig in ihre Hand zu bekommen.

Infolgedessen tagen und nächten jetzt allenthalben Wählerversammlungen, und an Häusermauern, an Hütte, Pissoir und Palast entfaltet sich das Bilderbuch der Wahlplakate.

Wählerversammlungen sind Versammlungen, in denen Menschen gleicher Meinung zusammenkommen, um zu dieser eisenfest in ihnen verankerten Meinung herumgekriegt zu werden. Der Hörer wird dort von der Überzeugung, die er hat, überzeugt und durch kluge Reden zu dem politischen Bekenntnis, auf das er eingeschworen ist, hingerissen.

Dem Wähler, der noch schwanken könnte, ob er seiner unerschütterlichen Ansicht sein und sich zu dem Glauben, den er glaubt, bekehren solle, versetzt das Wahlplakat den entscheidenden Stoß in die politische Richtung, der er angehört.

Welcher bürgerliche Demokrat zum Beispiel, entschlossen, bürgerlich-demokratisch zu wählen, vermöchte sich dem Einfluß einer Zettelreihe: «Wählt bürgerlich-demokratisch!» zu entziehen? Ob er will oder nicht, er muß, wie er will, weil er nicht anders kann.

Noch stärker dürfte die Wirkung des *gezeichneten* Plakats auf die Wählerpsyche sein.

Die Phantasie der Wahlplakatkünstler futtert aus dem Mist

und Müll politischer Beredsamkeit. Sie malen Redewendungen.

Da kann man, koloriert, sehen: wie ein rücksichtsloser Sozialist die Steuerschraube zudreht, geplagten Bürgern das Letzte zu entquetschen. Oder wie einer dem Volk die Binde von den Augen nimmt. Oder wie trennende Grenzpfähle niedergelegt werden. Oder wie die Waage sich auf die Seite der guten Partei neigt.

Wie kläglich: Maler, die von der Sprache Bilder leihen! Die Phrase wird ins Zeichnerische verhaftet. Nun steht sie in ihrer ganzen platten Erbärmlichkeit am Pranger der Affichentafel.

Großartig ist die Bestialität, die in diesen gezeichneten Schlagworten, in diesen Schlagbildern stummbrüllend sich offenbart. Tritt, Blut, Hieb. Feuerunterlaufene Augen, niederkrachende Fäuste, zerstampfende Orang-Füße.

Man schaut den wahrhaftigen Roh-Stoff der Politik. Nimmt man hinzu die ganz von Kriegsrotwelsch durchseuchte Sprache der Wahlschriften und -reden: Kampf und Sieg, Walstatt und Scharmützel, wehende Fahnen, gestürmte Burgen, blanke Waffen und Schilde, zerschmetterte Feinde, eroberte Stellungen – so spürt man es in der Magengrube, daß politische Programme ihre Schwungkraft durchaus von der hinter ihnen lauernden muskulären Entschlossenheit beziehen.

Wie verhält sich die bürgerliche Gesellschaft zu diesen um sie blitzenden Wahlwettern?

Plakat (Brandfackel und zertretender Fuß): «Wählt kommunistisch!»

Plakat (blutige Faust und niedergeboxtes Juden-Allerlei): «Wählt christlich-sozial!»

Was sagt die bürgerliche Gesellschaft dazu?

Plakat (Herr mit Dame im Pelz): «Wir gehen ins Kasino Montecarlo. Dort spielt Macho.»

Faradische Ströme

Im Jahre 1917 schrieb ich, und es wurde auch trotz Zensur gedruckt, Folgendes:

Ärzte

Die Ärzte halten das Sieb, in das die männliche Menschheit geschüttet wird, um Taugliche von Untauglichen zu sondern. Die Maschen dieses Siebs wurden und werden immer weiter. Schließlich so weit, daß fast nichts mehr obenauf bleibt, alles durchfällt in die vielen Sammelkörbe, die der hungrige Krieg stets gefüllt haben will.

Es steht zum Teil im Belieben des Arztes, die Siebmaschen enger zu ziehen oder zu lockern. Diagnosen sind dehnbar. «Befunde» ohne Mühe so mit Fragezeichen zu behängen, daß sie sich biegen. Etwa von tauglich-A nach tauglich-B oder umgekehrt. Mancher hat sich schon, nach Laune der Ärzte, im halben Alphabet herumkugeln müssen. (Kein Wunder, daß er Schwindel bekam.)

Die Medizin war leider auch im Frieden machtlos gegen den Tod. Aber noch viel mehr ist heute das Leben machtlos gegen die Medizin.

Wie haben die Ärzte die Macht, die ihnen der Krieg in die Hände spielte, geübt?

Wie haben sie solche Zufalls-Überlegenheit, die ihnen das Metier verlieh, getragen?

Wie haben sie ihre Bestimmer-Rolle über das Schicksal des Nebenmenschen erfüllt?

Wie sind sie der Gefahr, brutal, grausam, höhnisch, machtdünkelhaft zu werden, ausgewichen? Wie haben sie ihre Friedensmission mit ihrer wesentlich anders gerichteten Kriegsmission zu vereinen gewußt?

Das wird entschieden werden, wenn der Tag erscheint, an dem über die Richter zu Gericht gesessen und über die Ärzte von den Klienten «befunden» werden wird.

Nun, dieser Tag ist jetzt da.

Es amtet eine besondere Untersuchungskommission, die «militärische Pflichtverletzungen im Kriege» feststellen und Pflichtverletzer dem Gericht überliefern soll.

Die Kommission hat's nicht leicht. «Militärische Pflicht verletzen» hieß in den meisten Fällen menschliche Pflicht erfüllen, und «militärische Pflicht erfüllen» in den meisten Fällen: bestialisch sein. Der Auditor mußte hängen lassen, der Offizier die Unbotmäßigen niederknallen, der General durfte seinen lechzenden Bataillonen den Heldentod nicht vorenthalten, und die Ärzte hatten Menschenfleisch zu apportieren, hatten zu «mustern».

Ein paar von diesen Muster-Knaben sollten sich jetzt gegen den ganz besonderen Vorwurf verteidigen: sie hätten Kriegshysteriker durch Anwendung sogenannter «faradischer Ströme» auf die allergrausamste Art behandelt, nach dem Motto: Du mußt gesund werden – und wenn du krepierst!

Die Opfer sagen: Es war die Hölle. Sie erzählen von den wahnsinnigen Schmerzen, die diese Behandlungsmethode verursacht, von der unbeschreiblichen Angst der Patienten, von der Gelassenheit, mit der die Ärzte das erbarmungslose Heilverfahren übten.

Die Ärzte sagen: Aber keineswegs! Sie waren alle Engel an Geduld und Güte. Sie faradisierten, weil die Methode wunderbare Heilkraft bewährte. Einen Menschen, der nur auf allen vieren kriechen konnte, hat, zum Beispiel, der Professor J. durch einmalige Behandlung mit faradischem Strom dahin gebracht, daß er sofort aufrecht stehen und gehen konnte! Übrigens hat dieser Arzt seine Kranken durchaus nicht immer faradisiert. Zeugenaussage: «Ein angeblich Geisteskranker, der ganz blöd dreinsah, wurde auf die Weise geheilt, daß Professor J. einen Komiker, der auf seiner Abteilung war, ersuchte, dem Geistesgestörten einige Witze zu erzählen und ihn zum Lachen zu bringen.»

Tut so was, bitte, ein Doktor Eisenbart?

Derselbe Doktor Sammetbart erzählte der Kommission

von einem Mann, den er «sofort als Simulanten durchschaut» und nach zweimaliger Anwendung des faradischen Stromes geheilt habe.

Also: Der Mann war gleich als Schwindler erkannt. Infolgedessen wurde er faradisiert! Das heißt: Unter der Folter gab der arme Teufel seine Lüge auf.

Der faradische Strom wurde mit Vorliebe «Zitterern» zugefügt. Vertreter dieser Sekte, offenbar nicht genügend faradisiert, zucken noch heute durch Gast- und Kaffeehäuser und tremolieren Gutmütigen das kleine Geld aus der Tasche. Der faradische Strom heilte sowohl solche Zitterer, die ein pathologisches Recht hatten, zu zittern, als auch jene, die nur vor dem Schützengraben zitterten. Er heilte Kranke wie Gesunde.

Ein wunderbarer Strom. Er entsprang einer Heilsidee und half die Mühle des Kriegs treiben, von Müllern in weißen Kitteln bedient. Die Lebenslustigsten flüchteten vor seiner belebenden Kraft in die Möglichkeit des Heldentods, und wo der Strom floß, war Grauen und Entsetzen. Nur der Arzt saß lächelnd daran, sah nach dem Zitterer ruhevoll, kühl bis ans Herz hinan.

Die Ärzte im Krieg taten ihre militärische Pflicht. Und sonst waren sie Lämmer. Haben sie hie und da ein Witzchen über die Todesangst ihrer Klienten sich verstattet, so geschah es nur in Anwendung der Methode J., um Geistesgestörte, denen der süße Tod fürs Vaterland nicht schmecken wollte, zu kurieren.

Wenn es noch heute Individuen gibt, die bei Erinnerung an das, was sie im Kriege durch den Dünkel und die Roheit von Ärzten erduldet haben, vor Wut zittern, so sind das offenbar Kranke. Oder sie simulieren ihre Wut und müßten faradisiert werden.

Der Teisinger

DER Teisinger ist gestorben, ehemaliger Feldmarschall der k. u. k. Armee, gehaßt und gefürchtet von allen, die den Krieg haßten und fürchteten.

Der Teisinger hatte das Amt, zu einer Zeit, da alles verwendbare Menschenmaterial schon für die Front aufgebraucht war, aus den übriggebliebenen Hinterlandsmännern – dem «Bruch», wie die Wiener das nannten – noch ein paarmal hunderttausend Feldsoldaten herauszupressen. Von einem devoten Arzt begleitet, erschien er in Kanzleien, Spitälern, Ämtern oder wo sonst immer mindertaugliche Militärpersonen ihrem vertrottelten Dienst oblagen und erklärte einen Teil der rudelweise vor ihn getriebenen schlotternden Individuen für tauglich. Er verließ sich dabei mehr auf seinen Geschmack als auf irgendwelche ärztliche Gutachten. Übrigens dürfte der Arzt, der als gut abgerichteter Jagdhund mit dem Teisinger auf die Pirsch ging, ihm wenig Scherereien gemacht haben. Die beiden arbeiteten klaglos miteinander und apportierten so dem allerhöchsten Kriegsdienst gut ihre 200000 Stück Mensch.

Die Orders, mit denen der Feldmarschalleutnant seine Opfer in den Schützengraben sandte, trugen ein lateinisches T. Das war die Abkürzung für Teisinger. Oder auch für: Tod.

Die volle Verantwortung dafür, daß unter den zweimalhunderttausend so viel krüpplige, bresthafte, von Krankheit zerfressene Exemplare waren, nahm der Teisinger auf seine Generalskappe.

Als aber der ganze Dreck- und Bluthaufen zusammenbrach, und die zurückgestaute Liebe der Bevölkerung für die Herren Offiziere sich elementar entlud, da nahm der Teisinger seine Generalskappe ab. Und mit ihr selbstverständlich auch die Verantwortung, die er auf sie genommen hatte.

Er habe, sagte er, nur die strikten Befehle seiner vorgesetzten Behörde ausgeführt.

Nun, das mag so und der Teisinger nur ein gehorsamer

Diener gewesen sein, ein stumpfer, urteilsloser, fleißiger Gehilfe in der Großmetzgerei des Krieges. Daß er mit solcher Passion bei der Sache war, so innerlich freud- und friedevoll dem harten Geschäft oblag, daß ihm in dem Dunst von Seelenqual, Schweiß, Todesangst so ganz besonders fidel zumute ward, daß er so heiter-beflissen die Rolle des Unheilands spielte, der die Lahmen aufstehen und (in die Schützengräben) gehen hieß, die Blinden (den Einrückungsbefehl) sehend und die Tauben (ihr Todesurteil) hörend machte – mein Gott, er hatte halt auch seine Launen und Neigungen, der Teisinger. Nun ist er tot. Und die himmlischen Heerscharen werden wohl den Mann gebührend empfangen, der ihre Kader so unermüdlich aufgefüllt hat.

Kurz vor seinem Tode stand er vor einer Kommission, die Kriegsverbrechen untersuchte, und als er gestorben war, hielt ihm der Chef dieser Kommission einen Nachruf, der lehrte, daß der für schlimm erachtete General ein sentimentaler braver Mann gewesen, schonungsvoll und gütig und weichen Herzens.

So hatte er zum Beispiel die Marotte, sich von seinem ärztlichen Musterungskommis dessen medizinische Meinung über die zur Beschau vorgeführten Objekte ins Ohr flüstern zu lassen. Das «frontdiensttauglich» diktierte der General dann ganz laut dem Schriftführer in die Feder.

Was bezweckte der Teisinger mit solchem Geflüster? Der Chef jener Untersuchungskommission klärte darüber auf:

«Das ihm zur Last gelegte Flüstern mit dem Arzt verfolgte den Zweck, die Erschienenen durch Konstatierung ihres bei der Untersuchung zutage getretenen Gebrechens oder Leidens nicht zu *Hypochondern* zu machen.»

Ja, das war es. Der Teisinger wollte nicht, daß die Schützengrabenkandidaten hypochondrisch würden, wenn sie hörten, ihre Gesundheit sei zu zart für das rauhe Kriegshandwerk.

Der Offizier, der den Mann prügelte und bis aufs Blut sekkierte, tat es nur, um ihn abzulenken von Gedanken an Heimat und Friede, die seine Seele mit Gefahr der Melancholie hätten bedrohen können.

Die Generalität, die den Italienern knapp vor Torschluß 300000 Gefangene überließ, tat es, um diesen 300000 eine bessere Ernährung zu sichern, als sie ihnen daheim zuteil geworden wäre.

Der Kommandant, der seine Truppen in einen nutzlosen Tod trieb, handelte so, um ihnen die Fülle der Enttäuschungen, die ihrer sonst auf dieser schlechtesten aller Welten geharrt hätten, zu ersparen.

Der Arzt, der die Soldaten schund und marterte, tat es, um nicht den quälenden Gedanken in ihnen aufkommen zu lassen, ihre Gesundheit sei so gebrechlich, daß sie mit Glacéhandschuhen angefaßt werden müßten.

Der Auditor, der die Leute hängen ließ, wollte sie nur endgültig aus dem Bereich der kriegerischen Gefahrenzone bringen.

Und der Teisinger flüsterte wegen der Hypochondrie.

Es sind auch tatsächlich, dank solchen Zartsinns, wenig Selbstmorde infolge amtlich festgestellter Frontdienstuntauglichkeit vorgekommen.

Hingegen klingt der Jubel derjenigen, die laut, ohne jede Flüsterei, für schützengrabenfähig erklärt wurden, noch heute in aller Herzen nach.

Der Unbekannte Soldat

Auf der Place de l'Étoile steht der mächtige Arc de Triomphe. Der «guide bleu» – der den Arc de Triomphe, weil er mit A beginnt, als Nummer Eins in der Reihe der wichtigsten Profanbauten von Paris nennt (gleich hinter ihm kommt die Banque de France, obwohl die eigentlich in die religiösen Sachen eingereiht gehörte) –, der «guide bleu» teilt mit, daß die Fertigstellung des Triumphbogens, unter Louis-Philippe, 9051115 Francs gekostet hat. Da kann man nur sagen: Ausgerechnet. Triumphe, die einen Bogen bekommen, kosten aber nicht nur viel Geld, sondern auch viel Leben. Was das anlangt, waren die Vaterländer im letzten Weltkrieg nicht knauserig. Einige von ihnen haben dann, um an diese Splendidität zu erinnern, und um die Masse, das Kleinzeug ihrer Blutopfer, zu ehren, einen «Unbekannten Soldaten», gewissermaßen ein Stück bis zur völligen Unkenntlichkeit verbrauchter Scheidemünze der Währung Mensch, glorreich bestattet.

Die französische Republik legte ihren «soldat inconnu» unter den Triumphbogen auf dem Platz des Sterns. Eine Steinplatte, über der ein ewiges, gasgenährtes Feuerchen flammt, deckt die Gruft, ihre Inschrift besagt: «Ici repose un soldat français mort pour la patrie.» Am Grab vorbei flitzen die Automobile nach Longchamps, zu den Rennen, die in jüngster Zeit, das macht wohl der regendurchweichte Boden, überraschend oft von Outsidern gewonnen werden. Die Leute steigen aus, um den Unbekannten Soldaten zu grüßen. Ernst blicken sie, schrauben das Licht ihrer Lebenslust für einen Augenblick auf klein, pumpen ihre Seele voll mit Grau und stellen den Gefühlshebel in Richtung: Tod, Grab, Ehrfurcht. Fast immer auch umstehen Frauen aus dem Volk in schwarzer Tracht die Gruft. Traurig starren sie auf die gasgenährte Flamme, als brächte sie irgendwelche Botschaft von da unten, oder als sei es die unsterbliche Seele selbst, die so leuchte. Ja, vielleicht war gerade der Unbekannte Soldat ein der weinenden Frau gut bekannter. Die Chance ist gering: eins zu Gott weiß wieviel. Es wäre schon ein rechter Haupttreffer, ein Volltreffer sozusagen, wenn gerade dieser Mutter Sohn unterm Triumphbogen moderte. Und wäre es selbst so, was hätte sie Großes davon? Ein talmigoldenes Rändchen um ihren echtschwarzen Kummer.

Ruhestätte im objektiven Sinn kann man ein Grab an dieser lebenumkreisten Unruhestätte eigentlich kaum nennen. Aber subjektiv hat der Tote natürlich auch hier seinen Frieden. Er hätte ihn ebenso, lägen seine armen Knochen mitten auf der Place de l'Opéra. Das, dieses Überall-schlafen-Können, ist ein wesentlichstes Benefiz des Todseins, sozusagen die Lichtseite dieser Schattenseite der kosmischen Ordnung.

Obgleich es kaum ein paar Jahre her sind, weiß man heute schon nicht mehr, wer die Idee gehabt hat, die unbekannten Toten des Krieges durch so feierliches Grab für einen von ihnen zu ehren (zu versöhnen?). Jedenfalls hatte der Einfall – getragen von dem weithin schwellenden und schwingenden Pathos, das den Franzosen wie ihre Parfüms und ihren Lustspieldialog kein Volk der Erde nachmacht – Stil. Erhitzt durch Freude oder Schmerz, gehen die französischen Dinge gern in den Aggregatzustand des Theaters über, dem großen Erleben entbinden sich hier, ohne Accoucheurhilfe der Dichter, leicht die großen Gebärden, und eine dekorative Lüge ist schon fast eine Wahrheit.

«Mort pour la patrie» steht eingemeißelt auf der steinernen Platte. Wer weiß, ob das stimmt? Vielleicht sollte es richtiger heißen: Mort par la patrie. Vielleicht war der letzte Gedanke des Mannes da unten ein Fluch gegen die Gewalten, die ihn zum Helden gepreßt hatten. Vielleicht wurde er gerade von dem General, der ihm jetzt in Ehrfurcht salutiert und ihn einen Helden nennt, wegen vorschriftswidrigen Salutierens Schweinehund geheißen. Vielleicht hat er sich einen Teufel um die gloire geschert, hätte das verborgenste Dasein dem offiziellsten Grabmal vorgezogen und nicht für alle Triumphbogen der Erde dreingewilligt, daß man ihm sein zeitlich Flämmchen ausblase, um ihm ein ewiges, gasgenährtes anzuzünden.

Die Napoleonischen Grenadiere, wie wir von Heinrich Heine wissen, sind entschlossen, hervorzusteigen aus ihrem Grab, falls der Kaiser nochmals darüberreiten und viel Schwerter klirren und blitzen sollten. Hingegen wird (wie genaue Kenner der Stimmung in Gefallenenkreisen berichten) der Unbekannte Soldat, kommt wieder Mobilisierung und das Auto des geliebten Feldherrn hupt über sein Grab, wahrscheinlich liegen bleiben.

Rede, leider nie gehalten am Grabe der Opfer

Ich rede zu Euch, den Toten – aber indem ich «Euch» sage, begehe ich schon eine Fälschung, schlage schon eine trügerische Volte, bin schon mitten drin im dicksten rhetorischen Nebel, in jenem Dunkel, in dem sich gut munkeln läßt. Denn wen meine ich unter «Euch»? Meine ich die Kadaver hier in den Särgen, die pulverigen Rückstände in den Urnen, also Dinge, Sachen, denen (außer im Märchen) ein Du so wenig zukommt wie ein Ich? Oder meine ich unter «Euch» das, was Ihr gewesen, ehe Ihr wurdet, was Ihr nun seid? Da wäre mein «Euch» ja wiederum ein Schwindel, denn nur deshalb, weil Ihr ganz und gar nicht mehr die seid, die Ihr wart, sondern was völlig anderes, nämlich: tot, nur deshalb ergeht an Euch meine feierliche Rede.

Erlaubt mir aber, bitte, dieses hypothetische «Euch», sonst käme meine Rede nicht in Schwung, und überdies ist es ja nun einmal Brauch, die Toten, wenn wir sie begraben, also wenn sie schon unendlich viele Ewigkeiten weit fort sind, anzusprechen, als seien sie noch in der Nähe, noch am Beginn einer Reise, als setzten sie eben den Fuß in Charons Kahn, könnten unser «Fahr wohl» noch vernehmen und das tränennasse Taschentuch noch sehen, mit dem wir Abschied winken. (Ich habe sogar schon gehört, wie man Toten «Leb wohl!» zurief, ehe man sie in die Gruft entließ; was fast schon so klang, als wünschte man ihnen Gesundheit und gutes Wetter.)

Also ich gestatte mir die Lüge, «Euch» und «Ihr» zu sagen. Doch dies soll auch die einzige Lüge sein, deren mein Spruch sich schuldig macht: was nun kommt, ist lauter Wahrheit, pietätlose, ungerührte, von keiner Träne verwischte Wahrheit, wie man sie eben nur Toten sagen darf, das heißt Zuhörern, die nichts hören. Da kann ich Euch vor allem nicht verhehlen, daß Ihr furchtbare Narren wart, als Ihr um einer «Sache» willen Euch opfertet, daß Ihr eine grenzenlose, greuliche, in der Tat todeswürdige Dummheit begingt, als Ihr das

Leben wegwarft gerade um dessentwillen, was es Euch lebenswert machte, als Ihr, Sinnlose, um den Inhalt zu retten, ausgerechnet das Gefäß zerschlugt, das diesen Inhalt faßte und hütete. Ich mahne, gleich den übrigen Rednern und doch anders wie sie, die Brüder, sich an Euch ein Beispiel zu nehmen. Nämlich ein abschreckendes. Ihr habt der «Idee», für die Ihr lebtet, furchtbar geschadet, als Ihr für sie starbt, denn Euer Tod dient ihr bestenfalls als Zierat, als pathetischer Aufputz, indes Euer Leben ihr als wirkende Kraft diente, als Stein und Stufe zum Bau, als Geist und Hand und Willen und Leidenschaft. Euer Tod würde, sagen die priesterlichen Anreißer, die Sache, derentwillen Ihr starbt, fördern, denn sie sind der Meinung, wer helfen wolle, die Menschheit zu erlösen, müsse solchem Zweck sein Leben opfern. Dies mag – abgesehen davon, daß jede Erlösung die Menschheit nur in einen andern erlösungswürdigen Zustand treibt und so fort in unendlicher Schraube – dies mag gelten. Aber einem Zweck das Leben opfern, heißt doch wohl, richtig verstanden, ihm alle Kräfte und Möglichkeiten, über die dieses Leben verfügt, zuwenden und nicht, wie Ihr das getan habt, sie ihm radikal entziehen. Oder glaubt Ihr wirklich, Euer Tod bedeute Gewaltiges für die Idee, der Ihr lebtet? Was für törichte Heilands-Allüre, was für größenwahnsinnige Überschätzung Eures Nicht-mehr-Seins, was für kindliches Ernstnehmen der pathetischen Floskeln, mit denen die Überlebenden Euren Tod zudecken, um ihn nicht in seiner ganzen krassen Sinnlosigkeit erkennen zu müssen! Woher kommt den Menschen, die es loben, daß Ihr für die Sache gestorben seid, der Mut zu solcher Rede? Aus der Gewißheit: Ihr könntet nicht hören, was sie sprechen. Fehlte diese Gewißheit, sie hielten ängstlichst den Mund und verkröchen sich ins dichteste Gewühl der Lebendigen. Kommt, falls Euch Irdisches noch bekümmern sollte, nach kurzer Zeit hervor aus dem Nichts, in das Ihr hinabgestiegen seid, und prüft die Resultate Eures heldischen Opfers. Fragt die Euch Ferneren, wie es um das ewige Angedenken steht, das Euch zugesichert ward: alte Zeitungen werden dem Gedächtnis derer, die schworen, Euch nie zu vergessen, nachhelfen müssen. Fragt die Euch Näheren, ob der Gedanke an den Gedanken, dessentwillen Ihr sie allein ließet, auch nur ums geringste ihre Tränen entbittert hat? Ich fürchte, Ihr werdet Frau und Kind die Sache, die zu segnen Ihr Euer Blut hingabt, verfluchen hören. Kommt nach etwas längerer Zeit wieder und sucht die Tempel, an deren Altären Ihr Euch schlachten ließet. Ihr werdet pittoreske Ruinen wiederfinden, die Götter abgesetzt, die heiligen Riten als numerierte Archivstücke, zeugend von vergangener Zeiten wunderlichem Wahn und Irrtum.

Ich weiß nicht, um welcher Sache, Partei, Pflicht, Idee willen Ihr gestorben seid. Ich nehme an, es müsse was sehr Schönes und Hohes gewesen sein, zu dessen fragwürdigem Vorteil Ihr Euch massakrieren ließet. Das ändert aber nichts an der Torheit Eures Tuns. Weil Euch auf zeitbedingter Erde zu wenig Licht war, seid Ihr in die ewige Finsternis hinabgesprungen. Um die Welt, in der Ihr atmetet, zu bessern, habt Ihr sie, die doch nur in und durch Euch existierte (denn Welt ist eine Funktion, eine Fiktion des Ich, und mit jedem Ich geht die ganze Welt zugrunde), völlig zerstört. Um das Leben hoch zu bringen, seid Ihr zum Erzfeind, zum Tod, übergelaufen.

Die Mitkämpfer beruhigen Euch, Ihr wäret nicht vergeblich gestorben, und sich, ohne Menschenopfer gäbe es nun einmal kein Aufwärts der Menschendinge. Vielleicht trifft das zu. Aber ich glaube, in eine wirklich höhere Phase der Entwicklung wird das allgemeine Spiel erst getreten sein, wenn die Streiter sich der geopferten Kameraden schämen, nicht sich ihrer rühmen, wenn sie die Grüfte bekränzen werden, weil keiner drinliegt, und der Kult der gefallenen Opfer abgelöst sein wird vom Kult der leeren Gräber.

Militärischer Kommentar

Wie erkennt der Zeitungsleser – wissend, daß ja doch nicht immer gesiegt wird, daß es auch Schlappen und Niederlagen gibt – wie erkennt er aus der Glosse des Kriegsfachmannes, ob das glossierte Schlachtfeldereignis ein für uns gutes oder schlechtes war? Aus dem Inhalt kann er es nicht erkennen, denn der ist immer der gleiche; wohl aber aus der Form. Hier einige Winke:

Einfache Satzstellung ist ein schlimmes, invertierte ein gutes Zeichen. Zum Beispiel:

«Gestern fand im Süden des Reiches eine der größten Schlachten statt.» Schon faul! «Der Schlachten größte eine fand in des Reiches Süden gestern statt.» Gut steht es!

Vorangestellte Genitive lassen überhaupt immer eine optimistische Deutung des Schlachtberichtes zu: «Die Streitmacht des Zaren . . .»: Ungünstig. «Die zarische Streitmacht . . .»: Partie remise. «Des Zaren Streitmacht . . .»: Da war es ein Erfolg.

Sehr zu achten hat der Leser auch, ob der militärische Glossenschreiber die Dinge beim Namen nennt oder sie umschreibt. Gerade und nüchtern redet er nur, wenn es schiefging. «Die italienischen Truppen . . .»: O weh! «Das welsche Schwert . . .»: Da haben wir's ihnen gegeben.

Der vernünftige Zeitungsleser wird, hält er sich an diese Fingerzeige, nach der ersten Zeile der «militärischen Betrachtung» seines Journals bereits wissen, woran er ist, und sich die weitere Lektüre der Betrachtung schenken.

Wenn er ganz vernünftig ist, wird er allerdings auch schon die erste Zeile nicht lesen.

Man fliegt auf uns!

Da die Feinde eingesehen haben, daß sie mit Roheit bei uns nichts ausrichten, versuchen sie es nun mit Zärtlichkeit, mit den sanfteren Mitteln der Schmeichelei und Werbung. Aber in den Wienern täuschen sie sich. Den süßlichen Anbiederungen d'Annunzios tönt ein donnerndes «Radibua, riach zu dem Ban!» entgegen. Und wer einmal zu dem Ban gerochen hat, dem vergeht wohl der Appetit nach mehr. Fliehend sucht er das Weite.

*

In der Vorwoche also erschienen italienische Flieger über unserer lieben Stadt, gondelten ein wenig um den Stephansturm, guckten uns in die Töpfe, sahen, daß sie leer waren, und warfen demzufolge, Mitleid heuchelnd, krokodilstränenfeuchte Zettel bodenwärts. Die Wiener dachten vorerst, es handle sich um eine neue Art österreichischer Notenemission und ließen die Zettel liegen. Aber als ein Wachmann das Aufheben, Sammeln und Behalten der Papierchen verbot, begann sogleich eine wilde Aufhebe-, Sammel- und Hamstertätigkeit. So erfuhr die Stadt, was los sei. Nachdem die Flieger wieder weggeflogen waren, wurde die Bevölkerung alarmiert. Durch die Abendblätter.

*

Aus ihnen erfuhr man auch alles Wissenswerte:

1. Es waren sechs Flieger.

2. Es waren acht Flieger.

3. Sie flogen so hoch, daß man sie nicht erkennen konnte, und so nieder, daß niemand hätte annehmen können, es seien Feinde.

4. Die Bevölkerung verhielt sich, obgleich aufs äußerste erregt, völlig gleichmütig und interesselos, lächelte nur über das Gefahrvolle der Sache, das ihr keinen Augenblick zum Bewußtsein kam, lief auf die Straße, sammelte sich in Haufen,

stierte neugierig in die Luft und hielt sich streng an die für den Fall der Fliegergefahr erlassenen behördlichen Weisungen, die vollkommen ausreichen und also entsprechend verschärft werden sollen.

5. In Hinsicht auf das Gefahr- und Schwierigkeitsmoment ist der Raid der italienischen Aeroplane in keiner Weise was Besonderes; er dürfte auch infolge seiner außerordentlichen Gefahr und Schwierigkeit kaum so bald wiederholt werden.

*

Die Behörden veranlaßten allsogleich das Erforderliche.

Die erste, die – ob infolge eines Alarmsignals oder ohne ein solches, wissen wir nicht – ausrückte, war nicht die Feuerwehr, sondern die Zensur.

Das Ereignis ganz zu unterdrücken, war ihrer heldenhaften Löschtätigkeit nicht möglich. Sie mußte sich damit begnügen, es auf den lokalen Teil der Blätter zu beschränken und ein Übergreifen in den politischen zu verhüten.

*

Anfänglich glaubten die Leute, es seien österreichisch-ungarische Piloten, die da gemütlich in den Lüften kreuzten. Erst als man auf den abgeworfenen Zetteln las: «Ihr Wiener seid intelligent», wußte man, daß es fremde Flieger sein müssen.

*

Der Hofmusiker Ladislaus Kohut hörte vormittags, als er im Belvedere-Garten spazierenging, ein Sausen in der Luft. Im Belvedere waren um diese Zeit keine Leute anwesend. Eine Beunruhigung bemerkte der Hofmusiker nirgends.

Diese Wahrnehmungen teilte der Hofmusiker der Presse mit. Sie erschienen noch im Abendblatt.

Ein anderer Beobachter meldete seinem Blatte, daß er sofort zu einem scharfen Fernglas gegriffen und auf den Balkon seines Hauses getreten sei. So konnte er beobachten, wie sich gegen die Mittagsstunde in ganz Wien blitzschnell die Nachricht verbreitete, die Flieger seien in ein heftiges Feuer unserer Abwehrkanonen geraten. Er schloß seine Mitteilungen so: «Ich muß noch einmal betonen, daß nach meinen persönlichen Beobachtungen die Haltung der Wiener Bevölkerung ganz prachtvoll war.»

Wir können diese Mitteilungen dahin ergänzen, daß sich auch die Wiener Tierwelt musterhaft betrug. Die Laufkatzen, behaglich in der Sonne liegend, blinzelten nur geringschätzig zu den Fliegern hinauf, und die Grubenhunde, als wenn nichts geschehen wäre, balgten sich weiter mit den lustigen Rollmöpsen.

Trost im Unglück

WENN wir aber gesiegt hätten, dann hätte Kaiser Franz Joseph ein umfangreiches Denkmal bekommen, auf dem auch die Paladine des Monarchen, Grafen und Fürsten, im Hautrelief angebracht worden wären. Und kniende Frauenfiguren im griechischen Faltenkleid (und in Sandalen) hätten muskulöse Arme ausgestreckt und steinerne Kränze von einem Meter Durchmesser gereicht. «Slavia und Hungaria huldigen dem erhabenen Monarchen.» Vielleicht wäre dieser Text aber in einer (von der philosophischen Fakultät der Universität Wien besorgten) lateinischen Fassung eingemeißelt worden. Und mit Erlaß der k. u. k. Regierung vom Soundsovielten wäre verfügt worden, daß in allen Lehr- und Lesebüchern der k. k. Volks-, Bürger- und Mittelschulen Kaiser Franz Joseph künftighin als «der Große» fortzuleben habe.

Über den Beinamen des letzten Herrschers aber hätte erst eine aus Vertretern des k. u. k. Ministeriums des Äußeren, des k. k. Ministeriums des Innern, des k. u. k. Kriegspressequartiers und der k. k. Akademie der Wissenschaften zusammengesetzte Kommission beraten.

Und im Hofburgtheater hätte es eine Festvorstellung gegeben, bei der Frau Feldmarschall Camilla Krziwanek Edle von

Gelbkreuz, eine ungeheure goldene Brünne über dem Busen und einen Spieß in der Hand, als Austria den Prolog gesprochen hätte. Und der Prolog wäre von dem Dichter Major Rübenstein gewesen.

Und der große Schauspieler hätte nicht, wie er's jetzt getan hat, «Siegfrieds Tod», sondern «Wie Siegfried den Drachen schlug» vorgelesen.

Und die Mittelschüler wären alle uniformiert, Exerzieren und Handgranatenwerfen in den Lehrplan aufgenommen, und der Kirchgang obligatorisch geworden.

Und die Gilde der Schuhputzer und Wichserzeuger wäre elend zugrunde gegangen, weil sich alles, so weit die deutsche Zunge reicht, gedrängt hätte, dem Hof und dem Militär die Stiefel abzulecken.

Und das Unterrichts-Ministerium hätte einen Preis ausgeschrieben für die schönste Biographie des siegreichen Generalissimus Erzherzog Friedrich, auf daß der Jugend doch ein wahrhaftes Erbauungsbuch gegeben wäre.

Und das Regiment «Schützen I» hätte das Recht bekommen, eine silberne Taube oder so was in seine Fahne zu sticken, damit die Witwen und Waisen der Gefallenen doch auch ihre moralische Kompensation bekämen.

Und der große Schriftsteller hätte mit bescheidener Rührung darauf hinweisen können, daß er schon im Jahre 1914 («Kriegssegen», Delphin-Verlag, München) geschrieben habe: «wir alle, soweit es Deutsche gibt in der weiten Welt, alle segnen, segnen, segnen diesen Krieg!»

Und die Zensur, die allein der Bevölkerung das Durchhalten ermöglichte, wäre gesetzlich für immerdar normiert worden.

Und jener Auditor, der so viele hatte hängen lassen, wäre in den Adelstand erhoben worden mit dem Prädikat «von Hanfschling».

Und die höheren Offiziere hätten nicht ihre Kokarden heruntergerissen, sondern jeden nicht vorschriftsmäßig adjustierten Mann unbarmherzig einsperren lassen.

Und der Sichtungs-General Teisinger hätte den Titel «Hoflieferant» bekommen.

Und mancher, der jetzt rote Garden gründet, hätte sich beim Militär aktivieren lassen.

Und die paar Millionen Gefallener wären gern noch einmal gestorben vor Freude, daß sie doch jetzt verstünden, wofür es das erstemal hatte geschehen müssen.

Attentat in Wien

In Wien wurde auf einen Herrn, eben als er, nach Schluß der Vorstellung, die Oper verließ, ein Attentat versucht. Aus den Berichten der Blätter anderntags erfuhr man (was, gleich mir, viele nicht gewußt haben dürften), daß Albanien ein Königreich ist. Der Herr nämlich, dem das Attentat gegolten hatte, übt den Beruf eines Königs von Albanien aus. Sein Name: Achmed Zogu. Er ist daheim absoluter Herrscher, vermutlich von Gottes Gnaden, und scheint der Liebe seiner Untertanen, zumindest der frei im Ausland lebenden, nicht ganz sicher.

Leider hatten die Schüsse, die das gekrönte Haupt nicht trafen, doch den Tod eines Menschen zur Folge. Der Flügeladjutant des albanischen Monarchen fiel ihnen zum Opfer. Auch ein zweiter Herr aus des Königs Suite, der das heute ganz selten gewordene Amt eines Hofmarschalls bekleidet, erlitt Schußverletzungen.

Der König begab sich nach dem Attentat in sein Hotel. Die Loge im Tanzlokal, die an jenem Abend für ihn reserviert war, wurde abbestellt. Es gelang, die Attentäter, albanische Emigranten, zu verhaften. An ihrer Festnahme haben, nebst der Polizei, ein Zeitungskolporteur und zwei Taxichauffeure freiwillig mitgewirkt und über diese Mitwirkung den Berichterstattern Bericht erstattet. So erfuhr man, unter anderm, daß der eine der beiden Taxichauffeure zur Oper gekommen war, um seinen Schwiegervater abzuholen, und daß dieser Schwiegervater Generalsekretär ist.

In den sehr farbigen und lebendigen Schilderungen des Vorfalls, die von den Journalen gegeben wurden, fanden sich ein paar beachtenswerte Feststellungen:

Die Attentäter waren mit Revolvern bewaffnet.

Der Chauffeur des Königs zog, als der Überfall geschah, sofort seinen Revolver aus der Tasche, fand aber keine Gelegenheit, von ihm Gebrauch zu machen.

Der Flügeladjutant wurde von den Projektilen getroffen, ehe er noch seinen Revolver schußfertig machen konnte.

Der Hofmarschall des Königs gab aus seinem Revolver vier Schüsse auf die Angreifer ab.

Der Legationsrat der albanischen Gesandtschaft, der sich in Begleitung Achmed Zogus befand, zog rasch entschlossen seinen Revolver und drückte zweimal ab.

Achmed Zogu griff, als die ersten Schüsse fielen, geistesgegenwärtig nach seinem Revolver, kam aber nicht zum Schuß.

Demnach ist anzunehmen, daß der elegante, gut angezogene albanische Herr von heute zur Gesellschaftsdress Revolver trägt. Auch wenn er in die Oper geht, nimmt er ihn, versteht sich, mit. Er hat ihn stets bei der Hand, etwa wie das Taschentuch und würde lieber dieses zu Hause vergessen als jenen. Die Kammerdiener Achmed Zogus und seiner Suite legen gewiß, wenn sie die Toilette ihrer Herren zum Abendausgang vorbereiten, so gewohnheitsmäßig wie die Brieftasche und das Zigarettenetui den Revolver neben den Smoking.

Was aber Kultur und modische Sitte anlangt, wird Albanien die Wiener nichts lehren. Der Taxichauffeur, der seinen Schwiegervater, den Generalsekretär, vom Theater abholte, erzählt: «Ich zog meinen Revolver und gab auf den Flüchtenden zwei Schüsse ab.» Auch er also, obwohl nur ein schlichter Arbeiter in schlichtem Kleide, hatte einen Revolver bei sich, ohne den der Gentleman von heute eben nicht auf die Straße geht. Kann man doch jeden Augenblick einer Situation gegenüberstehen, welche um Feuer bittet.

König Achmed Zogu, melden die Zeitungen, hat nach dem

Attentat seinen Wiener Sejour nicht abgebrochen, aber die vorgesehenen Besuche mehrerer Vergnügungsetablissements aus seinem Tag- und Nachtprogramm gestrichen.

Und die Polizei, obwohl sie damit, nach solchem Entschluß des Königs, dem Fremdenverkehr die verlorene Chance nicht mehr retten konnte, hat für alle Fälle, nützt es nichts, so schadet es nichts, sämtliche in Wien lebenden Albaner verhaftet. Es sind ihrer zwanzig, also eine Bagatelle. Absolute Herrscher und Diktatoren, die sich ins Ausland begeben, werden am sichersten durch Festnahme ihrer dort ansässigen Landsleute geschützt.

Bei der Verhaftung der zwanzig Albaner dürften der Polizei zwanzig Revolver in die Hände gefallen sein. Minimal geschätzt.

Ossietzky geht ins Gefängnis

DIENSTAG vormittags haben wir Abschied genommen von unserm Freunde Ossietzky, der nun achtzehn Monate Zeit hat, fern von der «Weltbühne» (wo er niemals welche hatte) über verschiedenes nachzudenken, zum Beispiel über die Schrullen der Etymologie, die fest behauptet, Justiz komme von justitia.

Achtzehn Monate. Ein Sommer, ein Herbst, ein Winter, ein Frühjahr, noch ein Sommer und noch ein Herbst. Anderthalb Jahre Gefängnis. Dafür könnte man sich, außer auf dem Gebiet der freien Meinungsäußerung, nach dem Tarif des deutschen Strafgesetzbuches Verschiedenes leisten. Zum Beispiel: die Schändung von ein paar minderjährigen Mädchen; oder mehrere Einbruchsdiebstähle; oder die Unterschlagung größerer Summen. Und ebenfalls anderthalb Jahre also muß, wenn nicht Gnade vor Unrecht ergeht, Ossietzky, dieser bis in den letzten Seelenwinkel integre Mann, Pein und Unehre des Gefängnisses dulden, für ein Delikt, das selbst nach der Meinung unbedingter Gegner des Verurteilten, keines war, und das er, wenn es eines wäre, aus reiner Überzeugung und achtbaren Motiven begangen hätte. Sicher wird ihm das Bewußtsein untadeligen Handelns eine Hilfe sein in den langen Tagen langer Haft; aber es scheint fraglich, ob einem Strafgefangenen die Vorstellung, er sühne für irgendwelche Schuld, nicht leichter verdaulich ist als die, er sühne für etwas, das er nicht begangen hat. Im Kerker mag vielleicht das schlechte Gewissen ein sanfteres Ruhekissen sein als das gute. Es kommt da wohl ganz auf die geistige Konstitution und das Temperament dessen an, den's trifft.

Schwer, einen Menschen, dem alle Freundschaft von der ihm aufgeladenen Not nichts abnehmen kann, solcher Freundschaft zu versichern und ihm zu sagen, man schmecke das Bittre, das er allein durchkosten muß, mit. Es ist schwer, weil es so leicht ist. Den engeren Kollegen, die Dienstag vormittags Ossietzky von seiner Arbeitsstätte zu dem Ausflug nach Tegel abholten, half er aus der Verlegenheit. Er hatte es durchaus nicht nötig, «aufgerichtet» zu werden, er hielt sich so grade wie in der ganzen Zeit seit dem ungeheuerlichen Urteil, die ihm an Plagen, Widrigkeiten und enttäuschten Hoffnungen nichts schenkte. Wie er in diesen letzten, durch die Spannung der Ungewißheit für ihn wohl kaum erträglichen Wochen nicht einen Augenblick schlappmachte, die ganze Angelegenheit mehr unter dem Gesichtspunkt ihrer politischen und moralischen Auswirkungen sah als unter dem des Übels, das sie für ihn selbst bedeutete, wie er dieses Übel weder groß beklagte noch, um gute Haltung zu wahren, bagatellisierte, allen Verführungen, über die Grenze zu gehen, ein gelassenes Nein entgegensetzte, mit dem gleichen stillen Fanatismus wie immer bei seiner Arbeit blieb, die auch unterm Druck der unabwendbar gewissen achtzehn Monate in keiner Zeile die Fülle der inneren und äußeren Ablenkungen von ihr verriet, aber mit vielen Zeilen Ossietzkys Ruhm als glänzender politischer Kritiker und Polemiker mehrte ... das war schon bewundernswert an diesem Mann von alles eher als robuster Nervenverfassung. Beim Abschied haben weniger die Freunde ihm als er ihnen die Sache leichtgemacht. Fast durfte man Ossietzky glauben, daß er, zumindest für die erste Zeit, an die Ruhe und Einsamkeit der Zelle nicht mit Unlust denke. Und er, wenn irgendeiner, könnte es wohl auch fertigbringen, aus dem Zustand des Gefangenseins nicht nur das Qualvolle, sondern auch das Erlebnishaft-Besondere herauszuspüren, gewissermaßen als kleinen Gewinn des Freiheitsverlustes. (So tröstet sich der Mensch über das Unglück des Nebenmenschen.)

Obschon ich es gern täte, kann ich doch nicht sagen, daß Ossietzky, als er an jenem Vormittag das Zimmer der «Weltbühne» verließ, seinem Arbeitstisch einen wehmütigen Blick zugeworfen hat. Eher ihm der Tisch, an dem er fünf Jahre lang das schriftstellerische Hand- und Geistwerk, als Meister der Profession, übte. Einen besseren Herrn wird das Möbel nicht so bald finden.

Tegel ist ein freundlicher Vorort Berlins. Sogar das Gefängnis macht, im Mittagssonnenschein des wunderschönen Monats Mai, und besonders wenn man beim Tor wieder umkehren und nach Hause gehen darf, keinen finsteren Eindruck. Sehr viele Kollegen waren da, um Ossietzky Lebewohl zu sagen, auch viele Menschen, die ihn gar nicht kannten, aber gekommen waren, um ihre Sympathie für den Verurteilten und ihre Überzeugung zu bekunden, daß er dies zu Unrecht wäre. Leute, die auf der Straße gingen oder radelten, machten neugierig halt und sahen mit Erstaunen zu, wie alles sich drängte, einem Verbrecher die Hand zu schütteln und einem als unehrenhaft Gebrandmarkten Achtung zu erweisen. Es wurde auch eine Ansprache an Ossietzky gehalten, und er gab als Antwort – in deren Tonfall die zurückgestaute Erregung der letzten Tage merkbar wurde – der Hoffnung Ausdruck, das stärkere Echo seines Falls werde von Nutzen sein für die achteinhalbtausend politischen Gefangenen, die in deutschen Gefängnissen für ihre Gesinnung büßen. Hernach sagten ihm alle und er allen «Auf Wiedersehen». Dann ging er den ersten Schritt in den langen Schacht seiner achtzehn Monate, die andern in die Stadt zurück, zu ihrer Arbeit oder Arbeitslosigkeit, und zündeten sich eine Zigarette an, was in jenem Augenblick der Strafgefangene Carl von Ossietzky schon nicht mehr durfte.

Leiter des Gefängnisses Tegel ist Herr Oberstrafanstaltsdirektor Brucks. Tegel-Erfahrene berichten, der Oberstrafanstaltsdirektor ließe es die Menschenwürde seiner Häftlinge nicht entgelten, daß sie ihre bürgerliche Würde verloren hätten, und fasse sein Amt nicht als das eines irdischen Racheengels auf. Und die Rechtsanwälte, die dabei waren, sagen, die erste Begegnung des Direktors mit Ossietzky wäre so verlaufen, daß alle, die um das Schicksal des ausgezeichneten Schriftstellers bangen, Vertrauen haben dürfen, es werde ihm als Strafgefangenem nicht mehr Unbill widerfahren, als schon in der Tatsache, Strafgefangener zu sein, einbegriffen ist.

Auch das wäre möglich

In Deutschland gilt von jetzt ab, einer göttlichen Eingebung des Kanzlers zufolge, der Mond als das Hauptgestirn, dem die Erde ihr Licht zu verdanken hat. Gegen die Verfechter der Irrlehre, daß diese Rolle der Sonne zukäme, wird mit den schärfsten Mitteln durchgegriffen.

Obschon noch hier und da Auflehnungen von seiten der Sonnenparteien sich geltend zu machen wissen, erfaßt die neue Lehre mit unwiderstehlicher Gewalt alle Schichten der Bevölkerung. So war kürzlich Berlin der Schauplatz eines von Dr. Goebbels veranstalteten gigantischen Mond-Tages. Sämtliche Bewohner der Stadt, mit dem Mond-Abzeichen geschmückt, marschierten in Achter-Reihen durch sämtliche Straßen, von deren Häusern die Mond-Fahnen sieghaft in dem, nun seinem rechtmäßigen Urheber wiedergegebenen, Licht flatterten. Allenthalben werden die tückischen Kreaturen, welche an die Sonne glauben, die Sonnen-Bestien, eingesperrt oder erschlagen.

Das «Berliner Tageblatt» feiert die Verfemung der Sonne in einem fulminanten Artikel des Herausgebers, der sich als altes Mond-Schwein bekennt.

Universitätsprofessor Spranger macht (bei aller Anerkennung des Zwingenden und Großartigen, das im neu-deutschen Mondbekenntnis liege, und ohne daß er an der gotterleuchteten Autorität des Kanzlers den geringsten Zweifel äußern wolle) Bedenken geltend, ob die Mond-Theorie in vollen Einklang mit gewissen, freilich anfechtbaren, aber immerhin noch nicht gänzlich widerlegten Dogmen der Wissenschaft zu bringen sei. Die Studenten stürmen die Hochschule. Professor Spranger widerruft infolgedessen seinen leichtsinnigen Widerspruch. Die Gelehrten Deutschlands erklären einstimmig die Doktrin, wonach die Sonne das Zentralgestirn sei, als Schand-, Schund- und Schmutz-Lehre und fordern in zündenden Worten die Jugend auf, sich die Lügen, mit denen man ihnen, die Sonne betreffend, solange das Hirn vergiftet habe, aus demselben zu reißen.

Hitlerjunge Quex, als mondsüchtig bekannt, wird Unterrichtsminister.

In allen Städten veranstaltet die Universitätsjugend unter leidenschaftlicher Anteilnahme der Bevölkerung Autodafés der Bücher, in denen die Sonnen-Untermenschen ihre empörenden Ansichten so lange ungestraft verkünden durften.

Hans Heinz Ewers dichtet die Mond-Hymne.

Das Theaterstück von Johst, «Der deutsche Mond» – ein dramatisches Trutz- und Heldenlied – wird für alle Bühnen des Reichs als obligatorisches Zugstück erklärt.

Minister Göring ordnet für alle Fälle die Verhaftung sämtlicher an einem Sonntag Geborenen an. Ein Gesetz verfügt, daß jeder, der auf irgendwelchem Gebiet in Deutschland Arbeit finden wolle, den Nachweis erbringen müsse, daß keiner seiner Eltern oder Großeltern an einem Sonntag geboren wurde.

Professor Dr. Eisenstamm stellt in einer brillanten wissenschaftlichen Studie fest, schon die Tatsache, daß es in der deutschen Sprache *der* Mond und *die* Sonne heiße, beweise die Superiorität des Nachtgestirns. Das schon vor seiner Gründung entnervte, verweichlichte und einem schmählichen Feminismus verfallene Frankreich sage charakteristischerweise: *la* lune und *le* soleil.

Zur Feier dieser, das Volk in einen Taumel der Freude versetzenden Entdeckung ordnet Dr. Goebbels ein Mond-Fest an. In ganz Deutschland marschieren sämtliche uniformierten Männer, Frauen und Kinder 24 Stunden lang mit der Mond-Standarte hin und her. Einem dringenden Wunsch der Allgemeinheit entsprechend, werden die geringen nicht-uniformierten Reste der Bevölkerung in Gauschaften zusammengefaßt, und für diese eine Uniform der Nicht-Uniformierten, nach künstlerischen Entwürfen des Kanzlers selbst, hergestellt.

Dr. Gottfried Benn schreibt in einem aufsehenerregenden Artikel, in welchem er zuvor mit bitteren Worten die feige Emigration geißelt, die in den Riviera-Palästen sich in ihrem Fett wälzt, wie folgt: «Nun endlich strotzt der Mond-Mensch seine mystische Fülle durch das Zeiten-Nichts. Es ist da, das Quader-Geschöpf mit der Faust-Seele, mit der Seelen-Faust, mit den Sichelfurchen in seinem von lebensfrohem Todeswunsch durchpulsten Ursinnenraum, das Mondgehirn mit Eckzähnen, gewaschen und durchsegnet vom Blut der Blute, eisenkantig hingereckt ins Aeonische».

Militäraufmärsche, Ansprachen von Dr. Goebbels, Hinrichtungen und andere Volksfeste finden nur mehr bei Mond-Beleuchtung statt.

Hindenburg, dessen Augen gegen Sonnenlicht sehr empfindlich sind, äußert seine Rührung über den Kanzler, der keine Gelegenheit außer acht lasse, seinem geliebten Reichspräsidenten eine Freude zu machen.

Fast sämtliche Anhänger des alten Systems, des Sonnen-Systems, sind, soweit sie nicht auf der Flucht erschossen wurden, in Schutzhaft genommen. Man begegnet immer wieder Trupps von Mond-SA, die solch ein Individuum hoppgenommen und ihm eine Tafel umgehängt haben, auf der zu lesen ist: «Ich bin ein Sonnen-Schuft und verdiene nicht, daß mich der Mond bescheint».

Dem bei einem heimlichen Sonnenbad ausgehobenen und wegen der so erwiesenen staatsfeindlichen Gesinnung ins Konzentrationslager überführten Arbeiter X., der im Lager wie ein Kind verhätschelt wurde, ist dort durch Zufall und aus eigenem Leichtsinn der Kopf mit einer Hacke abgeschlagen worden. Die Regierung, die keine Gelegenheit außer acht läßt, der verlogenen Greuelpropaganda entgegenzutreten, zeigte den Kopf einer Gruppe von ausländischen Journalisten, welche so an der Frisur des Verunglückten sich durch Augenschein überzeugen konnten, daß ihm kein Haar gekrümmt worden war.

Der Theaterkritiker Herbert Ihering verlangt in einem Zyklus heftig fordernder kritischer Essays das vorstoßende Mond-Zeitstück. Er widmet seinen Zyklus, zur Feier der Tötung des tausendsten kommunistischen Schriftstellers, dem Ministerpräsidenten Göring als dem «heiligen Johann der Schlachthöfe».

Man hört von wilden Spaltungen in den Reihen der SA und SS. Eine radikale Gruppe fordert, daß nun endlich auch die Schandlehre von der Drehung der Erde um die Sonne durch ein drakonisches Gesetz, wonach die Erde sich um den Mond drehe, abgelöst würde. Dr. Goebbels tritt mit allem Aufwand seiner Beredsamkeit für diese mehr als berechtigte Forderung ein: «Die Mond-Revolution rastet nicht, sie schreitet fort», erklärt er. Infolgedessen erklärt der Kanzler: «Die Mond-Revolution ist zu Ende». Infolgedessen erklärt Dr. Goebbels, wer von einer Fortsetzung der Mond-Revolution zu sprechen wage, werde, Göring habe das versprochen, gevierteilt. Hierdurch erscheint die fundamentale Einigkeit Gesamt-Deutschlands hergestellt. Die Begeisterung darob überschreitet alle Grenzen, so daß in der Gegend von Kufstein mehrere österreichische Polizisten erschossen aufgefunden werden.

Dr. Goebbels kündigt in einer hinreißenden Rede an, daß

kraft der neuen Lehre und der ihr gewidmeten Propaganda die Sonne bald nicht nur in Deutschland, sondern auch in der ganzen übrigen Welt endgültig untergegangen sein werde. Italien verhält sich demgegenüber amikal-zurückhaltend. In Frankreich und England werden gewisse Anzeichen von Beunruhigung bemerkbar, doch bürgen die Realpolitiker in den beiden Ländern dafür, daß die Staatsmänner in Paris und London sich auf den Boden der gegebenen Tatsachen und Machtverhältnisse stellen werden. Vernünftige ausländische Beobachter der deutschen Ereignisse sagen sich außerdem: wenn ein 60-Millionen-Volk mit solcher Intransigenz und Leidenschaft von der Sonne abrücke, müsse schon etwas daran sein.

In Paris tut die augenblicklich dort herrschende Hitze das ihrige, eine gewisse Verstimmung gegen das Tagesgestirn anwachsen zu lassen.

Für alle Fälle

Nach offiziellen Dar- und Auslegungen waren die von Hitlers Rollkommandos kürzlich umgelegten Säulen der N.S.D.A.P. Schandsäulen, der Führer hat lange ein Auge zugedrückt, ehe er seinen Freunden und Helfern beide zudrükken ließ, das Ganze war eine kleine Säuberungsaktion, das Dritte Reich steht fester und herrlicher da als je zuvor, Reichspräsident Hindenburg hat sofort seinen Dank und seine Anerkennung ausgesprochen, und die gesamte Kulturwelt ist über das Geschehene restlos begeistert.

Im neuen Deutschland ist sehr vieles möglich, und eine so umsichtige Regierung, wie sie jetzt dort wacht und sorgt, hat, versteht sich, für jede Möglichkeit ihre Vorbereitungen getroffen. Sie hat den Ablauf der Geschehnisse, die sich leicht ereignen könnten, vorausbestimmt, für jede Eventualität liegen die Ordres an Presse und Rundfunk, sozusagen die Mobilisierungspläne der öffentlichen Meinung, fertig vor.

Dank unseren glänzenden Beziehungen zu maßgebenden Stellen der N.S.D.A.P. durften wir Einblick in die bezüglichen Akten nehmen, und können schon heute berichten, wie es zu verstehen sein wird, wenn etwa . . .

*

Fall A: Wenn Goebbels und die Seinen um die Ecke gebracht werden müßten:

«Lange Zeit hat der Führer das giftige und widrige Geschrei dieses üblen Menschen über Land und Leute niedergehen lassen, fest vertrauend darauf, daß eben hiedurch das Volk immun werden müsse gegen pathetisches Phrasen-Gewäsch, gegen elende Maulmacherei, gegen alle Versuche, es um seinen klaren Verstand zu schwätzen. In unverbrüchlicher Erfüllung seiner Mission, rettender Arzt des Reichs zu sein, hat der Führer von jenem Goebbels die Deutschen mit Lügen überfüttern lassen, damit sie den rechten Ekel vor der Lüge bekämen und ihnen Scharlatane des geschriebenen und gesprochenen Wortes nichts mehr anhaben können. Freilich zerriß es dem Führer das Herz, daß er sich zu so hohem Zweck so niedriger Mittel wie der Goebbelsschen Schwindel-Propaganda bedienen mußte, aber nun hat er auch, so wie die Roß-Kur am Geiste des Volkes ihre Wirkung getan, keinen Augenblick gezögert, die Gift-Küche zu sperren und die Köche an die Wand zu stellen. Gerade, da sie es am wenigsten erwarteten, traf des Führers Faust die Halunken, die nicht gerechnet hatten mit dem Ethos Hitlers, der das Gemeine unbarmherzig ausrottet, sowie er es nicht mehr braucht.»

Die N.S.D.A.P. und das mit ihr identische Reich stehen fester und stärker da als je zuvor.

Reichspräsident Hindenburg hat seinen Dank und seine Anerkennung ausgesprochen.

Die gesamte Kulturwelt ist von dem deutschen Geschehen restlos begeistert.

*

Fall B: Wenn der Führer vom Schauplatz verschwinden müßte:

«Alle, denen der auf dem Führer-Prinzip gegründete Totalitär-Staat am Herzen liegt, wußten längst, daß eines für den sonst vollkommenen Führer-Staat durchaus untragbar ist, nämlich der Führer. Die Garanten des Dritten Reiches haben dessenungeachtet all die Zeit hindurch den Führer geduldet (nicht weil, sondern obgleich er so war, wie er war), um dem Volk einen für seine Phantasie notwendigen Symbol-Wert nicht zu zerstören. Aus dieser Erwägung haben sie die Gestalt des Führers mit den Fähigkeiten, Kenntnissen und Erkenntnissen behängt, die der Deutsche bei dem, von dem er beherrscht wird, anzutreffen wünscht. Dieser Zustand wurde von dem Augenblick an unhaltbar, als der Führer die ihm vom Propaganda-Ministerium angedichteten staatsmännischen und sonstigen Tugenden so für alle Tage zu tragen sich gewöhnt hatte, daß er sie am Ende wirklich zu besitzen glaubte. Es war höchste Zeit, ihn unschädlich zu machen, da er die ihm geliehene falsche Größe nicht mehr herzugeben sich entschlossen zeigte und von den Eigenschaften, die er nicht hatte, zum Verderben von Staat und Volk den sträflichsten Gebrauch machte. Da er sich trotz gütlichem Zureden weigerte, wieder zu dem Nichts zusammenzuschrumpfen, das er war, ehe ihn das Propaganda-Ministerium aufgeblasen hatte, wurde er verhaftet, und den Rest, welcher bekanntlich Schweigen ist, besorgte General Göring. Ein Aufatmen geht durch den endlich vom Führer erlösten Führer-Staat.»

Die N.S.D.A.P. und das mit ihr identische Reich stehen fester und stärker da als je zuvor.

Reichspräsident Hindenburg hat seinen Dank und seine Anerkennung ausgesprochen.

Die gesamte Kulturwelt ist von dem deutschen Geschehen restlos begeistert.

*

Fall C: Wenn der Reichspräsident beseitigt werden müßte:

«Der unleidliche Zustand, daß im Reich einer leben soll, der über dem Führer stünde, ist schon längst vom Volk mit Groll und Empörung geduldet worden. Noch hätte aber der Führer in seiner engelhaften Bescheidenheit gezögert durchzugreifen, würde der Herr Reichspräsident nicht durch seine kürzlich stattgehabte auffallend lange Unterredung mit dem König von Siam den ernstesten Verdacht einer Konspiration mit dem Ausland auf sich gelenkt haben. Da gab es nun, weil das Interesse des Reichs auf dem Spiele stand, natürlich keine Sekunde des Zauderns mehr. Die Beseitigung des Herrn Reichspräsidenten wurde von General Göring klaglos durchgeführt. Eine vollständige Liste der hiebei durch verschiedene Zu- und Unfälle Abhandengekommenen kann wegen Raummangels nicht veröffentlicht werden.»

Die N.S.D.A.P. und das mit ihr identische Reich stehen fester und stärker da als je zuvor.

Reichspräsident Hindenburg hat dem Führer für seine Beseitigung wärmsten Dank und die vollste Anerkennung ausgesprochen.

Die gesamte Kulturwelt ist von dem deutschen Geschehen restlos begeistert.

*

Fall D: Wenn der ganze nationalsozialistische Hexenkessel platzt und in die Luft geht:

«Wir beehren uns, mitzuteilen, daß mit heutigem Tage, wie schon lange vorgesehen, der ‹Völkische Beobachter› in den Verlag S. Fischer übergegangen ist. Der Charakter dieses Verlages bürgt wohl dafür, daß die Fortführung des ‹Völkischen Beobachters› in einem der Vergangenheit unseres Blattes würdigen Geist erfolgen wird.»

Die N.S.D.A.P. hat durch ihr Ableben endlich den angestrebten Ideal-Zustand absoluter Unverwundbarkeit erreicht.

Reichspräsident Hindenburg hat seinen Dank und seine Anerkennung ausgesprochen. Adressat unbestimmt.

Die gesamte Kulturwelt ist von dem deutschen Geschehen restlos begeistert.

Neuer Krieg

DIE Kampfhandlung, eine von vielen Tausenden, zog sich gegen den Soldatenfriedhof hin, wo in unübersehbar langen Reihen, streng ausgerichtet, Gefallene des großen Kriegs, der als «Weltkrieg» in die Geschichte eingegangen war, ruhten, schliefen, moderten, der Auferstehung harrten. Es lagen hier Tote verschiedener Nationen, Rassen und Klassen – soweit Toten und gar solchen, die das schon über zwanzig Jahre sind, ein Anspruch auf derlei Unterschiedlichkeiten überhaupt noch zukommt – unter der Erde, über die nun wieder die Donner des Krieges dröhnten, eines neuen Krieges, dessen Maße und Mittel die des guten alten Weltkriegs beschämten. Der war ja sozusagen noch bei Lebzeiten in Vergessenheit geraten, das heißt während der ihm unmittelbar folgenden Jahre, die noch vom Echo seines Getöses erschüttert, vom Widerschein seiner Feuer gerötet waren. Und nach ein paar weiteren Jahren hatten ihn Gemüt und Gedächtnis der Menschen so völlig überwunden, daß einer Wiederaufnahme des Schauerstücks in den geschichtlichen Spielplan nichts im Wege stand. Ja, es schien sogar, als neide das jüngere Geschlecht dem älteren die durchlebte martialische Sensation und dränge danach, auch ihrer teilhaftig zu werden. Zudem war bei manchen Völkern das Sterben, aus weltanschaulichen Gründen, zur Bagatellsache geworden. Von den Germanen etwa erzählt schon Tacitus, dort, wo er über ihren Totenkult spricht: «Mit Leichen machen sie keine Umstände». Noch weniger Umstände machen die späteren Enkel, wie wir wissen, mit Lebenden und schon gar keine mit der Umwandlung dieser in jene. Andere Nationen konnten, aus Gründen der Sicherheit und Reputation, nicht umhin, sich solchem Brauch anzubequemen, also war Töten und Getötetwerden sehr in Mode gekommen. Wo üppiger aber als im Kriege hätte solche Mode, wenn man in diesem Fall so sagen darf, sich ausleben können?

Im neuen Kriege rechtfertigten die vom menschlichen Scharfsinn wunderbar entwickelten Mittel der Zerstörung alle in sie gesetzten Hoffnungen. Es wurde jetzt ganze Arbeit gemacht. Und der Erdteil so zugerichtet, als wäre das wider ihn schon vor zwanzig Jahren gefällte, aber infolge technischer Hindernisse damals noch hinausgezögerte Todesurteil nun rechtskräftig und vollstreckungsreif geworden. Städte, Reiche, Vaterländer sackten zusammen wie Kartenhäuser, wer noch atmete im schwefligen Licht beneidete die es schon überstanden hatten, Eltern erwürgten ihre Kinder, um ihnen die Marter zu kürzen, selbst Diplomaten hauchten, von Gas und Feuer auf der Flucht ins Sichere eingeholt, ihre schlauen Seelchen aus, der Toten wurden so viele, daß es, nicht nur bildlich gesprochen, furchtbar zum Himmel stank, aber für die Instrumente der Verheerung, listig so ausgedacht, daß nur ein Mindestmaß an animalischer Kraft zu ihrer Bedienung nötig war, bedeutete der Menschenmangel keine Störung ihrer Arbeit. Von Meer zu Meer wurde alles ein einziges großes Feld der Ehre, und das im Lied gerühmte Heldenschicksal, vorm Feind erschlagen zu werden, so allgemein, daß die Glorie dem unendlichen Anspruch nicht mehr gerecht werden konnte. Auch nach seinem Tode war keiner mehr glücklich zu preisen.

Die Kampfhandlung, eine von vielen Tausenden, zog sich gegen den alten Soldatenfriedhof hin. Dort lagen jetzt schon mehr Gefallene auf als unter der Erde, gute Treffer hatten die Gräber zerrissen, die Versammlung der Särge auseinandergesprengt, die Kadaver oder Stücke von ihnen nach oben geschleudert. Väter und Söhne kamen da gewissermaßen auf halbem Weg einander entgegen. Das machte auf den indischen Krieger, obschon er körperlich nur mehr zur Hälfte vorhanden war, Eindruck, und er sprach darüber zu dem feindlichen Kameraden, der neben ihm verblutete. Tröstend wies der Kamerad auf die Gesetze der Natur hin, welche nun einmal Kampf predige, Gewalt, das Recht des Stärkeren, und zwingend-anschaulich lehre, das Leben würde nur dadurch in rechtem Schwung erhalten, daß eine Kreatur die andere fresse. Dem widersprach der Asiate. Nur a contrario wollte er die Natur als Lehrmeisterin gelten lassen, in der Überwindung ihrer rohen, grausamen Praktiken sah er geradezu die eigentliche Mission des Menschengeistes und als dessen Höchstleistung die Erfindung des, in der Natur nicht vorkommenden, sogenannten moralischen Prinzips. Ein großes Steinstück vom Tor des Friedhofs traf die beiden und endete ihre Unterhaltung. Es trug eingemeißelt die Inschrift: Pax. «Pax», murmelte der Inder, ehe er starb, und: «Jawohl, pack's!» wiederholte der andere, ehe er die Augen schloß. Vom Himmel regnete es Gift und Eisen.

Später Eintreffende warfen die frischen und die lang verwesten Leichen, die Helden des alten und die des neuen Kriegs, auf einen Haufen und zündeten ihn an. Noch später Herankommende konnten gar nicht mehr erkennen, daß hier einmal ein Friedhof gestanden hatte, waren auch schon viel zu stumpf und leer, als daß sie Interesse gehabt hätten, zu wissen, wo sie eigentlich wären. Sie führten einen Gefangenen mit sich, eine große Seltenheit im neuen Weltkrieg, in dem, aus mancherlei Ökonomie, Gefangene nicht mehr gemacht wurden. Dieser hier lebte noch zufolge der Gleichgültigkeit und Müdigkeit derer, die ihn erwischt hatten, und wäre er nicht von selbst tot umgefallen, hätten sie in ihrer dumpfen Zerstreutheit vielleicht vergessen, ihn zu erschlagen.

Der Krieg ging weiter. Ein Schauspiel, das weniger Zuschauer hatte als Akteure, die täglich zu vielen Tausenden von der Szene ins Nichts abtraten. Schließlich wurde sie leer. Und nach dem großen Lärm trat die große Stille ein.

Der Krieg hatte jetzt wohl aufgehört, war aber keineswegs zu Ende, und sein Ergebnis nicht festzustellen, denn alle hatten gesiegt, und alle waren besiegt worden. Die apokalyptischen Reiter, auch schon ziemlich erschöpft, stiegen ab von ihren Pferden. Da es keinen Baum mehr gab, sie an ihn zu binden, ließen sie ihre Tiere frei laufen, die durch die verödete Welt galoppierten, bis ein paar zerstreut Überlebende sie fingen, schlachteten und fraßen, was die Herzen der so Gestärkten mit neuer Zuversicht und neuem Kriegsmut füllte. Trotzdem unternahmen sie, von ein paar Pazifisten zersetzt, den Versuch, sich zu einer Union der Überlebenden zusammenzuschließen, aber dort ergaben sich bald Parteiungen und so schwere Unstimmigkeiten, daß nur noch von einem Krieg Lösung der nicht zu bereinigenden Fragen erhofft werden konnte. Infolgedessen begannen alle, jede Partei für sich, mit fanatischem Eifer zu rüsten, wobei ihnen die Erfahrung des eben überstandenen ausgiebigen Waffengangs sehr zugute kam.

Ob der nun bevorstehende Krieg gültige Entscheidungen bringen wird, kann man nicht sagen. Jedenfalls scheint er unvermeidlich.

Segensvolle Neuerung

Zu Weimar, der klassischen Stadt, geschah es, daß ein Theaterkritiker (unverdächtiger Rasse) von seinem Schreibstühlchen weg ins Konzentrationslager gebracht wurde, weil er eine Aufführung des staatlich subventionierten Theaters ungünstig besprochen und hierdurch die kunstfördernden Absichten der Behörden sabotiert hatte. In Kreisen der Theaterdirektoren und Schauspieler, auch solchen, die gegen das derzeitige deutsche Regime ein paar kleine Einwände haben, wird das Weimarer Geschehnis Genugtuung wachrufen. Wurde doch dort ein kräftiger Finger in eine schmerzende Wunde des Bühnenbetriebes gelegt, der sich viel leichter und glatter abwickeln würde, wenn die Unsitte des kritischen Tadelns, die oft sogar in die krasse Form des sogenannten Verrisses ausartet, beseitigt wäre.

Die Rezensenten sollten sich, was jetzt in Weimar geschah,

hinter die gespitzten Ohren schreiben! Ist ein Stück gut, kann man auf ihre Zustimmung pfeifen, und ist es schlecht, wozu die Leute, die das sonst vielleicht gar nicht merken würden, absichtlich darauf stoßen? Die segensreiche Weimarer Neuerung gibt einen Fingerzeig, wie den vielgeplagten Menschen überhaupt zu helfen wäre: dadurch, daß man ihnen die Maßstäbe, nach denen ihr Sein und Tun gemessen wird, vom Halse schafft. Wie wirtschaftlich-kräftig stünden wir da, wenn Bilanzen, die mit einem Passivum schließen, nicht erlaubt wären, wie kerngesund, wenn Fieberthermometer, die über 37 Grad zeigen, als die Volksgesundheit sabotierend verboten würden, wie lebte sich's fein in der Welt, wenn Zuchthaus wegen Welt-Verrats jedem drohte, der ausplaudern wollte, was für ein Jammertal sie ist!

Schöner Krieg

MARINETTI, Erfinder und Haupt des Futurismus, hat ein Manifest erlassen. Eine Verherrlichung des Krieges, der als die «Seelenhygiene der Welt», als die «Verwirklichung des wahren mechanisierten Menschen» gepriesen wird. Nach diesen bescheidenen Anfängen erhebt sich das Manifest dort, wo es auf die Schönheit des Krieges zu sprechen kommt, in Höhen hymnischer Verzückung. «Er schmückt blühende Wiesen mit den funkelnden Orchideen der Mündungsfeuer von Schnellfeuergeschützen.» – «Er ist die Symphonie der Kanonenschüsse und der Soldatenlieder.» Hingerissen von so ekstatischer Schau des Krieges wird man versucht, den Sang Marinettis weiter zu dichten, denn er erschöpft ja keineswegs alle ästhetischen Reize, die ein Krieg in sich hat. Da wäre etwa (um nur ein paar Beispiele zu nennen) das bizarre Ornament, als das die im Todeskampf hingekrümmten Leichen der Gefallenen die Erde schmücken. Oder die Pracht der Fontäne, welche die einschlagende Granate aus Gliedern, Köpfen und Fleischfetzen hochwirbelt. Ist es nicht wie das Aufbrechen einer seltsamen tropischen Blüte, wenn aus zerrissenen Bäuchen die Gedärme vorquellen? Und was für kostbare Muster flicht in das Netz der Stacheldrähte der Künstler Krieg mit den Körpern derer, die darin zappeln! Vorstoßend in die Eingeweide des Gegners macht das Bajonett schöpferisch den roten Quell vorsprudeln, der dort sonst nur verborgen seine immer gleichen langweiligen Kreise fließt. Und wer, der Poesie im Busen hat, könnte sich dem wirklich umwerfenden Rhythmus entziehen, in dem die Maschinengewehre anstürmende Reihen hinmähen, daß sie daliegen wie Riesenzeilen eines Gedichts? Oh Musik des Krieges, wenn über dem basso ostinato der Geschoße Verwundete und Sterbende ihre Jammerkoloraturen trillern! Und welch Entzücken fürs Auge die Schwaden der Giftgase, deren graugelbgrünes Farbenzauberspiel selbst denen, die an ihm ersticken, das Herz höher schlagen lassen muß (sofern sie nur den Krieg futuristisch sehen gelernt haben und nicht von pazifistischen Ideen zersetzt sind).

Ein Fortschritt

Bisher gilt in England der Selbstmord als Verbrechen und wird wie ein solches bestraft. Außer natürlich, wenn er gelingt. (Eine aufhebende Strafrechtsklausel übrigens, die für viele große Verbrechen gilt, insbesondere für jene in der politischen Sphäre.) Also bisher durften die Engländer sich nicht nach Lust und Laune umbringen. Jetzt aber wird gemeldet, daß ein bekannter Londoner Arzt und Mitglied des Parlaments einen Gesetzesentwurf vorbereitet, der das «Recht auf den Tod» festlegt. Im Gesuchswege, sagt der Entwurf, soll, wer sterben will, künftighin die behördliche Erlaubnis einholen, freiwillig in den Tod gehen zu dürfen. Und wenn das Gesuch anständig begründet ist, muß dem Verlangen des Petenten stattgegeben werden. Sonderbar genug, daß man im toleranten England erst so spät auf den Gedanken kommt, den Freitod zu erlauben, indes in weit strenger geführten Staaten dieses Recht in wahrhaft großzügigem Ausmaß den Untertanen zugebilligt wird. Den fünfmalhunderttausend Juden in Deutschland zum Beispiel wird es in weitherzigster Liberalität geradezu aufgedrängt.

Ein Mensch verwirft die Menschenliebe

In Berlin sprach der Senator der deutschen Akademie vor gelehrten Hörern über die «universale Tragweite der deutschen Rechtserneuerung», u. a. auch von der Verschärfung des deutschen Strafrechtes. Dieser Teil seiner Rede gipfelte in den Worten: «Das Christentum und das gesunde Volksempfinden haben über eine volks- und weltfremde Philanthropie gesiegt.»

Daß Ideale stürzen, Heiligkeiten ins Profane entgleiten, scheinbar für alle Zeit als wahr Erwiesenes das Stigma des Irrtums aufgebrannt bekommt, daß Grundsätze, Anschauungen, Normen, die für unerschütterlich galten, erschüttert werden: – dies ist der krause Lauf der Welt. Aber wir glaubten doch an ein paar zeitlose, allgültige, von Gott der vernunftbegabten Kreatur ins Herz gesenkte Gewißheiten, über denen, als Basis, erst der ganze wandelbare Komplex der Anschauungen, Grundsätze, Ordnungen sich aufbaut! Auch diese Fundamente werden nun abgetragen. Ein erleuchteter Kopf rühmt die Besiegung der «volks- und weltfremden Menschenliebe».

Wir sind in Erwartung des Anthropologen, der beweisen wird, was für ein Fortschritt es wäre, wenn die Menschheit endlich von der törichten, volks- und weltfremden Gewöhnung, auf zwei Beinen zu gehen, abließe und sich zu dem viel praktikableren, naturgemäßeren, dem gesunden Volksempfinden entsprechenden Gang auf allen vieren entschlösse.

Wie die Löwen

Die Abessinier verkünden, daß sie wie die Löwen kämpfen werden. In ihrem kriegerischen Sprachpathos spielt überhaupt das königliche Tier eine große Rolle. Ihre Flieger – sie haben deren wenige – nennen sie «fliegende Löwen», die abessinischen Soldaten tragen ein Löwenherz in der Brust, und mit dem Grimm von Löwinnen werden auch die abessinischen Frauen, ist Not am Mann, dem Feind begegnen. Immer ist der Löwe im Bilde, das sich dieses tapfere Volk vom Kriege macht. Auch in seinen Fahnen ist er, Sinnbild des Mutes, eingestickt.

Nimmt man dieses, den Mut, als tertium comparationis, so werden ganz gewiß nicht minder als die Abessinier auch ihre Gegner wie die Löwen kämpfen. Aber sonst dürfte der Vergleich weder da noch dort (und nirgends überhaupt, wo Völker kriegerisch aufeinanderstoßen) stimmen. Der Löwe kämpft mit den Waffen, die ihm die Natur gegeben hat. Der Mensch mit künstlichen, die sein grausiger Scharfsinn ausheckte und zu immer größerer Wirksamkeit im Sinne der Vernichtung entwickelte. Der Löwe kämpft um sein Futter. Der Mensch auch. Aber diesen einfachen Tatbestand hat er durch einen hinzugedichteten Kampf um höhere Güter gründlich zu verdunkeln gewußt. Der Löwe, sagt Vater Brehm, ist nicht grausam, nicht blutdürstig, er zerreißt kein Stück Vieh mehr, als er zur Stillung seines Appetits benötigt, und tötet nie um des Tötens willen. Man will auf beiden Seiten kämpfen wie die Löwen? Leere Versprechungen. Sie kämpfen wie Menschen. Noch dazu wie Menschen von heute, gegen deren Kampfmethoden und -mittel die des Löwen ganz unvorstellbar human sind. Des Löwen, von dem wir dennoch, wenn wir ihn nicht gerade zum Aufputz unserer kriegerischen Phraseologie brauchen, als «Bestie» zu sprechen die heuchlerische Vermessenheit haben.

«Peinliche Gefühle»

Im Dritten Reich wird allseits über Mangel an Butter geklagt und geschimpft. Das gibt den Zeitungen Anlaß, den Mitbürgern ins Gewissen zu reden, sie mögen doch «dadurch, daß ein jeder auf etwas Butter verzichtet, praktischen Nationalsozialismus beweisen». Aber dies, verzichten, tun die Leute ja nolens volens ohnehin, sie verzichten sogar auf weit höhere, idealere Güter, als Butter eines ist, sie murren nur darüber, daß sie eben verzichten müssen. Mit anderen Worten: Sie beweisen praktischen Nationalsozialismus, sind aber unzufrieden mit der Art, wie der praktische Nationalsozialismus sich an ihnen beweist. Ein Berliner Blatt, das die Meckerer zur Ordnung ruft, faßt seine Empfindungen in den lapidaren Satz: «Peinliche Gefühle überfallen einen jetzt darüber, daß der Magen so hoch gewertet wird.» Hier wird wahrlich an der Wurzel des Übels gerührt. Den Geist nicht hoch zu werten, das hat der Nationalsozialismus, der geschworene Feind des und der Intellektuellen, seine Untertanen gelehrt, und jeder Tag liefert überzeugende Beweise, wie weit man in diesem Punkt schon gekommen ist. Beim Magen aber spießt sich die Sache. Würde das deutsche Volk endlich lernen, den Magen gleich gering zu werten wie den Geist, wäre alles im Dritten Reich «in Butter», so rar diese dort derzeit auch ist.

Krieg bringt Zug in die Sache

Von Nicht-Pazifisten wird das Stahlbad des Krieges als sehr bekömmlich für Staaten und Nationen gerühmt. Herodot (es kann aber auch Hesiod sein oder ein anderer) nennt den Krieg: Vater aller Dinge. Im Dritten Reich lernen schon die Babies diesen Vater lieben und ehren. Und überall heute auf zivilisierter Erde, auch wo er gefürchtet und gehaßt wird wie der Übel größtes, setzt der Krieg, noch bevor er da ist, Hirne und Hände in Bewegung, wirkt als großartiges Stimulans zur Entfaltung höchster Kräfte und Energien. Wie erst bewährt er sich als Aufmischer, als Antreiber sogar des Naturgeschehens, wenn er einhertritt auf der eigenen Spur, wie beschleunigt er den Blutkreislauf der Völker, rüttelt Tod und Leben durcheinander! Sehen wir, was selbst ein so kleiner, ein relativ so zurückhaltender wie der italienisch-abessinische imstande ist.

In der abessinischen Stadt Harrar waren Gerüchte eines nah bevorstehenden Bombenangriffs verbreitet, diese Gerüchte hatten, nach offizieller Meldung, zur Folge, daß der Harraresen sich eine große Panik bemächtigte, und wiederum die Folge dieser Panik war es, daß, so lautet der Bericht, «zwei Eingeborene vor Angst starben, während ein Dutzend anderer vorzeitig das Licht der Welt erblickten».

Solche Wirkung zeitigt schon der Schatten des Krieges, die Vorstellung von ihm! Er war noch gar nicht nach Harrar gekommen, es hieß nur, er nähere sich der Stadt, und schon fielen dort zwei Menschen tot um und zwölf andere kamen zur Welt. Ohne Granaten, Bomben, Gas oder Gift, durch seinen bloßen Hauch aus der Ferne schon warf er zwei Menschen tot nieder, wirkte andererseits auch so belebend, daß zwölf Menschenkinder vorzeitig, ohne ihr von der Natur zu bringendes Stichwort abzuwarten, ins Leben traten. Wer anders noch als der Krieg vermöchte so auf das biologische Tempo zu drücken? Es ist zu verstehen, daß temperamentvolle Völker ungeduldig werden im Frieden (in dem alles seinen normierten Gang geht, und Tod wie Leben eintreten, wann sie fällig sind) und in herzlichster Sehnsucht dem Krieg, als dem unübertrefflichen Beschleuniger der allgemeinen Dinge, entgegenharren.

Nobelpreis

Der für den Frieden in diesem Jahr nicht zur Verteilung gelangt. Welchem Würdigen hätte er auch zufallen sollen? Genügte es schon, die Süße des Friedens zu preisen, feierliche Erklärungen abzugeben, daß man ihn wolle oder brauche, die Bereitschaft kundzutun, ihn unverbrüchlich zu halten, wenn die anderen das, was man von ihnen zu haben wünscht, gutwillig hergeben, genügte das: derer, die den Preis verdienten, wären viele. Der Friede ist ja ringsum sehr beliebt, als seine Anhänger produzieren sich sogar Staatslenker, die das gläubige Bekenntnis zu ihm als hassens- und strafwürdiges Verbrechen erachten. Auch sie schwärmen für den Frieden, und vielleicht dokumentieren sie dies demnächst dadurch, daß sie einem neuen, besonders furchtbaren Giftgas oder einer neuen, besonders wirksamen Bombe ihrer Erfindung den Namen «Pax» geben. Aber für Beteuerungen, Freund des Friedens zu sein, bekommt man noch nicht den Nobelpreis. Mit diesem soll vielmehr die große Tat geehrt werden, die dem Frieden dient. Wer hat eine solche im letzten Jahr vollbracht? Wenn man sich nicht scheut, ein bißchen hintenherum zu denken: Mussolini. Er hat viel für den Frieden getan, indem er durch sinnfälliges Beispiel der Welt wiederum vor Augen führte, was Krieg ist, bedeutet, an Schrecken und Allgemeingefahren heraufbeschwört. Er hat es bewirkt, daß den Lenkern der Völkerschicksale der Gestank des Krieges in die Nase stieg und sie zu kräftigem Niesen brachte. Vorgeschlagen für den Preis war auch Carl von Ossietzky, der, weil er mit allem Feuer seines redlichen Herzens und aller Kraft seiner redlichen Feder für den Frieden geworben hatte, seit zweiunddreiviertel Jahren im Konzentrationslager Leiden duldet, von denen das, der Freiheit beraubt zu sein, nicht das ärgste sein dürfte. Daß Ossietzky den Preis bekommen werde, haben wohl auch die, die ihn seiner für würdig halten, kaum geglaubt, und daß diese Kandidatur heftige Gegnerschaft finden würde, war zu erwarten. Aber daß solcher Gegnerschaft in dem Dichter Knut Hamsum ein Fürsprecher erstehen, daß dieser große Mann, dessen großes Herz, ein Leben und ein Lebenswerk lang, für die schuldlos leidende Kreatur schlug, sich *gegen* sie wenden, ja ihrer spotten könnte – das erschüttert wie Durchbrechung eines Naturgesetzes. Als wenn die Sonne mit einemmal statt Wärme Kälte ausstrahlte.

Rauchen im Gefängnis

In Österreich wird von nun ab, mit verständlichen Einschränkungen, den Strafgefangenen das Rauchen erlaubt sein! Das ist mehr als eine humanitäre, das ist auch eine hygienische und erzieherische Maßregel. Eine hygienische, denn die erzwungene plötzliche Abstinenz des Tabakgewohnten führt zu Ausfallserscheinungen, die in der Freiheit überwunden werden können, in der Haft aber, die den Gefangenen nicht nur unter stärksten physischen, sondern auch seelischen Druck stellt, dem Gesamtorganismus nachhaltigen Schaden zufügen müssen. Hier wirkt die Entbehrung des geliebten Giftes als noch stärkeres Gift. Darüber mag man sich im Geiste einer neuen Strafrechtslehre hinwegsetzen, die verlangt, daß der Gefangene ein Höchstmaß an Leiden erdulde, daß er von dem ganzen Jammer seiner Situation bis ins Innerste erfaßt werde, kurz, die den Häftling nach dem im Wiener Lied ausgesprochenen Grundsatz behandelt wissen will: «Hält er's aus, ist's gut für ihn – hält er's nicht aus, wird er hin.» Die *erzieherische* Wirkung der Raucherlaubnis für Strafgefangene aber – sofern man eine solche beabsichtigt und den Kerker nicht lediglich als Instrument der Rache ansieht – ist nicht so leicht zu bagatellisieren. Die Möglichkeit, das Rauchen zu erlauben oder zu verbieten, gibt den Leitern der Gefängnisse das wirksamste Mittel in die Hand, ein Maximum an gutem Willen im Gefangenen hochzuziehen, und mit dem Rauch der Zigarette mag ein Großteil der Wut und des Hasses, die sich in seiner Seele ansammeln, gefahrlos entweichen. Zudem schafft das Recht, zu rauchen, noch eine Art Verbindung zwischen dem Eingekerkerten und der Gesellschaft, die ihn ausgeschlossen hat; sein Verlangen, auch anderer Rechte, die sie vergibt, wieder teilhaftig zu werden, steigert sich, die Tendenz, Frieden mit ihr zu machen, wird in ihm gestärkt, kräftiger gewiß als durch frommen Zuspruch oder unbedingte Brutalität der Behandlung. Schön, daß gerade in Österreich der Entschluß zur erwähnten Reform gefaßt wurde, daß wieder einmal dieses wunderliche, kleine, machtlose und so tausendfach liebenswerte Land der Welt zu Bewußtsein bringt, was für Schmach und Unglück das wäre, wenn es ans Hakenkreuz geschlagen würde.

Zuviel verlangt

Im Sommer 1936 finden in Berlin Olympische Spiele statt (wenn nichts dazwischenkommt . . . muß hinzufügen, wer die Undurchschaubarkeit himmlischen Ratschlusses in Rechnung stellt). Olympische Spiele, das bedeutet: Wochen eines schönen, frohen Festes, bedeutet für die Fremden, die daran teilnehmen: eine wunderbare Reise auf Generalsunkosten in ein interessantes Land, umfassende Gastfreundschaft dortselbst, Empfang bei Hohen und Höchsten, Jubel und Ehrungen ohne Zahl, großartige Kämpfe mit den Besten auf gleichem sportlichen Gebiet und vielleicht herrlichen Sieg, Möglichkeit, dem Vaterland Ruhm zu erwerben und den eigenen Namen mit der Goldschrift des Triumphes ins Buch der Weltpopularität einzutragen. Kurz, eine Fahrt zu den Olympischen Spielen ist eine Fahrt ins schönste Abenteuer, vielleicht ins Glück. Und da erwarten kindliche Phantasten, es könnte Kulturmenschen geben, die sich an solchem Fest nicht beteiligen werden, wegen des kleinen Schönheitsfehlers, daß es in einem Reich stattfindet, dessen Herren kaltblütig und systematisch ein paarmal hunderttausend schuldloser Mitbürger zur Verzweiflung und zum Selbstmord treiben. Nein, so rührselig und empfindsam sind trainierte Sportsleute nicht, daß ihnen derlei auf die Nerven ginge. Und die Musik Olympischer Spiele ist viel zu schmetternd hell, als daß sie nicht imstande sein sollte, Seufzer und Todesschreie der deutschen Juden zuzudecken. Du lieber Himmel, schließlich essen wir auch mit bestem Appetit, obschon wir wissen, wie viele rund herum hungern, wärmen uns behaglich am Feuer, obschon wir wissen, wie viele erbarmungsloser Kälte ausgeliefert sind. Man soll nicht Unmögliches verlangen. Es ist schon sehr achtenswert, wenn einer den Nebenmenschen, obschon ihm das in seinen politischen oder sonstwelchen Kram passen würde, nicht erschlägt. Daß er aber jetzt auch noch den Verkehr mit anderen, die so tun, meiden soll, gar, wenn ihm aus diesem Verkehr Freude und Vorteil erwachsen, das heißt mehr fordern, als der menschlichen Natur billigerweise zugemutet werden darf.

Alles ist wieder gut

Die Beschießung einer schwedischen Rotkreuzstation im abessinischen Krieg hatte viele Menschen das Leben gekostet. Auch ein junger schwedischer Arzt befand sich unter den Opfern. Aus Idealismus war er ins fremde Land gekommen, rettete dort manchen vom Tode, half Kranken und Verwundeten, soviel er helfen konnte. Mitten in der Ausübung seiner menschenfreundlichen Tätigkeit trafen ihn Splitter der Bombe und zerfetzten ihn. Er wurde beklagt und bestattet. Er war ein guter Soldat, obschon Soldat nicht in Diensten der Vernichtung, sondern in Diensten der Erhaltung menschlichen Lebens. Er glaubte sich gewiß, wenn auch nicht vor den mörderischen Zufällen, so doch vor den mörderischen Absichten des Krieges geschützt durch das Zeichen, das zu respektieren die zivilisierten Völker feierlichst gelobt haben. In dieser Zuversicht wurde er betrogen. Läßt der Grimm über solchen Betrug seine Seele nicht zur Ruhe kommen? Da es immerhin so sein könnte, würde es sich jedenfalls empfehlen, auf das Grab des Arztes die Zeitungsnachricht zu legen, welche besagt: «Der italienisch-schwedische Zwischenfall wegen der Beschießung der Roten Kreuz-Station wurde freundschaftlich beigelegt.» Vielleicht, daß die arme Seele, wenn sie dies liest, zur Ruhe kommen und mit einem erleichterten «Na also!» in den ewigen Frieden eingehen wird.

Allheilmittel

Ein hervorragender Funktionär des Dritten Reichs äußerte sich dahin, die Gangster (deren die amerikanischen Behörden nicht Herr werden könnten) zu erledigen, das wäre für Nationalsozialisten ein Kinderspiel. Wie machten die es? Ganz einfach: mit Maschinengewehren! Nun ist aber bekannt, daß die Amerikaner nicht nur auch Maschinengewehre besitzen, sondern gegebenenfalls sogar die Entschlossenheit, sich ihrer zu bedienen. Es muß also wohl einen Haken haben, warum sie nicht ohne viel Faxen und Ziererei auf ihre Gangster schießen, bis alle tot sind. Vielleicht treten die Kerls nicht so ohne weiteres als Zielscheibe auf, daß man sie bequem abknallen könnte, vielleicht tarnen sie sich als friedliche Bürger, listig unters Publikum gemischt, so daß nicht einmal ein Kunstschütze sie aus diesem mit dem Maschinengewehr herausholen könnte. Aber das sind Einwände, die den unbedingten Glauben an das Maschinengewehr als Allheilmittel kaum erschüttern dürften. Dem Maschinengewehr ist nichts unmöglich. Es ist wie aller Weisheit so auch der politischen stärkster Ausdruck. Es schafft nicht nur Ruhe und Ordnung, sondern auch Überzeugung, Enthusiasmus, Zufriedenheit und Liebe zu den Führern. Es hilft gegen Hunger, Kälte, Kritik und Miesmacherei. Es löst unübertrefflich rasch geistige, wissenschaftliche, künstlerische Fragen, auch solche der Gesinnung und des Gewissens. Und sollte mit ein paar Gangstern nicht fertig werden? Der Glaube an das Maschinengewehr als an das Symbol des höchsten Gottes, der Gewalt: das ist neue, rechte Frömmigkeit. Am Maschinengewehr wird die Welt, ob sie will oder nicht, genesen.

Wenn die Toten reden könnten

Während des großen Krieges und nach ihm wurde mit tausend Zungen die Lehre verkündet, die in den Schlachten Gefallenen seien gestorben, damit kommende Geschlechter von den Greueln des Krieges verschont blieben, und daß durch nichts dem Andenken der Helden bessere Ehrung widerfahre als durch einen an ihren Gräbern geleisteten Schwur, sie wären nicht vergeblich gestorben, sondern ihr Blut kitte den kommenden Frieden so fest, daß nichts mehr ihn würde brechen können. Hernach hat sich diese Anschauung recht sehr geändert, und den Toten des Weltkriegs wurde die Rolle von Propagandisten für neuen Krieg zugewiesen, in dem die Bereitschaft zu töten und zu sterben nicht minder groß sein dürfe, als jene, die sie selbst, die Opfer der Jahre 1914 bis 1918, bewiesen hätten. Wie die Gefallenen wirklich zum Problem des Krieges stehen, wissen wir nicht. Sie schweigen. In seinem letzten, von rührender Altersweisheit und Resignation durchatmeten Buch sagt Maurice Maeterlinck das tiefe Wort: «In den Gräbern liegt nichts drin, als was wir hineinlegen!» Jeder kann den Toten nach Belieben Meinung und Urteil in ihren für ewig verstummten Mund dichten, ohne ein desaveu befürchten zu müssen. Aber manchmal, scheint es, reißt ihnen doch die Geduld . . . und sie widersprechen! So geschah es kürzlich in dem kleinen Karstort San Giovanni bei Görz. Dort begruben sie einen Bauern, der den Krieg mitgemacht hatte, und auf Geheiß der Angehörigen stellten sie am Kopfende des Grabes drei alte Geschoße, sogenannte Blindgänger, hin. Einer der Leidtragenden stieß solch ein Geschoß um, das explodierte und auch die Ladung des zweiten Blindgängers zur Entzündung brachte. Der Witwe des Beerdigten wurden beide Beine abrissen, ein Trauergast in Stücke zerfetzt, sechs andere schwer verwundet. Man muß nicht besonders abergläubisch sein, um den Vorfall so zu verstehen, daß hier einmal ein toter Kriegsteilnehmer sagte, wie er über die Lebenden, die sein Grab mit Granaten schmücken, denkt, daß hier einmal der Krieg die Gelegenheit wahrnahm, zu seiner Glorifizierung Stellung zu nehmen.

Vis Major

Ein deutscher Dichter stellte fest, «höchstes Glück der Erdenkinder ist doch die Persönlichkeit». Aber für die überwiegende Mehrzahl der Landsleute des zitierten Klassikers stimmt der Spruch keineswegs. Höchstes Glück deutscher Erdenkinder ist, heute zumal, das Aufgeben der Persönlichkeit, das Untertauchen in eine Menge, der möglichst weit getriebene Verzicht auf das Individuelle zugunsten des Kollektiven. Nicht nur um ihrer kriegerischen Talente und Tugenden willen sind die Deutschen so großartige Soldaten – und sind es so gern! –, sondern auch und vor allem deshalb, weil das Militärische ihre Freude am Gehorchen und Dienen, ihre Passion, einem übergeordneten Willen sich blindlings unterwerfen zu dürfen, im höchsten Maße befriedigt. Vielleicht die schwersten aller Pflichten (weil am schwersten richtig zu verstehen und zu erfüllen), sind die gegen das eigene Ich. Von ihnen ist enthoben, wer die eine einzige, keiner Deutung, keinem Zweifel unterliegende Pflicht auf sich genommen hat, schlechtweg das zu tun, was ihm angeschafft wird. «Auch einer» zu sein ist lange nicht so angenehm, wie einer unter vielen zu sein. Da fällt Verantwortung, Nötigung zu eigenem Urteil und Entschluß vom Menschen ab, und auf wunderliche Weise fühlt er sich befreit durch Unfreiheit. Gleichkleidung (Uniform), Gleichklang (Chor), Gleichschritt (Exerzieren), Gleichschaltung: nirgendwo scheint der Parallelismus des Tun und Denkens so lustvoll betont wie in deutschen Landen. Am Samstag vergangener Woche, zum Abschluß der Wahlkampagne im Dritten Reich, läuteten alle Kirchenglocken und 67 Millionen sangen auf ein gegebenes Signal die letzten Worte des Niederländischen Dankgebets. Es werden ja nicht alle 67 Millionen wirklich gesungen haben – und viele, die die Lippen mitbewegten, vermutlich einen anderen Text –, aber schon die Fiktion einer solchen 67-Millionen-Gleichstimmigkeit, schon die Vorstellung eines solchen Kolossal-Unisonos mag ihr Berauschendes haben. Es ist das Verhängnis und die Stärke der Deutschen, daß Gewalt auf sie einen so großen Zauber übt, und zwar nicht nur die Gewalt, deren sie sich bedienen dürfen, sondern auch jene, die sich ihrer bedient. Gar, wenn es eine Gewalt ist, die sich als höhere Gewalt geltend zu machen die Mittel und die Hemmungslosigkeit hat! Nirgends lebt es sich – wenn auch nicht gerade schön – so wunderbar einfach und problemlos wie im Schatten einer vis major!

Inspiration

Es wird gemeldet, daß Richard Strauss, der bekanntlich im Dritten Reich in Ungnade fiel, weil er für seine letzte Oper «Die schweigsame Frau» einen Text des rassisch bemakelten Stefan Zweig benützte, nun dabei ist, seinen faux pas wiedergutzumachen. Und zwar durch eine neue Tonschöpfung, in der das Tannenbergdenkmal und die Gruft Hindenburgs glorifiziert werden sollen. Zum Zweck dieser Arbeit hat der Meister, wie die «B. Z. am Mittag» meldet, eine Reise nach Ostpreußen angetreten, um aus dem historischen Ort die nötige Inspiration für sein Werk zu schöpfen. Er will gewissermaßen ganz drin in dem Objekt sein, dessen musikalische Verherrlichung er beabsichtigt.

Wohin wird sich der große Mann begeben, wenn er, was doch mit Sicherheit zu erwarten ist, sein symphonisches Opus «Der Führer» schaffen wird?

hätten die Leitartikel aber etwa so gelautet:

Mit dem Zusammenbruch des italienischen Unternehmens gegen Abessinien ist nur eingetreten, was nach logischer, sittlicher und politischer Notwendigkeit eintreten mußte. Das Ende des vom Zaun, vom Grenzzaun, gebrochenen Krieges entspricht durchaus der Prognose, die diesem schon bei seinen Anfängen von allen weiter und schärfer blickenden Politikern Europas gestellt worden war. Wäre es anders gekommen, wahrlich, wir hätten an dem Walten einer historischen Gerechtigkeit zweifeln müssen! Und was für unausdenkbare moralische Folgerungen würden sich jetzt aufdrängen, wenn der Überfall des stärkeren auf den schwächeren Nachbar geglückt wäre! Unter dem Vorwand, den Abessiniern «Kultur» zu bringen, wurde der Feldzug wider sie, allen Warnungen zum Trotz, in Szene gesetzt, «Kultur», also jenes Ding, von dem der repräsentative Dichter eines dem Faschismus wesensverwandten Regimes dichtete: «Wenn ich nur das Wort Kultur höre, entsichere ich meinen Revolver!» Verblendet von dem Glauben, die Überzahl seiner Streiter, die Vielfalt und Modernität seiner Waffen sichere ihm den Sieg, schickte Italiens Lenker Armeen in den Kampf. Aber seine Rechnung hatte mehrere Löcher; sie vernachlässigte den moralischen Faktor, sie unterschätzte die Widerstandskraft eines Naturvolkes, das Hof und Herd verteidigt, und sie ließ vor allem die Empörung der zivilisierten Welt außer ihrem Kalkül. So kam es, wie es kommen mußte. Keine Sekunde haben wir uns durch die anfänglichen Scheinerfolge der Italiener in dem Glauben beirren zu lassen, daß es den Abessiniern gelingen werde, sich der Kultur, die ihnen mit Bomben und Giftgasen beigebracht werden sollte, zu erwehren, den Eindringling aus dem Land zu jagen und ihr selbstverständliches heiliges Recht, dort nach Sitte oder Unsitte der Väter leben zu dürfen, zu behaupten. Was ihnen an materiellen Kräften fehlte, ersetzte mehr als reichlich die unermeßliche ideelle Stärkung, die der freundliche Zuspruch des Völkerbundes für sie bedeutete. Wie hat man die Londoner Staatsmänner verhöhnt und bekrittelt, als sie diesen Völkerbund in die scheinbar ausweglose Gasse der Sanktionen führten! Und wie hat sich doch wiederum die klare Zielsicherheit des englischen Vorgehens, der à la longue unfehlbar sichere politische Instinkt der Briten bewährt! Freuen wir uns vor allem, daß das lästerliche Wort von dem Gott, der mit den stärkeren Bataillonen ist, wieder einmal zuschanden wurde. Nein, er ist nicht mit der stärkeren, er ist mit der gerechteren Sache. Er machte, um ihr zum Siege zu verhelfen, Speere wirksamer als Bomben, und die Giftgase bestanden nicht vor seinem Atem: flavit et dissipati sunt! Mögen die, welche die Geschicke der Völker bestimmen, aus dem Zusammenbruch des Abenteuers lernen, daß auch mit überlegener Gewalt nichts auszurichten ist, wenn die sittlichen Voraussetzungen zu ihrer Anwendung fehlen.

Ein Ironiker

Im Dritten Reich gilt der Humor als ungesunde Form der Geistigkeit und ist deshalb zur Sterilisierung verurteilt. Nicht einmal über sächsischen Dialekt dürfen die deutschen Humoristen sich mehr lustig machen; er ist sozusagen unter Denkmalschutz gestellt. Ein schwerer Schlag für den Schriftsteller Hans Reimann, der ein ganzes bändereiches Lebenswerk mit Scherzen über den «Geenig» und die Leipziger Mundart bestritt. (Doch scheint ihn diese Abschnürung der Quellen, die sein heiteres Talent speisten, nicht weiter berührt zu haben, denn seine Revue «Kraft durch Freude» ist ein großer Erfolg in Berlin und der Autor, wie berichtet wird, ein vielgefeierter Mann.) Gilt schon der Humor schlechtweg als etwas Verdächtiges im neuen Deutschland, so noch weit mehr seine aggressiveren Abarten: Ironie und Satire. Irgend etwas im Reich lächerlich zu finden, ist lebensgefährlich. Wer dergleichen dennoch unternimmt, muß sich einer komplizierten

Form des Witzes bedienen, nämlich jener, die scheinbar in vollem Ernst eine Behauptung aufstellt, deren Inhalt in solchem Gegensatz zu der Wirklichkeit steht, daß aus diesem Gegensatz allein schon der satirische Funke springt. So hat jetzt eine hohe Amtsperson vor Berliner Juristen eine Rede gehalten, in der sie forderte und als Grundsatz enunzierte: «Der Richter soll in erster Linie Mensch sein.» – «Wäre es denkbar», schreibt hierzu die «Frankfurter Zeitung», «daß ein Deutscher dieses Gebot vernähme, ohne sich seines Goethe zu erinnern, ohne an ‹Edel sei der Mensch, hilfreich und gut› zu denken oder an die Worte Wilhelm Meisters: ‹Welchen Weg müßte die Menschheit gehen, bis sie dahin gelangt, auch gegen Schuldige gelind, gegen Verbrecher schonend, gegen Unmenschen menschlich zu sein!›» Das fragt die gute «Frankfurter Zeitung», obschon sie weiß, daß ihr Goethe, als Liberalist, aus den Lesebüchern der deutschen Schuljugend ausgemerzt ist. Der Richter soll vor allem Mensch sein! Solches sagte der nationalsozialistische Würdenträger vor Juristen eines Staates, wo ein alter Mann, der seiner nichtarischen Freundin Treue hielt, zu eineinhalb Jahre, ein jüdischer Arzt, der eine Klientin zu küssen versucht haben soll, zu zweieinhalb Jahren Zuchthaus verurteilt wird, wo junge Menschen, die vor dem Anbruch des neuen Regimes in Raufhändel mit politischen Gegnern verwickelt waren (und dafür bereits ein paar Jahre Gefängnis abgesessen hatten), nachträglich geköpft werden, wo, dem Ausspruch eines berühmten Rechtsgelehrten zufolge, Humanität, als dem gesunden Volksempfinden widersprechend, prinzipiell abgelehnt wird. An jedem anderen als an einem hohen Funktionär der Partei würde so unverhohlen bittere Ironie, wie sie in der Forderung liegt, im neuen Deutschland müsse der Richter vor allem Mensch sein, mit härtesten Strafen gerächt werden.

Entlarvend

ENTLARVEND, und zwar auf wirklich komische Weise, ist das Inserat, das vor kurzem in einem reichsdeutschen Blatt zu lesen war: «Mein Papagei mit gelbem Schnabel, schwarzem Gefieder am Hals und am Rücken ist mir weggeflogen. Der ehrliche Finder erhält 50 Mark Belohnung. Ich bemerke ausdrücklich, daß die politischen Ansichten des Papageis nicht die meinigen sind. Heil Hitler!» Man kann sich leicht denken, was das für politische Ansichten sein mögen, die der Papagei im Busen oder zumindest im Schnabel trägt und wie oft und eindringlich er sie vortragen gehört haben muß, bis er sie – auch er also überzeugt durch Propaganda! – sich zu eigen gemacht hat. Ansichten, die logisch mit «Heil Hitler» schließen dürften, werden es kaum sein. Und nun fliegt der gefährliche Papagei in der Welt herum, plaudert aus, was er weiß und droht nicht nur sich, sondern auch sein Herrchen um Kopf und Kragen zu reden. Er steht bestimmt nicht allein da mit seinen Ansichten, im Gegenteil, viele gewiß sprechen wie er . . . aber zur Zeit, daheim bei Muttern und bei verschlossenen Türen, im engsten, vertrautesten Freundeskreis. Indes so ein Papagei, der macht aus seinem Herzen keine Mördergrube, der bekennt sich offen und vor jedermann zu den politischen Ansichten, die er hat, und selbst unaufgefordert krächzt er sie den Leuten in die Ohren. Es ist zu verstehen, daß der untröstliche Mann, dem das Tierchen entflohen ist, sich's 50 Mark kosten lassen will, um die gefährliche Kreatur wieder in seine Hände zu bekommen. (Im Inserat fehlt nur der Zusatz: tot oder lebendig.) Was ist das aber auch für eine sträfliche Unvorsichtigkeit, in so bewegten und kritischen Zeiten einen Papagei als Haustier zu halten! Wenn die Geschichte mit dem losen Vogel ruchbar wird im Dritten Reich, dürfte dort als beliebtestes Haustier der Fisch in Mode kommen.

Schicksal in drei Worten

Herr und Frau X, deutsche Emigranten (der Mann ist Mittelschullehrer), hatten viele Versuche unternommen, anderswo als im Vaterland, wo ihnen dies unmöglich gemacht worden war, Erwerb zu finden, eine neue Existenz aufzubauen. Es glückte aber nirgends, in keinem europäischen Land. Zu viele Kameraden im Elend strebten gleichem Ziel zu wie das Ehepaar, tauchte heute der Schimmer einer Möglichkeit von Arbeit und Verdienst auf, war er morgen wieder entschwunden, immer mühevoller wurde die Hetzjagd nach dem täglichen Brot, immer feindselig-fremder die Fremde. Da ereilte den Emigranten das große Glück: man bot ihm eine Stellung in Sydney an. Sydney in Australien. Er griff natürlich mit Freuden zu.

«Australien», sagte ein Bekannter zu dem Glücklichen, «mein Gott, das ist aber weit!» . . . Die Antwort lautete: «Weit? . . . Von wo?»

«Weit? . . . Von wo?»: eine prägnantere Formel für Heimatlosigkeit, Entwurzelung, Verlorensein auf dem Erdenrund wird sich kaum finden lassen.

Spanien

Bomben fallen auf Madrid, von Spaniern auf die Wohnstätten von Spaniern geworfen. Hunderte Opfer fordert jeder solcher Überfall aus blauem Himmel, der sich aber darob – in wahrhaft himmlischer Objektivität die Dinge gehen lassend, wie sie gehen – nicht verfinstert. Meist sind es Frauen und Kinder, die, wenn man so sagen darf: das Blutbad ausgießen müssen. Augenzeugen erzählen von dem Jammer und Entsetzen, die solcher Heimsuchung der Stadt folgen, von einer Mutter, die ihre Kinder auf dem Spielplatz suchte, wohin die Bomben gefallen waren, eines gar nicht mehr fand, weil es in unsichtbare Stückchen zerfetzt worden war, eines wohl fand, aber das hatte nur mehr ein halbes Gesicht, die andere Hälfte war weggerissen. «C'est la guerre!» sagen die Männer, denen ein starkes Herz im Busen schlägt, und zucken die Achseln, besonders wenn es Achseln sind, auf denen Epauletten blitzen. In der belagerten Stadt entladen sich Wut und Rachsucht an Geiseln und Gefangenen, und General Franco erklärt, daß er nach seinem Einzug in Madrid für jeden Geiselmord fünf von den Miliztruppen werde erschießen lassen. In den englischen Zeitungen sind Bilder dieser Miliz auf dem Weg zur Front zu sehen. Meistens ganz junge Leute unter zwanzig Jahren. Sie blicken wenig martialisch drein, aber der Widerspruch zwischen der Kindhaftigkeit ihrer Züge und dem Ernst, der sich in diesen Zügen malt, ist beklemmend. «Alle Anzeichen sprechen dafür», meldet die Pariser Presse, «daß es in Madrid zu furchtbaren Straßenkämpfen kommen wird.» Zirka hunderttausend Menschen sind im spanischen Bürgerkrieg bisher ums Leben gekommen, aber nach dem Fall von Madrid wird keineswegs Schluß des Gemetzels sein, sondern dann geht es gegen Katalonien, das zum Widerstand rüstet. Die europäischen Mächte sehen mit ungeteiltem Bedauern den Ereignissen zu. Korrekt bis zum äußersten wagen sie nicht den Versuch eines Versuchs, zur Löschung des grausigen Brandes etwas beizutragen, sondern begnügen sich, was ihn betrifft, mit dem Gebet: «Heiliger Florian, verschon' unser Haus, zünd' andere an!»

Marionetten-Theater

Aus Neapel wird gemeldet, daß zufolge behördlichen Auftrags die italienischen Marionetten-Theater geschlossen werden müssen. In der offiziellen Begründung des Verbotes wird ausgeführt, die Marionetten-Theater hätten noch immer «in ihren Fabeln und Legenden den Geist einer kläglichen Vergangenheit festgehalten und nicht Anschluß an die neue Zeit gefunden. Die Marionetten wirkten daher wie Gespenster.»

Was sind das für Fabeln und Legenden, in denen die Marionetten-Theater den Geist einer kläglichen Vergangenheit festhalten? Es sind, oder waren, Spiele im Geschmack der Commedia dell'arte mit Polichinell, Arlechino, Trufaldino und anderen mehr jener höchst liebenswerten Figuren, die der große Goldoni auf höhere literarische Ebene gerettet hat. «Modern» waren diese Marionettenspiele nun freilich nicht. Aber das italienische Volk, insbesondere das neapolitanische, liebte sie und zog die dümmsten Einfälle der Marionetten den genialsten des ähnlich lautenden Marinetti vor, des repräsentativen Dichters Neu-Italiens und Verteidigers des Kriegs als «Seelenhygiene der Welt». Lieber den Geist einer kläglichen Vergangenheit, sagten sich die Marionettenfreunde, als den Ungeist einer brüllenden Gegenwart. Aber nicht wegen der Sympathie des Volkes für Püppchen am Draht dürfte das Verbot erfolgt sein: ausschlaggebend für dieses war wohl die Beobachtung, daß die Marionetten wie «Gespenster wirkten». Eine Beobachtung, die zweifellos auf Richtigkeit beruht. Denn wo die Menschen Marionetten sind und nur als solche ein Lebensrecht haben, dort müssen Originalmarionetten wie Gespenster wirken; und noch dazu wie höhnische Gespenster.

Das Jammertal

OHNE Betrübnis geben wir hiermit bekannt, daß nach längerem schwerem Leiden und versehen mit der Tröstung, um höherer Zwecke willen müsse es so sein, die deutsche Kunstkritik entschlafen ist. Und zwar keineswegs sanft. Die zähe Natur der Hingeschiedenen ließ es vielmehr als notwendig erscheinen, die schon Halbtote zu erschlagen, teils um ihren eigenen, teils um jenen Leiden ein Ende zu setzen, die sie der deutschen Nation verursacht hatte. Daß um die Verstorbene schade wäre, kann keiner, der sie in den letzten Jahren beobachtet hat, mit Fug behaupten.

Bis 1933 noch erstaunlich rüstig, in voller geistiger Frische gewissermaßen, ihrem Amt (oder dem, was sie dafür hielt) obliegend, warf sie damals ein plötzlicher Witterungswechsel aufs Krankenlager. Eine Weile schien es noch, als ob die wie gesagt: zähe Natur der Kranken sich gegen das Übel behaupten werde, aber bald waren die Symptome des Verfalls so unübersehbar und dieser selbst so rapid, daß man von einem Verwesen bei lebendigem Leib hätte sprechen können. Ein Eindruck, der durch den Geruch, in den die Patientin geriet, nur noch verstärkt wurde.

Ein wahrer Jammer, mit anzusehen, wie sie, vorne und hinten und rundherum gelähmt, sich noch den Anschein irgendwelcher Regsamkeit zu geben versuchte, wie sie, um ihr äußeres und inneres Elend zu kaschieren, verzweifelt muntere Gesichter schnitt. Nein, das war kein Leben mehr, das sie führte oder richtiger, das sie geführt wurde. Und wie sehr ihr Tod eine Erlösung bedeutet, zeigt das frohe Aufatmen sämtlicher Hinterbliebener. Jene, die Objekt der Kritik waren, verzeichnen es als Gewinn, daß sie eine wertlos gewordene, ohnmächtige, nur noch von der Legende ihres einstmaligen Vorhandenseins zehrende Mit-Schwätzerin los geworden sind, die Erben aber, die das Amt der Hingegangenen übernehmen, übernehmen ein Amt, das von der schwersten Bürde, die auf ihm gelastet hatte, befreit ist: nämlich von der Bürde der Verantwortung.

Der «Kunstschriftleiter», der an Stelle des Kritikers tritt, hat nicht mehr zu werten, sondern nur noch nachzuerzählen, nicht mehr zu scheiden Neues von Althergebrachtem, Tiefes von Seichtem, Sinn von Unsinn, Witz von Albernheit. Er hat unterschiedlos jedem Dreck die gleiche Reverenz zu erweisen, wie dem echten Kunstwerk. Also wurde die Verscharrung der abgewirkten Kritik zu einem rechten Volksfest: Unübersehbar schien die Zahl der Freudtragenden, die ihr einen Stein in die Grube nachwarfen, und bei der Predigt über den Text «Es kann dir nix geschehn», gesprochen vom Präsidenten der Reichsdilettantenfachschaft, blieb kein Auge freudentränenleer.

Gibt dieses Ableben der deutschen Kunstkritik, mit allen segensreichen Folgen des Geschehens, gibt es nicht einen Fingerzeig, wie den vielgeplagten Menschen überhaupt zu helfen wäre?

Dadurch, daß man ihnen die Maßstäbe, nach denen ihr Sein und Tun gemessen wird, vom Halse schafft. Wie wirtschaftlich-kräftig stünden wir da, wenn Bilanzen, die mit einem Passivum abschließen, nicht erlaubt wären, wie kerngesund, wenn Fieberthermometer, die über 37 Grad zeigen, als die Volksgesundheit sabotierend verboten würden, wie lebte sich's fein in der Welt, wenn Zuchthaus wegen Welt-Verrats jedem drohte, der ausplaudern wollte, was für ein Jammertal sie ist!

Politische Ausstellung

Aus Guayaquil (Ekuador) wird gemeldet: «Die Regierung hat dreißig Kommunisten, die von anderen benachbarten Ländern nicht aufgenommen wurden, nach den Galapagos-Inseln deportiert. Die Regierung gibt bekannt, daß die deportierten Kommunisten auf den Galapagos-Inseln ihren Kommunismus ausüben können.»

Dort, auf den Galapagos-Inseln, dürfte man also nach einiger Zeit, in Miniaturausführung, alles übersichtlich beieinander, ein nach kommunistischen Grundsätzen hergerichtetes Gemeinwesen studieren können. Das bringt auf eine Idee: wäre es nicht sehr interessant, lehrreich und etwas durchaus Neuartiges, eine Ausstellung zu veranstalten, eine Great Show, wo die verschiedenen politischen Systeme in beispielhaft vollem Betrieb gezeigt würden, naturgetreu und lebensnah? Also etwa eine kommunistische, eine nationalsozialistische, eine faschistische, eine anarchistische Siedlung usw., bevölkert von Originaltrupps der respektiven politischen Färbung?

So wie seinerzeit die ethnographischen Ausstellungen, wo Samojiden oder Aschanti oder Singhalesen sich zur Schau stellten und man gegen geringes Entree beobachten konnte, wie sie leiben und leben, kochen, heiraten, ihre Kinder erziehen, Gericht halten, ihre Häuptlinge wählen und ehren, ihre Kulte üben und ihre Kriegstänze exekutieren.

Das Nebeneinander solcher Musterbetriebe wäre ungemein anschaulich, erlaubte instruktive Vergleiche und trüge zur Aufklärung der Ausstellungsbesucher bei, nach welcher Methode am liebsten sie unglücklich zu werden wünschen. Die Amerikaner sollten den Vorschlag überlegen. Es wäre eine sehr amüsante und farbige Ausstellung, hätte noch mehr Zulauf als die Olympiade und lohnte reichlich die Spesen des Unternehmens, selbst wenn Kinder und Militär, vom Feldwebel abwärts, nur die Hälfte zu zahlen hätten.

Pistolen und Handgranaten wären bei der Kassa abzugeben.

Konjunktur

Dreiunddreißig

DIE «Times» meldet aus New York, daß nach offiziellem Bericht des Schatzamtes dreiunddreißig Personen ein Nettoeinkommen von einer Million Dollar im Jahr haben. 33 Menschen sind also im Besitz einer Goldhenne, die ihnen Tag um Tag ein 3000-Dollar-Ei legt; sie finden, anschaulich gesprochen, an jedem Morgen auf dem Nachttisch 3000 Dollar, um die sich ihr Vermögen während der vierundzwanzig vorhergehenden Stunden vermehrt hat. Fröhliches Erwachen!, möcht' man sprechen. Mit den 3000 Dollar können pro Tag die Dreiunddreißig Verschiedenes anfangen, was ihnen Spaß macht; meistens werden sie wohl damit nicht viel anderes anfangen, als den Großteil der 3000 zum Kapital zu schlagen (oder ins Unternehmen zu stecken), das sie getragen hat, damit es fernerhin noch kräftiger trage. Sie werden gewissermaßen das tagtäglich von der Goldhenne gelegte Ei an diese verfüttern, damit sie künftig noch dickere Eier lege. Das vor allem dürfte es sein, was den Dreiunddreißig Spaß macht; denn stünde ihr Sinn viel nach anderen Freuden, die sich dem Leben abgewinnen lassen, sie wären kaum zu diesem Nettoertrag von einer Million Dollar pro Jahr gekommen. Die Biographien der Dreiunddreißig sind mir nicht bekannt (gewiß werden sie auf recht unterschiedlichen Wegen dahin gelangt sein, wo sie sind), aber auch ohne von ihren besonderen Lebensläufen etwas zu wissen, kann man mit Wahrscheinlichkeit auf ein paar, den Dreiunddreißig gemeinsame Charakterzüge und Anschauungen schließen. Man darf z. B. als sicher unterstellen, daß der Vorwurf, sie hätten versäumt, mit ihrem Pfund zu wuchern (Lukas, 19), die Dreiunddreißig nicht trifft, daß sie der Sünde des Leichtsinns wie der Verschwendung ledig sind und tiefer als andere die schlichte Schönheit des Versleins «Was frag' ich viel nach Geld und Gut, wenn ich zufrieden bin?» erfaßt haben. Weiters ist anzunehmen, daß sie ihrer politischen Gesinnung nach eher konservativ als revolutionär und überhaupt mit der Weltordnung trotz einiger ihr anhaftenden Schönheitsfehler, die auch den Dreiunddreißig kaum entgehen konnten (wie etwa Krankheit und Tod), im großen ganzen einverstanden sein dürften. Außer Zweifel steht, daß sich die Dreiunddreißig eines strahlenden Sex-appeal erfreuen, der sie noch als alte häßliche Kracher für Frauen ungemein anziehend macht. Ungeteilt werden die Dreiunddreißig der Meinung sein, daß es eine höfliche Welt ist, in der wir leben, daß zu Klagen über ruppiges, unfreundliches, arrogantes Betragen der Menschen, insbesondere was Kellner, Künstler und Hotelportiers anbelangt, kein Grund vorliegt, und daß der Anblick des gestirnten Himmels, wie überhaupt der des Großen und Schönen, die Seele heute noch genau so erhebt wie zu Krösus' Zeiten. Daß die Dreiunddreißig kein Opfer scheuen, wenn es die Verlängerung ihrer Lebensdauer gilt, scheint gerechtfertigt durch den eminenten Seltenheitswert jedes Einzelnen von ihnen: armes Gesindel gibt es ungeheure Mengen, Menschen mit dem Nettoeinkommen von einer Million Dollar pro Jahr eben nur dreiunddreißig. Sie haben also auch, wie der Wisent, Anspruch auf besonderen Schutz. Die rarste aller Erscheinungen ist: ein Gerechter. Daran gibt es, nach uralter rabbinischer Weisheit, auf Erden sechsunddreißig. Immerhin also doch noch um drei mehr, als Menschen mit einer Million Dollar Jahres-Nettoeinkommen!

Er zählt die Häupter

HERR Deibler, der Scharfrichter von Paris, geht mit 1. Jänner 1937 in Pension. Als Francsmillionär. Er hat es auf zweihundertsiebzehn abgeschlagene Köpfe gebracht.

Auch der deutsche Scharfrichter, Herr Gottorp, meldet seinen Übertritt in den Ruhestand: Die Strapazen der letzten Jahre gingen über seine, nicht unbedeutenden, Kräfte. Die von ihm erreichte Kopfzahl ist nicht bekannt. Beschämend gering dürfte sie kaum sein, denn das neue deutsche Strafrecht bekennt sich, wie Staatssekretär Dr. F. kürzlich in einer grundlegenden Erörterung ausführte, zu dem Grundsatz «Das Wesentliche der Todesstrafe besteht darin, daß sie auch wirklich vollzogen wird». Genau besehen gilt das eigentlich für jede Strafe, von der schwersten bis zur leichtesten, selbst eine Geldstrafe verliert, scheint es, ihr Wesentliches, wenn sie nicht bezahlt werden muß.

In der zitierten Erörterung des Staatssekretärs heißt es ferner: «Es ist selbstverständlich, daß das neue Strafrecht den Ernst der Vollziehung der Todesstrafe wahrt. Entsprechend deutschem Empfinden ist daher auch für die Zukunft die nichtöffentliche Vollstreckung der Todesstrafe vorgesehen.»

Noch weiter geht die Diskretion, was die ohne Gerichtsurteil an Gefangenen vollzogenen Körperstrafen und Exekutionen betrifft: Sie werden nicht nur den Augen, sondern überhaupt dem Wissen der Öffentlichkeit entzogen. Doch geschieht dies wohl weniger, um den Ernst der Vollziehung zu wahren, als vielmehr, um denen, die vollziehen, den Spaß nicht zu verderben.

Daß zwei so tüchtige Männer wie Deibler und Gottorp sich jetzt trotz der Hochkonjunktur in ihrem Beruf vom Geschäft zurückziehen, läßt auf ein großes Ruhebedürfnis der beiden Herren schließen. Auch ein Scharfrichter wird einmal müde, bekommt genug und will fern der Arbeit nur noch seinen freundlichen Erinnerungen leben.

Nicht-Einmischung

Die Nationen wachen eifersüchtig darüber, daß sich niemand in ihre inneren Angelegenheiten einmische. Solche Einmischung gilt als politisches crimen ersten Ranges. Was immer an Schandtat wider Gott und Menschen im Rahmen eines staatlichen Gebildes sich ereignet, geht keinen außerhalb der Staatsgrenzen das Geringste an. So verlangt es die Moral des Nebeneinanderlebens der Nationen. Im Nebeneinander der Individuen gilt diese Moral nicht so unbedingt. Wir empfinden es als feig und gemein, wenn etwa Herr A, mit anhörend, wie in der Nachbarwohnung des Herrn B ein Kind jammert, weil es von seinem besoffenen Vater barbarisch geprügelt wird, nicht an die Wohnungstür des Herrn B klopft und zugunsten des gemarterten Kindes irgend etwas zu unternehmen versucht. Es ist freilich so, daß derlei freiwillige Protestler gegen Unrecht, das sie «nichts angeht», meist nur Schimpf und Verdruß ernten für ihr Dazwischentreten, zu dem sie aus sittlichen Gründen sich verpflichtet fühlten. Und deshalb wohl werden von 100 Menschen 99, wenn sie (um beim Beispiel zu bleiben) durch ihr geöffnetes Fenster das Schreien des gemarterten Kindes aus der Nachbarwohnung hören, nicht dem Nachbar die Tür einrennen, sondern lieber ihr Fenster schließen.

Kürzlich hat sich folgender Fall ereignet: Der Nachtwächter einer Fabrik, der beauftragt war, den Herrn Direktor zu einer besonders frühen Stunde zu wecken, damit dieser das Flugzeug rechtzeitig erreiche, weckte auftragsgemäß und dann mischte er sich insofern in die ihn nichts angehenden Angelegenheiten des Herrn Direktor, daß er ihm dringendst abriet, den geplanten Flug zu unternehmen, weil er, der Nachtwächter, einen bösen Traum gehabt habe, in dem er das Flugzeug abstürzen sah. Der Herr Direktor folgte der Warnung, unterließ den Flug und nach ein paar Stunden kam die Nachricht, das Flugzeug sei abgestürzt und alle Insassen tot. Wie dankte der Gerettete nun seinem Retter? Er entließ ihn fristlos mit der rechtlich unanfechtbaren Begründung, ein Nachtwächter habe zu wachen und nicht zu schlafen und zu träumen. So ist das Leben.

Höhere Mathematik

Die neue deutsche Reichsgesetzgebung unterscheidet: Volljuden, Dreivierteljuden, Halbjuden, Vierteljuden und Achteljuden. Weiter geht die arithmetische Unterscheidung vorläufig nicht. Aber sie ist schon jetzt ungeheuer kompliziert, und insbesondere die Vermischung dieser Bruchteil-Juden untereinander stellt die rassische Bestimmung der Nachkommen vor äußerst schwierige Aufgaben. Wenn zum Beispiel ein $3/4$-Jude eine $1/8$-Jüdin heiratet, bekommt das Kind aus solcher Ehe als rassisches Erbgut mit: $1/2$ plus $1/8$, also $7/8$ jüdisches, und $1/8$ plus $7/8$, also $9/8$ arisches Blut, was per saldo, netto Kassa, einen Reinertrag von $1/4$ arisch für das Kind ergäbe, womit es im Dritten Reich nicht viel anfangen könnte; es wäre ja wieder ein $3/4$-Jude. Hätte der $3/4$ jüdische Vater aber statt der $1/8$-Jüdin eine komplette $1/2$- oder $2/4$-Jüdin geheiratet, so ergäbe die Blutbilanz des Kindes $3/4$ oder $10/8$ jüdisch und $6/8$ arisch, also einen Überschuß von $4/8$, id est $1/2$ jüdisch, und das Kind wäre ein $1/2$-Jude, stünde also besser da als jenes, dessen $3/4$-Vater eine $1/8$-Jüdin geheiratet hat. Diese Kalkulation mag ja gewiß einen Haken haben, aber bei der rassischen Arithmetik wird man so konfus, daß Irrtümer kaum zu vermeiden sind. Vielleicht wären sie das leichter, wenn die Bruchteilwirkung aufgegeben und lieber der Dezimalpunkt in die Judenausrechnung eingeführt würde.

Frühlingsbeginn

Am 21. März begann der Frühling, und man kann sagen, daß es ein der Stimmung des Heute gut angepaßter Frühling war, der da begann: mit grauem Himmel, Regen, Schnee und vielen guten Gelegenheiten zur Grippe. Kalte Frühlingslüfte wehen, sie erinnern an den «Finsterniswind», der großen Erderschütterungen voranzugehen pflegt. Es wäre also zu begreifen, wenn die Natur zögerte, zu erwachen, wie es ihre kalendarische Pflicht ist. Der Negus hat eine Denkschrift an den Völkerbund gerichtet, in der er völlig glaubwürdig (und im übrigen auch unwidersprochen) erzählt, wie, nach dem Attentat auf Graziani, die Italiener in Massakern großen Stils an der Bevölkerung ihr Unmütchen kühlten: 6000 Menschen, viele Frauen und Kinder unter ihnen, sind da hingemetzelt worden. Könnte man es den Veilchen in Abessinien verdenken, wenn sie keine Lust hätten, zu sprießen? Nach der Einnahme von Málaga wurden kurzerhand, auch diese Meldung blieb ganz und gar unwidersprochen, 4000 Menschen hingerichtet. Könnte man es den spanischen Obstbäumen verdenken, wenn sie zögerten, ihre weiß-rosa Galaspitzenkleider anzulegen? Nach amtlicher Statistik sind durch Francos Fliegerbomben in Madrid bisher zirka 1000 Personen getötet, viele tausend schwer verwundet worden, und 450 Menschen sind spurlos verschwunden, d. h., sie wurden zu Atomen zermalmt. Da wäre es zwar ein Wunder, aber sozusagen ein verständliches Wunder, wenn auf den Wiesen der Madrider Landschaft 1937 nicht grünes, sondern rotes Gras wüchse. Nun, der Natur ist es gleichgültig, was für Greuel zu Lande, auf dem Wasser und in der Luft sich ereignen, fast so gleichgültig, wie es den Menschen ist, die – derzeit fern vom Schuß! – über diese Greuel in ihren Zeitungen lesen. Und dann geschieht ja auch, trotz allem, mancherlei auf Erden, was wohlgefällig ist, den Optimisten recht gibt und das neutrale Verhalten der Natur durchaus rechtfertigt. Etwa eben diese Denkschrift des Negus! Ist solcher Kinderglaube an Recht und Gerechtigkeit, wie ihn der entthronte Äthiopierfürst im Herzen hegt, nicht etwas ungemein Rührendes? Solche weltfremde Illusion, auch der Macht seien sittliche Grenzen gezogen, und es gebe Hüter dieser Grenzen, die deren Überschreitung nie und nimmer dulden könnten und würden? Und dann kommen inmitten aller Schrecklichkeiten auch lustige Episoden vor. Zum Beispiel dieses herrliche internationale Komitee, das aufpaßt, damit sich in den spanischen Bürgerkrieg nicht Fremde einmischen, und das so sehr an jenen Polizeibeamten erinnert, der den ihm vorgeführten Mörder laufen läßt mit der Motivierung: der Mann könne unmöglich das Opfer erschossen haben, weil er nicht im Besitz eines Waffenpasses gewesen sei.

Der Lenz ist gekommen, die Bäume (recht haben sie!) schlagen aus.

Gedankenfreiheit

DAS Berliner «Deutsche Theater» spielt seit mehreren Wochen «Don Carlos», und die berühmte Stelle in der Szene: König Philipp – Marquis Posa «Geben Sie Gedankenfreiheit» weckt an jedem Abend den stürmischen Beifall der Zuhörer. Dieser Beifall wurde und wird in den ausländischen Zeitungen wie in der reichsdeutschen Presse viel erörtert. Die ausländische Presse deutet ihn als Zeichen oppositioneller Gesinnung, die sich da (im Schutz des verdunkelten Zuschauerraumes) ein bescheidenes Ventil öffnet. Die Presse des Reichs hingegen erblickt im Applaus für Posa ein Zeichen der politischen Unreife der Applaudierenden, findet übrigens, daß der edle Malteserritter ein haltloser Charakter sei, der des staatsmännischen Formats gänzlich ermangle, und konstatiert, daß auch Schiller selbst in seinem «Don Carlos» durchaus unreifen Vorstellungen von Freiheit, Friede und Menschenliebe Wort gäbe. Später habe er seine Ansichten in diesen Punkten entschieden geändert. Wie dem immer sei, die ganze Debatte über die Forderung an den Tyrannen «Geben Sie Gedankenfreiheit» läuft ins Leere – denn diese Forderung ist doch erfüllt. Sie war es schon von Philipp II. und ist es heute ebenso von Hitler I. wie von andern Diktatoren. Die so heiß umstrittene Gedankenfreiheit zeichnet sich nämlich dadurch aus, daß sie weder genommen noch gegeben werden kann, denn sie wird mit dem vernunftbegabten Menschen geboren und ist ihm durch gar nichts zu rauben, es sei denn auf mechanischem Wege, d. h. durch Schläge mit einem harten Instrument auf den Kopf, die diesem das Denken, physiologisch, überhaupt unmöglich machen oder, noch radikaler, durch Abtrennung des denklustigen Kopfes vom Rumpfe. Der nicht durch Knüttelhiebe Betäubte und nicht Enthauptete hat Gedankenfreiheit, hätte sie sogar dann, wenn er sie gar nicht haben wollte. Es ist die einzige Freiheit, die ihm auch das diktatorische Regime gibt. Denken ist erlaubt. Verboten bleibt nur: laut zu denken, das Gedachte auszusprechen oder niederzuschreiben oder gar aus ihm die Konsequenzen zu ziehen. Aber denken darf jeder, darf sich jeder, was und soviel er will. Wenn sich's nur um Freiheit der Gedanken handelte, bestünde zwischen Unterdrückern und Unterdrückten schönste Harmonie; sie würden, wie man in Wien zu sagen pflegt: «keinen Richter brauchen».

«Schweigend und untätig»

Lloyd George antwortete auf eine von dem Präsidenten der Baskischen Republik an ihn gerichtete Depesche mit folgendem Telegramm: «Gleich Ihnen bin ich bestürzt über die Art und Weise, wie die demokratischen Länder der Welt die Zerstörung der Freiheit eines alten und ehrenvollen Gemeinwesens ohne eine Geste oder ein Wort des Widerstandes zulassen. Es ist ein schwarzes Blatt in dem Buche der Geschichte mächtiger Nationen, auf dem verzeichnet steht, daß sie schweigend und untätig zuschauten beim Schauspiel der Massakrierung von Kindern für die Treue ihrer Väter zur Sache der Freiheit. Möge Gott der Tapferkeit der mutigen Verteidiger der baskischen Freiheit helfen.»

Für dieses «schweigende und untätige Zuschauen», für dieses gelassene (ohne Geste oder Wort des Widerstandes) Zur-Kenntnis-Nehmen abscheulicher Verbrechen, die an Unschuldigen begangen werden, gibt es viele beschönigende Worte. Etwa «Nichteinmischung» oder «diplomatische Erwägung» oder «notwendige taktvolle Reserve» und dergleichen mehr. Es gibt vor allem ein Wort, das solche Haltung deckt, das Wort: Politik. Politik ist im moralischen Leben der Staaten das, was im moralischen Leben des Individuums der unwiderstehliche Zwang ist. Sie gilt vor der Geschichte, wie der unwiderstehliche Zwang vor den Gerichten, als Strafausschließungsgrund. Mit dem Hinweis auf das politische Erfordernis läßt sich jede Schändlichkeit, Grausamkeit, Feigheit und Lüge decken und entschuldigen. Politik legitimiert, ja zwingt die Mächtigen, deren Widerspruch beachtet werden müßte, zu überhören, was zum Himmel schreit, ruhig, seelenruhig zu bleiben angesichts von Geschehnissen, «worüber», sagt Karl Moor, «worüber die Sünde rot wird, worüber der Kannibale schaudert».

Politik enthebt den Menschen, der ihr dient, der Pflicht, einer zu sein, Politik, sagen die Politiker, wird nur der richtig betreiben, der mit Helligkeit des Verstandes völlige Stumpfheit des Gefühls verbindet. Obschon es so ist, immer so war und, wenn nicht alle Anzeichen trügen, immer so bleiben wird, dürfte doch die Geschichte als Greuel aller Greuel, die sie aus unserer Zeit zu berichten haben wird, das «schweigende und untätige» Zuschauen verzeichnen, in dem die mächtigen Nationen diesen Greueln gegenüber verharrten. Aber mit der Geschichte schreckt man keine Politiker. Vor der Geschichte und ihren Urteilen übernimmt jeder von ihnen herzlich gerne «die Verantwortung», denn das mit der Verantwortung vor diesem Tribunal verbundene Risiko ist äußerst dünn und abstrakt.

Wunderlich genug, daß ein so ausgekochter Politiker wie Lloyd George sich darüber aufregt, daß die demokratischen Länder den Zerstörungen der Freiheit und den Massakern, die diese Zerstörung begleiten, gleichgültig zusehen. Wäre er noch am gouvernementalen Ruder, ach, den Basken würde kaum der Trost seines herzhaften Telegramms zuteil geworden sein.

England bedauert

In letzter Zeit – worunter eine Spanne von mehreren Jahren verstanden sein will – ereignete sich vieles im Bezirk der internationalen Politik, das die Regierung Großbritanniens zu bedauern nicht umhin konnte. Ihre Sprecher, insbesondere der für die auswärtigen Angelegenheiten verantwortliche Staatsmann, gaben allemal diesem Bedauern in öffentlicher Parlamentssitzung unumwunden Ausdruck. Eine Statistik, wie oft im Lauf der letzten Jahre Mr. Eden irgend etwas, das auf dem politischen Feld Europas geschah, zu bedauern Anlaß und Gelegenheit hatte, ergäbe eine erschreckend lange Liste von bedauerlichen Ereignissen. Man darf sagen, es verging (und vergeht) seit 1933 selten ein Monat, in dem nicht der Leiter des britischen auswärtigen Amtes dem Unterhaus und also der (auf seine Worte begreiflicherweise jederzeit gespannt horchenden) öffentlichen Weltmeinung mitzuteilen gehabt hätte, daß er etwas, was da oder dort geschehen sei, bedauern müsse. Auch im andern Sinn als in dem des Mitgefühls, der Enttäuschung oder des Tadels vernahm man dieses Bedauern aus dem Munde der berufenen Wortführer Englands, nämlich in jenem Sinn, in dem man einem Hilfesuchenden oder -erwartenden diese Hilfe verweigert: «Bedaure sehr . . .!», welches

Bedauern natürlich kein echtes Bedauern ist, sondern nur ein gesprochenes Achselzucken. Viele gab und gibt es, die meinen, wenn ein so gewaltiger politischer Faktor wie Großbritannien etwas bedaure, müsse das die, in deren Machtrayon das Bedauerliche vorgefallen ist, erschüttern und sie zur Reue, Bußfertigkeit oder mindestens zu angestrengtem Nachdenken darüber nötigen, wie jenes Bedauern, das ja eine Art moralischer Verurteilung in sich schließt, zu entkräften wäre. Aber allzuviel englisches Bedauern ist während der letzten Jahre gänzlich wirkungslos geäußert worden, als daß noch irgendwer an dem Kinderglauben festhalten könnte, solchem Bedauern wohne die Kraft inne, auf die Verüber des bedauerlichen Geschehens Eindruck zu machen. Man kann sagen: Seit langem ist alles englische Bedauern in den europäischen Wind gesprochen. Dennoch: eine kleine Genugtuung für die an Gerechtigkeit, Freiheit und Menschlichkeit Glaubenden bereitet es immerhin, daß sie, so oft gegen diese hohen Ideale irgendwo schwer gesündigt wird, des offiziellen englischen Bedauerns sicher sein dürfen. Hoffen wir, daß beim Untergang der Welt durch Gift und Feuer zumindest ein Engländer übrigbleiben wird, «I'm sorry» zu sagen.

Worte gegen Bomben

Die Japaner, mit ihrem bekannten stoischen Gleichmut dem Tod gegenüber, dem eigenen sowohl wie dem des Nebenmenschen, führen ihren Feldzug in China nach den neuesten Methoden des totalitären Krieges, d. h. sie trachten nicht nur, möglichst viele chinesische Soldaten umzubringen, sondern auch möglichst viel wehrlose Zivilpersonen des von ihnen heimgesuchten Landes. Sie bombardieren offene Städte, ohne daß diesen Bombardements ein anderer «strategischer» Gedanke zugrunde läge, als der, Schrecken zu verbreiten. Sie massakrieren friedliche Einwohner, in der Mehrzahl Frauen und Kinder, des chinesischen Hinterlandes, um das Herz der an der Front stehenden Kämpfer Chinas zu erschüttern und mit Verzweiflung zu füllen. Darüber hat sich die gesittete Welt empört und ihre berufenen Sprecher, unter dem Namen «Völkerbund» in Genf versammelt, haben ihrer Empörung in einer Resolution Ausdruck gegeben. Die Resolution besagt, daß die japanischen Kampfmethoden den allgemeinen Abscheu der Kulturmenschen erregen, und verurteilt diese Methoden mit Worten, die an Deutlichkeit des Gemeinten nichts zu wünschen übrig lassen. Was werden nun die Japaner mit solchem Tadelbrief der zivilisierten Welt anfangen? Den krassesten Fall der Verwendung, den sie für ihn finden könnten, wollen wir außer Erwägung lassen. Einige Wahrscheinlichkeit kommt der Differentialannahme zu, daß sie den Brief sich «nicht hinter den Spiegel stecken» werden (wie man zu sagen pflegt), bzw., daß sie ihn sich hinter den Spiegel stecken werden. Im Effekt dürfte dies wie jenes gleich sein. Optimisten glauben, daß die Japaner nicht umhin werden können, sich ob der Verurteilung, die ihrer Kriegsmoral durch den Völkerbund widerfuhr, zu schämen. Nachdem sie dies aber getan haben werden, dürften sie, wie zu vermuten ist, fortfahren, die Zivilbevölkerung Chinas zu massakrieren und ihre Bomben, wenn auch mit zitternder (wegen der Kränkung durch den Völkerbund zitternder) Hand dorthin abzuwerfen, wo nicht der Feind steht, sondern des Feindes Frau und Kind. Die Genfer Resolution wird also den Japanern nichts schaden, den Chinesen nichts nützen, und ihr Sinn sich wohl darin erschöpfen, daß sie jenen, die sie beschlossen haben, zur sittlichen Genugtuung gereichen wird. Bestimmt mehr Wirkung als die leidenschaftlichste moralische Empörung, ausgesprochen gegen das kriegführende Japan, hätten leidenschaftslose wirtschaftliche Maßnahmen gegen dieses. Bis dahin jedoch hat es noch gute Weile, werden noch viele chinesische Frauen und Kinder dran glauben müssen, daß die japanischen Bomben Eisen und Sprengstoff sind, die Genfer Resolutionen aber Papier und Worte. Wirtschaftliche Sanktionen gefährden nämlich das Geschäft auch der Staaten, die sie verhängen, während moralische Verurteilungen die

Verurteilenden nichts kosten als ein Diktat in die Schreibmaschine . . . und die Verurteilten einen Lacher.

Staatsmännische Sprache

Einer solchen bedienen sich in vorbildlicher Weise die Männer der englischen Regierung. Von ihnen wird niemand ein grobes, kräftiges, leidenschaftliches Wort hören, was sie zu sagen haben, sagen sie in höflicher, zurückhaltender Weise, assai moderato, stets bedacht darauf, nirgends anzustoßen, nirgends Hoffnungen oder Befürchtungen zu wecken, weder eindeutig zu sprechen noch zweideutig, und womöglich immer nur ganz allgemeinen Text, der, die brennenden akuten Fragen in majestätischem Bogen überwölbend, von keinem Standpunkt aus anzufechten ist. Als Muster weiser und staatsmännischer Formulierungen kann der Satz gelten, den kürzlich in einer außenpolitischen Debatte des Unterhauses der englische Premierminister gesprochen hat: «Ich bin überzeugt», sagte er, «daß das Ziel eines jeden Staatsmannes, der dieses Namens würdig ist, welchem Land er auch immer angehören mag, das Glück seines Volkes sein muß.» Wer wollte da nicht applaudieren? Wer könnte da etwas einwenden? In der Höhe so unwidersprechlicher Betrachtungen und Erkenntnisse kann dem Staatsmann nichts passieren und keine Frage gibt es, die ihn, bleiben seine Äußerungen in solcher Sphäre des allgemein Gültigen, in Verlegenheit bringen könnte. Etwa so: Herr Minister, wie denken Sie sich die Lösung der spanischen Frage? «So, daß keinem Unrecht geschieht, alles möglichst gut und nach gesunden politischen Grundsätzen geordnet wird.» Was sollte Ihrer Ansicht nach geschehen, um dem chinesisch-japanischen Krieg ein Ende zu machen? «Selbstverständlich das Richtige, und für das Richtige halte ich jenes, das dem angestrebten Endzweck am besten dient.» Und wie wäre, nach Meinung Eurer Exzellenz, die Gefahr eines europäischen Krieges abzuwenden? «Um die Gefahr des Krieges abzuwenden, ist es, davon bin ich überzeugt, notwendig, den Frieden zu festigen. Meiner Ansicht nach läßt sich der Krieg fast mit Bestimmtheit vermeiden, wenn alle Gründe, die zu ihm führen könnten, beseitigt wären.» Es muß ja furchtbar schwer sein, heute schwerer als jemals früher, staatsmännisch zu handeln, ... aber staatsmännisch zu sprechen, das stelle ich mir relativ leicht vor.

Etwas ist es!

An dieser Stelle wurde kürzlich von der Kunst der englischen Regierungsmänner gesprochen, in wohlgesetzten und bedeutsam klingenden Worten ein Mindestmaß an konkretem Inhalt zu geben, sich hochpolitisch so zu äußern, daß auch bei genauestem Studium der Äußerung nicht herauszubekommen ist, was in ihr oder hinter ihr steckt. Jetzt war Lord Halifax in wichtigster Mission in Deutschland. Die ganze Welt horchte gespannt auf die Ergebnisse seiner Forschungsreise, und um diese universelle Neugier zu befriedigen, machte der englische Premier dem Unterhaus Mitteilungen. Deren Kernsatz muß man in Frage und Antwort zerlegen, um die ganze Fülle des nicht Ausgesprochenen recht zu erfassen. Also: Der Minister stellte fest, daß er sich von etwas überzeugt habe. Wovon? Davon, daß der Besuch des Lord Halifax zu etwas beigetragen habe. Wozu? Zur Förderung. Zur Förderung wessen? Zur Förderung eines Wunsches. Eines Wunsches wonach? Eines Wunsches nach gegenseitiger Verständigung. Von den schmückenden Beiworten gereinigt, lautete der Satz des Premiers. «Ich habe mich davon überzeugt, daß der Besuch zur Förderung des Wunsches nach Verständigung beigetragen hat.» Eine dünnere Lösung politischer Substanz als sie in diesem Satz den Unterhausmitgliedern serviert wurde, ist wohl kaum denkbar. Aber sie hatte das Gute, nach nichts zu schmekken, und war deshalb auch nicht geeignet, irgendwelchen Geschmack zu beleidigen. Der englische Premier hätte ja auch schlicht sagen können: «Ich habe vorläufig nicht die Absicht, irgend etwas über die Deutschlandreise des Lord Halifax und deren Ergebnisse mitzuteilen.» Aber er wollte doch nicht mit ganz leeren Händen vor das Parlament treten, und so erzählte er diesem, daß ein Wunsch gefördert worden sei. Der vortreffliche populäre Münchener Komiker Karl Valentin erschien einmal auf der Bühne mit einer Brille ohne Gläser vor den Augen. Befragt, warum er so etwas auf der Nase trage, antwortete er: «Besser als gar nix.»

Prognose für 1938

Der Größe der Wahrscheinlichkeit, daß der europäische Krieg im Jahre 1938 ausbrechen werde, hält die Größe der Hoffnung, daß er nicht ausbrechen werde, die Waage. Wächst die Wahrscheinlichkeit, daß ein lang erwartetes Ereignis eintritt, mit jedem Tag, den es nicht eintritt – oder wird sie mit jedem solchen Tag geringer? Das ist die Frage.

Im 38er Jahr werden die reichen Leute konservativ und die armen mit der Ordnung der Dinge unzufrieden sein. Die Beurteilung der Weltwirtschaftslage wird abhängig sein von dem Einkommen, das der Urteilende bezieht.

In der Politik werden 1938 jene, die mit der Faust argumentieren, Recht behalten gegen jene, die mit Argumenten ihrem Standpunkt Geltung zu verschaffen suchen. Die Entschlossenheit, dem eigenen Vorteil zuliebe Unrecht zu tun, wird sinnfälligere Erfolge zeitigen als die Entschlossenheit, der eigenen Ruhe zuliebe Unrecht zu dulden. Zu tun, was man für notwendig hält und sich um die etwaigen Folgen vorerst nicht zu kümmern, wird sich praktischer erweisen, als zwecks Vermeidung etwaiger Folgen das, was man für notwendig hält, zu unterlassen.

Den Regierungen aller Systeme wird im kommenden Jahr die Großzügigkeit gemeinsam sein, mit der sie von den Regierten Opfer verlangen. Als Lohn und Gegenwert dieser Opfer wird das moralische Hochgefühl gelten, mit dem es erfüllt, sie bringen zu dürfen.

1938 werden mancherlei Zusammenkünfte von Diplomaten und Staatsmännern stattfinden, die zu nichts führen werden als zu einer durch Communiqué mitgeteilten völligen Übereinstimmung der Ansichten. Die Überzeugung, daß etwas geschehen müsse, damit nicht etwas geschehe, wird in allen politischen Köpfen weiter lebendig sein. Im englischen Parlament werden die Minister Gelegenheit haben, mit ernsten Worten einer entschiedenen Stellungnahme zu den ernsten Taten, die von anderer Seite gesetzt werden, auszuweichen.

Die Technik wird Fortschritte machen, deren Segnungen sich fluchwürdig auswirken werden, wenn der Krieg sie in Anspruch nimmt.

In den Künsten wird sich an der Erfahrungstatsache, daß der Grad des Talents bestimmt wird von dem Grad des Erfolgs, nicht viel ändern.

Ebenso nichts an der Reihenfolge und dem Charakter der Jahreszeiten. Hitze und Kälte werden weiter in ihrer Wertung von den ökonomischen Verhältnissen dessen abhängig sein, der sie zu ertragen hat. Hochsommertemperatur im Elendsviertel der Großstadt ist etwas ganz anderes als am Strand der Riviera, und Winter für den Skigast von St. Moritz in ganz anderem Sinne eine Passion als für den Obdachlosen.

Im allgemeinen dürfte für das neue Jahr gelten, was für das Leben überhaupt gilt: daß es nämlich, wenn es schön gewesen, Arbeit und Mühe gewesen sein wird.

Zu einem Gegenwarts-Thema

Es irren derzeit sehr viele Menschen, verzweifelt nach Obdach und Lebensmöglichkeit suchend, in der Welt herum. In diese Situation kamen sie nicht durch eigene Schuld, sondern durch fremden Willen. Aber das ändert wenig an ihrem Schicksal.

Unglück stigmatisiert wie Aussatz. Eine Weile, eine kurze Weile weckt es Mitgefühl, bald Ungeduld, am Ende Ablehnung und Widerwillen. Die Menschen, geneigt, aus der eigenen Not eine Tugend, sind noch mehr geneigt, aus der fremden Not ein Verbrechen zu machen.

*

Wenn es heute einem Machthaber einfiele (aus irgendeinem Ressentiment, das er im Busen trägt), die Rothaarigen zu verfemen oder die Linkshänder oder alle, deren Namen mit einem bestimmten Buchstaben anfängt, sie mit jeder moralischen oder anderen Folter zu quälen, sie auszuplündern und in die Fremde zu jagen: von dem Unrecht und Unflat, ausgeschüttet über die verfolgte Menschengruppe, bliebe an dieser so etwas wie ein Makel haften. Die Wissenschaft, die der Macht Thesen und Hypothesen nach Bedarf liefert, würde jeden gewünschten Beweis beibringen, daß die Rothaarigen, die Linkshänder oder die, deren Name mit einem bestimmten Buchstaben anfängt, ein Übel auf Erden seien und den Nicht-Rothaarigen, den Rechtshändern oder denen, deren Name mit einer anderen als der fatalen Letter beginnt, ein berechtigtes Mißfallen. Und die andere, die zivilisierte Welt, nach rascher Überwindung ihres ersten Erstaunens und Bedauerns, würde sich bald gewöhnen, in den verfemten Individuen (gar, wenn sie bei der anderen, zivilisierten Welt Zuflucht suchten) nicht Menschen zu sehen, die rothaarig sind, sondern Rothaarige, die trotzdem die Vermessenheit haben, als Menschen gleich denen, deren Haar eine andere Farbe hat, betrachtet und behandelt zu werden.

*

Flüchtlinge in Menge, besonders wenn sie kein Geld haben, stellen ohne Zweifel die Länder, in denen sie Zuflucht suchen, vor heikle materielle, soziale und moralische Probleme. Deshalb beschäftigen sich internationale Verhandlungen, einberufen, um die Frage zu erörtern: «Wie schützt man die

Flüchtlinge?» vor allem mit der Frage: «Wie schützen wir uns vor ihnen?»

*

Oder, durch ein Gleichnis ausgedrückt: Ein Mensch wird hinterrücks gepackt und in den Strom geschmissen. Er droht zu ertrinken. Die Leute zu beiden Seiten des Stroms sehen mit Teilnahme und wachsender Beunruhigung den verzweifelten Schwimmversuchen des ins Wasser Geworfenen zu, denkend: wenn er sich nur nicht an *unser* Ufer rettet!

*

Abel, wenn er vor den Mordabsichten seines Bruders Kain geflohen wäre, hätte als Emigrant bittre Unannehmlichkeiten zu erdulden gehabt. Er wäre sein Leben lang in der Welt herumgelaufen mit dem Abel-Zeichen auf der Stirn.

34 Grad im Schatten

In Briefen von Juden, die noch in ihrer deutschen Heimat sind, noch nicht die Möglichkeit hatten, sich dem Kursus zu entziehen, in dem an ihnen als am wehrlosen Objekt gezeigt und geübt wird: «Wie mache ich dem Nebenmenschen das Leben zur Qual?», in diesen Briefen wird wenig oder nur mit sehr leisen, andeutenden Worten Klage geführt über das, was die Schreiber zu erdulden haben. Teils schweigen sie darüber aus begreiflicher Vorsicht, teils deshalb, weil sie sich denken: «Ihr wißt ja ohnehin Bescheid, helfen könnt ihr nicht, wozu euch noch das Herz schwermachen?» In letzter Zeit aber erwähnen, mit halben Worten zumindest, alle brieflichen Mitteilungen über das Leben der in Deutschland verbliebenen Juden eine diesen auferlegte Marter, eine saisongemäße Marter gewissermaßen, die den Getroffenen nicht nur körperlich, sondern auch seelisch so zuzusetzen scheint, daß sie einen kleinen Seufzer nicht unterdrücken können. Wir lesen da, in Variationen des immer gleichen Themas, eingeschmuggelt in den harmlosen Text Sätzchen wie: «Die Bäume sind grün, aber nicht für uns», oder: «Seht Ihr manchmal eine Wiese? Das muß schön sein!», oder: «Die Hitze ist arg, aber von den Häusermauern kommt wenig Kühlung». Wie bekannt, ist nämlich den Juden in Deutschland das Betreten der öffentlichen Parks und Gartenanlagen verboten. Es ist ihnen verboten, ins Grüne zu gehen, in den Luftreservoirs der Stadt, eben in deren Parks und Gärten, Luft zu schöpfen. Sie haben's ärger als die Hunde, für die es doch Wiesenspielplätze gibt, ärger als die Sträflinge, die doch von Zeit zu Zeit in einem Hof, in dem Bäume stehen, spazieren gehen dürfen. Sie sind aus der Natur verjagt. Nun gewiß, unter den Qualen, die der nationalsozialistische Sittenkodex für die Juden, weil sie Juden sind – mögen sie auch sonst die bravsten, besten, anständigsten Menschen sein –, ausgedacht hat, ist die, nicht in öffentliche Parks gehen zu dürfen, eine der geringfügigsten. Aber die Bosheit und Grausamkeit, die in der Erfindung gerade dieser kleinen unblutigen Marter sich beweisen, sind schon recht beachtenswert. Der witzige Einfall, den Juden die Hölle, die ihnen auf deutscher Erde bereitet ist, auch im wahren Sinn des Wortes möglichst heiß zu machen, kann selbst Menschenfressern imponieren.

Quarantäne

Der Krieg hat die Flüchtlinge aus Deutschland, denen Frankreich Asyl gewährt hat, in eine problematische Situation gedrängt, zu deren Lösung sie ihrerseits, schon im eigensten Interesse, nichts beitragen können, als den Anordnungen der Behörden sich striktest zu fügen.

Stellen wir fest: für den Emigranten aus dem Dritten Reich ist Hitler, ist Deutschland, soweit es dem Naziregime Gefolgschaft leistet, der Erzfeind, den er aus tiefstem Herzen haßt und dem er, als dem Inbegriff des Bösen, Gemeinen und Niedrigen, mit seinen heißesten Wünschen Vernichtung wünscht. Die Emigranten wären glücklich, wenn ihnen erlaubt würde, zur Erreichung dieses Ziels nach ihren Möglichkeiten und Fähigkeiten mitzuhelfen, die Kriegstüchtigen als Soldaten, die anderen durch irgendwelche zweckdienliche Arbeit oder Leistung. Erbittertere Feinde des Feindes, dem Frankreich und England Krieg erklärt haben, kann es kaum geben als die deutschen Emigranten; ihre Angehörigen und Freunde hat die Hitlerbande gefoltert und erschlagen, ihr Hab und Gut gestohlen, sie durch alle Höllen der Erniedrigung und Verfolgung gehetzt. Man weiß, daß dieser Haß der deutschen Emigranten, der eindringlichsten Zeugen für die Schandtaten des Dritten Reiches und der leidenschaftlichsten Propagatoren wider dieses, von der herrschenden Hitler-Krapüle reichlichst erwidert wird, und daß jedes Leid, das die Flüchtlinge trifft, jedes Unheil, das über sie hereinbricht, von dem Führer und seinen Spießgesellen mit lebhaftester Genugtuung begrüßt wird.

Aus tausend zwingenden, unanfechtbaren Gründen, aus jedem menschlichen, sittlichen, politischen Gesichtspunkt sind die deutschen Emigranten ohne jeden Rückhalt der Sache Frankreichs und seiner Alliierten ergeben und erhoffen mit ihren inbrünstigsten Hoffnungen den Sieg dieser Sache.

Obwohl die deutschen Emigranten solcher Gesinnung und Haltung und vom Wunsch beseelt sind, dem Lande, dessen Schutz und Gastfreundschaft ihnen zuteil geworden ist, «in dieser schweren Not der Zeit, in dieser schweren Zeit der Not» dienen zu dürfen, trotzdem müssen sie verstehen, daß über sie von den Autoritäten des Landes anders und rigoroser bestimmt wird als über die in Frankreich verbliebenen Fremden *nicht*-deutscher Herkunft. Die Tatsache, daß sie – logisch und schicksalhaft – Feinde des Feindes sind, gegen den Krieg geführt wird, schafft die Tatsache nicht aus der Welt, daß sie ihrer nationalen Herkunft nach dem Volk angehören, gegen das das französische Volk im Kampf steht. Es bleibt die Hoffnung, daß hierzulande zwischen «Ausländern aus Feindesland» (das sind unsere Emigranten) und «feindlichen Ausländern» ein Unterschied gemacht werden wird. Die deutschen Emigranten in Frankreich tragen das Schutzzeichen des Verfolgten, dem Asylrecht zugebilligt wurde, – aber sie tragen auch das Stigma, Deutsche zu sein, das heute leider, mit so viel Recht und Grund!, die Eigenschaft hat, vor Gott und Menschen mißfällig zu machen.

Aus dieser Antinomie: erklärter, unbedingter Feind des Feindes zu sein, aber doch ihm nach Herkunft, Sprache, Kulturkreis zuzuzählen, erklärt sich die Behandlung, die den deutschen Emigranten nach Kriegsausbruch hier zuteil wird. Man behandelt sie vorläufig weder als Freunde noch als Feinde, sondern als Menschen in Quarantäne, in Untersuchung, nach deren Ergebnis – von den schon individuell geprüften und entschiedenen Fällen abgesehen – über ihr Schicksal Endgültiges beschlossen werden wird.

Wie immer dieses Schicksal sein mag, es wird rundum dem vorzuziehen sein, das den deutschen Emigranten, wären sie das nicht geworden, die in Räuber- und Mörderhände gefallene Heimat bereitet hätte.

Deutsches Geschichts-Schulbuch 1939

Im vorigen Kapitel habt ihr gelesen von dem schrecklichen Reichstagsbrand, den im Jahre 1933 die englischen Kapitalisten durch ihre bezahlten Söldlinge ausführen ließen. Des Führers Herz krampfte sich in Weh angesichts solcher Tat, verübt an einem schwachen, wehrlosen Gebäude, das niemand etwas zuleide getan hatte. Erst dem flehentlichen Zuspruch der Paladine und dem lindernden Zauber der Musik gelang es, das Leid des Führers zu sänftigen. Aber hellauf loderten Zorn und Empörung Adolf Hitlers, als er erfuhr, welche Niedertracht das englische Verbrecherpack gar ausgeheckt hatte, um die Schuld von sich abzuwälzen. Sie bezichtigten die Schamlosen, unsere braven kommunistischen

Volksgenossen, den Brand gelegt zu haben; sie verleumdeten mit allen Mitteln die mannhafte Wirksamkeit der deutschen Getreuen Stalins, des großen Freundes Adolf Hitlers, und schmiedeten Mordpläne wider sie. Nun aber griff der Führer durch! Wie immer vor allem darauf bedacht, Blutvergießen zu vermeiden und Menschenleben zu schonen, befahl der Führer sogleich, die gefährdeten Kommunisten in Sicherheit zu bringen. Tag und Nacht schwärmten Polizei und die wakkere SA, von Rettungseifer beseelt, durch Stadt und Land, um die Bedrohten einzuholen und an Orte zu geleiten, wo sie dem Zugriff fremder Mörderhände entzogen waren. Selbst lange nachher, als die Gefahr schon beseitigt war, beharrte der Führer darauf, daß die Kommunisten ihre wohlgesicherten Unterkünfte nicht verließen; ja sogar heute noch gibt es ihrer viele, die unbehütet einhergehen zu lassen sein väterliches Herz nicht über sich bringt.

Gleichzeitig mit den Schutzmaßregeln für die bedrohten Volksgenossen setzte das unerbittliche Verfahren wider ihre Gegner ein, wider Juden, Liberale, Sozialisten, Katholiken und sonstige Soldknechte der City, denen die Freundschaft der beiden großen Männer, Hitler und Stalin, ein Dorn im blutunterlaufenen Auge war. Es gelang unter anderem, zahllose antikommunistische Nester auszuheben, in denen – gegen das ausgesprochene klare Gebot Hitlers, die kommunistischen Führer müßten richtig gehängt werden – die Bilder Stalins, Lenins oder Marx' lieblos in irgendeine dunkle Zimmerecke gehängt oder gar in Rumpelkammern beiseite geschafft waren. Unsere von dieser Pietätlosigkeit angewiderte SA zögerte nicht, dem Gesindel die von ihm also mißachteten Bilder tüchtig um die Ohren zu schlagen. Bei vielen der Elenden fand man bolschewistische Bücher – unaufgeschnitten! Oder gar keine!! Es ergab sich die Notwendigkeit, den Ehrlosen die Lehre, der sie sich tückisch verweigerten, mit Nachdruck in den Schädel zu hämmern. In diesem Zusammenhang sei auch der Versuch erwähnt, die alberne Lüge in Umlauf zu setzen, der große Marx sei ein Jude gewesen. Die plumpe Londoner

Fälschung wurde nach Gebühr abgetan in dem vom Unterrichtsministerium herausgegebenen Standardwerk: «Das Weltall – deutsch», in dem die germanische Herkunft sämtlicher bedeutender Menschen, die je gelebt haben, unwiderleglich festgestellt erscheint. Die verdienstvollen Gelehrten, die an der Abfassung des Werkes beteiligt waren, lieferten lückenlose Beweise dafür, daß Karl Marx ein Sproß aus dem Stamm der Markomannen ist, die von den Römern «Marxes» genannt wurden. Nebenbei bemerkt war es dieser Volksstamm, der unter Marbod um 8 vor Christus nach Böhmen kam, dort längere Zeit blieb und schon damals also eine unerschütterliche Rechtsgrundlage für den Anspruch des Dritten Reichs auf das Böhmerland schuf.

Der Reichstagsbrand fand seinen großartigen Epilog in dem Prozeß, der um ihn geführt wurde. Regierung und Gericht hatten alles aufgeboten, um unseren kommunistischen Brüdern Gelegenheit zu geben, vor weitester Öffentlichkeit ihre Unschuld an jener Brandstiftung zu erweisen. So wurde zum Beispiel Genosse Dimitrov einem umständlichen Kreuzverhör unterzogen, als wenn wirklich der Schatten eines Verdachts auf ihm gelastet hätte. Das Gericht, obschon den Angeklagten politisch, parteigemäß und menschlich aufs innigste verbunden, ließ in bewundernswerter Objektivität die verleumderischen Ankläger weitläufig zu Wort kommen, und kein Geringerer als General Göring war es, der mit beispielloser Selbstverleumdung die undankbare Rolle eines Gegenredners wider die Freunde auf der Anklagebank auf sich nahm, damit nur ja ihre Unschuld in hellstem Licht erstrahle. Es war erschütternd mit anzuhören, wie der General seine innere Rührung über die schmählich bezichtigten Genossen hinter einem polternd groben Ton zu verbergen suchte. Im Prozeß kam es an den Tag, daß der Reichstag von einem in der englischen Kolonie Holland zu diesem Dienst gepreßten, als Kommunist verkleideten Subjekt namens Lubbe angezündet worden war. Während der Verhandlungen spielte dieser Mensch, in dessen Taschen ganze Bündel von Tausend-Pfund-

Noten gefunden worden waren, mit so raffiniertem Geschick den Schwachsinnigen, daß es ihm am Ende gelang, alle objektiven Merkmale völliger Verblödung aufzuweisen. Erst die noch zu Lebzeiten Lubbes an ihm vorgenommene Kopf-Amputation gestattete der medizinischen Fakultät die Feststellung, daß man es da mit einem ganz besonders charakter- und gewissenlosen Simulanten zu tun gehabt hatte.

Aus all diesen und den noch folgenden Prüfungen, die unsere deutschen Kommunisten, verfolgt von der Horde innerer Feinde, zu bestehen hatten, gingen sie so rein hervor, daß sich das Herz des Führers immer mehr diesen wertvollen Volksgenossen zuwendete; ihnen und dem Mann, dessen Stern, der Sowjetstern, neben dem Gestirn Adolf Hitlers ihren Pfad erhellt: Josef Stalin. Von ihm, von der Größe seiner Person und seines Werks werdet ihr bald gründliche Kunde erhalten durch das epochale Buch, mit dessen Abfassung der Führer – in den kargen Freistunden, die seine Arbeit, die Welt zu ordnen, ihm läßt – eben beschäftigt ist, und dessen Titel lauten wird: «Sein Kampf».

Der Herrenreiter

In Ankara hat der Herrenreiter Papen versagt. Es scheint dort ein ehrliches, kein geschobenes Rennen gelaufen worden zu sein: also waren die Erfolgschancen Papens vom Fleck weg gering.

In Österreich seinerzeit kam er ans Ziel. Er hatte es da mit schwachen, ängstlichen, vertrauensseligen Leuten zu tun, die hineinzulegen dem Biedermann, dem nichts mehr am Herzen lag als Versöhnung, Ausgleich, friedlich-brüderliches Nebeneinanderleben, nicht schwerfiel. «Nun, Kinder, hab ich's gut gemacht?» rief er den weißbestrumpften Schlagetots zu, die, brüllend vor Vergnügen, endlich unbehindert massakrieren und räubern zu dürfen, durch die Wiener Straßen tobten.

Der Schreiber dieser Zeilen bewahrt die Erinnerung an

eine Zufallsbegegnung mit Papen im Hotel einer kleinen steirischen Sommerfrische, August 1936. Unvergeßlich die Frau mit der Hakenkreuzbrosche am Busen und einem Baby ebendort, dessen Arm sie, als der illustre Gast erschien, zum Hitler-Gruß hochriß («ein Anblick, gräßlich und gemein»), der dicke Wirt, wie er, Brust und Hintern kraftvoll hinausgedrückt, mit einem entschuldigenden, wehen Blick zu der gut österreichischen, auch jüdischen, Klientel im Speisesaal hinüber, Herrn von Papen zu Tisch geleitete, unvergeßlich vor allem die schmunzelnden Mienen, mit denen dieser politische Kavalier das «Heil Hitler»-Geschrei der in den Hotelgarten eingedrungenen und dort die Blumenbeete zertretenden Burschen entgegen- und die wider den Unfug protestierenden «Heil Österreich»-Rufe der Gäste zur Unkenntnis nahm. Ein paar Stunden später, als alles längst vorüber war, erschien zu Rad ein Gendarm, sagte kopfschüttelnd und betrübt: «So was is' a Schkandal», und verriet in Andeutungen, er hätte nicht übel Lust, am nächsten Tag ein Protokoll über die Vorfälle des heutigen aufzunehmen. Vor seiner Abreise äußerte Papen sich dem Wirt gegenüber sehr lobend über das taktvolle Verhalten der Gendarmerie. O du mein Österreich!

Ein erstaunlicher Staatsmann, dieser treue Diener jedes Herrn, unerreicht im Apportieren angeschossener Jagdobjekte, Spezialist für Maulwurfsarbeit, schleichende Gefahr für jeden, den er Freund nennt, patenter Lieferer ans Messer. Von der Parteien Haß und Gunst durchaus unverwirrt, feststeht sein Charakterlosigkeitsbild in der Geschichte. Nach dem begeisterten Zustimmungstelegramm Hitlers an die Kameraden Mörder von Potempa verdammte Papen öffentlich – damals durfte er sich solchen moralischen Luxus noch leisten – den scheußlichen Mord und den, der ihn verherrlicht hatte. Ein paar Wochen später stand er devot neben dem Führer und grüßte mit Hitler-Gruß die in den Reihen der SA «im gleichen Schritt und Tritt» vorbeimarschierenden Potempa-Mörder. Als er glauben konnte, das Nazi-Regime wanke und bedürfe nur noch eines kräftigen Stoßes, um zu fallen, hielt er jene berühmte Marburger Rede gegen die Versklavung und Verdummung des deutschen Volkes. Da die Sache schiefging, überließ er neidlos den Ruhm, die Rede verfaßt zu haben, sowie das Schicksal, hierfür abgekillt zu werden, seinem Freund und Sekretär Jung. In Österreich, wohin er entsandt wurde, um den braven Schuschnigg einzuspeicheln und das Land durch Unabhängigkeitszusicherungen und dergleichen sturmreif zu machen, kam ihm auch ein Sekretär, Herr von Ketteler, durch Nazimord abhanden. Das Risiko, seine nächsten Freunde und Mitarbeiter preisgeben zu müssen, hat Herr von Papen immer mit Entschlossenheit auf sich genommen. Fundamentalsatz seiner sämtlichen Gesinnungen ist: keine zu haben. Sein persönliches politisches Credo lautet: um jeden Preis oben bleiben. Sein Wahlspruch: ich dien' . . . egal wem. Er wird, falls er's erlebt, wie für Hitler für jeden wie immer gearteten Nachfolger Hitlers zu haben und zu brauchen sein. Es fehlt ihm nichts als die Persönlichkeit, das Format, das Geschick, die Klugheit und das Talent, um ein kleiner Fouché zu sein, an dessen Maske übrigens das schmale, nervös witternde Fuchsgesicht des Herrn von Papen ein wenig erinnert.

Zu Beginn des Hitler-Regimes, als die Ordre ausgegeben worden war, den Krieg zu rühmen, die Seligkeit, vor dem Feind erschlagen zu werden, hielt Papen sofort eine leidenschaftliche Rede für den Schlachten- und gegen den «Stroh-Tod». Die gute Gelegenheit, die ihm jetzt in Polen geboten war, einem solchen zuvorzukommen, mußte er, Pech wie er hat, wegen dringender politischer Abhaltungen leider versäumen. Und dabei hätte, falls seinem Wunsch nach Heldentod keine polnische Kugel erfüllt hätte, der Chef gewiß gern mit einer deutschen nachgeholfen. Der Chef ist, was derlei kleine Gefälligkeiten anlangt, durchaus large; besonders wenn er damit zugleich eine alte Dankesschuld erledigen kann.

Von Ribbentrop

Supponieren wir einen Radiohörer der letzten Ribbentrop-Rede, der, nicht wissend, wen er da vernehme, nach Gedanken- und Wort-Inhalt, Logik und Pointierung der Rede, nach Manier, Stimme, Tonfall ihres Sprechers sich ein Bild von diesem zu machen versucht hätte. Das Bild würde beiläufig so aussehen:

-- «Kleinbürger von mäßiger, ungepflegter Intelligenz. Vermutliche Hauptquellen seiner Bildung: Zeitungen und die populären Schriften, mit denen der Nationalsozialismus breitesten Volksschichten vernunftgerecht gemacht wird. Schule seiner politischen Beredsamkeit dürfte der Wirtshausstammtisch gewesen sein, und dort mag er auch, vor Gevattern aus der Vorstadt, Ansehen genießen und als politischer Kopf gelten. Umgang mit Menschen höheren Niveaus hat er kaum gehabt, Minderwertigkeitsgefühle, die ihn zu plagen scheinen, kompensiert er durch einen betonten Quasi-Patriotismus für das geistige Tiefland, in dem er geboren und zu Hause ist, ebenso wie er sich aus dem Mißbehagen, höherem Anspruch an Verstand, Geschmack, Witz nicht genügen zu können, dadurch rettet, daß er solchen Anspruch, gleichsam aus weltanschaulichen, moralisch-programmatischen Gründen, an sich nicht stellt. Man hat es da, allem Anschein nach, mit einem bis in die Knochen kalten Burschen zu tun, dem nicht sein Temperament heftige Töne diktiert, sondern der sich heftiger Töne bedient, um Temperament vorzutäuschen; es könnte sein, daß er zu diesem Zweck in den – oft auffällig langen – Pausen seiner Rede einen tüchtigen Schluck Bier nimmt (was ja auch zu Schaum vor dem Mund verhilft). Seinen Lügen, mit Ersatz-Emphase vorgetragen, ist deutlich anzumerken, daß er selbst keine Sekunde an sie glaubt. Vom Verstand und von der Urteilskraft seiner Zuhörer hat er eine so schlechte Meinung, daß er auf jeden Versuch, sie durch Argumente zu überzeugen, verzichtet: als Beweis des Unbeweisbaren muß ihnen die Entrüstung dienen, mit der er es vorträgt; eine gespielte Entrüstung, die zu echter sich so verhält wie das, was heute in Deutschland Kaffee heißt, zu Kaffee. Zum Beispiel eine so krumme, mit jedem Wort über sich selber stolpernde Albernheit wie die, der Führer sei kein Wortbrecher, denn er sei identisch mit dem deutschen Volk, und das deutsche Volk habe sein Wort nicht gebrochen, kommt aus dieses Sprechers Mund mit dem Applomb eines richtigen Schlagers; und mancher Hörer, der derlei Frechheit am Mikrophon (das doch alles Gesprochene an die Ohren auch von vielen vollsinnigen Menschen bringt) nicht für möglich hält, mag zweifeln, ob er scharf genug aufgepaßt, ob er nicht irgendein logisches Zwischenglied des Satzes überhört habe. Sonderbar ist, daß es dem Mann bei aller Vulgarität seiner Sprache und also wohl auch seines Wesens doch niemals gelingt, einen halbwegs volkstümlichen Ton zu treffen. Seine Roheit hält nämlich entschieden auf Würde. Falls er, wie anzunehmen, daheim Weib und Kinder prügelt, macht er gewiß vorher die Fenster zu, damit die Nachbarn von dem Vorgang keine Kenntnis erhalten und die Sache in der Familie bleibt. Als Beruf des Redners käme etwa Weinreisender in Frage. Er hat vermutlich einen Specknacken und trägt über dem Bauch eine dicke silberne Uhrkette mit Münzen als Anhängsel.» – –

Wie wir wissen, entspricht dieses Bild, das sich der uninformierte Radiohörer von dem Danziger Radiosprecher machen mochte, durchaus nicht der Wirklichkeit. Der deutsche Außenminister hat keinen Specknacken, trägt keine dicke Uhrkette über einem Bauch, hat nicht an Vorstadt-Stammtischen seine Zunge und sein politisches Ingenium geübt, seine Bildung nicht nur aus Nazi-Lesebüchern geschöpft, und Weinreisender war er nur in einer bereits überholten Phase seiner Laufbahn. Er ist auch, zumindest der äußeren Erscheinung nach, kein Plebejer, sondern ein Kavalier, für dessen elegante Figur zu arbeiten jedem Maßschneider ein Vergnügen sein muß; und nicht minder gut als der Frack ihm paßt, paßt seinem Namen das «von», das er auf dem Felde der Adoption (durch eine Tante) erworben hat; ähnlich wie, ganz ohne Tante, ein Größerer als er das Eiserne Kreuz Erster Klasse. Ribbentrops Schritt ist elastisch und sein glattes Antlitz durchleuchtet von Selbstzufriedenheit und Süffisance, wie sie das Bewußtsein geschäftlichen und gesellschaftlichen Erfolgs in kleinen Menschen hochkommen läßt. Er spricht fremde Sprachen, hat sich in der Welt herumgetrieben, ist, wenn auch vielleicht kein Menschenkenner, doch ein Viele-Menschen-Kenner und hat eine Karriere zurückgelegt, die ihn mit Fug an sich und seinen Stern glauben läßt. Das ist die Fassade, die unser ahnungsloser Radiohörer anders dachte. Was aber hinter der Fassade steckt, entspricht in manchem der Vorstellung, die er sich von dem Sprecher am Danziger Mikrophon gebildet hat. Die Mischung aus Kavalier und Plebejer, roh und geschliffen, glatt und gewählt, fein und gemein, ist es wohl auch, die die Person des Herrn von Ribbentrop für Hitler so verführerisch machte und ihr die schenkenden Sympathien des größten Mannes aller Zeiten gewonnen hat. Da hatte der Führer einen Diener von Herrenformat gefunden, einen sozusagen zum Herrn Geborenen, der sich trotzdem eifervollst bemüht zeigte, dem zum Herrn Gewordenen abzugucken, wie er sich räuspert und vor allem, wie er spuckt. Man versteht, daß diese, filmisch gesprochen, übereinanderkopierten Qualitäten des Herrn Ribbentrop – Gleichgearteter und subalternst höher Gearteter – das Wohlgefallen des Führers wecken mußten.

Anzumerken wäre noch, daß auch jene, die von Geist, Charakter, Talent, Adel und Seelenadel des deutschen Außenministers eine recht genaue Vorstellung haben, die Armseligkeit seiner in Danzig laut gewordenen Rhetorik überraschte. Ribbentrop blieb da in jeder Beziehung unter dem Mindestmaß dessen, was irgendein Naziführer mittlerer Kapazität leistet, wenn er zur Herde der Gefolgschaft spricht. Er fand nicht eine Wendung, die als auf seinem Mist gewachsen hätte passieren können, kein Wort saß, keines traf, kein noch so kleines Fettauge schwamm auf der Suppe, die er austeilte. Wie konnte ein Mann, der doch einmal mit Champagner gehandelt hat, so schales Zeug verzapfen? Wie konnte er, geübt darin, Kundschaft herumzukriegen und auch Zögernden, Kaufunlustigen Ware anzudrehen, ein so fades Nichts an Überredung und Suggestionskraft offenbaren? Und also, obschon Herr von Ribbentrop deutlichst bemüht war, seiner Rede Hitlersche Akzente aufzusetzen, ihrem Ton die Schärfe des Meisters anzuschleifen, würde es Führer-Lästerung, das heißt Blasphemie sein, zu sagen, es sei ihm auch nur so etwas wie eine schwache Kopie des großen Originals geglückt. Wenn Herr Ribbentrop als Diplomat in der Sektbranche so leistungsfähig sich zeigte wie er als Weinfälscher in der Politik sich zeigt, ist es gut zu verstehen, daß er aus jener ehrlichen Beschäftigung in die eines Nazi-Professionals hinübergewechselt hat: eine Beschäftigung, die ihn zu erstaunlichen, in zwiefachem Sinn schwindelnden Höhen hinanführte.

Die Vorsehung

Im Vorsehungs-Ministerium.

Der Reichsminister für Vorsehung ist übler Laune. «Meine Herren», schnauzt er seine Untergebenen an, «Ihr Mangel an Ideen ist erschreckend. Seit unserer Demarche bei der himmlischen Fügung in Sachen des Generals Fritsch ist Ihnen nichts Rechtes mehr eingefallen. Manchmal wäre man wirklich versucht, zu glauben, Sie vertrauen der Vorsehung und überlassen ihr unser Geschäft. Also kurz, eine große Aktion scheint mir überfällig. Der Allmächtige – ich meine jetzt nicht den Führer – erwartet von uns Richtlinien für sein unerforschliches Walten. Ich will Ihnen nicht verhehlen, daß der Herr der Heerscharen – jetzt meine ich den Führer – vor kurzem gedroht hat, wenn wir so lässig weitermachen, würde er die Hand Gottes, die er in unsere Hand gegeben hat, selbst in die Hand nehmen (Gemurmel: Da sei Gott vor). Also, ich erwarte Ihre Vorschläge.»

Ein Ratgeber: «Wie wäre es, wenn wir eine jüdische Verschwörung arrangierten, die dadurch verraten würde, daß jemand ein warnendes Traumgesicht bezüglich aller Pläne, Namen, Daten der Verschwörung hätte?»

Der Minister: «Wer soll träumen?»

Der Ratgeber: «Eine reine deutsche Jungfrau. Vielleicht Baldur von Schirach.» (Geschmunzel, an dem auch der Minister sich beteiligt.)

Der Minister: «Nee, nee, der Vorschlag ist mir, auch ohne Schirach, zu literarisch. Wir brauchen etwas Kräftiges, Drastisches.»

Ein zweiter Ratgeber: «Was hielten Exzellenz davon, durch unsere Spezial-Truppe für Schandtaten im englischen Sold den Reichstags-Sitzungssaal anzünden zu lassen?»

Mehrere Gegenstimmen: «Reichstagsbrand? Ach, keine Wiederholungen!»

Der zweite Ratgeber: «Ausreden lassen! Ich meine, bei welchem Brand das gesamte Mobiliar vernichtet würde und nur das Bild des Führers unversehrt bliebe.»

Ein dritter Ratgeber: «Die Idee mit dem Bild ist nicht schlecht. Aber ihre Ausführung schiene mir besser in der Form eines Revolver-Attentats auf eine namhafte Regierungsperson, wobei die Kugel in dem Führerbild, das die Person auf dem Herzen trägt, steckenbliebe.»

Der Minister: «Wie wollen Sie das technisch durchführen?»

Der dritte Ratgeber: «Ganz einfach. Die Kugel ist natürlich schon früher ins Bild hineingesteckt worden . . . und der Pg. Attentäter schießt in die Luft. Denken Sie nur die Wirkung auf die zahllosen Augenzeugen, verstärkt durch unsere Spezialtruppe eidlich bekräftigender Ausländer, wenn die Person ans Herz greift und das Führerbild mit dem Projektil darin aus der Tasche zieht!»

Der Minister: «An welche Person dächten Sie?»

Der dritte Ratgeber: «An irgendeinen von den vielgenannten Männern, die während der letzten sechs Jahre Deutschland in aller Welt so verehrt und geliebt gemacht haben.»

Der Minister: «Sind Sie sicher, daß der Pg. da wirklich in die Luft schießt?»

Ein vierter Ratgeber: «Ich schlage vor, um eine Reinigungsaktion in die Wege zu leiten, irgendwo einen Geist erscheinen zu lassen, der mit deutlichem Hinweis auf Juden, Katholiken, Monarchisten und so erklärte, es ist etwas faul im Staate. Ich habe einmal in der Verfallszeit etwas Derartiges gesehen in einem Theaterstück von ... ich glaube Jacques Spiro oder so ähnlich hat der Jud geheißen.»

Der Minister: «Shakespeare. Ein Engländer. (Die Anwesenden brechen in lebhafte Pfuirufe aus.) Nein, meine Herren, was Sie da vorschlagen, das sind alles Kinkerlitzchen, auf die nicht mal mehr unsere bestdressierten Hammel von Volksgenossen hineinfallen. Wir müssen für die Vorsehung eine Sache großen Stils ausknobeln, eine Sache, bei der sie sich an der Person des Führers selbst glorreich betätigen kann.»

Einer der Anwesenden (ekstatisch): «Am Führer selbst? Adolf Hitler hat unsere Dienste nicht nötig. Ihn hütet wirklich der Ewige selbst.»

Der Minister: «Versteht sich, versteht sich, liebster Freund. Ich weiß bereits aus Ihren Personalakten, daß Sie ein sehr ambitionierter Beamter sind. Natürlich steht der Führer unter Gottes persönlichem, privatem Schutz! Aber in so komplizierten Zeiten wie den jetzigen kann es nichts schaden, auch dem lieben Gott ein wenig unter die Arme zu greifen ... Ich wälze da also einen Plan. Eine Höllenmaschine, die in irgendeiner Versammlung über der Rednertribüne verheerend losgeht, wenige Minuten nachdem Hitler diese Tribüne verlassen hat, und zwar früher verlassen hat, als zu erwarten war!»

Einer der Berater: «Da würden wohl mehrere in jenem Saal dran glauben müssen?»

Der Minister: «Spesen! Was wollen Sie? Gut Ding ist teuer ... Ich werde also mein Projekt fertigstellen, und sobald der Reichskriegsrat es genehmigt hat, erhalten Sie nähere Weisungen. Meine Herren, unsere Aufgabe ist nicht leicht, aber schön. Wir schmieden nicht nur Hundings Schwert, sondern auch Brunhildens Schild, an dem es zerspellt. Erzürnen wir nicht das Schicksal, das (leicht zu dem Ekstatiker hingewendet) dem Führer selbstverständlich gnädigst ist, durch leichtfertiges Arrangement der Szene, in der wir es auftreten lassen. Gott mit uns oder richtiger: Wir mit Gott! Meine Herren, die Vorsehung erwartet, daß wir das Möglichste tun werden, ihr nicht nur einen guten Anlaß zur Intervention zu geben, sondern ihr auch den glatten Vollzug dieser Intervention zu gewährleisten. Lenken wir weise den Lenker droben!»

Ein Gedenktag

Am elften März waren zwei Jahre vergangen seit dem (durch Selbstmord erleichterten) Mord an Wien. Was heute noch unter diesem Namen sich mit der Erde dreht, ist das Gespenst einer Stadt. Ein Gespenst im Tageslicht, also doppelt unheimlich.

Viele glauben, hoffen, daß Wien – kommt Zeit, kommt Wunder – wieder einmal Wien sein wird. Vielleicht mag es einer näheren oder ferneren Zukunft gelingen, den Rahmen des Bildes auf neuen Glanz herzurichten. Das Bild ist unwiederbringlich hin, der Zauber, den es wirkte, der Reiz, mit dem es anzog und festhielt, lebt nur noch in der Erinnerung. Dieser seien hier ein paar Worte gewidmet.

Wien: das bedeutete eine ganz besondere, unnachahmliche Geisteshaltung, eine ganz besondere, unnachahmliche Art, sich mit dem Leben und seinen Zumutungen abzufinden. Charakteristisches dieser Geisteshaltung war: Ablehnung der Wichtigtuerei in unwichtigen Sachen, des sogenannten «tierischen Ernstes» bei Behandlung und Erledigung von Kleinkram-Problemen, Widerwille gegen jederlei Automatisierung und Uniformierung des Daseins, Gefühl, Verständnis, Begabung für alles, was mit dem Zeichen: Grazie geprägt erscheint, Verzicht auf steife Formal-Würde zu Gunsten leichterer Beweglichkeit.

Das galt für Wien. In Sankt Pölten war es schon anders. Von Linz ganz zu schweigen.

Wien war eine unbefangene Stadt. Sie bekannte sich gern zu ihren Rückständigkeiten und pflegte mit gleicher Pietät ihre Art wie ihre Unart. Sie hatte nichts übrig für das Kolossale; und einen hochentwickelten Sinn für das Lächerliche der übertrieben-pathetischen Haltungen. «Tun's Ihnen nix an», sagte der Wiener, wenn ihm jemand durch betontes Selbstbewußtsein imponieren wollte. Und es mußten erst die leibhaftigen Preußen kommen, um ihm die eingeborene Neigung zum Lässigen und Lockeren mit der Karbatsche auszutreiben.

Selbst der stramme Paradeschritt des österreichischen Soldaten hatte, trotz aller Strammheit, noch eine Art von Anmut. Er unterschied sich vom preußischen Stechschritt wie etwa Schmiede- von Gußeisen.

In Wien hatten die Menschen Zeit, auch wenn sie keine hatten. Sie verstanden es gut, selbst von ihrer höchsten Eile noch etwas abzusparen fürs Verweilen, Plaudern, Schauen. Sie unterbrachen gern den Stromkreis von Beruf und Berufsinteressen, in den sie eingeschaltet waren, um inmitten von Arbeit und Geschäft einiges Privatleben zu führen. Aus dieser reichlichen Durchsetzung des öffentlichen Lebens mit Privatleben erklärt sich das Phänomen der vielgerühmten Wiener Gemütlichkeit, die keineswegs nur als Produkt langer Aufzucht durch Mehlspeisen und adäquate Literatur anzusehen ist.

Die Wiener waren menschen- und dingefreundlich, hielten, so dort wie da, auf gute Beziehungen. Der Stefansturm, wie ein populäres Lied versicherte, schaute auf die Wiener hernieder, und die Wiener, wenn sie an ihm vorübergingen, schauten, auch wenn oben nichts Ungewöhnliches zu sehen war als eben der Turm selbst, zu ihm hinauf. Gewissermaßen: sie grüßten einander.

Die wienerischen Methoden, sich mit dem Leben abzufinden, wurden mitbestimmt von einer instinkthaften Ahnung des Komödischen in ihm. Darüber, daß «das Leben ein Theater» ist, waren gebildete und ungebildete Wiener einig. In schiefer Auffassung dieses Tatbestandes hat man ihnen deshalb zu Zeiten nachgesagt, das Theater sei ihr Leben.

In Wiener Luft, unterm Wiener Himmel, als er noch blau und nicht braun war, verloren die Dinge, einer Art archimedischen Prinzips gehorchend, etwas von ihrer Schwere. Das Höhere dort vertrug sich ausgezeichnet mit dem Niederen, das Alte lebte mit dem Neuen, die Tradition mit dem heute Gültigen in bester Brüderschaft.

Nirgendwo wurde der schöne Götterfunke Freude besser gehütet als in Wien. Er hatte dort zahlreiche Altäre, primitive und kunstvolle, und zahlreiche Priester. Von diesen sind viele abgewandert und besorgen nun, soweit man sie läßt, an fremdem Ort ihr Amt in partibus infidelium.

Der Wiener, wenn er betrunken war, wollte die ganze Welt umarmen; wie der deutsche Bruder, im gleichen Fall, sie kurz und klein schlagen will.

Wien war ein bezaubernd feiner, wahrhaft liebenswürdiger Zug im Antlitz der Welt. Seit er weggewischt ist, sieht das Antlitz um ein paar entscheidende Nuancen trauriger und häßlicher aus.

Als Peter Altenberg starb, schrieb mir ein Freund: «Kainz ist tot, Gustav Mahler ist tot, Altenberg ist tot. Wenn Sie mir folgen, sperren Sie Wien zu, hängen den Schlüssel am Westbahnhof auf und kommen nach Europa.»

Ein vernünftiger Rat, schon damals. Aber so einfach, wie der Freund sich das vorstellte, war es für einen Wiener nicht, Wien Adieu zu sagen.

Der Quell des Übels

Es ist endlich so weit, daß in aller Welt, sofern sie nicht die Augen verklebt und das Herz verstockt hat, die Gestalten richtig gesehen werden, die seit nunmehr sechseinhalb Jahren das deutsche Schicksal bestimmen und lenken. Sie stehen da, diese grausigen Figuren, im vollen Licht ihrer Taten und Worte, alle Masken sind durchsichtig geworden, die vorzunehmen sie für angebracht hielten, alle Schleier der Opportunität sind zerrissen, mit denen die sogenannten Realpolitiker das höchst schauderbare Phänomen des Dritten Reichs den eigenen Blikken erträglich zu machen suchten. Es ist aus mit geduldigen Wendungen wie: «. . . was geht es uns an, wie sie sind?» oder: «. . . sie werden schon mit sich reden lassen», oder: «. . . auch mit Bösewichtern kann man gute Nachbarschaft halten» und dergleichen. Von all dieser luftverderbenden Phraseologie ist nun endlich das Hirn der zivilisierten Welt reingefegt. Kein Wenn und Aber mehr trübt ihr Verständnis, daß sie es im Hochbezirk des Dritten Reichs mit Betrügern zu tun hat, die zur Durchsetzung ihrer Gaunereien jeder Schand- und Gewalttat, nach innen wie nach außen, fähig sind.

Daß die guten Europäer erst aus den Übeltaten des Hitlerregimes zur klaren Einsicht in dessen Natur gekommen sind, daß sie nicht, umgekehrt, aus dieser – so bald und drastisch erkennbaren – Natur den Schluß auf das Unheil gezogen haben, das deren freie Entfaltung unweigerlich herbeiführen müsse: darin steckt die Wurzel der bösen Not, die jetzt, Krieg geheißen, den Erdteil überwuchert.

Mit einer Urteilsmilde, die sich heute als rechte Sünde wider den Geist darstellt, ist die Welt der anständigen Leute den Schändlichkeiten der Naziherrschaft sozusagen reaktionslos gefolgt. Mit einem Bemühen, ihren Abscheu zu «verdrängen», das sich heute als rechte Sünde wider die Sauberkeit des Empfindens darstellt, hat sie das Banditenregiment in Deutschland zur Kenntnis genommen und sich mit den Banditen zwecks Verhandlung und Verständigung an einen Tisch gesetzt. Man hielt an dem Standpunkt fest: wenn ein Volk sich von Teufeln regieren lassen wolle, sei dies seine Sache; möge es nach seiner Fasson unselig werden. Und vielleicht würden die Kulturstaaten auf diesem Standpunkt auch beharrt haben, wenn das Dritte Reich – ein gar so großer Schritt in seiner

Kulturentwicklung wäre das ja nicht mehr gewesen – die Menschenfresserei oder so etwas Ähnliches obligatorisch eingeführt hätte. Realpolitik verwindet vieles!

Der verhängnisvolle Irrtum, die Nazis betreffend, lag weniger im Politischen als im Moralischen. Der Nationalsozialismus machte vom Fleck weg kein Geheimnis aus seinem ureigensten Wesen. Lüge, Rechtsbruch, unbändige Lust an Grausamkeit, Zertrampelung der Wehrlosen, Raub, Folter, Mord; in diesen Zeichen wuchs er und wurde groß. Die Welt, so eindringlich belehrt darüber, welche Sorte Mensch da zur Macht gekommen war, blieb bei der Fiktion, sie habe es mit zwar absonderlich entfesselten, aber immerhin Ehrenmännern zu tun. Man empörte sich über die in und an Deutschland begangenen Verbrechen, aber man entzog sich der Folgerung, daß Verbrechen eben von Verbrechern begangen werden, und ging mit ihnen weiter um wie mit seinesgleichen. Man erkannte der hirnrissigen «Ideologie und Theorie», mit der sie ihre Praxis übertünchten, den Wert einer Art von Rechtfertigung zu, als wenn Schufte dadurch aufhörten, Schufte zu sein, daß sie ihrer Schufterei eine Weltanschauung unterlegen. Kurz, man blieb bis zuletzt des Glaubens, es ließe sich eine Ebene finden, auf der die Gemeinheit mit der Anständigkeit, die Bestialität mit der Menschlichkeit, die Lüge mit der Redlichkeit sich (im gegenseitigen Interesse) verstehen könnten. Entsinnen wir uns etwa der treuherzigen Beflissenheit, mit der, knapp vor der tragischen Wendung der Dinge, die demokratischen Staatsmänner beteuerten, sie dächten nicht daran, Nazi-Deutschland einzukreisen oder zu bedrohen. Es war, als ob der Nachtwächter den lauernden Einbrechern versicherte, es liege ihm jede Absicht fern, bei ihnen einzubrechen.

Dies war der Kardinalfehler: daß man Subjekten, denen nicht über den kleinsten Schritt zu trauen war, über den weiten Weg traute; daß eine Welt, die auf moralischen Grundsätzen begründet ist, mit einer Welt, in der die Immoral zum Sittengesetz erklärt war, paktieren zu können dachte; daß man aus dem Charakter der Naziclique, der schon 1933 so furchtbar deutlich offenbar wurde, nicht den Schluß zog, wessen die gesittete Welt sich von ihr unweigerlich zu versehen habe.

Heute, mit tragischer Verspätung, wissen auch die nachsichtigsten Beurteiler des Dritten Reichs, mit welchen Herren und Kreaturen man es dort zu tun hat. Heute haben auch die gläubigsten advocati diaboli die Verteidigung, angewidert und beschämt, niedergelegt.

Mit welchem philologischen Fleiß wurde all die Jahre hindurch aus den zahllosen Reden des Führers so etwas wie ein Körnchen Wahrheit herauszuklauben gesucht, wie wurden diese Reden zergliedert, minuziös studiert, geprüft, erklärt, gedeutet! Wenn der Führer jetzt sich vernehmen läßt, wie kürzlich in Danzig, haftet von all dem oratorischen Geräusch nur ein Laut, ein widriger, im Ohr: das Klatschen der Lügenpeitsche, mit der da ein Meister im Quälen, Foltern, Massakrieren den wehrlosen Äther mißhandelt.

Zeit und Zeitgenossen

Am 30. März 1940, zehn Tage vor dem deutschen Einbruch in Norwegen, erschien die erste Nummer einer neuen Osloer Tageszeitung «Fritt Folk». Der Herausgeber, Vidkun Quisling, wies im Leitartikel auf die Notwendigkeit deutschen Schutzes gegen «bolschewistische Bedrohung Skandinaviens» hin, forderte ein engeres Verhältnis zum Dritten Reich, um «die Überfallspläne der Westmächte» zu vereiteln, und brachte im übrigen genau das vor, was zehn Tage später die deutsche Propaganda zur Rechtfertigung des Einfalls in Dänemark und Norwegen vorbrachte. Die erste Seite der neuen Zeitung aber schmückte ein großes Bild Knut Hamsuns, und darunter standen ein paar Sätze des Dichters, in denen er seiner uneingeschränkten Zustimmung zur Tendenz des Blattes und der «Hoffnung auf Deutschlands Schutz» Ausdruck gab.

Vor ein paar Jahren war es, daß eine Reihe von Männern der geistigen Elite Europas und Amerikas für den Publizisten Carl von Ossietzky, der in deutschen Konzentrationslagern langsam zu Tode gequält wurde, ihre Stimme erhob. Damals erhob auch Knut Hamsun die seine. Aber nicht, um sich an dem, durchaus unpolitischen, Protest gegen die fortgesetzte erbarmungslose Mißhandlung eines ehrenhaften, tapferen, glänzend begabten Schriftstellers zu beteiligen, sondern um Ossietzky zu verhöhnen. Er verhöhnte die Standhaftigkeit des wehrlosen Mannes, den keine körperliche und seelische Folter zum Kniefall vor der Hitlerei zu bewegen vermochte. Diesen häßlichen Fleck im Bilde Knut Hamsuns wird auch die um sein Haupt versammelte literarische Glorie nie wegzublenden imstande sein.

Der österreichische Schriftsteller und Gelehrte Egon Friedell widmete den 1937 erschienenen ersten Band seiner «Kulturgeschichte des Altertums» – vorher hatten drei Bände «Kulturgeschichte der Neuzeit» Friedells Namen rühmlich bekannt gemacht – Knut Hamsun. Der Dichter dankte in einem begeisterten Schreiben für die Widmung des meisterlichen Werks, in der er «eine höhere Ehrung als in der Zuerkennung des Nobelpreises» erblicke. Wenige Monate später ereignete es sich, in Wien, daß zwei polizeiwidrige, über Nacht Polizei gewordene Subjekte, die Hakenkreuzbinden trugen, in Friedells Wohnung erschienen. Er salvierte sich vor diesen Zeitgenossen und dieser Zeit durch einen Sprung aus dem Fenster. Es wurde nicht bekannt, ob Friedells Flucht vor der Kanaille in den Tod Knut Hamsun sehr, mäßig oder gar nicht erschüttert hat. Jedenfalls schwieg er zu dem tragischen Vorfall; wie er zu hunderttausend Schändlichkeiten, Mord- und Greueltaten gleicher Provenienz schwieg und schweigt, die dem bekanntesten lebenden Dichter, dem berufenen Repräsentanten des Weltgewissens also, wohl ein Wort des Widerspruchs, eine Reflexbewegung des Abscheus hätten entlocken können. Nur im Fall Ossietzky hat Knut Hamsun öffentlich Stellung genommen.

Schwer ist es, sich in Wille und Vorstellung dieses bedeutenden Zeitgenossen zurechtzufinden. Ein langes Leben lang erweist er dem Sublimen im Menschen, hinter wieviel schrulligen und wunderlichen Deckungen es sich auch verkriechen möge, dichterische Reverenz; als Greis findet er Geschmack an der Bestie Mensch. Ein langes Leben lang produziert er Gefühl und Worte des Verständnisses für das Leid der hilflosen Kreatur; als Greis höhnt er die gemarterte. Ein langes Leben lang ist er leidenschaftlicher Patriot; als Greis leiht er seinen großen Namen Unternehmungen, die das Ziel haben und bekennen, Freiheit, Unabhängigkeit, Stolz des Vaterlandes tödlich zu treffen. Es ist wohl so, daß im Geiste auch eines begnadeten Dichters, wenn er ins Patriarchen-Alter kommt, das Phänomen der Erleuchtung durch das der Verdunklung abgelöst wird. Nun, im Nebel, der für ihn die Erscheinungen deckt, wandelnd, mag es geschehen, daß er auf schiefe und absurde Wege gerät. Besonders dann, wenn böse Buben, die Blicktrübung des alten Herrn zu ihren Zwecken mißbrauchend, ihn führen.

*

Ende Februar. 1938, wenige Tage bevor Österreich von der Hakenkreuzspinne aufgefressen wurde, verfärbte sich in Wien eines Abends plötzlich der wolkenlose Himmel, wurde röter und röter, bis er in leuchtendem Purpur brannte. Die Leute auf der Straße standen still, starrten – erstaunt, aber noch mehr erschreckt – in den glühenden Horizont und ergingen sich in Vermutungen, was das himmlische Feuerwerk wohl zu bedeuten habe. Ein alter Herr in der Menge erklärte, es handle sich da um ein in unseren Zonen sehr seltenes Natur-Phänomen, um ein Nordlicht; er selbst habe als kleines Kind schon einmal eines gesehen, und das war im Jahre 1870, kurze Zeit vor Ausbruch des deutsch-französischen Kriegs. Es wurden Scherze gemacht und über die Lotterie-Nummern debattiert, die mit Rücksicht auf das sonderbare Ereignis zu setzen wären. Aber der Humor kam den Leuten nicht von Herzen, und das allgemeine Vermuten ging dahin, die rätselhafte Himmelserscheinung verkünde ein nahes Wunder, hoffentlich eines, das die Lösung der verkrampften Lage, in die die Welt geraten sei, bringen würde.

An einem Abend des vergangenen April stand in Paris der Mond so groß und feuerrot am Horizont, daß unsere concierge, den unheimlichen Planeten kopfschüttelnd betrachtend, meinte, das künde sonderliches Geschehen an. Die Frau vom Zeitungskiosk nebenan stimmte dem lebhaft zu. Gewiß, die Menschen heute, auch concierges und Zeitungskioskfrauen, sind schon zu aufgeklärt, um noch wunder*gläubig* zu sein – aber der Zeiten Not und Druck macht sie doch recht wunder*gierig*. Und sie fänden es nur durchaus angebracht, daß der Himmel, als Ordnungspolizei, sich in die verfahrenen Erdendinge mische.

*

Die österreichische Emigration hegt in ihren Wunschträumen verschiedene Konzeptionen, das künftige Schicksal des Vaterlandes betreffend. Diese geteilte Auffassung darüber, welche Gestaltung einem befreiten Österreich zu wünschen wäre, vereitelte bisher alle Bemühungen um eine einheitliche Vertretung der österreichischen Interessen im Exil. Es ist etwa so, als ob Schiffbrüchige, auf schwankstem Boot im Ozean treibend, das parallele Rudern einstellen, weil sie darüber, was nach erhoffter glücklicher Landung zu geschehen hätte, verschiedener Meinung sind.

*

Stefan Zweig, Wiener von Geburt, jetzt englischer Staatsbürger, in den Ländern zivilisierter Erde viel gelesen und berühmt – sein Ruhm, darf man also sagen, kennt keine Grenzen –, sprach im «Théâtre Marigny» zu einem zahlreichen, mit dem Vortragenden sympathisierenden Publikum über «Vienne d'hier». Er entwarf ein Bild des weltfreundlichen, lebensfrohen, in allen Fächern sinnlichen und geistigen

Genießens exzellierenden Wien, wie es zu Zeiten der Monarchie gewesen ist. Also war es eigentlich «Vienne d'avant-hier», das Zweig erinnerte. Er wies auf die Zusammenfassung und Vermengung der verschiedenen nationalen Elemente – entsprechend den verschiedenen Provinzen der Monarchie – hin, die der Kultur Wiens ihre reizvolle Sonderfarbe, Mischfarbe, gaben. Was Wien aus Eigenem zu solcher Synthese beigetragen hat –: etwa seinen hochentwickelten Sinn für alles, was Grazie heißt, seinen Geschmack, seine geistige Beweglichkeit, seine Fähigkeit, auch dem Schweren leichte Seiten abzugewinnen usw. – wurde in der Darstellung Stefan Zweigs bescheiden flüchtig gestreift. Hingegen widmete er viele gute, empfindsame Worte der Theater-Leidenschaft Wiens und der außerordentlichen, anspruchsvollen Musikalität dieser Stadt. Ihre Gemütlichkeit hörte, nach Zweig, in künstlerischen Dingen auf; sie hatte – so könnte man's formulieren – immerzu Neigung, Spaßhaftes auch im Ernst zu entdecken, aber im Spiel verstand sie keinen Spaß. Die französische Hörerschaft unterbrach Zweigs Lob auf Wien oft mit Beifall, an dem sich natürlich auch die anwesenden Wiener trotz aller Wehmut, die der nekrologische Charakter dieses Lobs zu ihnen wachrief, beteiligten. Wunsch und Hoffnung, ein Wien von morgen betreffend, enthielt sich Zweig auszusprechen. Klugerweise. Gott, anders als der Teufel, kommt nicht, wenn man ihn an die Wand malt. [. . .]

Wien, 1. Stallburggasse 2

Die Stallburggasse, im Zentrum der Stadt Wien, hieß so, weil sie in der Nähe der Burg lag, wo der Kaiser wohnte, und in Nähe der Hof-Stallungen, wo die edlen Pferde der spanischen Hofreitschule ihr Quartier hatten. Die Hofstallungen überdauerten den Hof. Die Republik Österreich hielt pietätvoll den Betrieb der weltberühmten Universität für Pferde aufrecht; nach wie vor lernten dort vierbeinige Abiturienten die schwierigen Pas und Techniken der hohen Schule. Indessen lernten die zweibeinigen Österreicher in der hohen Schule der Arbeitslosigkeit die Techniken des verschleierten Bürgerkriegs. Kanzler Dollfuß riß den Schleier von ihm weg. Im Februar 1934 brach er mit Kanonen, Kerkern und Galgen den Widerstand der österreichischen Arbeiter, beseitigte so das wirksamste Antitoxin gegen das Nazi-Gift, von dem sein unbegreiflicher, «christlich-deutscher Bundesstaat auf kooperativer Basis» damals schon kräftig infiziert war. Fünf Monate später, am 25. Juli 1934, ließ Hitler, undankbar wie er war, den kleinen Mann totschießen.

Stallburggasse 2 war, sozusagen, ein interessantes Haus. Nicht nur, weil ich dort wohnte. Es wohnten dort u. a. auch der Dichter Hugo von Hofmannsthal, der Dramatiker Sil-Vara (sein Stück «Die Frau von 40 Jahren» erwarb europäischen Ruhm), die Operndiva Maria Jeritza; und, im zweiten Stock, der Doktor Dollfuß.

Zwischen Februar und Juli 1934 kamen die Hitler-Ratten in Wien ziemlich ungeniert an die Oberfläche. An den Hausmauern erschienen immer häufiger Spuren geistigen Nazi-Exkrements (mit österreichischem flavor). In Amtsgebäuden und Bahnhöfen explodierten Sprengkörper, in jüdischen Geschäften der Vorstadt splitterten die Schaufenster, zuweilen auch die Schädeldecken der Besitzer, und in unheimlichen Geschichten aus dem Wienerwald hörte man von nächtlichen Exerzitien dort zur Erlernung des neuen deutschen Mord-Reglements. Ein schöner Frühling kam, aber seine Gerüche deckten nicht den Blutgestank, der, aus dem Reich herübergeweht, in der Wiener Luft hängenblieb. Das Gespenst der Verschwörung ging um, auch in den Kasernen der Polizei, die offiziell scharf hinter den Unruhstiftern her war. Wie scharf, das konnte ich einmal mitansehen, vom Fenster meiner Mansarde in der Stallburggasse 2. Vom nahen «Graben», wo es Nazi-Demonstrationen gab, flüchtete ein Mann, «Juda, verrecke» schreiend, in die Seitengasse, ein Polizist mit geschwungenem Säbel rannte hinter ihm her. In der Mitte der

Gasse blieb der Mann stehen, der Polizist blieb auch stehen, steckte seinen Säbel ein, der Demonstrant eine Zigarette in den Mund und der Polizist gab ihm Feuer. Hernach tauschten die beiden ein paar, merkbar scherzhafte, Worte und dann gingen sie friedlich auseinander.

Am 1. Juli setzte Dollfuß seine neue Verfassung in Kraft. Kein Mensch verstand sie; das war das Feine an ihr. In seinem Kommentar zu dem dunklen Werk drückte der Kanzler Befriedigung darüber aus, «daß wir den Sozialismus in diesem Lande ausgeschaltet haben». Am 8. Juli forderte er, im Wallfahrtsort Mariazell, die Österreicher dringend auf, «mehr wallfahrten zu gehen». Der Minister für Sicherheit aber, Major Fey, stellte fest: «Die öffentliche Sicherheit in Österreich ist gewährleistet.» Infolgedessen brachte Frau Dollfuß ihre zwei kleinen Kinder schleunigst nach Riccione, zum guten Onkel Mussolini, dessen cäsarisches Auge damals noch mit Wohlgefallen ruhte auf dem braven faschistischen Zögling Österreich und Verachtung blitzte für den lächerlichen Kopisten in Berlin.

Über Stallburggasse 2 aber wurde eine Art Belagerungszustand verhängt. In heimlicher Nachtarbeit senkten sie ein Kabel in die Erde, das direkte Verbindung herstellte zwischen der Dollfuß-Wohnung und der nächsten Polizeistation. Vor dem Haus und auf dem Bürgersteig gegenüber patrouillierten auffällig unauffällig Geheimpolizisten, und ihre Kameraden machten im Innern des Hauses, im Flur und auf dem Gang vor des Kanzlers Tür, Permanenzdienst. Der Portier, Herr Büff, hatte die große Zeit seines Lebens. Er mußte den Detektiven genau erzählen, was er von den Parteien der Stallburggasse 2, von der Führung ihres Lebens und Liebeslebens wußte, und hatte die Leute zu legitimieren, die regelmäßig ins Haus kamen. Stallburggasse 2 lernte kennen, was ein Wiener Hausmeister imstande ist, wenn er zum Bewußtsein seiner Bedeutung kommt; zumal in politischen Krisenzeiten.

Die Detektive waren freundliche Leute. Das Mißtrauen in ihren Blicken flößte Vertrauen ein. Sie sagten, ohne zwingenden Grund, «Herr Redakteur» zu mir, manchmal, wenn sie in Geberlaune waren, auch «Herr Chefredakteur». Für den Mann, der Nachtdienst hatte im zweiten Stock vor des Kanzlers Wohnungstür, wurden abends Tisch und Stuhl und Lampe auf den Gang gestellt. Dort saß der Detektiv wie Hagen in der Götterdämmerung («hier sitz' ich, hüte das Haus»), und las Detektivgeschichten. Wenn ich frühmorgens, auf dem Weg zu meinem sechsten Stockwerk hinauf, an ihm vorbeikam, plauderten wir ein bißchen miteinander. Es war ein ziemlich stereotyper Dialog. Ich grüßte: «Guten Abend», und er, scherzhaft vorwurfsvoll korrigierend: «Guten Morgen, Herr Redakteur.» – «Wie geht's dem Kanzler?» fragte ich. «Die Nazis geben halt keine Ruhe nicht», sagte er. Und fügte dann zuversichtlich hinzu: «Hier wird ihm nichts geschehen» («hier», das hieß: in der Stallburggasse 2).

Am Vormittag des 25. Juli 1934 aber verließ Dollfuß die schützende Stallburggasse 2. Frau Büff, die eben den Flur scheuerte, erzählte, er hätte ihr besonders nervös geschienen. Doch das empfand sie, stets zur Legendenbildung geneigt, wohl erst hinterher so. Beglaubigt ist, von den Detektiven, daß der Kanzler an diesem Tag, ohne nach rechts oder links zu schauen, rasch in das Auto stieg, das ihn zur Schlachtbank führte. Zur gleichen Stunde und zum gleichen Ziel startete von einer Turnhalle des siebenten Wiener Bezirks der Wagen mit den Schlächtern. In Berlin wartete der Führer ungeduldig auf das Resultat der Begegnung.

Am Abend des 25. Juli blieben die Wiener, obschon es ein sehr heißer Sommerabend war, zu Hause und die Kaffeehäuser sperrten zu: im seinerzeitigen Wien ein stärkstes Zeichen allgemeiner Bestürzung. In der Nacht patrouillierten vor dem Tor Stallburggasse 2 Polizisten, den Karabiner umgehängt, und lugten scharf in die menschenleere Straße, obschon das Haus jetzt nur noch Anziehungskraft hatte für Reporter und keine mehr für politische Mörder. Flur und Treppen, sonst finster, waren beleuchtet. Als wollten sie sagen: das Heimlichtun hat keinen Sinn mehr. Die Detektive standen noch alle auf ihren Posten im Innern von Stallburggasse 2. Es war wie Medizinflaschen an einem Totenbett. Der gleiche Mann wie sonst hielt Wache vor des Kanzlers Wohnungstür. Er grüßte in dieser Nacht nicht mit «Guten Morgen», sondern nur mit einer stummen entschuldigenden Geste, zu der der Text etwa gelautet hätte: «Ich kann nichts dafür.» Wortlos begleitete er mich ein Stückchen die Treppe hinauf. Der Hahn, den Herr Büff nebst zwei Kaninchen in der Bodenkammer des sechsten Stockwerks hielt, wurde wach und krähte.

Höhnisch, wie mir schien.

Der Österreicher

(Ein Nachruf)

FRIEDRICH von Schiller, Deutscher durch Zufall der Geburt, Weltbürger aus Überzeugung, dichtete:

> Der Österreicher hat ein Vaterland
> Und liebt's und hat auch Ursach', es zu lieben.

In der Tat, der Österreicher hat Gründe, sein Vaterland zu lieben – abgesehen von dem subjektiven Grund, daß es eben sein Vaterland ist. Natur hat schöne Kulissen gestellt für die österreichische Szene, Teile der österreichischen Landschaft sind einzigartig in ihrer Mischung von lieblichen und großartigen Aspekten. Das Bauwerk der österreichischen Städte zeugt für den Formensinn, die Schönheitsfreude der Leute dort. Die Saat der Kultur schlug immer leicht Wurzel auf Österreichs Erde, in seinem geistigen Klima behagte es Künsten und Wissenschaften, fühlte Musik sich recht wie zu Hause.

Der Mehrheit österreichischer Menschen eigentümlich – ihr «größtes gemeinschaftliches Maß» – war die Begabung, dem Dasein die hellen Seiten abzugewinnen, die Neigung, auch das Schwere leicht zu nehmen. Nicht zu leugnen, daß diese angenehmen Qualitäten sich zuweilen unangenehm manifestierten: als Bereitwilligkeit, die Dinge laufen zu lassen, wie sie laufen; als bewußtes Verkennen einer Gefahr, um nicht von dem Problem, wie sie abwenden, belästigt zu werden; als Trägheit des Herzens, versteckt hinter liebenswürdiger Wurschtigkeit.

In Österreich, ehe es im großdeutschen Wolfsrachen verschwand, galt der Grundsatz: «Leben und leben lassen.» Die Erziehung zur preußischen Maxime: «Sterben und sterben lassen», machte dort erst gute Fortschritte, als das Land durch die Impotenz seiner bürgerlichen Politiker dem Verhungern und Verfaulen ausgeliefert, dem Tod keinen Lebenswillen mehr entgegenzusetzen hatte. Vom Himmel und den irdischen Mächten, Großmächten, verlassen, schloß es Kompromisse mit dem Teufel und wurde am Ende von ihm geholt. Vermutlich allerdings wäre das auch geschehen, selbst wenn die gutgesinnten Österreicher sich gegen ihn so heroisch zur Wehr gesetzt hätten wie 1934 die bewundernswerten Wiener Arbeiter gegen den Miniaturdiktator im eigenen Land. Was der Höllenfahrt Österreichs ihre besonders grausige Note gab, war, daß sie von vielen so jubilant angetreten wurde, als ginge es schnurstracks ins Paradies. Ein Schauspiel, noch trister dadurch, daß die Kirche ihm ihren Segen gab. Der Sub-Stellvertreter Gottes auf österreichischer Erde, Kardinal Innitzer, zeichnete am 13. März 1938 seine Proklamation an das österreichische Volk mit der Schlußwendung: «Heil Hitler!» 48 Stunden früher hätte es noch geheißen «apage Satanas».

Der Österreicher, wie er vor seinem temporären Untergang war, hatte Widerwillen gegen Automatisierung und Uniformierung des Daseins. Der «tierische Ernst», den der echte deutsche Mann auch in der Behandlung und Erledigung von Kleinkramproblemen zeigt, war ihm wesensfremd. Er hatte Witterung für das Komische im Pathetischen, das Lächerliche im allzu Selbstbewußten. Er hatte Sinn und Sympathie für alles, was mit dem Zeichen «Grazie» geprägt erscheint. Das Ungezwungene sagte ihm mehr zu als das Steife, Formale.

Die Methoden des Österreichers, sich mit dem Leben und seinen Zumutungen abzufinden, wurden mitbestimmt von einer instinkthaften Ahnung des Komödischen in diesem. Darüber, daß «das Leben ein Theater» sei, waren gebildete und ungebildete Österreicher einig. Man hat ihnen deshalb zu Zeiten, in Umkehrung des Tatbestandes, nachgesagt, das Theater sei ihr Leben. In Österreich ließen sich die Leute Zeit, auch wenn sie keine hatten. Sie unterbrachen gern den Stromkreis der Arbeit, des Geschäfts, in den sie eingeschaltet waren, um zwischendurch ein wenig Privatleben zu führen. Hieraus zum Teil erklärte sich die österreichische Gemütlichkeit, die nicht nur, wie Mißgünstige meinen, als ein Produkt langer Aufzucht durch Mehlspeisen, heurigen Wein und adäquate Literatur anzusehen war.

Der Österreicher, wenn er betrunken war, wollte die ganze Welt umarmen; der germanische Bruder, im gleichen Fall, sie kurz und klein schlagen. Im März 1938 allerdings und in den Jahren der Vorbereitung zu diesem tragischen Wendepunkt ihres Schicksals haben Österreicher eindruckvollst bewiesen, daß sie Bestien sein können. Zu ihren Schändlichkeiten, an den Juden verübt, mußten die österreichischen Nazi nicht erst kommandiert werden; sie begingen sie aus blankem Spaß an der Sache, mit einer Art von sportlichem Ehrgeiz, in ihr Originelles zu leisten, und zeigten schöpferische Phantasie in der Verschmelzung von Brutalität und Gemütlichkeit. Sie waren keine finsteren Quäler, mißhandelten ihre Opfer nicht mit dem vorerwähnten tierischen Ernst, sondern mit jener Spielart einheimischen Humors, die «Hamur» ausgesprochen wird und so grausig ist wie ihr Name.

Kasernenluft war dem Österreicher niemals, wie der Herrenrasse, Ozon, das das Atmen erst zu einem rechten Vergnügen machte. Freude am Krieg oder gar Idolisierung des Krieges waren strikt wider seine Natur. Seinem Patriotismus fehlte die aggressive Komponente, die die deutsche Vaterlandsliebe so lebensgefährlich macht. Der Österreicher wollte, dies vor allem, «seine Ruhe haben» und ließ deshalb in logischer Ergänzung auch die anderen gern in Ruhe. Eine Folge dieser quietistischen Haltung war es, daß er das Ungewohnte mit Mißtrauen betrachtete und daß ihn das Neue zum Widerstand reizte, auch wenn es das Bessere war. Im Jahre 1809 kämpften die Tiroler heroisch gegen die napoleonische Invasion; wie das vaterländische Geschichtsbuch lehrte: aus Treue zum geliebten, angestammten Herrscherhaus; wie Heinrich Heine meinte: «Weil sie gehört hatten, daß statt eines Herrn im weißen Rock mit roten Hosen sie jetzt einer in rotem Rock mit weißen Hosen beherrschen solle.» 1914 gingen die Österreicher mit kaum größerer Begeisterung in das Schlacht-Geschäft als die gleich ihnen in das Puzzle-Spiel der Monarchie eingeschachtelten Tschechen, Polen, Italiener, Südslawen. Und ihr Schmerz hernach, daß sie den Krieg verloren, wurde so ziemlich kompensiert damit, daß sie eben hierdurch die Republik gewonnen hatten. Denn Untertan zu sein, war dem Österreicher nicht, wie den Angehörigen des Reiches, Herzenswunsch und innerstes Bedürfnis. Seine sentimentalische Beziehung zu dem «alten Herrn in Schönbrunn» galt weit weniger der Figur (und dem, was sie vorstellte) als deren Patina. Das Barometer der Loyalität fiel auch sofort um viele Grade, als ein Jüngerer an die Reihe kam, den Monarchen von Gottes Gnaden zu mimen.

Der Österreicher ist so deutsch wie seine Donau blau ist. Dies ist sie bekanntlich, obschon das Walzerlied es obstinat behauptet, keineswegs. Sie war es vielleicht einmal . . . in der Idee. Aber nach einer langen Karriere als Strom sieht sie so aus, als hätte der liebe Gott alle Pinsel, mit denen er das Land ringsum bunt bemalt hat, in ihren Wassern abgewaschen.

Der Emigrant und die Heimat

Der Weg ins Exil war hart für die meisten von den vielen, die ihn gehen mußten. Nicht wenige blieben auf der Strecke. Tausende verdarben und starben im fremden Land, das Zuflucht schien und Falle wurde. Hitler war schneller als die Konsuln, von deren Laune die rettenden Visen abhingen. Die das Glück hatten, durchzukommen, lernten vorher die Schrecken und Ängste der Flucht und des Verfolgt-Seins gründlich kennen, gingen durch das Grauen der französischen Lager und Gefängnisse, vegetierten Monate, Jahre lang in übelsten Verstecken, stürzten immer wieder in der steeplechase über die Grenzen, verbrauchten ihre geistigen und leiblichen Kräfte in Bewältigung der einen elementaren Aufgabe: zu überleben. Endlich an ein sicheres Ufer gelangt, hatten die meisten erst Zeiten kläglicher Not durchzukämpfen, ehe sie in so etwas wie in eine Illusion der Ruhe oder gar in die eines neuen Lebens hineinfanden. Und ganz heil, nebenbei, ist an solches Ziel, von den Älteren zumindest, nur eine Mindestzahl gekommen. Im Organismus der übrigen steckt, was sie ausgestanden haben, als eine Art Zeitbombe. Es hängt von Gott ab, vom Klima und von den ökonomischen Umständen, wann sie explodiert. Gewöhnlich spricht man dann von Herzattacke.

Die Schicksalslinie derer, die im Naziland geblieben sind – ich meine jene, denen es gefallen hatte, dort zu bleiben –, lief umgekehrt. Erst hatten sie's Jahre lang relativ gut, hatten Arbeit und Erwerb, ein Dach überm Kopf, Feuer im Ofen und Futter auf dem Tisch. Dann kam der Krieg, und da war es trotz Sieg, trotz Raub und Sklaven aus dem geschundenen Europa schon nicht mehr das Richtige. Hernach ereignete sich der große Krach, zerstörte die Dächer, löschte die Ofenfeuer, fegte das Futter vom Tisch. Und die zu Hause Gebliebenen mußten durch die Stationen, die die Davongegangenen zu passieren hatten: durch Not, Furcht, Hilflosigkeit und alle Tücken eines höchst ungewissen Daseins. Sie erlitten in der Heimat Emigranten-Schicksal.

*

Als das deutsche Volk sich dem Teufel verschrieb, sind auch von Gegnern des Pakts viele im Land geblieben: einfach weil sie keine Möglichkeit hatten fortzukommen. Andere, die hätten fortgehen können, taten's nicht: etwa weil sie sich dem Abenteuer der Emigration nicht gewachsen fühlten; weil sie an eine kurze Lebensdauer der Teufelei glaubten; weil sie außer unterm Himmel der Heimat, so finster er auch jetzt über ihnen hing, nicht atmen konnten. Niemand wird den dummen Mut haben, ihnen zu verübeln, daß sie geblieben sind.

Es gibt noch eine dritte schmale Kategorie von solchen, die, obschon sie hätten emigrieren können, die Heimat nicht verlassen haben. Sie hielten dort aus, um gegen das Regime zu wirken. Soweit meine Kenntnis reicht, waren es durchaus kleine Leute, Arbeiter zumeist, aus denen die bewundernswerte Truppe sich rekrutierte. Kein Name der deutschen Intelligentsia scheint auf unter ihren Namen. Doch anderen vorwerfen, sie hätten kein Talent zum Märtyrer gezeigt, soll nur, wer selbst Leistungen auf diesem Gebiet vorweisen kann. Und nicht verschwiegen darf auch werden, daß es viele im Nazi-Reich gab, die zu den schmutzigen und blutigen Ereignissen dort zwar nicht laut «Nein» sagten, aber immerhin die keineswegs ungefährliche Charakter-Stärke aufbrachten, nicht laut «Ja» zu sagen. In ihrer Mehrheit jedoch erwiesen sich «die Geistigen» im Reich, gleich der breiten Masse, als brave Schüler in der Schule der Verdummung und Verrohung. Gewiß, der Unterricht war erbarmungslos streng, aber seine Resultate so außerordentlich, daß sie ohne eine gewisse natürliche Begabung der Unterrichteten für den Lehrstoff kaum hätten erzielt werden können.

Sie mußten, so hart es ihnen fiel, hinein in die Schrifttums-Kammer, die Kultur-Kammer, die Theater-Kammer, die Presse-Kammer.

Wenn ich sie nicht recht von Herzen bedauern kann, so deshalb, weil mein Mitleid aufgebraucht wird für die, die in die Gaskammer mußten.

*

Mit manchen guten Menschen in der Heimat, gleicher Gesinnung wie wir, stößt die Verständigung auf Schwierigkeiten. Sie und die Exilanten sind durch verschiedene Schulen der Erfahrung und des Leidens gegangen, also sind auch die dort gewonnenen Standpunkte und Anschauungen verschiedene, «können beisammen nicht kommen, das Wasser ist viel zu tief». Die daheim waren all die Zeit über in erzwungenem, engem Kontakt mit einer Welt des Un-Sinns, der Fälschung und des Falschen. Fraglich, ob ihre Empfindlichkeit gegen dieses durch solch' nahe Nachbarschaft, durch die sozusagen: intime Feindschaft, in der sie mit ihm leben mußten, gesteigert oder gemindert wurde. Sie vegetierten eine kleine Ewigkeit lang wie unter einer Glocke, aus der die reine Luft ausgepumpt und in die beständig zweckentsprechend verdorbene eingepumpt wurde. Ihre Moral hat trotzdem bewundernswert durchgehalten. Besser – bei einigen zumindest – als ihre Logik. (Nach der z. B. man über Konzentrationslager und Gasöfen nicht *so* verzweifelt sein sollte, weil die Deutschen doch auch Hölderlin, die h-Moll-Messe und die Kritik der reinen Vernunft hervorgebracht haben.)

*

Tausende sind in Deutschland und Österreich gemordet worden, weil sie den so heldenhaften wie aussichtslosen Versuch gewagt haben, die Herrschaft der Bestialität und Stupidität zu unterminieren. Die Gefahr besteht, daß die Erinnerung an solche Taten der Heimat verdunkelt werden könnte von der Erinnerung an die Schandtaten, die dort verübt wurden. Es ist leider wirklich so, daß die Millionen Menschen, die von Deutschen gemordet wurden, den Blick verstellen auf jene Tausende gemordete Deutsche. Eine optische Störung, die man begreifen muß, und vielleicht entschuldigen mag mit der begrenzten Aufnahmefähigkeit des menschlichen Auges. Und des menschlichen Herzens.

Diese vielen Millionen hatten nicht einmal – wie jene tausend – das kärgliche moralische Beneficium eines ursächlichen Zusammenhangs zwischen ihrem Tun und ihrem Leiden.

*

Da man daheim nicht alle Stützen und Freunde des Hitler-Regimes los werden kann, teils weil man sie braucht, teils weil man eben nicht kann, müssen Anti-Nazi und Nazi einen modus vivendi finden. Mit anderen Worten: Die zufällig nicht umgebracht wurden, müssen ihren Frieden machen mit denen, die zufällig nicht mehr dazu gekommen sind, sie umzubringen.

*

Viele Briefe kommen aus der Heimat, die verlassen zu müssen wir so unglücklich, die verlassen zu können wir so glücklich waren; manche bestätigen unsere Überzeugung, daß ihre Schreiber während der kritischen Jahre knapp das Existenzminimum an Fügung in die Umstände leisteten, nicht ein Winziges darüber hinaus. Schade, daß solche alle Zweifel zerstreuenden Briefe meist nur von jenen kommen, über deren Gesinnung und Haltung ein Zweifel nie bestand.

Die Briefe aus der Heimat sind voll von Klagen und Anklagen; höchstberechtigten gewiß. Doch es sind da zwei Gruppen von Klagen zu unterscheiden: eine sehr kleine, in der geklagt wird über das Unerträgliche, das vom März 1938 ab daheim ertragen, mit angesehen, mit erlebt werden mußte. Und eine weit, weit umfangreichere, deren Verfasser kein Wort verlieren über die Schrecken der Nazizeit, nervös sichtlich erst wurden, als Bomben ihnen aufs Haus fielen, und in rechte Klage-Stimmung erst mit der Stunde der Befreiung kamen. Kaum hie und da scheint in ihren Mitteilungen ein opportunes Sätzchen auf, aus dem man zur Not schließen könnte, es sei schon *vor* Bomben und Russen ungemütlich im Vaterland gewesen. Und das Wort «Befreiung» steht zwischen Gänsefüßchen. Auch wir haben uns die Befreiung freier vorgestellt, mit mehr Ausrufungs- und weniger Fragezeichen.

Aber den Morgen anklagen, daß er grau ist, das sollten jene nicht tun, die sich so gut zurechtfanden in der pechschwarzen Nacht, die ihm voranging.

In einem solchen Klagebrief ruft der Absender, seine Schicksale mit denen der Emigranten vergleichend, aus: «Ihr habt nur die Heimat verloren.» Nur. Es geht überdies die Sage, ein oder der andere Emigrant hätte, indem er das werden mußte, außer der Heimat noch ein paar Kleinigkeiten verloren, wie etwa sein Leben oder seine Gesundheit, Familie und Freunde, Beruf und Besitz, die Atmosphäre der Muttersprache (für den Geist, was Luft für die Lungen), die Zukunft, für die er vorgebaut hatte, die Vergangenheit, an die ein Wiederanknüpfen ihm nicht mehr möglich ist. In diesem letzten Punkt – ich meine, was die Kontinuität der privaten Lebenslinie anlangt – scheinen die Zuhausegebliebenen doch besser dran zu sein als die Weggegangenen. So schrieb mir z. B. ein Wiener Schauspieler (der als solcher rechtens in hinterer Reihe stand, als wir ihn verließen), die Nazizeit hätte ihre Peinlichkeiten gehabt, aber immerhin habe er sich während ihrer «in die erste Reihe nach vorn gespielt». Wodurch ihm offenbar jene Peinlichkeiten kompensiert erscheinen.

*

Es gibt ein «Faust»-Fragment von Lessing, in dem der Geist dem Faust auf die Frage: «Was ist das Schnellste auf Erden?» die Antwort erteilt: «Der Übergang vom Guten zum Bösen.» Ein Beispiel für die Richtigkeit dieser Antwort lieferte vor etlichen Jahren die unfaßbare Rapidität, mit der sich Kreuze in Hakenkreuze, Menschen in Unmenschen verwandelten. Jetzt vollzog sich in gleichem Tempo die Rückverwandlung. Daß sie so schnell vor sich gehen konnte, verdanken wir dem Führer: weil er nämlich an äußeren Manifestationen der Gesinnung nur so oberflächliche von seinem Volk verlangte wie Partei-Abzeichen, Hitlergruß und dergleichen. Stellen wir uns vor, er hätte drastischere, sichtbare Bekundungen der Anhänglichkeit an ihn gefordert. Etwa das Tragen eines Nasenrings. Kein Zweifel, seine Untertanen hätten ihn angelegt, seine Philosophen der Sache den ideologischen Unterbau, seine Kunstgelehrten ihr die ästhetische Rechtfertigung apportiert. Die Rückverwandlung aber von Nazis in Nicht-Nazis wäre nicht so leicht gegangen wie jetzt, wo sie sich rasch und schmerzlos vollzog, im Handumdrehen, im Sinn-Umdrehen.

Ein Geist mit heutigen Erfahrungen hätte wahrscheinlich seiner Antwort an Faust: «das Schnellste ist der Übergang vom Guten zum Bösen» hinzugefügt «und retour».

*

So ziemlich alle namhaften Künstler Deutschlands und Österreichs, die das Dritte Reich akzeptierten und von ihm akzeptiert wurden, haben den Reinigungs-Prozeß, dem sie sich der Form halber unterziehen mußten, hinter sich. Nur ein paar besonders schwer zu Säubernde sind noch in der Fleckputzerei; bald werden auch sie für die neue Demokratie tragbar gemacht sein. Mit Künstlern nimmt man es nicht genau. Dem Schuster, der für die Nazi Stiefel gemacht hat, zum Treten und Zertreten, wird das nicht so leicht verziehen wie dem Dirigenten, der für sie Musik gemacht hat, zu ihrer Erbauung und seelischen Stärkung in den Pausen jenes Geschäfts. Manchem kleinen antisemitischen Zeitungsschreiber von gestern ist die Ausübung des journalistischen Gewerbes verboten; dem großen Schauspieler, der durch seine Filmdarstellungen greulicher Juden-Karikaturen die Zuschauer in lebhafteste Pogromstimmung brachte (ein Orpheus, der die Bestien nicht besänftigte, sondern animierte), stehen die Bühnen des neuen Deutschland offen. Da haben wir den Zauber der Kunst! Von einer Lumperei, in ihrem Bezirk geleistet, verschwindet das Lumpige hinter der Leistung. In Kunst getan verliert offenbar, einer Art von archimedischem Prinzip gehorchend, das Gemeine und Böse an Gewicht.

Trotzdem könnte ich als alter Romantiker mir vorstellen, daß ein oder der andere deutsche Künstler, zur Kollegenschaft mit solch' langjährigem Hitlerianer gezwungen, sich weigern möchte, ihm die Hand zu geben. Schon eingedenk dessen, daß der Kollege noch vor kurzem in der Zumutung, die Hand zu nehmen, eine maßlose jüdische Frechheit erblickt, sie mit Abscheu zurückgewiesen, vielleicht der Gestapo gepfiffen hätte.

Man hat die Künstler, die es mit den Nazi hielten, damit entschuldigt, daß sie eben Künstler waren. Nur das. Große Kinder, denen alles recht war, wenn man sie nur ihre Spiele spielen ließ. Unberührt von dem, was sonst um sie vorging (falls sie überhaupt etwas davon merkten), waren sie um nichts bekümmert als um ihren edlen Beruf, und außerhalb dessen Sphäre reine Toren, mit Blindheit und Stumpfheit gesegnet. Nicht den Nazi, sondern ausschließlich der Kunst zuliebe, haben sie ihr Hakenkreuz auf sich genommen.

Eine Spur von Wahrscheinlichkeit besteht immerhin, daß sie dies taten, um im Genuß ihrer Stellungen, ihrer ungestörten Berufsübung, ihrer Beliebtheit und ihres Einkommens zu bleiben. Gewiß durchaus einleuchtende, natürliche Beweggründe (oder richtiger: Stillhaltegründe). Man kann keinem Menschen gewöhnlichen seelischen Formats, keinem Charakter von normaler Wackligkeit vorwerfen, daß er sich in drangvoller Lage benommen hat, wie nur ein ungewöhnlich nobles Herz, ein ungewöhnlich standfester Charakter sich *nicht* benommen hätten. Es setzt, zum Beispiel, den großen Dirigenten wenn auch nicht eben hinauf, so doch keineswegs herunter, daß er die Sicherheiten des Zuhausebleibens den Fragwürdigkeiten des Exils vorgezogen hat. Verdächtig aber ist und macht ihn, daß er diese praktische Entschließung als eine heroische ausgibt. «Emigration», erklärte der Maestro, «wäre feige Flucht gewesen.» Flucht wovor? Vor Verfolgung, Entrechtung, Lager, Tortur, Schafott? Nicht die geringste Gefahr, in diesen Spielplan des Dritten Reiches einbezogen zu werden, drohte dessen erstem, repräsentativen Musik-Gauleiter. Seine Flucht wäre eine vor anderen Peinlichkeiten gewesen: vor des Führers Händedruck, vor Görings Umarmung, vor der widrigen Aufgabe, dem, was Nazikultur hieß, musikalische Glanzlichter aufzusetzen, vor der Nötigung, dem Ansehen des Mordregimes dienen zu müssen, das sein geliebtes Vaterland vor Gott und Menschen hassenswert machte. Dieses Martyrium hat der Meister zwölf Jahre durchgelitten, ohne Gedanken an feige Flucht Raum zu geben.

Die Künstler, die, um ihren Frieden zu haben, ihn, leichten oder schweren Herzens, mit den Nazi machten, handelten jedenfalls klug. Sie wahrten sich ungestörte Fortsetzung ihrer Arbeit, Huld der Mächtigen lächelte ihnen, ihr Talent, von vieler lästiger Konkurrenz befreit, fand breitesten Raum, sich zu betätigen und zu bestätigen, blieb in Schwung und Übung. Unbeschädigt, wie die Künstler selbst, ging es durch die so viele und vieles zerstörenden Jahre. Und der Standpunkt hat einiges für sich, wonach Verschwendung wäre, es aus zimperlichen Sauberkeitsbedenken nicht dem Kulturbetrieb des neuen Deutschland nutzbar zu machen. So viel reife und reifende künstlerische Begabung, so viele Dichter, Musiker, Maler, Schauspieler sind in Hitlers Lagern, Folter- und Gaskammern verschwunden! Die Künstler, denen seine Sonne schien, sind erhalten geblieben. Trösten wir uns mit diesen über jene. Was man hat, hat man.

Schiller dachte so hoch von den Künstlern, daß er ihnen ein besonderes Mandat verlieh: «Der Menschheit Würde ist in eure Hand gegeben.» Dennoch geschah es, daß die mit der Menschheit Würde vorzugsweise Betrauten den seit Geschichtsbeginn schlimmsten Entwürdigern der Menschheit herzhaft zu Willen und Diensten waren; und es ganz bestimmt noch heute wären, hätten ihre Patrone nicht Kriegspech gehabt. Oder glaubt irgendwer, jener berühmte deutsche Schauspieler hätte sich lange geziert, Star des Films zu sein, in dem die Ausrottung der Juden gefeiert worden wäre? Oder der große Dirigent sich lieber ins Exil begeben, als den Takt zu schlagen für die Jubel-Hymne «Das Hakenkreuz überm Weißen Haus!» Feige Flucht ins Ausland wäre für ihn nicht in Frage gekommen, schon deshalb nicht, allerdings, weil es dann kaum noch viel Ausland gegeben hätte.

Doch wir brauchen uns nicht darüber zu kränken, daß der Dichter das erwähnte Mandat so unsicheren Kantonisten verliehen hat. Jedes Kapitel der Weltchronik, vom Pyramidenbau bis zur Sache mit dem Schiff «Exodus», erweist nämlich, daß der «Menschheit Würde» gewichtlos ist auf der Waage der Entscheidungen, eine non-valeur durchaus, und also ziemlich wurscht, wem sie in die Hand gegeben. In diesem Sinn kann man's auch den Künstlern nicht gar zu übel nehmen, wenn für sie die Menschheit nur soweit von Interesse ist, soweit sie als Publikum in Erscheinung tritt.

*

Abel, wenn er vor den Mordabsichten seines Bruders Kain geflohen wäre, wäre «Emigrant» geschimpft worden und hätte als solcher bittere Unannehmlichkeiten zu erdulden gehabt. Er wäre sein Leben lang in der Welt herumgelaufen mit dem Abel-Zeichen auf der Stirn.

Je länger man in der Fremde lebt, desto fremder wird sie. (Im Anfang scheint es ganz leicht, mit ihr vertraut zu werden.)

Je näher man ihr kommt (oder zu kommen glaubt), desto weiter rückt sie weg.

Je genauer man sie kennenlernt (oder kennen zu lernen glaubt), desto stärker wird die Empfindung, daß man sie niemals richtig kennen wird. Aber vielleicht gilt das nur für die reifere Jugend über sechzig.

*

Im fremdsprachigen Land wird die eigene, die Muttersprache – sonst war sie Haus und Heim, Sicherheit verbürgend, Wärme und, in ihren Grenzen, das himmlische Gefühl der Grenzenlosigkeit – zum Gefängnis, aus dem auszubrechen auch bei größter Wendigkeit und Geschicklichkeit nur schwer gelingen will.

Was Gerüst war einer herrlich weit gespannten Welt, schrumpft ein zu engenden Gitterstäben.

*

Es ist der gleiche Himmel, und es sind die gleichen Sterne und ihr Gefunkel das gleiche wie daheim.

Aber ihr Spiegelbild in der Psyche ist ein anderes da und dort.

*

Die Menschen sind gut oder böse, klug oder dumm, angenehm oder zuwider, ganz wie daheim.

Aber ihre seelische Transpiration ist eine andere.

*

Und wenn einer in der Fremde stirbt, selbst in einem richtigen Bett an einer richtigen Krankheit, hat er doch, soweit er den Vorgang überhaupt noch kritisch beobachten kann und will, die Empfindung, eines unnatürlichen Todes zu sterben.

*

Emigranten-Schicksal: Die Fremde ist nicht Heimat geworden. Aber die Heimat Fremde.

Apropos Nürnberg

Die Lenker des Dritten Reichs haben oft emphatisch erklärt, daß Worte wie «Unterwerfung», «Kapitulation» oder dergleichen im Nazi-Vokabular nicht vorkommen.

Der Verlauf der Geschichte hat sie dann genötigt, doch genauer im Vokabular nachzusehen, und es stellte sich heraus, daß die erwähnten Worte dort immerhin zu finden waren. Was aber wirklich getilgt erschien aus dem Wörterbuch der Nazis, war das Wort: Erbarmen. Sie quälten, hängten, vergasten, erschossen mit einem Animo, das von keiner Regung des Mitleids gebremst wurde. Sie taten ihre Untaten «eiskalt» (das war ein Lieblingswort von Goebbels), verfolgten «mit eiskalter Entschlossenheit» ihren Plan, die Juden auszurotten, akzeptierten «mit eiskalter Ruhe» den Haß, der ihnen galt.

Und allmählich haben die Menschen gelernt, sich in Nazi-Sachen auf die Temperatur: eiskalt einzustellen. Dementsprechend war die Reaktion auf die Nürnberger Hinrichtungen. Die Welt nahm sie kaum mit einem anderen Gefühl zur Kenntnis als dem der Genugtuung, und ohne Abscheu vor dem immerhin Abscheulichen des Vorgangs. Allerdings, es wurden Einwände erhoben gegen den Urteilsspruch und seine Vollstreckung, Einwände legaler, politischer, religiöser Natur – aber keine Stimme des Mitleids wurde laut.

*

Wir lasen, daß die zehn Nazi-Führer, den Tod vor Augen, Würde und Haltung gezeigt haben. Von den Unzähligen, die *sie* töten ließen, mögen wenige in der Lage gewesen sein, es ihnen in puncto Würde und Haltung gleichzutun. Denn es dürfte sehr schwer sein, sich gerade zu halten, wenn man krumm geschlagen ist; sehr schwer, Würde zu zeigen, wenn man in den Gasofen gestoßen wird; sehr schwer, durch Haltung zu imponieren, indes man zwischen Leichen und Fäkalien verhungert. Auch ein gelassenes Lächeln aufzusetzen – wie es, wurde berichtet, ein paar der Nürnberger Angeklagten taten –, dürfte einem bis zur Unkenntlichkeit zerschundenen Gesicht beim besten Willen kaum gelingen.

Wer weiß, wie viele Beispiele von heldenhafter Fassung, von stoischer Ruhe, von Seelengröße, von moralischer Überlegenheit über ihre Verfolger die Opfer der in Nürnberg Gehängten gegeben hätten, wäre mit ihnen verfahren worden wie mit diesen.

Die zehn in Nürnberg ließen in ihren letzten Minuten Deutschland, das sie ums Leben gebracht haben, hochleben. Was sie sagten, ist festgehalten worden für Mit- und Nachwelt.

Wer weiß, wie viele der von ihnen ins Grab Befohlenen in ihren letzten Minuten ein Wort gesprochen hätten, würdig, in einem Buch vom Adel menschlicher Seele verzeichnet zu werden . . . hätten sie den Mund aufmachen dürfen (und noch die physische Kraft gehabt, ihn aufzumachen). Sicher, viele unter ihnen würden Größe bewiesen haben, wäre ihnen nicht vorher die Beweisfähigkeit aus Leib und Seele geprügelt worden. Ja, manche mögen sogar trotzdem solchen Beweis erbracht haben – aber es war kein Zeuge da, willens, hiervon zu berichten.

Um die Nürnberger Galgen saßen Repräsentanten der Weltpresse und stenographierten mit.

Begegnung mit Papen

An einem Augusttag des Jahres 1937 war der liebliche Ort Kammer am Attersee (Salzkammergut) in Erregung. Herr von Papen, Gesandter des Dritten Reiches in Wien, sollte auf einer Sommerrundfahrt durch Österreich nachmittags nach Kammer kommen. Papen war keine populäre Figur in Österreich, aber die Swastikakanaillen wußten, was sie an ihm hatten: den Mann, der zielbewußt und kunstgerecht, geradeaus wie hintenherum, ihr Vaterland an Hitlers Messer zu bringen suchte. Und die vom kommenden Kriege träumten, entsannen sich seiner Rede aus dem Jahre 1933 – in Nürnberg scheint man sich ihrer nicht erinnert zu haben –, in der er den «Strohtod», wie er das nannte, als eines deutschen Mannes unwürdig erklärte. Ein rechter deutscher Mann stirbt nicht im Bett, sondern auf dem Schlachtfeld, sagte Papen. Etliche Millionen Männer taten ihm kurze Zeit hernach den Gefallen.

An jenem Augusttag erschien der Wirt des Grand Hotel, wo für den illustren Besuch Zimmer gesichert waren, frühmorgens schon im Salonrock – um den Bauch herum spannte er ein wenig –, und es zeigten sich auffallend viele Spaziergänger in der Straße. Ich entsinne mich einer Bürgerin Kammers, die, ein Baby auf dem Arm, Posten vor dem Hotel gefaßt hatte. Mehrere Stunden hielten Mutter und Kind der glühenden Sonne stand, um den historischen Augenblick nicht zu verpassen. Die Frau war allerdings eine Zugereiste, aus Graz überdies. Die Leute von Kammer selbst bekannten sich als so leidenschaftliche Nazis nur vor und nach der Sommersaison; während dieser hielten sie, in punkto Kasse besonders, auf Neutralität. Gegen die Wiener Regierung allerdings war man in Kammer auch sommers über erbittert. Als einen der Gründe dieser Erbitterung nannte mir der Papierhändler dort die behördliche Zumutung, an Dollfuß' Todestag brennende Kerzen ans Fenster zu stellen. «Wer zahlt uns die Kerzen?» fragte der Gewerbetreibende.

Um 3 Uhr nachmittags also fuhr beim Grand Hotel der Wagen mit den Initialen C. D. (Corps Diplomatique) und einer kleinen eisernen Hakenkreuz-Standarte vor. Die ausdauernde Grazerin mit dem Kind streckte abwechselnd den eigenen Arm und den des Babys zum deutschen Gruß aus. Der tiefgebückte Wirt geleitete Papen und Familie in ihre Zimmer. Eine Weile später erschien der Gesandte im Bade-Trikot und begab sich, ein geübter Obenauf-Schwimmer in jederlei Wasser, in den Attersee.

Soweit verlief alles ruhig. Gegen Abend aber begann verdächtiger Zuzug. Aus der dörfischen Nachbarschaft kamen auf Lastwagen und Fahrrädern Trupps von militanten Nazis, teils angeheitert, teils betrunken, in den Ort. Sie versammelten sich im Hofgarten, an dessen Eingang ein rührendes Plakat warnte: «Nur für Hotelgäste. Fremden ist der Zutritt verboten.» Bei Dämmerung war der Garten gefüllt von Hunderten im Chor sich äußernder Nazis, alle geziert mit dem damals in Österreich verbotenen Parteiabzeichen. Der Chor äußerte sich günstig für Hitler und Papen, ungünstig über die Juden und die Regierung in Wien. Das Letztere ärgerte den Kollegen Kirschbaum vom christlich-sozialen «Neuigkeits-Weltblatt» (wie ich Gast des Hotels), und er telefonierte der Gendarmerie, sie möge kommen und Ordnung machen. Durch ein Fenster im Speisesaal, in dem er soupierte, beobachtete von Papen wohlwollend den Krawall draußen. Nach dem schwarzen Kaffee ging er in den Garten und ließ sich mehrere Ovationen bringen. Er hielt auch eine Ansprache. Was er sagte, weiß ich nicht. Aber nach den animierten «Sieg Heil»- und «Pfui Schuschnigg»-Rufen zu schließen, muß er seinen Zuhörern nach dem Herzen gesprochen haben. Sie ließen ihn, als er gegangen war, noch ein Stündchen lang hochleben, ehe sie sich in die Wirtshäuser von Kammer verzogen – gewiß, daß ihre Sache in guten Händen ruhe.

Patriotische Hotelgäste empfanden das Benehmen des Gesandten als Skandal und schickten ein mit vielen Unterschriften versehenes Protest-Telegramm (von Kollegen K. und mir meisterlich textiert) an Schuschnigg. So kindlich nichtsahnend vom wahren Stand und Gang der Dinge waren noch im August 1937 die Sommerfrischler im Salzkammergut!

Gegen 11 Uhr nachts, als alles vorüber war und Herr von Papen bereits den festen Schlaf des Ungerechten schlief, hielt beim Hotel ein Fahrrad mit einem älteren Mann in Uniform obenauf. Der Gendarm. Er wollte den Grund wissen, warum man ihn vor fünf Stunden hergerufen hatte. Nachdem ihm der Grund mitgeteilt worden war, zog er sein Notizbuch, prüfte die Elastizität des ledernen Bandes um dieses durch mehrmaliges Spannen und Loslassen, steckte das Notizbuch wieder ein, sagte: «Na ja, die Nazi» und radelte heimwärts. Ein Staatsbeamter nach bester altösterreichischer Tradition.

An den Rand geschrieben

England, die Vereinigten Staaten und Frankreich haben (schon im Frühjahr 1946) dem spanischen Volk den guten, freundschaftlichen Rat gegeben, sich selbst von Francos Diktatur zu befreien.

Es lassen sich verschiedene Wege denken, die die Spanier zur Befolgung des Rates einschlagen könnten. Zum Beispiel den Weg einer in warmen Worten abgefaßten Petition an Franco, sich und sein Regime zu beseitigen. Wer weiß, vielleicht trifft ihn das Ansuchen in Geberlaune, und er tut den

Bittstellern den Gefallen. Die Chancen sind allerdings, soweit man den Generalissimo kennt, nicht groß. («Generalissimo»: der pikante grammatikalische Fall des Superlativs eines Substantivs.)

Ein zweiter Weg wäre der des Aufruhrs oder zumindest der Drohung mit ihm. Kann sein, daß die spanischen Machthaber, wenn sie das Volk entschlossen sehen, in seiner vollen Armatur, d. h. bewaffnet mit Fäusten, Heugabeln, Pflastersteinen und Besenstielen, gegen ihre Tanks, Kanonen, Maschinengewehre, Flammenwerfer und Bombenflugzeuge anzurücken, mag sein, daß sie es mit der Angst bekommen und abtreten.

Der einfachste und bequemste Weg für die Spanier wäre zweifellos der des Hungerstreiks, will sagen des beharrlichen Nichtessens, solange Franco am Ruder ist. Doch dies tut ja das spanische Volk konsequent schon seit zehn Jahren, ohne damit auf den Diktator besonderen Eindruck zu machen.

*

Die Stadt Guernica feierte vor kurzem ihren Wiederaufbau. Um diesen hat sich Generalissimo Franco zweifellos verdient gemacht, insofern als Guernica nicht hätte wieder aufgebaut werden können, hätte der Generalissimo es nicht vorher durch Görings Luftwaffe zerstören lassen. In Anerkennung dieser Leistung – in die Geschichte eingegangen als «der Kindermord von Guernica» und fast schon so berühmt wie der von Bethlehem – verlieh die Stadt jetzt dem Patron der historischen Untat, dem Generalissimo, das Ehrenbürgerrecht; dem Criminalissimo, sozusagen.

*

Der erste Schrecken über die Atombombe – die unheimlichste Frucht vom Baum der Erkenntnis, die bisher der verdutzten Menschheit in die Hände geraten ist – scheint abzuklingen. Wie sie unschädlich zu machen, zu kontrollieren, zu domestizieren wäre, davon hat noch niemand eine klare Vorstellung, aber die Grenzen-Zieher und Völkerschicksal-Bestimmer verhandeln das Problem, die Welt zu ordnen, so, als wären nicht durch die Atombombe die Voraussetzungen solcher Ordnung von Grund auf geändert worden. Mit Recht schrieb der klarstsehende und -urteilende politische Journalist Amerikas, Mrs. N. O'Hara McCormick, die Friedenskonferenzen kämen ihr so vor, wie Galilei die wissenschaftlichen Konferenzen seiner Zeit erschienen sein mögen, die von der Annahme ausgingen, die Erde sei flach.

Allerdings, es vergeht kaum ein Tag, an dem nicht gewichtige Stimmen sich hören ließen, die der zivilisierten Menschheit den Untergang via Atombombe voraussagen. Auf die abgehärteten Gemüter der Zeitgenossen macht das aber keinen erheblichen Eindruck mehr. Unter anderem auch deshalb nicht, weil der Mensch als Teilchen einer großen Gruppe vor einer Gefahr, die die gesamte Gruppe läuft, weniger erschrickt, als vor einer, die ihn als Einzelindividuum bedroht. Solamen est habuere malorum socios. Was für ein Trost erst, wenn die ganze zivilisierte Welt unser Sozius beim Zugrundegehen sein soll! Durch die Sintflut umzukommen, dürfte für die meisten Sterblichen eine weniger furchtbare Vorstellung sein, als das Umkommen durch eine simple, lokal begrenzte Überschwemmung.

*

«Pazifist» war im kriegsgeilen Hitler-Deutschland gleichbedeutend mit Landesverräter. Pazifisten waren mehr gehaßt und verfolgt selbst als Juden und Kommunisten. Sie wurden kurzerhand erschlagen oder langerhand zu Tode geschunden. In denen aber, die übrigblieben (wie in den Pazifisten anderer Nationen) ging ein Wandel vor: sie hörten auf, Pazifisten zu sein, in der Erkenntnis, daß der endgültige Triumph des Anti-Menschen nur zu verhindern wäre, wenn seiner Gewalt Gewalt entgegengesetzt würde. Die These: «lieber alles andere als Krieg» weiter zu verfechten – das wäre etwa so gewesen, wie der zivilisierten Welt zum Sterben zuzuraten, damit ihr die lebensrettende Operation erspart bleibe. Gut, daß die logische Unordnung wieder beseitigt ist, die Friedensfanatiker nötigte, den Krieg zu wollen.

*

Kolumbus nahm das Ei, setzte es hart auf den Tisch, so daß es, durch Quetschung seiner Schale unten verbreitert, senkrecht stehen blieb. Diese miserable Scheinlösung der Aufgabe, ein Ei derart auf die Spitze zu stellen, daß es (natürlich unzerstört) im Gleichgewicht bliebe, sprach sich herum, und dem u. a. hatte der große Entdecker es vermutlich zuzuschreiben, daß seinen geographischen Konstruktionen vielerseits großes Mißtrauen entgegengebracht wurde.

Die deutsche Literatur aber kann von Glück sagen, daß die Sache mit dem Ei passiert ist. Andernfalls wäre sie um den Satz in Adolf Hitlers: «Mein Kampf», elftes Kapitel, Zeilen 6 bis 8 von oben, gekommen, welcher lautet: «Es liegen die Eier des Kolumbus zu hunderttausenden herum, nur die Kolumbusse sind eben seltener zu treffen.» [. . .]

Gespräch mit Frau Koch

Ich erkundigte mich nach dem Baby, dessen Mutter während ihrer Untersuchungshaft zu werden Frau Koch die gute Idee gehabt hatte. Und offenbar auch ausreichende Gelegenheit. Der Einfall rettete sie vor dem Galgen, die Gerechtigkeit ließ es bei lebenslänglichem Kerker bewenden, und die gegenteilige Instanz setzte die Strafe auf vier Jahre herab, von denen drei als verbüßt gelten. Frau Koch spricht von dem Sprößling, dem sie (und der ihr) das Leben geschenkt hat, mit begreiflicher Sympathie. Ob das Kindchen ihr nachgerät, konnte sie noch nicht sagen, da es die mütterlichen Talente, falls es diese geerbt hatte, vorerst nur an Käfern zu erproben in der Lage sei.

Über die amerikanische Militärregierung und deren Justiz

äußert sich Frau Koch mit großer Anerkennung. «Es gibt noch Richter bei uns!» bemerkt sie mit einem leichten Lächeln. Sie erzählt von den Glückwünschen, die ihr jetzt aus allen Kreisen des entnazifizierten Deutschland in großer Zahl zukommen, «man ist nicht vergessen im Vaterland», doch mit Bitterkeit erfüllt es sie, daß unter den Gratulanten viele ihrer Intimsten fehlen; gerade von den besten Freunden aus der SS – gerade von den altbewährten Parteigenossen, mit denen sie immer in jeder Beziehung d'accord gewesen war, kam kein Brief, kein Blümchen.

«Frau Koch», sagte ich, «Sie dürfen das den alten Kameraden nicht übelnehmen. Wenn die nichts von sich hören lassen, so keineswegs aus Mangel an Solidaritätsgefühl, sondern aus Mangel an Zeit. Vergessen Sie nicht, daß viele dieser Kameraden teils von Ihren Landsleuten, teils von den Besatzungsmächten in wichtige Stellungen eingesetzt, auf verantwortliche Posten berufen wurden. Die haben alle Hände voll zu tun, die Dinge daheim wieder ins alte Geleise zu bringen.»

Frau Koch murmelte, nicht ohne Räson, vor sich hin: «Da könnte ja wohl auch für mich ein Plätzchen . . .»

Wir kamen dann auf Frau Kochs Erlebnisse in Buchenwald zu sprechen und wie fruchtbar ihre Phantasie war an originellen Einfällen, Abwechslung ins Leben und Sterben der Gefangenen zu bringen. Aus den Berichten des öffentlichen Anklägers in ihrem Prozeß Wilhelm S. Denson war ich mit der Materie vertraut, und ich kannte auch die Geschichten aus dem Buchenwald, die Dr. Eugen Kogon aus siebenjähriger passiver Erfahrung dort zu erzählen weiß.

«Erinnern Sie sich noch, Frau Koch», fragte ich, «an die Reitbahn, die die Gefangenen Ihnen bauten, wobei manche so ungeschickt arbeiteten, daß Sie sie hinrichten lassen mußten? Oder wie Sie die 3000 Männer splitternackt antreten und stundenlang so stehen ließen und sich die herauspickten, die Ihnen . . .?» – «Hören Sie auf!» unterbrach Frau Koch, «quälen Sie mich nicht so! Ach, nichts tut weher, als im Unglück das Erinnern an glückliche Zeiten! So sagt unser großer Goethe. Ich besaß seine Werke in Prachtausgabe. Aus dem Besitz von Thomas Mann. Wo sind sie hingekommen? Am Ende hat sie der Jud' wieder? 42 Bände! In Schweinsleder.» Wehmut umschleierte ihr Auge.

Dieses entflorte sich, als unser Gespräch von Schweinsleder zwanglos auf Menschenleder kam. Hierüber wußte Frau Koch als leidenschaftliche Sammlerin dieses Artikels (ein Hobby wie jedes andere), gut Bescheid. Fertiges Zeug ließ sie sich nicht anhängen, sondern traf ihre Auswahl unter den in Frage kommenden Stücken, solange diese noch auf zwei Beinen herumliefen. Sie bekam die Dinger sozusagen frisch vom Stamm geliefert. Niemals hat Frau Koch die Individuen, deren Tätowierungen ihren Gusto weckten, lebendig abhäuten lassen, hat vielmehr darauf bestanden, grundsätzlich, daß sie vorher getötet wurden. Ich weiß nicht, ob sie das aus Sentimentalität so haben wollte, oder weil bei dieser Abfolge des Vorganges bessere Garantie für die Unversehrtheit der Häute gegeben war.

«Was sind Ihre Pläne, Frau Koch, für die nächste Zukunft? Beabsichtigen Sie nach Amerika zu gehen? Oder sonstwohin ins Ausland?» – «Darüber bin ich mir selbst noch nicht im klaren», sagt sie. «Schwierigkeiten mit Visen und dergleichen hätte ich wohl kaum, da auf mir nicht der Makel lastet, eine Displaced Person zu sein.» Dennoch wird Frau Koch wahrscheinlich daheim bleiben. Sie hält es nicht für richtig, sich dem Vaterland in Krisenzeiten zu entziehen. Das Beispiel der bedeutenden Künstler schwebt ihr vor Augen, die 1933 es gleichfalls so gehalten haben. Wenn es heute auch sehr traurig in Deutschland aussieht, «mich schreckt der Anblick von Jammer und Elend nicht», sagt Frau Koch, «ich bin gewohnt, dem Tod ins Auge zu schauen». Das darf sie mit vielem Recht behaupten, angesichts der Sterblichkeitszahl von 53000 in Buchenwald, während dieses unter ihrer mütterlichen Obhut war.

«Frau Koch, ist Ihnen das immerwährende Schauspiel von

Marter und Mord im Lager nicht doch manchmal auf die Nerven gegangen?»

«Man gewöhnt's!» antwortete sie, «und später fehlt es einem, wenn man's nicht hat.»

Ich glaube um ihre Karriere nach Entlassung aus der Haft braucht uns nicht bange zu sein. Wie die Weltaffären laufen, wär's ja gelacht, wenn eine Kraft wie Ilse Koch sich nicht zweckvoll in den Betrieb einschalten ließe.

Von Kunst, Politik, Haß und Liebe

In der Wiener Zeitschrift «Musik-Blätter» schreibt Wilhelm Furtwängler: «Ich bin im deutschen Raum geboren, und habe als Musiker Aufgaben dieses Raums zu erfüllen.» Deshalb blieb er in ihm. Die Aufgaben, die ein Raum einem Dirigenten stellt, sind klangtechnische Aufgaben. Andere wesentlicher Natur gibt es kaum. Dennoch ist nicht anzunehmen, daß nur Pflichtgefühl gegen die Akustik dort den Dr. Furtwängler im «deutschen Raum» festgehalten hat. Er meinte das Wort gewiß in einem höheren Sinn als in dem dreidimensionalen, in dem etwa sein Führer es gebrauchte. Solchem deutschen Raum höheren Sinns würde er vielleicht besser gedient haben, hätte er seine Pflichten gegen ihn verstanden, wie Casals oder Toscanini die ihren gegen den spanischen bzw. italienischen Raum. Warum er es nicht hielt wie jene, dafür gibt es mehrere einleuchtende Erklärungen. Es gibt auch eine – nicht ganz so einleuchtende – für das Phänomen, daß sein Verstand, sein Herz und sein Taktstock durch all das Grausige, das im deutschen Raum geschah, nie aus dem Takt gebracht wurden. Deshalb nämlich nicht, weil dem Blick des Dr. Furtwängler, immerzu starr nur auf Musik gerichtet, entging, was außerhalb dieser sich ereignete. Noch bei vielen anderen Persönlichkeiten nazideutschen Geisteslebens kam es zu einer ähnlich glückhaften Schrumpfung ihres Wahrnehmungs-Vermögens (wie sie in ruhigen Zeiten nur bei

Idioten zu beobachten ist). Eine Menge innerer wie äußerer Konflikte blieb ihnen so erspart. Frühling 1945 gerieten sie alle wieder, gottlob, in den Vollbesitz ihrer perzipierenden Fähigkeiten.

Vor Monaten gab es hier in Amerika Streit um Gieseking. Jene, die von dem bedeutenden Pianisten, weil er ein Nazi war und es vermutlich noch ist, nichts hören wollten, auch keine Musik, wurden von anderen belehrt: Kunst hat nichts mit Politik zu tun. Ein gesunder, vernünftiger Grundsatz; nur hier fehl am Ort. Denn Hakenkreuzler-Sein war viel weniger ein politisches als ein moralisches Bekenntnis. Es hieß: ein System bejahen, das seine Anhänger zur Bestialität verpflichtete, die Folter als Rechts- und (für die Folterer) als Erlustigungs-Mittel einführte, und in großem Stil den Einfall praktizierte, Öfen mit lebendigen Menschen zu heizen. Will sagen: wenn Bejaher solchen Systems hier unfreundlich empfangen wurden, so nicht wegen ihrer *politischen* Gesinnung. Also hatten the Gieseking's men besser sagen sollen: Kunst hat nichts mit Moral zu tun. Auch ein richtiger Grundsatz. Doch seine Anwendbarkeit hat, besonders in praxi, Grenzen. Gewiß, daß Gieseking es mit den Nazis hielt, ändert nichts daran, daß er glänzend Klavier spielt, besonders Debussy, und ihm zuzuhören großes Vergnügen bereitet. Aber daran würde es auch nichts ändern, wären ein paar Raubmorde auf seinem Kerbholz – nur hätte man ihn dann, trotz Debussy, doch kaum in die Carnegie Hall eingeladen. Vor vielen Jahren gab es in Wien Skandal um eine damals hochberühmte Klavier-Virtuosin. Es war stadtbekannt geworden, daß sie sich um ihr kleines Mädchen nicht kümmerte, sondern es einer Dienstperson überließ, die das Kind mißhandelte. Über ihr Konzert schrieb der große Kritiker Ludwig Speidel: «Frau E. spielte mit vollendeter Meisterschaft. Aber ich hielt es nicht lange aus im Saal. Immerzu war mir, als hörte ich durch die Musik das Wimmern eines gequälten Kindes.» Kein Mensch widersprach: Kunst hat nichts mit Babypflege zu tun. Es waren allerdings wehleidige Zeiten.

Um es in eine Formel zu bringen: der Anspruch eines Künstlers auf Achtung und Beachtung ist unabhängig davon, wie er außerhalb des Kunst-Bezirks sich verhält – es sei denn, dieses Verhalten mache seine Erscheinung menschlich so abstoßend, daß ihr künstlerisch Anziehendes dagegen nicht mehr in Betracht käme. Hier Entscheidungen zu treffen, mag nicht immer leicht sein. Es geht die Anekdote von einem Musik-Enthusiasten, der Richard Wagner, den Komponisten, so leidenschaftlich liebte, wie er Wagner, den Antisemiten, leidenschaftlich haßte. Der Mann half sich aus dem Zwiespalt, symbolisch zumindest, dadurch, daß er seiner Wagner-Büste einen Lorbeerkranz aufs Haupt legte und einen Strick um den Hals.

Wie einer zu den Künstlern steht, denen das Nazi-Klima gut angeschlagen hat, die in ihm geblüht und gefruchtet haben, das wird vermutlich bestimmt davon, welche unter den Vorstellungen, die er mit ihren Namen verknüpft, die dominierende ist. Vielen wird das Stichwort «Furtwängler» vor allem den Mann des meisterlichen Musizierens vors Auge rufen – vielen anderen den Mann, der lange Jahre getreulich mithalf, der schändlichsten Barbarei die kulturelle Mauer zu machen. Den einen werden die Juden einfallen, denen er zu helfen versucht hat – anderen die Millionen Juden, massakriert auf Befehl der Herren, deren Huld dem Maestro lächelte, und deren Anwesenheit in seinen Konzerten diesen ihr besonders festliches Luster verlieh. Natürlich, er konnte nichts dagegen tun, es war sein Malheur, nicht seine Schuld, er mußte widerspruchslos dulden, geehrt zu werden von den Obersten des Massenmord-Regimes. April 1945 wurde er sie ja los – aber nicht ganz. Denn wer bei ihnen in Gunst stand und es gut bei ihnen hatte, dem ist ein Zeichen aufgeprägt, zu tragen peinlich. Empfindliche Leute, besonders solche mit der Gabe lebhafter Erinnerung, sind allergisch gegen derart Gezeichnete; manche sind dies sogar nicht nur gegen *Menschen*, die das Stigma tragen. Es gibt «Meistersinger»-Schwärmer, für die das zauberische Werk an Zauber verlor, seit es das Pech hatte, Favorit des Führers zu werden. Mag sein: die mit Hitlers Künstlern nichts zu schaffen haben wollen, sind abnormal, sind geistig und seelisch Zurückgebliebene. Noch heute quälen sie sich und andere mit dem, was gewesen ist. Noch heute liegt ihnen schwer in Gemüt und Nerven das Abscheuliche, dessen Zeitgenossen sie waren. Mir immerhin scheinen sie weniger abnormal als jene, die es schon restlos verdaut haben, da wie dort, und selbst die Erinnerung daran schon verräumt haben in die Rumpelkammer ihres Gedächtnisses.

Notizbuch von einer Europa-Reise

In dem französischen Hafen, wo die Fortgewesenen nach langer Zeit wieder den dunklen Erdteil, Europa, betreten, fand ihr erstes Treffen mit einer kontinentalen Amtsperson statt. Es war alles ganz unverändert wie vor zehn Jahren.

Der Mann im abgetragenen Uniformrock hinter der Schranke, an die Menschen mit Gepäck stoßend und gestoßen sich drängten, tauchte seinen Arm ellbogentief in das Gepäckstück vor ihm, angelte nichts heraus, was ihn interessierte, versuchte sein Glück an anderer Stelle des Koffers. Er fischte langsam. Zuweilen schweifte sein Blick ab von der Arbeit und ruhig über die Unruhigen jenseits der Barrikade hin, die, Geduld-Pein im Antlitz, auf ihr Drankommen warteten. Daß er sie dunsten und zappeln lassen konnte, tröstete ihn vermutlich ein wenig über das jämmerliche Gehalt, mit dem er sein Leben bestreiten muß. Unerschüttert hat, nicht nur in Frankreich, der Machtkomplex der kleinen Staatsbeamten alle schweren Anfälle politischer und ökonomischer Ohnmacht überdauert, die den Staat erschütterten.

In das tausendfältige Gesicht von Paris haben sich die Sorgenfalten, die neu hinzugekommen sind, leicht eingefügt. Das Temperament der Stadt allerdings – soweit es durch Miene, Wort, Haltung ihrer Menschen bestimmt wird – scheint um etliche Grade weniger munter, als es vor zehn Jahren und selbst noch in den Monaten des drôle de guerre war. Die damals nichts hatten, haben heute noch weniger. Einige nouveaux riches, wie nach dem Ersten Weltkrieg, mag es geben; nouveaux pauvres gibt es, unübersehbar, in Menge. An Gutgekleideten fehlt es nicht, zumindest nicht in den Modeschaufenstern. Besonders arg heruntergekommen ist das französische Geld (hier ist nur sein Exterieur gemeint). Vagabundisch sieht es aus, so zerrissen oder elend geflickt. Selbst solche Hoheiten, wie Tausendfrancs-Scheine laufen um in Fetzen. Unverändert zu Recht dürfen die Champs-Élysées beanspruchen, der schönste Großstadtweg der Welt zu sein; allein schon die Harmonie ihrer Maße, der makellose Dreiklang von Breite, Länge und sanfter Steigung, legitimiert den Anspruch. Und noch immer wird diese Straße, ohne daß sie selbst etwas dazu täte, einer Feststraße ähnlich, wenn die schrägen Strahlen der Abendsonne an ihren Häusern und Autofenstern splittern. Nur einem Gast aus der Fremde mag es noch geschehen, daß zwischen seinem Aug' und den Champs-Élysées das Bild sich schiebt von Nazi-Stiefeln, in gleichem Triumphschritt-und-Tritt auf ihr Pflaster knallend. Die Pariser haben derlei Erinnerungen schon verdrängt. Man spricht überhaupt nicht mehr viel vom Krieg (vom gewesenen, heißt das) in Frankreich. Nicht einmal mehr gern vom Sieg. Zu tief sitzt in ihm, als entstellende Narbe, die radikale Niederlage vorher.

Gestorben oder in weite Welt zerstreut sind die Freunde, die vor langer Zeit der Emigrant in der Heimat ließ. Die alten guten Bekannten dort aber sind naturgemäß alte schlechte Bekannte geworden. Wechselseitige Versicherungen des Einander-ganz-unverändert-Findens füllen, mit der Regelmäßigkeit eines Rituals, die ersten Augenblicke der Begegnung. Oder richtiger gesagt: die zweiten. Die ersten braucht jeder, seine Betroffenheit zu überwinden, *wie* sehr der andere sich verändert hat. Die Zeit verwandelt den Menschen, zumindest an der Oberfläche. Sie vermerkt auf seiner Visage, wie lange schon (in Andeutungen auch: was) sie mit ihm zu tun gehabt hat, und speziell unserer Zeit darf man nachrühmen, daß sie, mit besonders hartem Griffel, besonders lesbar schreibt. Deshalb schwächen erfahrene Wiederseher ihren explosiven, lächerlichen Begrüßungsschrei: «ganz unverändert!» sofort ab, indem sie etwa dem kahl Gewordenen sagen: «Dein Haar ist vielleicht ein wenig schütterer», oder dem fett Gewordenen: «ein paar Deka, könnte sein, hast du zugenommen.» Derlei stärkt weit besser den Glauben des Betroffenen, sein Bauch, bzw. seine Glatze sei nicht drastisch bemerkbar, als die Versicherung, er wäre ganz unverändert. In der Praxis des Wiedersehens gilt wie in der ärztlichen: ein Bruchteil der unangenehmen Wahrheit ist das zulänglichste Mittel, über die ganze hinwegzutäuschen.

Doch Verlegenheiten, hervorgerufen durch den ersten optischen Eindruck, den ein alter Bekannter von dem anderen empfängt, sind komisch und schwinden rasch. Die ernsteren, dauernden Verlegenheiten kommen hinterher, wenn peu à peu die Kluft erkennbar wird, über die hinüber die beiden Verständigung suchen (falls sie suchen). Eine Kluft, zehn Jahre breit, und tief wie der Unterschied zwischen Weltbild, Anschauungen, Urteilen, Vorurteilen, Standpunkten, Erfahrungen, absolvierten Leidensschulen des Fortgewesenen und jener des daheim Gebliebenen. In den gleichen Punkten, in denen der eine besonders irritierbar ist, ist der andere unempfindlich. Haß gegen das gleiche Unrecht, der dem einen noch das Herz verbrennt, ist im Gefühl des anderen schon abgekühlt bis zur Gleichgültigkeit. Mit zweierlei Maßstäben messen beide, was geschah, besonders, was ihnen selbst geschah. Beiden verschiebt besonderes privates Erlebnis in verschiedenem Grad die Perspektive auf das Geschichtliche. Und natürlich ging die politische Entwicklung des zuhaus Gebliebenen andere Wege als die des Ausgewanderten, und in anderem Tempo. Der Emigrant aus Österreich z. B., auf Besuch in der früheren Heimat, regt sich noch auf über die vielen Nazis, indes die alten Bekannten dort mit ihnen bereits fertig sind, innerlich zumindest, und schon längst bei den Russen halten.

Für viele Österreicher, nebenbei bemerkt, beginnt die tragische Geschichte ihres Vaterlands mit dem ersten Bombenfall auf dieses. Die Spanne von 1938 bis dahin ist für sie Prähistorie; und als solche mit Nebel bedeckt. Doch Gestalten aus dieser Periode, freundliche Erinnerung an sie im Herzen und im Sinne tragend, bevölkern dicht die österreichische Gegenwart. Prähistorische Zeitgenossen, sozusagen. Es geht ihnen nicht schlecht, zumindest nicht schlechter als ihren Compatrioten mit bösen Erinnerungen an jene Tage. Als Antisemiten haben sie's nicht üppig im Österreich von heute. Es kommt auf sie per Kopf kaum 0,001 Jude. Einige Hunderttausend von ihnen dürfen wieder wählen, die Wahlen sind nahe, und das stimmt auch viele ihrer entschiedenen Gegner versöhnlich. Und wer könnte denn mit Sicherheit sagen, ob Herr Müller ein richtiger Nazi war und wie weit er das war und ob er nicht nur so getan hat? Im allgemeinen dürfte das Urteil darüber bestimmt oder wenigstens stark beeinflußt werden vom Gebrauchs-, Nutz- oder Gefühlswert, den Herr Müller für den Urteiler hat. Ich z. B. habe beschlossen, daß meine alte Haushälterin, Frau Nowak, keine Nazi war, obschon sie höchstwahrscheinlich eine war; andernfalls hätte ich mir nicht erlaubt, sie wiederzusehen, und das habe ich doch gar zu gern gewollt. Was der Mantel der christlichen Nächstenliebe heißt, ist meistens nur der Schlafrock der moralischen Bequemlichkeit.

Eine Autorität in Sachen menschlicher Beziehungen, Goethe, schreibt: «Alte Freunde muß man nicht wiedersehen. Man versteht sich nicht mehr mit ihnen, jeder hat eine andere Sprache bekommen. Man trübt sich das Bild des früheren Verhältnisses.» Wenn das schon mit den alten Freunden ist, wie erst mit den alten Bekannten!

Münchner Prozesse

I. Mathilde Ludendorff

Die Szene ist ein mittelgroßes, zweifensteriges Zimmer. Hinter Tischen mit Stößen von Büchern und Schriften: das zur Durchführung eines Gerichtsverfahrens nötige Personal. Mehrere Reihen von Stühlen, auf ihnen Herren von der Presse und Publikum. Durch den Raum, in dem mehr Menschen sind, als er faßt, vermögen trotzdem Photographen mit ihren Apparaten sich durchzuschlängeln, koboldhaft bald hier, bald dort, hic et ubique. Die Fenster sind geschlossen. Ein eisernes Öfchen, Kohle-überfüttert, speit Glut. Alles schwitzt. Vor dem Richtertisch ein einzelner Lehnstuhl. In ihm sitzt die Hauptperson des Schauspiels: Dr. med *Mathilde Frieda Karoline Ludendorff*, Witwe Erich Ludendorffs, deutschen Feldherrns im Ersten Weltkrieg und als dessen Verlierer anerkannt.

Frau Ludendorff, Philosophin und Forscherin, muß sich hier, vor einer sogenannten «Spruchkammer», gegen die Anschuldigung verteidigen, zur Verdummung und Verrohung ihrer Landsleute (im Sinne des nationalistischen Programms) Wesentliches beigetragen zu haben. Ort der Handlung: München. Zeit: heute.

Die Angeklagte ist zweiundsiebzig, entsprechend grau, bebrillt. Besondere physiognomische Merkmale: keine. Versuche, selbst gehässige, etwas nur diesem Gesicht Eigentümliches aus ihm heraus oder in es hinein zu lesen, scheitern. Mit einem Paß-Photo der Mathilde Ludendorff könnte jede Frau oder jedes Weib ihrer Altersklasse reisen. Militantes ist nichts in der Erscheinung der Generalin, es sei denn der schwarze Hut mit breiter, flacher Krempe, der aussieht wie ein Soldatenhelm aus Tuch. Zuweilen schiebt ihn Frau Ludendorff aus der Stirn ins Genick. «Offenes Visier», sozusagen. Der Vorsitzende, wenn er von der Angeklagten in der dritten Person redet, gebraucht den unpersönlichen, distanzierenden Ausdruck: «die Betroffene».

Als Betroffene im anderen Sinne des Wortes, d. h.: als Bestürzte, Perplexe, zeigt sich Frau Ludendorff in keinem Augenblick. Eingesponnen in das dickfädige Gewirr ihrer Lehren und Erkenntnisse, bleibt sie Einwänden gegen diese unzugänglich. Ihr Sprachorgan ist kräftig, hält die stundenlange, pausenlose Tätigkeit, die seine Besitzerin ihm abnötigt, besser durch, als die Zuhörer, und ist noch keineswegs fertig, wenn diese schon längst es sind. Zuweilen spricht sie mit etwas Tremolo der Rührung (über sich selbst) in der Kehle, doch sonst ganz unbefangen, ohne Störung und Hemmung vor dem Absurden, durch das ihr Gedankengang (wenn man das so nennen darf) führt.

Sie bedient sich des Vokabulars der Gebildeten. Aber Vortrag und Tonfall sind die einer Kartenaufschlägerin. Einer Wahrsagerin vom Rummelplatz. Man merkt, Frau Ludendorff ist an Kundschaft gewöhnt, die es nicht so genau nimmt mit Sinn oder Unsinn, und deren Verstand prädisponiert ist für die Nahrung, die sie ihm zuträgt. Es ist die gleiche geistige Nahrung, durch deren methodische Verabreichung dem Nationalsozialismus in großem Stil das Experiment geglückt ist, Menschen in Raubtiere zu verwandeln.

Unter den Erkenntnissen, die Frau Ludendorff, Wahrheits- und Gottsucherin, ihrem Volk verkündete (zum Teil auch der Münchner Spruchkammer vortrug) sind die folgenden:

Jüdische Bankiers in Amerika waren es, die Hitler mit Hunderten von Millionen Dollars unterstützten, damit er zur Macht kommen und Frankreich zerschlagen könne, zum Nutzen der satanischen Finanzpläne jener Bankiers.

Die Juden haben deutsche Studenten das Saufen gelehrt, um so Kraft und Gesundheit der germanischen Jugend zu zerstören; und die Klöster haben dabei mitgeholfen durch Gründung von Schnapsfabriken und Brauereien.

Konkurrieren mit diesen Erkenntnissen der Betroffenen kann die eines ihrer juristischen Ratgebers, welche lautet:

«Wir wissen heute, daß der Ausbruch des Weltkrieges im Jahre 1914 bereits 1889 von einem Kongreß von Juden und

Freimaurern beschlossen wurde, weil das Jahr 1914 durch seinen kabbalistischen Zahlenwert für die Begründung der Weltherrschaft der Juden besonders geeignet war.»

*

Es gibt manche, die glauben, Frau Ludendorff glaubt, was sie schreibt und sagt, und daß man also auf das Vorhandensein weicher Stellen in ihrem Gehirn schließen darf. Andere meinen, die Betroffene sei schlechthin eine bösartige Kreatur, besessen von Geltungsgier und einem Haß, der sie erfinderisch macht.

Eine mittlere Linie zwischen diesen beiden Ansichten dürfte das Richtige treffen. Immerhin, das Buch der Mathilde Ludendorff «Vom heiligen Quell deutscher Kraft» (10 Bände) erreichte eine Auflagenhöhe von 80000 – nur Papiermangel verhinderte eine weitere Steigerung – und die Zahl der Anhänger ihrer «völkischen Idee» ging, und geht wohl auch heute, in die vielen Hunderttausende. All diese guten Deutschen schluckten den Trank aus Spülwasser und Gift, den Frau Ludendorff braute, und gerieten durch sie in Stimmung: In die rechte Stimmung zur Verübung, Förderung oder zumindest herzhaften Billigung der schandhistorisch gewordenen Taten, die den deutschen Namen vor Gott und Menschen widerwärtig machten.

*

Während meiner paar Stunden als Zuhörer im Ludendorff-Prozeß wurde ich ein Gefühl der Beklemmung nicht los, das durch das höllisch überheizte Öfchen allein nur teilweise zu erklären war. Später erst, draußen, in der kühlen trockenen Luft dieses gnadenreichen Herbstes, kam ich jener Beklemmung auf den Grund. Nämlich was sich in dem kleinen Münchner Zimmer abspielt, ist ein *Hexenprozeß*. Ein Hexenprozeß, heißt das, *mit vertauschten Vorzeichen*.

Hier ist es das Tribunal, das an den Teufel nicht glaubt, und die Angeklagte ist es, die auf ihm besteht, wie darauf, daß sie eingeweiht ist in seine sinistren Geheimnisse. Hier weiß das Gericht nichts von höllischen Praktiken zur Zerstörung von Geist und Körper der Christenmenschen, indes die Angeklagte über solche Praktiken eine ganze Menge weiß, vertraut mit ihnen wie der Fromme mit dem Katechismus. Hier beweist die Angeklagte zweifelnden Richtern, daß sie Umgang (wenn auch feindlichen) mit Dämonen und bösen Geistern hat – nur erscheinen ihr diese unter dem Pseudonym «überstaatliche Mächte». Dies alles heute im Zeitalter der unaufhaltsamen Eroberungszüge des Denkens und Wissens tief hinein ins Feindesland der Ignoranz und Dummheit.

*

Was für ein Schauspiel, dieser Ludendorff-Prozeß. Ein Stück Finsternis am hellen Tag. Es roch nach Scheiterhaufen und Inquisition. Der Inquisitor allerdings, durch ein Versehen vielleicht, saß nicht im Richterstuhl, sondern auf dem Platz des Angeklagten. Im Verhandlungszimmer aber und ebenso draußen, überall rundum, war: 1949 nach Christi. Reiten die Hexen heutzutage noch auf Besen? Und wenn, auf Besen mit Raketenantrieb?

II. Leni Riefenstahl

Am gleichen Tag wie der im vorigen Artikel geschilderte Prozeß Ludendorff wurde in einem anderen, richtigen, Münchner Gerichtssaal verhandelt über eine Klage der Frau Leni Riefenstahl. Durch einen Zeitungsartikel, der ihr galt, fühlte sich die Filmstütze des Dritten Reichs, diesem auf Gedeih (wenn auch nicht auf Verderb) treulich-innigst verbunden, in ihrer Ehre gekränkt. Bei der Riefenstahl-Verhandlung ging es viel gemütlicher zu, als in der gespenstigen Atmosphäre des anderen Prozesses. Als ich hinkam, stand gerade zur Debatte, ob – wie der Zeitungsartikel behauptete – Leni Riefenstahl die Konzentrationslager-Häftlinge, die in ihrem Film «Tiefland» statieren mußten, selbst ausgesucht oder ob ein anderer dieses Geschäft für sie besorgt hatte. Die Meinungen darüber gingen auseinander. Aber allseits unbestritten blieb, daß jene Statisten, Frauen und Kinder unter ihnen, nicht lange nachdem sie noch die Freude gehabt hatten, der Riefenstahlschen Filmkunst dienen zu dürfen, in den Gasofen verfrachtet wurden.

Die Erwähnung dieses für den Prozeß freilich bedeutungslosen Details störte nicht die gute Stimmung im Saal, das Thema: «Konzentrationslager-Häftlinge als Filmstatisten» bot gewisse heitere Aspekte, Aussagen von Zeugen, die sich schlecht erinnerten, führten zu manchem komischen quiproquo, alles lächelte, auch Leni Riefenstahl, deren Vogel-Profil hierbei etwas von seiner Schärfe verlor.

Aber selbst in diesen beschwingten Minuten wich die Kälte nicht aus Blick und Mienen der Frau Riefenstahl. Sie hatte früher viel mit Gletscherfilmen zu tun gehabt, und von dorther mag das Frostige in ihrem Antlitz geblieben sein.

Hernach kam zur Sprache, daß der Film «Tiefland» $4^1/_3$ Millionen Reichsgelder verbraucht hat. Einiges, was zu diesem Thema gesagt wurde, veranlaßte Frau Riefenstahl, für Augenblicke eine trotzige Haltung einzunehmen. Aber wirklich, sie hatte keinen Grund zum Schmollen, denn alle waren charmant zu ihr, auch der Gegner, auch der Richter. Und mit Teilnahme lauschte der ganze Saal ihrer Erklärung, wie nur am Führer die Goebbelsschen Intrigen gegen sie scheiterten. Der Führer hielt große Stücke auf Leni Riefenstahl, und Leni Riefenstahl große Stücke auf den Führer. Sie ging (diesen Eindruck vermittelten ihre Darstellungen) ein und aus bei Hitlern, er brauchte ihre Talente, und war da, wenn sie ihn brauchte. Nennt sie seinen Namen – und sie nannte ihn sehr oft während der Verhandlung – ist es, als zerginge etwas Süßes in ihrem Mund. Von Goebbels hingegen redet sie mit Bitterkeit. Die Schulter, die er ihr zeigte, war kalt. Unbegreiflich – aber er schien ihr nicht gewogen. Warum eigentlich nicht, und warum unter allen Damen seines Film-Reviers gerade ihr nicht? Darüber schwieg die Künstlerin leider. Und so dürfte die wunderliche Caprice des Propagandaministers unaufgeklärt bleiben, bis vielleicht (für später wohl zu erhoffende) Memoiren der Frau Riefenstahl sie enträtseln werden.

Der Prozeß endete mit der Verurteilung des angeklagten Journalisten Dr. Kindler zu 600 DM Geldstrafe. Er hatte für zwei Pünktchen seines punktereichen Artikels keinen strikten Wahrheitsbeweis erbringen können.

Um das weitere Schicksal der Riefenstahl braucht niemand bange zu sein: Ihre Taschen, so erzählte sie im Gerichtssaal, sind voll von Filmverträgen mit dem Ausland. Mit Argentinien, zum Beispiel. Oder mit Spanien. Und Sympathie, Beschäftigung, Geltung, Erfolg im Deutschland von heute verbürgt ihr die Aura des Deutschland von gestern, die um ihr Haupt ist.

Die vortrefflichen Beziehungen, in denen sie zu den Nazis stand, sichern ihr ebensolche Beziehungen zu deren Nachfolgern. Und die Sache vereinfacht sich noch dadurch, daß ja zumeist diese Nachfolger mit jenen Vorgängern identisch sind. Viele nämlich, die unter dem Regime des Hakenkreuzes auf einflußreichen Posten saßen, sind von ihren Stühlen nur aufgestanden, um sich selbst Platz zu machen. Über diese deutsche Zeiterscheinung (die sehr komisch wäre, wäre sie nicht sehr unheimlich) hat der pedantisch gewissenhafte, zuverlässige Drew Middleton, Korrespondent der «New York Times», diese seine höchst lesenswerten, mit genauesten statistischen Daten unterlegten Berichte publiziert. In ihnen spiegelt sich die Stellung des *gegenwärtigen* Deutschland zu dem jüngst vergangenen deutlich wider. Fast so deutlich, wie in dem Ausruf des klägerischen Anwalts im Prozeß gegen Herrn Dr. Kindler: «Die Nation kann stolz sein auf Leni Riefenstahl!»

Gespräch über Gerechtigkeit
zwischen einem unerfahrenen und einem bewanderten Zeitgenossen

SIE verstehen also, daß die sieben Neger sterben mußten. Vergewaltiger einer Frau schickt das Gesetz von Virginia auf den elektrischen Stuhl.»

«Wann wurden sie zum Tod verurteilt?»

«Vor zwei Jahren etwa. Aber wenn's auch noch viel länger her gewesen wäre, hätte man sie deshalb nicht hinrichten sollen?»

«Ich weiß nicht. Immerhin schrieb die ‹New York Times› am Tage der Exekution: ‹Die Gefangenen müssen (während der Jahre des Wartens auf ihre Hinrichtung) kaum vorstellbare seelische Qualen erlitten haben›, und weiter: ‹Zivilisierten Menschen fällt es schwer, so lange nach Verübung der Tat den Täter kaltblütig zu töten.›»

«Halt, einen Augenblick! Die ‹N. Y. T.› schrieb das, richtig. Aber die Erörterung galt nicht den sieben von Virginia, sondern den 21 Nazi, denen die amerikanischen Autoritäten die Todesstrafe erlassen haben.»

«Und warum das?»

«Warum! Lieber Freund, haben Sie nie etwas von Geboten der Humanität gehört? Von Gnade? Was wären das für oberste Hüter der Ordnung, deren Entschlüsse von Erwägungen des Hasses und der Rache bestimmt würden?»

«Und dennoch hat man sie hingerichtet!»

«Aber nein. Man hat eben nicht.»

«Ich meine die Neger.»

«Ach so. Lieber Freund, haben Sie nie etwas von Geboten des Rechts gehört? Von Sühne? Was wären das für oberste Hüter der Ordnung, deren Entschlüsse von sentimentalen Erwägungen bestimmt würden?»

«Wie viele Menschen fielen den Kerlen zum Opfer?»

«Einer.»

«Einer??»

«Ja. Sie sprechen doch von den hingerichteten Negern?»

«Nein. Von den begnadigten Nazi.»

«Bei denen waren es ein bißchen mehr. Hübsch ein paar tausend. Dafür müssen aber auch etliche von den 21 noch ein Weilchen sitzen. Und selbst die, die man jetzt freigelassen hat, haben fünf Jahre Gefängnis hinter sich. Bedenken Sie, fünf Jahre!»

«Da kam auf den einzelnen also zirka ein Tag Gefängnis pro Mord?»

«Kleinliche Arithmetik ist in solchen Fällen nicht am Platz. Derlei Nazi-Sachen müssen en bloc betrachtet und eingeschätzt werden. Verbrechen in großem Stil verlangen auch nach einer Behandlung großen Stils. Übrigens haben schon vorher sehr gewichtige Leute Stellung genommen gegen eine Exekution der Verurteilten. Auch kirchliche Kreise. Sogar Bischöfe.»

«Und in Amerika?»

(Zerstreut.) «Wie bitte?»

«Ich frage, ob auch in Amerika Kleriker protestiert haben?»

(Noch immer zerstreut.) «Doch. Dieser ‹Mirakel›-Film ist ja wirklich, vom Standpunkt der Kirche, ein bißchen fragwürdig.»

«Ich rede von den sieben Negern.»

«Oh, entschuldigen Sie . . . Ja, auch in deren Fall ist von Geistlichen gegen die Hinrichtung Einspruch erhoben worden. Von Neger-Geistlichen.»

«Haben in Deutschland die Begnadigungen von Massenmördern zu Gefängnisstrafen nicht Unwillen hervorgerufen?»

«Und ob! Sogar Erbitterung. Rechtschaffene Erbitterung darüber, daß man nicht alle von den 21 gleich freigelassen hat.»

«Finden Sie die Großmut der Besatzungsautoritäten gegen die Menschenschinder richtig? Von praktisch-politischen Gesichtspunkten aus?»

«Unbedingt. Wie Sie wissen werden, wird man die Deutschen mit Bitten, Drohungen und Bestechungen dahin bringen, daß sie den martialischen Geist wieder in sich fahren lassen, den man ihnen vor ein paar Jahren mit Feuer und Schwert ausgetrieben hat. Und zwar deshalb will man das, weil eine deutsche Wehrmacht gebraucht wird: als unentbehrliches Glied in der Kette der Verteidiger von Freiheit, Menschenrecht, Menschenwürde und Kultur.»

«Wie, bitte? Ich begreife nicht recht.»

«Versuchen Sie's nur, es wird schon gehen. Heutzutage muß man imstande sein, flexibel zu denken und zu fühlen. Ja, also, eine deutsche Armee ist notwendig. Aber was braucht eine Armee? Soldaten. Und was für Soldaten? Keineswegs Weichlinge, die es am Ende nicht über ihr Herz bringen, in das eines anderen ein Bajonett zu stoßen. Ich meine: was eine schlagkräftige Kriegstruppe braucht, sind gute Killer. Und wo ließen sich deren tüchtigere finden, besser in diesem Geschäft bewährte, mit mehr Lust an der Sache und umfangreicherer Praxis hinter sich als unter SS-Männern und Konzentrationslagerfunktionären, wie man sie jetzt aus dem Gefängnis entlassen hat und noch weiterhin entlassen wird? Mordskerle das, in jedem Sinn des Wortes! Sogar Sie mit Ihren altbackenen Vorurteilen gegen diese Leute werden das zugeben müssen. Wenn Sie der Gerechtigkeit die Ehre geben wollen, heißt das.»

«Ich will schon. Aber ‹Gerechtigkeit› – das Wort macht mir Kopfzerbrechen. Ich weiß nicht mehr genau, was man darunter zu verstehen hat.»

«Gerechtigkeit, lieber Freund, ist (nicht der Form, aber dem Sinn nach) ein unregelmäßiges Substantivum, eines der unregelmäßigsten, die wir haben. Es kann sowohl stark wie schwach abgewandelt werden und bedeutet in seinen verschiedenen Kasus (Fällen) Verschiedenes. Lernen Sie das Wort abwandeln, lieber Freund, damit Sie nicht mit der Sprache, die unsere Zeit redet, Schwierigkeiten haben. Lernen Sie die Gerechtigkeit deklinieren.»

Die Weigerung

ASSOCIATED Press meldet von einem Mr. McGovern aus Washington, der sich geweigert hat, für seine in Korea gefallenen Söhne die Medal of Honour, die größte militärische Auszeichnung der Vereinigten Staaten, aus der Hand von deren Präsidenten in Empfang zu nehmen. Ebenso lehnte er den Silver Star, der ihm für seinen zweiten in Korea getöteten Sohn überreicht werden sollte, ab. Verneigen wir uns vor dem redlichen Mann, der sich offenbar schwer übervorteilt fühlte bei dem Eintausch zweier Stückchen emaillierten Metalls für das Leben zweier Söhne. Während des Krieges brachten die Zeitungen der in ihn verwickelten Staaten oft Photos, auf denen zu sehen war, wie eine hohe militärische oder zivile Persönlichkeit Auszeichnungen den Angehörigen von Soldaten überreichte, die diese selbst nicht mehr in der Lage waren, in Empfang zu nehmen. Den Antlitzen der so bedachten Väter oder Mütter waren vielerlei Empfindungen abzulesen: Trauer, Verlegenheit, Bemühen um Fassung und ähnliches. Niemals so etwas wie Stolz oder Genugtuung.

Leider hat die eindrucksvolle Geschichte von Mr. McGoverns Ablehnung der seinen toten Söhnen verliehenen Dekorationen einen Schönheitsfehler. Die Weigerung erfolgte nämlich, laut Associated Press, mit der Begründung, Präsident Truman sei nicht würdig, die besagten Orden auszuhändigen. Der Wahrheit zuliebe kann ich diese Begründung nicht verschweigen. Aber ich hätte sie gern unterschlagen! Es wäre so schön gewesen, wenn kein Politikum, sondern ein reines Humanum dem seltenen Vorfall zugrunde gelegen hätte. Doch es ist nun einmal so, daß selbst bei guten Zeitungsnachrichten immer etwas dahintersteckt, das einem die Freude an ihnen verdirbt.

II

Der Maronibrater

DER Maronibrater zählte zu den Winterfreuden der Großstadtjugend. Sein eisernes, dampfumhülltes Öfchen, aus dem es rot hervorglühte, übte gleiche Anziehungskraft auf frierende, zerlumpte, strolchende Proletarierkinder wie auf feine Kinder, die an der Hand sorgsamer Mütter und Gouvernanten gingen, so gut gefüttert wie ihre Röckchen und Handschuhe.

Der Maronibrater war ein Bild aus dem Märchenbuch der Großstadt.

Zwei Kastanien kosteten einen Kreuzer. Das war ein so unverrückbarer Preis wie etwa der der Semmel. In vielen konzentrischen Halbkreisen lagen die braunen, mild duftenden Früchte mit geschlitzter Schale auf der Ofenplatte, die großen am linken, die kleinen am rechten Flügel massiert. Tüten aus Zeitungspapier waren vorbereitet. Ineinandergesteckt sahen sie lustig aus, wie die Hütchen, die der Clown im Zirkus mit dem Kopf auffängt, eines über dem andern.

Dann waren noch Kartoffeln da auf der Ofenplatte, einen Kreuzer das Stück, inklusive Salz, das in einem eigenen winzigen Tütchen gegeben wurde. Herrlicher Schmaus! Die dikke, geröstete Schale war das Beste. Die Kartoffel war so heiß, daß man jeden Bissen erst eine Zeitlang im offenen Mund auskühlen lassen mußte. Auch Bratäpfel gab es beim Maronibrater, die dufteten wie Weihnachten. Auf der geplatzten Schale standen dicke zuckersüße Tröpfchen, und wo nur ein kleiner Spalt an der Außenseite der Frucht war, dort quoll in weißen Schaumperlen der Saft hervor. Wo die Äpfel auf der Ofenplatte gelegen hatten, dort waren sie ganz schwarz, verbrannt. Aber gerade das schmeckte am köstlichsten. Einen Kreuzer kostete das Stück.

Der Maronibrater stand über sein Öfchen gebeugt und ordnete die Herrlichkeiten, wendete die Kartoffeln und Äpfel, daß sie gerechterweise überall gleichmäßig erhitzt würden, drehte Papiertüten, schob Kohle unter den Rost. Er trug gewöhnlich eine krümelige schwarze Pelzmütze. Der Hauch aus seinem Munde mengte sich mit dem Dampf, der von der Eisenplatte aufstieg, und sein Gesicht leuchtete feuerrot vom Glutwiderschein durch den Nebel. Wenn er gar nichts zu tun hatte, steckte er die Hände in die Taschen – ganz vornehme Maronibrater trugen einen Muff –, trat von einem Fuß auf den andern und rief: «Heiße Maroni!», auch wenn weit und breit kein Passant in Sicht war.

Meistens aber hatte der Maronibrater Gesellschaft. Der Dienstmann und die Hökersfrau und der Droschkenkutscher wärmten sich die Hände über seinem gastlichen Feuer und besprachen die Härte der Zeiten. Was man so damals «harte Zeiten» nannte! Es war ein Stück häuslichen Idylls auf der winterlichen Straße, aufgebaut um das heilige Zentrum nordischer Geselligkeit: den Herd, den Ofen, die Flamme.

Heute hat der Maronibrater keine Kohlen, sondern heizt mit Holztrümmern. Auf seiner Ofenplatte liegen keine Kastanien und keine Kartoffeln, sondern Haselnüsse; und acht Stück der armseligen Dingerchen kosten zwanzig Heller! Es gibt auch Äpfel, zwanzig Heller das Stück. Verschrumpelte, kleine, unappetitliche Exemplare. Nicht gebraten, nur heiß gemacht. Die Kinder haben kein Interesse mehr für den Maronibrater, und der Maronibrater keines für die Kinder. Er hat weder Pelzmütze noch Muff. In den ersten Abendstunden schon löscht er sein armseliges Feuerchen und legt den Ofen an eine eiserne Kette, damit er nicht von Dieben fortgeschleppt werden könne.

Die dürfen heute auch nicht wählerisch sein.

Mir ist nicht um den Maronibrater leid, sondern um die Kinder. Sie wachsen in einer Stadt auf, die ihnen, wohin sie blicken, nur ein vergrämtes, finsteres, hartes Gesicht zeigt. Sie sind arm geworden. Auch in des Wortes Sinn: arm. Das Zehnhellerstück war Reichtum in der Hand des Großstadtkindes;

es barg romantische Möglichkeiten. Heute gibt's dafür: vier Haselnüsse.

Oder eine Extraausgabe.

Wien

Der Prater

DIE großen Gasthaussäle, in denen sonst zum Klang einer schrillen, die ganze Disharmonie der Weltordnung erbarmungslos widertönenden Blechmusik die Paare zweieinig den Boden stampften, sind seit Jahr und Tag «Ubikationen». Die runden weißen Tische mit den großblumigen roten Tischtüchern stehen über- und ineinander verkeilt im Garten, bei den nicht mehr brennenden zerbrochenen Gaslaternen, und aus der fröhlichen Tanz- und Trinkstätte ist eine traurige Schlafstätte geworden. An den Wänden hängen Tornister oder Rucksäcke, den Boden deckt Strohlager neben Strohlager; auf einem oder dem andern sitzt ein grauhaariger Mann in Soldatentracht und flickt seine Hose.

Draußen jammert und stöhnt die Drehorgel des Ringelspiels, aber ihr Jammern lockt keinen Gast.

Wo sind die Kinder hin, die sonst den Prater mit ihrer lauten Neugier belebten? Ein paar barfüßige Straßenjungen schauen durch die Glasscheiben auf die Kutschpferde, die starr und melancholisch zurückglotzen und nur leise, wie im Traum von einstigen wilden Rundgaloppaden, hin und wider schaukeln.

Die Drehorgel spielt noch den Operettenmist von anno 1914; obzwar grade in diesem Produktionszweig ein Nachlassen der schöpferischen Kraft während des Krieges nicht merkbar war. Aber die Drehorgel hat nichts zugelernt. Ihre alten Weisen klingen uralt; ein zertretener, verwester Melodienstrauß. Eine Musik, die so tönt, wie ganz ausgetrocknetes Heu riecht. Auch das waren einmal Blumen, Duft, Farben.

Heute frißt's der Esel. Wenn es ihm die hungrigen Menschen nicht wegessen.

In den Gasthausgärten sitzen ein paar Frauen mit Kopftüchern, schweigend, und trinken «Kracherl». Das ist ein kleines Fläschchen Sodawasser, mit Himbeersaftersatz blaßrosa gefärbt. Wein ist teuer, und Bier eine Erinnerung.

Die Schießbuden sind ganz leer. Kein Mensch hat mehr das geringste Interesse am Schießen. Nicht mit dem Kapsel-, nicht mit Feuergewehr, nicht auf tote Figuren, nicht auf lebende Menschen.

Hingegen findet der Watschenmann Zuspruch. An seinen vollen Wangen entladen sich die in der Volksseele aufgepeitschten Proteste. Wienerische Revolutionsprophylaxe.

Am Eingang des Praters befindet sich die Kriegsausstellung. Das ist eine Ausstellung von allerlei unter den Begriff Krieg zu subsumierenden Dingen. Damit doch auch das Hinterland bißchen was hat von der großen Zeit.

Von der Berg- und Talbahn herüber tönt munteres Kreischen. Frauenstimmen. Es geht nämlich so rasch, so rapid rasch, so entsetzlich rasch bergab!

Und das Riesenrad dreht, aus alter Gewohnheit, leise knarrend seine gewaltigen Speichen mit den wie Früchte am Zweig hängenden Waggons.

Es gibt keine Kinder mehr im Prater und keine rotbäckigen Ammen im steifen Kattunrock und kein Bier und keine Soldaten mit der Virginia hinterm Ohr. Es gibt nur noch Kracherl und Staub und Ubikationen.

Und eine Kriegsausstellung.

Zuckerbäcker

Die Zuckerbäckerladen in der «inneren Stadt» sind gesperrt. Wien ohne Konditorei! Können Sie sich das vorstellen? Das ist etwa so wie Rom ohne Antike; oder Henri quatre ohne Spitzbart; oder ein deutsch-österreichischer Politiker ohne «voll und ganz».

Hier spielte nämlich die Zuckerbäckerei eine weit größere Rolle, als in irgendeiner Stadt der ehemals zivilisierten Erde. Unsere Literatur und Kunst fanden in der Sachertorte ihr Symbol, ihr wahrlich geschmackvollstes Symbol: zarter, wenig substantieller Teig und darüber eine etwas klebrige, schimmernde Glasur. In der Schriftstellerei hieß sie Geist.

Hier, in diesen kleinen Konditorzimmerchen auf dem «Kohlmarkt» versammelte sich die Schönheit und Eleganz der Stadt. Die zwangloseste Gemütlichkeit herrschte.

Wenn der Graf Viki – in der Konditorei nannte man die Aristokratie nur beim Vornamen – an einem der Tischchen keinen Platz fand, setzte er sich hinter den Ladentisch oder zur Küchentür und knabberte Süßes.

Hier wurde der beste Kaffee, die beste Schokolade, das wohlstschmeckende, zarteste Eis verabreicht. Hier fanden die Boutons der Kommerzienrätinnen nicht nur Bewunderer, sondern auch Schätzer (auf Krone und Heller genau), hier erregte eine falsche Perlenschnur keine Täuschung, sondern nur taktvoll-mitleidiges Lächeln.

Hier spann der Flirt Fäden, von denen manche frauliche Existenz in Höhen der Gesellschaft gezogen und manches männliche Vermögen glatt abstranguliert wurde.

Hier hielten Equipagen, deren Kutscher, die Peitsche unbeweglich aufs Knie gestemmt, aussahen wie Lords in Domestikenverkleidung. Hier flossen Milch und Honig, Schlagsahne und Fruchtsäfte zu den deliziösesten Bildungen ineinander, es roch nach zartem Parfüm und feinsten Liköraromen, jeder kannte jeden, Hochadel und Hochfinanz verkehrten reibungslos miteinander, und die ganze Gesellschaft, wie in einen unsichtbaren Schleier von Staubzucker gehüllt, schien selbst ein kunstvolles Produkt aus Gottes Konditorei.

Das ist nun vorüber. An vier Tagen der Woche ist der Zukkerbäckerladen geschlossen, an den übrigen gibt es nur wenig Bäckerei aus schwärzlichem Mehl, Bonbontüten ohne Bonbons, Kaffee ohne Kaffee.

Die Fräuleins im Geschäft sagen: Es sind harte Zeiten! Graf

Viki sitzt in Uniform auf dem Ladentisch – obzwar jetzt anderswo Platz genug im Lokal wäre – und macht ein gelangweiltes Antlitz.

Das süße Wien ist tot.

Daß es schon bei Lebzeiten nach Verwesung roch, war eine Folge seiner Süßigkeit.

Zigarillos

Zigarillos heißt eine Zigarrensorte des k. und k. Tabakärars. Vor dem Kriege kannten sie nur wenige Zigarrenraucher. Heute kennen nur wenige Zigarrenraucher eine andere Sorte.

Was nämlich die Welt der Dinge anlangt, so hat der Krieg die Erniedrigten erhöht, die Kleinen, Unbekannten, Mißachteten zur Geltung gebracht. Im Reich der Sachen ist das Proletariat heute obenauf. Also wurden auch die Zigarillos populär, von denen vorher kein Mensch was wußte, und von denen die, welche was wußten, nichts wissen wollten.

«Zigarillos» klingt spanisch. Oder portugiesisch. Ich entsinne mich, daß das klassische Hauptwerk der portugiesischen Literatur «Os Lusiados» heißt.

Unverständlich, daß noch kein Patriot gegen die Namen unserer Rauchsorten protestiert hat. Wir rauchen ja fast durchaus feindliches Ausland! Cuba, Trabuco, Virginia, Ägyptische. Die beliebteste österreichische Zigarre heißt: Britannica! Bitte, da muß einem ja übel werden.

Zigarillos sind kleine herzige Zigarren. Fünf, sechs Stück von ihnen gehen in die hohle Hand. «Illos» dürfte eine portugiesische Diminutivendung sein. Also etwa Zigarrchen, Zigarrlein.

Die Zigarrlein haben keine Spitze. Man weiß nicht, wo man sie in den Mund stecken und wo man sie anzünden soll. Im Effekt bleibt sich das aber gleich.

Zigarillos brennen merkwürdig. Die Glut kriecht an einer

Seite des Zigarrchens rapid rasch fort, an der andern bleibt sie stationär. Es sieht aus wie eine fressende rote Flechte. Wie ein Glimm-Ekzem. Oft auch brennt die Glut trichterförmig nach innen. Das Zigarrchen verwandelt sich dann in einen kleinen waagerechten Krater, der das tut, was bei einem Krater aus Zigarillosmaterie doppelt verständlich ist: er speit. Rauch und Funken.

Die Rauchentwicklung ist erheblich. Ein dicker, kriechender, schwärzlichgrauer substantieller Rauch. Es ist größte Vorsicht angezeigt, damit nichts von ihm in den Mund gerate.

Mit einer brennenden Zigarillos in der Hand kommt man durch das ganze Land. Jeder tritt bereitwillig zur Seite.

Manchmal hat die «Zigarillos» – ich weiß nicht, wie der portugiesische Singular heißt – keine Luft. Das ist der günstigste Fall. Man quetsche das Zigarrchen an der Spitze kräftig zwischen den Fingern, worauf seine Hülle abblättert. Dann stoße man eine Stricknadel so durch, daß sie abwechselnd links und rechts an der Seite hinausfährt. Hierauf schneide man sowohl oben wie unten ein etwa zentimeterbreites Stück ab, lege die also Gekürzte auf den Tisch und walze sie unter mäßigem Druck der flachen Hand einige Male hin und her. Was nach diesem Verfahren von dem Zigarrchen noch übrig ist, placiere man auf den Fußboden und stampfe es mit der Stiefelsohle zu Staub.

So wird man von einer Zigarillos den reinsten Genuß haben.

Vor meinem Tabakladen hängt seit Monaten ein Dauerplakat. Auf ihm steht: «Nichts Rauchbares!»

Es ist also immer noch die Chance, daß Zigarillos in dem Laden zu haben sind.

Raubmörder in großer Zeit

Der Raubmörder Hirth wog 93 Kilo, als er ins Gefängnis kam. Auf der Anklagebank, ein paar Monate später, saßen nur mehr zirka 60 Kilo Hirth. Die Gerechtigkeit sagte: Noch immer um 60 Kilo zuviel! und verurteilte den Raubmörder zum Tode. Pereat.

Die Zeitungen aber sagten, er hätte sich würdelos und gemein-egoistisch und frech benommen; und der Staatsanwalt schleuderte diese harte Beschuldigung wider ihn: «Er hat (in der Untersuchungshaft) nichts anderes im Auge gehabt als sein leibliches Wohl, und sein einziges Ziel war gute, reichliche Nahrung.»

Wodurch allein schon, allerdings, der Mann, selbst wenn ihm gar kein Verbrechen zur Last gefallen wäre, sich weit von den Gerechten dieser Zeit geschieden hätte, die ja nichts im Auge haben als ihr seelisches Wohl, und deren Interesse ganz anderen Zielen zugewandt ist als guter, reichlicher Nahrung.

Hirth hat auch die Schlechtigkeit begangen, für Leistungen, die man von ihm als Mordbeschuldigten forderte – Geständnisse u. dgl. –, als Gegenleistung Nahrungsmittel zu begehren. «Den Grad seines sittlichen Tiefstandes», sagt die Anklageschrift, «beweist ein Schriftstück, worin er sich anheischig macht, das Versteck des von ihm geraubten Geldes zu zeigen, wenn man ihm vorher anständig zu essen gäbe.»

Solche Fraß-Erpressungsmanöver müssen besonders das Ethos dieser großen Zeit zutiefst beleidigen, in der selbst von geringen Leuten, von Tabakhändlern, Schustern, Seifensiedern u. dgl., jeder Versuch, sie durch Anbot von Eßwaren zur Abgabe ihrer Ware gefügiger zu machen, empört abgewiesen wird.

Des Mörders Behauptung, daß ihm der heilige Antonius in der Zelle erschienen sei, wurde mit Recht als Flunkerei gewertet. Derlei elende Versuche, sich bei einem österreichischen Gericht einzuschmeicheln, sind doch zu durchsichtig.

So entschieden aber die Würdelosigkeit, der moralische Tiefstand und der gemeine Egoismus des ewig hungrigen Hirth zu verurteilen ist, so entschieden muß man ihn auch gegen den Vorwurf der Frechheit, deren er sich durch sein Betragen wider Präsidenten, öffentlichen Ankläger und Geschworene schuldig gemacht haben soll, in Schutz nehmen.

Hirth ist in diesem Punkt ein Opfer seiner volkstümlich-derben, dialektisch-bildkräftigen Ausdrucksweise geworden. Übersetzen wir sein rüdes Idiom in höfliches Hochdeutsch, so erscheint seine Frechheit in wesentlich milderem Licht. Es ergibt sich dann, daß er nichts anderes gesagt hat, als was jeder vor seinen Richtern Stehende im Innersten denkt und gerne sagen würde, wenn er hierzu den Mut fände und nicht fürchten müßte, durch so betätigte Wahrheitsliebe seine Situation erheblich zu verschlechtern.

Übersetzen wir die Sprache des Angeklagten: Hirth in die Sprache eines Angeklagten: Doktor Hirth.

Auf die Frage des Vorsitzenden: «Warum hat man Sie denn so traktiert bei der Polizei?»

Hirth (mürrisch):	Dr. Hirth (bescheiden):
«Was fragen S' denn? Sie san doch ka Heuriger.»	«Das ist wohl eine rein rhetorische Frage, Herr Oberlandesgerichtsrat! Herr Oberlandesgerichtsrat sind ein viel zu genauer Kenner der polizeilichen Wahrheit-Ergründungspraxis, um nicht zu wissen, zu welchem Zweck einem ausgehungerten Häftling, der gestehen soll, reichlich Speise und Trank verabreicht wird.»

Auf eine Frage des Staatsanwalts:

Hirth:	Dr. Hirth:
«Ich hasse Leute von der Polizei, weil sie schon viele Ungerechtigkeiten an der Menschheit begangen hat.»	«Ich hasse Leute von der Polizei, weil sie schon viele Ungerechtigkeiten an der Menschheit begangen hat.»

Auf eine Bemerkung des Präsidenten über eine belastende Zeugenaussage:

Hirth:
«Sie wissen eh', daß das alles a Lug' is. Aber Ihnen paßt es halt.»

Dr. Hirth:
«Es liegt im Wesen des normierten Prozeßverfahrens, daß der Herr Präsident – unwillkürlich und begreiflicherweise seinem engeren Berufskollegen, dem Herrn Staatsanwalt, mehr zugeneigt als der Verteidigung, unwillkürlich und begreiflicherweise auch ein wenig von der Jagdleidenschaft gegen das Wild: Angeklagter ergriffen – daß der Herr Präsident, sage ich, den die Sache des Anklägers stützenden Aussagen weniger apriori-Mißtrauen entgegenbringt als den der Sache des höchst unsympathischen Angeklagten günstigen Zeugendispositionen.»

Präsident: «Bei so etwas gibt es keinen Irrtum!»

Hirth:
«Haben Sie sich noch nie geirrt, Herr Präsident?»

Dr. Hirth:
«Errare humanum est. Auch der Herr Präsident unterliegt dieser menschlichen Bedingtheit.»

Als, nach Verlesung eines schriftlichen Eß-Verlangens des Angeklagten, die Geschworenen lachen:

Hirth (unwirsch):
«Das is ja kein Schülerg'spiel, da gibt's nix zu lachen. Ihr seid's ausg'fressen wie die Bären, und i

Dr. Hirth (wirsch):
«Ihre Heiterkeit, meine Herren, ist sonderbar. Hier geht es doch um mehr für mich als um Harlekins-

bin vor Hunger ganz schwach.»

sprung . . . Aber wie könnten Sie auch, im Vollbesitz bürgerlichen Tugendgefühls, satt und brav, vor den Verführungen des Dämons sicher, in die Seele eines armen Teufels sich hineindenken, aus dem der Hunger den letzten Rest von Bestialität herauspräpariert, den Erziehung, Schicksal und bürgerliche Ordnung zu entwickeln noch übriggelassen haben.»

Allerdings hätte den Dr. Hirth der Präsident kaum so ruhig reden lassen, wie den Hirth.

Die Wahrheit läßt sich nämlich ertragen, wenn sie aus einer niedrigen Seele und einem schmutzigen Mund kommt. Sie ist dann durch solche Herkunft schon so kompromittiert, daß von Amts wegen zu ihrer Unschädlichmachung nichts mehr verfügt zu werden braucht.

Buchbesprechung

KÜRZLICH war ich in Bolivia. Der Mensch hat nun einmal die Sehnsucht ins Weite, fort, zu neuen Ländern und neuen Sternen. Die Reise aber, nach St. Pölten etwa oder nach Vöslau, stößt heute auf allzu gewaltige Schwierigkeiten. Also wählte ich Bolivia. Das heißt: ich entnahm der Leihbibliothek das Buch des Dr. Theodor Herzog, Privatdozenten für Botanik an der Technischen Hochschule in Zürich: «Vom Urwald zu den Gletschern der Kordillere».

Wenn ich nicht irre, hat Bolivia den Zentralmächten noch nicht den Krieg erklärt. Also darf ich sagen, daß das Reisen durch seine ungekannten Wälder und der Aufstieg auf seine unerstiegenen Berge sehr anregend ist, die Sinne erquickend und den Geist mit großartig-bunten Bildern füllend.

Am schönsten ist's im Urwald. Weit und breit keine Menschen. Nur Tiere und Pflanzen, Hitze und endloser Regen und das Brüten der Einsamkeit. Was für Pflanzen! Schon ihre lateinischen Namen haben was Berauschendes. Es klingt so fern allem Gemeinen und Niedrigen, wie fromme Latinität, wie Andacht, wie ein Stück heiliger Urwaldliturgie.

Mit welcher keuschen Zärtlichkeit Dr. Herzog von den Pflanzen spricht! Er nennt sie nur beim gelehrten Namen und setzt hinzu: «die großblättrige», «der feuerrot blühende», «die stachelstarrende», «die ockerfarbene» u. dgl. Es ist nüchtern und doch homerisch. Gesehen und empfunden. Beschrieben und ästhetisch gewertet. Es ist Wissenschaft und Liebe.

Den Schmetterlingen widerfährt nicht so umständliche Ehre. Aber ihre dekorative Bedeutung ist in helles Licht gerückt. Ihr «farbiges Getümmel» im hitzegebadeten, dampfenden Urwald wird gleißend lebendig.

Es gibt andere Tiere, die nicht des Boliviawanderers Entzükken wachrufen. Aber auch hier ist die Schilderung genußreich. Weniger lyrisch, mehr dramatisch. Wanzen daumengroß! Vinchucas ist ihr poetischer Name. Nachts «prasseln» sie auf den Boden der Hütte nieder, in der die alte Indianerin Gastfreundschaft gewährt. Prasseln!

Nette Geschichten hört man vom Ameisenbären ... «Selbst der Jaguar soll zuweilen der Umklammerung dieses Tieres zum Opfer fallen. Im Tode noch schlägt ihm der Ameisenbär die Krallen so tief und unlösbar in den Leib, daß der Sieger in den verkrampften Armen seiner toten Beute verenden muß.» Das schaut heraus beim Sieg-Frieden!

Es gibt noch Indianer in Bolivia mit Pfeil und Bogen. Die wilden Stämme lauern im verfilzten Dickicht des Waldes. Ihre Widerhakenpfeile zischen plötzlich durchs Laub, todbringend. Die friedlichen Stämme roboten agrarisch. Sie spielen auch Hockey und tanzen in brauner fast-Nacktheit ekstatische Tänze. Sie sind schön, gutmütig und leidenschaftlich gern betrunken.

Im Urwald von Bolivia ist es nicht gemütlich. Der Himmel schüttet Sturzozeane herab, Blitze zickzacken bündelweise nieder, der Wanderer wandert nicht, sondern ertrotzt sich mit Beil und Messer einen unendlich mühevollen Weg durch grüne, dornbewehrte Mauern. Die Hitze kocht ihm das Blut im Leibe zu wilden Fiebern auf, Vinchucas prasseln auf sein Ruhelager, Schweißbienen bedecken wie mit einem lückenlosen lebenden Schleier sein Antlitz und seinen Nacken. Es ist ungemütlich.

Aber ein Gefühl der innigsten Sehnsucht nach dieser wilden Wildnis durchflutet das Herz des Europäers. Wie schön ist primitive Roheit neben komplizierter! Wie paradiesisch die Strapaze des Urwalds gegen die der Zivilisation! Wie erträglich kann ein Leben in Schmutz, Gefahr und Drangsal sein, wenn die Natur und nicht Menschenwille es anbefiehlt! Wie romantisch ein Dasein unter Urwaldverhältnissen, wenn es nicht Gipfelpunkt der Kulturentwicklung ist!

Ach Bolivia!

Der Posten

Vor dem Hause steht ein Posten. Er steht da, sonst tut er nichts. Manchmal fällt ihm ein, es wäre doch eine Abwechslung, jetzt ein wenig auf und ab zu gehen. Dann macht er eine Viertelwendung (so scharf, als gälte es, ein Eck in die Luft zu biegen), geht auf dem schmalen Holzbrettchen, das zu solchem Zwecke vorhanden ist, bis an des Brettchens Ende, kehrt dort um, marschiert zurück und steht wieder eine Weile still, durch die unsichtbaren Gitterstäbe seines Luftkäfigs teilnahmlos die Straße beguckend.

So treibt er's zwei Stunden lang.

Wenn ein Vorgesetzter kommt, wächst der Posten um einen halben Kopf in die Höhe, sein Kinn reckt sich gen Himmel, der Blick wird starr, die rechte Hand gleitet an dem Gewehrriemen sausend abwärts. Man hört es förmlich wie ein Glissando von der höheren Tonlage in den Baß. Eine Sekunde steht der Posten da, als wär' er mit Kurare vergiftet. Dann löst sich der Respektskrampf, und der Soldat schüttelt kurz den Oberkörper, wie ein Hund, der eben aus dem Wasser kam.

Der Posten hat nicht nur ein Brettchen, sondern auch ein Häuschen. Ein sogenanntes Schilderhäuschen. Eigentlich ist es gar kein Häuschen, sondern ein Futteral. Ein hölzernes, auf dem Erdboden festgenageltes Menschenetui. Für einen Durchschnittssoldaten paßt es zur Not. Ein friderizianischer Grenadier ginge nur in Fortsetzungen hinein.

Ich weiß nicht, wer in dem Hause wohnt, vor dem der Mann Posten steht. Ich weiß nicht, ob überhaupt jemand drin wohnt. Aber ich weiß, daß der Soldat nur um der Ehre willen vor dem Tor steht. Um der Ehre dessen willen, der in dem Hause wohnen könnte, wenn er hiezu Lust hätte.

Dieser Mensch also, der da auf dem Brettchen hin und her marschiert, ist das reinste Dekorationsstück. Er heißt zwar «Wache», hat aber gar nichts zu bewachen. Er ist nur ein Symbol.

Das heraldische Wappentier ist auch ein Symbol, aber noch niemand ist es eingefallen, einem Edelmann, in dessen Wappen zum Beispiel der Löwe etwas tut oder hält, einen lebendigen, alle zwei Stunden ablösbaren Löwen übers Haustor zu fixieren.

Und so meine ich: die Ehrenposten, die nur dastehen, um eine Hochachtungsidee zu verkörpern, sollten nicht von lebenden, sondern von künstlichen Soldaten bezogen werden. Von Holz- oder Blechsoldaten. Weil man zu Dekorationsstükken nicht Wesen aus Fleisch und Blut, sondern nur totes Material verwenden dürfte.

Wobei ich noch darauf hinweisen will, welche dankbaren Aufgaben dem heimischen Kunstgewerbe durch die Erzeugung solcher Ehrenposten geboten würden.

Die kleinen Leute

INDES aller Leim, der die Welt zusammenhält, weich wird, alle Scharniere sich lockern, Neues und Altes durcheinanderstürzt, die Ordnungen wie die Waggons eines entgleisten Zuges sich spießen, sich ineinander verkeilen oder, gänzlich umgeworfen, ihren nackten, toten Mechanismus exhibieren, geht das Leben doch seinen Gang weiter.

Die Anständigkeit der kleinen Leute bewirkt solches Wunder.

Sorgfältig kehrt der Straßenfeger den Kot in die Kanalrinne, der Laternenanzünder putzt die Glasscheiben seiner Straßenlampen, der Straßenbahnschaffner quetscht sich durch unmutige Passagierknäuel und knipst an der richtigen Stelle ein Loch in den Fahrschein, das Putzweib liegt auf Knien und scheuert schwitzend die Stiege, der Schornsteinfeger bekriecht schwärzlich die Kamine, der Kellner bringt dem frechen Gast die Suppe, ohne vorher hineinzuspucken, der Briefträger schleppt sein Postpäckchen treppauf, treppab, obgleich er ja, nicht wahr, die Hälfte der Briefe wegwerfen könnte, um Weg zu ersparen. Warum tut er's nicht?

An dem heiligen Automatismus der Kleinen-Leute-Arbeit übt das Weltwirrsal wenig Störung. Wie ew'gem Gesetz folgend kreisen die kleinen Tätigkeiten und kleinen Pflichten.

Die Mensch-Ameise läuft, schleppt, gräbt, ob auch der Fuß Gottes vernichtend in ihren gängereichen Bau trat und Millionen Wimmelnder zerquetschte.

Sieh, wie das Perpetuum der winzigen, unscheinbaren, grauen Geschäftigkeiten weiter seine vielverschlungenen Kreise zieht! Das Selbstverständliche, das es doch gar nicht ist, hält!

Tausend Hände – die Menschen, die dran hängen, bleiben unbemerkt – flechten und flicken immer wieder den Kanevas, in den die «Kultur» ihre komplizierteren Muster stickt. Die Individuen sterben, die Hände bleiben.

Von Gnaden der kleinen Leute leben wir. Ihre unerschütterliche Bravheit hat was Sonnenähnliches: sie gewährleistet Urbedingungen des sozialen Seins. Sie geht jeden Morgen neu auf. Sie dient in blinder, unbeirrbarer Verläßlichkeit Gerechten wie Ungerechten. Ohne sie stürzte die Welt in Nacht und Kälte.

Ich will lieber die Büste meines Briefträgers auf den Schreibtisch stellen als die des großen Napoleons.

Soziale Unordnung

WAS wünschen Sie zum Abendbrot?» fragte der Gefängnisdirektor den armen Sünder, der morgen früh am Galgen sterben sollte. «Sie dürfen essen und trinken, was und wieviel Sie wollen.»

«Schade!» sagte der Delinquent. «Schade!! Wenn Sie mich das drei Monate früher gefragt hätten, wär' der ganze Raubmord nicht passiert.»

Im Mittelpunkt der Ereignisse

ER war ein kleiner Unzufriedener. Er sprach täglich mit etwa zehn Leuten und schrieb, sagen wir, siebzehn Briefe. Er war ein Sandkorn am Ufer des Geschehens.

Jetzt sitzt er im Mittelpunkt der Ereignisse.

Jetzt bestimmt er mit die Geschicke seines Vaterlandes und vielleicht die Europas, die der ganzen Welt.

Millionen Menschen recken, ihn zu sehen, den Hals. Wenn alle Stimmen, die heute seinen Namen sprechen, zugleich laut würden, gäbe das einen Schall, den die Marsbewohner hören müßten.

Da sitzt nun dieser Mann, dieser Niemand von gestern, vor seinem Schreibtisch und macht Weltgeschichte. Die Ereignisse, von denen er wissen, die er lenken, nützen, abwehren muß, stürzen auf ihn ein wie hunderttausend Klafter hohe Wellen.

Und es schwemmt ihn nicht weg? Und er kennt sich aus? Und faßt Entschlüsse? Und sichert ihrer Durchführung ein Höchstmaß an Wahrscheinlichkeit?

Sieht sein Auge, was es sehen muß, um zu übersehen – und fällt nicht in der Raserei solcher Arbeit aus seiner Höhle? Denkt sein Hirn alles, was es denken und durchdenken, und so scharf, wie es denken und durchdenken muß – und wird nicht getilgt, zerätzt, zerfressen, als läge es im konzentriertesten Schwefelsäurebad? Spürt sein Wille das Gewicht von Ewigkeiten, das an jeder Minute hängt – und taumelt und stürzt nicht unter solcher Last wie ein hilflos Trunkener? Fühlt sein Herz, was es durchfühlen muß – und verlodert nicht zu Asche?

Nie werde ich's verstehen, wie solcher Mann es fertigbringt, alles zu tun, was er zu tun hat.

Wie findet er sich mit dem «kleinen Leben» ab? Hat er zu irgend etwas Zeit?

Hat er Reflexbewegungen? Darf er welche haben? Hat er noch ein äußeres und inneres Privat-Ich? Darf er es haben?

Putzt er sich des morgens die Zähne?

Und wenn ihm der Hemdknopf unter die Bettstatt rollt, kriecht er nach und schimpft über den Hemdknopf? Und klopft dann, gebeugt, den Staub vom Hosenknie?

Liest er in der Zeitung nicht nur Politik, sondern auch (und perzipiert sein Hirn die Nachricht?), daß Frau Pollitzer ihrem Mann ein Ohr abgeschnitten hat? (Und denkt er sich da etwas über Liebe und Weiber?) Oder daß gestern, zehn Schritte von seiner Wohnung, eine alte Dame von der Tramway überfahren wurde. (Und stellt er sich dabei vor, wie die alte Dame tot auf dem Gleise liegt?)

Schneidet er die Zigarre mit dem Taschenmesserchen ab, in zwei Kerben, zündet sie sorgfältig an, knipst das Zündholz aus und deponiert es in den Aschenbecher, und fällt ihm auf, daß das blaue Email des Aschenbechers einen Sprung hat?

Bemerkt er, daß seine Freundin eine neue Frisur trägt, und vergißt er nicht, ihr zu sagen: «Diese Frisur kleidet dich sehr vorteilhaft»?

Im Mittelpunkt der Ereignisse – denke ich – muß es so sein wie im Mittelpunkt der Erde. Feurig-flüssig. Kein Leben, nur Energien. Nur Hitze.

Ich werde nie verstehen, wie ein menschliches Wesen sich dort biologisch behaupten und sein eigenes Stimmchen im Geheul der kreißenden Materie noch hören kann.

Ein Heldenleben
(aus großer Zeit)

Breitwieser ist von der Polizei erschossen worden.

Niemals mehr wird der Schreckruf ertönen:

«Breitwieser, Johann Breitwieser, hat seine Freiheit wieder!» Die Schauer, von denen das Rückenmark in diesen unsicheren Zeiten durchlaufen wird, sind um einen vermindert.

Breitwieser war unser tüchtigster, energischster, erfolgreichster Einbrecher. Wir hatten keinen besseren. Von ihm hieß es: Er kommt, sieht, nimmt. Er war Anhänger der reinsten Annexions- und Enteignungspolitik. Vor dem Schwung seiner Offensive bestand kein Grenzschutz der Habe. Eiserne Kassen, Festungen des Besitzes, knackte er, wie der Feldherr Antwerpen knackte oder Nowo-Georgiewsk.

Er war wandelnde Lebensgefahr. Die bedrohlichste, seit es keine Musterungskommissionen mehr gibt. Er machte auf der Walstatt keine Gefangenen und gab keinen Pardon. Verräter oder des Verrates Verdächtige erledigte er in kurzem Prozeß wie ein kaiserliches Feldgericht. Niemals ergab er sich. War die Übermacht noch so groß, er schlug sich durch, zu den Seinen. Der Geist siegte über die Materie.

Im Schießwesen war er vorzüglich ausgebildet und hätte längst die rote Troddel verdient, die den Brustkorb des treffsicheren österreichischen Kriegsmanns schmückte. Mit seiner Munition sparte er, ließ den Feind herankommen und schoß erst, bis er scharf zielen konnte. Seine Hand zitterte so wenig wie sein Herz. Sein Revolver war immer geputzt, eingefettet, schußfertig. Nie trennte er sich freiwillig von der treuen Waffe. Mußte er sie entbehren, griff er zum Messer. Fehlte auch dieses, brauchte er seine Zähne. Genau im Sinne des militärischen Dienstreglements, 2. Teil, wo es vom «Nahkampf» handelt.

Welch ein Kriegsmann! In Gefangenschaft verriet und verleugnete er sich nicht. Kein Zwang brach ihn. Nur der Gedanke, frei zu werden und zum dritten, vierten und fünften Male ins Feld seiner Ehre zu ziehen, beherrschte Träumen und Wachen dieses Ich-Patrioten. Stundenlang marschierte er in seiner Zelle auf und ab, zum Takt des Liedes: «Die Vöglein im Walde, die singen, ach, so wunder-, wunderschön.» Und sein Herz schwoll von Kampfwut und Groll gegen die Feinde und Ruhmbegierde. Und immer wieder glückte ihm waghalsige Flucht. Daß ihm hiebei von Bewunderern seines Heroentums opferfreudig Hilfe zuteil ward, ist nicht weiter erstaunlich. Reizte doch Breitwiesers entschlossene Person, von allen kriegerischen Tugenden umschimmert, naturgemäß auch zur Betätigung romantischer Kameradschaft. Obschon ihm nicht annähernd die Tötung so vieler Landsleute gelang wie etwa einem mittleren General, genoß er doch Heldenpopularität, und die Frauen zitterten vor wonnigem Schreck beim Gedanken an den siebenundzwanzigjährigen Jüngling, diesem echtesten Sohn einer großen Zeit. Die Behörden setzten Preise auf seinen Kopf, der heimatliche Galgen stürzte sich in Unkosten, um den wertvollen Bissen zu ergattern. Aber der Tapfere ließ die Scholle nicht. Niemals hat er Versuche gemacht, das Ausland zu erreichen. In zäher Treue hing er am Vaterland. Dort waren die Wurzeln seiner Kraft.

In der großen Kampagne focht er während einiger Monate unter Habsburgs Fahnen. Obschon er nicht nur physisch, sondern auch seelisch durchaus tauglich für das edle Kriegshandwerk, und seinen Talenten, Eignungen und Tugenden die steilste militärische Karriere sicher war, litt es ihn doch nicht bei dem Tötungsgeschäft. Seine Menschenwürde empörte sich gegen das Vertierte der Schützengraben-Existenz wie gegen die maschinelle Massenmetzelei. Und das Lügnerische der offiziellen Kriegsethik erfüllte sein redliches Einbrecherherz mit bitterstem Abscheu. So beschloß er, dem häßlichen Beruf trotz allem winkenden Lorbeer zu entsagen. Kraft seiner überlegenen Intelligenz wurde es ihm leicht, schwachsinnig zu erscheinen und – da er als Mannschaftsperson für die höhere Führung nicht in Betracht kam – nach Hause geschickt zu werden.

Daheim verrichtete er nun neuerdings Wunder der Tapferkeit, hieb und schoß sich aus verzweifelten Situationen immer wieder heraus und schlug, den Vorteil der inneren Linie nützend, alle konzentrisch angesetzten Stürme der Feinde – die gegen ihn unter den gleichen ideellen Vorwänden kämpften wie die Großmächte widereinander: Gerechtigkeit, Sicherung der Welt gegen Mord, Einbruch und Gewalt – nie erlahmend zurück.

Die Polizei war stets im Ungewissen, wo er sich aufhalte, was er plane. Indes sie ihn schon zu fahnden glaubte, ruhte sein Haupt wohlbehütet im Schoß einer heldenverehrenden Frau. Indes sie ihn zerknickt und angstfiebernd wähnte, stand er vor dem Spiegel, Hand im Westenausschnitt, und sprach: «Bin's, den alle Häscher suchen.»

Schließlich fiel er auf der «Schmelz», dem Schauplatz zahlreicher Manöversiege der österreichischen bewaffneten Macht, nach erbittertem Widerstand in Gefangenschaft. Dieses Treffen vom 6. April 1918 wird, obgleich es schlecht ausging, stets ein Ruhmesblatt im Heldenbuche der Wiener Einbrecher bilden.

Im Dezember des gleichen Jahres hatte sich Breitwieser seine Freiheit neuerdings tollkühn zurückerobert.

Doch ein paar Monate später geriet er vor die Pistolen der Wachleute und ging zu Gott ein, als Einbrecher und brav.

Dem irdischen Richter war er so entzogen. Und der himmlische? Da hat er Chance, der junge Held. Vor den ewigen Richter kommt er nach alphabetischer Ordnung hinter

Berchtold. Da wird sein Sündenpäckchen wohl federleicht wiegen.

«Breitwieser, du hast dich vergangen wider Leben und Eigentum deines Nächsten!»

«Herr, wie konnte ich glauben, daß dir an deren Schonung etwas gelegen sei? Hätte sonst deine Allmächtigkeit vier Jahre lang . . .?»

Worauf Gott unverzüglich eine Disziplinarstrafe über die unsterbliche arme Seele verhängen, aber sie dann ins Paradies laufen lassen wird, wo die Polizisten Palmwedel haben und die Einbrecher Maschinengewehre.

In der Telephonzelle

Auf dem Straßenpflaster liegt rücklings eine kleine alte Frau. Eine ganz verschrumpelte Pflaume vom Lebensbaum. Es sieht aus, als ob sie hingelegt worden, nicht hingefallen wäre. Der Straßenkehrer, der den Kot ins Kanalgitter fegt, kümmert sich nicht um die Alte. Wir heben sie auf. «Vor Hunger zusammengefallen!» sagt sie. Ich gebe ihr die Hälfte meines Vermögens, auf die Gefahr hin, für einen Schmutzian gehalten zu werden.

Sie ist gewiß eine Schwindlerin und dies ihr Trick: sich aufs Pflaster hin- und erschütterte Passanten hineinzulegen. Der Straßenkehrer kennt offenbar den Trick, sonst würde er nicht so gleichmütig den zähen Kot ins Kanalgitter schieben. Aber ich denke, wer, um ein paar Groschen zu erraffen, sich am hellichten Tag in den Straßendreck legt, hat die paar Groschen verdient. Er hat etwas dafür geleistet. Aus Neigung legt sich niemand aufs triefende, kalte Pflaster. Die Alte würde auch lieber Modeberichte schreiben oder Chopin tanzen.

Aber das kann sie nicht. Also tut sie, was sie kann. Hat einen Einfall, führt ihn durch. Legt sich in den Straßenkot und läßt sich das honorieren.

Die Strickerin Josefine Strasser hatte keinen Einfall. Nur

die armselige Idee, den Spießbürgern «Küss' die Hand, Herr Graf» oder «Küss' die Hand, Frau Gräfin» zu sagen. Damit wimmerte sie sich ein paar Groschen zusammen. Nützte sie jedoch nicht zur Erwerbung eines guten Buchs oder zum Abonnement einer volksfreundlichen Zeitung, sondern zum Ankauf von Schnaps. Ihr Weltbild wurde hiedurch schwankend. Oder, wie es dann im Polizeibericht hieß: «Sie sank immer tiefer bis zur Unterstandslosigkeit.»

Die Februarnacht von Sonnabend auf Sonntag war sehr kalt. Josefine Strasser sagte wiederholt: «Küss' die Hand, Herr Graf», aber bei den durch und durch demokratischen Mitbürgern verfing das in der strengen Kälte nicht. Nur einer, ein Nihilist, gab ihr geschmeichelt zwanzig Groschen.

Mit diesen betrat das Weib die Telephonzelle. Sie warf das Geldstück in den mystischen Spalt, es blieb stecken, und der Apparat, der verdorben war, funktionierte.

Josefine Strasser wünschte mit der Staatsraison verbunden zu werden, die es doch unmöglich zulassen könne, daß ein menschliches Lebewesen in der Kulturstadt erfriere und verhungere.

Die Staatsraison war weder im Telephonbuch zu finden, noch wußte das Auskunftsamt etwas von ihrer Existenz.

Es meldete sich aber, falsche Verbindung wie so oft, das Staatsamt. Ob es sich um Wichtiges handle? Um das Patentgesetz? Um die Steuerfluchtgesetznovelle? Um die Pragmatisierung der Offizianten? Oder gar um die Wahlen?

Hier riß die Verbindung ab.

Josefine Strasser war bestürzt, denn sie hatte kein Geld mehr, um zu telephonieren. Aber ist denn das Wesentliche einer Telephonzelle das Telephon? Nein, das Wesentliche sind die vier Wände. Die Enge. Die Ruhe im Lärm. Die immerhin markierte Abgegrenztheit gegen Dunkel und Kälte. Die Stübchen-Illusion.

Und von dieser Illusion lieblich umfangen, schlief die alte Frau ein. Es träumte ihr, sie suche telephonischen Anschluß an das Leben, das ihre Bettelgebärde nicht mehr erreichen konnte. Verbindung mit der Güte: die war immer besetzt. Mit der Vernunft: die war taub. Mit dem Reichtum: der lag schnarchend zu Bett. Mit der Firma «Alle Menschen sind Brüder»: aber dort war der Apparat ganz verdorben.

Am Ende entschloß sie sich, den barmherzigen Gott anzurufen.

Diese Verbindung bekam sie.

Jetzt, wenn ich ein Dichter wäre, würdet ihr «Strasser-Josefinens Himmelfahrt» vorgesetzt bekommen.

So sage ich nur: am Sonntagmorgen fand man sie erfroren. Ein Ankleber von Wahlplakaten entdeckte das starre Lumpenhäufchen.

Mitleidig deckte er es mit seinem größten Papier zu: «Wählt bürgerlich-demokratisch!»

Republikanischer Hofgarten

Man tut etwas für den allgemeinen Lufthunger. Größere Posten von Atmosphäre sind enteignet und dem öffentlichen Atmungsbedürfnis zugänglich gemacht worden.

In dem steinumfriedeten Lainzer Tiergarten spazieren nicht mehr dünkelhafte Rehe und exklusive Wildschweine – erhöht vor anderem Getier durch ihre Bestimmung, wenn der allerhöchste Jagdherr ruft, auf dem Felde der Wild-Ehre sterben zu dürfen –, sondern ganz gemeine Menschen, die Holz klauen. Und wenn durch die Gitterstäbe, die den Hofgarten hinter der neuen Kaiser-Burg umsäumen, nun Wandelnde sichtbar werden, so sind das nicht Schatten verwehter Habsburger, sondern unterernährtes Volk, das da einen neuen Stadtpark bekommen hat, eine Oase in seiner furchtbaren Wüste aus Ziegelsteinen und Zeitungspapier.

Niemals vorher war dieser Garten profanen Beinen zugänglich. Auch kaiserliche oder erzherzogliche Stiefel dürften ihn nur selten oder gar nie betreten haben. Schweigend und verschwiegen lag er da, hinter dem nie bewohnten Riesenfestbau des neuen Kaiserschlosses, eine große Ozon-Privatschatulle Seiner Majestät.

Auf der breitgeschwungenen, dem nun erschlossenen Hofgarten zugewandten Fassade des Schlosses steht in Goldlettern die Inschrift: His aedibus adhaeret concors populorum amor. Ganz frei übersetzt: Infolge ihrer Anhänglichkeit an die kaiserliche Burg mußten die Völker in Konkurs gehen.

Der republikanische Hofgarten sieht ein wenig verdrossen aus, unrasiert, ungekämmt. Wie einer, der von allzu frühem Besuch, noch schlafbefangen, geweckt wurde. Er konnte sich nicht einmal waschen. Das gemauerte Bassin, in die Parkmitte eingelassen wie ein Riesenlavoir, ist noch leer. Hecken und Buschwerk sind in langer Einsamkeit die Haare wild und wirr gewachsen. Ein paar Viburnumsträucher, vom Regen niedergeprackt, lassen ihre Blütenkugeln tief zur Erde hängen. Auf der Wiese sitzt eine ältere Dame und pinselt dieses Stück deklassierter Gartenpracht in ihr Skizzenbüchlein.

Im zügellos wuchernden Rasen sind kahle, ausgewetzte Stellen. Als ob selbst die Natur so verarmt wäre, daß sie sich kein neues Sommerkleid leisten könne, sondern das alte, durchgescheuerte vom vorigen Jahr tragen müsse.

Der ausgefranste Wiesensaum mischt sich mit dem sandigen Grau der Gehwege zur Brack-Erde. Wie Symbol verfließender Kastenunterschiede ist es. Hohe Bäume, Exzellenzen möchte man sagen, stecken die wipfeldichten Köpfe zusammen, sichtlich verdrossen über das Plebejerzeug, das in ihrer höfischen Schattenkühle sich's bequem macht. Die Natur erwidert die Liebe der Menschen nicht übermäßig lebhaft. Sie bleibt, la nature pour la nature, lieber für sich.

Ganz so wie Franz I., Kaiser von Österreich, der im Hofgarten ein Denkmal hat. Er reitet ein rundliches, seiner erhabenen Last ernst-bewußtes Pferd, in Cäsarenhaltung, das Zepter aufs Knie gestützt. Der Sockel trägt eine Inschrift in steifer Latinität, besagend, der edle Monarch hätte sein Monument gerade an diesem abgeschiedenen Orte gewünscht «ut semper in conspectu Suorum esset». Dieser Familiensinn übers Grab hinaus, diese Anhänglichkeit noch der Statue ist ja rührend. Nur zur Legende von der väterlichen Liebe fürs Volk paßt eine Denkmallegende nicht ganz, die eigentlich besagt: «. . . ne profanum vulgus videat».

Jetzt muß der bronzene Kaiser das Volk doch bei sich sehen. Es blickt mit sonderbar glanzlosen Augen auf den bezepterten Reiter und denkt sich sein Teil über Monarchie, aere perennius und die Entwertung der Krone.

Ein paar Herren, in alter, schwarzer, nur der blanken Knöpfe verlustig gegangener Hofdienertracht versehen das Ordneramt im Garten. Sie haben glattrasierte Gesichter und sehen aus wie Sektionschefs in einem Leichenbestattungsministerium. Schweigend dulden sie, daß die alte Malerin, die den geknickten Schneeballstrauch abkonterfeit, mit ihrem Gesäß das Wiesengras plattdrückt, daß die Kinder im Riesenwaschbecken Zirkus spielen, und daß Neugierige den Bauch des imperialen Bronze-Pferdes beklopfen, ob er so leer sei, wie ihr eigener.

Aus einem Notizbuch 1920

DAS Parlament tagt und beschließt die Vermögensabgabe. Infolgedessen herrscht, besonders in der inneren Stadt, furchtbare Hitze. Eine panische Temperatur hat die Menschen befallen. Wachsweich ist der Asphalt in den Straßen. Der Schuhabsatz prägt seine Form hinein. Die Rettungsgesellschaft trabt ab und zu, und Leute, die der Hitzschlag getroffen hat, kommen kostenlos zu einer Wagenfahrt. In den Strombädern gibt es Menschenüberschwemmung, und die Stechmücken am Donauufer saufen sich toll und voll mit Wiener Blut (das einmal eine Operette war). Zusammenbaden der Geschlechter übt seine kulturelle Wirkung: es gewöhnt die Sexualität ab. In so schmutzigen und zerrissenen Kleidern die Menschen umherstreichen: ausgezogen sind sie immer noch häßlicher.

Übrigens gehen nicht alle in schmutzigen und zerrissenen Gewändern. Auf den Promenaden der Stadt entfalten die Frauen, die dort mittags wandeln, Kleider- und Schuhepracht, und aus Kettchen, Ringen, Nadeln, Broschen funkelt in Prismenfarben der Besitz. Woher haben sie ihn? So löst sich das Rätsel: Die Herren aus jener Fremde, wo die bessere Valuta wächst, sammeln hier, die Saugwirkung des Dollars, des Pfunds und Francs nützend, Besitz. Um aber ihr Gewissen zu beruhigen, haben sie sich eine Art Galanteriesteuer auferlegt, d. h. sie geben von dem Errafften eine größere Quote an die Frauen ab. Diese wirken also geradezu als eine Kontre-Institution wider die Ausplünderung der Stadt. Sie stoppen den Ablauf unserer Güter und biegen ihn zurück zum Kreislauf. Sie nehmen den Beutemachern die Beute ab. Je mehr drum eine mit Schmuck behangen ist, desto mehr hat sie Anspruch auf die Ehrung: patria bene merita.

*

Nie waren die Frauen hübscher, geschmeidiger, reizvoller. Aus dem Zusammenwirken von Trübsal und deren Überkompensation durch Leichtsinn geriet ein sonderbar blind-lebensgieriger Frauentyp, der gehetzt ist von Bangigkeit, die Minute zu versäumen. Zwang des äußeren Lebens erwirkte zum Ausgleich eine Freiheit des innern, Enge der Lustmöglichkeiten eine Weite der Lustphantasie, vor der das Beiwort «grenzenlos» stehen darf.

*

Aus dem Landesgericht hören manchmal die Bewohner der Häuser ringsum einen Chor der Verdammten, der in allen Stimmlagen, vom Wutbaß bis zur hysterischen Fistel, «Hunger! Hunger!» singt. Das sind die Untersuchungshäftlinge, die, gepfercht in Zellen, schmachtend in Schweiß und Gestank, gegen das Dörrgemüse demonstrieren.

Dörrgemüse ist eine Kriegserfindung. Es schmeckt nach getrocknetem Kuhmist, und ein Herr der Firma Habsburg hat mit Dörrgemüselieferung an die Armee viele Millionen verdient. Die Soldaten wurden krank, der Erzherzog-Lieferant hieß, lustigerweise, «Salvator».

Das Landesgericht aber stand schon in der Zeit, die wir den Frieden nannten und heute, Tränen im trüben Aug', die «gute alte Zeit» nennen. Es gibt in ihm viele kleine quadratische Räume. Jeder hat ein Luftloch. Hier sammelt die Gerechtigkeit – wie das Schulkind Maikäfer in der perforierten Schachtel –, was sich in ihrem Netz verfangen hat. Nun denke man sich alle diese Lebewesen, toll vor Wut und Ohnmacht an ihre Schachtelwände flatternd, zur Abendzeit eine Stunde lang «Hunger!» brüllen, kreischen, heulen. Die Bewohner der Straße können sich nicht anders helfen, als daß sie sich ans Klavier setzen und die trauliche Weise aus dem «Dreimäderlhaus» anstimmen: «Ja, so singt es, ja, so klingt es . . . in der Stadt, wo ich geboren bin».

Kern und Pointe des Landesgerichts war ein kleiner dreieckiger Hof, in dem hingerichtet wurde. Die Republik hat die Todesstrafe abgeschafft. Für Österreicher, meinte sie, ist die Lebensstrafe bitter und abschreckend genug.

In der gleichen Straße, gegenüber dem Gericht, stand bis zu Kriegsbeginn eine Kaserne für die bosnischen Infanteristen, die dort, dem Klima der Kaiserstadt an der blauen Donau abhold, zu Hunderten tuberkulos wurden. Neben der Kaserne war und ist noch das große Spital. Ihm gegenüber eine Kirche, in der die besseren Leichen aus dem Spital nach katholischem Ritus behandelt werden. Weiter oben das Findelhaus.

Noch weiter oben das Hauptquartier der kommunistischen Partei. Auch die Straßen haben ihre Logik.

Landstraße bei Wien

Häuserzeilen, dem Rand der Großstadt entwachsen, gespenstisch lang und fahl hingewunden, wie Triebe der Kellerkartoffel. Gewimmel von Menschen, die gehen, als hetzte sie Angst und hemmte sie Furcht vor noch Ärgerem. Vorfrühlings-Spätnachmittag. Eine kühle Sonne leuchtet den Häusern in das welke, rissige Gesicht. Sie werden, je weiter ihre Reihe sich streckt, niedriger und kleiner. Die Straße duckt sich immer tiefer, kriecht in den Erdboden, verschwindet endlich ganz in Sand und zertretenem, entfärbtem Gras.

Hier entspringt die Landstraße. Das weißbestaubte, kilometerstein-gefaßte, Feld und Dorf und Städtchen und Länder aneinanderknüpfende Meßband, einst Reichsstraße geheißen. Der Krieg und seine letzte Schärfe, der Friede, haben auch dieses «Band» gekürzt, zerrissen.

Die Berglehne mit den zahllosen Baumstumpfen gehört noch zur Stadt. Sie sieht aus wie ein heidnischer Friedhof: hier liegt der Wald begraben. Es ist Sonntag. Menschen mit Säge, Axt und Sack ziehen hinaus, Bäume schlachten.

Die Landstraße schüttelt sie ab, läuft ihnen davon, strömt hin, weiß und einsam, endlich befreit von den trüben Abwässern des großen Menschenpferchs. Pappeln, unbelaubt und winterdürr, bilden Spalier. Ein Stamm abseits. Wind streift seinen Wipfel, macht ihn schwanken. Es ist, als ob ein eben in den Boden gelandeter Riesenpfeil verzitterte.

Schwarz-weiß-Flächen dehnen sich: aufgeworfene Ackerschollen, Schnee in den Furchen. Drüberhin Nebel, materialisierte Schwermut. Zwei Weiber, Tuchbündel auf dem Kopf, inmitten der Straße, eifrig Worte kauend. Ihre Unterhaltung ist am Ende so wichtig und wesentlich wie tiefsinnigste Debatte zwischen erleuchteten Gehirnen.

Dorf. Die Landstraße schneidet mitten durch. Die Häuschen, zu beiden Seiten Platz machend, weichen ihr aus. Ein paar ganz ängstliche sind den Hügel hinaufgeklettert.

Männer in bäuerischer Tracht, Gerätschaften huckepack,

trotten daher, den Mund schief gezogen von der Pfeife. Sie blicken auf den Wanderer im städtischen Anzug, als ob sie ihn ganz gern totschlügen, wäre nicht fatalerweise gerade Schonzeit.

Ein Auto mit dick Bepelzten knattert sie auseinander. Die Pfeife wechselt in den linken Mundwinkel hinüber, die Augen folgen dem Pferdekräftigen böse, gefährlich. Wie die Mündung einer zielenden Waffe.

Der Autolärm hat Kinder herangelockt. Sie drohen mit der Faust, heben Steine, suchen angestrengt zumindest ein steinschweres Schimpfwort, das nachgeschleudert werden könnte. Früher haben die Landkinder einem so beweglichen, amüsanten, fremdartigen, Monotonie zerschneidenden Ding wie einem Auto zugejauchzt, ihm mit Händen und Mützen gewinkt. Heute reizt und ärgert es sie. Daß Menschen drin sitzen, verleidet ihnen den Spaß an der lustigen, aufregenden Maschine. Kraft welcher Sendung oder Bestimmung sitzen diese Menschen drin?

Auch die Kinder haben schon gelernt, die Erscheinungen als Symbole der Macht oder der Ohnmacht zu deuten.

Vor dem letzten Haus der Ortschaft hocken zwei Alte, regungslos, Hände im Schoß gefaltet. Sie warten, daß es Abend wird. Das Beste vielleicht, was Menschen tun können. Weisheit und Stumpfsinn schließen hier die mystische Kette, darin alles Wollen eingeschaltet.

Die Landstraße läuft weiter, hinein in Nebel, Finsternis, Ferne. Zwischen Pappeln und Häusern, städtisch verkleidet durch Städte, über Brücken- und Bahngleise, bergauf- und -abwärts, rund um Berge, an Fabrikschloten vorbei, die Kohlenruß in den weißen Staub mengen, an Villen, Schlößchen, Gärten, ganz durchsickert von gereinigter, destillierter, filtrierter «Natur», an waldumrauschten Friedhöfen, wo das Totsein gar so viel Charme hat. Abendsonne färbt die dünn beschneiten Nadelwälder mit einem unwahrscheinlich süßen Rosa, an kolorierte Ansichtskarten erinnernd.

Einmal war Landstraßenwanderung Glück und Frohsinn,

Phantasie dehnte den Weg ins Unendliche, nirgends stieß Flug der Seele auf sperrende Mauern, mit jedem Atemzug reiner Luft zog in die Brust Gefühl grenzenloser Freiheit, die mit Sinnen zu schmecken ja nur ein geringes technisches Problem wäre.

Jetzt ist solch bescheidene Freude mit dickem Grau überpinselt. Die Landstraße hat etwas Gehässiges, Krankes, Verdrossenes. Frohsinn ist Verbrechen. Phantasie Verrat an den traurigen, armen Tatsachen. Freiheitssehnsucht egoistische Regung.

Und wenn der Spazierer, heimkehrend, auf die Schar der Kobolde stößt, die, von Stücken geschlachteten Waldes den Sklavenrücken krumm, daherstapfen, schämt er sich auch der melancholischen «Stimmung», ja selbst des Mitleids.

Liegt solches Mitleid nicht wie Watte um sein Herz, abdämpfend den Schrei der gefolterten Welt?

Und ist Schwermut nicht ein Schlupfwinkel, sichernd vor den Hetzhunden der eigenen Seele?

Trinkgeldphantasie

Der Hausmeister, der «alte Steffel» und das Trinkgeld sind bekanntlich Wahrzeichen Wiens, aere perennius.

Der Hausmeister, in Paris: «concierge», in Gegenden, die noch mit Wotan Gefühlsbeziehungen haben: «Hauswart» genannt, sperrt in Wien um zehn Uhr abends das Tor der ihm anvertrauten Ubikation und läßt von da ab bis um sechs Uhr morgens die Bewohner des Hauses nur gegen sogenanntes «Sperrgeld» ein. Ist die Torglocke ruiniert oder der Hausmeister allzufest in Banden des Schlafes, so muß der Hausbewohner auf der Straße übernachten.

Gegen diese Unbequemlichkeit des ortsüblichen Lebens haben sich neuerungssüchtige Wiener nun aufgelehnt und fordern Zuteilung eines Hausschlüssels an jede Mietspartei.

Solche umstürzlerische Gesinnung hat aber wenig Aussicht, sich durchzusetzen. Krieg und Revolution, die ja die österreichischen Verhältnisse in manchen Nuancen verändert haben, konnten die Position des Wiener Hausmeisters nicht erschüttern. An seinen «Schlapfen» – so heißen die Nachtpantoffeln des Wiener Hausmeisters – flutete die Brandung des Weltgeschehens gebrochen zurück.

Solche die Ereignisse durchtrotzende Stärke einer Menschenkategorie muß wohl ihre historische Begründung haben.

Es geht auch die Sage, daß ein paar Troglodyten in den Höhlen des Kahlenbergs, als der Strom der Völkerwanderung verheerend über Mitteleuropa sich wälzte, erst auf längeres Pochen von Attilas Scharen aus den Höhlen krochen – und Sperrgeld forderten. Die Grauslichkeit ihrer Erscheinung, die Grobheit ihres Wesens und die Unverschämtheit ihrer Forderung soll die Hunnen veranlaßt haben, lieber einen Umweg um Wien zu machen. Obzwar hiedurch der «Fremdenverkehr» – an dessen Hebung der Stadt Wien schon vor ihrer Gründung viel gelegen war – einigen Abbruch erlitt, schien doch das Verdienst jener Höhlenbewohner um die Sicherheit der Stadt groß. Dankbare Herrschergeschlechter verliehen ihnen und ihren Nachkommen infolgedessen ein Sperrgeld-Privileg, das bis auf den heutigen Tag in Geltung ist.

Sollte der Sturm der Hausschlüssel-Forderer es hinwegfegen, so schwände damit aus dem Gesicht der Stadt einer der letzten Eigenheitszüge, die es noch vor dem Schicksal bewahrt haben, eine Allerwelts-Physiognomie aufzuweisen. Das Verschwinden der Burgmusik war freilich ein noch härterer Abstrich an unserem Spezialitätenbesitz. Wir haben ihn bis heute nicht verschmerzt. Beim Durchschreiten des Burgtors öffnet sich im Wiener Herzen ein Loch, durch das, kalt und hart, der Wind der Trübsal pfeift.

Wie gesagt, es blieben nach der Ausmerzung des Sperrgeldes nur noch zwei kleine Wahrzeichen: der alte Steffel und das Trinkgeld.

Um jenen braucht uns nicht bange zu sein. Er steht, gottlob, über jeder Situation. Aber um das Trinkgeld haben die, die von den Lebensnotwendigkeiten der Stadt wissen, allen Grund zu zittern.

Man will es abschaffen. Die Straßenbahnkondukteure haben den Anfang gemacht. Kellner und Friseurgehilfen dürften folgen. Was für Zeiten dräuen herauf? Zeiten, da des Amtsdieners Miene beim bemünzten Händedruck sich nicht erhellen, sondern verfinstern, da der Einspännerkutscher den Fahrgast wegen Taxüberschreitung beflegeln wird?!

Es ist nicht auszudenken. Wien ohne Trinkgeld – eine starke Zumutung an die Phantasie.

Dieser Stadt Symbol war (und ist noch): die offene Hand. Der leichte Sinn im Geben, der noch leichtere im Nehmen.

Das ganze öffentliche Leben hierorts ist durchsponnen von ungezählten Trinkgeldfäden. Man kann sich kaum vorstellen, daß es, schnitte man diese Fäden durch, noch zusammenhielte.

Das Trinkgeld gibt der Luft dieser Stadt den vielgerühmten silbernen Schimmer, das Trinkgeld ist der magische Quell ihrer Gemütlichkeit, das Trinkgeld ist das Korrektiv gegen Faulheit, Grobheit, Bosheit, das Trinkgeld sänftigt die Massengegensätze, das Trinkgeld fördert Recht und beschwichtigt Unrecht, das Trinkgeld öffnet Türen, Herzen, Akten, das Trinkgeld beschwingt die Beine, macht die Speisen besser, die Boten rascher, die Unwilligen willig, das schwer Mögliche möglich.

Das Trinkgeld ist der Hoffnungszusatz, der die Arbeit süßt. Es verleiht dem Dienst einen freundlichen Schimmer von Gefälligkeit, bringt ein menschliches Moment in die sachliche Beziehung von Leistung und Gegenleistung und fördert einen außerordentlich nuancenreichen Wechsel in Tempo, Farbe, Tonfall der Pflichterfüllung.

Solcher Fülle von Möglichkeiten, die jede scheinbare Wiener Sicherheit und Gewißheit birgt, entfließt ja das lieblich Irrationale, Schwankende, Fragwürdige wienerischen Lebens.

Das Trinkgeld ist dieses Lebens geheimer Motor. Ich fürchte, wenn man ihn abstellt, bleibt es stehen.

Geistiges Leben in Wien

DIE Berichte von Wiens Elend sind wahr. Die Berichte von Wiens Wohlbehagen sind auch wahr. Der Berichterstatter muß nur definieren, was er meint, wenn er «Wien» sagt. Im Mittelteil der Stadt, vom Polygon der Ringstraße begrenzt, lebt das Wien, das lebt; das saftige Wien, die Stadt, deren Name, richtig ausgesprochen, wie geschmunzelt klingen muß. Rundherum, «grau und grämlich», lebt das Wien, das vegetiert, das vertrocknete Wien, die Stadt, deren Namen mit dem Tonfall gesprochen werden muß, mit dem ihn der Schaffner einer Danteschen Unterwelt-Vicinalbahn als Station ausriefe.

Dem zweierlei ökonomischen Klima der beiden Wien gemäß ist auch das geistige Leben dort und hier ein grundverschiedenes. In der Vorstadt ist es mehr politisch, in der inneren Stadt mehr ästhetisch orientiert. In der Vorstadt hat die Frage: wie lebe ich? wesentlich andern Sinn als in der innern Stadt. Dort geht es um den Rock, hier um die Fasson des Rocks.

Demzufolge holen sich die in der Vorstadt ihre Belehrung über Mode aus der «Roten Fahne», indes die in der inneren Stadt aus der Zeitschrift «Die Dame» ihre sozialen Informationen schöpfen.

Das einigende Band, das die Völker Wiens umschlingt – früher war dieses Band bekanntlich die Dynastie –, ist das Kino.

Und in diesem Punkt steht das lustige Zentrum der Stadt der traurigen Peripherie oft nach. Es kommt vor, daß die Ringstraße erst bei der vierten Fortsetzung der «Herrin der Welt» hält, indes Ottakring schon aus der fünften Fortsetzung weiß, daß Konsul Madsen (Herr Michael Bohnen) bei der Rettung der pikanten Maud Greegards den Untergang findet und daß sein bezauberndes Décolleté in der sechsten Fortsetzung den Frauen dieser unglücklichen Stadt nicht mehr leuchten wird.

Das Kino steht im Mittelpunkt der ortsüblichen geistigen Interessen. Den Zugang zur Illusionswelt des Theaters verbarrikadieren furchtbare Eintrittspreise, und auch Bücher können nur noch von Leuten erworben werden, die so viel Valuta besitzen, daß sie's nicht mehr nötig haben, zu lesen. Es heißt zwar, daß jetzt mit reichsdeutschem Geld ein ganz großer Verlag hier gegründet werden soll, der vor allem die Klassiker billig nachdrucken will – aber man kann auch dieser «Unternehmung voll Mark und Nachdruck» keine günstige Prognose stellen. Eine Stadt, die eine so tapfere und kluge Zeitschrift, wie es «Der Friede» war, unbeachtet ließ und sich überhaupt nicht imstande zeigt, auch nur eine einzige literarische Wochen- und Monatsschrift auszuhalten (in des Wortes Doppelsinn), verdient das geistige Leben, das sie nicht hat, und die Tagesjournale, die sie hat.

Es gibt übrigens in Wien eine politisch-literarische Halbmonats-Zeitung. Aber sie ist um eine Nuance zu ehrwürdig. Von ihrer Schrift-Leitung wird erzählt, daß sie einen Beitrag «Die bulgarische Essigfabrikation im siebzehnten Jahrhundert», so reizvoll sein Ideengang war, doch wegen der allzu großen stofflichen Kühnheit ablehnen mußte. Weit aufregender sind dagegen die «Blätter des Burgtheaters», die zeitweilig – ein fahles Gespenst der literarischen Zukunft, eine Ahnfrau aus schrecklichem Übermorgen – im Burgtheater umgehen, durch ihr lautlos-unheimliches Erscheinen kündend, daß wieder eine Premiere geschehen ist.

Da Theater und Bücher zu teuer, das Dasein der Not fruchtbare Philosophie über die Not des Daseins nicht gedeihen läßt und Gespräche über den Kommunismus leider immer die gleiche Erkenntnis zeitigen: nämlich, daß dümmer als der Kommunismus nur noch die Einwände gegen ihn – so bleibt, wie gesagt, einzig das Kino, das geistige Leben der Stadt in Schwung zu halten. In seine erdumspannende Abenteurerluft entfliehen die Armen ihres Daseins hoffnungsloser Enge; und in seinem tropisch blühenden Schwachsinn wird den seelisch Frierenden warm.

Deutschösterreich – wie lieblich liegt es zwischen dem Kinde Znaim und dem Manne Preßburg da! – erzeugt auch selbst Filme: aber sie sind nicht gut. Sie sind zahm, schlicht, pover. Denn die Phantasie hiesiger Menschen ist unterernährt wie alles übrige und erschöpft sich in den Aufgaben, die das gemeine Tag-Leben ihr stellt. Es ist keine geringe Zumutung an die Einbildungskraft, üblen Maiskuchen als Brot, pulverisiertes Reisig als Tabak, Fetzen bedruckten, wertlosen Papiers als Geld und den Gott, der all dies so gewollt, als einen gerechten und gütigen Gott zu imaginieren. Da bleibt dann für die Filmindustrie nicht viel übrig.

Daß wir seit langen Jahren gezwungen sind, zur Beschaffung des notwendigsten Nahrungsminimums ein Maximum an geistiger Energie aufzubringen, hat die Gehirne depraviert. Teils allerdings vom Tanz um das goldene Kalb, teils aber auch vom Tanz um das Kälberne schlechtweg, sind die Wiener schwindlig geworden. Bei den Menschen der Vorstadt äußert sich diese Gleichgewichtsstörung in einem verzweifelten Anklammern an Phantome der Zukunft oder Vergangenheit. Sie erhoffen die Weltrevolution oder – und wählen in diesem Falle christlichsozial – daß Kaiser Karl, auf einem Schimmel mit goldener Schabracke, in die Burg einreiten und den Glanz der alten Krone erneuern werde. Derzeit gilt sie die Armseligkeit von eindreiviertel Schweizer Centimes.

Anders erkämpfen sich jene Wiener, die über den Tiefstand der Krone durch den von ihm bewirkten Hochstand der Börsenkonjunktur getröstet werden, ihr seelisches Gleichgewicht.

Waren sie unter Druck des Krieges genötigt, mit allem Denken um Blut, Tod, Wunden und Opfer zu kreisen, so paralysieren sie das jetzt durch leidenschaftliches Sich-Drehen (in Wien sagt man «Drahen») in entgegengesetzter Richtung. In jener, die durch die Touristenmarke: carpe diem! gewiesen wird. Zu deutsch: schlage die Zeit tot, ehe sie dich totschlägt.

Nachtlokale, Bars, Kabaretts, Tanz- und Vergnügungssäle – Stationen des Karussells – fassen nicht die Zahl der Fahrlustigen. Ein Zimmer ist in Wien kaum zu finden, aber weder an rooms noch an chambres herrscht Mangel. Das Brot ist schlecht, aber der Kaviar erstklassig. (Ich fürchte, die, die ihn fressen, sind seiner nicht wert. Volk für den Kaviar!) Am Totentag, Allerseelen, blieben die Gräber ohne Blumenschmuck: er ist zu teuer. Aber an den Tanzstätten der Lebenden werden allabendlich in Blumenschlachten Berge duftender Munition verschossen.

Arge Gegensätze! Sie zeigen, wie gemein die Menschen das Leben machen (oder vielleicht das Leben die Menschen?).

Zu deren Entschuldigung wäre anzuführen, daß, wie sie selbst das Ebenbild Gottes, so ihre Ordnung das Ebenbild der göttlichen Ordnung. Der Terror der Grippe z. B. ist unerträglicher als irgendein Terror in ird'schen Farben. Und daß mein Nebenmensch absolutes Gehör hat, indes ich nicht imstande bin, eine Geige richtig zu stimmen und alle Musik in mir schuldlos zu lebenslänglicher Erstickung verurteilt weiß, revolutioniert mein Herz mehr gegen die seelen-kapitalistische Weltordnung, als jeder Gegensatz zwischen Dalles und Besitz.

Das ist freilich hier in einer Schärfe ausgeprägt, an der sich die Wiener Gemütlichkeit vielleicht doch wund kratzen wird. Kenner der Stadt-Psyche fürchten das allerdings nicht. Wenn der Vulkan, auf dem wir foxtrotten, zu speien anfinge – meinen sie – so wäre das doch nur Wirkung des Heurigen, der auf ihm wächst. Sie behaupten, die Wut des Straßenfegers über das vorbeiknatternde Auto mit versoffener Menschenfracht sei mit linder Sympathie durchsetzt. Er verwerfe keineswegs die wilde Heurigenfahrt als ein Unsittliches, sondern sei nur zornig über die Distanz, die seine Möglichkeiten von solchen Möglichkeiten trenne.

Abschweifungen vom Thema, gewiß . . . aber wer über das geistige Leben in Wien erzählt, erzählt unwillkürlich vom materiellen Leben in Wien. Das muß seinen tieferen rassentheoretischen Grund haben.

Kaiserliche Möbel

In der Wiener Mariahilfer Straße – durch die vorzeiten so oft goldgeräderte Wagen fuhren, aus denen sichtlich erfreut gedankt wurde – steht das «Hofmobiliendepot». Ein weitläufiger Bau, dessen Bestimmung war, den Reserve- und Ersatzmöbeln für die kaiserlichen Schlösser Quartier zu geben. Sozusagen die Rumpelkammer Seiner Majestät. Aber eine Rumpelkammer, die etwa dreißig langgestreckte Säle umfaßt und Werkstätten, so groß wie Bahnhofshallen. Hierher, in die Werkstätten, von den Betreuern des Depots «Spital» genannt, kamen die schadhaften kaiserlichen Möbel zur Reparatur.

In den Spitalzimmern ist es warm. Ein eiserner Ofen erhitzt sich fürs Wohl der Stube, es riecht nach Holz, Leim, Farbe, und der menschenfressende Götze Arbeit zeigt sich als freundlicher Genius, Behagen bergend in seines Kittels Falten.

In den Depotzimmern, vollgestopft mit vornehmem Hausrat, mit Palastrat, ist es bitterkalt. Als ob der eingefrorene Überfluß nie mehr tauen wollte. Es riecht nach gar nichts, nicht einmal nach Staub, der doch auch in seiner Art was Lebendiges ist. So ganz ungemütlich können nur Möbel aus einem verwunschenen Schloß sein.

Nach dem Zusammenbruch von o du mein Österreich kümmerte sich niemand um das Hofmobiliendepot. Aber die braven Leute, deren Obhut es anvertraut gewesen, Diener und Handwerker, obhüteten weiter, taten weiter ihren Dienst, staubten ab, schoben zurecht, stellten her, die Schlosser nieteten, die Tapezierer flickten, die Schreiner leimten weiter die Möbel der allerhöchsten Herrschaft, wenn auch inzwischen die Herrschaft selbst aus dem Leim gegangen war.

Jetzt haben die Leute vom Depot aus ihren Möbellagern eine Ausstellung gemacht. Das ging ohne viel Mühe. Sie hängten eine Tafel hin: «Es wird gebeten, die Gegenstände nicht zu berühren» und schrieben auf die Türen «Eingang» und «Ausgang». Damit war im wesentlichen die Verwandlung eines Magazins in eine Ausstellung vollzogen.

Ihr Besuch ist lohnend und amüsant. In manchen Sälen sind die Möbel zu Wohnräumen zusammengestellt, die in ihrer frostigen Gewesenheit aussehen wie Totenmasken von Zimmern. In den vielen anderen Sälen stehen die Möbel speziesweise geordnet. Ein Auflauf von Tischen. Ein erstarrtes Meer von Nachtkästen. Eine unübersehbare Zusammenrottung von Stühlen. Eine Riesentropfsteingrotte von Lustern. Unter ihnen der ehrwürdige Greis, der einst von der Decke des alten Burgtheaters baumelte, und der gigantische Luster aus der Oper, den man wegnahm, weil er den Leuten von der vierten Galerie die Aussicht auf die Bühne störte.

Ein Saal zeigt die stattlichste Versammlung von Wiegen: historische, in denen spätere Kaiser und Könige zu schreien geruht, und andere, in denen nur ganz gewöhnliche Erzherzoge gestrampelt hatten. Tu felix Austria nube: das Mobiliendepot war gerüstet.

Es stehen auch noch Sänften im Depot, üppig gepolstert, mit den Tragstangen für die Lakaien. Wo sind sie hin, die schönen Zeiten, da der Kutscher sein eigenes Pferd war!

Unter den Möbeln gibt es wunderschöne Stücke. In verschiedensten Stilen, Empire und Barock und sämtliche bezifferte Louis. Biedermeiers bürgerliche Grazie aber schlägt alles. Neun Zehntel der Möbel zeigen seine geschweifte Behaglichkeit. Getischlerte Musik geradezu, Schubert in Esche.

Auch ein paar richtige Musealstücke hat das Hofmobiliardepot. So den Setzkasten und die Buchdruckerei-Utensilien Josefs II. Jeder Habsburger mußte bekanntlich ein Handwerk erlernen, damit er, falls es mit dem Regieren nicht ginge, sein Fortkommen fände. Wie sehr an das Fortkommen der Herrscher das Glück der Völker geknüpft ist, das haben wir leider erst erkannt, als es um zehn Millionen Tote zu spät war.

Als Clou der Ausstellung gilt mir ein Zimmerchen, in dem gar keine Möbel stehen, nur fünf Wachsfiguren: Typen der Hofdienerschaft. Ein Lakai, ein Türsteher, ein Büchsenspanner, ein ungarischer Trabant und ein Kammerdiener. Der Büchsenspanner hat einen gestutzten schwarzen Vollbart. Er sieht aus, als ob er Kaspar hieße. Der Lakai, der Türsteher, der Kammerdiener drücken in Miene und Haltung etwas hinreißend Allergehorsamstes aus. Der Ungar trägt einen aufgewichsten Schnurrbart und gleißt in Gold und Rot. Nur seine Hosen, aufblühend aus Lackstulpenstiefeln, sind weiß wie Terror.

Als Puppen, als Wachsfiguren, nehmen sich alle sehr respektierlich aus. Wirkliche Menschen, so angetan, könnte man sich nur in der Vitrine eines Fleischfigurenkabinetts denken.

Mein Führer erzählt, oft schon hätten Besucher beim Anblick der fünf geweint vor Wehmut.

Vermutlich, weil die Sonne, in deren Schein das Geschlecht der Lakaien, Türsteher und Leibkammerdiener gedieh, untergegangen ist. Was aber diese Sonne uns bedeutet hat, sieht sogar ein Kriegsblinder. Ja gerade der vielleicht sieht es ganz besonders scharf.

Beethoven-Maske

Beethoven ist ein beliebter Wandschmuck. Wie Porzellanteller, Geweihe, Deckchen mit eingesticktem Haussegen. Er ist ein internationales Requisit der Zimmerbeseelung, verträgt sich mit jeder an die Wand genagelten Weltanschauung. Mit Lueger und Marx, mit dem Nußknackergesicht des Generals und der hohen Stirn des ehrwürdigen Rabbi Moses ben Maimon und dem schwermütig-militanten Polenschnurrbart des Umwerters aller Werte.

Er hängt am besten natürlich überm Klavier. Aber auch zu Häupten des Bettes macht er sich nicht übel und selbst überm Vorzimmerschrank, auf dem das Eingesottene steht, wirkt er Raum durchgeistigend.

Zur Verdeckung von Mauerschäden nimmt die kluge Hausfrau lieber einen Beethoven größern Formats. Zum Beispiel das bekannte Gemälde, das den Meister am Klavier sitzend zeigt, im Kreis entzückter Zuhörer. Insbesondere einer von ihnen – Arme um hochgezogene Beine verschränkt, das Haupt auf die Knie gestützt – hört ostentativ mit der Seele zu. Gern gewählt wird auch dieses Bild: der Beethovenkopf, in dessen Haarwald ein nacktes Liebespaar sich eingenistet hat. Pediculus capitis Beeth.

Aber beliebter als alle Bilder – selbst jenes, wo der Demokrat Beethoven den Höfling Goethe in Karlsbad einfach stehen läßt, oder als jenes, wo er mit fliegenden Rockschößen durch Döbling stochert, indes ihm gerade sichtlich die Eroica einfällt – beliebter als alle Bilder ist zu Zwecken des Wandbehangs Beethovens Maske, die gipserne Kopie des Antlitzes, wie sie im Jahre 1812 der Bildhauer Franz Klein formte. (Fälschlich redet man von einer Totenmaske.)

Über wieviel hunderttausend Klavieren auf dem Erdball dustert diese Maske, preisgegeben der sonate pathétique (hudel nicht, Melanie!) und vierhändigem Ansturm, der Symphonien ächzen und Ouvertüren splittern macht. Das ungewöhnlichste Antlitz, das Gottes Griffel je gezeichnet, ausgeliefert den Weibern und der Popularität!

Kein Dramatiker, dessen Szenarium vergäße, überm Klavier die Beethoven-Maske zu fordern. Im Wappen von Konzertagenturen dräut die furchtbare Stirn, als Firmazeichen von Instrumentenhändlern, auf Musiktaschen in Leder gepreßt, ins Holz von Notenständern geschnitzt, auf Exlibris von Operettentextbüchern, als Schutzmarke für Kolophonium, Klavierleuchter, Hörrohre, Vogelpfeifen und automatische Pianinos.

Wie wär' es mit einem Beethoven-Maske-Ball zur Feier der hundertfünfzigsten Wiederkehr des Tages, an dem der Meister die Finsternis der Welt erblickt hat?

Ernst ist die Kunst, heiter das Leben.

Noch heiterer das nach dem Tode, die Unsterblichkeit.

Schulaufsatz
«Das Leben ist der Güter höchstes nicht . . .»

DIE Geschichte und insbesondere die Gegenwarts-Geschichte, an der wir leider unmittelbar beteiligt sind, zeigt in erhabenen Beispielen, daß es nichts Schöneres gibt, als zu sterben, damit andere leben können.

Die Könige, deren Hochsaison ja nun vorüber sein dürfte, ließen durch den Mund der Lehrer und Dichter dem Volk eindringlichst predigen, daß es sich ein Vergnügen daraus machen müsse, zu sterben, damit die Könige ihres Lebens froh würden. Der Tod fürs Vaterland gilt in Militär- und verwandten Fachkreisen seit Gründung des Altertums (zirka 1104 v. Chr.) als süß. Der soziale Kämpfer stirbt, damit es den Klassengenossen wohler ergehe, die gestrige Generation starb, damit die heutige, die heutige stirbt, damit die morgige ein besseres Leben habe, die morgige wird, wenn sie auf ihre Reputation etwas hält, der übermorgigen den gleichen Gefallen tun müssen. Denn besonders gern wird für die sogenannten Enkel gestorben. Es ist, anders ausgedrückt, die heiligste Aufgabe jeder Gegenwart, sich um der Zukunft willen zu selbstmorden. Fatalerweise haben die Enkel von dem Opfer der Ahnen einen Schmarrn. Denn ist der Enkel einmal erschienen, so ist er auch schon virtueller Großvater, und als solchem fällt wieder ihm die schöne Pflicht zu, sich seinen Enkeln zuliebe aufzuopfern. Gleichwie die Zukunft, wenn sie einmal da ist, als Gegenwart da ist, in welcher Eigenschaft sie um der Zukunft willen Tod und Marter zu erdulden hat. So schickt es sich für ein rechtschaffenes Präsens.

Jede Generation hört, kaum daß sie hören kann, den Ruf: Opfere dich für die nächste Generation. Bisher sind wir – so aufmerksam wir auch den Vorträgen der Geschichtslehrer folgten – noch auf keine Generation gestoßen, die endlich von diesem fortgesetzten Opfertod-Kettenhandel der Geschlechter den Profit eingeheimst hätte. Kaum, daß sich eine niedersetzte, ihre Ahnen, die sich für sie hatten schmoren lassen, zu verspeisen, wurde sie selbst für die Küche der Enkel eingefordert und konnte nichts anderes tun, als, Opferlieder singend, sich auf den Rost legen. Konsequenterweise wird die Ewigkeit bei der vorletzten Generation abbrechen; denn was hätte die letzte noch für einen Sinn, da ihr keine mehr nachfolgt, derentwillen sie zugrunde gehen dürfte? Es ist sehr verwunderlich, daß die Schrift erzählt, Gott habe dem Menschen das Leben eingehaucht. Denn wenn wir den Führern der Menschheit, ihren Helden, Stiftern und Vorwärtstreibern glauben dürfen, hat er den Menschen nur dazu geschaffen, damit er für etwas sterbe. Das Sterben ist ein Hauptzweck seines Hierseins, und das Leben nur erfunden, damit doch etwas zum Sterben da sei. Es erscheint gewissermaßen als notwendiges Übel, das nur als Voraussetzung des Todes – um die leider auch der liebe Gott sich nicht herumdrücken konnte – toleriert wird.

Ebenso gefräßig wie der Enkel ist: die Idee. In Zeitläuften ethischer Hochkonjunktur sterben an der Idee viel mehr Leute als an der Tuberkulose oder an der Arterienverkalkung. Da die Idee mit Sinnen nicht wahrnehmbar ist, macht man sich Abbilder von ihr – aus Metall oder Holz, aus Stoff oder Tonerde oder Druckerschwärze plus Papier – und bringt ihnen Menschenopfer. Ohne solche ist eine Idee keine richtige Idee und machte auch denen, die sie haben, gar keinen Spaß. Nur eine Idee, die sich mit Blut gewaschen hat, ist eine Idee, die sich gewaschen hat. Und wenn man lehrt, daß von der «Kultur» die Menschenopfer abgeschafft worden seien, so ist das ein pädagogischer Schwindel, denn die von ihr aufgerichteten Götzen saufen mehr Blut, als der sanfte Hutzliputzli oder der milde Moloch in ihren durstigsten Perioden gesoffen haben. Nur die Zeremonien, der Ritus und die Gebet-Texte sind andere. Sonst ist es jetzt genau wie seinerzeit, geschlachtet wie gehängt, verbrannt wie erschossen, gehupft wie gesprungen.

Um auch die bockigen und widerspenstigen Kerle, die nicht einsehen wollen, daß es für einen richtig Lebenden eine Lust sein müsse, zu sterben, damit andere leben können oder damit die Idee an sanglanter Durchschlagskraft gewinne, um auch solche Burschen mores und mortes zu lehren, sind die Dichter da. Sie sind die Ausrufer, die «Rekommandeure», wie man im Wiener Prater sagt, vor den Pforten des Todes, und ihr «Hereinspaziert!» hat den Zaghaften Beine zu machen. Sie sind die Animierknaben für heldisches Sterben und haben als solche in Krieg und Revolution den Umsatz kräftig steigern helfen. Unsere Tage der Menschenbefreiung und der Glorie des Geistes können natürlich nicht den Angstschrei der zum Opfertod eingeladenen Kreatur – wie das die barbarische Vergangenheit getan – mit einem schlichten «Kusch!» erledigen, sondern sie müssen den Leuten die Peinlichkeit, ein Messer in den Bauch zu erhalten oder durch eine Würgeschnur des Atems beraubt zu werden, irgendwie seelengerecht machen. Ich sah das Stück eines jungen Dichters, worin die redliche Todesangst und der wundervolle Lebenswille von acht zum Galgen verurteilten Kriegsmeuterern durch ein paar ihnen um die blassen Ohren geknallte Abstrakta so betäubt ward, daß sie allsogleich eine, vom Regisseur prächtig arrangierte, Gruppe bildeten und, sechzehn Arme parallel hochgestreckt, den Tod hochleben ließen. In weit besserer Haltung, viel geisterfüllter und gentlemanliker als Jesus, der ja blutige Tränen geweint und am Kreuz «Warum hast du mich verlassen?!» gestöhnt hat.

In den Wendungen, mit denen die Kreatur zur Märtyrerschaft angerissen wird, ist das Üble immer materiell gemeint, das Gute immer bildlich. Die geforderte Pein ist immer ein Konkretum, der versprochene Lohn immer ein Abstraktum. Noch nie hat ein Märtyrer-Werber die Kandidaten aufgefordert, bildlich zu sterben, um faktisch zu leben. Stets nur umgekehrt. Die Spesen sind in barem Blut zu erlegen, die Verzinsung erfolgt in Phrasenvaluta mit Luftdeckung. Das Kreuz ist immer Wahrheit, die Auferstehung immer Legende. Die Marter immer real, die Seligkeit immer metaphorisch. Das Herz, dem Beglückung durch das Opfer widerfährt, ist Allegorie, Symbol, Bild – das Herz, das zerfleischt wird, ist anatomische Tatsache, ein Muskel im vorderen Teil der Brusthöhle, der auf dem Zwerchfell ruht.

In dieser furchtbar abgeohrfeigten und infolgedessen geschwollenen Zeit, repräsentiert durch eine ebensolche Literatur, ist jeder Lebende verdächtig. Warum ist er noch nicht für irgendwen oder irgendwas gestorben? Worauf wartet er? Er hat doch eine Auswahl von Altären, auf denen er sich opfern kann, wie noch nie. Und es gehört schon ein gut verstopfter Gehörgang dazu, allem Getrommel der Reklame, das Enkel und Ideen für höchst lohnenden, sich glänzend verzinsenden Opfertod machen, zu widerstehen. Jede bessere Zeitung rechnet dir's täglich zweimal vor, daß nur als Summe persönlicher Unwohle sich allgemeines Wohl ergebe, jeder Weltbesserer redet dir ein Loch in den Bauch, dir doch eins, irgendwelcher Sache zuliebe, stechen oder schießen zu lassen. Wirf dein Leben weg für den Bruder, wie der Bruder das seine wegwirft für dich. So habt ihr nichts gemacht und seid à jour. Hörst du nicht die Stimmen der Führer, der Befreier, der Erlöser, die in wunderbar polyphonem Chor dich bitten: «Oh, Mensch, krepier! Es wird nicht der Schade der anderen sein!»?

Schlimm steht es in diesen Tagen der opferfrohen, zukunftbereitenden Liebe um eine Gattung von Individuen, der eigentlich im freien Staatswesen auch Bekennung und Betätigung ihres Meinens gesichert sein sollte: um die Gruppe der Menschenfeinde. Wie behauptet sich so ein armer Teufel – dem das Schicksal der Subjekte, die fünfzig Jahre später essen, verdauen, bei ihren oder anderen Weibern liegen, Bücher dichten oder schmieren und sich für Enkel und Ideen massakrieren lassen werden, stagelgrün aufliegt – wie behauptet sich so ein armer Teufel gegen die Meute der Menschenfreunde, die ihn durchaus zwingen will, wider seinen heiligen Unglauben an die Menschheit zu leben und zu sterben? Wie stellt er's an, redlich zu bleiben, solch ein redlicher Mann, der, schätze er sein Leben auch gar nicht hoch ein, es doch nicht um ein Atom geringer einschätzt als das Gelebe, das nach ihm sein wird? Dem es nicht in den Sinn will, daß er für den

Nachkommen, der genau so ein Esel, Lump, Mißversteher und Im-Dunkeln-Tapper sein wird wie er, auf die kurze, phantastische Holdheit seines Daseins-Traums verzichten soll? Der nicht seine Erdenmission darin sehen will, als Dreckquentchen in den Düngerhaufen verarbeitet zu werden, der das Feld der Zukunft fett macht? Ihm ist sein Hirn und Aug' und Ohr und Leben als ein ihm anvertrautes, höchst wunderbares Wunder heilig. Und sein Herz hängt an seinem Herzen.

Harte Zeiten für Menschenfeinde. Aber doch auch gute, vortreffliche Zeiten für sie!

1921

DAS ist ein Herbst, wie er, so weit die Erinnerung der Lebenden reicht, noch nicht da war. Kein Mensch, der es nicht wüßte, sähe dem Jahr die neun Monate an. Es sieht aus wie sieben. Weich gepolstert ist die Luft. Man ruht aus, wenn man sich an sie lehnt. Licht und Wärme sind üppig hingegossen über jeden Tag: es sonnenscheint in Strömen, möchte man sprechen. Was grün war, ist noch immer grün, neu blüht die Kastanie, in Gärten spielen sommerlich die Kinder, strampeln Wiegensäuglinge sich den Flanell vom Leibe. Die Fliege summt, wie in Hundstagen stinkt es in der Straßenbahn, schmachtet das Herz nach Bier und Liebe.

*

Jedoch, was nützt das alles gegen die ökonomische Trübsal, die Wien blasen muß, übertönend alle Musik, deren es voll ist! Panische Flucht vor der Krone durchrast die Stadt, und keine Flucht gibt es vor solcher Flucht. Die tödlich erschreckten Preise klettern aufs Dach, aber die Banknotenüberschwemmung schwillt ihnen nach und treibt sie auf den Turm und vom Turm auf die Turmspitze und von dort ins Blitzblaue. Der fleißige Börseaner, der mit List und Wagemut aus 100000

Kronen in ein paar Stunden 200000 gemacht hat, muß erkennen, daß seine 200000 genau so viel wert sind, wie vor ein paar Stunden seine 100000. Der brave Kaufmann, der zehn Waggons seiner Ware an den Mann gebracht hat, kann um den Erlös nur mehr fünf Waggons gleicher Ware anschaffen. Es ist ihm also dank guten Geschäftsganges geglückt, seinen Besitz um die Hälfte zu vermindern. Von solchen vitiosen Zirkeln, Trugschlüssen, Selbsttäuschungen, Irrwischen, Halluzinationen, Blendungen, banknotenblauem Dunst, Widersinnigkeiten, Fallstricken, Seifenblasen, faulen Fischen, Sand in die Augen und Labyrinthen ist unser wirtschaftliches Leben derart durchsetzt, daß weder der klügste Gauner noch der geriebenste Bankdirektor in dem Chaos sich zurechtfindet.

*

Es kommt vor, daß die beiden – wie die Geschichte von dem jungen Daniel Duim lehrt – im Dunkel der Transaktion plötzlich aufeinanderstoßen. Dieser Daniel hat, vom Glauben an die Zukunft der österreichischen Währung durchdrungen, die Wiener Valutaspekulanten mit mehr als einer Milliarde hineingelegt. «Ein Daniel kam, zu richten, ja, ein Daniel! O, weiser Richter, wackrer junger Mann!» heißt es im Kaufmann von Venedig. Gern stelle ich mir den alten Duim vor, den unermeßlich reichen Juwelenhändler in Amsterdam, wie er dasitzt auf den Brillantensäcken, und wie in seinem Busen der Groll ob der Streiche des Jungen durchflackert wird von Rührung über den Umsatz, den der Junge erzielt hat. Shakespearisch! Shakespearisch denke ich mir auch die Szene, wie der alte Duim – in seiner Maske gewiß ähnlich dem König Lear – die Deputation aus Wien empfängt, die ihn zur Gutmachung des Schadens bewegen will. So spricht er:

«Donnernd Gelächter tilgt der Worte Schall,
Sprecht ihr von Ehre, Pflichten, Recht und Schuld.
Sprecht von Geschäft! Wie käme das zu dem?!»

Und weiter:

«Nicht einen Gulden, noch des Guldens Teil,
Noch solchen Teiles Teil werd' euch zuteil!»

Und schließlich:

«. . . zieht heim. Geb' euch Merkur,
Der Gott der Dieb' und Händler, das Geleite,
Mein ist das Geld – und euer sei die Pleite!»

(Trompeten hinter der Szene.)

*

Den Lebensmut der Wiener vermögen alle finsteren und bedrohlichen Tag-Gespenster nicht unterzukriegen. Theater und Kino haben keine üble Zeit, Kunst und Industrie, notleidend, wie beide sind, gehen Hand in Hand den beschwerlichen Weg des Verdienens. So wurde im Carltheater ein Stück nach dem Englischen des Knobloch gespielt, «the Lady's dress», das von dem sehr hübschen Einfall lebt, zu zeigen, wieviel Abenteuer, Tränen, Leidenschaften an jedem Seidenfaden, an jeder Spitze, an jedem Knopf solcher Damenrobe hängt, wieviel Kummer in sie hineingewebt ist, von dem die Dame, die sie trägt, nichts ahnt. Das Theater versuchte, ein Modegeschäft zur Überlassung entsprechender Toiletten zu gewinnen. Endlich fand es eine Pelzfirma, die aber zur Bedingung machte, daß das Stück auf Pelz umgearbeitet werde. Dies geschah, und so begann die Komödie mit dem telephonischen Aufruf einer Darstellerin: «Ist dort Firma Soundso? – Bitte schicken Sie mir doch einen Ihrer unerhört preiswerten, so überaus geschmackvollen und kleidsamen Pelze.»

Das durchgepelzte Stück konnte nur einmal gespielt werden, denn bei der Premiere machten die Zuhörer furchtbaren Krawall. Ob dessen Urheber die beleidigte Konkurrenz in der Pelzbranche oder der beleidigte Kunstsinn gewesen, ließ sich nicht feststellen.

*

Alle Welt macht Geschäfte und jammert über die Schieber. Du glaubst geschoben zu werden und du schiebst! Die fremde Valuta steigt, wenn man sie braucht, und fällt, wenn man sie bekommt. In der vorigen Woche hatten wir eine Sonnenfinsternis, eine kleine unbedeutende österreichische Sonnenfinsternis. Die Schulkinder standen mit ihren Lehrern auf der Straße und sahen durch berußte Glasscheiben auf das populäre Gestirn. Von der Großartigkeit der kosmischen Mechanik erschüttert, gingen sie dann nach Hause und beschlossen, edle Menschen zu werden. Die Echtheit des Napoleon-Schreibtischs, den der dicke Bankier R. um dreizehn Millionen Kronen bei einer Auktion erstanden hat, wird angezweifelt. So echtwertig wie die dreizehn Millionen österreichischer Valuta wird er schon noch sein. In der Leopoldstadt ist ein Sprachlehrer verhungert; die Abendblätter widmeten ihm einen ehrenden Nachruf. Der Mensch ist aber auch in den Gefilden der Sättigung nicht unbedingt glücklich. So hat sich im Speisesaal eines Ringstraßenhotels eine junge Frau zwischen Entrecôte und Patisserie erschossen. In der allgemeinen Aufregung bewahrte der Geschäftsleiter seine Geistesgegenwart, indem er dem erregt heranstürzenden Rechnungsführer des Speisesaals zurief: «Sie bleiben bei der Kassa!» Ein Wort, das in seiner überlegenen Größe dem berühmten «La séance continue» gleichkommt.

*

Die romantische Ungarn-Fahrt Karls, unseres gewesenen Obertans, hat die Wiener Phantasie lebhaft beschäftigt. Es war in der Luft ein Krächzen wie von Doppeladlern, schlichte ehemalige Hoflieferanten hatten Visionen, und in der kleinen Lotterie wurde die Nummer 18 überbesetzt, welche nach dem ägyptischen Traumbuch das Lotto-Korrelat ist für: «ein Herr mit Bart. Eine Reise. Frische Semmeln.» Die Nachricht, daß der heimgekehrte Monarch seinem Wiener Wagenlenker hundert schweizerische Franken Trinkgeld gegeben habe, erzeugte in Fiaker-Kreisen eine legitimistische Bewegung.

*

Von den ungarischen Schicksalen Karls, dieses Saulus, der auszog, eine Krone zu suchen, und keinen Esel fand, der sie ihm verschafft hätte, ist ja die Welt unterrichtet. Die Regie des Unternehmens war offenbar mangelhaft. Würde der gewesene Kaiser gleich an die ritterliche Feuerseele in des Magyaren Brust appelliert haben, wer weiß, ob's ihm nicht geglückt wäre! Er hätte sofort, ein blitzendes Schwert in der Rechten, einen vergoldeten Apfel in der linken Hand, auf einem Schimmel vors Café Abbazia in der Andrassystraße reiten und dort etwas Lateinisches sagen müssen. «Abbazia» würde sich gewiß für ihn erklärt, die anderen Kaffeehäuser sich der Erklärung angeschlossen haben, und der kleine Rest von Budapest, der dann noch übriggeblieben wäre, hätte sich auch nicht lange bitten lassen. Regie ist Alles. Ohne Max Reinhardt soll man derlei Sachen lieber gar nicht anfangen.

*

Noch hatte sich die Aufregung über das Erscheinen des Monarchie-Gespensts nicht gelegt, da wurde die Stadt in neue Emotion gestürzt durch die Nachricht von bevorstehender Aufhebung des Sperrgeldes. Damit wird die Axt an den ruhmvollen Stamm der Hausbesorger gelegt, der in der Geschichte Wiens eine ähnliche Rolle spielt, wie die Weltesche Ygdrasil in der Edda.

Der Begründer Wiens war ein Hausmeister, verscheuchte durch sein grausliches Aussehen die wilden Tiere, bezog eine Höhle im Hochparterre des Kahlenbergs und verlangte von dem Nächsten, der hinein wollte, zehn Kreuzer. Die Ziegel mit der eingebrannten römischen X, im Schutt der versunkenen Vindobona entdeckt und von den Archäologen fälschlich als Beweis der Anwesenheit jener berühmten legio decumana Cäsars gedeutet, sind offenbar älteste Formen des Sperrgelds. Während der Völkerwanderung erwiesen sich die Hausmeister sehr nützlich, indem ihrethalben die Hunnen um Wien einen Umweg machten. Die Babenberger lohnten diese Tat – obschon durch sie der Fremden-Verkehr, an dessen Hebung der

Stadt Wien schon vor ihrer Gründung sehr viel gelegen war, einigen Abbruch erlitt – indem sie den Hausmeistern für ewige Zeiten das Privileg verliehen, bei jedweder Berührung mit dem Nebenmenschen von diesem zehn Einheiten der geltenden Münze zu fordern. Rudolf von Habsburg dann und seine Nachfolger stützten ihre Herrschaft vorwiegend auf die Hausmeister, was allein ein paar Jahrhunderte später den Dichter der Volkshymne zu der zuversichtlichen Zeile inspirierte: Österreich wird ewig steh'n.

Wenn es dann doch umgefallen ist, so geschah das nur, weil im Frühherbst 1918 die Hausmeister, durch einen Dolchstoß von hinten, an ihrem Lebensmark getroffen wurden. Die Behörden, die damals schon völlig den Kopf verloren hatten, bestimmten nämlich, daß jeder Wohnpartei auf Wunsch ein Hausschlüssel auszufolgen sei. So zog verderbliches Selbstgefühl in die Herzen, das sie schließlich reif machte, den Verführungen der republikanischen Irrlehre zu unterliegen.

Lokalbericht

Das Wetter und die Börse sind lebhaften Schwankungen unterworfen. Temperatur- und Kursstürze suchten das schwergeprüfte Land heim, viele zarte Ansätze zur Million starben ab, und die Obstblüte erfror. Jetzt haussiert das Thermometer wieder, aber die Börse bleibt lau, und in den Gesichtern, die auf den Kurszettel starren, spiegeln sich die Niederschläge, die er anzeigt. Reinhardt kommt nicht nach Wien, das Bier wird teurer, das Gebäude des Zirkus Schumann soll ein großes Schauspielhaus werden, die Sanierung Österreichs ist im Zuge, und dergleichen üble Neuigkeiten mehr drücken auf die öffentliche Stimmung. Ein Dozent für Ägyptologie – einer der sieben Kenner der demotischen Sprache, die es derzeit auf Erden gibt, oder populärer ausgedrückt, ein Jud' – macht im Wiener Lagerhaus Schreiberdienste, um sein täglich Maisbrot zu erwerben. Er mußte sich aber vorher eines Angriffs christlichsozialer Parteimenschen erwehren, die gegen den Ägypter als einen für Wiener Lagerhaus-Arbeit nicht Qualifizierten Stellung nahmen, auch darauf hinweisend, daß kein Dozent des Ottakringer Idioms, wie es zu Zeiten der Völkerwanderung gesprochen, Aussicht hätte, in einem Kairoer Lagerhaus unterzukommen. Nebenbei: närrische Idee von einem Juden, statt zu frohlocken, daß er aus dem alten Ägypten mit Gottes Hilfe (Rotes Meer) draußen ist, wieder in es hineinzukriechen! Immerhin dürfte es schon ein Gefühl sein das Gefühl, auf dem Fragebogen, den man z. B. zur Erhaltung eines tschechischen Paßvisums ausfüllen muß, in die Rubrik «welche fremde Sprachen beherrschen Sie?» lässig einzuschreiben: demotisch.

Ägyptologie, das steht außer Frage, ist ein Luxus, den sich das verarmte Vaterland nicht leisten kann. Was man unter Luxus zu verstehen hat, darüber geht, seit die Gemeinde auf die sogenannten Luxusartikel eine Steuer zu legen plant, scharfer Streit. Am lebhaftesten protestieren die Operettentheater gegen die Luxussteuer, die ihnen zugedacht; sie versteigen sich sogar, nachdem alles Winseln nichts nützt, zu der brutalen Drohung, in künstlerisch ambitionierte Sprechtheater sich verwandeln zu wollen. Ob das nicht schon Erpressung, wird die Behörde zu entscheiden haben. Gleich den Operettentheatern sind auch die übrigen Handelskreise der Stadt aufgebracht über die Steuer, von der eine ganze Reihe «Luxusartikel» getroffen werden soll, unter andern edle Pferde und schöne Regenschirme. Worauf nun, glauben Sie, reiten die Steuer-Opponenten herum? Auf dem Pferd? Falsch. Auf dem Regenschirm! Und was halten die Freunde des Steuerprojektes schützend über ihr Werk? Den Regenschirm? Falsch. Das Pferd! Es ist eine verdrehte Welt. Ganz offen heraus, wie ich über sie denke, würde ich mich nur auf demotisch zu sagen trauen. Jedenfalls: Das moralische Recht ist bei den Luxusgegnern, solange der Brotkorb uns so hoch hängt, wie die es sollten, denen diese Position letzten Endes und ersten Anfangs zu danken ist.

Am übelsten ist der «Mittelstand» dran, dem es so schlecht

geht, daß es ihn gar nicht mehr gibt und für dessen Förderung, unter Hinweis, daß er nicht mehr vorhanden, sich die bürgerlichen Zeitungen das Herz aus dem Leibe schreiben. Ein Mittelstand gedieh wohl auch unter andern Breitegraden, aber nirgendwo fand er so gute biologische Voraussetzungen wie an den Hängen des Kahlenbergs. Wirtschaftlich war das eine Schichte, die zu viel verdiente, um nicht gut leben zu wollen, und zu wenig, um so gut zu leben, wie sie wollte. Sozial eine Klasse, die sich noch nicht zur Oberklasse, aber nicht mehr zum Volk rechnete, als Hauptbestandteil des sogenannten Publikums von Wichtigkeit für die Chemie des öffentlichen Lebens war und bei großen Ereignissen – zum Beispiel: Ankunft des Königs von Siam oder: Henny Porten wohnt in einer Loge bei, oder: Prof. Einstein begleitet die Relativitätstheorie auf der Geige – als Spalier in Erscheinung trat. Geistig bildete der Mittelstand die unübersteigliche Menschenbarriere, die das Bestehende vor dem Ansturm sogenannter neuer Ideen sicherte und dem Klima um den Stefansturm jene kostbaren Eigentümlichkeiten konservierte, die ihm das ehrende Beiwort: «das gemäßigte» erwarben. All' das war einmal. Unterdessen ist der Mittelstand bekanntlich zwischen Schieberwelt und Proletariat zerrieben worden und für das traurige Dokument der Zeit nur mehr als Streusand zu verwenden.

Wenn aber der pulverisierte Mittelstand auch schon gar keine materielle Freude mehr am Leben hat, das ihm abhanden gekommen ist, so bringen ihm die Ereignisse doch noch mancherlei moralische Erhebung und Genugtuung. Als die zwei schwerstwiegenden Geschehnisse dieser Art aus letzteren Tagen dürfen gelten: die Wiedereinführung hochgrädigen Bieres; und die in Italien erfolgte Verhaftung der Offiziere, die hier seinerzeit als «italienische Militärmission» dem Stadtbild Farbe und Tempo gaben. Von dem regenerierten Bier darf man viel für die Regenerierung des wienerischen Selbstbewußtseins erwarten. Waren es doch die Tage der tiefsten Demütigung, als wir nur elenden sogenannten «Hopfentrank» hatten, um auf die Siege unserer Heerführer anzustoßen und die glorreiche Dynastie hochleben zu lassen. Das Schicksal jener italienischen Offiziere aber ist geeignet, dem durch ein paar Kleinigkeiten des letzten Jahrsiebts etwas wacklig gewordenen Vertrauen in die göttliche Gerechtigkeit neue Stütze zu geben. Diese Italiener waren umgängliche und frohe Leute. Ihrer Tanzlust gebührt ein redlicher Anteil an dem Aufschwung der heimischen Foxtrott-Industrie, und ihre Autos, mit schrillem Gepfeif prestissimo durch die Straßen flitzend, lehrten auch die steifsten Passantenbeine das Springen. Wenn sie in der knappen Uniform, das Stöckchen graziös unterm Arm, über den Ring spazierten, sah sich manche Frau nach ihnen um; und tat das weder vergeblich noch umsonst. Von dem Temperament dieser Söhne des Südens ward dem Leben der Stadt, das im Krieg recht sehr verkümmerte, Antrieb und Förderung. Was keinen Herrn mehr finden konnte, fand doch einen Signore, und Kokotten, für die kein Wiener Schieber mehr auch nur eine Milliarde österreichischer Kronen spendiert hätte, gelang es ohne viel Mühe, einen oder den andern italienischen Sieger lyrisch zu stimmen. Nebenbei kauften die Herren der Mission, was an schönen und guten Dingen zu kaufen war, zahlten herzhaft die höchsten Preise, und nur die Bilder aus den Museen mußten sie ohne Zahlung nehmen, weil die ja unschätzbar waren. Diese Praxis übten sie so lange, bis sie, in jedem Sinn, genug hatten, hiedurch die Wahrheit des alten Sprichworts bekräftigend: der Krieg geht so lang zum Brunnen, bis er voll ist. Jetzt hat man sie wegen Valutaschwindels, Schmuggels, Schleichhandels und anderer zeitüblicher Marotten eingesperrt. «Iustitia regnorum fundamentum», wie sogar auf unserem alten Burgtor zu lesen ist.

«Der Tabak-Skandal». Die Verwalter unserer Tabakregie, die sich außer Stande zeigten, den Pferdemist und das Packpapier und was sonst als Rauchmaterial im Schwange, den Konsumenten zugänglich zu machen, sind in Amt und nebbich Würden. Aber den braven Salomon Reiß, der durch drei Jahre alle Gast- und Kaffeehäuser Wiens mit in- und ausländischen Zigaretten in jedem beliebigen Quantum zu versorgen wußte, haben sie eingesperrt.

Iustitia regnorum fundamentum.

Denkmal

Im Park steht ein Männlein ganz still und stumm, das hat von lauter Golde ein Röcklein um.

Nicht nur das Röcklein ist von Gold. Auch die Stiefel sind golden und die Hosen, das Gesicht, der Schnurrbart, das gekräuselte Haar, die Augen, die Ohren und die Hände. Der ganze Mann rundherum ist goldfarben. Er hält eine goldene Geige unters goldene Kinn geklemmt und einen goldenen Fiedelbogen zwischen goldenen Fingern. Es ist gut, daß er den Mund nicht offen hat, sonst würde er ein goldenes Gebiß zeigen und des Beschauers Gedanken vom Werk des Unsterblichen, dem das Denkmal gilt, ablenken, hin zu den Werken der mächtig fortgeschrittenen Zahntechnik.

Der goldene Mann ist Johann Strauß, der aus der sogenannten Wiener Luft das feinste und duftigste musikalische Destillat hergestellt hat. Er steht da, wie er leibte. So groß war er, so schlank, so trug er den Schnurrbart und so – merkt es, Enkel – kräuselte sich ihm das Haar. Was vergänglich war an ihm, zeitgebunden und äußerlich, ist monumental festgelegt und festgestellt.

Wenn man das Denkmal sieht, muß man an mancherlei denken, nur nicht an Strauß-Musik. Wenn man aber jetzt Strauß-Musik hört, muß man an das Denkmal denken. Das ist eine böse Konsequenz der bronzegewordenen Liebe.

Ein anderes Denkmal des Walzerkönigs, jenes, das aere perennius, steht bekanntlich schon längst überall, wo frohe Menschen wohnen, insbesondere solche, die den Stefansturm im Blut und die Donau im Busen tragen. Wenn er aber schon ein Denkmal hat, das dauernder als Erz, warum dann noch eines, das höchstens so lange dauert wie Erz, das der gefräßige

Regen zernagt und der unzählbaren Jahre Flucht, das die Vögel beklackern und von dem die hungrigen Gauner abbrechen, was verkäuflich ist, hintanstellend hinter die Nötigungen ihrer Unleblichkeit die Würde seiner Unsterblichkeit? Es ist ein Widerspruch. Man sollte denen Denkmäler setzen, die sonst vergessen würden, nicht jenen, die schon ohnehin eine garantierte Unvergeßlichkeit in der Tasche ihres Leichenhemdes haben.

Vielleicht sollte man überhaupt keine Denkmäler setzen. Aber das geht nicht wegen der Bildhauer. So wie man die Krankheiten nicht abschaffen darf um der Ärzte willen. Die Antike errichtete ihren berühmten Männern noch bei Lebzeiten Denkmäler, zuweilen auch setzten die berühmten Männer solche sich selbst. Das hatte einen Sinn. Das hob das Ich-Gefühl und trug bei zur Popularität. Wenn Julius Cäsar Feiertag nachmittags mit seinen Tanten spazierenging, erlustigten sich die alten Damen daran, die Ähnlichkeit ihres Neffen mit seinen Bildsäulen zu kontrollieren, und Cäsar freute sich über die Freude der guten Frauen.

Späterhin verschluderte sich diese gesunde Praxis des steinernen Ruhmes, und die Leute mußten erst lange Zeit tot sein, ehe sie Denkmäler bekamen; von denen sie dann natürlich gar nichts mehr hatten. Denn das sozusagen Geistige der Denkmäler verwittert ungemein rasch, viel rascher als das Materielle. Nach kurzer Zeit schon haben Denkmäler ihre Idee ganz verloren, ihr Inhalt rinnt aus, der Reiz zu Assoziationen, den sie anfangs übten, wird so schwach, daß er nicht mehr die Bewußtseinsschwelle des Betrachters erreicht, statt der unsterblichen Berühmtheit steht in starrer Pose eine gleichgültige Figur da, und bald ist die primäre Bedeutung des Denkmals ganz und gar überwuchert von seiner sekundären als Tramway-Haltestellte, Stelldichein, Kinderspielplatz oder Filialstelle einer Sesselvermietungs-A.G. Von allen Denksäulen, errichtet, um die Beziehung dessen, dem sie gelten, mit dem weiter flutenden Leben aufrechtzuerhalten, erfüllen solchen Zweck nur die Litfaßsäulen.

Aber Denkmäler haben ja noch einen anderen Zweck, als den, die Erinnerung an Gesicht, Statur, Hosen, Rock, Haartracht, Stiefel und Hauptbeschäftigung ruhmwürdiger Subjekte den kommenden Generationen zu übermitteln. Sie dienen nämlich dem Stadtbild zu Schmuck und Zier und sind ein Stück öffentlicher Kunstübung. Ist dem so, warum erniedrigt sich die Kunst zum Hilfsorgan der Geschichte und Kulturgeschichte? Warum begeistert sie, Tochter der Phantasie, sich immer nur an beglaubigten Persönlichkeiten? Warum nicht ein Denkmal zu Ehren der unvergleichlich schönen Hände von Frau F.? Oder eines für den Erfinder der Antiphone? Oder eines für den gnadenreichen Sommer 1928? Oder eines für die Mode der kurzen Röcke, die Anregung und Freude gab in Jahren der Trübsal und Finsternis? Haben wir ihr weniger dankbar zu sein, als einem talentiertem Maler oder einem emsigen Bürgermeister?

Andererseits, auf ein paar steinerne oder bronzene Leute mehr, zu Pferd, zu Fuß, im Lehnstuhl, mit Buch, Fernrohr, Palette, Leier, Zirkel, Violine, ihre tote Grimasse in das lebendige Mienenspiel der Stadt mengend, kommt es nicht an. Stellt Denkmäler hin. Zum Nutzen der Bildhauer, der Spatzen, der Denkmal-Komitees.

Ich für mein Teil bin gegen Denkmäler, und es ist klar, warum: Weil ich selbst keines bekommen werde. Mir sind die Monumente zu sauer.

Wenn die Sonne auf den goldenen Violinisten im Park scheint, funkelt er geradezu. Aber ich habe ihn kürzlich im Regen gesehen. Ihr könnt euch nicht denken, wie traurig und barbarisch und arm-prunkvoll und bemitleidenswert totlebendig er da stand, der Unsterbliche!

An den Rand geschrieben

GEIST: Verpflichtet zu gar nichts, berechtigt zu üblem Atem. Die Qualle unter den Begriffen: fließt, will man ihn fassen, leuchtend und formlos ins tiefe Meer des Nonsens zurück.

*

Liebe: ein privates Weltereignis.

*

Das Verhältnis zur Geliebten steht unter beständigem Druck einer zwiefachen Angst: der Angst, daß es enden, und der Angst, daß es dauern könnte.

*

Der bessere Mensch nützt die Energien seines äußeren Lebens, um für sein inneres Platz und Freiheit zu schaffen. Es ist die Tragikomödie des besseren Menschen, daß er zur Unterstützung dieses zweckvollen Anspannens aller Kräfte seines äußeren Lebens immer mehr und mehr auch die seines inneren heranziehen muß. So vergeudet er, was er sparen, verbraucht, was er schonen wollte, und wenn schließlich Platz und Freiheit errungen sind, ist nichts mehr da, das sich ihrer bedienen könnte.

Wer nichts von seinem inneren Leben zu dessen Schutz entlehnen muß, heißt Genie. Wer etwa fünfzig Prozent inneren Lebens Spesen hat, heißt Talent. Wer sein ganzes inneres Leben, um es zu wahren, verschustert . . . den traurigen Esel will ich, gerührten Herzens, Bruder nennen.

*

Der gute Dichter: Mir gab ein Gott, zu sagen, was ich leide.

Der gute Leser: Mir gab ein Gott, zu leiden, was du sagst.

*

Der Bürger spricht – auch wenn er nicht haßt, sogar wenn er liebt und achtet – Worte wie «Prolet», «Dienstbote» oder selbst das Wort «Arbeiter» so aus, als wenn er sagte: «Neger». Er versteht unter «Arbeiter» weniger eine Klasse als vielmehr eine Rasse, einen Menschtypus von unverrückbarer Gottgegebenheit. Der Neger ist schwarz, der Fisch hat Kiemen, Möbelpakker sind schwer, dumpf, grobnervig, der Organe für feinere Differenzierung entbehrend, roh in Sprache, Geschmack, ästhetischem Bedürfnis. Der Neger gehört nach Afrika, der Fisch ins Wasser, der Möbelpacker zum Möbelpacken. Der höher hinaufgekommene, kulturgetränkte Mensch sieht in ihm gern ein Wesen ganz anderer Art, indes er doch ein Individuum ihm völlig gleicher Art sehen sollte, das nur in eine bestimmte Funktion hineingedrängt und durch diese Funktion verbraucht, vergröbert, zu dem gemindert wurde, als was es sich nun darstellt. Hier, in diesem Verwechseln eines Geworden-Seins mit einem biologisch vorbestimmten Sein, steckt der fundamentale Denk-Irrtum der «oberen Klassen».

Sie glauben an ein Proletariertum von Gottes Ungnaden, wie sie an ein Königtum von Gottes Gnaden geglaubt haben.

*

Wenn man auch das Leben als einen schonungslosen Wettlauf ansieht, in dem unweigerlich die Geschickten, Kräftigen vorne, die Ungeschickten, Schwachen hinten sein werden, über eines kann es doch unter honorigen Sportsleuten keine Meinungsverschiedenheit geben: daß der Start für alle gleich sein müßte.

*

Bemüh' sich ein Zeichner, ein Phantasie-Geschöpf zu zeichnen – wenn er noch so tolles Zeug erfindet, es wird immer nur Variation bekannter Elemente herauskommen. Die Engel haben Flügel. Das heißt: wir können ein Wunder nur setzen, indem wir es gleichzeitig aufheben. Wir können das Unerklärliche nur nennen, indem wir es im selben Atem erklären. Jeder geglückte Beweis des Übersinnlichen wird sofort sein eigener Gegenbeweis.

*

Ein dreißigjähriger Sträfling, zu vier Jahrzehnten Kerkers verurteilt, wird das Verstreichen der Zeit mit gemischten Gefühlen wahrnehmen. Jedes Jahr, das ihn dem Ende seiner Haft näher bringt, bringt ihn auch dem Ende seines Lebens näher. So steht der Mensch zu seinem Leiden, und deshalb liebt er's im Unbewußten. Als Seins-Bestätigung.

Ich leide, also bin ich.

*

Sonderbar, daß die kleinen Nuancen des Lebens so viel Feindseligkeit unter den Menschen bewirken – und das allen gleiche Sterben-Müssen so wenig Solidarität.

*

Tiefe des Nebenmenschen täuscht. An seiner Oberfläche magst du ihn erkennen.

*

Verlorene Liebe – kann man sie wiederfinden? Das hängt davon ab. Es ist was anderes, ob eine Kerze zu Ende gebrannt ist, oder vom Luftzug ausgeblasen wurde.

*

«Ohne Grund» ist der triftigste Grund für das Aufhören einer Liebe.

*

Hin ist hin. Bemühungen, erkaltete Liebe aufzuwärmen, sind was so grotesk Trauriges wie Medizinfläschchen an einem Totenbett.

*

Seit zehn Jahren sitzen die zwei, jeden Tag stundenlang, ganz allein im Kaffeehaus. Das ist eine gute Ehe! Nein, das ist ein gutes Kaffeehaus.

*

Arbeit ist das, was man tut, um es – Zielpunkt im Unbewußten – einmal nicht mehr tun zu müssen. Fluch des Sterblichen, den ihm Mitleidige als Segen deuten, ähnlich wie die Religion Schicksalsschläge als himmlische Liebesbeweise. Gestorben muß sein. Gönnen wir also dem Lenker nicht den Befehls-Triumph, sondern rufen lieber gleich: Es lebe der Tod! Umwertung von Zwang in Freiwilligkeit ist ja das beste Mittel (Politikern, Reformern, Stiftern geläufig), um über Ohnmacht, Verzweiflung, Beladenheit hinwegzutäuschen. «Die Arbeit hoch!» ist der Ausdruck unwandelbarer Loyalität gegen die Herrschaft des Urfluchs, «wer nicht arbeitet, soll nicht essen» die Formel servilster Unterwürfigkeit unter den Terror der finsteren Mächte. Nur das stolze, nicht domestizierte Tier weiß sich ihm zu entziehen. Sage einer, warum des Magens Anspruch auf Nahrung komplizierter geltend gemacht, besser «verdient» werden müsse, als etwa der Anspruch der Lungen auf Luft? Gelehrte, das Sackgassen-Netz der Wissenschaft neugiervoll bekriechend, Bankdirektoren, befangen von Seligkeit des Disponierens, Kalkulierens, Dichter, der armen Trug-Beute froh, die ihr Geist ergattert, Koofmichs, vom Rausch des Raffens über viele Stunden leicht hinweggetragen, Ärzte, Anwälte, Prostituierte, Politiker, Schauspieler, Schleichhändler, Trainer, Zeitungsschreiber, Taschendiebe, von Reiz, Kampf, Nervenspannung ihrer Tätigkeit angenehm geschüttelt: sie mögen die Arbeit loben. Aber was soll den Friseurgehilfen reizen, beglückt Kinne zu kratzen, den Kommis, herzensfroh immer wieder Päckchen zu schnüren, den Arbeiter, viele Stunden täglich ohne Unterlaß dieselben drei Handgriffe an der Maschine zu verrichten? Wo Arbeit mit Passion sich deckt, darf sie nicht Arbeit heißen. Wo sie Arbeit heißt, ist sie Druck, Demütigung, Langeweile, Leib- und Geistzermürbung.

Tausendmal recht hat der Weise, welcher spricht: Wenn ich was gearbeitet habe, ist mir nachher immer um die schöne verlorene Zeit leid.

*

Terror oder: die Bestialität der andern. Keine noch so ideelle Absicht ohne Unterfutter von muskulärer Entschlossenheit. In Sturmzeiten wird dieses Unterfutter nach außen getragen. Es kommt in allen Farben vor, meist in Weiß oder Rot. Die prachtvolle Buntheit der Geschichte ist vorwiegend ein Ergebnis der über die Zeiten hingepinselten Terror-Polychromie.

*

«Der Mensch ist gut!» sagte die Bestie, als sie ihn fraß.

*

In der Dunstwärme von Schulstuben, Bürozimmern, Kaffeehäusern entartet Wurschtigkeit leicht zur Freundschaft. Viele Freundschaften sind nichts als degenerierte Gleichgültigkeit.

*

Alter ego? Ich leide schon genug an dem einen.

Wozu ist das Leben da?

Der Vorsitzende im Schwurgerichtsprozeß hat etwas von Gott. Er sitzt auf erhöhtem Stuhl und regiert die Welt. Er macht reden und heißt schweigen, er zürnt den Schlechten und lächelt den Guten, vor seinem Antlitz wird Wahrheit offenbar, und seinen Fingern entwirren sich die dunklen Zusammenhänge. Quiquid latet, adparebit. Mit List, Schmeichelei, demütiger Zerknirschung, trutzigem Widerspruch nahen ihm die Menschen. Er hört nicht auf ihre Worte, er sieht ins Herz. Er kennt das Leben, als hätte er's geschaffen. Wenn er den Mund öffnet, weht, stark und kühl, Atem der Weisheit durch den Saal.

Zumindest sagen das die Zeitungen. Sie haben eine Schwäche für Vorsitzenden-Worte, zumal für solche, die den speziellen Gegenstand verlassen und sich ins Allgemeine heben, im großen, geistigen Bogen die Prozeßmaterie überwölbend. Oh, es hat seinen Reiz, wenn der Präsident so nebenbei, mit dem linken Bewußtsein gleichsam, der Debatte einen letzten philosophischen oder moralischen Saft entquetscht und zur endgültigen Formel ballt. Es ist eine schöne Draufgabe auf seine Pflichten, wenn er zum Amt des Richters das des Lehrers gesellt, in präsidialer Leutseligkeit sich herabläßt, in die höheren Regionen allgemeiner Weisheit sich hinaufzulassen.

In die Gruppe von Präsidentenaussprüchen, die seherisches Wissen um das Leben bekunden, gehört nicht das berühmte Diktum «Wir sind hier in keinem Theater!». Dieser Ausspruch – vielen aufmerksamen Gerichtssaallesern als stärkste geistige Enunziation vom Richterstuhl her, deren sie sich zu entsinnen wissen, im Gedächtnis – zeugt wohl für die Fähigkeit raschen Erfassens einer Situation und deren Ausschöpfung in einem prägnantesten Wort; aber er gehört nicht zur Gruppe jener Aussprüche, mit denen sich der Präsident vom Prozeßgegenstand hinweg ins Absolute hebt, den Menschen im Saal, von denen ihn schon seine Würde distanziert, in noch höhere Höhe entschwebend und ihnen doch, eben durch den Sprung ins Allgemeine, näher kommend.

Ein solches Präsidentenwort ist kürzlich in einem Wiener Gerichtssaal gesprochen worden. Da sagte der Vorsitzende zu einem kleinen Räuber – der seine Tat mit dem brennenden Wunsch, «auch einmal das Leben zu genießen», erklären wollte –: «Das Leben ist nicht dazu da, um genossen zu werden, sondern dazu, um es zu verdienen.»

Ich habe Gott, wenn ich nicht Dringlicheres mit ihm zu besprechen hatte, oft gefragt, wozu das Leben da sei. Nie kam Antwort. Nun weiß ich wenigstens, wozu es nicht da ist. Es ist nicht dazu da, um genossen zu werden. Eigentlich hätte ich eher auf das Gegenteil geraten. So weit der Blick reicht, sieht er alle Lebenden mit nichts anderem beschäftigt als damit, zum Genuß ihres Lebens zu kommen. Ein Ziel, das zu erreichen die Sterblichen, vom Börseaner bis zum Märtyrer, die sonderbarsten Wege einschlagen. Alle Methoden, das Leben zu leben (inbegriffen jene, es zu verneinen), scheinen doch nur Versuche, der Gegebenheit «Leben» ein Maximum an Genuß zu entpressen.

Der Präsident sagte auch: «Das Leben ist dazu da, um es zu verdienen.» Hier liegt möglicherweise ein Hörfehler des Stenographen vor, und der Satz hieß: «Das Leben ist dazu da, um zu verdienen.» In diesem Falle hätte das Diktum seine unbestreitbare Zeitgültigkeit. Hat aber der Stenograph recht gehört, so ist der Spruch wohl dahin zu verstehen, daß uns das Leben nicht bedingungslos gegeben wird, sondern als eine Art Vorschuß, den wir abarbeiten müssen, ehe wir sagen dürfen, er gehöre uns. Es ist ein Lohn in bianco, für den die lohnwürdige Tat erst zu leisten ist.

Aber ich kann nicht glauben, daß Gott solche moralische Schiebergeschäfte mit seinen Kreaturen macht, daß er die Unmündigkeit der Noch-nicht-Geborenen benützt, um sie hineinzulegen, daß er, wie ein Werber für die Fremdenlegion, seinen Opfern das Leben als Handgeld tückisch in die Tasche praktiziert, sie so zu Leistungen verpflichtend, von denen sie, als sie das Handgeld gezwungenermaßen nahmen, keine blasse Vorstellung haben konnten.

Demnach wird es doch wohl ein Hörfehler des Stenographen gewesen sein und das Diktum gelautet haben: «Das Leben ist dazu da, um zu verdienen.» So, klar, fest, geradeaus, hat der Spruch seine Geltung. Die Zeit spricht ihr andächtigstes «Amen!» hinzu.

Im Gerichtssaal, wenn der Vorsitzende nur ein wenig aus sich herausgeht, kann man Weisheit lernen. Nehmen Sie sich kein Blatt vor den Mund, Herr Hofrat. Genieren Sie sich nicht. Das Leben ist Ihrem Spruch ausgeliefert, sagen Sie von ihm, was Sie wollen. Niemand wird Ihnen ins weise Antlitz lachen, denn das Leben ist leider nicht dazu da, um genossen zu werden. Und wir sind hier in keinem Theater.

Eine dreiundachtzigjährige Frau hat sich mit Lysol vergiftet, weil sie nicht länger warten wollte, die Buchhandlungsgehilfen streiken, abgeschafft sind die Lebensmittelkarten, von denen wir uns in Zeiten, da die Lebensmittel abgeschafft waren, ernähren mußten, Schneewind weht, eine eifervolle Jugendfürsorgebeamtin hat sich durch ihn nicht abhalten lassen, stundenlang vor einem öffentlichen Abort auf der Lauer zu liegen und dort Unsittlichkeiten festzustellen, was dann – der naturgemäße Abschluß von Klosettvorgängen – in die Zeitung kam, kürzlich trieb sich ein verdächtiger Schakal in Wien herum, offenbar im Glauben, es sei bereits soweit mit uns, aber noch sind wir nicht auf den Schakal gekommen, noch haben wir die Gobelins, und unsere Künstler wachen über sie, haben auch ihretwegen schon wieder vorgesprochen, das dumme Volk jedoch, roh und ungelehrig, wissen Sie, was es mit den Gobelins tut?, es wischt sich mit ihnen etwas aus, nämlich die Augen, die rot sind von vielem Weinen, das Bundesministerium für Inneres jedoch hat die Aufführung des Dramas «Himmel und Hölle» untersagt, weil «bei der heutigen leichten Erregbarkeit weiter Kreise der Bevölkerung und der gesteigerten Neigung zu ordnungswidriger Geltendmachung der Empfindungen zu befürchten wäre, daß im Falle der Aufführung Kundgebungen ausgelöst würden, welche sich als Störungen der öffentlichen Ruhe und Ordnung darstellen würden».

Es sind harte Zeiten, aber die formulierte Erfassung ihres unruhigen Geistes als «gesteigerter Neigung zu ordnungswidriger Geltendmachung der Empfindungen» ist eine Köstlichkeit, die allen Lobpreisern Österreichs recht gibt. «Hast du von diesem Satz – das Land dir rings beseh'n – so wirst du, wie es ist – und wie's ihm ging, versteh'n.»

Der Schakal, der sich in den Straßen Wiens umgetan hat, war offenbar eine Hyäne. Sie ist hierhergekommen zwecks Befriedigung ihrer im Konversationslexikon festgestellten Neigung, «gräßlich zu lachen».

Lokalbericht

Die linden Lüfte sind erwacht. Oh, der Winter war fürchterlich hart. Immer wieder sammelte sich in Haparanda ein Zentrum, ein Luftdruck- oder Kälte-Zentrum, das auf Europas Mitte losrückte. Alles Übel kommt von Haparanda. Man sollte diese böse, für das Klima des Erdteils verhängnisvolle Stadt aus der Geographie beseitigen. Der Winter war fürchterlich hart. Er dauerte und dauerte wie der Krieg. Wann ist er endlich aus? fragten die verzweifelten Menschen und spähten trübäugig, ob das Thermometer keine Friedensschritte unternähme. Manchmal unternahm es sie, aber Haparanda lachte nur dazu, bildete ein Zentrum, ließ es vorrücken und wir sanken wieder auf den Tiefpunkt unserer Temperatur und Hoffnung. Die Sache ging auch genau so aus wie der Krieg: Nachdem der Zwang gebrochen war, lag alles im Dreck.

Ich werde es nie verstehen, daß Menschen im Norden sich ansiedeln konnten, in Gegenden, in denen während der Hälfte des Jahres Tod regiert und Finsternis und die erbarmungslose Kälte, und alles nur von Gnaden künstlichen Sonnen-Ersatzes lebt. Der Winter hat ja, ich weiß es, seine ästhetischen Meriten, seine Schwermut, seine Schneepracht, der Eisschliffe Blaugefunkel und manchen andern lyrisch akkreditierten Zauber. Aber Zauber, dessen Wirkung zur Voraussetzung hat, daß ich seiner spotten darf, scheint mir fauler Zauber. Der Winter ist eine kapitalistische Angelegenheit, seine Schönheit eine Geldfrage, seine Reize werden nur von warmen Füßen gesehen, und das Glücksgefühl, ob der Natur Schönheit, die er entfaltet, steckt im Pelz des Betrachters.

Die linden Lüfte sind erwacht und «das Gewölk zerflattert», wie unser Bundeskanzler auf dem Ball der Wiener Presse, der freilich zur bilderreichen Sprache einlädt, geäußert hat. Das Gewölk ist unsere wirtschaftliche Not, und die Sonnenstrahlen, die es zerflattern machen, die Kredite. Wir bekamen und bekommen solche von aller Welt und unser Dalles kennt sich vor Vergnügen nicht mehr aus. Damit er platze, müsse er anschwellen ... war die therapeutische Idee der Helfer. Jetzt scheint es bald so weit zu sein. Die Technik, dem Nebenmenschen für Leistung oder Ware, die er braucht, das Letzte herauszureißen, hat in Wien höchste Stufe erreicht. Es herrscht, sozusagen, wirtschaftlicher Kannibalismus; die Schiffbrüchigen sind dabei, einander zu schlachten und aufzufressen. Wer an dieser Fortentwicklung der kapitalistischen zur kannibalistischen Ordnung nicht teilnehmen will, fällt, zerreißt ihn nicht der Bruder Mensch, allgemeiner Verachtung anheim.

Von Zeit zu Zeit wird den, des Gleichgewichts verlustig, führerlos im Wirrsal Torkelnden von ernsten Männern der Leitfaden in die Hand gegeben, dem folgend sie ins Freie gelangen könnten. Von Zeit zu Zeit ruft eine sonore politische oder publizistische Stimme: «Arbeiten und Sparen!» Es ist ein Spruch, den man sich ohne drunter wallenden Vollbart kaum gesprochen denken kann. Der Kommis im Konfektionshaus ist über ihn ins Nachdenken geraten; er will künftighin die Pakete, die er tagsüber machen muß, doppelt schnüren und das Papier, das er für sie verwendet, strammer glätten. Oder man möge ihm sonst sagen, wie er's anstellen solle, mehr zu «arbeiten». Mein lieber alter Dienstmann hat der Forderung, zu sparen, nicht sein Herz verschlossen. Er sitzt jetzt nicht mehr auf seinem Holzbänkchen, sondern steht davor, um die Abnützungskoeffizienten von Bank und Hose zu mindern. Wenn die Leute sich nur zu der moralfettigen Askese dieses Wortes vom «Arbeiten und Sparen» bekennen, wird schon alles besser werden. Aber, im Ernst gesprochen: ich bewundere den Mut, in so reizbaren und empfindlichen Wunden, wie die, an denen das österreichische Krüppelvolk leidet, mit dem dürren Zeigefinger des Pädagogen herumzustochern.

Nach dem Brotkorb soll uns nun auch die Schnapsflasche höher gehängt werden. Die wirtschaftlichen, hygienischen und sozialen Gründe, die gegen den Alkohol sprechen, sind überzeugend. Aber er ist immerhin Tröster in Augenblicken der Zerrüttung und Dumpfheit, ein Helfer über tote Punkte, ein Auflockerer der Käsigkeit geronnener Seelen. Vollsinnigen Menschen den Alkohol zu verbieten, scheint Eingriff in ihre Menschenrechte, gegen den sich aller Freiheitsinstinkt auflehnen muß, wie gegen jederlei Erweiterung staatlicher Vormundsbefugnisse. Und es gibt schlimmere Gifte als den Alkohol, die frei sind. Zum Beispiel die Liebe, deren Übung noch nicht einmal mit einer Wollustbarkeitssteuer belegt ist. Aufgabe des Staates kann es nur sein, mich zu hindern, den anderen zugrunde zu richten. Will ich mich selbst zugrunde richten, so geht ihn das nichts an. Er verbietet ja auch seinen Bürgern nicht, sich den Magen oder die Augen zu verderben, in zerrissenen Schuhen durch den Kot zu wandern, in Operettentheatern und an Zeitungslektüre zu verdummen oder sich in die Hörigkeit hysterischer Weiber zu begeben. Tausend Wege führen zum Untergang. Warum gerade der alkoholisch beleuchtete – der immerhin beleuchtet ist – verboten sein soll, ist nicht einzusehen. Schaffen wir dem Menschen Lebensbedingungen, die ihm gestatten, seiner Vernunft bewußt zu werden und die Freude-Möglichkeiten auszuschöpfen, die aus dem Gebrauch der Vernunft erfließen, dann wird er die Hilfe des Alkohols nicht töricht mißbrauchen. Der Arbeiter, der drei Viertel seines Wochenlohnes an einem Abend versoffen hat – höhergesellschaftliche Moral ist über ihn in sittliches Schäumen geraten – ist kein Beweis für die Entartung der Arbeiter, sondern für die Entartung durch Arbeit. Der Mann hat gewiß nicht – wie Ihr, Schäumende – genug Stunden der Freiheit und des beschaulichen Müßiggangs und der leichten Daseinsführung gehabt, um die besseren Lebensgenüsse schmecken zu lernen. Nichts, was die heutige Generation der Robotenden tut, keine Roheit, Dummheit, Niedrigkeit, zeugt wider die Robotenden, alles nur wider die Seelenverheerung durch Robot. Es ist borniert, den Gaumen rohen Geschmacks anzuklagen, der gezwungen ward, sich abzustumpfen.

Vor einigen Tagen war Aschermittwoch. Die Luft wehte buttergelb und butterweich vor lauter Sonne. Straßenkot und Starrheit der Seele kamen ins Fließen. Auch der starre Friedensvertrag, der uns lebendig begräbt, wird hinschmelzen. Denn es kann keinen endgültigen Kriegsabschluß geben – ich las das kürzlich in einem tröstlichen Leitartikel – der gegen die Lebensmöglichkeit der Besiegten verstößt. Immerhin kennt die Geschichte solche Kriegsfinali. Zum Beispiel jenes, das Scipio Africanus minor 146 vor der Geburt Christi seiner Auseinandersetzung gegen die punischen Lebensmöglichkeiten [gab].

Berlin, Sommer 1922

ALLE Einwohner Berlins sind intensiv mit ihrer Beschäftigung beschäftigt. Alle nehmen sie und sich furchtbar ernst, was ihnen einen leicht komischen Anstrich gibt. Auch die Müßiggänger gehen nicht schlechthin müßig, sondern sind damit beschäftigt, müßig zu gehen, auch die nichts arbeiten, tun dies im Schweiße ihres Angesichts. Auf keiner Bank des Tiergartens sitzt ein richtiger Nichtstuer. Er liest entweder oder rechnet im Sand. Was in Berlin Stillstand scheint, ist, näher besehen, doch ein Marschieren, nur eben zeitweilig auf demselben Fleck. Den Berliner, so paradox es klingt, zwingt das Gesetz der Trägheit, rührig zu sein. Während mein Freund Siegfried Jacobsohn, der gefürchtete Theaterkritiker, ruhevoll in den sanften Spiegeln des Lietzensees blickt, schreibt sein Unterbewußtsein Kritik über das matte Spiel der Wellen. Nicht einmal die Bohème, die, nach dem Untergang ihrer Stammburg, jetzt – ein Pilz, dem die Mauer abhandengekommen ist – im Exil des «Romanischen Café» schmachtet, hat sich zur Weltanschauung des absoluten Nichts-Tuns durchgerungen. Da haben es also die zugewanderten Wiener schwer.

*

Im Mittelpunkt der Stadt, ihr Wahr- und Wetterzeichen, steht der Dollar. Um die Mittagsstunde sieht alles hin und richtet sich danach. Von den Spannungen der politischen Atmosphäre im Reich wetterleuchtet es auf den Straßen nur unmerklich. Die Bevölkerung hat ins Gefühl der Sicherheit zurückgefunden, das nur manchmal durch den Taktschritt der zum Schutz jener Sicherheit vorhandenen Reichswehr erschüttert wird. Die scharfe linksradikale Propaganda, die einige Schaufenster durch Aushängung dynastischer und patriotischer Bilder betreiben, kann daran nichts ändern.

*

Der Berliner Verkehr hat die Dichte und Velozität der Vorkriegszeit wiedererreicht, vielleicht sogar schon übertroffen. Jeder zweite Börseaner besitzt ein Auto, wenn auch nicht lang, und sucht diese kurze Zeit naturgemäß tüchtig auszunützen. In den schnurgeraden Straßen ist Autofahren ja auch ein ganz besonderes Vergnügen, in diesen Straßen, die nur deshalb ein Ende zu haben scheinen, weil das Lineal, das sie zog, zufällig nicht länger war, oder weil dem Architekten die Geduld ausgegangen ist, noch mehr Häuser nebeneinander in ausgerichteter Linie hinzustellen. Hätte der unglückliche Krieg deutsche Expansions- und Kolonisationskraft nicht gebrochen, späte Urenkel würden es erlebt haben, daß der Kurfürstendamm mit Nummer Soundso viel Millionen in Kurfürstendamm Nummer eins zurückgelaufen wäre . . . ein fester Gürtel, geschmiedet um die allenthalben zweckvoll abgeplattete Erde, daß sie nie mehr aus dem deutschen Leim gehe.

*

Vorbei, vorbei! Die Entwicklung nahm und nimmt andere Wege. Dort, wo die schönen Straßen jetzt, wie amputiert, enden, den Stumpf von Feld und Wiese überwachsen, breitet sich, die Stadt peripherisch umzingelnd und immer mehr nach innen drängend, eine romantische Zone, Burgen, Schlösser, verfallene Städte, Moscheen und Renaissancepaläste, Osterien, Ruinen, phantastische Gebirgsformationen, ägyptische, pragerische, indische Land- und Stadtschaften. Es sind, Zelt an Zelt gereiht, die Heerlager der Afa, Befa, Cefa, Defa, Efa usw. Täglich drängen neue kinotische Scharen heran, und bald wird das deutsche Alphabet gestreckt werden müssen. Der Film belagert Berlin, Überläufer strömen ihm in Massen zu, und die völlige Kapitulation der Stadt ist nicht mehr weit. Heute schon hat der vom Jupiterlicht verwirrte Fremde oft den Eindruck, das eigentliche Berlin sei Film-Imagination, im wesentlichen aus Pappendeckel, und die echten Häuser nur hingestellt, um ein wenig «wirkliche Stadt» vorzutäuschen. Man könnte auch sagen, ein einzig Filmband umschlinge alle Völker Berlins, das stärkste, seit die Dynastie gerissen ist. Seine Inschrift: Seid verschlungen, Millionen!

*

Berlin, lautes, eckiges, liniiertes, zerfilmtes Berlin, unsüße, unbarmherzige, scharfe, gierig wollende, mit Zähnen und Fäusten das Leben haltende und zwingende Stadt, ich denke liebevoll dein, wieder hinabgetaucht in die Stadt voll Staub und Wunden, in das fidele Grab an der Donau, in die gemütlichste Katakombe Mitteleuropas, wo man, daß Leben ist, nur an den Erschütterungen der Decke merkt.

1923

In Wien geht ein besonderer Wind von besonderer Unausstehlichkeit, lärmend und ohne Richtung, die schäbigen Fittiche voll Staub und pulverisiertem Pferdemist. In einer und derselben Straße ist es auf der linken Seite windstill, auf der rechten tobt der Sturm. Und umgekehrt. Oder links pfeift der Südwest und rechts der Nordost. Kein Mensch kennt sich aus.

Der Windigkeit des öffentlichen Klimas angepaßt ist das politische Leben dieser Stadt, die sich nicht entscheiden kann, ob sie nach links oder rechts zugrunde gehen soll, aber mit

Entschiedenheit den Grundsatz festhält: sterben und sterben lassen. Jeder könnte hier nach seiner Fasson hin werden, wenn nicht die Polizei ihm diese Freiheit einengte. Insbesondere die Selbstvergiftung durch Alkohol ist ihr ein Dorn im Gemüte. Mit sportlichem Eifer sammelt der Schutzmann Trunkene, und tagtäglich wird kundgemacht, wie viele ihrer aufgelesen wurden.

*

Nebst dem Alkohol gefährdet nichts so sehr die Steuerzahler wie die Sinnlichkeit. Deshalb hat das Mutterauge des Gesetzes auch diese Materie in sein Blickfeld einbezogen. Die Gerichte, darüber aufgeklärt, daß es in den separierten Zimmern der Gastwirtschaften manchmal separiert zugehe, verhängen Strafen über die Wirte. So hat das hiesige Kopulationsbedürfnis es derzeit nicht leicht. Wohnungen gibt es keine, die Hotels werden durch Razzien unsicher gemacht, durch das Schlüsselloch der chambres particulières lugt der Detektiv, und Wald und Wies' sind eingeschneit. Wohin sollen also die Wiener mit ihrem Dionysischen?

*

Gegen gesteigerte Not hilft nur gesteigerte Arbeit, sagen die Lehrer der Welt. Sie wissen nicht, wie oft Faulheit nur Konsequenz tiefer edler Abneigung ist gegen einen Fleiß, der Unzulängliches produziert. Und stünde es nicht besser um die menschliche Gemeinschaft, wenn manche Kategorien von Tätigen dafür entlohnt würden, daß sie nichts tun? Der ganze Weltkrieg wäre erspart worden, hätte man nur Politiker, Militärs und Journalisten für ihre Gage zur Leistung verpflichtet, nichts zu leisten. Wieviel Kraft und Arbeit konsumiert z. B. die sogenannte Literatur! Ein einziger fleißiger Dichter: wieviel Setzer, Buchdrucker, Buchbinder, Briefträger, Leihbibliotheksbeamte und kollegiale Federn setzt sein Dampf nicht in Bewegung? Ist es nicht schade um so viel verpulverte Kalorien? Müßig gehen ist subjektiv und objektiv lange nicht so verderblich wie müßig arbeiten, schlimmer als die unnützen Nichtstuer sind die unnützen Tuer, und dem Geiste käme es zu hohem Nutzen, wenn mancher Fleißbold bezahlt würde dafür, daß er die Hände öfter in den Schoß und seltener auf die Schreibmaschine lege.

*

Obgleich dem so ist, obgleich die Krone nur mehr ein Dezimalpunkt, Papier und Druck teuer, die Menschen edler Geistigkeit, wie sie die Presse keltert, abhold sind und der Winter grimmig dräut, grünt es doch im Zeitungswald. Neue Blätter sprießen. Jeder bessere Krösus will seine eigene Zeitung, und nicht nur Sonntags, im Topf haben. Als ob der neue Reichtum einem zornigen Jehova-Diktat gehorchte: Aus Papier bist du geworden, und zu Papier sollst du wieder werden! Aber vielleicht ist solch wunderliches Verlangen nach dem eigenen Journal auch aus einem Machthunger zu erklären, aus einem Herrsch-Willen, der, da er dem Bild der Welt nicht Linie und Farbe bestimmen kann, doch zumindest das Spiegelbild seinem Geschmack unterwerfen, und, wenn schon nicht über der Welt Stimme, so doch über dieser Stimme Echo zu gebieten verlangt.

*

Die große Erscheinung des Wiener Tages ist Breitbart, ein israelitischer Athlet, der Ketten zerbeißt, mit blanken Händen das Eisen schmiedet, solange es kalt ist, und sich ein Auto über die Brust fahren läßt. Nachdem er dies ein paarmal getan hatte, konnte er sich eines kaufen. In dem Varieté, in dem der Mann seine Künste zeigt, ist allabendlich eine Erhitzung, ein Aufruhr, eine Ekstase, die beweisen, daß der Wiener auch im ramponierten Zustand der Heldenverehrung fähig ist. Und recht behalten jene, welche sagen, das Volk lechze nach dem Mann mit der starken Hand. Zuweilen, wenn Breitbart auf der Straße spaziert und nichts zu suchen im Sinne hat, geschieht es, daß ein steckengebliebener Lastwagen seine Aufmerksamkeit erregt. Dann nimmt er die Deichselkette des Wagens zwischen die Zähne (wobei er nur achtgeben muß, daß er sie nicht durchbeißt) und zieht den Wagen wieder flott. Daß es ein Jude ist, der über solche Muskelkräfte verfügt, gibt dem Fall seine besondere Pikanterie: zu verblassen droht vor dem Davidstern das Hakenkreuz. Um Breitbart zu paralysieren, ist deshalb auch schleunigst Ludendorff nach Wien gekommen. Auf eine Konkurrenz mit dem gewaltigen Lodzer Schmied wird er sich aber kaum einlassen, denn so strenger Prüfung, wie sich ihr Breitbart jeden Abend unterwirft, so scharfer Kontrolle durch Wissenschaftler, Berufsgenossen und Sachverständige der Eisenfresserei dürften seine Leistungen schwerlich standhalten.

Bericht über eine Reise

Ich stecke meine Reiseziele nicht weit. Am häufigsten fahre ich nach Wien. Reise zu Hause! Denke dich daheim in der Fremde! Eben bin ich angekommen in der Stadt, die ich eben, nach langem Aufenthalt, verlassen habe. Wie ist sie? Entspricht sie dem Bild, das ich von ihr in der Seele trage? Empfangensfroh sieht das Auge zum erstenmal ihm längst gleichgültig Gewordenes, und lüstern weidet Neugier auf Wohlbekanntem, bis zum Überdruß Vertrautem.

Also Wien hätte ich mir ganz anders vorgestellt. Noch winkliger, schummriger, noch tiefer durchschattet von Vergangenheit, das Neue dem Gewesenen weicher verschmolzen. Aber der Stefansdom ist eine Herrlichkeit sondergleichen. Ich bin wirklich froh, ihn erlebt zu haben. Und die alten, sanft gekrümmten Straßen der inneren Stadt, wie überm Feuer gebogen, lohnen den Spaziergang durch sie. Die Frauen sind reizend, die Polizisten höflich, das Essen teuer und schmackhaft, die Kirchturmuhren des Nachts nicht beleuchtet. Aber die Wiener scheinen nicht neugierig zu sein, wie spät es ist. Armut und Überfluß fließen ineinander, und das geistige Klima ist ein durchaus gemäßigtes. Ich – Fremder, habe den Eindruck, daß es der Stadt ganz gut schlechtgeht und daß ihre Bewohner ein behagliches Hundeleben führen. Aber vielleicht stimmt das nicht: Wenn man zum erstenmal wo ist, sieht man natürlich nur oberflächlich und beiläufig.

Solche Fahrt mit dem Ausgangspunkt zum Ziel kann ich jedermann empfehlen. Ob Fernes nahe rückt, wie bei einer richtigen Reise, oder Nahes ferne wird, wie bei meiner Methode, kommt schließlich, für den über-sachlichen Erlebnis-Effekt, auf eins heraus.

*

Jetzt war ich aber in Prag.

Die Sensation des Reisens – nie stumpft sie sich ab – beginnt mit dem Koffer. Er zwingt zum Extrakt. Das über den Wohnraum ausgestreckte Leben löst sich ab von ihm, zieht die Glieder ein, schrumpft zusammen und schlüpft in eine kleine lederne Tasche. Wunderlicher Vorgang, der sein Beklemmendes hat und sein Befreiendes. Dann kommt der letzte Blick ins Zimmer, beladen mit aller Bangigkeit und aller Gespensterfurcht und aller mörderischen, selbstmörderischen Freude eines rechten Abschieds. Auf der morgenroten Straße gehen die Menschen ihren Weg, den sie alle Tage gehen, Körperchen im Leben-tragenden, Leben-wirkenden Kreislauf. Er macht's auch ohne mich: das ist ein kränkendes Hochgefühl.

Im Eisenbahnwagen sitzen zwei alte Herren, wie sich aus ihrem Reden ergibt, Herr Rappaport und Herr Schwarz. «Meine Frau», sagt Herr Schwarz, «ist jetzt vom Lido zurückgekommen, ganz braun. Was sage ich, braun? Schwarz!»

«Also . . .: Frau Schwarz!», sagt Herr Rappaport mit dem Ton der witzigsten Galanterie. Sein ganzes Gesicht ist eingefettet von Behagen am guten Spaß, von Lust des Charmierens und von Zufriedenheit und Schwerenöter-Laune. Beim Anblick des Gewitters legte Werther seine Hand auf Lottes Hand, sagte nur das eine Wort: Klopstock! Hier hätte er gesagt: Glinger!

Es ist noch ein junger Holländer im Coupé, Geschäftsreisender, der behauptet, die Qualität holländischen Ochsenfleisches sei von keinem Ochsen anderer Nation erreichbar. «Das kommt von der Nahrung», sagt Schwarz. «Sehen Sie, bei uns zum Beispiel ist das Gänseschmalz weiß. Warum? Weil wir die Gänse mit Mehlnudeln stopfen. In Ungarn ist es aber gelb. Warum? Weil die ungarischen Gänse mit Mais gefüttert werden.»

Hier biegt das Gespräch ab zum Problem der ehelichen Treue, und der alte Rappaport vertritt das Recht des Mannes auf kleine Abenteuer. Aber sie müßten eben kleine Abenteuer bleiben. «Man findet am Weg ein Blümchen, man rupft es ab, man riecht dazu . . . und man wirft es wieder weg!»

Beide Herren zünden Virginiazigarren an und blicken sinnend in die Landschaft. Der junge Holländer, zwei gewaltige, rote, gutmütige Pratzen, die Finger ineinandergeschränkt, auf dem Bauch, ist eingeschlafen. Er hat den Mund offen und die dicke Zunge kriecht zwischen den Zähnen hervor, wie ein Wurm aus seiner Höhle. Sie bewegt sich leise, als wäre sie wach, indes alles andere schläft.

Schlafen heißt Ausschaltung jedes Widerstandes gegen die Schwerkraft. Der Kopf sinkt auf die Brust, die Augendeckel klappen zu, das Kinn fällt herab. Wie viel leistet der wache Mensch schon dadurch, daß er wach ist! Wie viel Arbeit, die auch ohne Nebenbeschäftigung reichlichen Anspruch auf Ruhe geben sollte. Das Leben verdient sich den Tod.

Rappaport duselt nur so vor sich hin. Er ist dreiundsechzig Jahre alt, wie er bei der Debatte über eheliche Treue, nicht ohne ein pfiffiges «. . . und dennoch!» in den gefältelten Augenwinkeln, erwähnt hat. Seine Virginia schläft auch, dem Erdmittelpunkt zugewandt, eine kleine Aschenhaube als Schlafhaube übergestülpt, in der ihr Feuerköpfchen schließlich ganz verschwindet. Noch schmeckt dem rüstigen Alten Essen und Rauchen. Aber eines Tages – wie lange noch? – mag er über Schwäche klagen und Übelkeit, und dann wird man der gut verheirateten Tochter telegraphieren. Sie kommt und bringt den kleinen Rudi mit, den der Großvater immer so verzärtelt, daß es eine rührende Schande ist. Das aufgeweckte Kind kann den Blick nicht wenden vom Sauerstoffapparat, an dessen Schlauch-Ende Großpapa sich Leben saugt, wie das Kind an der Mutterbrust. Auf dem Friedhof aber wird Herr Schwarz die Witwe am Arm führen und ihr sagen: «Sie dürfen sich Ihrem Schmerz nicht so hingeben. Sie müssen gesund bleiben für Ihre braven Kinder.»

So vergeht die Zeit bis Prag.

Oh Bruder Rappaport! . . . der du hinfährst durch die böhmische Landschaft, eingehüllt in Wolken der Verdauung und des Schlafs! Du lebst, und du wirst sterben. Du bist da, und du mußt fort. Beides fühl ich mit aller Stärke heftigsten Gefühls. Und daneben ist alles andere gleichgültig. Von keiner Reise, führte sie noch so weit, wäre Wertvolleres heimzubringen, als solche Gewißheit.

*

Wenn ich in der fremden Stadt auch gar kein Erlebnis habe, so habe ich doch das Erlebnis, in der Fremde zu sein. Es wird vermittelt nicht durch die unbekannten Straßen, Häuser, Trachten, Fuhrwerke, Speisen, sondern durch die selbstverständliche Beziehung der zwischen diesen Dingen heimischen Menschen zu ihnen; und durch mein Ausgeschaltet-Sein vor solcher Beziehung. Wie seltsam, daß Hunderttausenden gewohnt und gewöhnlich ist, was mich labyrinthisch lockt und verwirrt, daß Menschen und Dinge da in einem Ton zusammentönen, indes die gleichen Dinge und ich einen Zweiklang geben, daß ich also gewissermaßen in einer musikalischen Spannung mit dem Ort verbunden bin, die für alle andern gänzlich gelöst scheint!

*

Prag ist Sommer und Winter geöffnet.

Während meiner Anwesenheit gab es einen Zirkus. Draußen in der Vorstadt hatte er seine Zelte aufgeschlagen, richtige Zelte. Es roch nach Lohe, tierischem Exkrement, Lederzeug. Im Stall brüllte der Löwe. Er ritt dann später auf einem dicken Schimmel und zitterte vor Angst am ganzen Leibe, indes die Zuschauer um den Schimmel zitterten.

Das Publikum sah genau so aus wie gemaltes Zirkuspublikum. Täuschend unwirklich.

Die Clowns konnten nicht tschechisch. So torkelten sie nur, in Schlotterhosen, das Gesicht weiß-rot verschmiert, ein wenig in der Manege herum, schrien Hollah!, fielen um und standen wieder auf. Einer ging in seinem Übermut so weit, daß er die Barriere zum Zuschauerraum überkletterte und dort mit einem als Publikum verkleideten Kollegen Streit markierte. Der Polizist schien sich nicht recht auszukennen: Spaß oder Ernst? Sein Lächeln war unentschlossen, ob es zur Amtsmiene schrumpfen oder zu Lachen aufblühen solle.

Eine Akrobatentruppe zeigte billige Künste. Nach der mißglückten Übung drohte das Kind dem krummbeinigen Capo mit dem Zeigefinger. Es erledigte diese eingelernte Schalkhaftigkeit so mechanisch, ernst, eilig.

Ob als Zirkuskind, als Soldat, als Hysterien-bedenkender zärtlicher Liebhaber verkleidet; das Traurigste vom Traurigen ist der dressierte Mensch.

Zur nächsten Nummer erschienen die Akrobaten in Stalldienerlivrée und halfen in der Manege. Welches ist ihre höhere Lebensform? Sind sie zu Stalldienern degradiert oder avanciert?

Dem Direktor, scharlachrot, gehorchen zwölf feurige edle Pferde. Ein Zungenschnalzen lenkt sie. Wenn der Gebieter aber einen Schritt vorwärts tut, ein starkes: «Ho!» ruft und mit der Peitschenschnur knallende Arabesken wie Beschwörungszeichen in die Luft wirbelt, stellen alle Pferde sich auf die Hinterbeine, zitternd und den Kopf zur Seite gewandt, als schämten sie sich ihrer unerklärlichen Demut. Und sind doch zwölf gegen einen. Aber nicht organisiert.

Der riesige Elefant setzt sich, ungern, auf eine Trommel und dreht mit dem Rüssel die Drehorgel. Sie gibt einen ganz dünnen, fernen, armen Ton, wunderlich kontrastierend zur Wucht und Massigkeit und Gewalt des Spielers.

Dennoch ist es wunderschön im Zirkus, weil ein Zirkus eben was Wunderschönes ist, Romantik, Gefahr und Nicht-Achtung der Gefahr, Tempo, Unbürgerlichkeit, Exotik, Spaß, Herrentum, Narretei, Tiermärchen, Feerie und lärmendes Kunterbunt. Ein Zaubertrichter. In ihm lebt Kindheitsglück.

Sanierung

Die Sanierung, unaufhaltsam fortschreitend, übt ihre Wirkung auch auf die Jahreszeiten. Was war das noch für ein ekelhafter Herbst im Vorjahr, und wie steht er heuer da! In den Gärten spielen, von gutgenährten Spatzen umzwitschert, fast ebensolche Kinder, ohne Überrock eilen der Geschäftsmann, der Gelehrte, der Künstler zur Börse, das Laub fällt zwar, der Ordnung halber, traurig von den Bäumen, aber mit einer warmen, gemütlichen, das Herz streichelnden Traurigkeit, die Kohlenhändler ballen das Fäustchen, und wer keinen Pelz hat, lacht sich in jenes. Das Jahr, obschon im elften Monat, will nicht den Herbst gebären.

*

Dieses gebesserte Klima – wer weiß, wie lange es dauert? – nützt die Stadt, um aufzublühen. Wien hat sich in letzter Zeit sehr verändert, es ist geradezu zum Wiedererkennen. Allenthalben treibt das Pflaster und setzt neuen Asphalt an, dem nächtlichen Lichterpark sind zahlreiche Glühbirnen herangereift, ein frischer Autobus streicht belebend durch die Straßen, und die in Lethargie verfallene Stadtbahn wird sich bald wie elektrisiert gebärden. Mit solcher äußeren Regenerierung hält die innere der Bewohner gleichen Schritt. Das Dogma: «Der Wiener geht nicht unter» hat seine Feuer- und Kälte-Probe bestanden, und auf ihm als sichern Fundament baut sich die neue Lebensreligion, der alten zum Verwechseln ähnlich. Essen und Trinken, lange Jahre hindurch mit dem Stigma der peinlichen Notwendigkeit behaftet, sind wieder ein Kult, das Rindfleisch spaltet sich in seine zahlreichen wienerischen Varietäten, in der Revue des großen Tingl-Tangls erregt die aufziehende Deutschmeisterkapelle solchen Jubel, als wäre Lemberg noch in unserm Besitz, die Studenten randalieren gegen die jüdischen Professoren, einen haben sie aus dem Hörsaal getrieben, obgleich schon sein Name, er heißt Kappelmacher, ihm Anspruch auf studentische Pietät sichern sollte, denn wo wäre Glanz und Ansehen der deutschen Studentenschaft ohne die Kappelmacher?, das Barock fühlt sich wie neugeboren, und im vornehmsten Sanatorium Wiens spritzte eine Pflegerin nach vierundzwanzigstündiger Dienstzeit ihrer Patientin statt Kochsalz Salzsäure in den Darm.

*

Ich spreche von diesem Vorfall nicht mit der sozialen Träne im Auge, sondern weil er ein aufregendes argumentum ad hominem, wie wichtig für das eigene Wohlergehen das Wohlergehen des Nebenmenschen ist. Alle Propaganda für Liebe und Güte verpufft, das haben wir reichlich erfahren, ins Leere, und nicht an humanen und sozialen Ideen wird die Welt genesen, sondern an der Erkenntnis, daß der Altruismus eine wichtigste Komponente des wohlverstandenen Egoismus ist. In diesem Sinn kann auch der Antichrist das Bibelwort akzeptieren: Was du dem Geringsten meiner Brüder getan, das hast du mir getan.

*

Die Rekonvaleszenz der Stadt spiegelt sich klar in ihrer Tagesliteratur. Vorüber die Zeit, da jeder Schreiber für den Druck ängstlich darauf bedacht war, sein soziales Alibi zu erbringen, seine Zugehörigkeit zu den Enterbten zu betonen, gewissermaßen aus dem Stiefel, den er schrieb, die Zehen vorgucken zu lassen. Das gute Leben findet wieder Lobredner, das Gespenst des Untergangs ist verscheucht, die Leute, die schon das Gras zwischen den Pflastersteinen wachsen gehört haben, sind ertaubt, über alle Lustlosigkeit der Wirtschaft siegt die Lust am Leben, und ein Herbst, dessen Milde ohnegleichen ist, versöhnt auch mit dem Tod, indem er lehrt, wie man, wenn schon, in Schönheit stirbt.

Ein Kriminalfall

Frau Kadivec, die, ihrer krankhaften Neigung folgend, Kinder prügelte und hierbei zahlende Zuschauer hatte, wurde zu sechs Jahren schweren Kerkers verurteilt.

Wegen dieses mörderischen Urteils spricht man von dem Prozeß hier allgemein als von dem «Sadistenprozeß».

Der Sadismus ist eine Berufskrankheit der Richter, etwa wie die Bleivergiftung der Bleiberg-Arbeiter oder die Wadenmuskelhypertrophie der Tänzer. Man sollte die Verurteiler, ehe man sie verurteilt, gerichtspsychiatrisch untersuchen lassen.

Frau Kadivec hat wenig Anspruch auf Sympathie. Als Lehrerin gab sie den Kindern, zur Legitimierung der nachfolgenden Prügel, unlösbare Aufgaben: eine moralische Folter, die noch viel grausamer scheint als die körperlichen Mißhandlungen. (Vermutlich gehörte die Seelennot, die das Kind angesichts der unlösbaren Aufgabe empfand, schon in den Lustkomplex der Frau Kadivec.)

Es ist also in Ordnung, daß man die Frau, trotz den pathologischen Grundlagen ihrer Handlungen, einsperrt. Schließlich, sie hatte, zur Befriedigung ihrer Lust, geschlagen: zur Befriedigung unserer Lust (Übeltätern Übles zu tun) schlagen wir jetzt sie. So will es die Parole: Zahn um Zahn, Aug um Aug, Lust um Lust.

Aber sechs Jahre schweren Kerkers . . . das heißt gegen die Peitsche den Totschläger setzen. Das heißt die sadistische Reihe in einer fürchterlichen geometrischen Progression weiterführen. Hoffen wir, daß sie an den Grenzen des Irdischen abbricht. Wie würde es sonst dem Richter ergehen, wenn er vor seinen Richter kommt? Vor dem, den die Sadisten mit einiger Berechtigung als Patron ihrer Gilde ansprechen dürfen, weil von ihm ausdrücklich es heißt: wen er liebt, den züchtigt er.

Sechs Jahre schweren Kerkers ... belieben, sich das langsam auszudenken, es schmeckerisch im Bewußtsein zergehen zu lassen ... sechs Jahre schweren Kerkers. Sechsmal wird es Frühjahr – draußen –, sechsmal kommt und dauert, sechsmal unendlich, der Winter.

Ich möchte nur wissen, ob die Richter so grausam waren gegen die Kadivec, weil sie eine Sadistin ist ... oder obzwar sie eine ist. Wie halten es denn Sadisten untereinander? Für gewöhnlich hackt eine Krähe der andern, aus Solidaritätsgefühl, kein Auge aus; aber bei sadistischen Krähen kompliziert sich die Angelegenheit. Wollte am Ende die Hand des Gesetzes, als sie so hart zuschlug, der Kadivec was Liebes tun? War vielleicht hier die Strenge ... Wohltat? Unter Kameraden im Pathologischen ist ja beides ganz egal.

Eine Sechzehnjährige

EINE Sechzehnjährige hat sich im Arrest erhängt.

Sie kam zur Polizei und bat um ein «Gesundheitsbuch», wie es die weibliche Jugend braucht, um die Geschlechtsfreude, die ihr Leib birgt, im freien Straßenhandel ausbieten zu dürfen. Die Behörde duldet kein wildes Hausierwesen. Der Verschleiß von Fleckputzmitteln, Notizbüchern, Sexualität, Schuhbändern und anderen Kleinigkeiten, die man so im täglichen Leben braucht, ist an Lizenzen gebunden.

Eine Leichtsinnige hätte sich nicht viel um Vorschriften gekümmert. Anna aber war ein polizeifrommes Mädchen, wissend, was Gesetz ist. So ging sie hin zum Vater Staat und bat um die Erlaubnis.

Mit sechzehn Jahren erhalten die Mädchen hierzulande noch kein Gesundheitsbuch. Mit vierzehn dürfen sie in die Fabrik, mit siebzehn erst bekommen sie das Prostitutions-, mit zwanzig das Wahlrecht.

Der Polizeimensch, vor dem die Anna stand, mußte sie abweisen. Doch da er ihre Bestürzung sah und wie sie traurig sich wandte, ihres Weges zu gehen, erbarmte ihn der Kleinen, und er rief sie zurück und steckte sie in den Arrest, in dem sich außer Wanzen noch drei verirrte Mädchen befanden, die vom Pfade ihrer vorbestimmten Entwicklung zu Dienstboten oder Abortfrauen leichtsinnig abgewichen waren.

Was soll man denn mit einer jungen Person anfangen, die keine Tugend hat und noch nicht das gesetzliche Alter hiezu?

Soll man vielleicht gut zu ihr sein und ihr freundliche Worte geben und Ratschläge und ihr zeigen, wo der Zimmermannssohn das Loch gelassen hat, durch das Licht auch in die dusterste Finsternis fällt?

Die Löcher, auf die der Polizist Mühselige und Beladene verweist, sind nicht von solcher Art.

Aus der Biologie wissen wir: ohne Zelle kein Leben. Das gilt auch für den sozialen Organismus. Seine Existenz ist an die Zelle geknüpft, von der Zelle wird sie getragen und gesichert.

Im Arrest ist es still und friedlich. Durch die Mauern, die ihn umgrenzen, dringt der Verführung Stimme nicht. Sicher vor den tödlichen Lockungen des Lichts, des Sonnenlichts sowohl wie der Bogenlampe, bist du, kleine Motte. Speise und Trank, die deinen zarten Leib nicht reizen, trägt der liebe Wärter dir zu, Stunde um Stunde fließt ruhevoll dahin, und mit sanftem Fittich weht der Genius der Beschaulichkeit deiner Seele Kühlung zu. Dennoch war die Anna nicht zufrieden.

Sie empfand es nämlich als Treubruch, daß man sie in den Arrest gesteckt hatte, als einen Überfall, an ihr Wehrlosen, Gutgläubigen verübt. Eine Pflicht zu erfüllen, wie das Gesetz es befahl – legibus obsequimur – war sie hergekommen . . . und ward deshalb bestraft. Ihre Freiheit hatte sie unter den

Schutz der Obrigkeit gestellt . . . und ward deshalb von der Obrigkeit ihrer Freiheit beraubt. Das schien ihr ungeheuerlicher Betrug. Die moralische Weltordnung, der sie sich eingegliedert wähnte, stürzte donnernd zusammen. Und darum, glaube ich – nicht aus Furcht vor Besserungs- und Arbeitsanstalt und den schaudervollen Streck- und Quetschmethoden, mit denen dort Seelen auf Gleich gebracht werden – darum hat sie sich umgebracht. Sie kam nicht hinweg über die Felonie, deren Opfer sie geworden war. Der Boden des Gesetzes, auf den sie sich gestellt hatte, wich wie eine Falltüre und warf sie in die Tiefe, das Licht erlosch, und in der Schwärze, die nun Raum und Zeit ganz erfüllte, verschwamm ihr die Grenze zwischen Tod und Leben.

Weil sie keine Erde mehr unter den Füßen fühlte und ohne Stützpunkt kein Mensch sein kann, hing sie sich ans Fensterkreuz.

Geflügeltes Wort

Der Franz Seemayer äußerte sich, als ihn ein Wachmann auf der Straße zur Ruhe wies: «Die ganze Regierung kann mich . . .» Deshalb wurde er wegen Beleidigung der Regierung zu drei Tagen Arrest verurteilt. Er sagte: «kann», nicht «soll». Er forderte die Regierung nicht auf, so zu tun, er drückte nur seine Bereitwilligkeit aus, es zuzulassen, falls die Regierung so tun wolle.

Er verlangte nichts von ihr, er stellte ihr nur etwas frei. Hätte er etwa gesagt: «Die Regierung ist schlecht» . . . nichts wäre ihm geschehen. Denn in der Demokratie darf jeder seine Meinung über die Regierung haben und aussprechen. Aber Seemayer hat dieses Recht gar nicht in Anspruch genommen, er hat die Regierung nicht kritisiert, er hat nur seine durchaus uninteressierte Einstellung zu ihr betont. Es ist empörend, daß man einen Mann aus dem Volke einsperrt, weil er sich volkstümlicher Redeweise bedient, einer façon de parler, die er gewiß auch Verwandten und Freunden gegenüber anwendet, also Menschen gegenüber, die er liebt und die ihm wahrhaftig näher stehen als die Regierung.

Aber die fühlte sich beleidigt. Tut sich was!

Dabei war das Anerbieten bestimmt nicht ernst gemeint. Seemayer dachte gewiß keinen Augenblick an die faktische Möglichkeit, daß ihn die Regierung, und noch dazu die ganze Regierung!

Stellen wir also fest: Wegen eines nur bildlichen, rein akademisch gemeinten Anerbietens, das die Regierung zudem ja nach Gutdünken annehmen konnte oder nicht, wegen Gebrauchs einer im volkstümlichen Sprachschatz eingebürgerten, im Leben des schlichten Mannes fast unentbehrlichen Wendung, die, an die Regierung gerichtet, nur Zeugnis ablegen konnte von des Sprechers demokratischem Selbstgefühl und davon, daß er auf Gunst und Gnaden der Machthaber verzichte . . . wegen solchen populären Ausdrucks freier Gesinnung wird man im freien Staate eingesperrt.

Seemayer ist ein aufrechter Charakter; dafür muß er büßen. Vielleicht hat er das Aufrechte zu weit getrieben. Wenn er schon sah, daß die Regierung beleidigt war, hätte er ihr den Gefallen tun und erklären sollen: «Ich nehme mein Anerbieten zurück.»

Wiener Sommer 1924

DIE Börse ist lustlos und die Menschen sind es mit ihr. Sie vermissen nicht nur ihren Besitz, sondern auch den Nervenreiz, den sie auf der schwingenden Schaukel der Kurse empfanden. Und leiden schon die Armen sehr darunter, kein Geld zu haben, so ist das den Reichen ganz unerträglich. Also geht jetzt eine Welle von Verdrossenheit und Lebensfeindschaft durch die Stadt, niemand lacht, niemand freut sich, und in der Oper wird «Schlagobers» gespielt, von Richard Strauss. Held des Balletts ist ein Knabe, der in der Konditorei zuviel

Süßigkeiten ißt, worauf ihm übel wird. Solches läßt sich verstehen. Mir war schon als Kind kein Märchen zuwiderer, als das vom Schlaraffenland: die Vorstellung, sich durch einen Berg von Mus durchzufressen, über alle Maßen peinlich, und Bäume, an denen statt Blättern und Blüten Würste wachsen, schienen mir keine Verzauberung, sondern eine unappetitlichste Entzauberung der Natur. Diese ist sommerlich erwacht. Im Mai war lange Zeit April, dann kam gleich August; Jahreszeiten und Monate gehen, wie Knöpfe und Knopflöcher einer falsch zugeknöpften Weste, nicht recht zusammen und zu Silvester wird gewiß was fehlen oder überzählig sein. Einen Lenz gab es heuer nicht, er wurde zwischen Winter und Sommer totgedrückt wie die Mittelparteien in der Politik. Überall siegt der Radikalismus. Nur eine leichte Klang-Modulation unterscheidet ihn von der ridiculus mus, dem bekannten Kind kreißender Berge. Wegen des Auftretens der Bisamratte aber sind die Bäder im Donaustrom noch gesperrt. Leider, denn die Hitze hat Dimensionen angenommen und der Asphalt ist weich und gibt nach wie das Herz des unerbittlichen Vaters im siebenten Akt vieler Kinostücke. Die Kinos machen jetzt auch keine guten Geschäfte, aber immer noch bessere als die Theater, die von den Menschen gemieden werden, als ob in ihnen nicht die Orska oder Frau Werbezirk aufträte, sondern die Bisamratte. Dem Kino kommen im Sommer die besseren Beziehungen zur Natur zugute und das schummrige Dunkel in seinen Hallen, was es, wie vieles andere auch noch, mit der Kirche gemein hat, deren Macht-Erbe es allmählich anzutreten scheint. Wie die Kirche umspannt das Kino die Welt (nebst Himmel und Hölle), sendet seine Missionare in die entlegensten Zonen bewohnter Erde, braucht ein gewisses Quantum Finsternis, um zu wirken, gibt den Künsten zu tun, beschäftigt, unter Musik-Begleitung, Gemüt und Phantasie seiner Gemeinde, wirkt Wunder, lehrt, wie die Tugend belohnt und das Laster zuschanden wird, bereichert die Pfaffen, die ihm dienen, spricht in Zeichen und Symbolen, die Menschen jeglichen Idioms verständlich sind, und hat auch schon seinen Evangelisten, den heiligen Balázs Béla, der in dem scharfsinnigen und glänzenden Buch «Der sichtbare Mensch» jene, die guten Willens sind, zum Glauben an die beglückenden und erlösenden Zauber des Kinos verführt. Es tagte jetzt auch ein Konzil zwecks Reform des Films in Wien, bei welcher Gelegenheit der Nibelungen-Film vorgeführt wurde, ein feierlich gedrehtes Hohelied auf körperliche Kraft und den Mangel an Wehleidigkeit und auf den Gott, der Eisen wachsen ließ (allerdings auch dafür sorgte, daß, wie die Geschichte des jetzigen Jahrzehnts erweist, das Eisen nicht in den Himmel wächst), und auf die altgermanische Sitte, um der Treue willen Untreue zu begehen. Treue im balladesk schönen Sinn des Worts bewährte kürzlich der Wiener Motorführer, der, als ihn der Schlag traf, noch mit letzter Kraft die Handbremse zog und seinen Train zum Stehen brachte. Diesem braven ward kein Denkmal errichtet, außer im Herzen unseres beliebten Publizisten Bettauer, das als öffentliche Anlage gelten kann. Bettauer ist der Verfasser spannender Zeitungsromane, höchst aktueller Erzählungen, in deren raschen, durch eine Journalspalte gezwängten Fluß alle andern Rubriken der Zeitung sozusagen sich ergießen. Die Wirklichkeit hat ihre Mühe, diesem Erzähler nachzukommen. Seine Methode, Geschehnisse und Personen des Tages noch warm in den Roman zu übernehmen, ist so neu wie wirkungsvoll, und Bettauer kann auch gar nicht genug des literarischen Garns spinnen, in das ihm das Leben läuft. Fromm und tugendhaft ist er nicht, und wenig Freude hätte an ihm Herr Erich Schlaikjer, ein deutscher Mann, der mich in der «Deutschen Zeitung» (wegen einer Glosse über das furchtbare Urteil gegen die Kadivec) des Satanismus und der Teilnahme an einer jüdischen Verschwörung zur Vernichtung des deutschen Volkes bezichtigt. Bei Kadermann im Prater, à propos, wird täglich ein ganzer Ochs am Spieß gebraten, für München was Altes, für Wien eine Neuheit. Zur Premiere waren die Vertreter der Presse (kein Druckfehler für: Fresse) geladen, und in den Zeitungen erschienen dann auch, nebst

Berichten von bratensaftigster Anschaulichkeit, Bilder, darstellend den Ochsen am Spieß und unter ihm, gleichsam als zarte, abschließende Randleiste, ein anderer Spieß mit Hühnchen, aufgereiht wie Kugeln einer Gebetschnur. Mich erinnerte das Bild des Ochsen, wie er da am Spieß steckt – geköpft, entklaut und ausgeweidet zwar, aber im großen ganzen doch in der Form belassen, die er hatte, da er's Licht noch sah –, an primitive Darstellungen der Hölle, auf denen zu sehen, wie arme Sünder über loderndem Feuer am Spieß sich drehen. Kein Zweifel: die Erde ist das Tier-Inferno. Da werden sie für Übles, das sie dereinst auf ihrer Tier-Erde getan, bestraft. Wie der Mensch zu den Tieren steht, dafür ist bezeichnend, daß seine Imagination von der Hölle, die auf ihn wartet, in der entsetzlichen Vorstellung gipfelt, er würde dort so behandelt werden, wie er in seiner Welt das Tier behandelt. Jedoch weder bildliche Darstellungen der Hölle noch die Legenden von ihr geben irgendwelchen Grund zur Annahme, daß die Teufel, wenn sie uns am Spieß braten, hiezu die Presse einladen.

Exzentriks

Als verhältnismäßig blühender Knabe schrieb ich ein Theaterstück. Es war unerhört lustig und ich mußte sehr viel über das Stück lachen. Wann immer es mir einfiel, platzte ich heraus, niemand wußte, warum. Mein Vater, der Künstler war, Musiker, behaftet mit der übelsten Göttergabe: mit unproduktivem Genie, zu schwach für das Große, zu groß für das Kleine, hatte, in solchem furchtbaren Zwischenreich vegetierend, wenig Sinn für Gelächter überhaupt und gar keinen für so unbegründetes wie das meine. Infolgedessen hielt er mich für schwachsinnig. Durch andere, bösere, Dummheiten bewies ich ihm später, daß ich das nicht sei.

In meinem Stück gab es nur Monologe. Jeder Spieler sagte, ohne sich um den andern zu kümmern, frei heraus, was er eben dachte und empfand. Die Figuren gingen aneinander vorbei wie Spaziergänger auf der Straße. Lauter Sonderlinge. Unter ihnen gab es zum Beispiel:

einen Bauer, der, weil er Regen wünschte, zu enge Stiefel angezogen hatte. Dann schmerzten ihn nämlich die Hühneraugen, und dies galt ihm als Anzeichen für kommendes Schlechtwetter;

einen leidenschaftlichen Schachspieler, der (wie die Zigarrenverkäufer in Gasthäusern ihr Brett mit Ware) immer ein Schachbrett an Riemen umgehängt trug; der Partner, auf der andern Seite des Bretts, mußte rückwärts gehen, im Krebsschritt;

einen Mann, der im Umgang mit seiner Frau immer das Opernglas vor die Augen hielt, und zwar verkehrt, mit jener Seite, die das Objekt fernrückt und verkleinert.

Wirklich lachen – jenes Lachen, das den Druck der Lebensangst aufhebt – kann man ja, schon als Kind, nur über Exzentrik-Figuren, das heißt über Wesen, die aus der rationalen Ordnung gesprungen sind, grundsätzliche Narren, in deren sinnlosem Tun der tiefe Sinn lebt: den Götzen Vernunft so lächerlich zu machen, wie er es verdient.

Kinder selbst sind großartige Exzentriks. Auch die Tiere sind es. Kein Mensch parodiert das Menschliche so gut wie sie.

*

Lebt Baggesen noch, der Mann mit dem unentrinnbaren Fliegenpapier? Er trug einen Stoß von hundert Tellern über die Bühne, sie kamen ins Gleiten, aber sie fielen nicht, obgleich der lockere Porzellanturm so schief stand, daß die Zuschauer, den sicheren Fall für die nächste Sekunde erwartend, schon wonnignervös quietschten. Er trug seine Teller mit bezaubernd geschickter Ungeschicklichkeit, aber einen Millimeter vorm Ziel, als (und weil) er erleichtert aufseufzte, krachten sie zu Boden. Nur ein einziger Teller blieb ihm in der Hand. Den ließ er, jetzt war ja schon alles gleich, freiwillig fallen. Madame Baggesen, rund, mit knallroten Backen, hielt sich im Hintergrund auf und war verlegen. Sonst hatte sie nichts zu tun. Ihre Verlegenheit stand wie ein Mond, sanftes Licht über die wilde Szene gießend.

Und der große Billie Reeves, macht er noch immer den betrunkenen Gentleman in der Varietéloge? Das Programm mißfiel ihm sehr, jede Nummer erweckte seinen Widerspruch. Himmlisch das turbulente Phlegma, mit dem er ihn äußerte, und wie im Unfug, den er trieb, die Grenzerscheinungen der Betrunkenheit: hemmungslose Schlafsucht und hemmungslose Exzedier-Laune sich mengten. In der Loge gegenüber tobte ein zappliger Knabe mit Matrosenbluse, der vor Schadenfreude schrie und Salven von Apfelsinen auf den betrunkenen Gentleman feuerte. Sein Name war, zumindest behaupten das gelehrte Historiker des Varieté, Charlie Chaplin.

*

Exzentriks sind leibhaftige Pamphlete wider Würde, Ernst, Haltung. Dafür dankt ihnen unser Herz, befriedigt wie ein Subalterner, der des Gebots, das ihn sein Lebenlang drückt und beugt, ein Weilchen spotten darf. Exzentriks erlösen vom Übel der Schwerkraft. Sie verhelfen zu einer Vision vom Spielzeughaften der Welt . . . und so zu Kindheits-Glück. Unter ihren Griffen wackelt die Kausalität wie Baggesens Tellerbau; wenn sie einstürzt, ist das Musik unserem Hirn.

*

Das Heute hat viel übrig für Exzentriks, auch auf geistigem Gebiet, dessen Hochplateau den Spitznamen «Kunst» führt. Was sind Synkope, Hamlet im Frack, Jazz, die konstruktivistische Bühne, Sechstagerennen, der finstere Ulk der Geisterseherei und der ganze Arhythmus der Zeit anderes als Proteste gegen die Schwerkraft, als Versuche, zu teilen, was die sehr überschätzte Logik streng gebunden, als Auflehnung gegen die faden Gesetze der Wahrscheinlichkeit? Bedroht vom Absurden, schützen wir uns eben durch dieses, wie die Indianer das Gras anzünden, um dem Präriebrand zu begegnen.

*

Doch gehört zum rechten Exzentrik noch etwas mehr als Narrheit. Nämlich Humor, das heißt: die Fähigkeit, das Leben des Menschen als die kostbare Unterhaltung zu spüren, die es den Göttern bedeuten und bereiten mag. Humor allein kennt den archimedischen Punkt, von dem her die Welt aus ihren greulich knarrenden Angeln zu heben ist.

Exzentriks ohne Humor – man findet sie zum Beispiel unter neueren Dramatikern – sind was ganz Unheimliches und Fatales. Wie ein Zappelfisch auf dem Trockenen. Oder wie ein Blinder, der durchbohrende Blicke wirft. Oder wie ein Reiter in vollem Galopp ohne Pferd.

Ästhetik

Auf dem Tisch steht eine Vase. Sie ist zylinderförmig und bemalt, Schlangenlinien aus lila-blau-braunen Blümchen umringeln sie. Diesen Gegenstand hat mir meine Wirtschafterin geschenkt, und obgleich er mir sehr mißfällt, kann ich nichts wider ihn tun, denn meine Empfindlichkeit kommt nicht in Frage, wenn die meiner Wirtschafterin in Frage kommt. Ich bringe es nicht übers Herz, diese brave Frau zu kränken, die alle Tugenden hat und nur einen einzigen Fehler: ihren Schönheitssinn.

Im Winter, wenn der zylindrische Topf leer auf dem Tisch steht, schmerzt er nicht so. Er verhält sich gewissermaßen ruhig. Ich kann es nicht vermeiden, ihn anzuschauen, aber er schaut nicht zurück. Er ist da und doch abwesend wie ein Schlafender.

In der warmen Jahreszeit aber, wenn die Flur erwacht, erwacht auch die Vase, schlägt die Augen auf und ist vorhanden. Weil nämlich Blümchen in sie kommen. Diese lebendigen Blümchen in der Vase wecken die gemalten aus ihrer Lethargie und Stummheit, reizen sie zum Widerspruch, zur Betonung ihres häßlichen Daseins. Der Blumentopf ist jetzt für das

Auge, was eine Brummfliege für Ohr und Haut des Menschen ist, mit dem sie das Zimmer teilt.

«Wissen Sie, liebe Frau», sage ich, da ich gar keine anderen Sorgen habe, «die Vase ist ja sehr schön, aber sie hat ein zu unruhiges Muster. Nehmen wir vielleicht doch lieber die alte gläserne.»

Andern Tags steht die gläserne Vase auf dem Tisch, doch es sind keine Blumen drin und am nächsten Tag auch nicht. «Ich weiß ja nicht, ob Ihnen meine Blumen passen», sagt die Wirtschafterin sehr spitz. Jetzt ist sie also beleidigt, und ich kann zusehn, wie ich sie versöhne.

Die brave Frau ist in der Organisation. Sonntag nachmittags hört sie populäre Vorträge.

Zweimal im Monat geht sie ins Theater, zu den Vorstellungen für Arbeiter. Was für eine wunderbar empfängliche Hörerschaft ist das, tausendmal besseren Willens, zu verstehen und mitzufühlen, als bürgerliches Publikum ihn aufbringt. Mit welch himmlischer Geduld lauschen diese Gutartigen den dunkel-pathetischen Theaterstücken, wenn solche über sie verhängt sind, wie ehrerbietig langweilen sie sich, schmekken ohne jede Grimasse des Widerwillens das Bittere einer Speise, deren Wohlgeschmack sie nicht schmecken. Es muß eine Freude sein, den Schönheitssinn dieser Menschen zu pflegen und zu befriedigen.

Aber ebenso wichtig, wenn nicht noch wichtiger, wäre es, ihren *Häßlichkeitssinn* zu wecken.

Erzieher, lehrt das Mißbehagen vor dem Unschönen – das Gefühl für das Schöne wird sich dann von selbst einstellen. Das Auge, dem eine leere, getünchte Wand wohlgefälliger scheint als eine, auf der die Strohmatte mit Photographien hängt, ist kunst-näher gekommen, als es auf noch so instruktiven Wanderungen durch Museen kommen könnte. Der Weg führt vom Abscheu vor Möbeldeckchen zu Beethoven-Symphonien, nicht umgekehrt.

Warum gibt es keine Kurse, in denen an Dingen des gewöhnlichen Lebens zwischen Schön und Häßlich unterscheiden gelehrt wird, an gemeinem Hausrat, an Gegenständen des täglichen Gebrauchs? Ich denke mir sie, diese Kurse, sehr amüsant, als Revolutionstribunale, vor die das Häßliche kommt (z. B. meine Vase mit dem Blumenmuster), seiner Häßlichkeit überführt, verurteilt und unter grenzenlosem Jubel der Zuschauer hingerichtet wird.

Nun, das ist ja alles natürlich ganz unwichtig, zumal in so ernsten Zeiten, da ringsum ein Scharren ist, als würden Stühle gerückt zur Tagung des Jüngsten Gerichts, da die Börse bebt, donnernd die Tresors und Hirne platzen und man sieht, daß nichts drinnen ist, die Gewißheiten Fragezeichen ausspeien und eine ungeheure Lebens-Angst alle Atmenden schüttelt.

Der Teufel im Leibe

HIER sind während der letzten Monate ein paar blutige Verbrechen geschehen, und es waren durchaus junge Leute, um zwanzig herum, die sie verübten.

Die Zeit ist finster und der Raum eng: so tappt der Mensch im Dunkeln und stößt den Kopf an Mauern. Mancher nimmt den Revolver, schießt ein Loch in die Welt, «macht sich Luft».

Zudem hat sich die Währung des Nervensystems sehr verschlechtert. Früher bekam der wilde Mensch für eine Ohrfeige, die er sich leistete, eine ganze Menge Entspannung, mit einem Fausthieb schon erwarb er seinem Hunger nach Gewalt Sättigung. Jetzt kostet der gleiche Effekt mindestens einen Messerstich oder Revolverschuß. Und der Verbrecher, wissend, daß heute ein mit geringen Mitteln begonnenes Unternehmen nicht auf Erfolg rechnen kann, investiert in sein Geschäft gleich etwas Mord.

Viele sagen, an so leichter Entschlossenheit der Zwanzigjährigen zur Bluttat habe der Krieg die Schuld. Wahrscheinlich ist es so. Gewiß aber ist, daß die Erziehung der Knaben keine Schuld daran trägt, daß sie Verbrecher wurden. Unter den jungen Mördern von heute sind streng und gut Erzogene,

Geprügelte, Verhätschelte, Kinder aus wohlhabendem und aus armem Hause, Sprößlinge religiöser und Sprößlinge freigeistiger Eltern, solche, die nach konservativen, und solche, die nach neuesten Methoden der Kinderseelenlehre behandelt wurden. Es ergibt sich ein klägliches Debakel aller Pädagogik. Liebe und Hiebe treffen gleicherweise ins Leere. Der Mensch lenkt, aber Gott denkt, und der Scharfrichter henkt. Unter den Affen des Urwaldes wird dieses Kind ein seelenvoller Tarzan, im Lyzeum jenes ein niedriger Haderlump. Das Individuum ist fertig, wenn es beginnt . . . und «erziehen» kann nichts anderes heißen als, wie Peter Altenberg sagte: «organischem Wachstum lauschen».

Im Menschenblut leben gefährliche Bakterien. Aber es leben in ihm auch Feinde der Bakterien, die sie unschädlich machen. Ähnlich vielleicht hat man sich den, sozusagen, gesunden sittlichen Organismus vorzustellen, als Wohnstatt von Giften und Gegengiften. Fehlen die Antitoxine: . . . Küsse, Schläge, Religion und Psychoanalyse werden Erkrankungen nicht hindern.

Ein zwanzigjähriger Mensch, Sohn gütiger Eltern – der Vater ist Professor – sticht seine Geliebte tot, um Geld, das ihr als Kontoristin anvertraut war, zu rauben. Er versucht gar nicht, es ihr irgendwie abzulisten, er erwägt gar kein anderes Mittel, zur Beute zu kommen, als das radikalste. Auf der Treppe, vormittags, fällt er über das Mädchen her, stößt ihr das Messer mit Wucht in den Hals, in den Hals, damit sie nicht schreien könne, und da sie doch schreit, haut er sie auf den Kopf und preßt ihr seine Faust in die Zähne. Dann, das Geraubte in der Tasche, geht er ins Bad, kauft Wäsche und Kleider, besucht abends das Theater (die «Heilige Johanna» von Bernard Shaw), hernach ein Kabarett, verbringt die Nacht mit einer Prostituierten im Hotel und erscheint andern Tags in seinem Stammkaffeehaus zur gewohnten Schachpartie. Die spielt er noch, dann wird er verhaftet. Urteil: zwanzig Jahre Zuchthaus.

Die Psychiater erklärten ihn für gesund. In der Tat, von

keiner Art Geisteskrankheit waren an ihm Symptome zu merken. Er dachte logisch und handelte zweckmäßig. Er kannte und empfand die Leiden und Freuden des normalen Menschen, das Essen schmeckte ihm, die Sonne wärmte ihn, und wenn kalter Wind ging, stellte er den Mantelkragen hoch, Helles schien ihm hell und die Finsternis dunkel, wenn er die Straße überquerte, wich er, scharf nach rechts und links spähend, mit vernünftiger Bewegung den Wagen aus, die Possierlichkeit des Hündchens belustigte ihn, er pflegte Freundschaften und Beziehungen, das spannende Buch erregte in ihm Spannung, er weinte im Kino und lachte über Witze, er war ein intelligenter Sprecher und höflicher Zuhörer, er hatte kleine Talente, Ehrgeize, Geschicklichkeiten, kurz, er schien eingesponnen in ein vielverschlungenes, maschendichtes Geflecht von Ordnungen. Nichts an dieser kühlen Seele, aus der Empfindung, Wunsch und Wille in gewöhnlichen, gemeinen Varietäten wuchs, deutete auf vulkanische Gefahr . . . plötzlich, wie Stichflamme höllischen Feuers, schlug aus ihr die Tat.

Das Mittelalter aberglaubte an Dämonen und Teufel, die im Menschen Quartier nehmen. Unsere Gerechtigkeit identifiziert den Menschen mit dem Dämon, von dem er besessen ist. Sie unterhält Zuchthäuser für Dämonen und bessert den Satan durch Dunkelzelle und hartes Lager. Was ist dümmer: der Versuch, den Teufel auszutreiben oder der, ihn einzusperren?

Unter großer Teilnahme der Bevölkerung wird das Opfer begraben. Der Leichenzug geht nicht den kürzesten Weg zum Friedhof, sondern macht einen kleinen Umweg: er wird durch die Straße geführt, in der die Ermordete einen Hausanteil besessen hatte. Mit letztem Gruß grüßt das Ewige das Zeitliche. Ave Hausanteil! Shakespeare steht beschämt. Zu einem Zeichen von so gewaltiger makabrer Lächerlichkeit hat er Leben und Sterben niemals ineinanderzuschlingen vermocht.

Drei Tage

Im südöstlichen Randgebiet der Republik Österreich, dort, wo sie, wie wir ohne Übertreibung sagen dürfen, schon an Ungarn grenzte, ereignete sich Anfang der Dreißigerjahre folgender krimineller Vorfall: Ein Mann und Einbrecher, von dem auch sonst nichts Gutes zu berichten wäre, ein roher, primitiver, aus sehr Gemeinem gemachter Mensch, erschoß seine Geliebte. Die Häscher, die ihn greifen wollten, hielt er sich mit dem Revolver vom Leibe und verzog in die Wälder um die gute Stadt Wiener Neustadt. Dort stöberten sie ihn wiederholt auf, wechselten ein paar Kugeln mit dem Hartnäckigen – die Gendarmen trugen schmerzhafte Beweise seiner Zielsicherheit heim –, konnten ihn aber nicht erlegen oder fangen. In den Dörfern der Gegend, wo der Mörder Unterschlupf suchte, ward er des öftern gesehen. Die ihn erkannten, liefen sogleich zur Polizei und wiesen ihr die Fährte. Erschienen die Verfolger, war das Nest (ein Heulager, ein Graben, ein Holzstapel im Wald) leer, und nur Zigarettenstummel, Papierfetzen, ausgeschossene Patronenhülsen bezeugten, daß Wiedemann, so hieß der furchtbare Mann, hier gerastet (wenn auch, weiß Gott, nicht geruht) hatte. Er trug einen großen grauen Schlapphut, und daran erkannten ihn die Dörfler und Gendarmen schon von weitem. Warum er, der doch wahrlich viel von sich abgeworfen hatte, gerade den verräterischen Schlapphut nicht lassen wollte, wird man nie erfahren. Vielleicht schöpfte er aus solchem romantischen, wilden, trutzigen Hut – seit langem ein Wahrzeichen für Künstler, Räuber, Revolutionäre und andere mißratene Kinder Gottes – vielleicht also schöpfte er aus dem Schlapphut Kräfte des Widerstands und des Justaments gegen die Ordnung, aus der er gesprungen war. Einmal näherten sich ihm die Verfolger, als er gerade die Schuhe von den Füßen getan hatte. Nach etwas Kugelwechsel – der war zwischen ihm und seinen Jägern schon so wie «Habe die Ehre» und «Oh, ganz meinerseits» – entlief er barfuß. Er hatte die Chance, einem

Ortsfremden zu begegnen, der, durch den Anblick des wilden Vagabunden und des Revolverschafts, der dem Kerl aus der Tasche sah, zwiefach bewogen, ihm die eigenen Stiefel überließ. Das letztemal in den Siedlungen wurde Wiedemann gesehen, als er in einem Laden eine Wurst erstand. Er bezahlte bar, doch kam er nicht mehr zum Genuß der Mahlzeit. Gendarmerie, Militär und Radfahrerpolizei, ein paar hundert Mann vielleicht, hatten Wald und Wiesen umstellt, rückten in dichter Treiberkette konzentrisch vor, es gab kein Entrinnen, außer in die Erde hinab oder in den Himmel hinauf. Als sie ihn auf Schußweite nahe hatten, erwiderte er die Aufforderung, sich zu ergeben, mit dem Revolver. Ein Gendarm schoß ihm die Waffe krumm. Aus dem verbogenen Revolverlauf – wie das möglich war, verstehe ich nicht, aber der offizielle Polizeibericht behauptete es – knallte sich Wiedemann eine Kugel in die Schläfe. Bei dem Toten fand man noch ziemlich viel Munition und Reste einer Wurst.

Ich erzähle die Geschichte, weil sie ausgezeichneten Stoff für ein richtiges Einpersonendrama zu geben scheint. Da stand ein einzelner gegen alle und gegen das Nichts, völlig gelöst aus jedem sozialen Zusammenhang, abgekehrt jedem Gesicht, das nicht das seine war, ein Feind des Lebens aus entschlossenem Willen zu ihm. Seine Gegenspieler: Stimmen, Schritte, Schatten der Verfolger und derer, die es sein könnten. Ort der Handlung: zwischen Hoffnungslosigkeit und Wiener Neustadt. Dauer: die Ewigkeit dreier Tage. Und denkt nun diesen abgesprungenen Splitter Mensch in seiner Allverlorenheit! Wie ihn jede Erscheinung heimsuchte: der Rauch aus den Schornsteinen, die Sorglosigkeit weidenden Tieres, der höhnische, Fahrt und Ferne singende Pfiff der Eisenbahn, der Telegraphendraht, durch den die Steckbriefe laufen, der Lichtschimmer aus dem Gasthaus, wo die Gendarmen sitzen und sich den Bierschaum aus dem Schnurrbart wischen, das Rattern der Autos, in denen Leute fahren, wohin sie wollen. Jeder Bissen, den seine Sinne futtern, schmeckt nach Henkersmahlzeit. Und er sitzt in der weiten Welt wie in der Falle. (Doch das allerdings ist nicht nur Mörder-Los.)

Vielleicht war es anders. Vielleicht hielt der schlechte Mensch seine Sache gar nicht für aussichtslos, bemerkte weder die Sorglosigkeit weidenden Tieres noch den Rauch aus friedvollen Hütten, dachte bloß an Wurst und Entkommen, sah im gespannten Hahn seines Revolvers das einzig Spannende der Situation, kurz, taugte wenig zum dramatischen Helden.

Aber wer, ohne des Dichters Lügenhilfe, taugt denn schon dazu?

Mörder, wie sie nicht sein sollen

KÜRZLICH haben sie einen freigesprochen, einen Metzger, der die eigene Frau mit der Hacke erschlagen, den Leichnam getreu nach den Regeln, wie's Brauch der Zunft, zerlegt und ihn stückweise ins Wasser geworfen hatte.

Frau Wimpassinger war ein böses Weib. Sie quälte ihre Umgebung mit Schimpf und Zank. Ihr Blick war Wut, ihr Wort Mißhandlung, ihr Atem Bosheit. Fünfzehn Jahre ertrug der Fleischhauer das, dann hieb er ihr mit der Hacke entscheidend und endgültig auf den Kopf. Nachdem er sie zerlegt hatte, untersuchte er, jetzt schon mehr fachlich-sachlich interessiert, ihre Galle. Dämonisches Bild: Wimpassinger, wie er die Galle der geschlachteten Frau besieht, den geheimnisvollen Urquell seiner Leiden, das Organ, in dem, nach gemeinem Glauben und Sprachbrauch, die Bosheit ihren Herd und Sitz hat. Es ist eine Shakespearesche Vision. Oder vielleicht mehr eine von Hans Henny Jahnn.

Der Gerichtshof war wider den Angeklagten, die öffentliche Meinung auch, und nur der Bestialität der Frau Wimpassinger verdankte es die des Herrn Wimpassinger, daß sie straflos blieb. Den Mord, wie seltsam, verübelte man dem Mörder weniger als die Zerlegung der Gemordeten. Als kleinere Schuld erschien, daß er mit dem Beil die lebende Frau, als größere, daß er mit dem Beil den Kadaver bearbeitet hatte. Im allgemeinen nimmt man es nämlich Mördern sehr krumm, wenn sie nach dem Mord sich pietätlos betragen, zum Beispiel ins Kaffeehaus gehen oder in die Schnapsbudike, um dort ihre Angst und Erregung saufend zu ersäufen. Man nennt das einen gefühllosen Verbrecher. Daß er seine Frau kaltblütig erschlug, verziehen sie dem Wimpassinger; daß er sich dann kaltblütig ihre Galle ansah, dafür hätten sie ihn gern eingesperrt. Denn so was ist kein Benehmen, und die Welt hat nichts übrig für konsequente Fleischhauer.

Ich finde, man ist bei der Beurteilung von Verbrechern überhaupt sehr anspruchsvoll. Nichtkriminellen läßt man alles mögliche durchgehen, und bei Übeltätern sieht man streng auf Charakter. Schauen Sie zum Beispiel das Weib an, das unterm Verdacht, die alte Milchmeierin mit einem Bierglas erschlagen zu haben, festgenommen wurde. Sie leugnet die Tat, wird's aber wohl, alles spricht dafür, gewesen sein. Doch hier soll nicht gesprochen werden von dem Verbrechen, auf das, sondern von dem Charakter, auf den die Polizei dem Weib gekommen ist. Es wurde festgestellt, daß die Beschuldigte in der Silvesternacht ein Sandwich gegessen hat, was allerdings schon ein eigentümliches Licht auf sie wirft ... denn gehört ein Sandwich zu den gottgewollten, ordnungsgemäßen, klassenrichtigen Genußmitteln einer Bedienerin? Sprengt sie, so was essend, nicht den Rahmen, der ihr gezogen ist? Täte das eine Bedienerin, in deren Seele noch Gut und Böse unvermischt widereinander stünden? Aber nicht genug mit dem Sandwich. Aus der Sammlung charakterologischer Indizien, die die Polizei wider das Weib zusammengetragen hat, hebt sie als besonders schwerwiegend diese hervor: die Frau war lebenslustig und hat sich gern mit Männern abgegeben. Einer Person aber, von der solches gilt, dürfe man wohl allerlei zutrauen. Man darf, gewiß. Lebenslustig und nach Männern aus: von da bis zum Mord zieht sich zwar der Weg, aber es ist ein gerader Weg, der sich zieht. Und er ist schließlich nicht weiter als der von der Wurzel zur Frucht.

Fatal . . . aber ich sehe plötzlich in allen Menschen ringsum lauter Entwürfe zu Mördern. Bereitet ist ihr seelischer Boden, daß Übeltat auf ihm gedeihe. Ein Zufall, sprießt sie nicht hervor. Denn was sehe ich? Alle, besonders die Damen, sind lebenslustig, sogar wenn sie melancholisch tun, und betätigen sich gern geschlechtlich. Jene Bedienerin ist ein Waisenkindchen im Vergleich etwa zu den Leuten meiner Bekanntschaft. Denn von ihnen weiß ich nicht nur, daß sie lebenslustig sind und sich gern mit Männern abgeben oder mit Frauen oder mit beiden, sondern auch, daß sie gern gute Kleider tragen, wider den Nebenmenschen oft unschöne Nachrede führen, meistens mehr Geld haben wollen, als sie haben, relativ wenig beten, nur dann mit Lust bei der Arbeit sind, wenn sich die mit Passion deckt, lieber gut essen als gar nicht, ihre Mußestunden selten mit einem nützlichen Buch verbringen, die Tugend mit mancher Spottrede schmähen, vom Wirkungs- und Geltungsteufel gejagt werden und sich um die Mahnungen der Weisen einen Dreck kümmern. Sie sprechen hie und da, hör' ich, auch Unwahres, sie haben Geheimnisse, und jeder gönnt sich, sogar nicht nur am Silvester, mit Vorliebe das, was ihm nicht zukommt. Jeder hat gewissermaßen ein Sandwich, das wider ihn zeugt. Ja, genügt es nicht, sie insgesamt als der ärgsten Verbrechen fähig zu denunzieren, wenn ich sage (und ich kann es bezeugen): Sie haben einen Magen und ein Geschlecht! Sie atmen! Sie sind!?

«Dieser Mensch ist ein Mensch»: die Polizei scheint draufgekommen zu sein, was das für eine zerschmetternde Leumundsnote ist.

Kleiner Diskurs

Helene Stöcker in der «Neuen Generation»: «Moderne» Theaterkritik und «doppelte Moral»

In der «Weltbühne» vom 22. Mai 1928 Nr. 21 äußert sich Alfred Polgar über Paul Kalbeck («Sie sagen sich alles») wie folgt: «Zwei junge Ehepaare – vier Temperamente – leben in Freundschaft miteinander. Es kommt, im quadratischen Einvernehmen – denn sie sagen sich alles – zum Frauentausch. Ein Jahr lang hat nun der A. die B., der B. die A.; dieses Jahr lehrt die Beteiligten erkennen, daß ihre ursprüngliche Paarung doch die bessere gewesen ist; so, knapp vor Scheidung und neuer Ehe, ordnen sich die verschobenen Seiten wieder zur Form von früher. Daß sie ihre Frauen in gebrauchtem Zustand zurückerhalten, stört die Männer nicht. Durchaus plausibel ist ja, daß A. wie B. von den neuen Gefährtinnen bald genug kriegen; aber daß sie deshalb zu den alten zurückkehren, übersteigt die Grenze des Glaubwürdigen. Sinngemäß führte der Weg die beiden Erotiker, das sind sie doch, weiter ins Alphabet hinein.»

Selten ist einem wohl so männliche Überheblichkeit, die Verdrängung des weiblichen Anspruches auf Anerkennung ihres Persönlichkeitsrechtes in solcher Reinkultur begegnet wie in dieser Schilderung. Die Frauen existieren bei diesem «modernen» Kritiker nur als Sachgüter: es kommt zum «Frauentausch» – wo es ebensowohl zum Männertausch kommt. Ein Jahr lang «hat» der A. die B., der B. die A.; aber nicht auch die B. den A., die A. den B. Die Männer erhalten ihre Frauen, nach Polgar, «in gebrauchtem Zustand» zurück. Daß die Frauen dasselbe Los in bezug auf ihre Männer teilen, um diesen geschmackvollen Ausdruck gelten zu lassen, scheint dem Kritiker Mann gar nicht zum Bewußtsein zu kommen. Welche unbewußte männliche Selbstverachtung spricht übrigens allein aus der Voraussetzung, daß die intimere Beziehung einer Frau zu einem Mann selbstverständlich der Partnerin Schaden zufüge und ihren Wert für einen andern Partner herabmindern müsse!

Wäre es nicht doch an der Zeit, daß geistvolle Theaterkritiker auch ihren «Geist» und ihre künstlerisch-ästhetischen Wertungen auch auf ethische Entwicklungen ausdehnten und – es fällt hart, eine so alte selbstverständliche Forderung erst noch ausdrücklich auszusprechen – auch Frauen als Menschen gelten ließen?

Alfred Polgar antwortet:

Ich habe den Inhalt einer Komödie erzählt, in der es so zugeht, wie meine Erzählung berichtet. Es kommt da, zwischen zwei Ehepaaren, zum Frauentausch, implicite also auch zum Männertausch. Mit dem einen ist das andre gesagt. Es ausdrücklich zu sagen, der Rarität wegen, schien überflüssig. Ob man aber in solchem Fall von Frauentausch oder Männertausch spricht, das hängt nicht vom sexual-ethischen Standpunkt des Sprechers ab, sondern einfach davon, ob ein Mann spricht oder eine Frau. So ist etwa auch die Wendung: «Herr X. nahm Fräulein Y. zur Frau» durchaus nicht geeignet, Fräulein Y. zum Objekt zu erniedrigen, das «genommen» wurde. Und gewiß wäre es, hätte in der beanstandeten Kritik «Männertausch» gestanden, keinem Mann, keinem der ältesten und keinem der neuesten Generation, eingefallen, dem Kritiker vorzuwerfen, daß bei ihm die Männer nur als Sachgüter existieren. Ähnliches gilt für die Wendung: «ein Jahr lang hat nun der A. die B., der B. die A.». Die verehrte Tadlerin mißversteht hier das «hat». Es ist gar nicht possessiv gemeint, sondern die abgekürzte Ausdrucksweise «lebt nun in Gemeinschaft mit» oder «ist nun ihr wie sie ihm zugehörig» oder «kann nun allen Sensationen teilhaftig werden, die das en deux zwischen aneinander geschlechtlich interessierten Personen bietet». Man «hat» manches, von dem man gehabt wird. So «hat» man einen Beruf, die Cholera, Sorgen, die Bescherung, eine Frau, die Pflicht, auf törichte Anrempeleien zu erwidern und dergleichen mehr. Die Insinuation schließlich, ich sei der Ansicht, daß «die intimere Beziehung einer Frau zu einem Mann der Partnerin Schaden zufüge und ihren Wert herabmindere», weise ich mit relativ fast flammender Entrüstung zurück. Seit «Frauen ich singen hörte», bekenne ich in Wort und Schrift, in Tun und Leiden das Recht der Frau, von ihrer Liebesfähigkeit freiesten Gebrauch zu machen, keinem andern Sexual-Sittengesetz unterstellt zu sein als der Mann, und beklage schmerzlich, daß ihr die ungerechte Natur ein größeres physiologisches Risiko auferlegt als diesem. Hingegen habe ich seit längerm (und besonders seit heute) Grund, über die kritische Potenz des fraulichen Verstandes reaktionär zu denken.

Fall Loos

Der Architekt Adolf Loos wurde zu Wien verhaftet, weil zwei Kinder, die ihm Modell saßen, ihren Müttern erzählt haben, Loos habe sie unzüchtig berührt und sie außerdem sogar genötigt, ein Bad zu nehmen.

Die Polizei, sonst bei solchen Anlässen vorsichtig und behutsam, schickte augenblicks ein Communiqué über den Fall an die Zeitungen. Es bestehen Vermutungen, warum die Polizei es so eilig hatte, Loos, den fanatischen Freund Peter Altenbergs und anderer böser Menschen, der öffentlichen Mißmeinung preiszugeben.

Als Wien erfuhr, Architekt Loos sei unter jenem Verdacht in Arrest gesteckt worden, durchlief die Stadt ein sonderbares Brausen: es war das Geräusch des Wassers, das den Wienern im Mund zusammenlief.

Loos war ihnen schon lange nicht recht geheuer. Er hat viel auf dem (bei ihm sicher schön gemaserten) Kerbholz. Er ist ein eigenwilliger Mann, der dem wienerischen Geschmack in Kunst- und Lebensdingen oft heftig widersprach und über vieles, was hier jedermann aus dem Effeff versteht, nicht nur ganz andere, revolutionäre Ansichten äußerte, sondern mit seinen Ansichten auch auf der ganzen Linie recht behielt. Er verehrte und predigte Peter Altenberg, als man das herrlichste Original, das je im geistigen Klima Wiens, diesem zu Trotz, gediehen war, noch als meschuggenen Schandfleck der («der» ist hier Dativ) Familie nicht weiter übel nahm. Er verpflichtete Kokoschka durch frühes Rühmen, ein Genie zu werden. Er kämpfte, hierin von seiner Schwerhörigkeit unterstützt, für die Geltung modernster Musik, da man dieser noch das Recht bestritt, überhaupt als Musik zu gelten. Eine Folge jener Schwerhörigkeit ist es wohl auch, daß Loos so laut, im übertragenen Sinne: laut, seine Meinung sagt. Er erzwingt sich Gehör. Seinem nie ermüdenden, leidenschaftlichen, hohnvollen Kampf gegen das Ornament, gegen die Vermanschung von Kunst und Handwerk, wird die neuere Kulturgeschichte, wer immer sie sehen und werten mag, ein großes Blatt widmen müssen. Er ist in ästhetischen Glaubensdingen unduldsam bis zum Justamentigen, orthoparadox sozusagen, ein Meister im Formulieren, ein blanker Stilist, scharf und witzig in Angriff wie Abwehr. Kurz: ein Mann von Eigenart, Verdienst, Bedeutung. Und der einzige Milderungsgrund, der für ihn geltend zu machen, ist, daß er einige Zeit Mitarbeiter der «Neuen Freien Presse» war. Doch hätte er sich die Nachsicht, auf die er aus diesem Titel Anspruch hat, durch seine Lästerung der Wiener Küche fast verscherzt. In diesem Punkt schießt er ja wirklich, obschon ins Ziel, so doch auch über dieses. Er zieht nicht in Rechnung, daß der Luftdruck, die Seehöhe, die Niederschlagsmenge, die Mundart, der Ahnenkult, der Volkscharakter und dergleichen mehr die landesübliche Nahrung determinieren, und wenn er etwa behauptet, die Zwetschkenknödel seien schuld an dem schweren, ein wenig teigigen Geist des wienerischen Menschen, so kann man nur sagen: Hier irrt Loos. Gerade das Umgekehrte gilt. Es ist der Geist, der sich die Zwetschkenknödel (und durch sie den Körper) baut.

Wie dem auch sei . . . jedenfalls war die Stadt in einem Zustand geradezu sinnlicher Erregung, als sie vom Fall Loos erfuhr. «Nichts Unangenehmes», sagt beiläufig der weise La Rochefoucauld, «nichts Unangenehmes widerfährt unsern besten Freunden, das nicht für uns einen Tropfen Angenehmes hätte.»

Aus dem Blätterwald jedoch brachen mit grausigem Geheul die Wölfe, stürzten über den Gestürzten und delektierten sich an ihm. Hernach, ein paar Umdrehungen der Rotationsmaschine später, nachdem der erste blutige Hunger gestillt war, saßen sie trauernd, und von den Lefzen troff der Speichel der Wehmut darüber, daß sie dem verehrten Artgenossen die Zähne hatten in den Leib schlagen müssen.

Es gab dann lange Diskussionen in der Presse. Die Angreifer sagten kurz: Das war, nach allem, was wir von ihm schon erlebt haben, diesem Menschen zuzutrauen. Die Verteidiger argumentierten nach dem Schema: Erstens hat er es überhaupt nicht getan, zweitens hat er es in rein künstlerischer Absicht getan, drittens war er geisteskrank, als er es tat. Alle wählten für ihre Betrachtungen das Haus am Michaelerplatz zum Ausgangspunkt. (Das Fehdehaus, das Loos der Stadt seinerzeit mitten ins Gesicht warf.)

Der Architekt selber sagt, daß er zu Unrecht beschuldigt werde. Wer ihn kennt, weiß, daß er damit nur die lautere Wahrheit spricht.

Inzwischen ist er gegen Erlag einer Kaution von 20000 Schilling aus der Haft entlassen worden, nach der bekannten, einem volkstümlichen Wiener Lied nachempfundenen Gerechtigkeits-Weis': «Wer a Geld hat, frei nach Hause kehrt ... und wer keins hat, der bleibt eingesperrt.»

Hoffen wir, daß Loos die Sache mit Humor durchsteht. Und sie als das nimmt, wozu sie einzig taugt: als Reklame.

Richter-Schule

DAS österreichische Justizministerium läßt, auf seine Kosten, die Richter, die über Autoangelegenheiten zu judizieren haben, Autofahren lernen.

So erzogene Richter werden gute und gerechte Richter sein in Autosachen. Sie werden um die Verführungen der Schnelligkeit und der geschnittenen Kurve wissen, um die boshafte Arglist der Zufälle, die Blick und Hand des Wagenlenkers unsicher machen, sie werden ermessen können, wie leicht der Mann am Steuerrad, im Choc des gefährlichen Augenblicks, das Falsche tut, wie bald ihm geschehen kann, daß er die Vorschriften außer acht läßt und sündig wird vor dem Gesetz.

Eine Zeit verständnisvoller Judikatur dämmert herauf für die Autofahrer in Österreich. Sie werden, haben sie gefehlt, vor Richter kommen, die sich in die äußere und noch mehr in die innere Situation des Angeklagten, wie sie war, als er die Tat beging, hineinfühlen und -denken können.

Sollte aber, was Autofahrern recht ist, nicht allen, über die zu Gericht gesessen wird, billig sein? Sollte nicht jeder Delinquent Anspruch haben auf einen Richter, der das Delikt, über das er urteilen muß, wohl versteht, der genau die Erde kennt, aus der er wuchs, oder den Himmel, von dem herab es fiel, der eine Konstellation wie jene, die den Menschen da vor ihm schuldig werden ließ, selbst schon durchgestanden hat und um die Brüchigkeit der Sicherungen weiß, die in solchem Fall den Guten davor bewahren, schlecht zu werden?

Um wieviel weiser etwa würde über Eigentumsvergehen der Richter urteilen, der vorher einen Elendskurs durchgemacht, die Staatsprüfung aus: bitterer Mangel, das Rigorosum aus: Hunger (samt allen zugehörigen Nebenfächern) bestanden, seine Übungen im Seminar, wo «Leben im Dreck» praktisch gelernt wird, hinter sich hätte und, dank ihnen, wüßte, wie unweigerlich steter Tropfen Not die Moral höhlt!

Jugendrichter, um das wahrhaft sein zu können, müßten schon als kleine Jungen in die Richter-Vorbereitungsschule getan werden, wo sie lernten, wie das ist, wenn man in Enge, Schmutz, Entbehrung aufwächst. Solche Kindheitserfahrung vertiefte außerordentlich die Fülle der Einsicht, aus der sie später ihre richterlichen Urteile schöpfen würden. Sie zögen dann, Recht sprechend, gewiß ins Kalkül, daß der Bursche da vor ihnen, der im Rennen ums Leben sich durch unerlaubte Mittel vorwärts hatte helfen wollen, beim Start schändlich betrogen wurde.

Nach dem Muster: Autokurse für Richter in Autosachen ließe sich eine ganze Richterschule, in viele Fachabteilungen gegliedert, denken. Also etwa:

ein paar Semester unglücklicher Ehe für Richter, die über Ehebruch, böswilliges Verlassen und Übertretungen dieser Art zu urteilen haben,

ein Abstinenz-Kurz, mit Widerstandsübungen, ähnlich jenen, die der heilige Antonius zu bestehen hatte, für Richter, die über Sittlichkeitsvergehen judizieren.

Lehrklassen zur Einführung in das Martyrium, das der gemeine Mensch im Umgang mit Ämtern zu erdulden hat, nebst praktischen Übungen: als Partei im Verkehr mit Behörden (für Richter über Amtsehrenbeleidigungen).

Die wichtigsten aller zu schaffenden Kurse wären aber solche für passive Straferfahrung. Wissen denn die Menschen, welche andere Menschen in den Kerker, ins Zuchthaus schikken, ganz exakt, fühlen sie es in seiner vollen Schwere, was das ist: Kerker, Zuchthaus? Haben denn die Herren, welche wägen und überlegen: sollen wir dem Kerl fünf Jahre geben, zehn, zwölf, fünfzehn?, haben sie, indem sie so mit Jahren als Einheiten herumrechnen, eine Vorstellung davon, was es heißt, auch nur vierundzwanzig Stunden, als Mensch-Tier, im Käfig zu sitzen? Die Strafen fielen anders aus, wenn die, die sie verhängen, etwas Praxis als Sträfling hätten, also das Los, zu dem sie verurteilen, in seiner ganzen Qual- und Schmerzensfülle imaginieren könnten.

Was die Todesstrafe anlangt, wäre eine Straferfahrung, im Passivum, kaum möglich. Und damit bereits müßte die Frage, ob es eine solche Strafe geben solle, in ihrer eigenen Widersinnigkeit ersticken. Liegt schon eine gewisse Unmoralität darin, daß Richtermenschen andern Menschen ein Schicksal zuweisen, das sie selbst nur vom Hörensagen kennen, wie teuflisch absurd wird erst die Sache, ist jenes Schicksal, wie im Fall der Todesstrafe, von solcher Art, daß keiner, und hätte er die genialste Phantasie, auch nur es sich vorzustellen vermag. Oder weiß jemand, wie das tut, wenn man stirbt, und hat schon wer erzählt, wie es nachher ist?

Autokurse für Richter in Autosachen: die Morgenröte einer besseren Gerechtigkeit winkt mit Rosenfingern. Vorläufig allerdings nur mit dem kleinen.

Schubert-Glosse

Schubert war ein Gefäß der Gnade. Das ist nicht Verdienst, sondern Glücksfall. Verdienst erwirbt sich der Begnadete (der wirklich nichts dafür kann, daß er das ist), indem er sein Genie nicht für sich behält, sondern mit ihm beiträgt zur Lust der Lebenden. In diesem Punkt hatte Schubert es leicht. Er mußte nicht wie etwa der Schriftsteller G. E. Lessing, dessen wir uns vor kurzem, treu dem dekadischen System, auch weitläufig erinnerten, alles mit Röhren und Pumpen mühevoll aus sich herausquälen. Sein Herz und sein Geist trieben in quellender Fruchtbarkeit, er mußte nur die Hände rühren, um zu ernten. Er neigte seine Seele den Erscheinungen zu, und Ströme von Musik flossen aus ihr in die also gesegnete Welt.

Etwas Klägliches liegt darin, daß Menschen einen Menschen lobpreisen und ihm huldigen, weil er, als er wurde, die Götter bei Geberlaune fand. Doch gilt ja, genau besehen, das Lob den Lobenden, die im Individuum die Gattung rühmen und sich etwas drauf zugute tun, daß einer ihresgleichen so Hohes imstande war. (Vielleicht hat auch Religion ihre Quelle, oder zumindest eine ihrer Quellen in solcher Lust am sublimierten Ebenbild.) Noch stolzer auf den ihr zugehörigen

Großen als die Gattung ist naturgemäß die Spezies. Und darum feiert wohl alle Welt Schubert, aber nur in Wien stand im Schaufenster des Fleischerladens seine Büste aus gelblichweißem Rindstalg.

Es wurde in Wien auch ein Theaterstück aufgeführt, dessen Held Schubert ist. Da sah man den unsterblichen Franz, angetan mit Genie, Brille und Backenbart, aber auch mit all' der Bescheidenheit seines rührenden Menschentums. Beethoven erschien auf der Bühne, setzte sich nieder und komponierte, wie das begleitende Orchester mitteilte, «Freude, schöner Götterfunken». Dann stapfte er, die Hände auf dem Rücken und die Stirne in die so populären unwirschen Falten gelegt, von der Szene. Schubert aber rief: «Dös war der Beethoven! Niederkni'an! Niederkni'an!» So ein braver, geniefürchtiger Mann war er. Ob ich die Textstelle: «Endlich bin ich mit der ‹Unvollendeten› fertig. Und jetzt auf zum Heurigen!» nur geträumt habe oder ob sie wirklich im Schauspiel vorkommt, weiß ich nicht mehr. Das Stück, viele Male en suite aufgeführt, wurde sehr gelobt von dem Musikkritiker, der es verfaßt hatte.

Noch nie ward ein armer Musikant so kontinuierlich geehrt wie Schubert hundert Jahre nach seinem Tode von seiner Geburtsstadt. Sie gab ihm sozusagen das ganze Jahr 1928 als Todestags-Geschenk. Die Pietäts-Industrie blühte, ungeachtet der miesen allgemeinen Wirtschaftslage. Sämtliche Behörden wurden an ihren Spitzen musikalisch. Es erschienen zahlreiche Schubert-Bücher, die sonst nicht erschienen wären, der Advokat Dr. K., der mit Backenbart und Brille Schubert so ähnlich sieht, empfing zahlreiche Glückwünsche, und keiner war, der in diesem Jahr eine Forelle aß, ohne daß ihm deren unsterbliche Vertonung durch den Sinn gegangen wäre. Das Schubert-Denkmal im Stadtpark wurde geradezu ein angesehenes Monument, die Seife mit dem «unabwaschbaren Schubertbild» – der Schmutz ging herunter, der Schubert nicht – kam in den Handel, und mit noch innigerem Schmelz als sonst erklang im Kino, wenn die verstoßene Frau durch den Schnee watete, oder der Geliebte Fliederblüten über den Wuschelkopf der Geliebten streute, die h-Moll-Symphonie. Die österreichische Münze gab einen Doppelschilling aus, der mit Schuberts Antlitz geprägt ist, dieses erschien auch in Teig, Leder, Holz, Porzellan, Metall, doch zu einer Zuckerbäcker-Spezialität wie Mozart, von dem die gefüllten «Mozartkugeln» sind, hat Schubert es nicht gebracht. Hierin wird das große Wien von dem kleinen Salzburg beschämt.

Nicht nur um der unsterblichen Werke willen hat die Stadt ihren Schubert ins goldene Herz geschlossen, sondern auch, weil er ein rechter Wiener war, mit Spitznamen und Dialekt, gemütvoll, leichtsinnig, die inkarnierte Liebe zu Wein, Weib, Gesang. Trotzdem hat er merkwürdigerweise, obgleich so tief in den Boden der Heimat verwurzelt, wohl Wiener Tänze geschrieben, aber kein einziges Wiener Lied, keine Melodie für die blaue Donau, für den Stefansturm, und nicht einmal vom letzten Abfall seiner Produktion kam etwas auf das fesche Wiener Madel oder den Grinzinger Wein. Vielleicht allerdings nur, weil es ihm an den rechten Textdichtern fehlte, wie erst eine spätere Kulturblüte sie gedeihen ließ.

Beim genialen Menschen ist es schon so, daß wohl die Heimat in ihm, nicht er, mit seinem höheren Leben, in der Heimat lebt. Das Genie ist Weltbürger, seinem Weltbürgertum gibt das engere Vaterland nur die Nuance. Mit Recht nennen deshalb alle Menschen, die Musik in sich haben, Schubert den ihren ... ebenso aber könnte man auch sagen: «Alle Menschen werden Wiener, wo sein sanfter Flügel weilt.» Alle verstehen ihn, denn die Kunst des armen Schullehrers «vom Himmelpfortgrund» redet die Muttersprache der Welt, die unbegreiflich begreifliche Sprache elementaren Gefühls. Schöne Namens-Fügung, die Schubert auf Erden an die Himmelspforte setzte! Wenn man wortspielerisch so sagen darf: sein Notenschlüssel öffnete sie.

Paderewski. d'Annunzio

SIE waren Künstler und wurden «Staatsmänner». Sie gehörten sich und gehören jetzt der Allgemeinheit. Sie vertauschten ihren Ruhm gegen Popularität. Sie geben das sonderbar parodistische Schauspiel einer Rückbildung Freier zur Unfreiheit. Sie scheinen durch das politische Plus, das sie ihrer Geltung als Künstler zugelegt haben, verringert. Paderewski, der Klavierspieler: ein Wunder. Ein Bezauberer und Bezwinger. Ein von eigenem Licht leuchtender Name.

Paderewski, der Präsident: eine künstliche Höhe. Eine Bedeutung ohne innere Bedeutung. Ein Goldpapierstern an einem Stoffhimmel.

Paderewski, der Künstler: von Gottes Gnaden.

Paderewski, der Präsident: von der Menschen Gnaden. Zufallsprodukt der Verhältnisse und Launen.

Paderewski, der Klavierspieler: eine Weltgröße.

Paderewski, der Präsident: eine Warschauer Nummer.

Der Präsident «bekleidet» eine Würde. Der Künstler hatte eine, die mit seinem Ich verwachsen war. Des Musikanten Haupt schmückte der Lorbeer, das des Präsidenten schmückt ein Zylinderhut mit angenähter Gloriole aus polnischem Messing. Dem Künstler huldigten der Geist, die Frauen, die Jugend; dem Präsidenten huldigen die Bürgermeister, die Gemeindevorsteher und der Obmann der Kaffeesiedergenossenschaft. Dem Musikanten beugte sich, gerne, das Herz der Menschen; dem Staatschef beugt sich, unmutig, ihr Rücken. Und «die Großen» der Erde belächeln den Präsidenten Paderewski, der, als er noch der Klavierspieler Paderewski war, ihre Größe belächeln durfte.

Der Fall d'Annunzio ist nicht minder sonderbar.

Kann dieser großartige Ausstattungs-Schreiber in der Politik, der er sich so brünstig hingeworfen hat, gleichen Aufwand treiben wie in der Poesie?

Seine Werke strotzen von Alabaster, Purpur, Brokat; himmlische und irdische Gluten durchschmelzen da einander in Farbenspielen; Jaspis, Blut, Bronze, Spezereien, Düfte, Liebe, Wollust, Falerner Wein horazischen Jahrgangs, Prunk italischer Sprache, Melancholie, Glorie, wie auch sonst die allerteuersten Sachen sind in seiner Dichtung zu einem Schatz gehäuft, dessen Anblick das Auge blendet.

Was kann ihm, gegen solche Üppigkeit, die Politik bieten? Statt des Zaubermantels eine Uniform. Statt des Fluges ad astra im Gegenteil einen nach Wien. Statt Eroberung der Welt (durch höhere Magie) Eroberung Fiumes (1 Handelsakademie, 1 Gewerbeschule, 8 Prozent jüdische Bevölkerung, Promenadeanlagen).

Ich möchte das Gesicht Paderewskis sehen, während ihm – etwa bei der Feier anläßlich der Eröffnung eines Mädchengymnasiums in Rżeżow – des Schuldieners schwarzhaariges Töchterlein die Ballade in G von Chopin vorspielt.

Verfall

Dem gefräßigen Österreich sind viele Zähne ausgebrochen worden, damit es nicht mehr beißen könne. Geblieben ist der mächtige Stockzahn Wien, durch und durch kariös. Das Email abgesprungen; die Wurzel faul; «die Krone» bekanntlich ganz und gar weg. Die Stadt zerbröckelt sachte, unaufhaltsam.

Die Häuser

Seit vielen Jahren gibt es keinen Nachwuchs. Keine neue Menschenwohnung, kein blankes junges Haus wächst aus dem unfruchtbar gewordenen Boden. Und die alten fügen sich ohne Widerstand in das Schicksal des Verwitterns und Vermorschens. Ihre Gesichter sind rissig, grau, wie zernagt von Schmutz und Tränen. Was schief werden kann, wird schief. Was rosten kann, rostet. In ärmeren Stadtteilen tritt an Stelle des Glases im Fensterrahmen Holzverschalung, in den ganz elenden Vierteln ersetzt Zeitungspapier die fehlende Scheibe. Farbe blättert ab, und Stuck zerbricht. Die schwebenden Gerüste an den Häusern, besetzt mit Männern, die schaben und pinseln und putzen, Pfeife im Mund und Papiermütze auf dem Kopf, sind nirgends mehr sichtbar. Kelle und Spaten haben Ruhezeit. Wie außen ist es innen. Von den Mauern springt der Mörtel, ohne daß ihm gewehrt würde, die Höhlung der ausgetretenen Stiegenstufen wird täglich tiefer, die Treppenlampen tun zerbrochen ihren matten, reduzierten Dienst, an den Türen baumeln halbe Namenstäfelchen, die Glockenzüge funktionieren nicht, auf den Gängen werden der Kacheln weniger, der Löcher mehr, und der Lift weigert seine Herz und Lunge schonende Hilfe. Wer ist heute in Wien so üppig, seine Zimmer frisch malen oder mit Tapete bekleben, seine Türen streichen, seinen durchlöcherten Fußboden flikken, für seinen baufälligen Ofen einen neuen setzen zu lassen? Alles ist abgenutzt, schadhaft, hinfällig, die Moral wie die Möbel. Es geht freilich auch so. Unser Herz hat viel zu sehr an den Dingen gehangen. Unser Leben war viel zu sehr Ausstattungsstück. Aber zwischen gar zu schäbigen Kulissen macht die Komödie doch keinen rechten Spaß.

Die Straßen

In den Asphalt haben Regen und Pferdehufe Löcher geschlagen, die Granitwürfel sind längst ein Stück nach unten oder oben aus der Ebene gewichen, in die sie der Pflasterergehilfe seinerzeit gebunden hatte. In weniger begangenen Straßen sprießt aus Steinritzen das Grün des Verfalls, Ruinengras, Friedhofsgras. Auf den eingezäunten, seit Jahren in Schlaf gebannten Bauplätzen wächst es meterhoch, und die Kinder spielen dort «Räuber und Gendarm» oder, wenn der Regen genug Pfützen spendet, «Dschungel». Staub und Kot wechseln miteinander ab, die Straßen zu vergewaltigen. Und der Wind, der von den dreihundertfünfundsechzig Tagen des Wiener Jahres dreihundertsechzig zu durchwehen pflegte –

urbs venenosa aut ventosa –, scheint noch um einiges hartnäckiger geworden. Das muß seinen mystischen Grund haben, mit der himmlischen Preisgegebenheit der Stadt zusammenhängen. Den Sozialdemokraten kann man in diesem Fall nicht gut die Schuld geben. Des Nachts werden die Straßen so weit erhellt, daß man merkt, wie finster sie sind. An hohen Masten schaukeln, seit langem blind, die Kugeln der Bogenlampen, leere Attrappen, vergessener Tand vom einstigen Lebensfest. Das Fuhrwerk rasselt, ohne Licht, auf eisen-, nicht gummibereiften Rädern daher, von Pferdegerippen oder stinkendem und rußendem Benzinersatz bewegt. Unrat, österreichisches Geld, Zeitungspapier und andere Nonvaleurs und Großstadtabfälle spotten des einsamen Straßenfegers, der sich manchmal schatzgräberisch bückt, ein zerkautes, weggespucktes Zigarrenfragment zu bergen. Das Geld läßt er liegen.

Kaffeehaus

Die Löffel sind aus Blech, die Servietten aus Papier oder gar nicht, die Teller von Sprüngen dicht genetzt, die Gläser an den Rändern schartig gezackt, die Messer locker im Griff, zu Dolchen schmalgeschmirgelt und stumpf wie Urwieners Geist. Die Tische wackeln greisenhaft, in ihren Tuchüberzügen klaffen Löcher, oder sie sind geflickt mit Zeug in allen Farben, erinnernd an Dorfbettelkinds Hose. In den Streichholzbehältern gibt es keine Streichhölzer, in den Brotkörben kein Brot, in der Zuckertasse klebt ein nasses Sacharinpillchen. Von den Schachfiguren fehlt die Hälfte, die verbrauchten elektrischen Birnen glühen ohnmächtig gelb, und der Samt der Stühle ist von allen im Café gebotenen Dingen das fetthaltigste. Das Telephon ist verdorben, die Zeitungen ausgeblieben, und dein Winterrock, den zu tragen du dich schämtest, von einem, der sich seiner nicht schämte, weggenommen worden.

Die Uhren

Die Uhren auf den Straßen, an Kirchtürmen und öffentlichen Gebäuden, gehen vor oder zurück oder gar nicht. Mancher fehlt das Zifferblatt, mancher ein Zeiger, mancher beide. Die, welche ein Schlagwerk haben, schlagen nach Laune. Die Zeit ist aus den Fugen, die Uhrmacher können nichts dafür. Die Einrichtung der nachts beleuchteten Uhren ist längst abgeschafft, und die kleinen Uhren an den automatischen Wagen längst in Rost und Staub erstickt. Hingegen gibt es noch, glaube ich, die Kontrollsteckuhren der Straßenbahn, die an den paar Tagen, an denen die Wagen mangels Kohlenmangels verkehren, Zeugnis von der bis auf die Minute genauen Einhaltung des Fahrprogramms geben. Die Uhren an den Wetterhäuschen der öffentlichen Gärten stehen still, die Barometer dort zeigen unveränderlich «Veränderlich», die Thermometer sind ausgeronnen, und die Hygrometer haben die Arbeit endgültig eingestellt. Wer, bitte, interessiert sich denn auch noch für unseren Feuchtigkeitsgehalt?!

Die Menschen

Die Menschen machen böse Mienen zum selbstverschuldeten Spiel. Ihre zerlöcherten Seelen sind mit Zeitungspapier verklebt wie die zerlöcherten Fenster der Vorstadt; und, schwankend im Winde gleich den Bogenlampen auf hohem Mast, träumen sie, leer und blind wie jene, von versunkener Herrlichkeit. Sie sind voll bitterer Verneinung einer Gegenwart, die die logische Folge einer von ihnen durchaus bejahten Vergangenheit ist. Sie sind zugrunde gegangen an dem, was war, und klagen, daß es nicht mehr ist. Jede Schaufel Erde, die auf den Leichnam fällt, dessen Fäulnis und Verwesung ihre Luft verpestet, fällt ihnen aufs Herz. Sie ziehen das Mirakel der Wiederauferstehung den Strapazen der Neugeburt vor. Sie sind stehengeblieben und unerleuchtet wie die Uhren der Stadt. Sie sind mit ihrem Übermut und ihrer Depression, ihrer

Lebenslust und ihrem Weltschmerz nicht nur Zeugen für den Verfall dieser Stadt, sondern auch Zeugen für solchen Verfalls strenge Logik und innere Notwendigkeit.

Die ewigen Sterne

Die ewigen Sterne über der Stadt sind in Ordnung. Die Schwingenspitzen des Schwans glänzen in alter Herrlichkeit, das W der Cassiopeia flammt in unverminderter Kraft, aus dem Gürtel des Orion ist kein Edelstein gebrochen, und glanzvoll aufgeschirrt, Räder und Deichsel von lauterem Gold, steht der große Wagen auf seinem Standplatz. Unser Sternenzelt ist noch intakt.

Von der anderen Kantschen Gewißheit, dem Sittengesetz in unsrer Brust, möchte sich das nicht so sicher behaupten.

Sechstagerennen

Über die Psyche des Sechstagerenners wissen wir wenig. Da tappen wir ganz im dunkeln.

Was geht vor in der Seele des unseligen Mannes, der, Planet geworden, eine Ewigkeit von sechs Tagen und sechs Nächten lang, immer wieder und wieder die vorgeschriebene gleiche Reise rundum tut? Wie vertreibt er sich die Zeit? Denkt er an sein fernes oder nahes Lieb? Klammert sich sein schwankendes Gefühl an den Rhythmus der Fahrt, wie das des gelangweilten Eisenbahnreisenden an den Rhythmus des Zuges? Ist ihm bitter zumute, philosophisch oder gar nicht? Wenn die Rufe der Zuschauer ihn hetzen, gibt sein Herz stumm die einzig passende volkstümlich-rauhe Antwort, oder murmeln seine Lippen sie in artikulierten Worten vor sich hin? Glaubt er, von überhöhter Kurve auf seinem Rade waagrecht in den Raum hängend, mit unerschütterlicher Frömmigkeit an die Zentrifugalkraft? Verwirren sich ihm nicht die Tage und Tageszeiten? Ach, indes er etwa «heute!» fühlt, ist es schon morgen oder noch gestern, und ohne daß er es merkte, wird Tag von Nacht, Nacht vom Tage überrundet.

Drei Stunden Schlaf, alle vierundzwanzig Stunden einmal, sind ihm vergönnt. Von dieser kärglichen Schlafgebühr kommt noch, ähnlich wie von der Gage Steuer und Krankenkasse, etliches in Abzug: die Zeit fürs Rasieren (keinem der Fahrer ist am Schluß der sechs Tage ein Bart gewachsen), für kleine und große Seite, für die Lektüre der wichtigsten Theaterkritiken und für derlei Kultur-Notwendigkeiten mehr, wie sie auch der schlichte Sechstagefahrer nur ungern missen mag. So recht erquickend dürfte der kurze Schlaf wohl nicht sein, denn indes der Körper ruht, windet der Geist, welcher nicht so leicht abzustoppen ist, gewiß unablässig weiter die furchtbare Ellipse, bzw. deren spirituelle Spur unterm Schädeldach.

Es wurde beobachtet, daß zuweilen Sechstagefahrer, während sie dahineilen die Bahn, auf ihrer Maschine schlafen. Schlafen, vielleicht auch träumen! Deshalb vermutlich, weil sie träumen, fallen sie im Schlaf nicht hinunter vom Rad . . . denn was anders könnten sie wohl träumen, als daß sie auf dem Rade sitzen und Sechstagerennen? Hier fließen wirkliche Welt und die Gaukelbilder von ihr, wie der Schlaf sie heraufbeschwört, in eins zusammen, und auf besonders signifikante Art erweist sich die Richtigkeit der wiederholt geäußerten Vermutung, daß das Leben ein Traum sei (Calderón), sowie auch umgekehrt (Grillparzer).

Für Speise und Trank verwenden Sechstagefahrer nur wenige Sekunden ihrer kostbaren Zeit. Sie nähren sich hauptsächlich von weichen Eiern, Volksgunst und sogenannten Punkten. Getränke werden ihnen von eigens hierzu bestellten Helfern während der Fahrt gereicht, in schmalen, metallischen Hohlzylindern, welche die Dahinjagenden, nachdem sie getrunken haben, trotz aller Hast und Erregung des Kampfes äußerst vorsichtig wegschleudern, achtend, keinen der Helfer auf den Kopf zu treffen. Ein Beweis, daß der selbstverständlichen Rauheit des Sportsmanns auch Zartgefühl ganz gut sich verbinden kann.

Nicht viel Geld vermutlich, aber dreieinhalbtausend Kilometer legen die Männer solches Sechstagerennens zurück. Ein weiter Weg! Umsäumt von den Charakterköpfen der Zuschauer, unter denen sich auch prominente Dichter und Schauspieler befinden, bietet er wenig landschaftliche Reize. Ist es schon erstaunlich, daß Menschen es aushalten, stundenlang dazusitzen und dem obstinaten Herumfahren der Radler zuzusehen ... was soll man erst zu der Unempfindlichkeit und Zähigkeit dieser Radler sagen, die immer wieder, viele hundert Male in der Stunde, vor denselben Gesichtern, unter denen sich, wie gesagt, oft auch prominente Antlitze befinden, vorbei müssen? Ist es da ein Wunder, daß selbst diese Kaltblütigen gelegentlich in Raserei verfallen und, als hetzte sie die Furie, dahinjagen? Sie tun das nicht, wie man uns einreden will, um die Konkurrenten zu überholen, sondern im hoffnungslosen Bemühen, den Anblick der Zuschauer loszuwerden.

Das Sechstagerennen mit dem Leben zu vergleichen, wird auch der Mindergebildete nicht umhin können. Die Ähnlichkeit zwischen beiden springt so heftig in die Augen, daß man diese schon krampfhaft schließen müßte, um jene nicht zu merken. Allerdings ist und geschieht kaum irgend etwas auf Erden, von dem nicht zu sagen wäre, das Leben sei wie es oder es sei wie das Leben, welches ja auch eben dieser seiner unvergleichlichen Vergleichbarkeit die hervorragende Rolle dankt, die es in der Literatur spielt.

Grüne Woche

HORAZ schrieb, für die oberen Klassen des Gymnasiums, unter anderm den Satz: beatus ille qui procul negotiis paterna rura bobus exercet suis. Zu deutsch: Glücklich jener, welcher, fern dem Kurfürstendamm, mit seinen Privat-Ochsen die väterliche Erde pflügt. In «väterlicher Erde» ist das Adjektiv besitzanzeigend, wogegen es in der geläufigen Wendung «mütterliche Erde» das nicht ist. Doch dies nur nebenbei.

Großstädter kommen selten in die Lage, mit ihren eigenen Ochsen zu pflügen. Darum gehen sie gern in die landwirtschaftliche Ausstellung «Grüne Woche», wo sie doch zumindest von Atem und Geruch jenes horazischen Glücks gestreift, von seiner Terminologie freundlich angerührt werden.

Die grüne Woche dauert zwei Wochen und erstreckt sich – du siehst, mein Sohn, zum Raum wird hier die Zeit – über vier Hallen, sowie etwas Freigelände. Im Freigelände wohnt eine herzige contradictio in adjecto, nämlich drei zahme Wildschweine. Durch die Hallen aber schwingen sich, schwer von Früchten tausendjähriger Mühe, von menschlichem Scharfsinn hochgezogen, alle Zweige bukolischen Lebens und Wirkens, und auch wem ihr Rauschen nichts Fachliches sagt, dem sagt es doch: Sommer! und singt ihm das hohe Lied von der mütterlichen Erde (siehe oben).

Das Erste, was den Besucher beim Eintritt in die Ausstellung, ganz wie beim Eintritt ins Leben, empfängt, ist die Milch. Sie hat, zu schließen nach den ihr geltenden Lob-Zitaten, die die Wände zieren, eine gute Presse. Auch viele milchige Verse stehen da, mit der Klammer des Reims sich festhakend in Ohr und Gemüt des Vorüberwandelnden.

«Am längsten währt die Ewigkeit,
Abrahmen ist 'ne Schlechtigkeit.»

Oder:

«Von der Wiege bis zur Bahre
Ist die Milch das einzig Wahre.»

Genauer müßte der Dichter eigentlich sagen: bis zur Bahre exklusive.

«Wie könnte der Mensch nur leben,
Wenn es nicht würde Käse und Butter geben.»

Pure Wahrheit. Die Konstruktion «wenn – würde» tut ihr keinen Abbruch und macht die Milch nicht sauer. Wunderlich berührt der Vers:

«Nur Fleiß und Zentrifugenkraft
Erhalten die Genossenschaft.»

Das ist reines Milch-Barock.

Bei so flüchtigem Rundgang wie dem meinen durch die Ausstellung bestimmt natürlich der Zufall, was an der Angel des Blicks hängen bleibt. Also können von der Fülle interessanter Gegenstände aus dem Bezirk der Landwirtschaft, wie ihn die grüne Woche weit erschließt, diese Mitteilungen keinen Begriff geben, um so mehr als auch viele Objekte da sind, die nicht eigentlich zur Landwirtschaft im engeren Sinn gehören, wie etwa Nähmaschinen (vermutlich hier vorhanden wegen der verführerischen Laut-Assoziation zu: Mähmaschinen), «Kein Aufbügeln der Hosen mehr nötig», Zigarren, Wochenend-Blusen und dergleichen mehr. In Erinnerung blieben mir: «das deutsche Ei», die praktischen Drehmöbel, welche gestatten, jedes Zimmer in einer halben Stunde in ein Schlafzimmer zu verwandeln, der Pflug, der zweihundertundfünf Stöße in der Minute macht, die Ausstellung des Vereins der Zeltfreunde Tegel unter dem wundervollen deutschen Motto: «Hier herrscht Ordnung im Walde», die Mädchen in ländlicher Tracht am Spinnrocken und der junge Mann bei ihnen, dessen Ziehharmonika die Arbeitenden mit Musik ölt und ihnen den Fleiß leichter macht; die appetitliche, saubere Nahrung, die ein modernes Schwein zu fressen bekommt, und von der man wirklich, nicht mit dem bittern Unterton, wie sonst oft in Berlin, nur sagen kann: ein rechter Schweinefraß! Was hätte mein Kind für Freude an der herzigen Bewässerungsanlage en miniature, oder an den vielen goldigen Küken, die, trunken von Wärme und noch ein wenig betäubt von dem überraschenden, ungewohnten Erlebnis des Lebens, durcheinanderpurzeln, Wollknäuel auf Füßchen, das Weichste vom Weichen, das Gelbste vom Gelben. Es gab 1927 einundsiebenzig Millionen Hühner in Deutschland, davon 50 Millionen zu Zucht- und Produktionszwecken, davon zehn Prozent Hähne, also 5 Millionen Hähne gegen 45 Millionen Hennen. Und sie schaffens doch! Die Halle II gehört ganz den Hühnern. Es scheint dort eine Prüfung gewesen zu sein, denn an den Käfigen hängen Tafeln mit «Sehr gut», «Gut», «Befriedigend». Manche Kandidaten haben gar keine Note bekommen, auf ihrem Täfelchen steht nichts, bekümmert sitzen sie da (was werden die Eltern zu Hause sagen?) oder fressen und exkrementieren in zynischer Gleichgültigkeit. Ich veranstaltete aus eigenem eine kurze Krähkonkurrenz, die mit Längen von dem Hahn Nr. 442 gewonnen wurde. Seinen rasiermesserscharfen Hahnenschrei übertönte nur, außer Konkurrenz, der «Uhu»-Schrei des jungen Mannes vom Ullsteindienst.

Laienbesucher (o, es gibt Dinge zwischen Saat und Ernte, von denen eure Schulweisheit sich nichts träumen läßt!), die, der Materie fremd, dem Anschauungsunterricht der Ausstellung nicht leicht zu folgen vermögen, können doch manches lernen von den vielen Schrifttafeln, auf denen Grundsätze der Landwirtschaft in prägnante Formeln gefaßt sind. Etwa: «Jedes gebildete deutsche Mädchen muß Maid gewesen sein», oder: «Ein großes, langes und breites Becken ergibt eine gute Beinstellung.» Das gilt von der Kuh, aber die Sentenz hat eine zarte Aura von Gültigkeit fürs Leben überhaupt, und es kann nicht schaden, sie im Gedächtnis zu bewahren. Weiß denn wer, wie und wohin ihn das Schicksal wirft, und ob solche Maxime nicht auch ihm irgendeinmal von hohem Nutzen sein kann?

Der Zeppelin

Vor länger als fünfzehn Jahren schon erklang, in der «Musteroperette» (von Polgar und Friedell), das Lied:

> «Zepp, Zepp, Zeppelin,
> Komm doch nach Wien!»

Jetzt erst ist er gekommen. Das heißt, einmal war er schon da, vor fünf Wochen, aber nachts, die Zeitungen nahmen das dem Dr. Eckener übel, denn «das verzeihen euch die Wiener nie, daß ihr um ein Spektakel sie betrogen» (Schiller, Friedrich von). Diesmal erschien das Luftschiff gegen 9 Uhr morgens, und alles verlief, wie es sollte. Worauf war die ganze Bevölkerung? Auf den Beinen. Was ließen die Leute? Ihre Beschäftigung. Und wo ließen sie sie? Im Stich. Einen ungewöhnlichen Anblick aber boten die vielen Menschen auf den Dächern. Sehr merkwürdig, solches Nebeneinander von Hausparteien, die doch sonst nur übereinander sind, in der Fläche. Aller nachbarliche Hader schwieg: auf dem Dach gab es keine Parteien mehr, nur noch Deutsche. Es sah aus, als wäre Überschwemmung, und die Menschen in die Höhe geflüchtet vor der steigenden Flut, und alle winkten heftig, damit die Retter sie bemerken. Greise und Kranke aber hatten sie, nach spartanischer Praxis, unten gelassen. Schade, daß das Luftschiff nicht auch das gespenstische Haus überflog, wo Ferdinand Bruckners «Verbrecher» wohnen. Es wäre so hübsch gewesen, zu sehen, wie alle den Dialog stehen und liegen lassen und auf das Dach klettern, dem Zeppelin Winke-Winke zu machen. In Wien wurde entschieden lebhaft gewunken, und das hatte etwas Rührendes. Solches Winken ist ja ein Musterbeispiel selbstlosen Untertauchens in ein Kollektiv, denn als Individuum von denen da oben bemerkt zu werden, kann doch der Winkende nicht hoffen, und also winkt er nur, um als winziger Summand in eine Summe einzufließen, als Tropfen ein Meer zu mehren, als dienendes Glied einem Ganzen sich anzuschließen (Goethe, J. W. von).

Als der Zeppelin über Wien surrte, lag ich morgenwachträumend noch im Bett und blieb, in meiner Eigenschaft als Schriftsteller, liegen, denn was könnte ich über den Zeppelin, der – das steht doch nun einmal tausendfach fest – einen majestätischen Anblick bietet, sagen, das nicht über ihn schon gesagt worden wäre, womit ihn vergleichen, wenn nicht wiederum mit einer Wurst, einem Walfisch, einer Zigarre, oder (psychoanalytische Ehrensache) mit einem Phallus?

Zwischen meiner braven Hausgehilfin und mir aber hat der Zeppelin Frieden gestiftet. Frau Sedlak ist ohne Fehler, bis auf einen einzigen: sie redet gern. Durch langjährige Übung habe ich es dahin gebracht, wohl zu hören, daß, aber nicht was sie spricht, und wenn der Tonfall ihrer Stimme jene leichte Krümmung annimmt, die den Interrogativsatz ziert, gebe ich einen unbestimmten Grunzlaut von mir, der «ja», «nein», «gut», «schön», «danke» oder so was heißen kann, ganz wie sie will. Kürzlich, an ihrem Namenstag, trat sie an mein, dank ihrer: reinliches Lager und sprach: «Ich hätte nur eine Bitte: daß mir der Herr antworten, wenn ich was sag'.» Wie bezeichnend für die Mentalität – auch solche schlichte Frau hat eine –, für das dialogische Bedürfnis der Guten, daß sie nicht sagte: «. . . antworten, wenn ich was frag'», sondern: «. . . antworten, wenn ich was sag'»! Nachdem sie mir die Bitte kundgegeben, wandte sie sich um, ging an ihre Arbeit, und redete seitdem kein Wort mehr mit mir. Das schuf einen Zustand zwischen uns, der seine Vorteile hatte, aber auch sein Unheimliches. Wir fühlten beide die Spannung, jedoch mit einer Charakterstärke, wie man sie oft gerade bei einfachen Naturen findet, widerstand meine alte Freundin all den vielen Versuchungen, den Mund aufzutun. An jenem gesegneten Morgen nun geschah es, daß sie, sie konnte nicht anders, es war stärker als sie, plötzlich in den Schrei ausbrach: «Der Zeppelin!» Es war wie in der «Judith» von Hebbel, wenn der Stumme mit einemmal die Sprache wiederbekommt, worüber die Juden ganz paff sind und (aber das ist schon aus der besseren «Judith», aus der von Nestroy) rufen: «Was ist das? Das Stummerl red't?!» – «Der Zeppelin!» schrie Frau Sedlak, und ich sagte «mmm», und ich sagte, er sähe aus wie eine Wurst, und ich sagte, «mmm», und so gab ein Wort das andere, die Spannung war gelöst, feiertäglich wurde uns zumute, obschon ein so gemeiner Donnerstag war, und der Zeppelin hatte wieder einmal seine Sendung erfüllt, zu verbinden und zu überbrücken.

Mittags erschien er nochmals über Wien, sein tiefes Dröhnen schleifte wie eine breite, weiße Schleppe durch die Stadt, wirbelte überall Menschen auf, fegte aus Zimmern an die

Fenster, aus Lokalen auf die Straße. Er bot einen majestätischen Anblick. Frauen winkten, analytisch orientiert, mit Taschentüchern, viele Leute sagten, er gliche einer Zigarre, andere wiederum meinten, er sähe aus wie eine Wurst. «Oder wie ein Walfisch?» ... «Ganz wie ein Walfisch!» (Shakespeare, William).

Der Weltmeister

Wir haben einem Weltmeister zuschauen dürfen, wie er meisterte. Cochet, dem besten Mann von allen, die auf Erden Tennis spielen. Er kam, wurde gesehen und siegte. Im Handumdrehen, wie man bei solchem Genie des Fore- und Backhand mit zwiefachem Recht sagen darf. Cochet ist ein reizender junger Mann, unkomödiantisch und bescheiden, ohne aufgetragene Zeichen und Mienen der Souveränität, dem Spiel hingegeben wie einer Sendung, die zu erfüllen er sich berufen weiß, und seiner Sache immerzu so sicher, wie ein Vogel immerzu sicher ist, daß er fliegen kann, weshalb auch beide, Cochet wie der Vogel, den Gegner seelenruhig nahe herankommen lassen: ein paar Schläge mit dem Flügel, beziehungsweise mit dem Racket, und sie sind fort. Cochet hat auch dieses mit einem Vogel gemeinsam, daß er an zwei Orten zu gleicher Zeit sein kann. So beweglich ist er. Niemals aber macht er eine überflüssige Bewegung, eine wunderbare Menge von Spann- und Willenskraft hat er in sich aufgespeichert und schaltet mit diesem Reichtum ebenso ökonomisch wie großzügig. Er spielt, als wäre der Kampf nur eine aufregende, bald mehr, bald minder gedehnte Formalität des Sieges. Tennis-Athene hält den Schild über ihren Liebling, darum bleibt er auch in der Not, also bei 0 : 40 im dritten Satz nach zwei verlorenen, so gelassen, als gähnte nicht einen Schritt vor ihm der Abgrund der Niederlage. Seine Transpiration, auch während des hitzigsten Gefechts, ist gering, bei Seitenwechsel zieht er – nichts ist bei einem Weltmeister unwichtig – die

Hose zurecht, seine Schuh- und Kragennummer ist 39, er hat daheim ein Sportgeräte-Geschäft, in seiner Kindheit war er Balljunge, mißlingt ihm ein Schlag, zuckt er durchaus nicht mit keiner, sondern mit einer oder mehreren Wimpern, gibt manchmal auch mit dem Racketrand dem Boden einen kleinen Streich, als wollte er sagen: o du Schlimmer!, aber das tut er wohl nur dem Publikum zulieb, das Reflexbewegungen bei Großen, Nerven bei Helden, Menschliches bei Weltmeistern gerne hat.

Die Zuschauer waren mit großer Ambition beim Spiel. Zu nett, wie die langen Reihen der Köpfe, als würden sie an einem Faden gezogen, mit dem Ball hin und her gingen, auch saßen zahlreiche hübsche Frauen in konziliianter Haltung auf den Tribünen, es gab so viel im Detail zu schauen, daß der Blick das Ganze gar nicht recht umfaßte; man sah gewissermaßen den Wald vor lauter Beinen nicht. So verlief das Fest des weißen Sports – schade, wegen des Farbeffekts, daß sich noch keine Neger offiziell an ihm beteiligen – durchaus harmonisch. Die Deutschen, treu ihrer jahrtausendalten kriegerischen Tradition, schlugen sich großartig, wehrten sich bis zum letzten Hauch von Mann und Frau, obwohl doch nur ein Spiel auf dem Spiele stand, das hohe Können siegte, der Tennisplatz wurde zum Treffpunkt der Nationen auf ihren Wegen zu Kraft und Schönheit, es gab Kampf ohne Streit, der Besuch stand auf der Höhe, weshalb auch die Sonne lachte, und die Sieger bekamen silberne Krüge, Trinkgefäße, Tassen. Die meisten Cochet. Was tut der Mann mit den vielen Bechern, die er so zusammengewinnt? Liebt er die stolzen Preise, wenn auch das Zimmer von Bechern überschäumt? Mama Cochet schlägt gewiß entsetzt die Hände über dem Kopf zusammen, wenn der Sohn jetzt wieder so beladen nach Hause kommt, und ruft: «Henry, teures Kind Weltmeister! Ich weiß ja schon nicht mehr, wo ich sie unterbringen soll!»

Wie sieht es innen aus in solchem Unbesiegbaren? Wie lebt es sich auf einer Höhe, von der es kein Höher gibt? Wie fühlt sich ein Tennisweltmeister im Zimmer, im Wasser oder in sonst einer der vielen Lebenssituationen, in denen sein besonderes Können – einen Tennisplatz hat man ja nicht immer bei sich – virtuell bleiben muß. (Besser dran in dieser Hinsicht sind etwa Weltmeister im Kunstpfeifen.) Gewiß, auch Weltmeisterschaften haben ihre Unbequemlichkeiten . . . aber ein tolles Gefühl muß es schon sein, in irgendwelchem Bezirk menschlichen Tuns, und sei es auch nur Tennis, gar niemand neben, alle unter sich zu wissen, als Spitze einer Pyramide zu ragen, deren Basis fünf Erdteile berührt.

Mit Bewunderung nennt des Weltmeisters Namen, wer ein Racket schwingen kann. Das sind zahllose. Denn viele tausend Meilen Tennisnetz spannen sich über die zivilisierte Erde, täglich, stündlich umhüpfen Millionen kleiner Bällchen den großen Ball, die Kinder schon, zumal jene aus sogenannten guten Häusern, lernen Tennisspielen (wie sie früher Klavierspielen lernten, bis Grammophon und Radio den Unfug abschafften), auch die Alten, die das Spiel niemals gespielt haben, sagen, weil sie sich sonst schämen müßten, in ihrer Jugend hätten sie's gespielt, sogar Börsenbesucher und Lyriker treiben Tennis, denn es ist ein Sport ohne Gefahr, die Gegner kommen einander körperlich nicht nahe, zumindest nicht auf dem Tennisplatz, die Bewegungen, welche das Spiel erfordert, sind schön wie Flügelschlag und Raubtiersprung, das weiße Kostüm ist kleidsam, die Terminologie bezaubernd, der einzige ästhetische Nachteil, der bei beharrlichem Tennis sich einstellt: Verdickung des Handgelenks, wird mehr als aufgewogen durch sicheren Fettverlust, und selbst Nichtspieler können es bei diesem Sport zu etwas bringen, zum Linien-, vielleicht gar zum Schiedsrichter! Oder zum Balljungen, von denen jeder, seit Cochet, den Weltmeistertitel im Tornister trägt.

Sexual-Reform

In London tagte der Internationale Kongreß für Sexualreform.

Ausgezeichnete Frauen und Männer, denen das Wohl der Menschheit am Herzen und im Sinne liegt, kämpften da gegen die dummen, kurzsichtigen, mehr Unheil stiftenden als verhütenden Gesetze, mit denen der Staat das Geschlechtliche reglementieren will, besprachen und berieten überdies, wie die Menschen durch Aufklärung, Rat, Fingerzeig und Gebrauchsanweisung dahingebracht werden könnten, ihr Sexuelles richtig zu führen (so daß sie der Gesetze, die es von außen her ordnen wollen, überhaupt nicht mehr bedürfen), wie man ihnen helfen könnte, sich zurechtzufinden im turbulentesten Bezirk des Lebens, wo so viele Wege und Abwege durcheinander laufen. Es wird sozusagen, im zwiefachen Sinn des Wortes: eine Verkehrs-Regelung angestrebt, die sich um so notwendiger erweist, als das Einbahnstraßenprinzip der Ehe nicht ausreicht, peinlichste Verwirrungen hintanzuhalten.

Die Tätigkeit des Kongresses mündete in vortrefflich gefaßte Resolutionen. Beruhigend ist, daß mit dem Kongreß die Kongreßmaterie sich nicht verflüchtigte. La sexualité continue.

Im Mittelpunkt der Beratungen stand die Frage der Sexualerziehung. Das Herumtaumeln im Irrgarten der Sexualität muß aufhören. Aber um sich dort nicht zu verlaufen, wäre es vor allem notwendig zu wissen: was ist Sexualität.

Nach einer treuherzigen Definition: «die Gesamtheit der Triebe und Bedürfnisse im Organismus, die zur Vereinigung mit einem Wesen anderen Geschlechts drängen». Diese Begriffsbestimmung ist etwas knapp. Sie reicht nicht hin für die Fülle der Varianten und Verkleidungen, in denen jene Triebe sich gefallen.

Unangreifbar definiert das Konversationslexikon: «Sexuell: auf das Geschlechtsleben bezüglich (siehe dieses).»

Was Sexualität sonst noch ist, läßt sich ganz einfach mit wenigen klaren Worten sagen. Etwa so:

Eine Naturkraft, ein übersubstantielles Etwas, eine autonome, dem Willen unzugängliche, höchst schmerzlich-lustvolle Spannung im Nervensystem, ein Fluidum, das die organische, vielleicht auch unorganische Welt durchdringt und für deren Zusammenhalt so notwendig ist wie etwa die Gravitation, ein wesentlicher Teil des Lebens, von welchem Teil eine kühne Lehre fast behaupten möchte, er wäre größer als das Ganze, ein himmlischer Fluch sowie ein teuflischer Segen, lastend auf allen Sterblichen, ein starkes Licht am Wege, so stark, daß wir gar nichts sehen und in die irrste Irre stolpern (eine Führerrolle, die der Sexualität vom Geiste, aber ohne Erfolg, streitig gemacht wird), das Alpha und Beta der Liebe, ob auch ihr Omega, darüber gehen die Meinungen auseinander, ihre höchste Kraft und tiefste Ursache, die Pointe, aus der alle ihre Anekdoten wachsen, das sinngebende und zerstörende Prinzip in ihr (also beiläufig das, was die Flamme für die Kerze ist, die von ihr gekrönt und aufgefressen wird), der kräftigste Faden im Gewebe, in das Kunst, Kultur, Mode ihre wunderlich-bunten Muster sticken, die Mitspielerin, wo immer wir Schönes als schön, noch mehr, wo wir Häßliches als schön empfinden, die Sprache, in der das Tier und der Gott im Menschen sich miteinander verständigen, und zwar glänzend.

Dieses also wäre zu regeln, diesem Dämon die Dämonie auszutreiben, in das Chaos, das er schafft, Vernunft zu bringen und Ordnung in die erhabene Unordnung seiner Mittel und Zwecke, die so mörderisch und kreativ sind wie die Schöpfung selbst, so wenig durchschaubar wie der Zweck des Daseins überhaupt, so verwickelt wie die Knoten, mit denen Natur und Geist, Leib und Seele, Tod und Leben ineinander gebunden sind.

Als Tagungsort des nächsten Kongresses für Sexualreform dürfte Moskau oder Wien ausersehen werden. Wo der Kongreß des Jahres 2029 stattfinden soll, ist noch nicht bestimmt.

Bestimmt ist, daß er einem unübersehbaren Komplex von Fragen gegenüberstehen und in vortrefflich gefaßte Resolutionen münden wird.

Nicht für es gebaut

Ein Mann in Berlin, der weder Obdach noch Geld hatte, sah sich, als es Nacht wurde, genötigt, einen Entschluß zu fassen. Auf der Straße bleiben, ambulant, im Winter, das wäre über seine Kräfte gegangen. Freunde, die ihm Unterkunft gegeben hätten, besaß er nicht. Betteln oder Stehlen könnte mit dem Gesetz in Konflikt bringen. Also vielleicht gleich hin zur Polizei? Aber so etwas ist immer riskant, auch wenn man ein tadelloses Kerbholz hat. Armut und Polizei vertragen sich nicht gut miteinander (diese ist ja hauptsächlich zu dem Zweck da, um vor übermütigen Einfällen, auf die jene kommen könnte, zu schützen), zwischen beiden besteht eine natürliche Abneigung wie zwischen Ratte und Hund, Auge und Faust, Phantasie und Vorschrift.

Wo findet man nun aber nächtlicherweile, mit Umgehung der Polizei und ohne Freunde, ohne Geld ein Dach überm Kopf?

Für den Großstädter kommen da verschiedene Örtlichkeiten in Betracht:

1. Die in den Straßen aufgestellten Telephonhäuschen (Fernsprechstellen). Sie schaffen wohl durch ihre trauliche Enge eine Art von Stübchen-Illusion, sind aber unbequem, und man kann jeden Augenblick gestört werden.

2. Die öffentlichen Bedürfnisanstalten bzw. jene ihrer Abteilungen, die der männlichen Bevölkerung umsonst zur Verfügung stehen. Auch hier ist, besonders im Karneval, auf halbwegs gesicherte Schlafruhe nicht zu rechnen.

3. Die Warteräume in den Bahnhöfen. Es ist klar, daß diese Lokalitäten als Nachtquartier weitaus den Vorzug verdienen vor den früher genannten.

Das sagte sich auch der Mann, von dem hier erzählt wird, und verfuhr danach. Schüchtern von Natur aus und in seinen Ansprüchen so mäßig, wie Leben und Not sie gemacht hatten, wählte er keineswegs einen der pompösen Bahnhöfe, wo zu großartig langer Fahrt gestartet wird, und die erfüllt sind von Welt und Ferne, also nicht etwa den Anhalter Bahnhof oder den in der Friedrichstraße, sondern einen schlichten, bescheidenen Bahnhof, den Potsdamer, von dem es knapp bis Erkner geht.

Im Warteraum dritter Klasse legte sich der Asylist auf eine Bank und erwartete den Schlummer. Jedoch bevor dieser kam, kam ein Bahnbediensteter und wies den zweifelhaften Fahrgast – der in der Tat nicht als Fahrgast, sondern als das strikte Gegenteil eines solchen angesehen werden mußte, insofern er ja nicht nur nicht, um wegzufahren, sondern geradezu, um dazubleiben, den Warteraum aufgesucht hatte – wies also das fragwürdige Menschenkind aus dem Bahnhof, nicht für es gebaut. Der Einwand des Fortgewiesenen, er hätte durchaus keine andere Bleibe, traf ins Leere, rief aber einen Schupo herbei, der in das friedliche Gespräch etwas Amtshandlung einmengte. So kam der Vagabund doch zu einem Nachtquartier. Auf der Polizeistation.

Nicht umsonst! Denn hinterdrein wurde er von einem ordentlichen Gericht mit acht Tagen Arrest bestraft. Wegen Hausfriedensbruchs. Begangen durch den Versuch, im Bahnhofwartesaal zu nächtigen.

Das ist ein Lesebuch-Stück aus unseren Tagen. Es sollte in den niederen Schulen durchgenommen, sein Inhalt von den Kindern in der Form a) der direkten, b) der indirekten Rede wiedergegeben, und an ihm der Scharfsinn der Knaben erprobt werden durch Fragen wie: «Was hätte jener Mensch, um zu einem Nachtquartier zu kommen, tun sollen?» oder: «Welche sittliche Nutzanwendung ist aus der vorgetragenen Erzählung zu ziehen?» oder: «Welchen Einfluß auf die Charakterbildung des Mannes dürfte jenes Erlebnis gehabt haben?» Auch an Themen für den deutschen Aufsatz – mit

Verwendung klassischer Zitate – wäre die Erzählung nicht unergiebig. Es kämen da in Betracht etwa: «Heil'ge Ordnung, segensreiche (Friedrich v. Schiller)», ferner: «Am Abend schätzt man erst das Haus (Joh. Wolfgang von Goethe)». Und besonders, für die reifere Jugend, das Thema: «Verurteilung eines Obdachlosen wegen Hausfriedensbruchs, weil er im Bahnhofswarteraum nächtigen wollte» oder: «Urteil, du flohst zum blöden Vieh! (Shakespeare)».

Mr. Wallace ist für die Prügelstrafe

Mr. Edgar Wallace ist berühmt sowie ein reicher Mann geworden durch Kriminal- und Detektivgeschichten, die er in großer Zahl und mit verblüffender Leichtigkeit von sich gibt. In diesen Geschichten werden äußerst komplizierte Missetaten schlechter Menschen durch äußerst komplizierte Gegenzüge guter Menschen vereitelt oder zumindest aufgedeckt und der Bestrafung zugeführt. Es geschehen in solchem Wallace-Buch ganz unerklärliche Dinge . . . bis zum letzten Kapitel, in welchem dann die bitter entbehrten, durch ihr Fehlen überaus erregenden Zusammenhänge sich offenbaren, Stück für Stück, und die Kausalität lieblich aufgeht wie der Vollmond, im Leser so selige Entspannung auslösend, ein solches Glücksgefühl des Endlich-Verstehens, ein so lustvolles «Aha!», daß man fast von einem geistigen Orgasmus sprechen könnte.

Mr. Wallace raucht Pfeife, meistens aber Zigarette in langer Papierspitze. Diese fehlt selten zwischen den Lippen des Verfassergesichts, das die Titelseite der Wallaceschen Bücher belebt. Ein glattes, kühles Herrengesicht, tingiert mit etwas Gemütlichkeit in sehr verdünnter Lösung.

Von diesem Schriftsteller, dem Verkürzer der Bahnzeit, vor dessen Wort die Stunden zu Minuten schrumpfen, dem Erzeuger schlafloser Nächte, aber auch gleichzeitigem Hinweghelfer über sie, von ihm sind wir Überraschungen gewohnt. Es kommt in seinen Büchern auf der folgenden Seite immer anders, als die vorhergehende, wenn man so sagen darf, denkt. Aber eine größere Überraschung hat er seinen Lesern nie bereitet als jetzt durch den Artikel in einer Berliner Zeitung, in dem er seinen heftigen Abscheu vor Verbrechen und Verbrechern Wort werden läßt und sich als leidenschaftlicher Anhänger der Prügelstrafe, wie sie in englischen Gefängnissen noch Brauch ist, bekennt. Mit Entschiedenheit spricht Mr. Wallace sich für die «Katze» aus. «Es handelt sich», sagt er humorig schmunzelnd, «nicht um die häusliche Mieze, das glatte, egoistische unliebenswürdige Biest, sondern um die Katze mit den neun Schwänzen, von der Hand eines Gefängniswärters geschwungen und so gefürchtet wie die Schlinge des Galgens.»

Kürzlich sprang in London ein Räuber, der Zimmermann Spiers, zu fünfzehn Peitschenhieben verurteilt, auf dem Weg zum Vollstreckungsort über die Treppenbrüstung in die Tiefe und brach das Genick. Das erzählt Mr. Wallace selber: um seinen Enthusiasmus für die Prügelstrafe zu begründen. Denn es muß doch eine wahrhaft zulängliche und gute Strafe sein, vor der die Verbrecher in den Tod flüchten. Gar nicht nett von Mr. Wallace, sich so gehässig zu einer Menschenkaste zu stellen, der er Ruhm und Besitz verdankt, und dafür einzutreten, daß ihr die Erdenhölle möglichst heiß gemacht werde.

In den «Daily News» berichtet ein Mann, der zum Geprügeltwerden verurteilt worden war, über seine Empfindungen während des Strafvollzuges:

«Der Arzt, der Lehrer, der Oberaufseher, der Direktor, alle waren zugegen. Auch sämtliche Aufseher vom Dienst. Ich blickte ihnen ins Gesicht und gewahrte kein Mitleid. Ich sah zu dem Arzt hin: sein Antlitz war steinern. ‹Schnallt ihn an!› Es war der Direktor, der sprach. Zwei Aufseher faßten mich und stießen mich auf den Apparat. Zwei andere fesselten meine Füße. Der Oberaufseher hatte die Uhr in der Hand und zählte: Eins! Da brüllte ich los, was meine Lungen hergeben wollten, der Schreck hatte mich überwältigt, meine Nerven versagten, ich war halb verrückt. Der Aufseher, der schlug, hatte sich Rock und Weste ausgezogen. Er schwang die Peitsche immer zweimal über den Kopf, bevor er sie, mit aller Kraft, auf meinen fleischlosen Rücken niedersausen ließ. Meine Augen schlossen sich, und Blut kam aus dem Mund, denn ich hatte mich vor Schmerz auf die Zunge gebissen. Dann gab es eine kleine Pause; ein anderer Aufseher nahm die Peitsche. Er war neu in diesem Handwerk und traf mich fürchterlich in die Seiten. Als er fertig war, hatte ich nur den einen Wunsch: zu sterben.»

Diese Art Strafe also ist Mr. Wallace ans sogenannte Herz gewachsen. «Ich habe es erlebt, daß in Old Bailey, dem Londoner Schwurgericht, Verurteilte dem Richter weinend anboten, lieber sieben Jahre abzusitzen, als mit der Katze bearbeitet zu werden.» Eben deshalb, weil die Verbrecher eine so tierische, entsetzliche Angst vor der Katze haben, hat Mr. Wallace eine solche Sympathie für sie, denn «die Bestrafung eines Verbrechens ist ohne Sinn, wenn sie nicht gleichzeitig als Abschreckungsmittel dient. Prügeln ist roh, Hängen ist roh . . . aber die Roheit kann gerechtfertigt werden, wenn sie die Wirkung hat, für die sie ausersehen wurde.» Nicht einzusehen, warum dann Mr. Wallace es bei Prügeln als Abschreckungsmittel bewenden läßt. Wenn die Gesetzesverächter schon vor der Peitsche solche Angst haben, was für eine hätten sie erst vor dem Augenausstechen, vor einem bißchen Geschunden- oder Gebranntwerden, Abschreckungsmitteln, die gewiß noch entschiedener als Prügel «die Wirkung hätten, für die sie ausersehen wurden». «Die wahre Genesung», formuliert knapp und fein der Dichter, «kann in gewissen Fällen nur vom Chirurgen kommen, dessen anderer Name hier Henker oder Auspeitscher ist.»

Haben Sie sich Mr. Edgar Wallace so vorgestellt? Ihn, der es als seinen Beruf erkennt, Übeltaten größten Stils zu erfinden und ihre Schlauheit mit Schlauheit ins Idiotische zu steigern, der die gruseligsten Verbrechen am laufenden Band für den laufenden Band herstellt, Mörder, Räuber, Canaillen aller Art dutzendweise aus dem Handgelenk schüttelt, der nach dem Wahlspruch schafft: durch Kriminalität zur Popularität, ihn, für dessen Beliebtheit zahllose von seinem Odem erweckte und von seiner Phantasie üppigst aufgepäppelte Schufte schuften, der das Verbrechen braucht wie einen Bissen Einfall, ihn, den mit Auflagen gesegneten Kriminal-Erzähler, den Schreiber von Büchern, deren Absatz in geradem Verhältnis steht zur Schwärze und Gerissenheit der in ihnen verübten Halunkereien? Dachten wir ihn nicht gütig, den Mann mit der langen Zigarettenspitze, den Verbrechern milde gesinnt, schon um ihrer Art-Verwandtschaft willen zu den Kindern seines eigenen Geistes, und daß sie «Onkel» zu ihm sagten, und es kein Weihnachten gäbe in den Gefängnissen des Erdballs, an dem ihnen nicht von Mr. Wallace beschert würde als kleiner Dankeszins vom Kapital, das er aus ihrer Zunft herausschlägt?

Aber Mr. Wallace ist für die Katz.

Manche sagen, sie hätten das schon längst, ehe er es öffentlich bekannte, aus seinen Büchern herausgespürt.

Die Gerechten

Der Mordprozeß Bauer in Wien – welcher so spannend ist, daß er die Wiener von ihren politischen Miseren ablenkt – zeigt die justizübliche Erscheinung: Staatsanwalt und Vorsitzender Schulter an Schulter gegen den Angeklagten. Dieser, der es nicht getan haben will, hat das Glück, einen rechten fighter, wie es in der Sport-Sprache heißt, als advokatorischen Beistand zu haben. Der Doktor Schönbrunn, das muß man schon sagen, verteidigt seinen Klienten, wie der gerne zitierte angeschossene Eber sich. Vorsitzender und Staatsanwalt aber haben nicht viel Freundschaft übrig für Herrn Bauer, und es sieht ganz so aus, als läge dem Staatsanwalt mehr an seinem Sieg als an dem der Wahrheit. Nun, das ist menschlich, das ist zu verstehen. Ein Angeklagter, der seine Schuld leugnet, widerspricht ja der Meinung des Anklägers, will dessen Logik, Scharfsinn, Witterung nicht gelten lassen ... und das kann der Zehnte nicht vertragen. Eben durch diesen ärgerlichen Widerspruchsgeist macht der Mensch sich auch unbeliebt bei dem Herrn Vorsitzenden, der, das ist zuzugeben, sowohl die belastenden wie die entlastenden Aussagen beleuchtet, diese mit dem Lämpchen, jene mit dem Scheinwerfer. Auch erwacht ja immer, besonders im Indizienprozeß, allmählich so etwas wie Jagdlust in den Funktionären des Gerichts, um so stärkere, je schlauer und geschmeidiger das Wild sich der Verfolgung zu entziehen versucht. Wie gesagt, das ist zu begreifen, Menschen, Menschen, also Unmenschen, sind wir alle, und überdies, wenn einer auch nur unter dem Verdacht schwerer Übeltat steht, so wirft das schon einen Schatten auf ihn, der seinen Charakter schwärzt. Allein schon, daß man ihm zutraut, er könnte das Schlimme begangen haben, schwächt furchtbar seine moralische Position und erhöht die des untadeligen Anklägers so sehr, daß dieser sich schon ganz energisch zusammenreißen muß, um jenen als Geschöpf, aus gleichem Stoff hergestellt wie er selbst, anzusehen und zu behandeln.

Die Antipathie gegen den Angeklagten, weil er das ist, erscheint also bei den Herren vom Gericht etwas Selbstverständliches. Warum aber betun sie sich so in Tugend und Edelsinn und Reinheit, wenn, ganz im allgemeinen, Moralisches zur Sprache kommt, wenn die sittlichen Bestände des Individuums, das zwischen Justizsoldaten sitzt, gemustert werden? Eine Musterung, die, vernimmt man hinzu die Erläuterungen der Prüfer im Amtstalar, auch im besten Fall, nämlich im Fall der Nichtschuld des Beschuldigten, das Resultat ergeben wird, es sei unwahrscheinlicher, blankster Zufall, daß der Angeklagte die Tat, die er nicht begangen hat, nicht begangen hat. Vorsitzender und Staatsanwalt sind immer ganz fassungslos vor Staunen und Entsetzen, wenn bei solcher sittlichen Inventur sich zeigt, daß aus Gemeinem der Mensch gemacht ist, und daß, einer zu sein, an sich schon der schlechtesten Leumundsnote gleichkommt. Entfernte nicht, um bei Schiller zu bleiben, eine Höhe, eine Würde die Vertraulichkeit, der Inkulpat möchte die Herren, die über ihn Gericht halten, wohl gerne fragen, ob denn die Substanz, aus der sie gemacht sind, Asbest sei und insbesondere, ob sie denn dort unten, in Gegend der Taille, wo andere den Teufel haben, ein Engelchen hätten. Welches Kopfschütteln, Empörtsein, Nichtbegreifenkönnen, wenn zutage kommt, daß der Angeklagte Fehler hat und Laster, daß er von Kopf bis Fuß auf Sünde eingestellt ist und zuweilen Dinge begeht, die kein Heiliger auf sich sitzen lassen dürfte! «Sie sind also ein Mann», rief der Staatsanwalt im Bauer-Prozeß, «der imstande ist, gleichzeitig zwei Frauen zu lieben!» Es schauderte ihn sichtlich beim Blick in solchen Abgrund, und hätte man ihn geschüttelt, Grausbirnen wären heruntergefallen. Wahrlich, keine geringen seelischen Schocks sind es, die ein reiner Staatsanwalt in solchem Prozeß erlebt. Tief betroffen muß er da erkennen, wie mangelhaft die Menschen sind, insbesondere Angeklagte, wie sehr geneigt, in ihrem Wandel von der Linie der Untadeligkeit abzuweichen, kurz wie ganz anders, als der liebe Gott und der Staatsanwalt die zweibeinige Kreatur sich gedacht haben. Ein Mann, der gleichzeitig zwei Frauen liebt! Hätte jemand so etwas dem Herrn öffentlichen Ankläger vor der Verhandlung erzählt, er würde es nie und nimmer geglaubt haben. «Warum machen Sie so ein enttäuschtes Gesicht? Haben Sie den Prozeß verloren?» – «Den Prozeß noch nicht», antwortete düster der Staatsanwalt, «aber meinen Kinderglauben.»

Mörderdummheit

Der Übeltäter R. ist sehr rasch erwischt worden. Allerdings, den Kragen, bei dem die Polizei ihn bald hatte, ließ er selbst am Tatort zurück, im Hotel, wohin er geflüchtet war, meldete er sich treuherzig unter seinem richtigen Namen und, kaum über der Grenze, schrieb er auch schon der Mutter einen Brief, eine Art Stimmungsbericht, telephonierte ihr noch überdies. Der Brief erreichte sein Ziel nicht, das Telephongespräch kam auch nicht zustande, aber sowohl von jenem wie von diesem erfuhr die Behörde. Und so war der Gesuchte schon gefunden, ehe er noch wußte, daß er überhaupt gesucht würde.

Der junge Verbrecher, als man ihn festnahm, hatte in den Taschen Berliner Journale, in denen über seine Tat berichtet war. Keine Zeitung erzählte von jenem Fund, ohne hierbei mit leisem Stolz sich als jene Zeitung zu nennen, die der Mörder in der Tasche gehabt hatte. Man muß die Feste feiern, wie sie fallen.

Daß R. es der Polizei so leichtgemacht hatte, wurde ihm als Beweis von Unintelligenz angekreidet. Besonders der Brief an die Mutter und die wiederholten Versuche, sie telephonisch zu erreichen, hatten eine schlechte Presse. Da zeigte sich, hieß es, das auch für schlaueste Verbrecher typische jähe Aussetzen der Vernunft, die charakteristische «Mörderdummheit», die den Übeltäter selbst das Garn knüpfen läßt, in dem er sich fängt. In der Tat, vom Standpunkt des R. waren Brief und Telephongespräch eine verhängnisvolle Dummheit. Was aber hieß ihn diese Dummheit begehen? Was verleitete ihn zu ihr? Welcher Regung folgte er da? Einer menschlichen. Er hatte das Verlangen, ein Wesen, das ihm nahestand und um sein Schicksal bangte, zu beruhigen. Er war einen Augenblick lang nicht böser Verbrecher, sondern guter Sohn. Er dachte, als er den Brief schrieb und zum Telephon ging, nicht an sich selber. Wenn man so sagen darf: das Herz machte ihm einen Strich durch die Rechnung des Kopfes.

In seine Mörderdummheit – viele Kriminalfälle erweisen das – stolpert der Verbrecher, weil er nicht konsequent Scheusal, nicht ganz und gar und rundherum niederträchtig bleibt. Daß seine Schlechtigkeit nicht komplett ist, wird ihm zum Verderben. Der Rest von besserem Menschentum, der in ihm steckt, macht ihn blöde. Dann sorgt er, statt nur um sich, auch um andere, läßt etwa der Geliebten, läßt den Freunden von der Beute zukommen, erinnert sich des Nächsten, kümmert sich um Mutter und Familie, gibt, was er wahrscheinlich nicht dürfte, Empfindungen der Anhänglichkeit, der menschlichen Verbundenheit oder dergleichen nach – kurz, verrät den Teufel, dem er sich durch seine Tat verschrieben hat, an den lieben Gott, der den Verräter sogleich der Polizei verrät.

Mit anderen Worten: die Mörderdummheit kommt in den Mörder hinein bzw. tritt aus ihm heraus, weil und wo sein Egoismus nicht fugendicht schließt. Die lichten Stellen in seiner schwarzen Seele sind es, die der Rache Strahl den Weg weisen. Der Rest von Menschentum, den der Unmensch noch in sich hat, trübt seine klare Erwägung. Und indem er das erste und höchste Gebot aller Immoralität mißachtet: nur und ausschließlich an das eigene Wohl zu denken, begeht er seine besondere Sünde wider den Geist. Daß es auch dem ausgepichten Bösewicht schwerfällt, ein geschlossener, absoluter Bösewicht zu sein, daß auch der schlechteste Kerl in irgendwelcher Beziehung ein guter Kerl sein mag und muß, gibt den Verfolgern ihre große Chance.

Gilt nicht für die Tat überhaupt, was für die Untat gilt? Begeht nicht eine mörderische Dummheit, ist nicht geliefert, ausgeliefert, wer, zu edlem oder bösem Zweck Übergewöhnliches unternehmend, dem sogenannten Gemüt erlaubt, in das Diktat der Vernunft hineinzupfuschen? Auch die gute Tat kommt am sichersten zum guten Ende, ist am besten geschützt durch den vollkommenen Egoismus des Täters. Der sittliche Zwiespalt wird hier durch den Trick gelöst, daß Mensch und Werk sich miteinander identifizieren.

Andacht und Erschütterung

Die Sixtinische Madonna hat in Dresden ihr eigenes Kabinett. An der Wand dem Bild gegenüber: ein Bänkchen. Dort sitzen die Anschauer, in konzentrierter Bereitschaft zur Ergriffenheit, und bemühen sich, einen ursächlichen Zusammenhang zwischen dieser und dem Gemälde herzustellen. Tiefe Stille. Es fällt keine Stecknadel, woher sollte auch eine fallen?, aber wenn sie fiele, würde man es sprichwörtlich hören. Die Andächtigen schauen nicht nur, sondern lauschen auch. Sie verharren unbeweglich, als könnte das Geheimnisvolle, das von dem Bild zu ihnen strömt, durch jeden lauteren Atemzug verscheucht werden. Es ist im Raum die Spannung einer spiritistischen Séance. Ein wenig auch, wenn der profane Vergleich erlaubt ist, die Stimmung der Schwitzkammer im Dampfbad. Wie dort der Körper widerstandslos sich der Heißluft hingibt, die ihn groß transpirieren macht, so hier die Seele dem Kunstwerk, damit es ihr den gleichen Dienst erweise.

In dem vornehmen Pariser Hotel gibt es, zwischen Halle und Speisesaal, ein Zimmer, dessen geladene Atmosphäre sehr an jene in der Stube der Sixtinischen Madonna erinnert. In zwei Reihen sitzen andächtige Männer und Frauen, oder eigentlich Herren und Damen, den Blick festgesaugt an der Wand ihnen gegenüber. Kein Wort wird gesprochen, nur zuweilen weht ein schwaches Flüstern durch die Reihen. Manche, die auf den Stühlen keinen Platz mehr gefunden haben, nehmen stehend an dem Gottesdienst (denn so etwas Ähnliches wird hier zelebriert) teil, die Rückwärtigen auf den Zehenspitzen, um über die Köpfe vor ihnen hinwegzusehen. Lautloses Erscheinen und Verschwinden. Silence religieux. An der Wand, die alle Augen so magisch fesselt, ragt eine schwarze Tafel, drei Meter hoch und mindestens doppelt so breit, mit Zauber-Chiffren bedeckt. Vor ihr gleitet auf unhörbaren Sohlen ein Mann, in Sweater und Hemdsärmeln, von rechts nach links, von links nach rechts. Er ist an einem langen Draht befestigt, der in den Kopfhörer um des Mannes Haupt mündet, und hält Schreibkreide zwischen den Fingern, mit welcher er, Stimmen von irgendwoher folgend, die der Kopfhörer ihm zuraunt, immer neue Zeichen auf die von Zeichen starrende Tafel malt. Bisweilen setzt er sich nieder, still auf neue Erleuchtung harrend, und jedesmal, wenn er sich erhebt und an die Tafel schreitet, zittert eine Welle der Erregung über die Gesichter der Gläubigen.

Andacht und lautlose Erschütterung wie vor der Sixtinischen Madonna! Nur wirken beide hier, vor den amerikanischen Börsennotierungen, entschieden echter als dort, obwohl das Kolossalgemälde der New Yorker Kurse (in dem Pariser Hotel) ziemlich kunstlos und nur weiß auf schwarz gemalt ist. Die Perspektive allerdings ist großartiger als bei Raffael.

Schädigende Wirkung der Kunst

St. Wolfgang, das altertümliche Städtchen am Wolfgangsee, ist ein bezaubernder Ort, weich gebettet in lauter Natur, deren großartige Traulichkeit alle bösen Regungen des Herzens sänftigt, ausgenommen jene der Liebe, der Habgier, des Geltungstriebs, des Neides und der Schadenfreude. Unnatürliches darf man auch von der Natur nicht verlangen. Im Sommer kommen viele Menschen und noch mehr Leute nach St. Wolfgang, derzeit wenig Wiener, weil sie kein Geld haben, meistens Reichsdeutsche, die auch keines haben, aber kommen. St. Wolfgang besitzt ein paar eminente Sehenswürdigkeiten: den Pacher-Altar, Emil Jannings und das «Weiße Rößl». Drei hervorragende Nummern: das ist imponierend für so einen kleinen Ort, der kaum 500 Meter über dem Meeresspiegel liegt. Den Pacher-Altar brauche ich nicht zu rühmen, wer ihn gesehen hat, spricht mit Begeisterung von ihm, wer ihn nicht gesehen hat, kann ohne Risiko ebenso tun. Von Jannings erzählen, das hieße Fische in den Wolfgangsee tragen. Und das «Weiße Rößl», europabekannt schon durch den Schwank Oskar Blumenthals, hat im Jahre 1930 durch die seinen Namen weithin posaunende Revue Weltberühmtheit erworben. Keinem zweiten Hotel der Erde wurde jemals solche Reklame zuteil wie dem «Weißen Rößl» durch das Schau-Spiel, das von ihm handelt. Sogar in London, um nicht zu sagen: sogar in Albions Metropole, weiß jedes Kindchen zu singen von der Gastwirtschaft am lieblichen Wolfgangsee, und selbst der Chinese, soweit er unter englischem Einfluß steht, malt mit zitternder Hand die Wirtin vom «Weißen Rößl» und den Oberkellner Poldi aufs Glas.

Erstaunlich ist es nun, daß diese Propaganda dem Hotel nicht genützt, sondern geschadet hat. Und zwar deshalb, weil die Gäste, insbesondere die aus Berlin, die mit den Bildern der Revue in der Tasche oder zumindest in der Seele nach St. Wolfgang kommen, schwer enttäuscht sind von der Diskrepanz zwischen dem in der Kunst gespiegelten und dem wirklichen «Weißen Rößl», zwischen dem Leben und Treiben dort, wie sie es auf der Bühne sahen, und dem Leben und Treiben, wie es sich in der St. Wolfganger Realität abspielt. Die Landschaft im Original kann sich mit jener von Prof. E. Stern nicht vergleichen. Statt langbeiniger Girls, schmetterlingsbunt, die schwirren, bedienen Kellnerinnen in Schwarz, die sich abrackern. Sie bringen die Suppe nicht in fröhlichem Chor, stellen das Rindfleisch ohne taktmäßige Exerzitien auf den Tisch und schwingen beim Einkassieren nicht das Tanzbein, sondern ein abgenagtes Stümpfchen Bleistift. Sie haben keinen Rhythmus und nur wenig sex-appeal. Wo bleibt die rosige, von Seide und Reschheit starrende Wirtin, wo der Oberkellner, der auf «Guten Tag» mit einem charmanten dreistrophigen Couplet und etwas Abtanz erwidert? Wo die Dirndln, die im Großen Schauspielhaus truppenweise durch und um das «Weiße Rößl» flatterten? Die paar, die man sieht, sind sommerlich eingekleidete Damen aus Sachsen. Und ausgezogen ist gar niemand, abgesehen von den Leuten, die gerade baden. Kein Aufmarsch der Holzknechte, Fischer, Bauern mit mehrstimmigem Gesang. Ach, wie sehen diese Eingeborenen aus, die bei Charell doch zum Abschlecken waren! Und was sind gegen Charells Monumental-Felsen die Berge hier, gegen seine Scheinwerfer über St. Wolfgang die Sonne über eben diesem, gegen seine stimmungsvollen Gewitter jene, die der Himmel an Ort und Stelle zu bieten hat? Kurz: das vom nachgebildeten Wolfgang noch trunkene Auge wird vom faktischen ernüchtert, du fällst aus den Wolken, in die Charell erhob, und der unauslöschlich in die Erinnerung gebrannte song: «Im Salzkammergut – da kann man gut – lustig sein!» wechselt in unzufriedenes Moll hinüber.

Es ist bestimmt in Gottes Rat, daß alleweil die Wirklichkeit gegen die Vorstellung von ihr (um im rauhen Theaterjargon zu sprechen) abstinkt. Nun erst gegen eine Vorstellung, wie sie das Große Schauspielhaus vermittelt. Da sieht man die Gefährlichkeit der Kunst! Indem sie das Leben heftig sublimiert, bewirkt sie, daß dessen Wahrheit, ja selbst dessen schöne Wahrheit noch uns bitter enttäuscht.

Das Zünglein an der Waage

DIE Journale verschiedenster Parteirichtungen sind darin einig, daß im neu gewählten preußischen Landtag die Kommunistische Partei das Zünglein an der Waage ist. Ich benutze den Anlaß, um Zweifel an der Richtigkeit dieses bildlichen Ausdrucks vorzubringen, prinzipielle Zweifel, ganz abgesehen von den Schwierigkeiten, die es im besonderen Falle macht, sich etwas so Massives wie eine Partei, und noch dazu die Kommunistische Partei, als Zünglein vorzustellen. Mit der Wendung vom Zünglein will gesagt werden, daß, um bei dem aktuellen Beispiel zu bleiben, die Kommunisten, je nachdem sie auf diese oder jene Waagschale sich setzen, bestimmen können, nach welcher Seite hin die Waage sich neigen soll. Von ihnen also hängt die Entscheidung der Waage ab, aber von dem Zünglein an dieser, mit dem sie verglichen werden, hängt gar nichts ab, es hat auf besagte Entscheidung nicht den geringsten Einfluß, es zeigt sie nur an. Wenn der Preußische Landtag als Waage betrachtet wird, so sind die Landtags-Parteien die, rechts und links ziemlich gleich verteilten, Gewichte, und die Kommunisten jenes Gewicht, durch dessen

Hinzutun eine der beiden Seiten das Übergewicht bekommt. Aber sie sind nicht das Zünglein an der Waage, das wohl gestattet, den Wäge-Effekt abzulesen, doch durchaus nicht imstande ist, diesen hervorzurufen oder auch nur im geringsten zu beeinflussen. Die Rolle des Züngleins hätte etwa das Abstimmungsprotokoll. Das Zünglein an der Waage ist eine mißbräuchliche Sprachwendung, und die Ausrede, es handle sich um eine Metapher – Ersetzung des Bewegenden durch ein von ihm Bewegtes – nicht stichhaltig. Wenn ich dadurch, daß ich noch ein Scheit Holz in den Ofen lege, bewirke, daß die Temperatur im Zimmer einen bestimmten Grad erreicht, so kann ich doch nicht gut sagen, das Scheit Holz sei der Quecksilberfaden im Thermometer. Vor Jahren richtete die Wiener Wochenschrift «Die Wage» an ihre Leser ein Rundschreiben: «Was wünschen Sie von der ‹Wage›?» Fast alle, die antworteten, wünschten gar nichts von der Waage, sondern nur etwas von deren Zünglein. Ich erwähne das bloß als Beispiel einer korrekten sprachbildlichen Verwertung des so oft metaphorisch falsch gebrauchten Züngleins an der Waage.

Von oben

Mittwoch abends landeten die beiden amerikanischen Weltflieger Griffin und Mattern in Berlin. Sie blieben, da sie raschestens weiter wollten, nur ganz kurze Zeit hier, während dieser, nachdem sie sich gesäubert und Kaffee getrunken hatten, vor allem mit Öl und Benzin beschäftigt. Dennoch fand Mr. Mattern Gelegenheit – ein Zeitungsmann verschaffte sie ihm –, etwas von seinen Eindrücken über Berlin zu erzählen. Das «über» ist hier auch und vorwiegend lokal zu verstehen.

Mr. Mattern also äußerte sich kurz, aber durchaus günstig. Er gab an, Berlin hätte ihm von oben sehr gut gefallen.

Da kann man, bei aller Genugtuung über solches Lob, nur sagen: Kunst! Das glauben wir gern, daß die Stadt von oben einem gefallen kann. Es ist sozusagen die Ideal-Einstellung für den Betrachter. Von seinem höheren Standpunkt, beziehungsweise Flugpunkt aus, sieht er sofort, daß alles in weiter und umfassender Totalität vorhanden ist, was zu einer schönen großen Stadt gehört, und daß diese liegt: sowohl hingebreitet wie auch eingebettet. Häuser ohne Zahl stehen nebeneinander und einander gegenüber, wodurch sie Straßen bilden, welche kreuz und quer ziehen und sich oft zu Plätzen ausweiten. Tausende von Dächern ergeben langgestreckte hügelige Formationen, in denen Rundes und Kantiges reizvoll wechselt, Türme weisen spitzfingrig zum Himmel, aus den Schornsteinen weht Rauch, der sich kräuselt, viel Metallisches blitzt in der Sonne, und ein Fluß ist auch da, nach altem Brauch wie ein Band durch die Stadt geflochten, welches Band der Fern-Beschauer mit einigem guten Willen als silbern perzipieren kann. Viele Wägelchen rollen durch die Einschnitte zwischen den Häuserlinien, manchmal krachen sie zusammen, aber von oben sieht man das kaum, Figürchen wimmeln in Menge, daß viele von ihnen nur wimmeln, weil sie nichts andres zu tun haben, stört den ästhetischen Eindruck des Gewimmels nicht, und daß die Figürchen gelegentlich aufeinander schießen, ist aus so verklärender Distanz nicht zu merken. Übrigens gehört das nicht eigentlich zum Stadtbild. Dieses stellt sich von oben durchaus angenehm dar. Strafanstalten stehen, aus ein paar hundert Meter Höhe betrachtet, so herzig da wie sonst welche Menschen-Nester, Friedhöfe bilden pittoreske grün-weiße Kleckse, und der Rauch aus dem Krematorium flicht nicht minder als der aus herrschaftlicher Küche feine Fäden ins Gewebe, das als Dunstschleier der Stadt Berlin wie jeder großen Stadt so kokett zu Gesichte steht.

Kurz, Berlin hat Mr. Mattern beim Hinunterblicken gefallen, und demgemäß war sein Urteil über die Stadt, wenn auch von oben herab, sehr freundlich. Zu bewundern ist jedenfalls die Geistesgegenwart, mit der der ermüdete Mann, der eben in neunundzwanzig Stunden von New York nach Berlin geflogen war (wobei er so viele Orte und Gegenden von oben zu sehen Gelegenheit hatte!), doch, obschon nur den Rekord im Herzen und im Sinn, daß er also doch imstande war, Eindrücke von Berlin zu empfangen und diese Eindrükke in einem lapidaren Satz zu formulieren. Ein wenig kränkend bleibt, daß er dem Interviewer kein Wörtchen der Anerkennung über die schicke Berlinerin gesagt und auch Max Reinhardt gar nicht erwähnt hat. Aber bei solcher Hetzjagd um die Welt herum sind derlei kleine Unterlassungen verzeihlich.

Ein stolzes Mädchen

Ich sah das stolze Mädchen kürzlich im Film, als Tochter einer feudalen Familie, die es sich schon längere Zeit nicht mehr leisten kann, so groß zu leben, wie sie lebt, aber es sich doch beharrlich leistet, denn die Verheiratung der Tochter mit dem steinreichen wenn auch wenig reizvollen Mann, der ihre Hand begehrt, wird ja alle materiellen Schwierigkeiten fortschaffen. Nun liebt das Mädchen jenen Mann aber nicht, sondern empfindet Zuneigung zu einem Kunstmaler, und da die Mutter mit schweren Worten darauf besteht, es müsse den Millionär heiraten oder das brüchige, feudale Haus krache zusammen und mit ihm stürze auch sie, die Tochter, in Not und Kümmernis . . . da also blitzt das Mädchen die Mutter aus Augen, in denen unnachgiebig adliges Menschentum funkelt, nur so an, spricht kein Wort mehr, eilt auf ihr Zimmer, verstaut dort hastig ein paar seidene Kombinaisons und das Notwendigste an Schmuck in ihr Saffianköfferchen, wirft achtlos, ohne auch nur in den Spiegel zu gucken, den Nerzmantel über die zarten Schultern und verläßt das elterliche Heim. Sie findet vorläufig Unterschlupf bei der Freundin, die ein Atelier hat, wo schon wenige Tage hernach ein rauschendes Fest stattfindet, auf welchem der Kunstmaler . . . usw. usw. Die Geschichte endet gut, dreieinig kehren Ehre, Geld und Liebe wieder in das feudale Haus zurück. Zu so freundlichem Schluß aber nach so bösem Anfang wäre der Film nie gekommen, hätte nicht in seiner Mitte das stolze Mädchen eben stolz gehandelt. Wie es das Geld verschmäht, das ist ein großer Augenblick. Er weckt, in jeder Vorstellung, nervöse Rührung, die den Zuschauern Aug' und Hände feuchtet.

Es wäre der jungen Dame aber zu sagen, daß sie sich auf die noble Haltung, die sie bekundete, ja nichts einbilden solle! Es wäre ihr der edle Standpunkt, den sie da einnahm, klar zu machen. Etwa so:

Liebes Kind! Wir haben in Ergriffenheit mitangesehen und -gehört, wie du ohne Zögern und Überlegen, ohne auch nur mit einer deiner kunstvoll verlängerten Wimpern zu zucken, die Zumutung der Mama, einen Millionär um seiner Millionen willen zu ehelichen, ablehntest und, das elterliche Haus fliehend, dich ins Fragwürdige und Ungewisse einer besitzlosen Existenz stürztest. Aber frage dich doch einmal, woher dir denn die seelische Potenz wurde, die solche Haltung ermöglichte! Sie kam dir aus deiner langen, vollkommenen Geschütztheit vor jederlei Nötigung, klein, schäbig, berechnend zu sein, und diese Geschütztheit verbürgte dir der Reichtum, dessen Segen auf den zwanzig oder fünfundzwanzig Jahren deines Lebens geruht hat. Dir also Gesegneten flogen dank ihm die Tugenden des Kopf-hoch-Tragens, des Stolzes, des Selbstbewußtseins so leicht zu wie, dank deiner Mademoiselle und deiner Miss, das Französische und Englische, und wie du Tennis lerntest, Tanzen und Rassekunde, Klavierspielen und Skilaufen, Kunstgeschichte, Pferde- und Wellenreiten, so gewannst du spielend (gleichsam als selbstverständlichen Zinsertrag deines heiter illustrierten Daseins) Gefühl des Ich-Vertrauens, Gefühl deiner Wertigkeit und Würde. Vor den Blitzen des goldenen Schwertes, die deinen Wandel überleuchteten, flohen die Gespenster gemeinen Lebens, und nie kamst du in die Lage, das Fürchten vor ihnen zu lernen, du Tapfere. Als Produkt all' der Erniedrigungen und Demütigungen, die das gnadenvolle Geld von dir fernhielt, floß dir das Hochgemute zu, das uns an deiner Haltung (etwa wie du die Mutter abfallen ließest) so ergriff. Die Gewohnheit des auf Wunsch und Wink rundum Bedientseins ließ dich, auch im bessern Sinn des Wortes, eine Herrin werden. Als natürliche Frucht der Freiheit, die der Reichtum dir sicherte, reifte deine seelische Freiheit, und dem Gelde, in dessen Hut du geübt warst, dir nichts zu vergeben, dir nichts gefallen zu lassen, aufrecht zu bleiben, wo der Arme zusammenknickt, diesem Gelde bist du für die moralische Kapazität verpflichtet, die du dann ihm selbst gegenüber bewährtest! Das Geld, du Süße, hat den Menschen aus dir gemacht, der die sittliche Kraft aufbringt, sich nichts aus Geld zu machen. Das Geld, das dir erlaubte, so empfindlich zu werden gegen alles Gemeine, hat deine Empfindlichkeit geschärft auch gegen das Gemeine in ihm selbst, aus dem Gelde, das deinen Lebensboden düngte, erwuchs dir die Charakterstärke, es zu verachten. Also zeigst du dich eigentlich sehr undankbar gegen deinen Wohltäter, deinen Züchter und Bildner und Schutzengel all' die Jahre glückhafter Jugend hindurch. Und man könnte es dem von dir verratenen Gelde wahrlich nicht übelnehmen, wenn es spräche: «Oh, welche Schlange habe ich da an meinem vollen Busen genährt . . .!»

Aber das Geld, wie gesagt, erwies sich nicht als nachträgerisch. Es kam wieder, die Jungfrau schloß mit ihm einen neuen Bund, und wenn sie sich nicht zu künstlerischem Ehrgeiz verleiten lassen, werden beide noch manch' lukrativen Film mitsammen drehen.

Sonne, stehe still

Im ungarischen Abgeordnetenhaus gilt eine Bestimmung, derzufolge die Sitzungen am gleichen Tag, an dem sie begonnen haben, enden müssen. Es kann und darf also keine über zwölf Uhr nachts hinaus dauern. Nun geschah es aber in vergangener Woche, daß der Ministerpräsident Gömbös mit einer, politisch bedeutsamen, Parlamentsrede erst zu später

Stunde begann – die Mitternacht zog näher schon – und bald merken mußte, daß die noch verfügbare Sitzungszeit viel früher zu Ende sein würde als er mit seiner Rede. Diese abzubrechen und ein andermal fortzusetzen, das kam aus irgendwelchen Gründen nicht in Frage.

Was also tun?

Auf der einen Seite die zwingende Notwendigkeit, noch und jetzt den Abgeordneten zu sagen, was gesagt werden mußte – auf der anderen die unumstößliche Bestimmung der Geschäftsordnung, das Gesetz, dem nicht zu gehorchen für den obersten Hüter der Gesetze, den Regierungschef, natürlich ein Ding der äußeren und inneren Unmöglichkeit war.

Aus diesem Zwiespalt fand man folgenden genialischen Ausweg.

Punkt zwölf Uhr nachts wurden alle Uhren im ungarischen Abgeordnetenhaus abgestellt, und es blieb im Parlament bis auf Widerruf zwölf Uhr! Die Zeit stand still, aber die Rede des Ministerpräsidenten ging weiter, und er hätte noch lange, er hätte (in diesem Fall ist die gebräuchliche Wendung zwiefach am Platz) bis «jo reggelt» sprechen können, ohne gegen die Bestimmung, daß eine Sitzung spätestens um 12 Uhr nachts enden müsse, zu verstoßen.

Ein wahrhaft witziger Ausweg aus scheinbar unentrinnbarem Dilemma.

Etwas Ähnliches ist nicht mehr dagewesen, seit Josua, damals auch in Zeitnot, die Sonne vor Gibeon hatte stille stehen heißen. Wie die Mitglieder des ungarischen Reichstags über die Differenz zwischen der obstinaten Zeitangabe der Parlamentsuhr und jener ihrer Taschenuhren verstandesmäßig hinwegkamen, wie sie, was die Uhr im Sitzungssaal zeigte, in Einklang brachten mit dem, was die nahen Turmuhren, die profanen sowohl wie die kirchlichen, schlugen, darüber wird nichts berichtet. Vermutlich hielten sie es, bibelfest, mit dem Römerbrief XII, 11, wo geschrieben steht: «Schicket euch in die Zeit!»

Es ist schade, daß, was da im ungarischen Parlament gelang, im gemeinen Alltagsleben so schwer praktiziert werden kann: nämlich eine Tatsache dadurch zu ändern, daß man das Instrument, welches sie anzeigt, entsprechend beeinflußt. Wie schön wäre es etwa, könnte man das Fieber eines Kranken dadurch herabsetzen, daß man diesem ein Thermometer in die Achselhöhle klemmte, welches bei siebenunddreißig Grad unbedingt stehen bliebe. Wie angenehm wäre das Recht auf blauen Montag einfach dadurch erlistet, daß man das Kalenderblatt vom Sonntag erst am Dienstag abrisse.

Wunderlicherweise gab für die Anwendung solcher Methoden die Rede des ungarischen Ministerpräsidenten selbst ein ausgezeichnetes Beispiel. Er pries nämlich in ihr die Errungenschaften des Dritten Reiches, sagte unter anderem, Hitler hätte die Hoffnungen der Deutschen erfüllt. Also tat der Ministerpräsident ganz wie die Parlamentsuhr, die angab, was anzugeben aus irgendwelchen Gründen sie genötigt war, wenn auch ihre Angabe zur objektiven Zeit-Wahrheit in ganz und gar unversöhnlichem Widerspruch stand.

Alles in Ordnung

Auf rumänischer Bahnstrecke geschah nach offizieller Meldung folgendes: Der Schaffner eines Schnellzugs entdeckte, als er während der Fahrt die Billetts prüfte, einen Schwarzfahrer, einen Arbeitslosen, der keinen Cent in der Tasche hatte, also auch keine Karte bis zur nächsten Station lösen konnte. Mit diesem Mann nun machte der Schaffner, wie die Meldung sagt, «kurzen Prozeß»: er warf ihn aus dem Zug. Der Hinausgeworfene blieb mit gebrochenen Gliedern liegen, und der zunächst daherkommende Train fuhr ihm Arme und Beine ab. Basta. Die Meldung fügt diesem Tatbestand nichts hinzu. Wir erfahren, was dem Schwarzfahrer, nicht, was dem Schaffner geschah. Handelte er nach seinem Dienstreglement? Möglich. Da der unbefugte Passagier nicht zahlen konnte, durfte er nicht mitreisen, den Zug aber anzuhalten, das wäre eine fahrplanwidrige Eigenmächtigkeit des Schaffners gewesen, die er, pflichtgetreu, sich nicht leisten durfte. So warf er also den Mann hinaus. Dessen Pech, daß nach einem erbarmungslosen physikalischen Gesetz in jedem, einen bewegten Gegenstand plötzlich verlassenden Stück Materie die Bewegung, an der es teilhatte, sich in Kraft umsetzt, und daß ein menschlicher Körper es nicht verträgt, mit der Kraft, die der Schnelligkeit eines fahrenden Eilzugs entspricht, auf den harten Erdboden geschleudert zu werden. Bleiben wir bei dieser teuflisch nüchternen Betrachtung des Falles, denn jede andere müßte zur völligen Verzweiflung an einer Welt führen, in der derlei geschieht, trocken berichtet, mit anderen Zeitungsnotizen im gleichen, keine Sekunde Halt machenden Augenflug gelesen und im nächsten Moment schon wieder vergessen wird. Wenn man will, hat die Sache einen Symbolwert. Setzt man nämlich statt des Schnellzugs den rasenden Zug des Lebens, statt des Schaffners das Gesetz «umsonst ist nichts» (der Arbeitslose kann auch im Symbol der Arbeitslose bleiben), so ergibt der Vorfall ein sehr signifikantes Bild vom Schicksal des armen Mannes, der ohne Geld mit will. Er fliegt hinaus, bricht die Glieder, wird überfahren und verwandelt sich hernach in eine Zeitungsnotiz, über welche irgendein sentimentaler Betrachter dann wieder etwas in der Zeitung schreibt.

Weiße Tiere

(Dem Negus gewidmet)

WEISSE Tiere muten wie eine wunderliche Laune der Schöpfung an, die doch die riesige Mehrheit ihrer tierischen und pflanzlichen Wesen zwingt, Farbe zu bekennen.

Die Wissenschaft erklärt das Weiß der weißen Tiere gewöhnlich als Degenerationsmerkmal, wenn sie es nicht als ein Produkt der Anpassung deutet, wie bei den Tieren der arktischen Regionen, zum Beispiel bei den Eisbären. Freilich: die

Pinguine und die Seehunde, die auch schon ein paar Jahrmillionen dort oben, respektive dort unten leben, sind nicht weiß. Das spricht aber keineswegs gegen die Lehre von der Anpassung, sondern nur für den höheren Intelligenzgrad der Eisbären, die, den Verhältnissen ihres Lebensbezirkes Rechnung tragend, sich ein Eisbärenfell zulegten. Die ahnungslosen Seehunde blieben dunkel, präsentieren sich also dem Jäger schwarz auf weiß und werden deshalb massenhaft erschlagen. Nur ganz wenige von ihnen finden als Ballspieler in Varietés einen Posten.

Alle weißen Tiere haben auch charakterologisch einen Zug ins Absonderliche. Ein wenig sind sie, was sie scheinen: Fabelwesen. Weshalb sie auch in Legenden, Sagen, Sprichwörtern eine hervorragende Rolle spielen.

Da wären, um ein paar der bekanntesten Spezies der weißen Tierklasse zu nennen, zum Beispiel die weißen Mäuse. Wir wissen von ihnen, daß sie der Biologie und Bakteriologie als Versuchstiere unschätzbare Dienste leisten und als Haustiere umherziehender Drehorgelspieler, besonders in Italien, jedermann gegen zehn Centesimi ein Zettelchen ziehen, das ihm die Zukunft und drei glückhafte Lotterienummern verkündet. Ihre eigentliche Popularität aber verdanken die weißen Mäuse der ihnen geheimnisvoll anhaftenden Fähigkeit, auch wenn sie nicht da sind, von konsequenten Schnapstrinkern doch gesehen zu werden.

Literaturbekannt sind die weißen Pferde aus Rosmersholm, die immer erscheinen, wenn einer sterben muß. Überhaupt: wo Dichtung und Sage von einem Geschehnis berichten, in dem Pferde eine Rolle spielen, sind diese Pferde weiß. Lady Godiva, die nackt durch die Straßen ritt, weil ein übermütiger Sieger nur unter dieser Bedingung die Stadt schonen wollte, ritt auf einem weißen Pferde. Alle Berittenen im Märchen, besonders Königssöhne, kommen grundsätzlich nur auf Schimmeln daher. Weiß ist auch der mythische Verwandte des Pferdes, das Einhorn, und nicht unerwähnt darf bleiben das «fahl' Pferd» der Apokalypse, um so mehr als das Gerücht geht, es sei letzthin aus seinem Stall ausgebrochen. Empfindliche behaupten, sie spürten bereits das Zittern der Erde unter dem Hufschlag des unheimlichen Quadrupeden.

Sehr beliebt, wenn auch nicht häufig anzutreffen, ist das weiße Schaf. Es zeichnet sich dadurch aus, daß es nie allein vorkommt, sondern immer nur «unter». Wenn man sagte: «Dieser Kritiker ist ein weißes Schaf», so wäre das eine Beleidigung. Sagt man aber: «Dieser Kritiker ist ein weißes Schaf unter den Kritikern», so bedeutet das ein Lob. Das Pendant zum weißen Schaf ist der noch viel seltenere weiße Rabe. Er ist der berühmteste Vertreter der Gattung «rara avis», und wer ihm begegnet, kann von Glück sagen.

Weiße Elefanten trifft man auch nicht gerade oft. In Siam sind sie das vornehmste Verkehrsmittel – sie spielen dort gewissermaßen die Rolle, die bei uns ein Rolls-Royce spielt – und zeugen, wie dieser, für die guten ökonomischen Verhältnisse ihrer Besitzer. Auch in Europa kommt der weiße Elefant vor, aber nur als Hotel.

Weiß sind fast alle heiligen Tiere: die weiße Hündin, der weiße Stier, die weiße Katze, die weiße Schlange. Der weiße Hirsch kommt in vielen Balladen vor, überdies auch in einem Einzelexemplar in der Nähe von Dresden. Wer sich ihm anvertraut, magert ab.

Das erstaunlichste weiße Tier aber, unergründlich in seiner Niedertracht, Stärke, Bosheit, ist jenes Tier, das von den farbigen Völkern der weiße Mann bzw. die weiße Frau genannt wird. Dieses Tier verbreitet, wohin es kommt, Schrecken und Zivilisation, vermehrt sich rapid und könnte, dank der ihm angeborenen Schlauheit und Frechheit, sogar seinem Schöpfer gefährlich werden, wenn seine verschiedenen Spezies nicht die unaustilgbare Gewohnheit hätten, von Zeit zu Zeit einander aufzufressen. Von diesem Tier, seinen Wundern und Abscheulichkeiten, könnte man jahrhundertelang erzählen und würde nicht fertig. Deshalb erzähle ich lieber gar nichts von dem grausigen Geschöpf, auch schon deshalb nicht, weil ich ihm gegenüber befangen bin.

Sie ist nicht umzubringen

Sowjetzeitungen rufen die russische Jugend, in der eine gefährliche Unsitte aus überwundener Epoche wieder einzureißen droht, zur Ordnung. Es tritt nämlich in Kreisen dieser Jugend das unzeitgemäße Phänomen der Liebe wieder auf. Nicht nur Selbstmorde aus Liebe sind zu verzeichnen, sondern bei manchen Jünglingen ist der Rückfall in bürgerliche Barbarei schon so weit gediehen, daß sie Liebesgedichte verfertigen. Nun ist allerdings nicht zu bestreiten, daß die Liebe wohl vermag, auch starke Charaktere von Aufgaben, Arbeit, Pflichterfüllung, kurz von nützlicheren Beschäftigungen abzulenken. Und gewiß taugt sie nicht dazu, die Seele des Menschen so zu verhärten, daß aus ihr eine Waffe für den politischen und sozialen Kampf geschmiedet werden kann. Solche Waffen aber braucht der total-radikale Staat in nie genügender Menge, und es ist zu verstehen, daß er ergrimmt gegen alles, was ihm in seine psychische Rüstungsindustrie hineinpfuscht. Trotzdem verlieben sich die jungen Russen genau so, wie's ihre unaufgeklärten Väter und Großväter taten, und schreiben Liebesgedichte, als wäre die Welt, in der so etwas Existenzberechtigung hatte, nicht untergegangen. «Ja, die Lieb' hat Flügel», und schneidet man sie weg, lernt sie mit den Stümpfen fliegen, und erschlägt man sie, ist sie noch keineswegs tot, wenn sie sich auch, aus Diplomatie, ein Weilchen tot stellt. Denn zu ihren vielen interessanten Eigenschaften gehört als interessanteste eben diese, daß sie nicht umzubringen ist. Eher wird es den Diktatur-Staaten gelingen, ihren Untertanen die süße Gewohnheit des Lebens als die des Liebens abzugewöhnen. Oh, es gibt Dinge zwischen Mann und Frau, von denen politische Weisheit sich nichts träumen läßt!

Schicksal

Vor Jahren wurde an der Peripherie Wiens ein alter Bettler erfroren aufgefunden. Es stellte sich heraus, daß der Mann seinerzeit an einer Pol-Expedition teilgenommen hatte und einer der wenigen Überlebenden dieser im arktischen Eis zugrunde gegangenen Unternehmung gewesen war. Am Nordpol entrann er dem Erfrierungstod, um ihn bei der Taborlinie in Wien zu erleiden. Gegen Ende des Krieges berichteten die Zeitungen von einem Landsturmmann, der viele Jahre lang in den fürchterlichsten Schlachten heil geblieben war, als hielte ein Engel ein Parapluie über ihn. Er wurde schließlich gefangengenommen, entwich, und es gelang ihm die abenteuerlichste Flucht in die Heimat. Zehn Schritte vor seinem Haus fuhr ihn die Straßenbahn zu Tode. Einer der wenigen Passagiere der «Titanic», der aus dem grausigen Schiffbruch gerettet wurde, ertrank etliche Jahre später in einem zwei Meter tiefen Tümpel, in den er auf dem Nachhauseweg von einem Zechgelage gestolpert war. Aus New York wird unter dem 7. Januar 1936 berichtet, daß der amerikanische Rekordflieger Jack Hollyday verunglückt ist. Aber nicht auf einem seiner vielen hundert waghalsigen Flüge, die er alle ohne den geringsten Unfall überstand, sondern auf folgende Art: Er setzte sich in guter Laune auf das etwa einen Meter hohe Schaukelpferd seines Söhnchens, verlor das Gleichgewicht und stürzte so unglücklich von dem Schaukelpferd, daß er mit einem Schädelbruch tot am Boden blieb. Der Mensch entgeht seinem Schicksal nicht. Deshalb, wenn er klug ist, unterläßt er sinnlose Anstrengungen, sich gegen es, wie man sagt, zu «wappnen». Tyrannen scheinen nach dieser Einsicht zu handeln, wenn sie sich an die Öffentlichkeit wagen, obschon sie wissen, von wieviel Haß und Wut sie umlauert sind. Ist ihnen bestimmt, irdischer Vergeltung zu entgehen, dann wird das Mordgeschoß ihre Haut so wenig ritzen wie die Flüche der Leidenden ihr Herz. Das ist die Zuversicht der Tyrannen. Ist ihnen aber bestimmt, von der Rache Strahl getroffen zu werden, so wird dieser Strahl sein Ziel erreichen, wenn auch vielleicht auf wunderlichem Umweg (billardtechnisch gesprochen: verkehrte Quart über die Hand). Das ist die Zuversicht der Unterdrückten. Viel andere haben sie nicht!

Gute Nachricht

SCHLAGEN wir die Zeitung auf: Was füllt ihre Seiten? Krieg und Kriegsgefahr, schlimme Nöte und Verlegenheiten der Völker wie der Individuen, Verbrechen jederlei Art, Morde und Selbstmorde, Unglücksfälle und Elementarkatastrophen. Wo in den Zeitungsspalten blüht auch nur das kleinste Depeschchen, tauglich, die Menschen zu erfreuen, den Druck gehäufter Trübsal, den das große und kleine Geschehen über ihr Herz wälzt, zu mindern? Man wird zugeben, derlei Nachrichten sind seltenste Seltenheiten im Morgen- wie im Abendblatt. Deshalb, stoßen wir einmal doch auf eine solche, auf eine gute Nachricht, sollten wir sie, auch wenn sie nur wie flüchtiger Sonnenstrahl das Dunkel ringsum durchblitzt, mit Dank begrüßen. Vor einiger Zeit gab es solch' eine erfreuliche Mitteilung; sie kam aus England, aus London, dessen Telegraphenagenturen seit langem nur Meldungen in die Welt schicken, die geeignet sind, des Europäers Gemüt mit Ärger, Verdruß und Bitterkeit zu füllen. Nun also die Überraschung einer angenehmen Nachricht aus London! Und zudem einer authentischen. Sie besagt, daß von jetzt ab zum Smoking der weiche Kragen erlaubt ist. So wurde es beschlossen in den maßgebenden (und maßnehmenden) Kreisen der englischen Kapitale. Wir atmen auf. Es wird uns leichter, wenn auch nicht ums Herz, so doch um den Hals. Der weiche Kragen zum Smoking, oft erstrebt, nie erreicht, nun endlich ist er da. Freilich, die Botschaft scheint tröstlicher für jene Minorität der Kulturmenschen, die einen Smoking hat (zu dem sie nun einen weichen Kragen nehmen darf), als für die überwiegende Mehrheit, die bloß den weichen Kragen besitzt (zu dem sie nun Smoking tragen dürfte, wenn sie einen hätte). Aber immerhin: ein Weniges von dem vielen Zwang, unter dem die Welt stöhnt und leidet, ist gelockert, ein Anfang gemacht zur Befreiung von Druck und Enge. Gelingt jetzt noch die Etablierung des gesicherten Friedens, die Ablösung der wirtschaftlichen Krise durch wirtschaftlichen Aufschwung, die Heilung des Krebses, die Einigung von Hitler, Stalin und Thomas Mann auf *ein* Kulturprogramm und die Abschaffung der unglücklichen Liebe: dann sind wir aus dem Wasser.

Schuld, Sühne und Kassa

Die Sache Bruno Hauptmann, des Lindberghkindes-Mörders, die elektrisch erledigt wurde, hat viel Staub aufgewirbelt und, in Amerika, auch viel Geld. Darüber, über die hochinteressante finanzielle Seite des Falles, liegen amtliche Mitteilungen vor. Man kann aus ihnen entnehmen, daß sich die Vereinigten Staaten (und insbesondere der Staat New Jersey) die Gerechtigkeit ein schönes Stück Geld haben kosten lassen. Doch zogen anderseits gewisse Zweige der amerikanischen Wirtschaft von der Angelegenheit auch Nutzen, etwas business ist immerhin mit ihr verknüpft gewesen, wenn auch freilich nicht genug, um den Ablauf der Affäre vom nationalökonomischen Standpunkt aus so befriedigend erscheinen zu lassen wie vom juristischen. Die Kosten der Untersuchung und des Prozeßverfahrens beliefen sich auf 1 235 230 Dollars. Die Kosten der polizeilichen Maßnahmen, zu denen das Attentat gegen das Lindbergh-Baby den Anstoß gab, sind weit höher. Die offizielle Schätzung kommt da zu dem großen Betrag von 15 000 000 Dollar. Spottbillig hingegen, preiswert geradezu, war die Exekution Hauptmanns. Sie kostete, netto Kassa, mit allem Drum und Dran, Zeremonie, Beleuchtung, Beheizung, Stromverbrauch usw. die Bagatelle von 230 Dollar! Ein glänzendes Geschäft mit der Hauptmann-Sache machten die Telegraphen- und Telephongesellschaften. Ihr

Überverdienst dank dem Babyräuber und der wider ihn entfesselten Gerechtigkeit wird, bescheiden, auf zirka 600000 Dollar eingeschätzt. Und ein Vielfaches dieser Summe dürften die Mehreinnahmen ausmachen, die der Sensationsfall Privatdetektiven, dem Radio, dem Kino und ganz besonders den Zeitungen gebracht hat. Man sieht, durch die Übeltat und ihre Sühne ist Geld unter die Leute gekommen und der ökonomische Kreislauf im Lande kräftig beschleunigt worden. Kaum von der Hand zu weisen scheint allerdings die Erwägung, daß, würde man (in Amerika und anderswo) die Riesensummen, die für Verfolgung und Bestrafung von Verbrechen ausgegeben werden, dazu verwenden, die Not, das Hauptmotiv aller Verbrechen, abzubauen, daß also die Staaten damit nicht nur Geld, sondern auch viel Kriminalität und viel Justiz sich ersparen könnten. Ich erlaube mir in diesem Zusammenhang eine kleine Geschichte zu zitieren, die sich in Polgars: «Orchester von oben», Seite 75, befindet. Sie lautet:

«Was wünschen Sie zum Abendbrot?» fragte der Gefängnisdirektor den armen Sünder, der morgen früh am Galgen sterben sollte. «Sie dürfen essen und trinken, was und wieviel Sie wollen.»

«Schade», sagte der Delinquent, «schade! Wenn Sie mir das drei Monate früher gesagt hätten, wäre der ganze Raubmord nicht passiert.»

Ein Tag

Zu bestimmtem Zweck aufgefordert, über den Ablauf eines Tages, und zwar des 27. April 1936, genau Bericht zu geben, achtete ich sorgfältig auf die Eindrücke, die dieser Tag meinem Bewußtsein vermittelte. Es war ein leerer Tag, ohne erhebliches Auf und Ab, er brachte nichts, nahm nichts und verlor sich in die Zeit vor und nach ihm wie ein Tropfen ins Meer.

Am 27. April 1936 ging zur festgesetzten Stunde die Sonne

auf, pünktlich wie sie erschien meine alte Wirtschafterin, putzte, bürstete, war mit Geräusch tätig und verlangte einen Vorschuß von zehn Schilling von dem Lohn, den sie erst vier Tage später zu bekommen hatte. Ich mußte ihr den Vorschuß verweigern, und wir waren beide traurig darüber. Ich fragte, während sie die Türklinke zum Glänzen brachte: «Der wievielte ist denn heute?» Darauf antwortete sie mürrisch: «Meinetwegen der letzte.» Ob sie das in Beziehung auf den verweigerten Vorschuß und die schon vor dem letzten Monatstag eingetretene Erschöpfung ihrer Mittel gemeint hat oder in einem weiteren, pathetischeren Sinn, weiß ich nicht. Ich sah dann in der Mittags-Zeitung nach und dort stand: 28. April. Dieses übernahm ich als ziemliche Gewißheit, denn von allem, was in der Zeitung steht, ist doch das Datum die glaubwürdigste Nachricht. Auch sie erwies sich als falsch: die Mittags-Zeitung, zu spät fiel mir das ein, vordatiert ihre Nummern. Und das war nicht die einzige Enttäuschung, die der Tag brachte. Mit der Post kamen von Briefen, die hätten kommen sollen, keine, und von solchen, die hätten kommen können, noch wenigere. Nicht das geringste Wunder ereignete sich an diesem 27. April, das Schicksal, meines zumindest, verschlief ihn, und ich unternahm nichts, es zu wecken, denn Erfahrung hat mich gelehrt, seiner Wachheit zu mißtrauen und seinen Schlummer ängstlich zu respektieren. Auf den Straßen der großen Stadt herrschte an diesem Tag, wie an allen andern auch, Leben und Treiben, insbesondere Treiben. Die Leute hasteten durcheinander und aneinander vorbei zu verschiedenen Zielen, teils solchen, die ihnen gesetzt waren, teils solchen, die sie selbst sich gesetzt hatten. Sie taten etwas, um zu leben, und lebten, um etwas zu tun. Mit Millionen Fäden verwoben sich Zwecke und Mittel zum Netz, in dem die Menschen zappelten, nicht, um aus dem Netz herauszukommen, sondern um in ihm bleiben zu dürfen.

Der Dienstmann an der Ecke hatte nichts zu besorgen; wer die Geduld hiezu aufbrachte, konnte ihm altern und abmagern zusehen. Ich erwähne den Dienstmann, weil ich ihn kannte, als er noch fett war und nach dem Mittagessen ein Stündchen im Volks-Kaffeehaus Karten spielte und seine rotweiße Kappe wie ein Fliegenpilz weithin leuchtete. Jetzt ist sie die Karikatur einer Dienstmannkappe, der Dienstmann das Gespenst eines Dienstmanns. Und ich glaube, er steht nur noch deshalb an seiner Ecke, damit die Vorübergehenden von ihm das Elend der Zeit ablesen können wie die Temperatur von dem Thermometer an der Apotheken-Tür. Am 27. April 1936 zeigte der Dienstmann nur noch auf wenige Grade über Null. Und also festigte sich in mir der Entschluß, den Tag zu nützlicher Arbeit zu verwenden. Ich verwendete ihn dann doch größtenteils dazu, im Zimmer auf- und abzugehen, überlegend, ob ich ihn nicht zu etwas Vernünftigerem verwenden solle. Darüber wurde es Nachmittag, und an diesem kam ein Brief der geliebten Frau, der mit den Worten schloß: «Ich denke an Dich in Sehnsucht, mein Herz ist voll von Dir etc.» Das «Etcetera» ist nicht etwa von mir, um das Zitat abzukürzen, hingesetzt, sondern es stand so in dem Brief. «Etcetera»!! Hat man schon erlebt, daß ein liebendes Herz die Bekundung seiner Liebesempfindungen mit einem «etc.» abschließt . . .? An Arbeit in den nächsten Stunden, die mein Geist im Dunkel der Frauenseele zubrachte, war nicht mehr zu denken.

Abends hatte ich ein flaues Gefühl, daß gerade der Tag, über den ich doch nicht nur, wie über jeden, mir Rechenschaft, sondern auch andern Bericht zu geben hatte, so leer verlaufen solle. Wohin aber flieht der Mensch, wenn er sich selbst entfliehen will? Im kleinen Vorstadt-Kino wurde ein amerikanischer Film in deutscher Nachtönung gezeigt. Von englisch bewegten Lippen kamen Sätze, wie «O'ma, nu' mach' mal rasch ins Bette», «Mensch, quaßl doch nich'!», «Quatsch mit Soße». Es war, als hätte ein boshafter Puck den Amerikanern eine grausige Berliner Schnauze angehext. Hernach aber kam ein gezeichneter Scherzfilm, in dem Oswald, der Hase, ein Feuer zu löschen hat. Welch' ein himmlisches Feuer! Es hatte ein Flackergesicht, Flackerhände und -füße.

Es züngelte mit einer richtigen Zunge das Haus entlang, es sprang über, es fraß gierig, was an Gegenständen ihm ins zuckende Maul kam, wehrte sich unter der ihm übergeworfenen Decke verzweifelt gegen das Ersticken. Der Schlauch, mit dem Oswald, der Hase, löschen wollte, entlief, bewegte sich selbsttätig wie eine Schlange vorwärts, soff Wasser und spie es gegen das Feuer, das sich zischend duckte, wie der Teufel vor dem Kreuzzeichen. Es war schön und erhebend und füllte die Seele mit wunderlicher Zuversicht. Ein Kinobesuch aber, selbst wenn der Film Linderndes ins Gemüt träufelt, kann nicht als Aktivum der sittlichen Tagesbilanz gebucht werden. Deshalb ging ich zu einem Freund, der ein Radio besitzt. Wir ließen in rascher Folge und vielem Durch- und Übereinander die Sendestationen Europas singen und sagen, was sie zu singen und sagen hatten, und bald erfüllte Schwermut, von Musik, Nachrichten und Hörspielen gespeist, das Herz bis zum Rande.

Nachts standen die Sterne in der gleichen Ordnung wie immer am Himmel. Ich kann nicht verhehlen, daß dieser kosmische Konservativismus sein Beruhigendes hatte und über das Unbehagen, am 27. April nichts Rechtes getan zu haben, hinweghalf. Vor dem Einschlafen las ich in einem französischen Buch und stieß dort auf den zwielichtigen Satz: «C'est un grand avantage de n'avoir rien fait, mais il ne faut pas en abuser.» Treffendes Motto für den zu Ende gehenden Tag! Einige Minuten vor Mitternacht erlosch, Kurzschluß, geisterhaft die Lampe. Es wurde tiefe Finsternis im Zimmer, und in ihr konnte ich, da nun schon einmal auf diesen Tag meine besondere Aufmerksamkeit gelenkt war, genau beobachten, wie Punkt vierundzwanzig Uhr der 27. April dem 28. April den Stab überreichte, damit der ewige Stafettenlauf ohne Ziel keine Unterbrechung erleide.

Von der Anständigkeit

MAN kann sich einen sozusagen ethisch luftleeren Raum denken, in dem Gut und Böse gleiche Fallgeschwindigkeiten hätten. Schwieriger ist es schon, sich Menschen vorzustellen, die in solchem Raum zu atmen imstande wären. Doch behaupten Forschungsreisende durch die dunkelste neue Zeit derlei Geschöpfe angetroffen zu haben. Die Entwicklung, das ist offenbar, strebt dahin, Gut und Böse weniger als sittliche, denn als farbliche valeurs zu nehmen. Und die Mode, der wie alles andere auch das Moralische unterliegt, ist ganz deutlich gegen strenge Muster. Viele tragen heute gerne zum Charakter etwas Zynismus, ein wenig offene Verachtung der geltenden Moral steht dem freien Mann nicht übel zu Gesicht, und nichts Seltenes ist es, daß ein hemmungslos schlechter Kerl, eben weil er das ist, eine geachtete Position erwirbt. Denn die Menschen dieser so überreizten wie abgestumpften Zeit haben etwas übrig für das Penetrante. Die Geruchsnerven sind, seit zehn bis zwanzig Millionen Kriegs- und Bürgerkriegsleichen die Luft der Welt vergiftet haben, nicht mehr zimperlich, und so mit Recht mißtraut man der Ordnung, die uns dahin gebracht hat, wo wir sind, daß jeder Wicht aus dem Titel: Feind dieser Ordnung sich moralischen Kredit erschleichen kann. Dennoch dürfen wir hoffen, daß es nur eine Scheinkonjunktur ist, deren sich die Gemeinheit heute erfreut. Sie wird bestimmt wieder in die Schmutzecke verwiesen werden, wohin sie gehört, einfach deshalb, *weil sie das Leben unbequem* macht. Denn wie ich dem Stuhl ohne weiteres, a priori, zutraue, daß er halten, der Zimmerdecke, daß sie mir nicht auf den Kopf fallen wird, so dem Nebenmenschen, daß ich mich von ihm – es sei denn in der Sphäre des Filmbetriebs – keiner Tücke und Canaillerie zu versehen habe. Die sogenannte «Anständigkeit», unter welchem Kennwort alle Garantien gegen Niedrigkeit und Hinterlist summarisch gefaßt sind, ist nicht nur aus sittlichen, sondern auch aus verkehrstechnischen Gründen schwer zu entbehren.

Mancher lernt es nie

In der tschechischen Strafanstalt Bory saß ein Mann wegen eines sexualpathologischen Verbrechens 22 Jahre. Nach diesen 22 Jahren wurde er entlassen, beging sofort wieder ein ähnlich geartetes Verbrechen und wanderte, jetzt zu lebenslänglichem Kerker verurteilt, nach kurzer Freiheit wieder ins Zuchthaus, wo er neuerdings 22 Jahre verbrachte. So wurde der Mann 74 Jahre alt und da, obschon nach menschlichem Ermessen doch seine lebenslange Haft nicht mehr gar zu lange dauern konnte, verlor er die Geduld. Er hängt sich auf. 44 Jahre Gefängnistraining vermochten nicht, ihn an die Existenz hinter Gittern zu gewöhnen. Von seinem 30. bis zu seinem 74. Jahr lernte er Zuchthaus und lernte es doch nicht und in der Hoffnungslosigkeit, es jemals zu erlernen bei der geringen Zeit, die ihm zum Studium noch blieb, griff er zum strangulierenden Hosenträger. Trauriger und wunderlicher Protest gegen das Schicksal, dieser Selbstmord des greisen Zuchthausjubilars! Zu lebenslänglichem Kerker verurteilt, büßte der Mann seine Strafe eben dadurch bis aufs letzte ab, daß er sie radikal verkürzte.

Amerika, du hast es besser

Der oberste Bundesgerichtshof in Washington stellte, einem Klagebegehren Folge gebend, ausdrücklich fest, daß es erlaubt sei, sich im Hochsommer in einem öffentlichen Lokal ohne Rock zu zeigen, also in Hemdärmeln. Zu diesem liberalen Urteil des höchsten Gerichts wird wohl die entsetzliche Hitze ihr Teil beigetragen haben, die, während der Gerichtshof beriet, in Amerika herrschte und bereits ein paar tausend Todesopfer gefordert hatte. Ach, es ist immer gut, wenn der Judikant aus eigener Erfahrung einen rechten Begriff von der Sache hat, über die er judiziert! Eine wirklich praktische Schulung der Gesetzemacher und -hüter in den Leiden, die den Menschen dahin bringen, vom Pfad der Tugend sich zu entfernen, eine solche Schulung ergäbe gewiß weisere Gesetze und weisere Richter. Doch dies nur nebenbei. Jedenfalls haben die Bewohner von USA jetzt eine neue Freiheit erobert, das Recht auf Hemdärmeligkeit. Von diesem Recht haben die Amerikaner zwar schon bisher ziemlich umfassenden Gebrauch gemacht, besonders im übertragenen Sinn, aber so klar verbrieft, schwarz auf weiß, hatten sie es doch noch nicht in der Tasche. Freuen wir uns mit ihnen der kleinen, schönen Errungenschaft. In Tagen, wo die Freiheit als Laster der Völker gilt, das ihnen durch Radikalmittel abgewöhnt werden muß, wo ganze Nationen, wenn man ihren Diktatoren glauben will, geradezu danach schmachten, von der Freiheit befreit zu werden, in solchen Tagen tut auch der geringste Triumph, der den Verhaßten irgendwo zuteil wird, wohl. Il y a encore des juges à Washington!

Katastrophen

Es sind fünfundzwanzig Jahre her, daß die, damals noch zivilisierte, Welt durch eine Schreckensnachricht in Bestürzung und Trauer versetzt wurde. Das schönste und größte Schiff der White Star Line, die «Titanic», war auf seiner Jungfernfahrt an einen Eisberg gestoßen und untergegangen. Sechzehnhundert Menschen fanden bei dieser Katastrophe den Tod. Ungeheure Werte wurden vernichtet: 20 Millionen Mark hatte der Bau der «Titanic» gekostet, an Bord trug sie 7 Millionen Briefe in 3500 Postsäcken, 29 Juwelensendungen, die allein bereits einen Wert von 7 Millionen Mark repräsentierten. Im Augenblick des Zusammenstoßes mit dem Eisberg herrschte auf Deck festliche Stimmung. Man tanzte . . . aber unten, bei den Kesseln, schufteten die Heizer, wirklich: «im Schweiße ihres Angesichts», um das Letzte an Schnelligkeit aus dem Schiff herauszuholen. Denn mit der ersten Fahrt der «Titanic» wollte der Präsident der White Star Line das Blaue

Band des Ozeans gewinnen. So kam es, daß der Dampfer mit höchster Kraft auf den Eisberg stieß und sein Riesenkörper, breitseits aufgeschlitzt, von den einströmenden Wassermassen in die Tiefe gerissen wurde. Es leben in unvergänglicher Erinnerung Heldentaten von Männern und Frauen, die beim Untergang der «Titanic» ihren Tod fanden. Der Funker, der in des Wortes Sinn: bis zum letzten Atemzug an seinem Gerät aushielt und Hilferufe in den Äther sandte, die Musiker der Bordkapelle, die, das Ende vor Augen, das «Näher, mein Gott, zu Dir» spielten, die Frauen, die sich weigerten, in die Rettungsboote zu gehen, bei ihren Männern bleiben und sterben wollten . . . So lange wahrer Mut und Opferfähigkeit noch als sittliche Werte gelten, ist diesen Tapferen das ehrerbietige Gedenken der Kulturmenschheit sicher.

Zweieinhalb Jahre später geschah auf Erden eine Katastrophe, die noch viel mehr Blut und Geld kostete als der Untergang der «Titanic». 20 Millionen Menschen mußten auf Schlachtfeldern sterben oder fern vom Schuß elend zugrunde gehen, weil Politik, Diplomatie, Nationalprestige und dergleichen unheimliche Götter mehr es so forderten. Aber auch die Katastrophe des Weltkriegs mit ihren Riesenausmaßen hat die Katastrophe der «Titanic» nicht zu überschatten vermocht. Und indem wir uns ihrer erinnern, erkennen wir noch besser das ungeheuerliche Verbrechen gegen die Menschheit, als welches sich Krieg und der Wille zum Krieg darstellen. Denn im Falle der «Titanic» blies *Gott*, und das stolze Schiff versank (wir buchen so düsteres Geschehen in die Rubrik Verhängnis), im Falle des Krieges aber wurde des *Menschen* Wille sein Höllenreich. Gegen Elementarereignisse oder Katastrophen, wie sie die unerforschbare Macht, die wir Gott oder Schicksal oder Zufall nennen, herbeiführt, ist der Menschen Geist wehrlos. Gegen das Unheil des Krieges muß er es *nicht* sein. Der Friede ist in Gefahr. Lebte doch in den Männern, die am Steuer und in den Funktürmen der Staaten sitzen, etwas von dem Heldenmut, der Opferbereitschaft des altruistischen Rettungswillens, den die Männer der «Titanic» in der Stunde höchster Not bekundeten!

Herbst 1937

Das ist ein Herbst wie jener, von dem ein österreichischer Dichter die schönen Zeilen schrieb:

> «Und wer eine Sense ansah,
> Dem fiel doch der Tod nicht ein!»

Ein prachtvoller Herbst, die Nächte sternenklar, die Tage durchstrahlt von einer Sonne, die noch beglückende Reste sommerlicher Kraft sich bewahrt hat, nicht nur die Haut, sondern auch das Herz wärmt und dem schon recht unterernährten Glauben, Welt und Leben seien schön, ein Quentchen stärkender Nahrung gibt. Selbst die Elendsviertel der Großstadt, von solcher Sonne beleuchtet, verlieren das Bedrückende und Bedrohliche ihres Aspektes, und gar draußen auf dem Lande, wo der Wald in buntesten Kirchweihfarben prangt, weckt die entfaltete Herbstschönheit im Gemüt «liebliches Geläute». Die Natur feiert ein wundervolles Abschiedsfest; daß die Seele von der Stimmung des Festes angerührt wird, kann nicht einmal die Lektüre der Zeitungen und ihrer täglichen Schreckensnachrichten verhindern. Die Bedingungen (scheint der himmlische Herbst 1937 zu sagen), des Lebens froh zu werden, wären gegeben, wenn die Menschen nur nicht alles täten, sich durch Haß, Unduldsamkeit, Bosheit, Macht- und Habgier die Quellen solcher Freude zu trüben und zu verschütten. So aber ist es heute schwer, durch die herbstliche Landschaft zu wandern, die tiefsten Frieden atmet und dem Auge ein stets erneutes Entzücken ist, ohne sie grausig belebt zu denken vom Gespenst des Krieges. Wie einem unwiderstehlichen Zwang gehorchend, sehen wir Berg und Fluß und Wald nicht als das, als was sie von der Schöpfung wohl gemeint sind . . . sondern als Deckung, Hindernis, leichtes oder schwieriges Gelände, kurz: als militärische Objekte. Dort der Waldrand, dessen Baumwipfel in tausend Varianten von Braun, Rot, Gelb die Symphonie des Herbstes spielen, ist eine «lisière», hinter der Maschinengewehre gut postiert sein werden. Dort die Bergkuppe, der die Sonne ein Glitzern und Schimmern entlockt, als wäre der nackte Fels ein Kompositum aus Edelsteinen, wieviel Blut wird es kosten, die Geschütze oben zum Schweigen zu bringen? «Die Welt ist vollkommen überall, wo der Mensch nicht hinkommt mit seiner Qual» . . . aber daß er mit ihr überall hinkommt, dafür sorgen Technik und Politik. Gegenüber ihren vereinten Bemühungen, uns das Leben zu verekeln, vermag auch die als allmächtig gepriesene Natur nichts. Mit einem Herbst wie dem unvergleichlich schönen dieses Jahres scheint sie noch eine Art letzter, rührender Friedensdemonstration veranstalten zu wollen, ehe sie in winterlichem Schweigen erstarrt.

In diesen Tagen

Mit Schaudern blicken wir auf die Zeiten zurück, in denen mit dem Begriff der Gesittung noch Institutionen vereinbar waren wie etwa: Sklavenhandel, Folter, Leibeigenschaft oder dergleichen. Und wenn wir uns entsinnen, daß wahrer Heldenmut dazu gehörte, gegen diese Institutionen anzurennen, daß um ihre Beseitigung erbitterte Kämpfe geführt werden mußten, in denen Opfer fielen ohne Zahl, haben wir die Empfindung, daß unsere Zeit trotz einiger breiter Flecke und Schandflecke, die sie verunzieren, es doch «herrlich weit gebracht» hat. Sklaverei, Folter, Leibeigenschaft: derlei existiert freilich auch heute noch. Doch meistens nur in getarnter Form oder unter anderem Namen. Es gibt Länder, in denen Brutalität, Grausamkeit, Unempfindlichkeit gegen das Leid des Nebenmenschen als sittliche Kräfte hochgeschätzt und hochgezüchtet werden, aber selbst diese Länder vermeiden in ihren offiziellen Moralprogrammen (zumindest in den für das

Ausland bestimmten) ein Bekenntnis zu solchen Grundsätzen. Dennoch: die rückläufige Bewegung von der Humanität zur Bestialität findet – es nützt nichts, sich um diese Erkenntnis herum zu drücken – immer mehr Anhänger und Mitläufer und immer weniger Tapfere, die entschlossen wären, sich ihr in den Weg zu stellen. Man lese die Verhandlungsberichte aus der Debatte, die derzeit im amerikanischen Senat stattfindet: das gespenstische Gesicht einer Gegenwart grinst aus ihnen, die das Herz und den Verstand verloren hat und ihren Ehrgeiz dareinsetzt, späteren Geschlechtern so unbegreiflich grausig zu erscheinen, wie heutigen etwa die Zeit der Hexenverbrennungen. Es wird im amerikanischen Senat ein Antilynchgesetz verhandelt. Gegen dieses Gesetz treten nicht nur Redner auf, die das Lynchen leidenschaftlich verteidigen, es fehlt auch nicht an Versuchen, durch Obstruktion die Vorlage zu Fall zu bringen. Zwölf Tage dauert schon die Debatte. Seit Freitag der Vorwoche hält Senator Ellenberger eine Dauerrede, in der er gegen das Gesetz Stellung nimmt und Argumente für diese Stellungnahme in der Geschichte Babylons und Ägyptens findet. Der Mann kann den Gedanken nicht fassen, daß es in einem Staat mit geordneter Rechtspflege dem Pöbel nicht mehr gestattet sein sollte, Gefangene aus der Zelle zu holen, um sie (das «Volksempfinden» als Ankläger, Richter und gleich auch Henker) aufzuhängen, zu verbrennen oder zum Kugelfang seiner Schießgeräte zu machen. Er kämpft mit einer Verbissenheit um die Wahrung des alten schändlichen Brauchs, als seien da höchste Güter der Nation auf dem Spiel oder zumindest ein von der Tradition geheiligtes Volksvergnügen, das man den Amerikanern so wenig nehmen dürfe wie den Spaniern ihre Stierkämpfe. Wofür streitet dieser eifervolle Mann, ein freier Bürger, Demokrat und Gesetzgeber seines Landes? Für die Anerkennung des Menschenrechtes, Bestie sein zu dürfen. Der Respekt vor diesem Recht scheint allseits im üppigsten Wachstum begriffen.

Ein Bild in der Orangerie

MONSIEUR Untel (sein richtiger Name ist in Vergessenheit geraten) bewohnte seit langen Jahren ein kleines Zimmerchen in einem gewaltigen, von Türmen flankierten Haus der Pariser Vorstadt St. Antoine, das seine Insassen vor Wirrsal und Verführungen der Außenwelt sicher behütete. Es spannen sich vielerlei Historien und Histörchen um den Bau, der nicht nur bei den Leuten des Quartiers, sondern in der ganzen guten Stadt Paris sich großer Popularität erfreute. «Erfreute» dürfte man nun eigentlich nicht sagen, denn das Haus stand in üblem Ruf, niemand, außer den zur Bewirtschaftung und Bewachung angestellten Personen, betrat es freiwillig, und sprach man im Volk von ihm, so geschah es unter Verwünschungen, weil der alte steinerne Kasten auf eine sehr justamentige Art die Aussicht ins Freie versperrte. M. Untel, obschon oder vielmehr weil er im Hause zu Hause war, hatte eine Zeitlang den Widerwillen gegen es entschieden geteilt, hernach aber – so wird erzählt –, in den vielen Jahren absoluter Zurückgezogenheit von Welt und Menschen, den kritischen Standpunkt gegen seine Wohnstatt verloren und sich mit dieser wie mit einer gottgegebenen Unentrinnbarkeit abgefunden. Nützt es schon überhaupt wenig, mit dem Kopf gegen Mauern zu rennen, so noch viel weniger dann, wenn die Mauern wirkliche Mauern sind und zudem so dicke, wie sie das Zimmer des M. Untel umschlossen. Es wäre übertrieben zu sagen, er hätte seine Wohnung lieb gewonnen, aber in den Jahrzehnten unablässigen Zusammenseins muß es notwendigerweise zwischen Raum und Mensch zu einer Art Symbiose gekommen sein, zu einer Verschränkung von beider Existenzen, die kaum noch ohne Lebensgefahr, zumindest für den einen Teil, der Träger organischen Lebens war, also für den Menschen, gelöst werden konnte.

M. Untel, wie erwähnt, hatte seine Beziehungen zur Welt, die außerhalb des Hauses ihren krausen Gang weiter ging, abgebrochen. Eigentlich war es allerdings so, daß den Abbruch nicht er, sondern irgend ein Machthaber, ein Machtprinzip, dem seine Nase oder Gesinnung mißfällig gewesen, vollzogen hatte. Aber mit der Zeit verlor sich in Untels Gemüt diese Unterscheidung und allmählich nahm seine Situation, obschon sie eine Folge kleinmenschlicher Bosheit und Grausamkeit war, die Schein-Farbe höherer Bestimmung an; und M. Untel löschte den Widerspruch gegen sie in seinem Hirn und Herzen, um diese vor Wahn- oder Trübsinn zu schützen, aus. Unser Verstand schlägt oft derlei Volten, um ein Müssen in ein Wollen, Unleidliches in Leidliches zu verwandeln. So tun wir etwa, wenn wir, der Selbstverachtung zu entgehen, unsere Feigheit in Klugheit umlügen, unser Klein-Beigeben als noblen Verzicht, unsere Schändlichkeit gegen andere als Pflichterfüllung gegen das eigene Ich, unsere faulen Pflichtversäumnisse wider dieses als Rücksicht auf andere deuten. Oh, viele Klettertouren erspart der Mensch sich dadurch, daß er in die Trauben, die hoch hängen, Saures und Bittres hineinphantasiert!

Also, nach dreißig Jahren der Einsamkeit war dem M. Untel die Abtötung aller Unruhestifter in der eigenen Seele so ziemlich gelungen. Er hatte gleichsam das Leben aus dem Gefühl verloren, sein Wille beschäftigte sich nicht mehr mit ihm, Betrachtung und Urteil, Wunsch und Hoffnung, soweit sie überhaupt sich regten, galten nur noch jener Welt, die innerhalb der vier Wände seiner Stube Erscheinung wurde. Die Leute im Haus, um dieses Verhalten Untels in eine kurze Formel zu fassen, sagten: er ist ein Idiot geworden.

In der schönen Ausstellung von Stichen und Zeichnungen aus den Tagen der Revolution, die sommers 1939 in der Pariser Orangerie zu sehen waren, hing ein Bild Untels. Es zeigt einen grauhaarigen sitzenden Herrn, der nachzudenken oder wachzuträumen scheint. Außer Stuhl und Bett enthält das Zimmer, das keinen erschreckend ungemütlichen Eindruck macht, wenig Mobiliar. In diesem Raum hauste, wenn Bild und Chronik nicht lügen, M. Untel, ohne jemals einen Schritt vor die Tür zu setzen, fünfunddreißig Jahre, auf diesem Stuhl saß, in diesem Bett schlief der Mann fünfunddreißig mal dreihundertfünfundsechzig Tage, beziehungsweise Nächte. Die Geschichtsschreiber sind sich nicht einig darüber, ob er ein Sünder oder ein Gerechter war. Schwer zu entscheiden, was für Untels Seelenzustand und insbesondere für seinen Schlaf das Günstigere gewesen wäre: denn den Aufenthalt im Kerker mag der Gedanke, rechtens dort zu sein, erträglicher machen, und ein schlechtes Gewissen dort ein sanfteres Ruhekissen sein als ein gutes.

Untels Antlitz auf dem Bild in der Orangerie zeigt entspannte, friedevolle Züge. So als ob das innere Leben des Mannes sich akkommodiert hätte seinem äußeren Leben, das längst keine anderen Ereignisse mehr brachte als den Wechsel von Licht und Dunkel mit den Tageszeiten, den Wechsel von Wärme und Kälte mit den Jahreszeiten. Nachdem er die Hoffnung aufgegeben hatte, sein Schicksal könnte sich ändern, hat wohl auch seine Phantasie die Anstrengungen aufgegeben, solche Änderung sich vorzustellen. Er war begraben, obschon noch nicht gestorben, und nichts sprach dafür, daß dieser widerspruchsvolle Zustand anders als durch einen Wandel im Punkt des Nicht-Gestorben-Seins logisch richtig gestellt werden könnte.

Leider fehlt jeder Bericht darüber, wie M. Untel es aufgenommen hat, daß am 14. Juli 1789, nachdem er schon vorher durch Geschrei, Schüsse und sonstige Zeichen großer Unruhe im Haus heftig irritiert worden war, eine Menge Leute, alle in glühender Erregung, Flinten und Piken schwingend, in seine Stube drangen und ihn aufforderten, sie zu verlassen. Es ist anzunehmen, daß, was ihm da geschah, in seiner Seele vorerst Angst, Verwirrung, vielleicht sogar Widerspruch auslöste: wie ein Magen, der zu lange gefastet hat, Nahrung ablehnt. Aber am Abend des historischen Tages kam es Untel gewiß schon nicht mehr wie ein Traum vor, daß er aus der Bastille draußen, sondern es kam ihm wie ein Traum vor, daß er fünfunddreißig Jahre drin gewesen war! Denn die Freiheit ist dem Menschen das *Selbstverständliche*. Er hat sie, wie er die Luft hat, die er atmet, geradewegs vom Schöpfer. Für die Atemluft scheint der Beweis ihrer Selbstverständlichkeit dadurch erbracht, daß sie als einziges von allen unerläßlich lebensnotwendigen Dingen nichts kostet. Für die Freiheit liegt der Fall zufolge der vielen unterschiedlichen Möglichkeiten ihres Gebrauchs komplizierter. Die französische Revolution hat ihn zu vereinfachen gesucht, indem sie feststellte, daß Freiheit der natürliche Zustand der vernunftbegabten Kreatur ist und deren Anspruch auf sie unverbrüchlich, heilig, unabdingbar. Damit schien die Sache, grundsätzlich zumindest, geregelt . . . bis, kaum anderthalb Jahrhunderte später, zu dunklem Zweck die Lehre in Schwang gebracht wurde, Freiheit sei ein naturwidriger Zustand, und recht und gut alles, was dazu führe, die Menschen von der Freiheit zu befreien.

Es ist unwahrscheinlich, daß Untel in seiner Zelle einem Maler Modell gesessen ist. Also hat er wohl, wieder ein freier Mann, daheim das Ensemble von Zimmer, Bett, Stuhl usw. erneuern und in dieser Umgebung sich als «der Mann, der 35 Jahre in der Bastille war» (so lautet der Text zum Bilde) porträtieren lassen. Vielleicht in der naiven Annahme, damit der Nachwelt ein Beweisstück mehr zu übermitteln für die Tatsache, daß noch Ende des europäischen 18. Jahrhunderts Menschen endlos lange Jahre im Kerker gehalten, gequält, gemordet werden konnten, weil es der Willkür, Laune, Narrheit eines Machthabers so gefiel.

Im 19. Jahrhundert, mag Untel gedacht haben, würde derlei Ungeheuerliches nicht mehr möglich sein. Vom zwanzigsten ganz zu schweigen!

Leben am Pazifik

Der «Aufbau» wünscht einiges über «das Leben am Pazifik» zu hören; vermutlich im besonderen über das des Emigranten hier. Ich kann versichern, daß dieses Leben – wenn man sich guter Gesundheit erfreut, Sorge um das Schicksal der Nächsten, der Näheren und auch Fernen nicht das Herz bedrückt, die allgemeinen und privaten Anlässe zu Kummer, Enttäuschung, Verdruß sich in bescheidenen Grenzen halten, es an Arbeit nicht fehlt, die Verzweiflung über das, was geschieht, und das, was nicht geschieht, durch Hoffnung halb paralysiert erscheint, genügend Geld im Hause ist und mit aller Wahrscheinlichkeit auch morgen sein wird – daß unter diesen Voraussetzungen das Leben am Pazifik durchaus erträglich ist, sogar angenehm.

Dies verdanken wir Pazifisten vor allem unserem Klima, welches, wie weithin bekannt, ausgezeichnet. Wenn einmal hier ein Wetter herrscht, herrscht es lange. Augenblicklich, d. h. seit mehreren Monaten, herrscht sehr heißes Wetter. Aber die Menschen in Hollywood haben einen Trick, sich die Hitze erträglicher zu machen: sie stellen sich vor, was die Menschen in New York unter ihr zu leiden haben, und da wird ihnen gleich ein paar Grade kühler um die Haut. Flora und Fauna tun das ihrige, dem Leben am Pazifik freundliche Farben zu geben. In Kalifornien blühen die Rosen viele Male. Sie fangen immer wieder von vorne an und führen es immer wieder bis zu Ende durch; als wollten sie die Müden und Mutlosen lehren: man muß nur wollen, dann geht es schon noch einmal. Von den Kolibris hier, dem Stolz unseres ornithologischen Alltags, wird man auch am Atlantik schon gehört haben. Diese liebenswerten Vögelchen können, in hohen Tonlagen schwirrend, in der Luft stehen bleiben; wenn man jemand auf sie aufmerksam macht, sind sie immer schon fort.

Nicht nur die Natur trägt dazu bei, den Aufenthalt am Pazifik angenehm zu gestalten. Das Leben ist hier billiger, die Wohnverhältnisse günstiger als im Osten, und die Kleiderfrage, da es richtige Kälte kaum gibt, leichter zu lösen. Zusammenfassend läßt sich sagen, daß es dem, dem es hier schlecht geht, besser schlecht geht, als es ihm unter gleichen persönlichen Umständen etwa in einer der großen Städte des Ostens ginge. Er lebt hier in entschieden bequemeren traurigen Verhältnissen als anderswo. Um die Misere blühen Rosen, und ein Kolibri, zuweilen, schwebt lieblich über ihr.

Der Geselligkeit unter uns Emigranten sind durch die räumlichen Entfernungen, die zum Zweck des Miteinanderseins zu überwinden wären, Schranken gesetzt. Seit Kriegsbeginn auch durch den curfew, eben jenen auferlegt, die durch leidvolles Schicksal, Gesinnung, Leistung als Todfeinde der Hitlerei zwingend legitimiert, als solche geradezu gekennzeichnet sind. So ist es, da Zufallsbegegnungen sich nur spärlich ereignen, in Los Angeles und den angeschlossenen Gemeinden nichts Ungewöhnliches, daß dort sehr gute Bekannte einander jahrelang nicht zu Gesicht bekommen. Trost hierfür ist zu finden in der Erkenntnis, daß auf gute Bekanntschaft nichts so konservierend wirkt wie seltenes Beisammensein. Eine Gruppe für sich, und also in diese oberflächliche Betrachtung nicht einzubeziehen, bilden hier jene Emigranten, die ihre Wurzeln schon so tief in amerikanische Erde gesenkt haben, daß ihnen bereits so ist, als seien jene aus dieser hervorgewachsen. Sie haben das Europa in sich überwunden, wollen an den peinlichen Erdteil (wie an eine kompromittierende Verwandtschaft) nicht erinnert werden.

Die Emigrantengespräche am Pazifik, zumal in Hollywood, wenden sich, nachdem das über globalen Krieg und globales Elend sachlich zu Sagende gesagt und die angehäuften persönlichen Bitterkeiten ausgeschüttet sind, gern dem Film zu. Sie verweilen dort längere Zeit und werden mit sonderbarer Erbitterung geführt. Die Urteile über pictures gehen weit auseinander und sind von unbedingter Entschiedenheit und abschließender Radikalität. Zwischen «begeistert» und «angewidert» gibt es da kaum eine mittlere Meinung. Was «begeistert» anlangt, ist nun allerdings zu erwähnen, daß in picture-Sachen «begeistert» ein Hollywooder Mindestausdruck der Bejahung ist. Hat z. B. jemand das getan, was am Pazifik verbreiteter Brauch ist, nämlich eine Filmstory verfaßt, so sind von ihr zuversichtlich alle – Familie, Freunde, Agenten und sämtliche Instanzen der Studios – begeistert;

und nicht begeistert ist am Ende nur der Verfasser, mit dessen jedermann begeisternder Geschichte niemand etwas anzufangen wußte.

Die von den Nazis vertriebenen europäischen Schauspieler haben jetzt am Pazifik mehr zu tun. Sie finden in den vielen Kriegsfilmen, die derzeit hergestellt werden, Verwendung. Zumeist als Nazis. Wunderliche Schicksalsfügung: als Darsteller der Bestialität, deren Opfer man geworden ist, zur Geltung zu kommen, vielleicht zu Starehren. Nebenbei: fiel schon auf, daß der Titel «Star», obwohl es in sämtlichen Kultursprachen ein identisches Wort hierfür gibt, unübersetzbar ist? Ein Star ist überall ein Star, und nicht «une étoile», «una stella», «ein Stern», oder dergleichen. Ich kann mir nicht vorstellen, daß etwa Emil Jannings, als er berühmt wurde, zu seiner Großmutter geeilt und der braven alten Jüdin um den Hals gefallen wäre mit dem Jubelschrei: «Großmama, ich bin ein Stern!» Er hat bestimmt gesagt: «ein Star.»

Mein Wiedersehn mit Berlin

DER kurze Flug nach Berlin – die erste Luftreise für mich – verlief sehr befriedigend. Eine massive Wolkendecke versperrte die Aussicht, aber bald nach dem Start schon lichtete sie sich insofern, als den Passagieren ein Kissen auf die Knie gelegt wurde und auf das Kissen eine Platte mit Brot, Butter, Schinken, Wurst, Käse, einem Glas Wein, Kaffee, Zigaretten, Kaugummi und zwei ungemein zierliche Pappendeckel-Büchschen, enthaltend Pfeffer und Salz. Selbstverständlich, die Bewirtung ist in den Fahrpreis einkalkuliert, aber man fühlt sich trotzdem beschenkt. Der Mensch fällt gern in und auf die Illusion hinein, daß er etwas umsonst bekommt. Da schmeckt ihm dann gleich alles besser. Während das Flugzeug zur Landung abwärts ging, in Sturm und Regen, ein bißchen ruckweise, als stolperte es eine Treppe mit hohen Stufen hinunter, verstummten die Gespräche in ihm. Es wurde drinnen so grau wie draußen, und die Gefährten griffen nach der Hand der Gefährtinnen, soweit solche vorhanden waren. In Bereitschaft sein ist alles.

Der Baum vor dem kleinen Hotel raschelte Ende Oktober noch mit einer Garnitur von gelben Blättern, und bis in den November hinein erhellte und wärmte ein unwahrscheinlich gnädiger Herbst die Stadt. An dem niederdrückenden Aspekt der zerbröckelten oder plattgeschlagenen Straßen änderte das nicht viel. Auch die Gesichter der Menschen dort tragen Spuren der Zerstörung, Merkmale von Erduldetem oder Merkmale neuer Sorge – sofern nicht, versteht sich, die Annahme, es müsse so sein, derlei fälschlich in sie hineinliest.

Die Berliner Taxi-Chauffeure, ihrer Tradition getreu, machen noch humorige Bemerkungen, aber es ist ein umflorter Humor. Oder vielleicht wäre richtiger zu sagen: ein unterernährter. Gegenüber dem Hotel hält eine Frau kümmerliches Obst feil. Zuweilen verläßt sie das Obst, um in den Mülleimern der Nachbarschaft nach Brauchbarem zu stochern. Ihre winzige Bretterbude ist angelehnt an den Mauerrest eines leer gehöhlten Hauses, und oft kann man die Alte darin herumsteigen sehen, auf und ab das Fragment von Stiege, oder, hinausgelehnt über den Rand eines der Löcher, wo Fenster waren, die Straße beobachten. Sie spielt: Wohnung. Vielleicht sogar: Hausbesitzerin.

Die Berliner, heute wie in vergangener Zeit, sind freundlich zu den Mitmenschen, sogar den zugereisten. Sie meinen, was und wie sie's sagen – zumindest die, denen ich begegnet bin –, sie machen kein Hehl aus ihrem Wissen, wie abscheulich war, was geschehen ist, und keines aus ihrer Verlegenheit, daß es geschehen konnte. In Berlin, versichern Kenner der Stadt und ihrer Menschen, wird es dem Gestank, in den die Hitlerei sich auflöste, nicht leicht gelingen, wieder Atmosphäre zu bilden. Hier hat man mehr Hohn als Bedauern für die Generale, die an Ausfalls-Erscheinungen leiden, weil sie so lange schon nichts zu kommandieren haben; und kein redlicher Mann fällt hier hinein auf den Spuk, daß zwischen bestialischen Untaten und der zu Scham und Reue verpflichtenden Erinnerung an sie wie eine Astralhand die «Soldatenehre» sich schiebt.

Berlin heute (in der absurden Lage einer deutschen Enklave in deutschem Land, von einer richtigen Grenze, mit allen Schikanen einer solchen, umschnürt) Fremden schon deshalb gern alle Höflichkeit erweist. Auch solchen, vielleicht besonders solchen, die nicht immer Fremde waren, einstens engere Beziehungen hatten zur Stadt, und von den Älteren noch erinnert werden. Derlei Gäste werden überaus nett aufgenommen, werden befragt, photographiert, karikiert (als wenn die Photos zu diesem Zweck nicht ausreichten!), kommen auch vor eine Fernseh-Kamera, um dort ein paar vorbereitete Sätze aus dem Stegreif zu sprechen, eingeführt von einem Fräulein Ansagerin, deren Erscheinung die Berliner Fernseher trösten mag über das, was sie nachher zu sehen bekommen.

Wenn den Berlinern ganz miserabel zumute ist, gehen sie ans Brandenburger Tor, gucken in ihre andere Hälfte (getrennt, aber nicht geschieden) hinüber und fühlen ihre Nöte um eine Nuance erträglicher. Besseren Trost gegen jene finden sie in der Entschlossenheit, sich aus ihnen herauszurappeln. Das geht natürlich, zufolge des Übermaßes an Handikaps, langsam – und doch auch erstaunlich schnell. Aber solches Ineinander von Schnell und Langsam ist, glaube ich, überhaupt ein Kriterium der Zeit. Sozusagen: sie kriecht rapid. Vom Straßenbild des heutigen Berlin läßt sich das gut ablesen. Viele niedergeprackte Häuser, im steten Fortschritt ihres Verfalls, sehen bereits aus wie Ruinen von Ruinen. Andere, von Schutt befreit, in Ordnung (soweit Ruinen das sein können) und sauber, wecken den Eindruck, als wären sie eines natürlichen Todes gestorben. Hier und dort stehen auch schon neue Kulissen des Wohlstands, und auf dem zerlöcherten Kurfürstendamm, der in nächtlicher Bunt-Beleuchtung aussieht wie ganz, rumort wieder der «Betrieb». Noch nicht mit Trommeln und Trompeten, leichter instrumentiert, aber immerhin.

Auch im Geschäfts- und Kunst-Bezirk des Theaters. Von

dem wenigen, das ich dort sah, haften ein paar schauspielerische Sehenswürdigkeiten im Gedächtnis. Etwa – ladies first – wie Frau Edith Schneider, in der amerikanischen Komödie «Nicht von gestern», Treppen hinauf oder hinunter steigt, in einem so graziösen wie provokanten Schwebegang, mit einer Drehung der Hüften, als gäbe ein unverschämtes Straßenliedchen ihnen den Rhythmus an. Oder Marianne Hoppe in Odetts «Mädchen vom Lande», schwankend, wie's die Rolle will, zwischen Verzicht und Auflehnung, voll heimlichen Protests auch in den Augenblicken der Resignation, und dramatische Funken sprühend in jenen der Entscheidung. Oder die Marcelline («Ein toller Tag») der Roma Bahn: aus der herkömmlichen komischen Alten wurde da eine amüsanteste, auf deutsch überzeugend französische, Hofdame entre deux âges, mit allen parfümierten Wassern gewaschen. Und Ernst Deutsch als Hofmannsthalscher Ödipus, königlich in Haltung, Gebärde, Sprache, trotz aller stilbedingten Distanz und menschlich ganz nahe; und zu tragischer Höchstspannung steigernd die Szenen des Bemühens, das Netz aus Schicksalsfäden zu zerreißen, das die verspielte Bosheit der Götter für das thebanische Baby ausgeklügelt hatte. «Ödipus» ereignete sich in dem neuen, beruhigend weiträumigen Schillertheater, das eine gute Mitte hält zwischen nüchtern und festlich. Doch haben an dem kühl-eleganten Bau manches auszusetzen Leute, die von Architektur etwas verstehen. Oder über sie schreiben.

Ernst Deutschs Sprechkunst kam auch meiner mittäglichen Vorlesung eigener Schriften zugute, deren Hälfte (der Vorlesung) er auf sich genommen hatte. Sie fand statt an einem strahlenden Sonntag, einem richtigen Sonn-Tag, Juni im November. Erstaunlich, wie viele trotzdem ins Schloßparktheater gekommen waren, statt spazieren zu gehen. Wir, Zuhörer und ich, verstanden uns gut miteinander. Sie nahmen das Ernste ernst, das Heitere heiter, es gab da keinerlei Unordnung. Ideale Zuhörer. Sie waren wie das Wetter draußen.

Wozu braucht ein Engel Flügel?

Von einer Faust-Aufführung, vor langen Jahren, des Wiener Burgtheaters haften im Gedächtnis die drei Erzengel, die den «Prolog im Himmel» einleiten. Sie standen auf wolkig getarnten Piedestalen und sprachen, so feierlich-entrückt sie konnten, die unbegreiflich hohen Worte von den unbegreiflich hohen Werken, die herrlich sind wie am ersten Tag. Es waren, fürs Auge, überzeugende Engel, als solche beglaubigt durch ihr Flügelkleid, weiße Fittiche, die, größer als ihre Träger, von deren Schultern majestätisch in die Höhe ragten. Manche Zuschauer mögen, Schein und Wirklichkeit durch einen gedanklichen Kurzschluß ineinander mengend, sich verwundert haben, wie Engel mit solch enormer Flügel-Spannweite es fertiggebracht hätten, ins Burgtheater hineinzufliegen (das damals noch nicht von Bomben zerlöchert war).

Wozu braucht ein Engel Flügel? Die scheinbar erledigende Antwort: «um zu fliegen», ginge daneben – so zutreffend sie wäre auf die Frage: Wozu braucht ein *Mensch* Flügel? Beziehungsweise einen Apparat, der sie ersetzt. Engel aber sind den Ordnungen und Satzungen unserer materiellen Welt nicht unterworfen. Wozu dann brauchen sie Flügel? Das heißt: einen nach den Regeln der Physik gebauten Mechanismus, der ihnen die Schwerkraft überwinden hilft? Ich glaube, Engel haben Flügel einzig und allein zu dem Zweck, unser Kausalitäts-Bedürfnis zu befriedigen. Denn auch Überirdische, für die der Kodex, den wir «Naturgesetze» nennen, nicht gilt, können wir uns nicht anders vorstellen, als mehr oder minder doch eingeflochten in das Netz irdischer Bedingtheiten, als doch der Realität, wie wir sie kennen, verhaftet. Also denken wir die Engel mit Flügeln ausgestattet. Hiermit aber tun wir ihrem Übernatürlichen Abbruch, versündigen uns gleichsam an ihrer Unbegreiflichkeit. Als ob himmlische Wesen, zwecks Fortbewegung in der Luft, auf ein System von biegsamen Rippen und Federn angewiesen wären wie die Vögel!

Wie denn also sollten wir uns Engel vorstellen? Das alte

Testament gibt hierauf erschöpfende Antwort: «Du sollst dir kein Bildnis machen weder des, das oben im Himmel, noch des, das unten auf Erden, oder des, das im Wasser unter der Erde ist.» Danken wir dem weisen Gesetzgeber, daß er unsere Phantasie von der verzweifelten Aufgabe losgesprochen hat, sich Nichtvorstellbares vorzustellen.

Auch die unwahrscheinlichsten Fabelwesen, jemals von Dichtern oder bildenden Künstlern ausgedacht, sind doch immer nur (mehr oder weniger kühne) Abwandlungen, Verzerrungen, Deformierungen menschlicher oder tierischer Erscheinung. Ein Phantasiegeschöpf zu erfinden, in dessen Bau kein Stückchen menschlicher oder tierischer Anatomie enthalten wäre, ginge über die Grenzen auch der höchsten Einbildungskraft. Unsere Gespenster haben Augen zum Sehen und Hände zum Greifen, und wenn sie den Kopf unterm Arm tragen, so tragen sie ihn doch immerhin, weil er sonst zur Erde fiele. In Kurzem: unsere Phantasie, gebärde sie sich noch so zügellos, schweift an der Leine.

Der abstrakte Künstler, allerdings, weiß sie abzustreifen. Wenn er etwa einen Engel, die Idee: «Engel» darstellen wollte, würde er nicht nur die Flügel weglassen, sondern vermutlich auch den Engel, beziehungsweise ihn durch eine Anordnung von Graphit- oder Farbspuren ersetzen, die «Engel» bedeuten könnte. Besonders wenn ein Bildtitel das Stichwort zu solcher Deutung gäbe. Die Endphase dieser vom Gegenständlichen unabhängigen Kunst wird das leere Blatt sein. Auf ihm erschiene die Eingebung des Künstlers in einem letzten, nicht mehr überbietbaren Grad von Abstraktion ausgeformt.

Mordprozeß

Die Richter sowie der Herr öffentliche Ankläger tragen Talar, und der Herr Verteidiger trägt auch Talar. Seiner Sendung wie der des Gerichtshofs und des Staatsanwalts kommt das gleiche Pathos des Kostüms gleichermaßen zu Hilfe. Scheinbar. In Wirklichkeit jedoch ist, von kleinen differenten Äußerlichkeiten abgesehen, ein Unterschied zwischen jenen Talaren und diesem Talar, ein Unterschied wie zwischen Tracht und Kostüm, wie zwischen daheim und auf Besuch, blutsverwandt und bloß verschwägert, immer und gelegentlich.

Am besten sage ich es so: Es ist ein Unterschied wie seinerzeit der zwischen Offizier und Reserveoffizier. Beide hatten dieselbe Uniform, aber was bei diesem nur ein Kleid, war bei jenem Fortsetzung seiner Haut. Die Röcke waren gleich, aber ihre Symbolkraft, ihre Strahlung eine ganz verschiedene.

Auf der Geschworenenbank sitzen zwölf brave Bürgersleute. Ihre Gesichter sind undurchdringlich, sie bewahren strenge mimische Neutralität.

Doch es gibt da Nuancen.

Wenn der Beklagte spricht, bekommen die Antlitze der Geschworenen etwas starres, Stein-Kühles. Dir gegenüber sind wir Aug' und Ohr und Meinung, nichts sonst . . . sagen diese Masken. Wir sind Richter, verstehst du, was das heißt? Richterschaft bricht Menschenbrüderschaft.

Wenn der Herr Verteidiger spricht, bleiben die geschworenen Gesichter unverändert. Sie rücken nur ein wenig in den Schatten, sie lassen die Jalousien über ihre Mienen herab. So als ob sie der Erleuchtung durch den Herrn Verteidiger – der sie sich ja keineswegs entziehen möchten – nicht bedürften. Es ist wie taktvolle Abwehr einer Zudringlichkeit. Hingegen wenn der Staatsanwalt oder gar der Vorsitzende redet! Dann fliegen die Jalousien hoch, die Antlitze öffnen sich, in die Mienen tritt etwas Höfliches, gerne Lauschendes, Zuspringliches, wie ein Briefschluß achtungsvoll Ergebenes, etwas von der Lust, die den Schüler durchrieselt, wenn der Lehrer ihm die Hand reicht.

Es hat sein Wohliges, *mit der Autorität auf gleicher Ebene* zu stehen. Geruch der Amtswürde betäubt den schlichten

Mann. Und die Vorstellung, mit der Obrigkeit unter einer Decke zu spielen, ist etwas, das auch den keuschesten Bürger sinnlich erregt.

Der Herr Staatsanwalt sucht, natürlich, auch nur die Wahrheit. Ich möchte wissen, ob er, fände er sie zufällig, ohne daß es wer sähe, und sie widerspräche all seinen Behauptungen bisher und Logiken, ich möchte wissen, ob er den Fund abliefern oder verheimlichen würde.

Geht es ihm darum, daß Recht werde oder daß er recht behält?

Die Angeklagte ist ein törichtes Weib. Sie hat kein Talent, Mitleid oder gar Sympathie zu erwecken, sie schätzt dummes Zeug, schadet durch ihre Person ihrer Sache. Die Geschworenen mochten sie nicht leiden, der *persönliche Eindruck*, den sie von der Angeklagten gewannen (das haben sie nachher selbst gesagt), stopfte die Löcher im Indizienbeweis zu.

Ich weiß nicht, ob die antipathische Person getan hat, wessen man sie bezichtigt. Es interessiert mich auch nicht. Der Prozeß hat so wenig die Gewißheit ihrer Schuld wie die ihrer Unschuld erbracht . . . wohl aber eine andere, furchtbare und beklemmende Gewißheit: nämlich die, daß die Frau, ob schuldig oder nicht, doch nie und nimmer verurteilt worden wäre, hätte sie über eine auch nur um Geringeres feinere Technik, ihre Schuldlosigkeit zu behaupten, verfügt. Eine Moissi-Schülerin an ihrer Stelle, mit etwas gut placierter Träne, mit etwas kummervoller Ohnmacht in der Stimme . . . und die Beweiskette, die das dumme Weib strangulierte, wäre wie Zwirn gerissen. Eine bessere Maske der Unschuld – ganz gleichgültig, ob ein schuldiges oder schuldloses Antlitz dekkend – und den Geschworenen wäre das «Ja» nicht über die Lippen gekommen. Ein richtiger Tonfall des «Ich hab es nicht getan», und sie hätte es nicht getan, auch wenn sie es getan hätte.

Es gilt vor Geschworenen wie vor weiterem Publikum: Gerettet oder gerichtet, obenauf oder untendurch – das ist keine moralische, sondern eine Talentfrage. Und Recht keine Frage des Rechts, sondern eine der Dialektik.

«Fünfzehn Jahre Zuchthaus» verkündete der Vorsitzende. Er setzte dann hinzu, aus besonderer Milde hätte das Gericht nicht auf lebenslängliches Zuchthaus erkannt, sondern auf eine zeitlich begrenzte Strafe.

Ein Schäker. Die Verurteilte ist fünfundfünfzig Jahre alt ... da sind fünfzehn Jahre länger als lebenslänglich.

Es ist eine Lücke im Gesetz, daß man keinen länger einsperren kann, als er lebt. Da hat's dann so ein alter Sünder natürlich leicht, Schuld wider die sittliche Ordnung auf sich zu laden: kommt diese als Gläubigerin, Leben zu pfänden, findet sie nur einen schäbigen Rest und ist die Angeschmierte. Die Justiz dürfte nicht ruhig zusehen, wie ihr die Biologie in den rächenden Arm fällt. Wo bleibt die Wissenschaft der Verjüngung? Soll sie nur profanen Zwecken dienen? Erst der Staat, dann das Vergnügen. Zur Erhöhung der passiven Straffälligkeit muß etwas geschehen.

«Sind S' ruhig!» sagte der Präsident zur Angeklagten, als sie in die Urteilsverkündigung etwas hineinschrie. Nur daß er nicht hinzufügte: «Nehmen Sie sich ein Beispiel, wie ruhig *ich* bin.»

Wenn man nicht wüßte, daß es um die Wahrheit und nur um die Wahrheit, um das Recht und nur um das Recht geht!

Erst ist das hohe Gericht ganz gleichgültig, ganz amtlich. Aber dann hockt das zittrige Lebewesen (dort zwischen den Justizsoldaten), wehrt sich, schreit, macht Schwierigkeiten. Das reizt die Herren. Und nun allmählich kommt sportlicher Zug in die Sache, die Schützen, obzwar eigentlich, akademisch, hinter der Wahrheit her, scheinen wie fasziniert von dem beweglichen, lebendigen Ziel, das sich ihnen bietet, mit der List und Behendigkeit des Verfolgten steigt der Grimm der Verfolger, Jagdleidenschaft hetzt die Jäger, die das Wild hetzen, und die Posaune des irdischen Gerichts klingt lustig wie Hifthornschall.

«Benehmen Sie sich anständig!»

Das zittrige Lebewesen [dort zwischen den Justizsoldaten] bockt, wehrt sich, macht Schwierigkeiten. Das reizt die Männer im Talar. Und nun allmählich kommt sportlicher Zug in die Sache, die Schützen, obschon eigentlich, akademisch, hinter der Wahrheit her, scheinen wie fasziniert von dem beweglichen, lebendigen Ziel, das sich ihnen bietet, mit der List des Verfolgten steigt der Grimm der Verfolger, Jagdleidenschaft hetzt die Jäger, die das Wild hetzen, und die Posaune des irdischen Gerichts klingt wie Hifthornschall.

Der Angeklagte im Mordprozeß, der die Tat nicht begangen haben will und dessen Schuld niemand für voll erwiesen hielt, vermutlich nicht einmal die, die ihn für schuldig erklärten, der Angeklagte, als das Urteil «zwanzig Jahre schweren Kerkers» auf ihn niederstürzte, brach in lautes Schreien aus. Dies verletzte den Vorsitzenden, einen Mann von Manieren, der es an Höflichkeit während des Prozesses nie hatte fehlen lassen; er unterbrach den solennen Akt der Urteilsverkündung und sprach die geflügelten Worte, epea pteroenta: «Benehmen Sie sich anständig!» Die Ermahnung ging dem rücksichtslosen Menschen bei einem Ohr hinein und Gott weiß wo hinaus, er machte seinem unter der Bürde der Ohnmacht erstickenden Herzen noch weiter unziemliche Luft und wurde abgeführt.

Im Gerichtssaal muß sich jeder anständig benehmen, auch der Inkulpat. Für ihn wird man keine Extrawurst braten. Gleiche Pflichten für alle. Der Angeklagte, von dem hier die Rede ist, hätte sich ein Beispiel nehmen können an dem Verhalten der übrigen Darsteller im Justizschauspiel. Jeder, ihn ausgenommen, benahm sich anständig. Der Vorsitzende verlas mit ruhiger, affektloser Stimme das Urteil, die Mitglieder des Gerichtshofs hielten in Selbstbeherrschung ihre Häupter, die so schweren Entschluß gefaßt hatten, aufrecht, der Schriftführer führte Schrift, als wenn nichts geschehen wäre, sogar der Saaldiener, obschon nur ein schlichter Mann aus dem Volk, blieb im Gleichgewicht [wie die Waage der steinernen Gerechtigkeit, die auch nicht das kleinste bißchen schwankte], der Staatsanwalt zeigte beste Haltung, die Geschworenen dämmten den Sturm der Gefühle, der hinter ihren Westen toben mochte, auf das taktvollste zurück, die Justizsoldaten verrieten mit keinem Mienenzuck, was in ihnen vorging, kurz, alle nahmen die zwanzig Jahre Zuchthaus gefaßt hin. Nur der Angeklagte schrie.

Es geschieht, das läßt sich nicht vermeiden, vieles zwischen Menschen, das geeignet ist, sie nervös zu machen. Wenn da jeder gleich der Nervosität freien Lauf lassen wollte, keiner verstände sein eigenes Wort mehr vor furchtbarem Geschrei ringsum. Deshalb wurde von den Erfindern der Zivilisation das sogenannte gute Benehmen ausgedacht. Es ist eine Art von Zusatz zur gemeinen Luft des Miteinanderseins, der die Stimmen dämpft, die Gebärden mäßigt, den Farben der Beziehungen das Grelle nimmt. Kein Wohlerzogener wird diese künstliche Atmosphäre durch Loslassen seiner natürlichen Regungen und Erregungen stören.

Jener Vorsitzende, schockiert, sagte nicht: «Fassen Sie sich«, oder: «Nehmen Sie sich zusammen«, sondern: «Benehmen Sie sich anständig.» Er stieß den Mann in aller Form aus der Reihe anständiger Menschen und mahnte ihn, dies wie ein anständiger Mensch zu tragen.

Wie benimmt sich nun aber ein Individuum, dem man mitteilt, es sei zu Jahren schweren Kerkers verurteilt, anständig? Die Satzungen, die das Verhalten in gesitteter Gesellschaft regeln, lassen diesen Fall unberücksichtigt. Sie wissen Antwort auf viele heikle Fragen, vor die das unberechenbare Leben den Anständigen stellen mag – Wie ißt man korrekt Austern, Spargel, Artischocken? Wenn man mit einer Dame ins Absteigequartier geht, läßt man ihr den Vortritt? und dergleichen – aber in keinem Leitfaden für gute Manieren wird etwas darüber gesagt, wie ein zu zwanzig Jahren Kerker Verurteilter sich anständig zu benehmen hat. Dankt er erst den Geschworenen und dann dem Präsidenten? Oder umgekehrt? Mit Worten? Oder bloß mit einer Verbeugung? Soll er bei der Urteilsverkündung den Kopf leicht gesenkt halten oder dem Vorsitzenden offen ins Auge blicken? Quittiert der Gentleman seine Verdammung zu zwanzig Jahren Kerker mit demütiger Miene oder mit wehmütigem Lächeln? Ein fauxpas ist da leicht begangen. Bei welcher Strafhöhe sind Schwanken und Erbleichen gestattet? Bei welcher das Ausbrechen in Tränen, coram publico?

Keinesfalls ist es anständig, zu schreien. Es ist unpassend, fällt auf, geht den Anwesenden auf die Nerven, widerspricht aller Konvention, wie sie unter besseren Leuten gilt. Auch ein zu zwanzig Jahren Kerker Verurteilter, ob schuldig oder nicht, der weiß, was sich gehört, hat sich selbst dort zu haben, wo ihn die Justiz hat: in der Gewalt.

Anhang

Editorische Notiz

Die Alfred Polgar-Werkausgabe, «Kleine Schriften», soll in vier Bänden die wesentlichen Texte des Wiener Essayisten, Kritikers und Erzählers vereinigen. Sie kann und will nicht den Anspruch einer historisch-kritischen Ausgabe erheben, allein schon deshalb nicht, weil keine Manuskripte erhalten sind. Auch sind dies keine «Sämtlichen Werke», denn wollte man das Gesamtschaffen des Theaterkritikers, insbesondere die vielen hundert Kurzrezensionen aus Polgars frühen Jahren, wieder auflegen, würde allzuviel journalistische Routinearbeit mit reinem Informationscharakter und ohne literarischen Anspruch den Blick auf seine eigentliche Leistung verstellen. Die «Kleinen Schriften» sind vielmehr als möglichst exakte und übersichtliche Leseausgabe gedacht, für heute und für die Zukunft.

Polgar selbst hat seine Kurzprosa, seine Erzählungen, Skizzen und Betrachtungen, seine Glossen und Theaterkritiken, in 27 Bänden veröffentlicht. Daneben liegen eine dreiaktige Komödie («Die Defraudanten», 1931) und drei – gemeinsam mit Egon Friedell verfaßte – Kabarettstücke (1908/1910) im Druck vor. Die Zahl 27 mag falsche Vorstellungen über die Größe des Polgarschen Werkes erwecken, da die Buchausgaben, vor allem die aus der Zeit nach 1933, oft Texte enthalten, die bereits in seinen vorangegangenen Bänden erschienen waren. Überdies sind die Originalausgaben, zumal die frühen, meist dünn und auch großzügig gesetzt. Daher ist sein Œuvre insgesamt kleiner, als es die umfangreiche Bibliographie vermuten läßt.

Zudem war Polgar Tagesschriftsteller im doppelten Verständnis: Er ließ sich nicht nur durch die Chronik der großen und kleinen Ereignisse anregen, sondern veröffentlichte auch, aus finanziellen Gründen, fast jeden Text zuerst in Tageszeitungen oder Zeitschriften. In den Bänden von «Der Quell des

Übels» (1908) bis zu «Im Lauf der Zeit» (1954) hat Polgar dann zumeist bloß geerntet, was er zuvor in den Zeitungsspalten und «unter dem Strich» gesät hatte.

Gewiß, als Perfektionist im Sprachlichen feilte er von Mal zu Mal an Formulierungen, straffte und verdichtete, ließ zeit- und anlaßbedingte Details weg. Diese Konzentrationstechnik führte bisweilen zu aphoristischer Kürze, wie im Fall seines «Handbuchs des Kritikers» (1938). Andererseits, war ihm einmal eine seiner Ansicht nach exemplarische Pointe oder modellhafte Geschichte gelungen, scheute er sich keineswegs, sie in anderem Zusammenhang neuerlich zu verwenden. Bei der Zusammenstellung der «Kleinen Schriften» wurde darauf geachtet, Überschneidungen und Wiederholungen zu vermeiden, wo immer das möglich war.

Die Erstveröffentlichung in Zeitungen gestattet eine relativ genaue Datierung, so daß eine verläßliche chronologische Anordnung der Texte erfolgen konnte. Freilich bietet die Werkausgabe beinahe immer die von Polgar meistens überarbeitete Buchfassung. Wo sich keine Vorlagen eruieren ließen, wurde der Text an den Beginn des Erscheinungsjahres des jeweiligen Buches gestellt.

Da in Polgars Werk die Grenzen zwischen Formen wie Glosse, Skizze und Erzählung fließend sind und eine strenge Trennung somit oft nicht möglich ist, können sich die Kriterien der Zuordnung bisweilen als problematisch erweisen. Jedenfalls schien eine Gliederung sowohl nach formalen als auch nach thematischen Gesichtspunkten zweckvoll.

Der vorliegende Band präsentiert im ersten Teil pazifistische und antifaschistische Texte, im zweiten Betrachtungen zur Zeit und justizkritische Glossen. Band 2 wird erzählende Texte und Skizzen ohne ausgeprägten politischen Bezug enthalten, Band 3 ist Aufsätzen über Literatur und literarisches Leben sowie Filmbesprechungen gewidmet, Band 4 soll eine Auswahl von Theaterkritiken bringen.

«Musterung» hieß eine Kurzgeschichte, die – im Ersten Weltkrieg entstanden und erschienen – ebenso leise wie eindringlich von den Schrecken des Lebens im Hinterland zu berichten weiß. «Musterung» heißt auch Band 1 der «Kleinen Schriften», denn dieser Titel kann für die Gesamtheit der hier gesammelten Prosastücke gelten: In Polgars Perspektive wurde vieles «Große» klein, bekam das Unscheinbare, zur Ohnmacht Verurteilte, Würde und Bedeutung.

Die Texte, die einen konkreten Zeitbezug haben und in denen das diskursive Element das erzählende überwiegt, stammen in erster Linie aus den Bänden «Kleine Zeit» (1919), «Orchester von oben» (1926), «Hinterland» (1929), «Sekundenzeiger» (1937) und «Taschenspiegel» (1979). Darüber hinaus wurden Artikel aus Zeitungen wie der «Nation» (Bern) und Exilzeitschriften wie dem «Neuen Tage-Buch» (Paris) oder dem «Aufbau» (New York) berücksichtigt.

In der Textgestaltung wurde eine behutsame Modernisierung von Orthographie und Interpunktion versucht, im übrigen folgt sie getreu den Vorlagen. Die Herkunft der Texte ist in einem Quellenverzeichnis erläutert, ein Namenregister soll dem Leser die Orientierung erleichtern.

Quellennachweis

I

Theaterabend 1915

Aus: Orchester von oben, S. 131–134. Erste Buchveröffentlichung unter dem Titel THEATERABEND 1914 in: Kleine Zeit, S. 35–38. Erstveröffentlichung in: Die Schaubühne, XI (1), 7. 1. 1915, S. 19–22.

d'Annunzio

Aus: Pester Lloyd, 30. 5. 1915, S. 1 f.

Perspektiven

Aus: Schwarz auf Weiß, S. 124 f. Erstveröffentlichung in: Der Bildermann, I (10), 1916, S. 4. Erste Buchveröffentlichung: Kleine Zeit, S. 105.

Gewalt der Musik

Aus: Hinterland, S. 26 f. Erste Buchveröffentlichung: Kleine Zeit, S. 17 f. Erstveröffentlichung in: Der Bildermann, I (10), 1916, S. 4.

Übergang

Aus: Hinterland, S. 55 ff. 1917 erstmals erschienen, genaues Datum nicht eruierbar.

Vierter Kriegsherbst

Aus: Hinterland, S. 52 ff. Erstveröffentlichung in: Die Schaubühne, XIII (48), 29. 11. 1917, S. 521 f.

Interview

Aus: Kleine Zeit, S. 47 f. Erstveröffentlichung in: Die Schaubühne, XIII (41), 11. 10. 1917, S. 357 f.

Musterung

Aus: Hinterland, S. 84–87. Erste Buchveröffentlichung: Kleine Zeit, S. 28 ff.

Der erste Satz dieser Fassung lautet: «Der Oberst Roussel de Pontlayvet, Chef der Musterungskommission für das Arrondissement II von Paris, saß im Musterungslokal und kämpfte gegen den Schlaf.» Aus Zensurgründen hatte Polgar Frankreich zum Schauplatz seines Prosastücks gemacht. Erstveröffentlichung unter dem Titel 30904 in: Die Schaubühne, XII (51), 20. 12. 1917, S. 594 f.

Bilder

Aus: Schwarz auf Weiß, S. 109 ff. Erstveröffentlichung in: Die Schaubühne, XIV (7), 14. 2. 1918, S. 165 f. Erste Buchveröffentlichung: Kleine Zeit, S. 73 f.

Nummer 28

Aus: Schwarz auf Weiß, S. 97 ff. Erste Buchveröffentlichung: Kleine Zeit, S. 19 f. Erstveröffentlichung in: Der Friede, I (5), 22. 2. 1918, S. 119.

Angst

Aus: Kleine Zeit, S. 133. Erstveröffentlichung gemeinsam mit GERÄUSCHE unter dem Sammeltitel AUS EINEM SKIZZENBUCH in: Der Friede, I (5), 22. 2. 1918, S. 118 f.

Geräusche

Aus: Kleine Zeit, S. 45 f. Erstveröffentlichung in: Der Friede, I (5), 22. 2. 1918, S. 118 f.

Der Friede von Brest-Litowsk

Aus: Hinterland, S. 100–103. Erste Buchveröffentlichung unter dem Titel NUN IST ER DA in: Kleine Zeit, S. 77 ff. Erstveröffentlichung unter demselben Titel in: Prager Tagblatt, 9. 3. 1918, S. 2.

Lyrische Betrachter

Aus: Kleine Zeit, S. 103 f. Erstveröffentlichung in: Der Friede, I (10), 29. 3. 1918, S. 244.

Illustrierte

Aus: Hinterland, S. 65–68. Erste Buchveröffentlichung: Kleine Zeit, S. 94 ff. Erstveröffentlichung in: Die Weltbühne, XIV (16), 17. 4. 1918, S. 376 f.

Hiobrekord

Aus: Hinterland, S. 63 f. Erstveröffentlichung in: Prager Tagblatt, 19. 5. 1918, S. 3.

Gespenster

Aus: Schwarz auf Weiß, S. 112–115. Erstveröffentlichung in: Der Friede, I (24), 5. 7. 1918, S. 548 f. Erste Buchveröffentlichung: Kleine Zeit, S. 118 ff.

Bahnhof

Aus: Kleine Zeit, S. 50–53. Erstveröffentlichung (zensuriert) in: Prager Tagblatt, 21. 7. 1918, S. 3.

Rückkehr

Aus: Schwarz auf Weiß, S. 116–120. Erste Buchveröffentlichung: Kleine Zeit, S. 31–34. Erstveröffentlichung in: Prager Tagblatt, 15. 9. 1918, S. 3.

Unsterblichkeit

Aus: Hinterland, S. 75 ff. Erste Buchveröffentlichung: Kleine Zeit, S. 84 ff. Erstveröffentlichung in: Die Weltbühne, XIV (38), 19. 9. 1918, S. 263 ff.

Krieg als Erzieher

Aus: Hinterland, S. 23 ff. Erstveröffentlichung unter dem Titel DER KRIEG ALS ERZIEHER in: Die Weltbühne, XIV (41), 10. 10. 1918, S. 337 f.

Wo bleibt die moderne Eroica?

Aus: Der Friede, II (40), 25. 10. 1918, S. 335.

Was macht er jetzt?

Aus: Hinterland, S. 129 ff. Erste Buchveröffentlichung: Kleine Zeit, S. 134 f. Erstveröffentlichung in: Der Friede, II (46), 6. 12. 1918, S. 479.

Plakate

Aus: Hinterland, S. 141 ff. Erstveröffentlichung unter dem Titel DAS POLITISCHE PLAKAT in: Prager Tagblatt, 8. 12. 1918, S. 2.

Es geht uns gut

Aus: Hinterland, S. 125 f. Erste Buchveröffentlichung unter dem Titel ALS VORWORT in: Gestern und heute, S. 5 f. Erstveröffentlichung in: Der Friede, II (48/49), 23. 12. 1918, S. 548 f. Eine ausführlichere Fassung erschien auch in: Die Weltbühne, XV (6), 6. 2. 1919, S. 139 f.

Der Kriegsberichterstatter

Aus: Hinterland, S. 39 f. Erste Buchveröffentlichung: Kleine Zeit, S. 39 f.

Verantwortung

Aus: Kleine Zeit, S. 87 f. Siehe auch: Hinterland, S. 73 f.

Park

Aus: Hinterland, S. 28–31. Erste Buchveröffentlichung in: Kleine Zeit, S. 100 ff.

Zahnarzt

Aus: Schwarz auf Weiß, S. 121 ff. Erste Buchveröffentlichung unter dem Titel DER ZAHNARZT in: Kleine Zeit, S. 106 f.

Wien, Dezember 1918

Aus: Hinterland, S. 109–113. Unter dem Titel NOTIZBUCH erschienen in: Die Weltbühne, XV (4), 23. 1. 1919, S. 93 ff.

Die Uniform

Aus: Ich bin Zeuge, S. 170–173. Erstveröffentlichung in: Der Neue Tag, 4. 4. 1919, S. 5.

Budapest

Aus: Hinterland, S. 161–164. Erstveröffentlichung unter dem Titel ANPASSUNG in: Der Neue Tag, 23. 4. 1919, S. 3.

Nur erschossen

Aus: EIN PAAR TAGE IN BERLIN. Aus: Der Neue Tag, 25. 12. 1919, S. 3 f. Erste Buchveröffentlichung: Bei Lichte betrachtet, S. 157 ff.

Wahlen

Aus: Hinterland, S. 180–184. Unter dem Titel WÄHLER! am 12. 10. 1920, S. 3, im Prager Tagblatt erschienen.

Faradische Ströme

Aus: Hinterland, S. 193–197. Erstveröffentlichung in: Die Weltbühne, XVI (47), 18. 11. 1920, S. 587 ff.

Der Teisinger

Aus: Schwarz auf Weiß, S. 69–72. Unter demselben Titel bereits in: Gestern und heute, S. 56–61, erschienen.

Der Unbekannte Soldat

Aus: Orchester von oben, S. 137 ff. Erstveröffentlichung in: Das Tage-Buch, V (43), 25. 10. 1924, S. 1510 f.

Rede, leider nie gehalten am Grabe der Opfer

Aus: Ich bin Zeuge, S. 73–76. Am 11. 9. 1927, S. 3, in: Der Tag erschienen.

Militärischer Kommentar

Aus: Hinterland, S. 34 f.

Man fliegt auf uns!

Aus: Hinterland, S. 96–99.

Trost im Unglück

Aus: Hinterland, S. 135 ff.

Attentat in Wien

Aus: Ansichten, S. 183–186. Erstveröffentlichung in: Die Weltbühne, XXVII (9), 3. 3. 1931, S. 326 f.

Ossietzky geht ins Gefängnis

Aus: Die Weltbühne, XXVIII (20), 17. 5. 1932, S. 742 ff. Erste Buchveröffentlichung: Die Mission des Luftballons, S. 443 ff.

Auch das wäre möglich

Aus: Das Neue Tage-Buch, I (8), 19. 8. 1933, S. 189 f. Erste Buchveröffentlichung: Taschenspiegel, S. 133–137.

Für alle Fälle

Aus: Das Neue Tage-Buch, II (28), 14. 7. 1934, S. 668 f. Erste Buchveröffentlichung: Taschenspiegel, S. 138–141.

Neuer Krieg

Aus: Prager Tagblatt, 3. 3. 1935, S. 3. Erste Buchveröffentlichung: In der Zwischenzeit, s. 247–251.

Segenvolle Neuerung

Aus: Sekundenzeiger, S. 226 f. Etwas geänderte Fassung der Glosse DER KRITIKER IM KONZENTRATIONSLAGER. Aus: Die Nation, III (40), 11. 10. 1935, S. 8.

Schöner Krieg

Aus: Sekundenzeiger, S. 195 ff. Unter dem Titel KRIEGSHYMNE erschienen in: Die Nation, III (45), 14. 11. 1935, S. 8.

Ein Fortschritt

Aus: Sekundenzeiger, S. 222 f. Etwas gekürzte Fassung der Glosse VERMEHRUNG DER MENSCHENRECHTE. Aus: Die Nation, III (45), 14. 11. 1935, S. 8.

Ein Mensch verwirft die Menschenliebe

Aus: Sekundenzeiger, S. 242 f. Erstveröffentlichung (in der Buchfassung gekürzt) in: Streiflichter von Alfred Polgar. In: Die Nation, III (41), 17. 10. 1935, S. 8. Unter dem Titel PHILANTHROPIE im Prager Tagblatt, 21. 11. 1935, S. 4 sowie im Pariser Tageblatt, III (712), 24. 11. 1935, S. 3, erschienen.

Wie die Löwen

Aus: Die Nation, III (46), 21. 11. 1935, S. 8. Erste Buchveröffentlichung: Taschenspiegel, S. 142.

«Peinliche Gefühle»

Aus: Die Nation, III (46), 21. 11. 1935, S. 8. Erste Buchveröffentlichung: Taschenspiegel, S. 143.

Krieg bringt Zug in die Sache

Aus: Pariser Tageblatt, III (712), 24. 11. 1935, S. 3.

Nobelpreis

Aus: Die Nation, III (50), 19. 12. 1935, S. 8.

Rauchen im Gefängnis

Aus: Prager Tagblatt, 5. 1. 1936, Beilage Der Sonntag, S. II.

Zuviel verlangt

Aus: Die Nation, IV (2), 9. 1. 1936, S. 8. Erste Buchveröffentlichung: Taschenspiegel, S. 144 f.

Alles ist wieder gut

Aus: Sekundenzeiger, S. 204 f. Erstveröffentlichung unter dem Titel BERUHIGUNG in: Die Nation, IV (4), 23. 1. 1936, S. 8.

Allheilmittel

Aus: Die Nation, IV (6), 6. 2. 1936, S. 8. Erste Buchveröffentlichung: Sekundenzeiger, S. 224 f.

Wenn die Toten reden könnten

Aus: Die Nation, IV (12), 19. 3. 1936, S. 8. Erste Buchveröffentlichung: Sekundenzeiger, S. 239 ff.

Vis Major

Aus: Die Nation, IV (14), 2. 4. 1936, S. 8. Erste Buchveröffentlichung: Taschenspiegel, S. 146 f.

Inspiration

Aus: Die Nation, IV (18), 7. 5. 1936, S. 8.

Andernfalls

Aus: Sekundenzeiger, S. 198–201. Erstveröffentlichung in: Die Nation, IV (20), 14. 5. 1936, S. 8.

Ein Ironiker

Aus: Die Nation, IV (23), 4. 6. 1936, S. 8.

Entlarvend

Aus: Die Nation, IV (39), 17. 9. 1936, S. 8.

Schicksal in drei Worten

Aus: Sekundenzeiger, S. 282 f. Erstveröffentlichung in: Die Nation, IV (40), 1. 10. 1936, S. 8.

Spanien

Aus: Die Nation, IV (45), 5. 11. 1936, S. 8. Erste Buchveröffentlichung: Taschenspiegel, S. 152 f.

Marionetten-Theater

Aus: Die Nation IV (49), 3. 12. 1936, S. 3.

Das Jammertal

Aus: Prager Tagblatt, 6. 12. 1936, S. 3. Erste Buchveröffentlichung: Taschenspiegel, S. 148 f.

Politische Ausstellung

Aus: Prager Tagblatt, 19. 12. 1936, S. 3. Erste Buchveröffentlichung: Taschenspiegel, S. 150 f.

Konjunktur

Dreiunddreißig – Er zählt die Häupter

Aus: Prager Tagblatt, 25. 12. 1936, S. 5.

Nicht-Einmischung

Aus: Sekundenzeiger, S. 267 ff.

Höhere Mathematik

Aus: Neue Volkszeitung, VI (9), 27. 2. 1937, S. 3. Erste Buchveröffentlichung: Sekundenzeiger, S. 214 f.

Frühlingsbeginn

Aus: Die Nation, V (14), 1. 4. 1937, S. 8. Erste Buchveröffentlichung: Taschenspiegel, S. 165 f.

Gedankenfreiheit

Aus: Die Nation, V (19), 6. 5. 1937, S. 8. Erste Buchveröffentlichung: Taschenspiegel, S. 159 f.

«Schweigend und untätig»

Aus: Die Nation, V (26), 24. 6. 1937, S. 8. Erste Buchveröffentlichung: Taschenspiegel, S. 154 f.

England bedauert

Aus: Die Nation, V (27), 1. 7. 1937, S. 8. Erste Buchveröffentlichung: Taschenspiegel, S. 161 f.

Worte gegen Bomben

Aus: Die Nation, V (41), 7. 10. 1937, S. 8. Erste Buchveröffentlichung: Taschenspiegel, S. 163 f.

Staatsmännische Sprache

Aus: Die Nation, V (47), 18. 11. 1937, S. 8.

Etwas ist es!

Aus: Die Nation, V (49), 2. 12. 1937, S. 8.

Prognose für 1938

Aus: Die Nation, VI (2), 6. 1. 1938, S. 8. Erste Buchveröffentlichung: Taschenspiegel, S. 169 f.

Zu einem Gegenwarts-Thema

Aus: Pariser Tageszeitung, IV (884), 4. 1. 1939, S. 1.

34 Grad im Schatten

Aus: Die Nation, VII (24), 15. 6. 1939, S. 8.

Quarantäne

Aus: Das Neue Tage-Buch, VII (39), 23. 9. 1939, S. 910 f.

Deutsches Geschichts-Schulbuch 1939

Aus: Das Neue Tage-Buch, VII (42), 14. 10. 1939, S. 980 f. Erste Buchveröffentlichung: Taschenspiegel, S. 173–176.

Der Herrenreiter

Aus: Das Neue Tage-Buch, VII (44), 28. 10. 1939, S. 1015 f.

Polgar beschreibt diese Begebenheit nochmals, in der Glosse BEGEGNUNG MIT PAPEN, allerdings wird dort als Zeitpunkt 1937 angegeben.

von Ribbentrop

Aus: Das Neue Tage-Buch, VII (45), 4. 11. 1939, S. 1654 f. Erste Buchveröffentlichung: Taschenspiegel, S. 180–183.

Die Vorsehung

Aus: Das Neue Tage-Buch, VII (47), 18. 11. 1939, S. 1099 f. Erste Buchveröffentlichung: Taschenspiegel, S. 177 ff.

Ein Gedenktag

Aus: Das Neue Tage-Buch, VIII (11), 16. 3. 1940, S. 259 f.

Der Quell des Übels

Aus: Das Neue Tage-Buch, VIII (40), 30. 9. 1940, S. 934 f. Erste Buchveröffentlichung: Taschenspiegel, S. 184 ff.

Zeit und Zeitgenossen

Aus: La libre Autriche, I (1), Mai 1940, S. 15 f.

Die letzte der Glossen wurde weggelassen («Viel Glück ist abgebaut und somit auch viel betreffend.»), weil es sich dabei um die fast wörtliche Übernahme aus einem früheren Polgar-Text handelt (TROST IN KRISENZEIT. In: Ansichten, S. 38 ff.), der in Band II der «Kleinen Schriften» abgedruckt wird.

Wien 1, Stallburggasse 2

Aus: Anderseits, S. 203–207. Erstveröffentlichung in: Aufbau, X (30), 28. 7. 1944, S. 5.

Der Österreicher
(Ein Nachruf)

Aus: Anderseits, S. 198–202. Erstveröffentlichung unter dem Titel DER UNTERSCHIED (ZUM THEMA OESTERREICH) in: Austro American Tribune, III (1), August 1944, Beilage Kunst – Literatur – Musik, S. 5 f.

Der Emigrant und die Heimat

Aus: Anderseits, S. 221–233.

Setzt sich vor allem aus drei umgearbeiteten, gekürzten Glossen zusammen, die im «Aufbau» veröffentlicht wurden: DIE UND WIR, XI (48), 30. 11. 1945, S. 5; POST AUS DER HEIMAT, XII (38), 20. 9. 1946, S. 48 und DIE KÜNSTLER, XIII (40), 3. 10. 1947, S. 40.

Apropos Nürnberg

Aus: Aufbau, XII (43), 20. 10. 1946, S. 40.

Begegnung mit Papen

Aus: Aufbau, XII (43), 20. 10. 1946, S. 40.

An den Rand geschrieben

Aus: Aufbau, XII (46), 15. 11. 1946, S. 40.

Um Wiederholungen zu vermeiden, wurden zwei kurze Absätze weggelassen, die wörtlich oder doch ähnlich in anderen Polgar-Texten vorkommen, so der Aphorismus über «Emigranten-Schicksal» (siehe: DER EMIGRANT UND DIE HEIMAT).

Gespräch mit Frau Koch

Aus: Aufbau, XIV (41), 8. 10. 1948, S. 32.

Von Kunst, Politik, Haß und Liebe

Aus: Aufbau, XV (12), 25. 3. 1949, S. 36.

Notizbuch von einer Europa-Reise

Aus: Aufbau, XV (34), 26. 8. 1949, S. 36.

Münchner Prozesse

I. Mathilde Ludendorff

Aus: Aufbau, XV (51), 23. 12. 1949, S. 32.

II. Leni Riefenstahl

Aus: Aufbau, XV (52), 30. 12. 1949, S. 5.

Gespräch über Gerechtigkeit

Gespräch zwischen einem unerfahrenen und einem bewanderten Zeitgenossen

Aus: Aufbau, XVII (7), 16. 2. 1951, S. 1.

Die Weigerung

Aus: Die Mission des Luftballons, S. 570. Erstveröffentlichung in: Echo der Woche, 2. 2. 1952, S. 11.

II

Der Maronibrater

Aus: Hinterland, S. 58 ff. Erste Buchveröffentlichung: Kleine Zeit, S. 63 ff. Erstveröffentlichung in: Die Schaubühne, XIII (49), 5. 12. 1917, S. 548 f.

Wien

Der Prater – Zuckerbäcker

Aus: Kleine Zeit, S. 54–57.

Ausführlichere Urfassung unter dem Titel VERSUNKENE STADT erschienen in: Die Schaubühne, XIII (50), 13. 12. 1917, S. 571 ff.

Zigarillos

Aus: Hinterland, S. 46 ff. Erste Buchveröffentlichung: Kleine Zeit, S. 89 f. Erstveröffentlichung in: Die Schaubühne, XIV (12), 21. 3. 1918, S. 278 f.

Raubmörder in großer Zeit

Aus: Hinterland, S. 78–83. Unter dem Titel DER UNTERERNÄHRTE RAUBMÖRDER erschienen in: Der Friede, I (23), 28. 6. 1918, S. 55 f.

Buchbesprechung

Aus: Hinterland, S. 93 ff. Erste Buchveröffentlichung: Kleine Zeit, S. 111 ff. Erstveröffentlichung in: Die Weltbühne, XIV (34), 22. 8. 1918, S. 176 ff.

Der Posten

Aus: Ich bin Zeuge, S. 173 ff. Erste Buchveröffentlichung: Kleine Zeit, S. 129 f. Erstveröffentlichung in: Prager Tagblatt, 27. 10. 1918, S. 3.

Die kleinen Leute

Aus: Orchester von oben, S. 171 f. Erste Buchveröffentlichung: Kleine Zeit, S. 131 f. Erstveröffentlichung in: Prager Tagblatt, 17. 11. 1918, S. 3.

Soziale Unordnung

Aus: Orchester von oben, S. 77. Erste Buchveröffentlichung: Kleine Zeit, S. 49.

Im Mittelpunkt der Ereignisse

Aus: Schwarz auf Weiß, S. 183 ff. Erstveröffentlichung in: Der Friede, II (50), 3. 1. 1919, S. 575 f. Erste Buchveröffentlichung: Kleine Zeit, S. 75 f.

Ein Heldenleben (aus großer Zeit)

Aus: Schwarz auf Weiß, S. 75–79. Erste Buchveröffentlichung: Gestern und heute, S. 20–25. Erstveröffentlichung (etwas abweichend) in: Der Friede, II (51), 10. 1. 1919, S. 599 f.

In der Telephonzelle

Aus: Ich bin Zeuge, S. 133 ff. Erste Buchveröffentlichung: Gestern und heute, S. 17 ff. Erstveröffentlichung in: Der Friede, III (55), 7. 2. 1919, S. 70 f.

Republikanischer Hofgarten

Aus: Hinterland, S. 201–204. Erstveröffentlichung in: Der Neue Tag, 29. 6. 1919, S. 5.

Aus einem Notizbuch 1920

Aus: Hinterland, S. 209–212.

Landstraße bei Wien

Aus: Das Tage-Buch, I (14), 17. 4. 1920, S. 488 f. Erste Buchveröffentlichung: Taschenspiegel, S. 93 ff.

Trinkgeldphantasie

Aus: Das Tage-Buch, I (25), 3. 7. 1920, S. 836 ff. Erste Buchveröffentlichung: Taschenspiegel, S. 100 ff.

Geistiges Leben in Wien

Aus: Prager Tagblatt, 14. 11. 1920, S. 4. Erste Buchveröffentlichung: Taschenspiegel, S. 96–99.

Kaiserliche Möbel

Aus: Hinterland, S. 187–190. Erstveröffentlichung: Prager Tagblatt, 16. 11. 1920, S. 4.

Beethoven-Maske

Aus: Die Weltbühne, XVII (9), 3. 3. 1921, S. 258. Erste Buchveröffentlichung: Taschenspiegel, S. 105 f.

Schulaufsatz
«Das Leben ist der Güter höchstes nicht . . .»

Aus: Ich bin Zeuge, S. 63–69. Erstveröffentlichung: Prager Tagblatt, 27. 3. 1921, S. 7.

1921

Aus: Hinterland, S. 215–222. Unter dem Titel LOKALBERICHT erstmals erschienen in: Prager Tagblatt, 17. 4. 1921, S. 3.

Lokalbericht

Aus: Prager Tagblatt, 29. 5. 1921, S. 3.

Denkmal

Aus: Schwarz auf Weiß, S. 221–224. Erstveröffentlichung in: Prager Tagblatt, 10. 7. 1921, S. 3.

An den Rand geschrieben

Aus: Ich bin Zeuge, S. 85–90.

Großteils identisch mit AN DEN RAND GESCHRIEBEN aus: Gestern und heute, S. 94–105. Erstveröffentlichung in: Prager Tagblatt, 25. 12. 1921, S. 16.

Wozu ist das Leben da?

Aus: Orchester von oben, S. 107–110. Erstveröffentlichung in: Prager Tagblatt, 12. 2. 1922, S. 3.

1922

Aus: Hinterland, S. 225 f.

Ausführlichere Urfassung unter dem Titel WIEN im Prager Tagblatt, 2. 4. 1922, S. 3, erschienen.

Lokalbericht

Aus: Prager Tagblatt, 4. 3. 1922, S. 3. Erste Buchveröffentlichung: Taschenspiegel, S. 107–110.

Berlin, Sommer 1922

Aus: Hinterland, S. 229–232. Erstveröffentlichung (etwas ausführlicher) in: Das Tage-Buch, II (29), 22. 7. 1922, S. 1031 ff.

1923

Aus: Hinterland, S. 241–244. Erstfassung unter dem Titel LOKALBERICHT erschienen in: Prager Tagblatt, 10. 2. 1923, S. 3.

Bericht über eine Reise

Aus: Das Tage-Buch, IV (29), 21. 7. 1923, S. 1047–1050. Am 8. 7. 1923, S. 3, in Der Tag veröffentlicht.

Sanierung

Aus: Hinterland, S. 247 ff. Erstveröffentlichung unter dem Titel HERBSTFRÜHLING IN WIEN in: Prager Tagblatt, 11. 11. 1923, S. 3.

Ein Kriminalfall

Aus: ZWEI KRIMINALFÄLLE UND EIN DRITTER ALS EPILOG. In: Das Tage-Buch, V (14), 5. 4. 1924, S. 451–454, S. 452 f. Erste Buchveröffentlichung: Taschenspiegel, S. 111 f.

Eine Sechzehnjährige

Aus: Orchester von oben, S. 159 ff. Erstveröffentlichung unter dem Sammeltitel ZWEI KRIMINALFÄLLE UND EIN DRITTER ALS EPILOG in: Das Tage-Buch, V (14), 5. 4. 1924, S. 451–454.

Geflügeltes Wort

Aus: Orchester von oben, S. 161 f. Erstveröffentlichung unter dem Sammeltitel ZWEI KRIMINALFÄLLE UND EIN DRITTER ALS EPILOG, a.a.O.

Wiener Sommer 1924

Aus: Das Tage-Buch, V (22), 31. 5. 1924, S. 739 f.

Exzentriks

Aus: Schwarz auf Weiß, S. 215–218. Am 22. 12. 1927, S. 2, im Berliner Tageblatt, Abendausgabe, erschienen.

Ästhetik

Aus: An den Rand geschrieben, S. 149 ff.

Der Teufel im Leibe

Aus: Orchester von oben, S. 81–84.

Drei Tage

Aus: Anderseits, S. 140 ff. Erste Buchveröffentlichung (in einer an einigen Stellen abweichenden Fassung) in: Orchester von oben, S. 84–87. Am 20. 6. 1926, S. 7, im Prager Tagblatt erschienen.

Mörder, wie sie nicht sein sollen

Aus: Ich bin Zeuge, S. 179–182. Am 5. 2. 1927, S. 3, in Der Tag erschienen.

Kleiner Diskurs

Aus: Die Weltbühne, XXIV (32), 7. 8. 1928, S. 211 f. Erste Buchveröffentlichung: Sperrsitz, S. 27 ff.

Fall Loos

Aus: Das Tage-Buch, IX (37), 15. 9. 1928, S. 1536 f. Erste Buchveröffentlichung: Taschenspiegel, S. 113 ff.

Richter-Schule

Aus: Schwarz auf Weiß, S. 91–94. Am 23. 10. 1928, S. 2, im Berliner Tageblatt, Abendausgabe, erschienen.

Schubert-Glosse

Aus: Bei dieser Gelegenheit, S. 287–290. Erstveröffentlichung in: Das Tage-Buch, IX (47), 24. 11. 1928, S. 1997 f.

Paderewski. d'Annunzio

Aus: Hinterland, S. 177 f.

Verfall

Aus: Hinterland, S. 147–152.

Sechstagerennen

Aus: Bei dieser Gelegenheit, S. 65–68. Erstveröffentlichung in: Das Tage-Buch, X (3), 19. 1. 1929, S. 112 f.

Grüne Woche

Aus: Bei dieser Gelegenheit, S. 295–299. Erstveröffentlichung in: Das Tage-Buch, X (5), 2. 2. 1929, S. 197 ff.

Der Zeppelin

Aus: Das Tage-Buch, X (19), 11. 5. 1929, S. 791 f. Erste Buchveröffentlichung: Taschenspiegel, S. 119 ff.

Der Weltmeister

Aus: Bei dieser Gelegenheit, S. 304–308. Unter dem Titel TENNIS-TURNIER am 9. 6. 1929, S. 17, in: Der Tag erschienen.

Sexual-Reform

Aus: Bei dieser Gelegenheit, S. 351–354.

Nicht für es gebaut

Aus: Bei dieser Gelegenheit, S. 309–312. Am 9. 3. 1930, S. 3, in: Der Tag erschienen.

Mr. Wallace ist für die Prügelstrafe

Aus: Bei dieser Gelegenheit, S. 332–337. Am 4. 5. 1930, S. 3, in: Der Tag erschienen.

Die Gerechten

Aus: Das Tage-Buch, XI (42), 18. 10. 1930, S. 1693 ff. Erste Buchveröffentlichung in: Ansichten, S. 131–134.

Mörderdummheit

Aus: Ansichten, S. 135–138. Unter dem Titel GESCHWISTER REINS erschienen in: Die Weltbühne, XXVII (21), 26. 5. 1931, S. 771 f.

Andacht und Erschütterung

Aus: Die Mission des Luftballons, S. 272 f. Erstveröffentlichung in: Das Tage-Buch, XII (23), 6. 6. 1931, S. 911.

Schädigende Wirkung der Kunst

Aus: Das Tage-Buch, XII (28), 11. 7. 1931, S. 1110 f. Erste Buchveröffentlichung: Taschenspiegel, S. 125 ff.

Das Zünglein an der Waage

Aus: Weltbühne, XXVIII (18), 3. 5. 1932, S. 682 f.

Von oben

Aus: Die Weltbühne, XXVIII (28), 12. 7. 1932, S. 70 f.

Ein stolzes Mädchen

Aus: Sekundenzeiger, S. 153–158. Erstveröffentlichung in Prager Tagblatt, 1. 5. 1935, S. 4. Am 5. 5. 1935, S. 3, im Pariser Tageblatt veröffentlicht. Etwas verändert unter dem Titel Das schlecht bedankte Geld in den Band Im Lauf der Zeit, S. 133 f., aufgenommen.

Sonne, stehe still

Aus: Das Neue Tage-Buch, III (24), 15. 6. 1935, S. 574.

Alles in Ordnung

Aus: Sekundenzeiger, S. 229 ff. Erstveröffentlichung unter dem Titel Der Mensch ist gut in: Die Nation, III (42), 24. 10. 1935, S. 8.

Weiße Tiere

Aus: Sekundenzeiger, S. 71–75. Erstveröffentlichung in Prager Tagblatt, 27. 10. 1935, Beilage Der Sonntag, S. I.

Sie ist nicht umzubringen

Aus: Sekundenzeiger, S. 202 f. Erstveröffentlichung unter dem Titel Die unausrottbare Liebe in: Die Nation, IV (1), 1. 1. 1936, S. 8.

Schicksal

Aus: Sekundenzeiger, S. 208 ff. Erstveröffentlichung unter dem Titel Du entgehst deinem Schicksal nicht in: Die Nation, IV (3), 16. 1. 1936, S. 8. Unter demselben Titel im Prager Tagblatt, 2. 2. 1936, S. 3, abgedruckt.

Gute Nachricht

Aus: Sekundenzeiger, S. 278 ff. Erstveröffentlichung in: Prager Tagblatt, 17. 5. 1936, S. 3.

Schuld, Sühne und Kassa

Aus: Sekundenzeiger, S. 219 ff. Erstveröffentlichung in: Prager Tagblatt, 17. 5. 1936, S. 3.

Ein Tag

Aus: Prager Tagblatt, 24. 5. 1936, S. 4. Erste Buchveröffentlichung: Sekundenzeiger, S. 77–83.

Von der Anständigkeit

Aus: Die Nation, IV (24), 11. 6. 1936, S. 8. Erste Buchveröffentlichung: Sekundenzeiger, S. 232 ff.

Mancher lernt es nie

Aus: Die Nation IV (24), 11. 6. 1936, S. 8. Am 25. 6. 1936 im Prager Tagblatt erschienen. Erste Buchveröffentl.: Sekundenzeiger, S. 235 f.

Amerika, du hast es besser

Aus: Sekundenzeiger, S. 249 f. Erstveröffentlichung in: Die Nation, IV (31), 30. 7. 1936, S. 8.

Katastrophen

Aus: Die Nation, V (17), 22. 4. 1937, S. 8.

Herbst 1937

Aus: Die Nation, V (44), 28. 10. 1937, S. 8. Erste Buchveröffentlichung: Taschenspiegel, S. 167 f.

In diesen Tagen

Aus: Die Nation, VI (5), 27. 1. 1938, S. 8. Erste Buchveröffentlichung: Taschenspiegel, S. 171 f.

Ein Bild in der Orangerie

Aus: Die Zukunft. Organ der Deutsch-Französischen Union, III (4), 26. 1. 1940, S. 5.

Leben am Pazifik

Aus: Aufbau, VIII (36), 4. 9. 1942, S. 21. Erste Buchveröffentlichung: Egon Schwarz – Matthias Wegner (Hg.): Verbannung – Aufzeichnungen deutscher Schriftsteller im Exil. Hamburg 1964, S. 144 ff.

Mein Wiedersehen mit Berlin

Aus: Die Neue Zeitung, 31. 12. 1951, S. 17.

Wozu braucht ein Engel Flügel?

Aus: Standpunkte, S. 18 ff.

Mordprozeß

Aus: An den Rand geschrieben, S. 103–107. Erstveröffentlichung in: Der Tag, 8. 3. 1925, S. 5.

«Benehmen Sie sich anständig!»

Aus: Im Laufe der Zeit, S. 43–46. Erste Buchveröffentlichung: Bei dieser Gelegenheit, S. 53–56.

Verzeichnis der Buchausgaben Alfred Polgars

Der Quell des Übels und andere Geschichten. (= Kleine Bibliothek Langen, Bd. 90). München (Albert Langen Verlag für Litteratur und Kunst) 1908.

Egon Friedell und Alfred Polgar: *Goethe.* Eine Szene. Wien (C. W. Stern) 1908.

Alfred Polgar und Egon Friedell: *Der Petroleumkönig oder Donauzauber.* Musteroperette in vier Bildern. Text nach einer Idee des Dante Alighieri mit teilweiser Benützung eines Motivs aus Bjoern Nils Hlawatscheks Novellenband «Müdes Obst» (Verfasser der «Herbsttropfen»). Der Wortwitz im zweiten Bild ist von Alfred Polgar und Egon Friedell (Verfasser des «Goethe»). Musik von Sch.(erber) Konrad. Wien (Eigenverlag des Theater und Kabarett «Fledermaus») 1908.

Bewegung ist alles. Novellen und Skizzen. Frankfurt a. Main (Literarische Anstalt Rütten & Loening) 1909.

Alfred Polgar und Egon Friedell: *Soldatenleben im Frieden.* Ein zensurgerechtes Militärstück, in das jede Offizierstochter ihren Vater ohne Bedenken führen kann. Wien (Hugo Heller & Cie.) 1910.

Brahms Ibsen. Berlin-Westend (Erich Reiß Verlag) o. J. (1910).

Hiob. Ein Novellenband. München (Albert Langen) 1912.

Kleine Zeit. Berlin (Fritz Gurlitt Verlag) 1919.

Max Pallenberg (= Der Schauspieler. Eine Monographiensammlung. Hg. von Herbert Ihering, Bd. 9). Berlin (Erich Reiß Verlag) o. J. (1921).

Gestern und heute. Dresden (Rudolf Kaemmerer Verlag) 1922.

An den Rand geschrieben. Berlin (Ernst Rowohlt Verlag) 1926.

Orchester von oben. Berlin (Ernst Rowohlt Verlag) 1926.

Kritisches Lesebuch (= *Ja und Nein.* Schriften des Kritikers, Bd. I). Berlin (Ernst Rowohlt Verlag) 1926.

Stücke und Spieler (= *Ja und Nein*, Bd. II). Berlin (Ernst Rowohlt Verlag) 1926.

Noch allerlei Theater (= *Ja und Nein*, Bd. III). Berlin (Ernst Rowohlt Verlag) 1926.

Stichproben (= *Ja und Nein*, Bd. IV). Berlin (Ernst Rowohlt Verlag) 1927.

Ich bin Zeuge. Berlin (Ernst Rowohlt Verlag) 1927.

Schwarz auf Weiß. Berlin (Ernst Rowohlt Verlag) 1929 (Cop. 1928).

Hinterland. Berlin (Ernst Rowohlt Verlag) 1929.

Bei dieser Gelegenheit. Berlin (Ernst Rowohlt Verlag) 1930.

Auswahlband. Aus neun Bänden erzählender und kritischer Schriften. Berlin (Ernst Rowohlt Verlag) 1930.

Der unsterbliche Kaspar. Kleine Kasparspiele. Mit Erlaubnis des Verfassers für die Handpuppenbühne bearbeitet von Hugo Schmidtverbeek (= Radirullala, Kaspar ist wieder da, Heft 14). Leipzig (A. Strauch) o. J. (1930).

Die Defraudanten. (Nach Motiven aus dem gleichnamigen Roman V. Katajews). Komödie in drei Akten. Berlin (Ernst Rowohlt Verlag) 1931.

Ansichten. Berlin (Rowohlt) 1933.

In der Zwischenzeit. Amsterdam (Allert de Lange) 1935 (Cop. 1934).

Sekundenzeiger. Zürich (Humanitas Verlag) 1937.

Handbuch des Kritikers. Zürich (Verlag Oprecht) 1938. Neudruck dieser Ausgabe: Wien–Hamburg (Paul Zsolnay Verlag) 1980.

Geschichten ohne Moral. Zürich–New York (Verlag Oprecht) 1943.

Im Vorübergehen. Aus zehn Bänden erzählender und kritischer Schriften. Auswahl: H. M. Ledig. Stuttgart–Hamburg (Rowohlt) 1947.

Anderseits. Erzählungen und Erwägungen. Amsterdam (Querido Verlag N. V.) 1948.

Begegnung im Zwielicht. Berlin (Lothar Blanvalet Verlag) 1951.

Standpunkte. Hamburg (Rowohlt Verlag) 1953.

Im Lauf der Zeit (= rororo Taschenbuch 107). Hamburg (Rowohlt) 1954.

Ja und Nein. Darstellungen von Darstellungen. Hg. (und mit einem Nachwort) von Wolfgang Drews. Hamburg (Rowohlt Verlag) 1956.

Fensterplatz. Hg. von Wolfgang Drews. Hamburg (Rowohlt Verlag) 1959.

Im Vorüberfahren. Hg. von Friedrich Luft. Frankfurt a. Main (Büchergilde Gutenberg) o. J. (1960).

OSWIN (d. i. Oswald Meichsner) – ALFRED POLGAR: *Fremde Stadt*. Berlin (Colloquium-Verlag) o. J. (1962).

Auswahl. Prosa aus vier Jahrzehnten. Hg. von Bernt Richter. Mit einem Vorwort von Siegfried Melchinger. Reinbek bei Hamburg (Rowohlt) 1968.

Bei Lichte betrachtet. Texte aus vier Jahrzehnten. Zusammengestellt von Bernt Richter (= rororo Taschenbuch 1326/1327). Reinbek bei Hamburg (Rowohlt) 1970.

Die Mission des Luftballons. Skizzen und Erwägungen. Hg. und mit einem Nachwort versehen von Fritz Hofmann. Berlin (Verlag Volk und Welt) 1975.

Die lila Wiese. Skizzen und Feuilletons. Hg. von Wilhelm Lüderitz. Illustriert von Marianne Schäfer. Berlin (Eulenspiegel-Verlag) 1977.

Taschenspiegel. Hg. und mit einem Nachwort «Alfred Polgar im Exil» von Ulrich Weinzierl. Wien (Löcker Verlag) 1979.

Sperrsitz. Hg. und mit einem Nachwort «Wien, Jahrhundertwende. Der junge Alfred Polgar» von Ulrich Weinzierl. Wien (Löcker Verlag) 1980.

Lieber Freund! Lebenszeichen aus der Fremde. Hg. und eingeleitet von Erich Thanner. Wien–Hamburg (Paul Zsolnay Verlag) 1981.

Zeittafel

1873 17. Oktober: Alfred Polgar wird als drittes Kind des «Claviermeisters» (späteren Klavierschulinhabers) Josef Polak und seiner Frau Henriette, geb. Steiner, in Wien Leopoldstadt (II. Bezirk) geboren.

1879–1883 Volksschule in Wien Leopoldstadt, Holzhausergasse.

1884–1888 Unterstufe des Leopoldstädter Communal-Real- und Obergymnasiums, Wien II, Kleine Sperlgasse, repetiert die 4. Klasse.

1889 Handelsschule Karl Porges in Wien.

1895 Eintritt in die Redaktion der «Wiener Allgemeinen Zeitung», arbeitet im Feuilleton, Theater- und gelegentlicher Musikreferent. Patient bei Dr. Arthur Schnitzler, der ihn später als einen seiner kritischen Hauptfeinde betrachten wird.
2. August: In der «Zukunft – Organ der unabhängigen Socialisten» erscheint unter Pseudonym (Alfred von der Waz) Polgars erstes Originalfeuilleton: die Skizze «Hunger».

1896 7. Mai: Zum k. k. Landwehr Inftr. Reg. Wien No. 1 assentiert, gehört zum Kreis der Peter Altenberg-Jünger.

1897 1. Mai–15. Juni: Ausbildung im Sanitätsdienst. Theaterkritische Tätigkeit, schließt sich in der Folge an Emma Rudolf («Ea») an, die von zahlreichen Literaten wie Altenberg, Friedell und später vor allem Hermann Broch umschwärmt wird.

1902 Beginn der Mitarbeit am «Simplicissimus» (München). Die erste Skizze, «Charles und Dorothy», erscheint in Nr. 34. Polgar übernimmt, anfangs unter dem Pseudonym seines Vorgängers Robert Hirschfeld (L. A. Terne), die Burgtheater-Berichterstattung für die «Wiener Sonn- und Montagszeitung».

1903 3. Juli: Durch positive Zitierung seiner «Erdgeist»-Kritik in der «Fackel» wird Polgar von Karl Kraus «in die Literatur eingereicht».

1905 Beginn der Zusammenarbeit mit Siegfried Jacobsohns «Die Schaubühne».
21. Dezember: Polgars erster Beitrag, «Oscar Wildes Lustspiele», erscheint.

1908 Bei Albert Langen (München) erste Buchpublikation: «Der Quell des Übels – und andere Geschichten». Zusammenarbeit mit Egon Friedell für das Kabarett «Fledermaus», die Szene «Goethe» und die «Musteroperette in vier Bildern»: «Der Petroleumkönig oder Donauzauber» werden gedruckt.

1909 Polgars Novellen- und Skizzenband «Bewegung ist alles» wird bei Rütten und Loening (Frankfurt) veröffentlicht.

1910 Im Januar erscheint auf Anregung Siegfried Jacobsohns Polgars Kritikenserie über exemplarische Ibsen-Aufführungen unter Otto Brahm: «Brahms Ibsen» als eigenes Bändchen im Erich Reiß Verlag (Berlin). Polgars und Friedells «zensurgerechtes Militärstück, in das jede Offizierstochter ihren Vater ohne Bedenken führen kann»: «Soldatenleben im Frieden» wird in der «Fledermaus» gespielt und im Verlag von Hugo Heller (Wien) gedruckt.

1911 Bearbeitung von Nestroys Posse «Kampl» für die Berliner Freie Volksbühne.

1912 Polgars und Armin Friedmanns Einakter «Talmas Tod» wird im Dezember in Altona mit mäßigem Erfolg aufgeführt. Polgars deutsche Fassung von Franz Molnárs dramatischer Vorstadtlegende «Liliom» leitet mit der Erstaufführung im Berliner Lessingtheater den Welterfolg des Stückes ein. Bei Albert Langen (München) erscheint der Novellenband «Hiob».

1914 Polgar zieht in eine Mansardenwohnung im «Bräunerhof», Wien I, Stallburggasse 2.
23. September: Legalisierung des Pseudonyms, offizielle Namensänderung Polak – Polgar.

1915 13. April: Infolge «allgemeiner Mobilisierung» eingezogen.
1. Mai: Der «literarischen Gruppe» des Kriegsarchivs in Wien zugeteilt (gemeinsam mit Stefan Zweig, Franz Theodor Csokor und anderen), dort am 20. September zum Feldwebel befördert.

1917 10. April: Polgar wird zu seinem «Standeskörper» befohlen.
1. August: Als Parlamentsberichterstatter der «Wiener Allgemeinen Zeitung» «auf unbestimmte Zeit» vom Dienst enthoben.

1918 Seit Jahresbeginn Mitarbeit an der pazifistischen Zeitschrift «Der Friede» (Wien 1918/19), für deren literarischen Teil Polgar verantwortlich ist.

1919 Im März erscheint bei Fritz Gurlitt (Berlin) der Prosaband «Kleine Zeit» mit pazifistischen und sozialkritischen Texten, die u. a. in der «Schaubühne» (ab April 1918 «Die Weltbühne») und im «Prager Tagblatt» publiziert wurden.
Polgar verläßt die Redaktion der «Wiener Allgemeinen Zeitung», leitet den Literaturteil der aus dem «Frieden» hervorgegangenen Tageszeitung «Der Neue Tag», an der Joseph Roth als Polgars «Schüler» mitarbeitet.

1920 Beginn der Mitarbeit am eben gegründeten «Tage-Buch», das von Polgars Jugendfreund Stefan Großmann herausgegeben wird.

1921 Der Erich Reiß Verlag bringt Polgars Monographie «Max Pallenberg» heraus.
29. Januar: Die erste der insgesamt fünf Zeitungsparodien Polgars und Friedells, «Böses Buben Journal», erscheint in Wien (1922: «Böse Buben Presse»; 1923: «Böse Buben Reichspost»; 1924: «Die böse Buben Stunde»; 1925: «Die aufrichtige Zeitung der bösen Buben»).
Im Winter Abschluß der Editionsarbeit an Peter Altenbergs Nachlaß.

1922 Im Frühjahr erscheint bei Kaemmerer (Dresden) der Skizzenband «Gestern und heute». Polgar wird vom «Tag», der besten liberalen Wiener Tageszeitung, als Theaterkritiker engagiert, in der Folge auch Mitarbeit am Montagsblatt «Der Morgen».
1. August: Premiere von «Talmas Tod» in den Berliner Kammerspielen. Regie: Bernhard Reich, Bühnenbild: John Heartfield.

1923 Für Max Reinhardt und die Salzburger Festspiele bearbeitet Polgar Karl Vollmoellers «Turandot».

1925 Polgar verlegt seinen Arbeitsschwerpunkt nach Berlin, bereits vorher verstärkte Mitarbeit am «Berliner Tageblatt». Da sich Polgar um zwei Jahre jünger macht, wird im Oktober sein «50.» Geburtstag von der Presse gefeiert.

1926 Die ersten beiden Rowohlt-Bände «An den Rand geschrieben» und «Orchester von oben» erscheinen, ebenso die ersten drei Bände gesammelter Theaterkritiken «Ja und Nein»: «Kritisches Lesebuch», «Stücke und Spieler» und «Noch allerlei Theater».

Robert Musil schreibt für die «Literarische Welt» sein «Interview mit Alfred Polgar».

1927 Neben Band IV der «Schriften des Kritikers», «Stichproben», erscheint das Skizzenbuch «Ich bin Zeuge». Polgar unterzeichnet, gemeinsam mit Sigmund Freud, Robert Musil, Alfred Adler, Franz Werfel und anderen, eine «Kundgebung des geistigen Wien» zugunsten der Sozialdemokratie, diese wird am 20. April in der «Arbeiter-Zeitung» veröffentlicht.

1928 «Schwarz auf Weiß» erscheint bei Rowohlt (Berlin), unter dem Titel «Das Gedächtnis zu stärken» enthält diese Auswahl Antikriegstexte.

1929 «Hinterland», Polgars pazifistische Sammlung, die viel aus «Kleine Zeit» (1919) übernimmt, erscheint bei Rowohlt.
23. Oktober: Heirat mit Elise Loewy, geb. Müller, in Wien. Polgar wird in den Vorstand des «Schutzverbands deutscher Schriftsteller in Österreich» (S.d.S.Oe.) gewählt.

1930 Mit Franz Theodor Csokor Arbeit an der Dramatisierung von Valentin Katajews Roman «Die Defraudanten». Bei Rowohlt erscheinen die Sammlung «Bei dieser Gelegenheit» und ein «Auswahlband. Aus neun Bänden erzählender und kritischer Schriften».

1931 Uraufführung der «Defraudanten» an der Berliner Volksbühne, bei Rowohlt erscheint die Komödie als Buch, es entsteht eine umgearbeitete Filmfassung (Drehbuch: Alfred Polgar und Fritz Kortner): «Der brave Sünder» (Regie: Fritz Kortner, Hauptdarsteller: Max Pallenberg und Heinz Rühmann).
Polgar beteiligt sich an einer Solidaritätsaktion gegen den geplanten Ausschluß der Linksopposition aus dem «Schutzverband deutscher Schriftsteller» (Mitunterzeichner u. a.: Leonhard Frank, George Grosz, Erich Kästner, Walter Mehring und Ernst Toller).

1933 Der letzte Rowohlt-Sammelband der Weimarer Republik, «Ansichten», erscheint. Unmittelbar nach dem Reichstagsbrand verläßt Polgar mit seiner Frau Berlin Richtung Prag. Bis 1938 Hauptwohnsitz Wien. Häufige Reisen nach Zürich und Paris. Hilfsaktionen des Zürcher Literaten Carl Seelig für Polgar. Sehr eingeschränkte Publikationsmöglichkeiten – Veröffentlichungen fast nur im «Prager Tagblatt» und in Exilzeitschriften wie Leopold Schwarzschilds «Neuem Tage-Buch» (Paris), dort unter dem Pseudonym Archibald Douglas.

Im Winter: Mit Friedrich Kohner Drehbucharbeit für die Verfilmung von Knut Hamsuns «Victoria». In dem 1935 fertiggestellten Film mit Luise Ullrich und Mathias Wieman werden die Drehbuchautoren nicht genannt.

1934 Arbeit an einem Homer-Roman, von dem nur das Anfangskapitel erhalten ist.

1935 Im Frühjahr erscheint bei Allert de Lange (Amsterdam) Polgars Skizzenband «In der Zwischenzeit».

16. Oktober: Anläßlich von Polgars «60.» Geburtstag erscheint in der «National-Zeitung», Basel, «Dank an Alfred Polgar» mit Glückwünschen von Thomas und Heinrich Mann, Joseph Roth, Albert Bassermann und Paula Wessely. Beginn der regelmäßigen Mitarbeit an der in Bern herausgegebenen antifaschistischen Wochenschrift «Die Nation» (eigene Rubrik: «Streiflichter»).

1936 März: Paris-Reise in Filmsachen.

Arbeit an einem Filmexposé «Es war einmal . . .» (über ein altösterreichisches Thema, die Affäre Alexander Girardi – Helene Odilon).

1937 Januar: «Sekundenzeiger», Skizzenband mit zahlreichen politischen Glossen, wird im Humanitas Verlag (Zürich) veröffentlicht. Mit Hilfe Carl Seeligs Planung weiterer zwei Bände (Theaterkritiken und Skizzen; geplanter Titel für das Skizzenbuch: «Taschenspiegel»). Im Herbst in Paris: Verhandlungen mit Marlene Dietrich über ihre von Polgar zu verfassende Biographie.

1938 Arbeit am Dietrich-Buch, Polgars «Handbuch des Kritikers» erscheint im Oprecht Verlag (Zürich).

11. März: «Anschluß» Österreichs ans Deutsche Reich, Polgar ist durch Zufall bereits in Zürich, seine Frau kommt nach – Beginn der Flüchtlingsexistenz, Verweigerung der Aufenthaltsbewilligung in der Schweiz. April: Weiterfahrt nach Paris, dort Arbeit u. a. als Inserattexter für eine Schweizer Zigarettenfabrik.

1939 Im Beirat der «Zentralvereinigung österreichischer Emigranten» (mit Sigmund Freud, Franz Werfel und Berta Zuckerkandl).

11. Mai: Aberkennung der deutschen Staatsbürgerschaft.

1940 Mitte Juni: Lisl und Alfred Polgar fliehen vor den einmarschierenden deutschen Truppen aus Paris nach Süden, Manuskripte und Bücher bleiben in der Wohnung am Bois de Boulogne zurück.
Juli: Das Ehepaar Polgar sitzt mit zahllosen Flüchtlingen in Montauban fest.
August: Polgar erhält in Marseille Vertrag als Drehbuchautor bei Metro-Goldwyn-Mayer.
Ende August: Illegaler Grenzübertritt, zu Fuß über die Pyrenäen, nach Spanien.
ca. 10. September: Ankunft in Lissabon.
4. Oktober: Einschiffung auf der «Nea Hellas» Richtung New York (auf dem Schiff außerdem Heinrich und Golo Mann, Alma und Franz Werfel).
13. Oktober: Ankunft in New York, nach einwöchigem Aufenthalt Weiterreise nach Hollywood.
Anfang November: Beginn der Arbeit im Studio (mit Polgar zusammen sind Alfred Döblin und Walter Mehring).

1941 Anfang Februar: Herzattacke. Der auslaufende Filmvertrag wird u. a. auf Intervention Thomas Manns verlängert. Beginn der Mitarbeit am «Aufbau» (New York).

1943 Betreut von Carl Seelig erscheint bei Oprecht (Zürich) der noch von Polgar in Paris vorbereitete Auswahlband «Geschichten ohne Moral». Übersiedlung nach New York, Plan der Gründung einer Zeitschrift für ein befreites Österreich: «Der Friede», Polgar arbeitet ein Grundsatzprogramm aus.

1944 Auf Vermittlung Willi Schlamms Mitarbeit am Projekt einer deutschen Ausgabe von «Time» (u. a. mit Friedrich Torberg und Leopold Schwarzschild).

1945 Das deutsche «Time»-Projekt wird nach der Null-Nummer fallengelassen. Polgar wird Bürger der Vereinigten Staaten.

1946 Polgar übersetzt amerikanische Theaterstücke ins Deutsche.

1947 Zusammengestellt von Heinrich Maria Ledig-Rowohlt erscheint der Polgar-Auswahlband («aus zehn Bänden erzählender und kritischer Schriften»): «Im Vorübergehen».

1948 Der Querido Verlag (Amsterdam) bringt Polgars Band «Anderseits» heraus, der auch eine Glossenreihe «Der Emigrant und die Heimat» enthält.

1949 Mai: Erste Europa-Reise seit der Emigration: Paris–Zürich.
30. Juni: Eintreffen in Wien, nach kurzem Aufenthalt Sommerfrische in Salzburg.
Oktober: Erster Deutschland-Besuch: München. Berichtet für den «Aufbau»: «Notizbuch von einer Europa-Reise».

1950 18. Oktober: Rückfahrt nach New York.

1951 Mai: Neuerlicher Europa-Aufenthalt. Zuerkennung des erstmals verliehenen Preises der Stadt Wien für Publizistik.
Ende Oktober: In Berlin zur Präsentation seines Bandes «Begegnung im Zwielicht», der bei Lothar Blanvalet verlegt wird. In Berlin zahlreiche Ehrungen durch Presse und Öffentlichkeit.

1952 Aufenthalt in Zürich, wo Polgar immer im Hotel Urban wohnt. Im Sommer in Tirol Arbeit an einer gekürzten Fassung des «Schwejk».
Dezember: Auf Einladung von Lili Darvas Flug nach New York.

1953 30. Januar: Rückflug nach Europa. Im Rowohlt Verlag (Hamburg) erscheint «Standpunkte».

1954 Im April erscheint bei Rowohlt Polgars erstes Taschenbuch: «Im Lauf der Zeit».
Mai: Romreise des Ehepaars Polgar mit Lili Darvas. Reiseleben zwischen Österreich, Deutschland und der Schweiz, Premierenbesuche, Theaterkritiken.
August: Polgar wird zum literarischen Beirat des Theaters in der Josefstadt bestellt.

1955 Vorbereitung eines Bandes von Theaterkritiken.
23. April: Fertigstellung der Kritik «Drei Theaterabende in Deutschland» für Friedrich Torbergs «FORVM».
24. April: Alfred Polgar stirbt in seinem Zürcher Hotelzimmer.

Namenregister